Globetrotteur invétéré, **Richard Morgan** a été lecteur à l'université de Strathclyde (Grande-Bretagne) avant de se tourner vers l'écriture. Il s'impose très vite comme un écrivain incontournable de science-fiction et de Fantasy grâce à une plume efficace. En 2008, il reçoit le prix Arthur C. Clarke pour le techno-thriller *Black Man*. *Carbone modifié*, son premier roman, lui a valu en 2003 le prix Philip K. Dick et fait désormais l'objet d'une adaptation en série télévisée sur Netflix.

Du même auteur, aux éditions Bragelonne,
en grand format :

Terre de héros :
1. *Rien que l'acier*
2. *À pierre fendre*
3. *Jusqu' à l' âme*

Black Man
Prix Arthur C. Clarke 2008

Édition Bragelonne Stars :
Carbone modifié

Aux éditions Bragelonne,
au format poche :

Takeshi Kovacs :
1. *Carbone modifié*
Prix Philip K. Dick 2003
2. *Anges déchus*
3. *Furies déchaînées*

Black Man
Prix Arthur C. Clarke 2008

CE LIVRE EST ÉGALEMENT DISPONIBLE
AU FORMAT NUMÉRIQUE

www.bragelonne.fr

Richard Morgan

Anges déchus

Takeshi Kovacs – 2

Traduit de l'anglais (Grande-Bretagne) par Cédric Perdereau

Bragelonne SF

Collection dirigée par Stéphane Marsan et Alain Névant

Titre original : *Broken Angels*

Originellement publié par Gollancz,
une maison d'édition de Orion Publishing Group.

ISBN : 979-10-281-0712-3

Bragelonne
60-62, rue d'Hauteville – 75010 Paris

E-mail : info@bragelonne.fr
Site Internet : www.bragelonne.fr

Celui-ci est pour Virginia Cottinelli,
compañera

afileres, camas, sacapuntas

Première partie : Blessures

La guerre est une histoire d'amour ratée comme une autre. Bien sûr, on a envie de tout arrêter, mais à quel prix ? Et surtout, une fois qu'on s'en est sorti, se sent-on vraiment mieux ?

Quellcrist Falconer
Journal de campagne

Chapitre premier

La première fois que j'ai rencontré Jan Schneider, c'était dans un hôpital orbital du Protectorat, trois cents kilomètres au-dessus des nuages de Sanction IV. Et j'avais très, très mal. Techniquement, le Protectorat n'aurait pas dû se trouver dans le système de Sanction – ce qui restait du gouvernement planétaire clamait à cor et à cri, depuis ses bunkers, que c'était une affaire locale. Les intérêts corpo du coin avaient un accord tacite : pour le moment, on faisait comme si on les croyait.

Donc, les vaisseaux du Protectorat, qui traînaient dans le système depuis que Joshua Kemp avait pris le flambeau de la rébellion à Indigo City, avaient fait changer leur code de reconnaissance. Ils étaient en location avec option d'achat auprès des différentes corpos impliquées. Puis prêtés au gouvernement en guerre au titre du fonds de développement local – déductibles des impôts. Ceux que les bombes maraudeuses de Kemp, étonnamment efficaces pour du matériel d'occase, ne descendaient pas irrémédiablement de leur orbite étaient revendus au Protectorat, une fois le terme de la location atteint. Avec perte sèche, à son tour déduite des impôts. Tout le monde en sortait net. Entre-temps, tous les officiers blessés dans la lutte contre Kemp étaient rapatriés à l'arrière, ce qui m'avait décidé à choisir mon camp. La guerre s'annonçait moche.

La navette nous a déchargés directement dans le pont-hangar de l'hôpital, avec un appareil évoquant une bande de munitions. Les dizaines de capsules-brancards avaient été éjectées avec une hâte bien peu respectueuse. J'entendais encore s'éteindre le gémissement aigu des moteurs quand nous sommes descendus sur le pont, via l'aile de l'appareil. Quand on a ouvert ma capsule, le froid de l'espace tout juste rempli d'atmosphère m'a brûlé les poumons. Une couche instantanée de cristaux de glace s'est formée partout, même sur mon visage.

— Vous ! (Une femme, stressée.) Vous avez mal ?

J'ai cligné des yeux pour enlever la glace de mes paupières et baissé le regard sur mon treillis trempé de sang.

— Je vous laisse deviner, ai-je gémi.

— Brancardier ! Un boost d'endorphine et un antiviral TU par ici.

Elle s'est penchée de nouveau sur moi, et j'ai senti des doigts gantés me palper la tête quand l'aiguille hypo s'est plantée dans mon cou. La douleur a reflué d'un coup.

— Vous venez du front d'Evenfall ?

— Non, suis-je parvenu à répondre. Assaut de la Bordure nord. Pourquoi, il y a quoi à Evenfall ?

— Un malade congénital vient de demander une frappe nucléaire tactique.

La voix de la doctoresse tremblait d'une rage froide. Ses mains sont descendues le long de mon corps, évaluant les dégâts.

— Pas de traumatisme radioactif, donc. Produits chimiques ?

J'ai penché la tête un minimum vers mon revers.

— Exposimètre. Vous saurez tout…

— Il n'est plus là. Un peu comme votre épaule.

— Oh ! Je pense que je suis propre, ai-je dit en bafouillant. Vous ne pouvez pas faire un scan cellulaire ?

— Pas ici. Les scanners à précision cellulaire sont en dur dans les ponts d'infirmerie. Quand nous vous aurons fait de la place là-bas, on pourra peut-être y penser. Où est votre code-barres ? a-t-elle demandé en retirant enfin les mains.

— Tempe gauche.

Quelqu'un a essuyé le sang de ce côté-là, et j'ai senti vaguement le laser me balayer le visage. Une machine a couiné son accord, et on m'a laissé seul. Triage fini.

Je suis resté là un moment, allongé. Le boost d'endorphine me soulageait à la fois de la douleur et de la conscience, et ça m'allait très bien. Un bon petit remède, aussi serviable qu'un majordome. *Votre chapeau, monsieur? Votre manteau?* Je me suis demandé un peu si on pourrait récupérer le corps que je portais, ou s'il me faudrait une nouvelle enveloppe. Je savais que les Impacteurs de Carrera avaient quelques petites réserves de clones pour les officiers les plus indispensables. En tant que l'un des cinq (seulement cinq…) Diplos qui se battaient pour Carrera, j'étais du nombre. Pas de doute. Mais indispensable, ça a tendance à vous revenir dans la tronche. D'un côté, ça vous donne droit au traitement médical de pointe. Y compris, si besoin, un remplacement corporel complet. Mais l'inconvénient, c'est qu'on vous soigne uniquement pour vous renvoyer dans la bataille au plus vite. Un troufion standard trop endommagé se ferait exciser la pile corticale, logée en haut de la colonne vertébrale, puis stocker dans une boîte jusqu'à la fin de la guerre. Ce n'était pas la sortie la plus cool. Et malgré la réputation réglo des Impacteurs, rien ne garantissait le réenveloppement. Mais parfois, dans le chaos hurlant de ces derniers mois, un passage dans l'oubli paraissait tellement sympa…

— Colonel. Eh, mon colonel!

Je ne savais pas trop si c'était le conditionnement diplo qui m'aidait à rester éveillé, ou si la voix à côté de moi venait de me ramener de force à la conscience. J'ai tourné lentement la tête pour voir qui me parlait.

J'avais l'impression d'être encore dans le hangar. Sur le brancard à côté de moi, un jeune homme musclé avec une masse de cheveux noirs raides. Même l'expression hallucinée que lui donnait un boost d'endorphine ne masquait pas son intelligence. Il portait un treillis d'Impacteur comme le mien, mais il ne lui allait pas très bien. Les trous de l'uniforme ne correspondaient pas à ceux du corps. Sur sa tempe gauche, où il aurait dû avoir un code-barres, il y avait un coup de blaster, bien pratique.

— C'est à moi que tu parles ?

— Oui chef. (Il s'est redressé sur un coude. Il avait dû se prendre une dose plus faible que moi.) On a bien fait cavaler Kemp, là-dessous, pas vrai ?

— Intéressante façon de voir les choses.

Vision du 391e peloton qui se fait tailler en pièces autour de moi.

— À ton avis, j'ai repris, il va aller *où* ? Puisqu'on est sur sa planète, je veux dire.

— Euh, je pensais…

— Ce n'est pas conseillé, soldat. T'as pas lu les termes de ton enrôlement ? Alors ferme-la et garde ton souffle. Tu en auras besoin.

— Euh, oui chef !

Il restait un peu bouche bée, et, à en croire les bruits de têtes qui se tournaient sur les brancards à côté de moi, ce n'était pas le seul surpris d'entendre un officier des Impacteurs de Carrera parler comme ça. Sanction IV, comme la plupart des guerres, avait suscité des vocations plutôt ardentes.

— Ah, et autre chose.

— Oui, mon colonel ?

— Ça, c'est un uniforme de lieutenant. L'état-major des Impacteurs n'a pas de grade de colonel. Tâche de t'en souvenir.

Puis une vague de douleur soudaine a déboulé d'un de mes membres mutilés, passant entre les bras des videurs chimiques de l'endorphine postés à l'entrée de mon cerveau. Le rapport strident des dégâts subis a débuté. Le sourire que je m'étais épinglé au visage a commencé de fondre, comme la ville avait dû le faire à Evenfall. Et tout à coup, rien ne m'a paru plus intéressant que de hurler.

Quand je me suis réveillé, de l'eau clapotait doucement en dessous de moi. La douce chaleur du soleil baignait mon visage et mes bras. Quelqu'un avait dû me retirer les lambeaux de mon treillis, et me laisser dans mon débardeur des Impacteurs. J'ai bougé une main, et le bout de mes doigts a rencontré des planches de bois chaudes, patinées par les ans. Le soleil dessinait des motifs dansants derrière mes paupières.

Aucune douleur.

Je me suis assis, en meilleure forme que depuis bien des mois. J'étais allongé sur une jetée simple, qui s'avançait d'une petite dizaine de mètres sur un fjord ou un loch d'eau de mer. Des montagnes basses et rondes bordaient l'eau de toutes parts, et des nuages cotonneux déambulaient au-dessus de moi avec nonchalance. Un peu plus loin sur le fjord, une famille de phoques a pointé le museau à la surface et m'a regardé avec gravité.

Je portais la même enveloppe de combat afro-caribéenne que celle qu'on m'avait donnée pour l'assaut sur la Bordure nord, sans blessure, sans cicatrice.

Donc…

Des pas ont gratté les planches derrière moi. J'ai tourné la tête d'un coup sec, mes mains se dressant par réflexe en un embryon de garde. Juste après est arrivée la certitude que, dans le monde réel, personne n'aurait pu m'approcher de si près sans que le sens de proximité de mon enveloppe se réveille.

— Takeshi Kovacs, dit la femme en uniforme qui se tenait au-dessus de moi. Bienvenue dans l'environnement de convalescence.

Elle avait bien prononcé mon nom, en le terminant avec le doux « ch » slave.

— Très sympa, j'ai fait, en me mettant sur les pieds sans prendre la main qu'elle me tendait. Je suis toujours à bord de l'hôpital ?

La femme a secoué la tête, et repoussé les longs cheveux d'un roux éclatant qui tombaient sur son visage carré.

— Votre enveloppe est toujours en soins intensifs, mais votre conscience actuelle a été transmise digitalement au stockage Impacteur Un jusqu'à ce qu'on puisse vous ranimer physiquement.

J'ai regardé autour de moi, et contemplé de nouveau le soleil. Il pleut beaucoup sur la Bordure nord.

— Et où se trouve le stockage Impacteur Un ? À moins que ce soit un secret ?

— J'en ai peur.

— Qu'est-ce que je suis intelligent !

— Vos contacts avec le Protectorat vous ont sans nul doute habitué à…

— Laissez. C'était de l'ironie.

J'avais déjà une bonne idée de l'endroit où se trouvait ce format virtuel. Dans une guerre planétaire, la pratique standard est d'envoyer quelques stations furtives à faible albédo sur des orbites elliptiques folles, très loin, dans l'espoir qu'aucun des vaisseaux militaires ennemis ne les trouvera par hasard. Il y a beaucoup de chances qu'on ne les trouve jamais. Comme les manuels aiment à le rappeler, l'espace, c'est grand.

— À quel ratio faites-vous tourner ceci ?

— Équivalent temps réel, répondit la femme. Mais je peux l'accélérer si vous préférez.

La pensée que ma convalescence (certainement courte) pourrait ici s'étirer, par un facteur de trois cents peut-être, était tentante. Mais si on me ramenait au combat dans peu de temps, il valait mieux sans doute rester dans l'esprit. De plus, je n'étais pas sûr que le commandement des Impacteurs me laisserait prendre tout mon temps. Quelques mois à vivre tout seul en ermite, dans un site naturel aussi beau, aurait forcément un effet néfaste sur mon amour du massacre à grande échelle.

— Il y a un logement, a repris la femme en tendant le bras, pour vous. N'hésitez pas à demander toutes les modifications que vous voulez.

J'ai suivi la direction qu'elle indiquait jusqu'à une structure de deux étages en verre et bois, achevée par un toit pentu, juste au bord de la longue plage.

— Ça me paraît bien. (De vagues tentacules d'intérêt sexuel se sont immiscés dans mon esprit.) Vous êtes mon idéal interpersonnel ?

La femme a secoué de nouveau la tête.

— Je suis un construct de service intraformat pour examen des systèmes Impacteur Un, au physique basé sur le lieutenant-colonel Lucia Mataran, du haut commandement du Protectorat.

— Avec des cheveux pareils ? Vous plaisantez !

— J'ai toute latitude pour certaines fantaisies. Voulez-vous que je vous génère un idéal interpersonnel ?

L'idée était aussi tentante que celle d'un format à ratio élevé. Mais après six semaines en compagnie des commandos Impacteurs, forts en gueule et assez frustes, j'avais surtout envie de solitude.

— J'y réfléchirai. Autre chose ?

— Vous avez un briefing enregistré d'Isaac Carrera. Voulez-vous que je le stocke dans la maison ?

— Non, passez-le ici. Je vous appellerai s'il me faut autre chose.

— Comme vous voulez.

Le construct a penché la tête, et a disparu d'un seul coup. À sa place, un homme dans l'uniforme d'apparat noir des Impacteurs. Les cheveux noirs en brosse, striés de gris. Un visage de patricien, ridé, dont les yeux noirs et les traits tannés paraissent à la fois durs et compréhensifs. Et sous l'uniforme, le corps d'un officier que l'âge n'avait pas écarté du champ de bataille. Isaac Carrera, ex-capitaine du commandement vide, décoré, puis fondateur de la force de mercenaires la plus crainte dans le Protectorat. Soldat, commandant et tacticien exceptionnel. À l'occasion, quand il n'avait rien d'autre à faire, politicien convenable.

—Bonjour, lieutenant Kovacs. Désolé de n'être présent qu'en enregistrement, mais Evenfall nous laisse dans une situation délicate, et je n'ai pas le temps d'installer un lien. Le rapport médical dit que votre enveloppe peut être réparée dans une dizaine de jours, aussi n'allons-nous pas lancer une opération de clonage. Je veux que vous soyez de retour à la Bordure nord dès que possible, mais, en vérité, pour l'instant nous sommes dans une impasse, et ils pourront se passer de vous quelques semaines. Il y a une mise à jour de statut jointe à cet enregistrement, avec les pertes subies lors du dernier assaut. J'aimerais que vous y jetiez un œil pendant que vous serez en virtuel, pour faire fonctionner votre fameuse intuition de Diplo. Dieu sait qu'il nous faudrait quelques idées neuves. Dans un contexte général, avec l'acquisition des territoires de la Bordure, on atteindrait l'un des neufs objectifs nécessaires pour mettre fin à ce…

J'étais déjà en mouvement, remontant toute la jetée, puis la pente jusqu'à la colline la plus proche. Le ciel au-delà était fait de nuages cotonneux, mais pas assez sombres pour annoncer la tempête. Si je montais assez haut, j'aurais une vue encore meilleure du loch.

Derrière moi, le vent emportait la voix de Carrera tandis que je laissais sa projection sur la jetée, articulant ses paroles pour l'air vide, et peut-être les phoques, s'ils n'avaient rien de mieux à faire que l'écouter.

Chapitre 2

Au final, ils m'ont laissé sur la touche pendant une semaine. Je n'ai rien raté. Au-dessous de moi, les nuages roulaient et couraient sur l'hémisphère nord de Sanction IV, déversant la pluie sur les hommes et les femmes qui s'entre-tuaient. Le construct me rendait souvent visite à la maison, et me tenait au courant des détails majeurs. Les alliés étrangers de Kemp ont tenté en vain de franchir le blocus du Protectorat. Cela leur a coûté un bon nombre de transporteurs IP. Une volée de bombes maraudeuses, plus intelligentes que la moyenne, est arrivée d'un endroit inconnu et a vaporisé un cuirassé du Protectorat. Les forces gouvernementales aux tropiques tenaient leur position, tandis qu'au nord-est les Impacteurs et autres mercenaires perdaient du terrain face aux unités d'élite de la garde présidentielle de Kemp. Evenfall fumait encore.

Comme je vous le disais, je n'ai rien raté.

Quand je me suis réveillé dans la chambre de réenveloppement, tout mon corps baignait dans un bien-être opaque. En grande partie chimique. Les hôpitaux militaires bourrent leurs enveloppes convalescentes de remontants juste avant les transferts. C'est leur équivalent d'une fête de bienvenue. Et on a l'impression de pouvoir gagner cette putain de guerre avec une main dans le dos, pour peu qu'on en ait l'occasion. C'est tout l'intérêt de la chose. Mais en plus du cocktail maison, j'avais le plaisir d'être intact, et de posséder un assortiment de poumons et d'organes internes fonctionnels.

Jusqu'à ce que je parle au doc, bien sûr.

— Nous vous avons ramené un peu tôt, me dit-elle avec la rage que j'avais sentie à mon arrivée encore un peu plus affirmée. Sur ordre de l'état-major Impacteur. On dirait que vous n'avez pas le temps de vous remettre complètement de vos blessures.

— Je me sens en pleine forme.

— Évidemment. Vous êtes bourré d'endorphine jusqu'aux yeux. À la redescente, vous vous rendrez compte que votre épaule ne fonctionne qu'aux deux tiers. Oh, et vos poumons sont encore en rideau. Ils cicatrisent après le Vingt de Guerlain.

— Je ne savais pas qu'ils utilisaient ce truc, ai-je dit, avec une surprise non feinte.

— Non. Apparemment, personne n'était au courant. Un triomphe de l'attaque surprise, m'a-t-on indiqué. (Elle a abandonné sa grimace en plein milieu. Beaucoup trop fatiguée.) Nous avons presque tout viré, passé la plupart des zones sensibles au bioware de régénération, et tué les infections secondaires. Avec quelques mois de repos, vous pourriez sans doute vous remettre entièrement. En l'état... Essayez de ne pas fumer. Faites un peu d'exercice, pas trop. Oh, et puis merde !

J'ai fait une tentative, pour l'exercice. J'ai marché sur le pont axial de l'hôpital. J'ai forcé l'air à entrer dans mes poumons ravagés. Je faisais travailler mon épaule. Tout le pont était plein de blessés, sur cinq rangs, qui faisaient pareil. J'en connaissais certains.

— Eh, lieutenant !

Tony Loemanako, le visage presque entièrement déchiré et masqué par les étiquettes vertes là où on avait implanté les biowares de régén rapide. Il souriait quand même, mais on voyait encore trop les dents sur le côté gauche.

— Vous vous en êtes sorti, mon lieutenant ! Bien joué ! (Il s'est retourné dans la foule.) Eh, Eddie ! Kwok ! Le lieutenant s'en est tiré.

Kwok Yuen Yee, les deux orbites obstruées par des gelées orange vif, des incubateurs de tissus. Une microcam montée en externe sur son crâne lui permettrait de voir jusqu'à sa guérison. Ses mains étaient recréées sur un squelette de fibre de carbone noire. Les nouvelles chairs paraissaient humides, à vif.

— Lieutenant ! On pensait…

— Lieutenant Kovacs !

Soutenu par une combinaison de mobilité, Eddie Munharto attendait que les bios recréent son bras droit et ses deux jambes à partir des moignons épargnés par les shrapnels intelligents.

— Ça fait plaisir de vous retrouver, lieutenant ! Vous voyez, on est tous en bonne voie ! Le 391e sera prêt à bouffer du kempiste dans quelques mois, sans problème.

Pour le moment, les enveloppes de combat des Impacteurs de Carrera provenaient de chez Khumalo Biosystems. Le top du top en biotech de combat, avec quelques petits plus assez sympas. Notamment, un système de blocage de sérotonine qui améliore la capacité à la violence irraisonnée, et quelques traces de gènes de loup qui rendent plus rapide, plus sauvage. Sans parler d'une tendance à la loyauté de meute faisait mal à en chialer. En regardant les survivants mutilés qui m'entouraient, j'ai senti une boule me déchirer la gorge.

— La vache, qu'est-ce qu'on leur a mis, hein ? fit Munharto en gesticulant comme un dauphin avec son dernier membre. J'ai vu le flashmil d'hier.

La microcaméra de Kwok a pivoté avec un léger bruit hydraulique.

— Vous allez reprendre le nouveau 391e, chef ?

— Je ne…

— Eh, Naki ! Où t'es, mec ? C'est le lieutenant.

Après ça, je me suis tenu à l'écart du pont axial.

Schneider m'a trouvé le lendemain, assis dans l'aile de convalescence des officiers ; je clopais en regardant par le hublot. C'était idiot, mais, comme avait dit le médecin, *oh, et puis merde!* Pas vraiment le moment de prendre soin de moi, puisque j'avais à tout instant une chance de me faire arracher la peau et les os par de l'acier volant, ou me la faire bouffer sans espoir de réparation par une retombée chimique.

— Ah, lieutenant Kovacs.

Il m'a fallu un moment pour le reconnaître. Les gens ont une autre tête quand ils sont blessés. Et couverts de sang. Je l'ai regardé par-dessus ma cigarette, à me demander si c'était encore quelqu'un qui venait me féliciter pour ma victoire après que je l'avais fait dézinguer. Puis sa façon d'être m'a éclairé, et je me suis souvenu du hangar. Un peu surpris qu'il soit encore là, et encore plus qu'il ait pu convaincre quelqu'un de le laisser entrer, je lui ai fait signe de s'asseoir.

— Merci. Euh, je m'appelle Jan Schneider. (Il m'a tendu une main, mais j'ai salué d'un mouvement de tête; il a pris une de mes cigarettes sur la table.) Je vous suis très reconnaissant de ne pas, euh…

— Oublie ça. Moi, je n'y pense plus.

— Les blessures, euh, une blessure, ça peut jouer des tours à l'esprit, à la mémoire. J'ai mélangé tous les grades, et…

J'ai eu un geste d'impatience. En parlant, j'ai tiré une grande taffe sur ma cigarette, qui m'a fait tousser.

— Écoute, Schneider, je m'en fous un peu. Le seul truc qui m'intéresse, c'est de survivre à cette guerre assez longtemps pour m'en tirer. Si tu le répètes, je te fais abattre, mais, à part ça, fais ce que tu veux. Pigé ?

Il a hoché la tête, mais sa posture avait changé. Sa nervosité était retombée, il se contentait de ronger ses ongles en me regardant comme un vautour. Quand j'ai arrêté de parler, il a retiré son pouce de sa bouche, a souri, et l'a remplacé par la cigarette. Presque comme en rêve, il a soufflé sa fumée vers le hublot et la planète derrière.

— Exactement.

— Exactement quoi ? ai-je demandé.

Schneider a regardé autour de lui d'un air de comploteur, mais les rares autres occupants de l'aile étaient tous regroupés de l'autre côté sur un holoporn de Latimer. Il a souri de nouveau, et s'est penché vers moi.

— Exactement ce que je cherchais. Quelqu'un qui ait un peu de jugeote, comme moi. Lieutenant Kovacs, j'aimerais vous faire une proposition. Quelque chose qui vous sortirait de cette guerre non seulement vivant, mais aussi riche. Plus que vous pouvez imaginer.

— J'ai une imagination sans limites, Schneider.

— Admettons, a-t-il concédé en haussant les épaules. Alors, beaucoup d'argent. Ça vous intéresse ?

J'y ai réfléchi un moment, pour voir d'où viendrait le piège.

— Pas s'il s'agit de changer de camp, non. Je n'ai rien contre Joshua Kemp, personnellement, mais je pense qu'il va perdre, et…

— Pff, ça c'est de la politique, a écarté Schneider d'un mouvement de la main. Rien à voir. Rien à voir avec cette guerre, en fait, si ce n'est par la force des choses. Je parle de quelque chose de solide. Un produit. N'importe quelle corpo paierait un pourcentage de ses bénéfices annuels pour le posséder.

Je doutais qu'on puisse trouver quoi que ce soit de ce genre à la surface de Sanction IV, et je doutais encore plus que Schneider puisse y avoir facilement accès. Mais qu'il ait réussi à se glisser dans un vaisseau militaire du Protectorat, et s'y soit en plus fait soigner alors que – d'après les chiffres les plus optimistes – un demi-million d'hommes demandait la même chose à la surface… Il avait peut-être *une piste*, et, pour l'heure, j'aurais écouté *n'importe quoi* pour quitter ce grand bourbier.

J'ai hoché la tête en écrasant ma cigarette.

— Ça marche.

— Vous en êtes ?

— J'écoute, ai-je corrigé avec calme. Après, ça dépend de ce que tu vas me dire.

Schneider a creusé les joues.

— Je ne suis pas sûr qu'on puisse fonctionner comme ça, lieutenant. J'ai besoin…

— De moi. C'est évident, sinon on ne serait pas en train de parler. Donc, soit on fonctionne comme ça, soit j'appelle la sécurité et je leur demande de te faire cracher le morceau…

Le silence était tendu. Le sourire de Schneider a coulé comme du sang.

— Bon, a-t-il fini par dire. Je crois que je me suis planté à votre sujet. Les archives ne parlaient pas de cet… aspect de votre caractère.

— Si tu as trouvé des archives sur moi, n'en crois pas la moitié. Pour ta culture, Schneider, mon dernier poste militaire officiel était dans les Corps diplomatiques.

J'ai regardé l'effet de ma bombe, en me demandant s'il aurait peur. Les Diplos avaient un statut presque mythique dans le Protectorat, et pas à cause de leur mansuétude. Sur Sanction IV, mon passé n'était pas un secret, mais je n'en parlais qu'en cas de besoin. C'était le genre de réputation qui, au mieux, donnait un silence tendu chaque fois que j'entrais dans la cantine. Au pire, ça poussait les jeunes coqs à me chercher des poux sous prétexte qu'ils avaient plus de neurachem et d'implants musculaires que de cervelle. Carrera m'avait passé un savon après la troisième mort (pile récupérable). Les officiers supérieurs voient d'un mauvais œil les meurtres dans les rangs. Ils préfèrent qu'on réserve notre enthousiasme pour l'ennemi. Il a été décidé que toute référence à mon expérience de Diplo serait enterrée dans les données sensibles des Impacteurs, et que les archives superficielles me qualifieraient de mercenaire professionnel passé chez les marines du Protectorat. C'était un parcours assez courant.

Mais si mon passé de Diplo effrayait Schneider, il n'en a rien laissé paraître. Il s'est rapproché de moi, le visage concentré.

— Les D, hein ? À quel moment ?

— Il y a un petit moment. Pourquoi ?

— Vous étiez à Innenin ?

Le bout de sa cigarette me brûlait sous le nez. La lumière rouge a bavé en trajectoires de tirs laser, creusant des murs en ruine et un sol de boue, tandis que Jimmy de Soto se débattait entre mes bras et mourait en hurlant. La tête de pont d'Innenin était tombée autour de nous.

J'ai fermé les yeux.

— Ouais, j'y étais. Tu me parles de ta fortune corpo, oui ou merde ?

Schneider crevait d'envie d'en parler. Il a pris une autre de mes cigarettes et s'est renfoncé dans la chaise.

— Tu savais qu'après Sauberville, la côte de la Bordure nord est l'un des plus anciens sites de colonisation martienne connus de l'archéologie humaine ?

Ah... J'ai soupiré en laissant mon regard retourner à la vue de Sanction IV derrière le hublot. J'aurais dû m'attendre à un truc du genre. Mais j'étais quand même déçu. Dans ces quelques minutes de conversation, j'avais cru sentir une personnalité forte, qui paraissait trop les pieds sur terre pour ce genre de conneries de civilisation perdue et de technotrésor enfoui.

Cela faisait environ cinq cents ans qu'on avait trouvé le mausolée de la civilisation martienne, et les gens n'avaient toujours pas compris que les artefacts laissés par nos voisins étaient soit complètement hors de notre portée, soit en ruine (voire les deux, allez savoir...). La seule chose qu'on ait pu tirer de ces trucs, c'était les tables stellaires dont la notation à demi comprise nous avait permis d'envoyer nos propres vaisseaux de colonisation vers des destinations terrestroïdes.

Ce succès plus les ruines et artefacts épars que nous avions trouvés sur les mondes en question avaient donné naissance à plusieurs théories, idées et sectes fumeuses. Depuis le temps que je parcourais le Protectorat en long et en large, je les avais presque toutes rencontrées. À certains endroits, on pensait que tout cela n'était qu'une grande conspiration des Nations unies pour masquer le fait que ces cartes étaient en fait apportées par des visiteurs de notre futur. Il y a aussi une religion très raffinée, qui croit que nous sommes les descendants des Martiens, attendant d'être réunis avec les esprits de nos ancêtres qui ont atteint une illumination karmique suffisante. Quelques scientifiques nourrissaient des théories pleines d'espoir disant que Mars n'était qu'un poste avancé, une colonie coupée d'une autre culture dont le point central restait inconnu. Mon idée préférée est que les Martiens se sont installés sur Terre et sont devenus des dauphins pour se défaire des contraintes de la civilisation technologique.

Au final, tout cela revient au même.

— Tu me prends pour un dingue, hein ? Tu penses que je vis dans un holo pour gosses ?

— À peu près, ouais.

— Eh bien alors, écoute-moi jusqu'au bout.

Il fumait à petites bouffées rapides, laissant la fumée filer de sa bouche tandis qu'il parlait.

— Tu vois, tout le monde part du principe que les Martiens étaient comme nous. Pas comme nous physiquement, je veux dire, mais que leur civilisation avait les mêmes paradigmes culturels que nous.

« Paradigmes culturels » ? Ça ne ressemblait pas à sa façon de parler. Il répétait quelque chose qu'on lui avait dit. Mon intérêt s'est légèrement renforcé.

— Donc, on dresse la carte d'un monde comme celui-là, tout le monde se jette dessus quand on trouve des centres d'habitation. Des villes, c'est évident. On est presque à deux années-lumière du système principal Latimer, soit deux biosphères habitables et trois où il va falloir travailler un peu, et toutes avec au moins quelques ruines. Mais dès que les sondes arrivent là-bas et enregistrent des trucs qui ressemblent à des villes, tout le monde se grouille de rappliquer.

— Tu exagères un peu, ça ne se grouille pas tant que ça.

À une vitesse subluminique, il aurait fallu aux barges de colonisation les plus rapides au moins trois ans pour franchir l'espace entre les soleils binaires de Latimer jusqu'à cette petite sœur d'étoile. Dans l'espace interstellaire, rien ne se passe très rapidement.

— Ah ouais ? Tu sais combien de temps il a fallu ? Entre la réception des données de la sonde via l'hyperdiff jusqu'à l'inauguration du gouvernement de Sanction ?

J'ai hoché la tête. En tant que conseiller militaire local, c'était mon boulot de savoir ce genre de choses. Les corpos intéressées avaient expédié la paperasserie de la charte du Protectorat en quelques semaines. Mais c'était il y a un près d'un siècle, et ça ne devait pas avoir grand rapport avec ce que Schneider voulait me dire. Je lui fis signe de continuer.

— Donc, a-t-il dit en levant les mains comme un chef d'orchestre, on a les archéologues. Comme partout ailleurs. Les concessions sont attribuées sur la base du premier venu, premier servi. Le gouvernement servant de négociateur entre les découvreurs et les acquéreurs des corporations.

— En échange d'un pourcentage.

— Ouais, bien sûr. Plus le droit de préempter « contre une compensation convenable toute découverte jugée d'importance vitale pour les intérêts du Protectorat etc., etc. ». Le principal, c'est que n'importe quel archéologue qui veut faire carton plein va vers les centres d'habitation, et c'est ce qu'ils ont tous fait.

— Comment tu sais tout ça, Schneider ? Tu n'es pas archéologue.

Il a tendu la main gauche et remonté sa manche pour me montrer un serpent ailé lové, tatoué à l'illuminum. Les écailles du serpent brillaient d'une lumière propre, et les ailes se déplaçaient légèrement de haut en bas. On entendait presque le battement de ses ailes et le raclement de ses écailles. Dans la gueule du serpent, entre ses crocs, l'inscription *Sanction ligue des pilotes IP*. Le dessin dans son entier était entouré de la devise *Le sol, c'est pour les morts*. Il paraissait presque neuf.

—Beau travail, ai-je commenté en haussant les épaules. Et alors ?

—Je faisais le transport de matériel pour un groupe d'archéologues sur la côte de Dangrek, au nord-ouest de Sauberville. C'était surtout des Gratteurs, mais…

—Des Gratteurs ?

—Ouais. Et alors ? a demandé Schneider en clignant des paupières.

—Ce n'est pas ma planète. Moi, je suis juste là pour faire une guerre. C'est quoi, des Gratteurs ? ai-je demandé patiemment.

—Oh ! Tu sais, des gosses. Tout juste sortis de l'Académie, premières fouilles… Des Gratteurs.

—Gratteurs. Compris. Et qui d'autre ?

—Quoi ?

—Qui n'était pas un Gratteur ? Tu as dit, *surtout des Gratteurs, mais*… Mais qui ?

Schneider me regardait durement. Il n'avait pas aimé que je l'interrompe.

—Ils avaient quelques vieux, aussi. Les Gratteurs prennent tout ce qu'ils trouvent en fouillant, mais il y a toujours quelques vétérans qui ne suivent pas les mêmes règles.

—Ou arrivent trop tard pour trouver un meilleur butin.

—Ouais. (Pour je ne sais quelle raison, cette remarque ne lui a pas plu non plus.) Quelquefois. Enfin là, ils ont trouvé quelque chose.

— Trouvé quoi ?

— Un vaisseau stellaire martien. Intact, a-t-il conclu en écrasant sa cigarette.

— Mon cul.

— Eh si.

J'ai encore soupiré.

— Tu veux me faire croire que vous avez déterré tout un vaisseau spatial, non pardon, *stellaire*, et que personne n'en a parlé ? Personne ne l'a vu. Personne ne l'a remarqué. Vous avez fait quoi, mis une bâche dessus ?

Schneider se lécha les lèvres en souriant. Tout à coup, il prenait de nouveau plaisir à cette conversation.

— Je n'ai pas dit qu'on l'avait déterré, j'ai dit qu'on l'avait trouvé. Kovacs, il fait la taille d'un putain d'astéroïde, et il est loin, au bord du système de Sanction, en orbite stationnaire. Ce qu'on a déterré, c'est une porte qui nous y mène. Un système d'amarrage.

— Une porte ? Un hyperdiffeur ? Tu es sûr qu'ils ont bien lu les technoglyphes ?

J'avais senti un frisson me secouer l'échine en posant cette question.

— Kovacs, c'est une *porte*, a répété Schneider comme à un enfant. On l'a ouverte. On voit de l'autre côté. C'est comme un effet spécial à deux balles. La configuration stellaire l'identifie bien comme local. Il a suffi de passer au travers.

— Pour embarquer sur le vaisseau ?

J'étais fasciné malgré moi. Les Diplos vous apprennent à mentir, à mentir sous polygraphe, à mentir en période de stress extrême, à mentir dans n'importe quelle condition où cela s'avère nécessaire, avec une conviction totale. Les Diplos mentent mieux que n'importe quel autre humain du Protectorat, naturel ou augmenté. En regardant Schneider, j'ai vu qu'il ne mentait pas. Quoi qu'il lui soit arrivé, il croyait absolument à ce qu'il disait.

— Non. Pas dans le vaisseau, non. La porte est centrée sur un point environ à deux kilomètres de la coque. Il tourne toutes les quatre heures et demie, environ. Il faut une combinaison spatiale.

— Ou une navette. Tu pilotais quoi ? ai-je demandé en indiquant le tatouage sur son bras.

— Pff, une chiotte suborbitale, Mowaï. Grande comme une maison. Ça ne passait pas dans la porte.

— Comment ça, ça ne passait pas ? ai-je craché en éclatant de rire.

— Vas-y, rigole. Mais sans ce détail, je ne serais pas dans cette fichue guerre. Je serais dans une enveloppe faite sur mesure à Latimer City. Avec des clones en réserve, loin. Un putain d'immortel, mec. La totale.

— Personne n'avait de combi ?

— Pour quoi faire ? On avait une suborbitale, et personne ne s'attendait à quitter la planète. En fait, personne n'était autorisé à quitter la planète, à part via les ports IP de Landfall. Tout ce qu'on trouvait sur place devait passer la quarantaine d'export. Et personne n'avait trop envie d'essayer. Tu te rappelles la clause de préemption ?

— Ouais. Toute découverte jugée vitale pour les intérêts du Protectorat. Tu n'avais pas envie de cette compensation ? Ou tu pensais qu'elle ne serait pas convenable ?

— Allez, Kovacs ? Qu'est-ce que tu veux trouver de convenable pour un machin pareil ?

J'ai haussé les épaules.

— Faut voir. Dans le secteur privé, ça dépend surtout à qui tu en parles. Une balle dans la pile, sans doute.

— Tu penses qu'on n'aurait pas pu se débrouiller pour le vendre aux corpos ?

Il m'a lancé un sourire crispé.

— Je pense que vous vous seriez très mal débrouillés. Savoir si vous en auriez réchappé vivants ou non, ça dépend de qui vous alliez voir.

— Alors, à qui il fallait s'adresser ?

Je me suis sorti une autre cigarette, pour laisser la question flotter un peu avant d'y répondre.

— Ce n'est pas le sujet, Schneider. Mes tarifs de consultant sont un peu hors de tes moyens. Mais en partenariat, là… Je t'écoute toujours, ai-je ajouté avec un petit sourire. Que s'est-il passé, ensuite ?

Le rire de Schneider était une explosion d'amertume, assez fort pour attirer l'attention du public de l'holoporn où se tordaient des corps en 3D grandeur nature.

— Ce qui s'est passé ? a-t-il demandé en baissant de nouveau la voix jusqu'à ce que les fans se retournent vers leur spectacle. Ce qui s'est passé ? Cette putain de guerre, tiens.

Chapitre 3

Quelque part, un bébé pleurait.

Je suis resté un long moment cramponné à la partie haute de l'écoutille, pour laisser le climat équatorial m'envelopper. J'étais sorti de l'hôpital, bon pour le service, mais mes poumons ne fonctionnaient toujours pas aussi bien que j'aurais aimé. L'air moite me rendait la respiration laborieuse.

— Fait chaud.

Schneider avait coupé les moteurs de la navette, et me serrait de trop près. Je me suis laissé tomber au sol pour qu'il puisse passer, et me suis protégé les yeux contre l'éclat du soleil. D'en haut, le campement paraissait aussi insignifiant que la plupart des maisons construites en urgence, mais de près, cette uniformité cédait sous le poids de la réalité. Les bulles préfa se fendillaient sous la chaleur, et des déchets liquides coulaient dans les allées entre les abris. La puanteur d'un polymère en train de brûler m'est parvenue sur la brise étouffante. Le champ d'atterrissage de la navette avait fait voleter des papiers et plastiques abandonnés là, jusqu'à la clôture la plus proche, que l'électricité réduisait en cendres. Derrière, les systèmes-sentinelles robotisés émergeaient du sol recuit comme du chiendent de fer. Le bourdonnement des générateurs formait une toile de fond perpétuelle pour les bruits humains des internés.

Un petit escadron de miliciens locaux se tenait derrière un sergent, me rappelant vaguement mon père dans l'un de ses bons jours. Ils se sont regroupés en voyant l'uniforme des Impacteurs. Le sergent m'a salué à contrecœur.

— Lieutenant Takeshi Kovacs, des Impacteurs de Carrera, ai-je dit avec impatience. Voici le caporal Schneider. Nous venons chercher Tanya Wardani, l'une de vos pensionnaires, pour interrogatoire.

— Personne ne m'en a informé, a répondu le sergent en fronçant les sourcils.

— Si, sergent. Je viens de le faire.

Dans ce genre de situation, l'uniforme était en général suffisant. Sur Sanction IV, il était de notoriété publique que les Impacteurs étaient les gros bras officieux du Protectorat. On finissait toujours par obtenir ce qu'on voulait. Même les autres unités de mercenaires avaient tendance à laisser faire quand il y avait une contestation sur une réquisition. Mais quelque chose coinçait, pour le sergent. Peut-être un vague amour des règlements, appris lors des défilés d'avant-guerre, quand les choses avaient encore un sens. Ça, ou la vue de ses concitoyens mourant de faim dans leurs préfas.

— Il me faut une autorisation.

J'ai claqué des doigts et tendu la main pour que Schneider me passe les papiers. Je les avais obtenus sans problème. Dans un conflit planétaire comme celui-ci, Carrera donnait à ses officiers en second une latitude d'initiative qui aurait rendu vert de rage un commandant divisionnaire du Protectorat. Personne ne m'avait demandé pourquoi je voulais Wardani. Tout le monde s'en foutait. En fait, le plus difficile, ç'avait été la navette. Les navettes et les transports IP étaient rares. Au final, j'avais dû menacer un colonel des forces régulières, responsable d'un hôpital de campagne au sud-est de Suchinda. Arme au poing. Tôt ou tard, ça me ferait des ennuis. Mais bon... Comme Carrera aimait bien le dire, c'était la guerre, pas un concours de popularité.

— Ça vous suffira, sergent ?

Il a regardé la copie papier, comme s'il espérait que ce soit un faux. L'impatience que trahissaient mes gestes n'était pas tout à fait feinte. L'atmosphère du camp était oppressante, et les pleurs du bébé ne cessaient pas. Je voulais mettre les bouts au plus vite.

Le sergent releva les yeux et me rendit l'autorisation.

— Il faudra voir le commandant, a-t-il dit sans sourciller. Ces gens sont tous sous la supervision du gouvernement.

Je jetai un œil à droite et à gauche, puis me remis face à lui.

— Très bien, ai-je fait en laissant flotter un instant un sourire méprisant qui lui fit détourner le regard. Alors je vais parler au commandant. Caporal Schneider, restez ici. Il n'y en a pas pour longtemps.

Le bureau du commandant était un préfa sur deux niveaux, séparé du reste du camp par des fils électrifiés. Des unités-sentinelles plus petites surmontaient les postes générateurs comme des gargouilles. Des adolescents en uniforme, recrutés il y avait peu, se tenaient à la porte, trop petits pour leur fusil à plasma. Leur visage jeune paraissait à vif sous leur casque de combat bourré de gadgets. Je ne comprenais pas ce que ces gamins faisaient là. Soit les robots étaient faux, soit le camp souffrait d'un sureffectif crasse. Nous sommes passés sans un mot, avons gravi un escalier en alliage léger collé sans précaution au flanc du préfa, et le sergent a sonné à la porte. La sécuricam du chambranle s'est dilatée, et la porte s'est ouverte. Je suis entré, respirant avec joie l'air froid de la clim.

Le seul éclairage, ou presque, dans la pièce, provenait des moniteurs de sécurité sur le mur opposé. À côté, un bureau en plastique moulé soutenant un datacube holo bon marché, avec clavier. Le reste de la surface était couvert de sorties papier enroulées, de marqueurs et autre fatras administratif. Des tasses à café abandonnées émergeaient de ce foutoir comme des tours de refroidissement dans un désert industriel.

On apercevait par endroits, sur le bureau, un câble qui courait jusque dans le bras de la silhouette avachie derrière le bureau.

— Commandant ?

La vue sur quelques caméras de sécurité a changé, et, dans la lumière clignotante, j'ai aperçu un éclat de métal le long du bras.

— Qu'y a-t-il, sergent ?

La voix de l'homme était traînante, résignée. Je me suis avancé dans la pénombre, et l'homme derrière le bureau a levé la tête. À peine. J'arrivais à distinguer un œil photorécepteur bleu et un patchwork d'alliage de prothèse sur un côté du visage et du cou, jusqu'à l'épaule gauche, qui ressemblait à une combi spatiale sans en être une. Presque tout le côté gauche avait disparu, remplacé par des unités servo-articulées, de la hanche à l'aisselle. Le bras était fait de longs systèmes hydrauliques en acier, achevés par une griffe noire. Le poignet et la section de l'avant-bras étaient munis d'une demi-douzaine de prises métallisées, l'une d'entre elles occupée par le câble de la table. À côté, une petite lumière rouge pulsait avec langueur. Circulation du courant.

J'ai salué face au bureau.

— Lieutenant Takeshi Kovacs, des Impacteurs de Carrera, ai-je énoncé doucement.

— Eh bien…, a fait le commandant en se redressant péniblement dans sa chaise. Vous voulez peut-être un peu de lumière, lieutenant. Je préfère l'obscurité, mais… j'ai l'œil pour cela. Ce n'est peut-être pas votre cas.

Il a tendu une main maladroite vers le clavier, et, après trois tentatives, la lumière s'est répandue dans les coins de la pièce. Le photorécepteur a paru s'estomper, et l'œil humain, dans le vague, s'est fixé sur moi. Ce qui restait du visage était fin, sans doute beau, mais la longue exposition au câble avait privé les petits muscles d'un apport électrique cohérent, et lui donnait une expression relâchée et stupide.

— C'est mieux ? Sans doute. Après tout, vous venez du Dehors.

Le visage a tenté quelque chose qui tenait plus du rictus que du sourire. La majuscule était lourde d'ironie. Il indiqua les moniteurs de sécurité.

— Un monde en dehors de ces petits yeux, et tout ce que leurs méchants petits esprits peuvent rêver. Dites-moi, lieutenant, sommes-nous toujours en guerre pour le sol violé, je veux dire volé, le sol volé de toutes ses richesses archéologiques de notre planète adorée ?

Mes yeux se sont posés sur le jack et la lumière rouge qui pulsait, avant de revenir à son visage.

— J'aimerais avoir toute votre attention, commandant.

Il m'a regardé fixement, puis sa tête a pivoté d'un geste tout à fait mécanique pour regarder le câble.

— Oh, ça, a-t-il murmuré.

Il s'est retourné d'un coup face au sergent, qui était resté sur le pas de la porte avec deux miliciens.

— Sortez.

Le sergent s'est exécuté avec une vivacité qui trahissait tout son dégoût de se trouver dans cette pièce. Les hommes de main ont suivi, refermant la porte en douceur derrière eux. Quand la serrure s'est enclenchée, le commandant s'est laissé retomber sur sa chaise, et sa main droite est allée à l'interface. Un bruit a échappé de ses lèvres, un soupir ou une quinte de toux, voire un rire. J'ai attendu qu'il soit débranché.

— Pratiquement plus rien, vraiment, a-t-il dit en indiquant la lumière qui clignotait encore. Je ne pourrais sans doute pas survivre à une déconnexion complète, dans cet état. Si je m'allongeais, je ne me relèverais sans doute pas. Alors je reste dans ce fauteuil. L'inconfort me réveille. Régulièrement. Puis-je vous demander ce que les Impacteurs de Carrera me veulent ? Nos réserves médicales sont épuisées depuis des mois, et même la nourriture qu'on nous envoie constitue à peine des rations complètes. Pour mes hommes, bien sûr. Je parle du beau régiment que je commande ici. Nos résidents en ont encore moins.

Encore un geste, cette fois pour le mur de moniteurs.

— Les machines, bien sûr, ne mangent pas. Elles sont autonomes, ne se plaignent pas, et n'ont aucune empathie problématique pour ce qu'elles gardent. Des soldats idéaux. Comme vous le voyez, j'essaie de les rejoindre, mais le processus sera encore long…

— Je ne viens pas pour vos réserves, commandant.

— Ah, alors c'est disciplinaire. Ai-je transgressé une nouvelle règle du Cartel ? À moins que je sois une honte pour votre effort de guerre ? (Cette idée a paru l'amuser.) Vous êtes un assassin ? Un exécutant des Impacteurs ?

J'ai secoué la tête.

— Je suis ici pour une de vos pensionnaires. Tanya Wardani.

— Ah oui, l'archéologue !

Comme un coup au ventre. Je n'ai rien dit, et j'ai posé l'autorisation imprimée sur la table devant le commandant. Attendu. Il l'a prise avec difficulté, et a penché la tête avec un angle exagéré, tenant le papier loin de lui, comme si c'était un holojouet qu'il fallait voir d'en bas. Il paraissait murmurer quelque chose sous sa barbe.

— Un problème, commandant ? ai-je demandé rapidement.

Il a baissé le bras pour s'appuyer sur le coude, agitant l'autorisation dans ma direction. Par-dessus les mouvements de la feuille, son œil humain paraissait soudain plus attentif.

— Que voulez-vous d'elle ? a-t-il demandé d'une voix douce. La petite Tanya, la Gratteuse. Que représente-t-elle pour les Impacteurs ?

Je me suis demandé avec un frisson soudain si j'allais être obligé de tuer cet homme. Ce ne serait pas difficile. Ça ne ferait qu'avancer son décès de quelques mois, au mieux. Mais il y avait le sergent derrière la porte. La milice. À mains nues, j'aurais du mal, et je ne savais toujours pas comment les robots-sentinelles étaient programmés. J'ai fait passer toute cette glace dans ma voix.

— Commandant, cela vous regarde encore moins que moi. J'ai des ordres à appliquer, et, à présent, vous aussi. Avez-vous Wardani dans le camp, ou non ?

Mais il n'a pas détourné le regard comme le sergent l'avait fait. C'était peut-être à cause de l'accoutumance qui le poussait et le maintenait, une amertume contenue qu'il avait découverte en se branchant sur l'orbite dégradée autour de son propre noyau. À moins que ce soit un morceau de granite détaché de son ancienne personnalité. Il n'allait pas céder.

Derrière mon dos, en préparation, ma main droite se serrait et se desserrait.

Son avant-bras droit s'est écroulé sur le bureau comme une tour dynamitée, et le papier a volé de ses doigts. Ma main s'est tendue toute seule pour coincer la feuille contre le bord du bureau avant qu'elle tombe. Le commandant a eu un bruit de gorge sec.

Un moment, nous avons tous les deux regardé la main qui tenait l'autorisation. Puis le commandant s'est laissé retomber.

— Sergent ! a-t-il crié de sa gorge à vif.

La porte s'est ouverte.

— Sergent, faites sortir Wardani du préfa dix-huit et menez-la à la navette du lieutenant.

Le sergent est parti après avoir salué, soulagé que la décision ne soit plus entre ses mains. Cela s'est vu sur son visage, comme une injection de tranquillisant.

— Merci, mon commandant.

J'ai ajouté mon propre salut, rangé l'autorisation et me suis préparé à partir. J'étais presque à la porte quand il a repris la parole.

— Elle est populaire.

— Quoi ? ai-je fait en me retournant.

— Wardani. Vous n'êtes pas le premier, a-t-il expliqué avec un éclair dans le regard.

— Pas le premier à quoi ?

— Il y a moins de trois mois. (Il augmentait le courant dans son bras gauche tout en parlant, et son visage était saisi de tics.) Nous avons eu un petit raid. Des kempistes. Ils ont déjoué les machines du périmètre et sont entrés. Très high-tech, par rapport à leurs moyens par ici.

Sa tête a basculé lentement par-dessus l'appuie-tête, et un long soupir a coulé de sa poitrine.

— Très high-tech. Enfin. Ils venaient pour elle.

J'ai attendu qu'il continue, mais sa tête a glissé sur le côté. J'hésitais. En dessous, deux miliciens me regardaient bizarrement. Je suis retourné au bureau du commandant, et j'ai pris son visage dans mes deux mains. L'œil humain était révulsé, la pupille flottant contre la paupière supérieure comme un ballon au plafond d'une pièce où la fête est finie depuis longtemps.

— Lieutenant.

L'appel venait de l'escalier. J'ai fixé le visage éteint un instant de plus. Il respirait (mal) par ses lèvres à demi ouvertes. Il y avait un fantôme de sourire aux commissures de ses lèvres. À la périphérie de ma vision, la lumière rouge clignotait.

— Lieutenant ?

— J'arrive.

J'ai lâché la tête, et je suis reparti dans la chaleur en fermant la porte derrière moi.

Schneider était assis sur le train d'atterrissage avant quand je suis revenu, amusant une foule d'enfants en haillons avec ses tours de passe-passe. Quelques uniformes le regardaient à distance respectable depuis l'ombre d'une bulle préfa. Il a levé les yeux à mon approche.

— Un problème ?

— Non. Fais dégager les gamins.

Schneider m'a considéré d'un sourcil relevé et a fini son tour sans se presser. Au final, il a tiré de l'oreille de chaque enfant des petits jouets de plastique à mémoire de forme. Ils l'ont fixé avec un silence incrédule tandis qu'il montrait le fonctionnement des petites silhouettes. Si on les écrasait, elles reprenaient leur forme bout par bout, comme des amibes. Il fallait absolument qu'un labo de génétique corpo ponde des soldats comme ça. Les enfants étaient bouche bée. C'était un autre tour de magie, pour eux. Moi, à leur âge, un truc aussi indestructible m'aurait flanqué des cauchemars. Mais aussi dure qu'ait été mon enfance, c'était une promenade de santé par rapport à la leur.

— Tu ne leur rends pas service, à leur faire croire qu'un homme en uniforme peut être sympa.

Schneider m'a lancé un regard étrange et a frappé dans ses mains avec bruit.

— C'est tout, les petits. Fichez le camp. Allez, le spectacle est fini.

Les enfants sont partis d'un pas traînant, tristes de quitter leur oasis d'amusement et de cadeaux. Schneider a croisé les bras en les regardant partir, le visage hermétique.

— Où tu as eu ces machins ?

— Dans la soute. Quelques paquets de secours pour réfugiés. J'imagine que l'hôpital à qui nous avons pris la navette n'en avait pas besoin.

— Non, là-bas, ils ont déjà abattu tous les réfugiés. (J'ai indiqué la petite troupe d'un mouvement du menton.) La milice du camp va sans doute confisquer tout ça une fois qu'on sera partis.

— Je sais, a répondu Schneider en haussant les épaules. Mais je leur ai déjà donné le chocolat et les tranquillisants. Qu'est-ce qu'on y peut ?

Bonne question, qui suscitait de très, très mauvaises réponses. En voyant les membres les plus proches de la milice, j'ai envisagé quelques-unes des plus sanglantes.

— La voilà, a dit Schneider en tendant le doigt.

J'ai suivi le geste. Le sergent et deux autres uniformes encadraient une petite silhouette aux mains attachées devant elle. J'ai plissé les yeux contre le soleil, et déclenché le zoom de ma vision neurachem.

Tanya Wardani devait être un peu plus mignonne à son époque d'archéologue. Sa silhouette longiligne aurait mérité d'être plus en chair. Ses cheveux sombres, une fois lavés et relevés, auraient été charmants. À l'époque, elle ne devait pas non plus avoir les bleus à demi effacés qui lui mangeaient le visage. Si ça se trouve, elle aurait même pu sourire un peu en nous voyant. Une légère courbure de sa grande bouche, en reconnaissance.

Elle a vacillé, fait un pas de côté, et l'une de ses escortes a dû la soutenir. À côté de moi, Schneider a fait mine de vouloir s'avancer, et s'est dominé.

— Tanya Wardani, a dit le sergent d'une voix raide.

Il m'a tendu une bande de plastique blanche, imprimée d'un bout à l'autre de codes-barres. Puis un scanner.

— Il me faut votre identité pour le transfert.

J'ai indiqué d'un doigt le code sur ma tempe, et attendu sans sourciller que la lumière rouge me balaie le visage. Le sergent a trouvé la ligne particulière qui correspondait à Tanya Wardani et y a braqué le scanner. Schneider a fait un pas pour prendre la femme par le bras, la faisant monter à bord de la navette avec toutes les apparences du détachement froid. Wardani elle-même a joué le jeu sans que son visage pâle trahisse quoi que ce soit. J'allais les suivre, quand le sergent m'a rappelé d'une voix dont la rudesse s'était faite plus marquée encore.

— Lieutenant ?

— Oui, qu'y a-t-il ? ai-je répondu avec une impatience croissante dans la voix.

— Elle va revenir ?

Je me suis retourné dans l'écoutille, levant un sourcil comme Schneider l'avait fait à mon égard, quelques minutes plus tôt. Il n'avait pas à me poser cette question, et il le savait.

— Non, sergent, ai-je expliqué d'un ton paternel. Elle ne reviendra pas. Nous l'emmenons pour l'interroger. Oubliez-la.

J'ai refermé l'écoutille.

Mais quand Schneider a fait pivoter la navette vers le haut, j'ai regardé par le hublot, et je l'ai vu là, debout, balayé par la poussière de notre départ.

Il n'a même pas pris la peine de se protéger le visage de la poussière.

Chapitre 4

Nous avons mis cap à l'ouest en effet grav, survolant un mélange de buissons et de taches de végétation plus sombre là où la flore avait réussi à trouver quelques nappes souterraines. Vingt minutes plus tard, nous avons retrouvé la côte et des mers infestées, d'après les renseignements des Impacteurs, de mines intelligentes kempistes. Schneider restait en vitesse subsonique. Facile à suivre.

J'ai passé le début du vol dans la cabine principale, en faisant semblant de traiter des affaires courantes que la navette téléchargeait d'un des satellites de commandement de Carrera. En réalité, j'observais Tanya Wardani avec l'œil entraîné d'un Diplo. Elle était tassée dans le siège le plus éloigné de l'écoutille, et donc le plus proche des hublots de droite, le front appuyé contre la vitre. Elle avait les yeux ouverts, mais j'avais du mal à dire si elle regardait vraiment le sol. Je n'ai pas essayé de lui parler – j'avais vu des milliers de masques comparables cette année et je savais qu'elle ne l'enlèverait que quand elle serait prête. Peut-être jamais. Wardani portait l'équivalent émotionnel d'un scaphandre de zéro atmosphère. C'était la seule réponse humaine quand les paramètres moraux de l'environnement extérieur sont devenus si dangereusement variables que l'esprit ne peut plus y survivre sans protection. Ces derniers temps, on appelait ça « traumatisme de guerre ». Un terme global qui explique à ceux qui voudraient le traiter tout le problème en un minimum de temps. Il y avait sans doute pléthore de techniques psychologiques plus ou moins efficaces pour le réparer, mais le but ultime de toute philosophie médicale, celle qui veut prévenir plutôt que guérir, était dans ce cas hors d'atteinte pour l'humanité.

Pour moi, ce n'était pas une surprise que nous continuions à nous taper dessus comme des néandertaliens au milieu des ruines élégantes de la civilisation martienne, sans avoir la moindre idée de la façon dont cette culture fonctionnait. Après tout, on ne s'attend pas à ce qu'un équarrisseur puisse remplacer un neurochirurgien au pied levé. Impossible de dire quels dégâts irrémédiables nous avions pu causer au corps de connaissances et de technologies que les Martiens avaient bien imprudemment abandonné pour que nous le trouvions. Au final, nous n'étions qu'une meute de chacals reniflant les cadavres brisés dans les décombres d'un avion écrasé.

— On arrive en vue de la côte, a dit la voix de Schneider à l'intercom. Tu veux que je te rejoigne ?

J'ai levé le nez de mon affichage holo, aplatissant les données sur la base pour regarder Wardani. Elle avait un peu bougé la tête en entendant la voix de Schneider, mais les yeux qui avaient trouvé le haut-parleur dans le plafond étaient encore voilés par le blindage émotionnel. Il ne m'avait pas fallu très longtemps pour arracher à Schneider les détails de sa relation antérieure avec cette femme, mais je ne savais toujours pas quelles conséquences cela aurait à présent. De son propre aveu, leur liaison très limitée avait connu une fin abrupte au début de la guerre, deux ans plus tôt. Aucune raison de supposer que cela pourrait causer des problèmes. Ma pire hypothèse, que je gardais pour moi, était que toute cette histoire de vaisseau n'était qu'un mensonge de Schneider pour permettre la libération de l'archéologue et leur départ de la planète. À en croire le commandant du camp, il y avait déjà eu une tentative pour libérer Wardani. Je me demandais un peu si ces commandos mystérieusement bien équipés n'avaient pas été les derniers pigeons de Schneider dans son effort pour retrouver sa partenaire. Si j'avais raison, cela me mettrait très en colère.

Mais dans mon for intérieur, là où cela comptait vraiment, je n'y croyais pas. Tout s'était trop bien passé depuis notre départ de l'hôpital. Les dates et les noms étaient corrects – il y avait bien eu une fouille archéologique sur la côte, au nord-ouest de Sauberville, et Tanya Wardani était désignée comme régulatrice du site. Le pilote chargé du fret était un dénommé Ian Mendel, pilote de guilde, mais c'était le visage de Schneider, et le manifeste de matériel commençait par le numéro de série et les plans de vol archivés d'une suborbitale encombrante Mowaï Series Ten. Même si Schneider avait déjà voulu faire sortir Wardani, c'était pour des raisons plus matérielles que sentimentales.

Ou alors, quelqu'un d'autre avait reçu les mêmes informations.

J'ai fermé l'affichage de données et me suis levé juste quand la navette virait vers la mer. Calé d'une main contre les compartiments au-dessus de ma tête, j'ai regardé l'archéologue.

— Si j'étais vous, j'attacherais ma ceinture. Ça va sans doute secouer dans les minutes qui viennent.

Elle n'a rien répondu, mais ses mains se sont déplacées sur ses genoux. Je suis parti vers le cockpit.

Schneider a levé les yeux à mon entrée, tenant d'une main souple les bras du fauteuil de pilotage manuel. Il a indiqué de la tête un affichage digital, agrandi vers le haut de l'espace de projection des instruments.

— Le compteur de profondeur est toujours à moins de cinq mètres. Le fond s'étend sur des kilomètres avant qu'on arrive en haute mer. Tu es sûr que ces saloperies ne s'aventurent pas aussi près ?

— Si elles étaient là, tu les verrais dépasser de l'eau, ai-je dit en prenant le siège du copilote. Les mines intelligentes sont à peine plus petites qu'une bombe maraudeuse. En fait, c'est un mini sous-marin automatisé. Tu as tout enclenché ?

— Bien sûr. Mets ton masque. Les armes sont sur le bras droit.

J'ai enfilé la visière élastique du mitrailleur et posé les pads d'activation sur mes tempes. Un paysage maritime en couleurs primaires s'est enroulé sur mon champ de vision. Bleu pâle, ombré de gris pour le relief du fond marin. Les éléments fabriqués apparaîtraient en rouge, plus ou moins foncé selon leur adéquation aux paramètres que j'avais programmés plus tôt. La plupart du temps, ils étaient rose clair, débris d'alliage inanimés sans la moindre activité électronique. Je me suis laissé glisser dans la représentation virtuelle de ce que voyaient les senseurs de la navette, me suis forcé à cesser de chercher activement quoi que ce soit. Je me suis détendu pour entrer complètement dans l'état zen.

Les Diplos n'enseignaient pas vraiment le déminage. Mais la préparation totale qui vient, paradoxalement, quand on n'attend rien du tout, était essentielle pour l'entraînement de base. Un Diplo du Protectorat, déployé via hyperdiff par transmission d'humain digitalisé, pouvait s'attendre à se réveiller littéralement dans n'importe quoi. Au mieux, il se retrouvait dans un corps étranger, sur un monde étranger, entouré d'étrangers qui cherchaient à lui tirer dessus. Même dans le meilleur des cas, aucun briefing ne peut vous préparer à un changement d'environnement aussi total. Et dans les circonstances instables voire mortelles que les Diplos sont censés gérer, ce n'est même pas la peine d'essayer.

Virginia Vidaura, formatrice des Diplos, les mains dans les poches de son pardessus, nous regardant avec une interrogation calme. Premier jour, introduction.

Puisqu'il est logistiquement impossible de s'attendre à tout, nous avait-elle dit d'un ton égal, *nous vous enseignerons à ne vous attendre à rien. Comme ça, vous serez prêts à y faire face.*

Je n'ai même pas vu consciemment la première mine intelligente. J'ai aperçu un éclair rouge du coin de l'œil, et mes mains avaient déjà entré les coordonnées et lancé les micros d'élimination de la navette. Dans mon panorama virtuel, le sillage vert des petits missiles a plongé sous la surface comme des requins inversés et piqué la mine en attente avant qu'elle puisse bouger ou répondre. La déflagration et la surface de la mer se sont arquées comme un corps sur une table d'interrogatoire.

Il était une fois un monde où les hommes avaient besoin de gérer seuls leur système d'armement… Ils traversaient le ciel dans des aéroplanes à peine plus grands ou mieux équipés que des baignoires, et défouraillaient toute la quincaillerie qu'ils pouvaient emporter avec eux dans le cockpit. Plus tard, ils ont conçu des armes qui pouvaient faire le même travail plus vite et plus précisément que n'importe quel humain. Et le ciel est devenu un monde de machines. Puis les biosciences naissantes ont commencé à rattraper l'électricité. Soudain, un humain pouvait de nouveau avoir la vitesse et la précision d'une machine. Depuis, c'est une course pour voir laquelle de ces deux technologies peut s'améliorer le plus vite, les machines externes ou le facteur humain. Dans cette course particulière, la psychodynamique des Diplos était un sprint surprise à la corde.

Certaines machines de guerre sont plus rapides que moi, mais nous n'avions pas la chance d'en avoir une à bord. La navette était une auxiliaire d'hôpital, et son armement purement défensif se composait d'une tourelle à micros à l'avant et d'un ensemble leurre-esquive auquel je n'aurais pas confié un cerf-volant. Il allait falloir se débrouiller à la main.

— Une de moins. Le reste de la meute ne doit pas être loin. Freine un grand coup. Fais-nous descendre et arme la quincaillerie.

Elles sont arrivées par l'ouest, courant sur le fond de l'eau comme de grosses araignées cylindriques, attirées par la mort violente de leur sœur. J'ai senti la navette piquer du nez quand Schneider nous a descendus à moins de dix mètres d'altitude, puis la vibration du rack de bombes à ferraille. Mes yeux ont survolé les mines. Sept, en convergence. Elles étaient généralement cinq par meute, ce devait donc être des restes de deux groupes. Mais qui avait bien pu réduire leur nombre… ? À ce que j'avais lu dans les rapports, il n'y avait dans ces eaux que des navires de pêche depuis le début de la guerre. Les hauts-fonds en étaient pleins.

J'ai accroché la mine de tête et l'ai tuée d'un geste détaché. J'ai vu les premières torpilles jaillir des six autres pour monter vers nous.

— Elles nous ont vus.

— Moi aussi, a dit Schneider d'une voix vide.

La navette a fait une manœuvre d'évitement. J'ai saupoudré sur la mer des micros à tête chercheuse.

Mine intelligente, ce n'est pas un nom approprié. En fait, elles sont assez bêtes. Logique, puisqu'elles sont construites pour une gamme d'activités si étroite qu'il vaut mieux ne pas les rendre trop futées. Elles s'attachent au fond marin avec une griffe pour stabiliser le lancement, et attendent que quelque chose les survole. Certaines peuvent s'enfouir assez profond pour se cacher des spectroscanners, d'autres se camouflent en débris sur le fond de la mer. Ce sont avant tout des armes statiques. En mouvement, elles peuvent attaquer, mais sans précision.

Encore mieux : leur esprit a un mode d'acquisition exclusif, dogmatique, qui accroche tout ce qui vole ou évolue à la surface avant de tirer. Contre les aéronefs, elles utilisent des micros sol-air, et contre les navires des torpilles. Celles-ci peuvent passer en mode missile en un clin d'œil, abandonnant leur système de propulsion au niveau de la surface et utilisant des réacteurs grossiers pour décoller… mais elles sont *lentes*…

Près de la surface, en vitesse très réduite, nous avions été identifiés comme un bateau. Les torpilles ont émergé dans notre ombre, sans rien trouver, et les micros à tête chercheuse les ont éliminées pendant qu'elles se débarrassaient de leur propulsion aquatique. De son côté, la salve de micros que j'avais lancée a cherché et détruit deux, non trois mines. À ce rythme-là…

AVARIE.

AVARIE.

AVARIE.

Le voyant d'alerte clignotait en haut à gauche de mon champ de vision, les détails défilant peu à peu. Je n'avais pas le temps de lire. Les contrôles de tir étaient figés entre mes mains, enrayés, les deux micros suivants non armés dans leur tube de lancement. *Putain d'antiquité de surplus de Nations unies de m…* m'a traversé l'esprit comme un météore. J'ai collé une claque à l'option d'autoréparation d'urgence. Le cerveau de résolution de problème rudimentaire de la navette s'est plongé dans les circuits grillés. Pas le temps. Il lui faudrait plusieurs minutes pour réparer. Les trois autres mines nous ont tiré dessus avec des sol-air.

— Sch…

Quels que soient ses autres torts, Schneider était un très bon pilote. Il a monté la navette en chandelle avant que la syllabe ait quitté mes lèvres. Ma tête a cogné contre le siège tandis qu'on sautait dans le ciel, emportant une traîne de missiles sol-air derrière nous.

— Je suis enrayé.

— Je sais.

— Balance des leurres.

J'avais crié, pour lutter contre les alertes de proximité qui me hurlaient dans les oreilles. L'altimètre a dépassé le kilomètre.

— J'y travaille.

La navette a résonné du largage des leurres. Ils ont explosé deux secondes après notre passage, jonchant le ciel de petits appeaux électroniques. Les sol-air se sont répartis ces cibles faciles. Sur le pupitre des armes au bord de ma vision, une lumière verte a clignoté. Comme pour enfoncer le clou, le lanceur a exécuté son dernier ordre, resté inaccompli, et a lancé les deux micros en attente dans l'espace vide devant nous. À côté de moi, Schneider a poussé un jappement de joie et viré vers la surface. Les champs de manœuvre ont compensé le mouvement avec retard, et j'ai senti mes tripes ballotter comme une eau saumâtre. J'espérais que Tanya Wardani n'avait pas mangé ce matin.

Nous sommes restés un moment sur les champs antigrav de la navette, puis Schneider a éteint la poussée, et nous avons plongé droit vers la surface de l'eau. Une deuxième vague de missiles est venue à notre rencontre.

— *Leurres !!!*

La rampe des bombes s'est ouverte de nouveau dans un grand claquement. Voyant les trois mines intactes en contrebas, j'ai vidé les munitions de la navette, en retenant mon souffle. Les micros se sont lancés à la perfection. Au même moment, Schneider a enclenché les champs de grav, et le petit vaisseau a frissonné de bord à bord. Les bombes de leurres, tombant plus vite que la navette en plein freinage qui les avait lancées, ont explosé un peu en dessous de nous. Ma vision virtuelle était noyée de neige rouge devant cette éclosion, puis sous l'explosion des missiles sol-air qui s'y sont détruits. Mes micros étaient partis, lancés par la petite fenêtre de tir avant l'envoi des leurres. Ils s'étaient verrouillés sur les mines en contrebas.

La navette est descendue en spirale derrière les débris de leurres et de missiles égarés. Un instant avant que nous entrions en contact avec la surface, Schneider a envoyé d'autres leurres, soigneusement préparés. Ils ont explosé pile quand on a touché la surface.

— On est en dessous, a annoncé Schneider.

Sur mon écran, le bleu pâle de la mer fonçait à mesure qu'on descendait, nez incliné. Je me suis retourné, à la recherche de mines. Rien qu'une zone de débris satisfaisante. J'ai poussé un dernier soupir, libérant l'air inspiré dans notre ascension vertigineuse.

— Ça, ai-je dit à personne en particulier, c'était très moche.

Nous avons touché le fond, immobiles un moment avant de remonter un peu. Autour de nous, les éclats de la dernière bombe de leurres se posaient. J'ai étudié les fragments roses avec soin, en souriant. J'avais préparé les deux dernières bombes moi-même – moins de une heure de travail la veille de la libération de Wardani, mais il avait fallu trois jours sur les zones de combat et les terrains d'atterrissages bombardés pour réunir les pièces nécessaires de carlingue et de circuits.

J'ai enlevé la visière d'artilleur et me suis frotté les yeux.

— On est loin ?

Schneider a tripoté les instruments.

— Environ six heures, si on maintient cette flottaison. Si j'aide le courant avec les gravs, on pourrait mettre moitié moins de temps.

— Oui, et aussi se faire dégommer. On n'a pas fait tout ça juste par plaisir. Tu laisses les champs à zéro, et tu profites de ton temps libre pour effacer le visage que tu as dessiné sur la visière.

Schneider m'a lancé un regard séditieux.

— Et toi, pendant ce temps-là ?

— Je vais faire des réparations, ai-je répondu en retournant auprès de Tanya Wardani.

Chapitre 5

Le feu lançait des ombres, faisant de son visage un masque camouflé d'ombre et de lumière. Ce visage avait pu être beau avant que le camp l'avale. Mais les rigueurs de l'internement politique l'avaient transformé en catalogue émacié d'os et de creux. Les yeux étaient éteints, les joues hâves. Dans le puits de son regard, le feu se reflétait sur des pupilles fixes. Des mèches rebelles lui barraient le front comme de la paille. Une de mes cigarettes pendait à ses lèvres, pas encore allumée.

— Vous ne voulez pas la fumer ? ai-je demandé après un temps.

C'était comme parler avec une mauvaise liaison satellite. Deux secondes de délai avant que l'étincelle dans son regard remonte pour se poser sur mon visage. Sa voix était fantomatique, rauque de n'avoir pas servi.

— Quoi ?

— La cigarette. Site Sevens, c'est tout ce que j'ai pu trouver en dehors de Landfall.

Je lui ai tendu le paquet, et elle l'a pris comme elle pouvait, le retournant plusieurs fois avant de trouver la pastille d'allumage et de la coller contre le bout de la cigarette. Presque toute la fumée s'échappait dans la petite brise, mais elle en a avalé un peu en grimaçant.

— Merci, a-t-elle dit tout bas, en tenant le paquet à deux mains comme un petit animal sauvé de la noyade.

J'ai terminé ma propre cigarette en silence, le regard parcourant la cime des arbres au-dessus de la plage. C'était une prudence programmée, ne reposant sur aucune impression de danger. L'analogue diplo d'un homme détendu qui bat la mesure avec les doigts. Dans les Diplos, on a conscience des dangers potentiels autour de soi, comme la plupart des gens savent que ce qu'on tient tombe si on le lâche. La programmation a le même côté instinctif. Personne ne baisse la garde, tout comme un être humain normal ne lâche jamais un verre plein volontairement.

— Vous m'avez fait quelque chose.

C'était la même voix douce qu'elle avait utilisée pour me remercier de la cigarette. Mais quand mon regard a quitté les arbres pour se poser sur elle, ses yeux se sont réveillés. Ce n'était pas une question.

— Je le sens, a-t-elle dit en touchant le côté de sa tête. Ici. C'est comme. Une ouverture.

J'ai hoché la tête, cherchant les mots justes. Sur la plupart des mondes que j'avais visités, entrer sans y être invité dans la tête de quelqu'un est un crime moral grave, et seules les agences gouvernementales pouvaient se le permettre régulièrement. Il n'y avait aucune raison de croire que le secteur Latimer, Sanction IV ou Tanya Wardani raisonneraient différemment. Les techniques de cooptation des Diplos utilisent de façon assez brutale l'énergie psychosexuelle qui enrichit les humains au niveau génétique. Bien exploitée, la matrice de force animale disponible dans ces endroits accélère la guérison psychique par des facteurs incroyables. On commence par une hypnose légère, pour rentrer dans un engagement personnel de réparation rapide, pour finir par un contact corporel étroit qui n'échappe à l'appellation de préliminaire sexuel que d'un point de vue technique. Un petit orgasme induit par hypnose achève généralement le processus de contact, mais, avec Wardani, quelque chose m'avait fait reculer à la dernière phase. Tout le processus était déjà trop proche d'un viol.

D'un autre côté, il fallait que la psyché de Wardani soit en un seul morceau, et dans des conditions normales cela aurait pris des mois, voire des années. Nous ne pouvions vraiment pas nous octroyer un tel luxe.

— C'est une technique, ai-je expliqué d'un ton prudent. Un système de guérison. J'étais Diplo, avant.

— Je pensais que les Diplos étaient des machines à tuer, a-t-elle dit en tirant une bouffée.

— C'est ce que le Protectorat veut faire croire. Pour faire peur aux colonies, au niveau viscéral. La vérité est bien plus complexe, et en fait bien plus effrayante, quand on prend le temps d'y réfléchir. La plupart des gens n'aiment pas réfléchir, ai-je ajouté avec un haussement d'épaules. Ça nécessite trop d'efforts. Ils préfèrent lire les gros titres édulcorés.

— Vraiment ? C'est-à-dire ?

Je sentais que la conversation s'orientait vers une dispute, et me suis approché de la chaleur du feu.

— Sharya. Adoracion. Les méchants Diplos bardés de techno arrivant sur des faisceaux d'hyperdiff et décantant des enveloppes biotech à la pointe du progrès pour écraser toute résistance. Bien sûr, on le faisait aussi, mais les gens ne comprennent pas que nos cinq meilleurs déploiements ont été des missions d'infiltration diplomatique, sans la moindre goutte de sang versée. Manipulation des régimes. On est arrivés et repartis sans encombre, sans que quiconque le sache.

— On dirait que vous en êtes fier.

— Non.

— D'où le « avant » ? a-t-elle demandé avec un regard franc.

— En gros.

— Comment arrête-t-on d'être Diplo ?

J'avais tort. Ce n'était pas une conversation. Tanya Wardani m'évaluait.

— Vous avez démissionné ? Ils vous ont viré ?

— Je préférerais ne pas en parler, ai-je répondu avec un faible sourire. Si ça ne vous dérange pas…

— Vous préférez ne pas en parler ? (Sa voix n'a pas monté, mais elle a éclaté en fragments de rage.) Putain, Kovacs, pour qui vous vous prenez ? Vous débarquez sur cette planète avec vos armes de destruction massive, vos airs de professionnel du carnage, et vous essayez de me jouer la carte de l'âme innocente ? Allez vous faire foutre avec votre douleur. J'ai failli crever, dans ce camp. J'ai regardé mourir des femmes et des enfants. Je me cogne de ce que vous avez subi. Répondez-moi. Pourquoi n'êtes-vous plus chez les Diplos ?

Le feu craquait tout seul. J'ai cherché une braise et l'ai fixée un moment. J'ai revu la lumière du laser, qui jouait contre la joue et le visage dévasté de Jimmy de Soto. J'étais déjà retourné un nombre de fois incalculables à cet endroit, dans ma tête, mais ça ne s'arrangeait jamais. Un idiot a dit un jour que le temps efface toutes les blessures à l'époque, il n'y avait pas de Diplos. Le conditionnement implique une mémoire totale, et quand on vous laisse partir, vous emportez tout avec vous.

— Vous avez entendu parler d'Innenin ?

— Bien sûr.

Comme presque tout le monde – le Protectorat ne prenait pas beaucoup de raclées, et la nouvelle s'était répandue très vite, même sur des distances interstellaires.

— Vous y étiez ?

J'ai hoché la tête.

— Il paraît que tout le monde est mort dans une attaque virale.

— Pas tout à fait. Toute la deuxième vague est morte. Ils ont déployé le virus trop tard pour avoir la première tête de pont, mais une partie du virus s'est répandue par le réseau de communications et a grillé presque tout le monde. J'ai eu de la chance. Mon communicateur était en panne.

— Vous avez perdu des amis ?

— Oui.

— Et vous avez démissionné ?

— On m'a déclaré invalide, ai-je expliqué. Profil psycho incompatible avec le service de Diplo.

— Je croyais que votre communicateur…

— Ce n'est pas le virus qui m'a eu, c'est le reste. Après. (Je parlais doucement, pour essayer de garder toute mon amertume sous clé.) Il y a eu une cour d'enquête. Ça aussi, vous avez dû en entendre parler.

— Ils ont accusé le haut commandement, non ?

— Oui, à peu près dix minutes. Puis l'accusation a fait dans son pantalon. C'est à peu près là que je n'ai plus convenu au service de Diplo. Disons que j'avais perdu la foi.

— Très touchant. (Elle paraissait soudain fatiguée, toute sa colère étant trop lourde à entretenir.) Dommage que ça n'ait pas duré, hein ?

— Je ne travaille plus pour le Protectorat, Tanya.

— Cet uniforme que vous portez m'indique le contraire.

— Cet uniforme, ai-je expliqué en touchant le tissu d'un air dégoûté, n'est que temporaire.

— Je ne pense pas, Kovacs.

— Schneider le porte aussi, ai-je fait remarquer.

— Schneider… Schneider est un trou du cul.

Elle avait prononcé le nom avec beaucoup d'hésitation. Elle le connaissait encore sous le nom de Mendel. J'ai jeté un œil à l'autre bout de la plage, où Schneider bricolait dans la navette en faisant un bruit étonnant. Les techniques que j'avais utilisées pour ramener la psyché de Wardani à la surface n'avaient pas plu au pilote, et il était encore moins heureux quand je lui avais demandé de nous laisser tous les deux au coin du feu.

— Vraiment ? Je pensais que vous…

— Eh bien, a-t-elle commencé avant de plonger le regard dans les flammes… C'est un trou du cul attirant…

— Vous le connaissiez avant les fouilles ?

— Personne ne se connaît, avant les fouilles. On se fait assigner, et on espère que ça ira.

— On vous a assignée à la côte de Dangrek ? ai-je demandé d'un ton détaché.

— Non, a-t-elle répondu en remontant les épaules comme si elle avait froid. Je suis maître de guilde. J'aurais pu trouver du boulot sur les Plaines si j'avais voulu. J'ai choisi Dangrek. Le reste de l'équipe était des Gratteurs assignés là. Ils n'ont pas été attentifs à mes raisons, mais ils étaient tous jeunes et enthousiastes. Une fouille avec une excentrique vaut toujours mieux que pas de fouille.

— Et quelles étaient vos raisons ?

Il y a eu une longue pause, que j'ai passée à me maudire en silence pour ma maladresse. La question était sincère – presque tout ce que je savais de la guilde des archéologues venait des résumés populaires de son histoire, et de quelques réussites. Je n'avais jamais rencontré de maître de guilde, et Schneider m'avait dit de la fouille qu'une version condensée des confidences sur l'oreiller de Wardani. Lui-même manquait de connaissances. Je voulais l'histoire dans son ensemble. Mais pendant son internement, Tanya Wardani devait avoir eu plus que sa dose d'interrogatoires. Le petit supplément de curiosité dans ma voix avait dû la frapper comme une bombe maraudeuse.

Je cherchais quelque chose pour combler le silence quand elle l'a fait à ma place, d'une voix qui ne tremblait que d'un micron.

— Vous cherchez le vaisseau ? Mend… Schneider vous en a parlé ?

— Oui, mais il était un peu vague. Vous saviez qu'il y aurait quelque chose dans les parages ?

— Pas vraiment. Mais c'était logique. Il fallait que ça arrive tôt ou tard. Vous avez lu Wycinski ?

— J'en ai entendu parler. Théorie des points centraux, c'est ça ?

Elle se permit un petit sourire.

— La théorie des points centraux n'est pas de Wycinski, mais elle lui doit tout. Entre autres, Wycinski a dit que toutes nos découvertes sur les Martiens indiquent une société bien plus atomisée que la nôtre. Vous savez – des ailes, un comportement carnivore hérité de leurs ancêtres prédateurs aériens. Presque aucune trace de comportement de meute… (Les mots commençaient à couler – la conversation ramenait à la surface la conférencière qui sommeillait en elle.) Cela suggère le besoin d'un domaine personnel bien plus grand que celui des humains, et un manque général de sociabilité. Imaginez des oiseaux de proie, si vous voulez. Solitaires et agressifs. Le fait qu'ils aient bâti des villes prouve qu'ils ont en partie surmonté leur héritage génétique, un peu de la même façon que les humains ont en partie vaincu les tendances xénophobes héritées du comportement de meute. Là où Wycinski diffère de la plupart des experts dans ce domaine, c'est qu'il croit que cette tendance asociale ne pouvait être refrénée que dans la mesure où il devenait désirable de s'associer aux autres. La montée de la technologie rendrait ce processus réversible. Vous me suivez ?

— Oui, mais n'accélérez pas.

En fait, je n'avais aucun problème pour la suivre. J'avais déjà entendu ces principes de base sous une forme ou une autre. Mais Wardani se détendait en parlant, et plus elle continuerait, plus elle aurait de chances de stabiliser sa récupération. Même au cours des brefs moments qu'il lui avait fallu pour se lancer dans cette tirade, elle s'était animée un peu plus, joignant le geste au propos, le visage concentré plus que distant. Peu à peu, Tanya Wardani se rappelait à elle-même.

— Vous avez mentionné la théorie du point central, mais c'est une extrapolation à la con. Ces cons de Carter et Bogdanovich prostituent le travail de Wycinski sur la cartographie martienne. Vous voyez, ce qui est intéressant dans les cartes martiennes, c'est qu'il n'y a aucun centre commun. Où que les archéologues se rendent sur Mars, ils se retrouvaient toujours au centre des cartes qu'ils déterraient. Chaque ville martienne se représentait pile au milieu de ses propres cartes. C'était toujours le plus gros point, quelle que soit sa taille ou sa fonction réelle. Wycinski a dit que ça ne devrait étonner personne, puisque cela correspondait à ce que nous avions déjà déduit de la façon de penser des Martiens. Pour n'importe quel cartographe martien, le point le plus important était forcément celui où il se trouvait. Tout ce que Carter et Bogdanovich ont fait, ç'a été d'étendre ce raisonnement aux cartes d'astrogation. Si chaque cité martienne se considérait comme le centre d'une carte planétaire, alors chaque monde colonisé se considérerait comme le centre de l'hégémonie martienne. Donc, le fait que Mars soit signalée en gros, et pile au centre de ces cartes, ne signifie rien, en termes objectifs. Mars était peut-être une colonie récente et loin de tout. Avec le centre proprement dit de la culture martienne à n'importe quel autre point de la carte. Voilà la théorie du point central.

—Vous n'avez pas l'air très convaincue.

Wardani souffla sa fumée dans la nuit.

—Non. Comme Wycinski l'a dit à l'époque, et alors ? Carter et Bogdanovich ont complètement raté leur coup. En acceptant la validité de ce que Wycinski disait sur la perception spatiale des Martiens, ils auraient dû voir que le principe même d'hégémonie était en dehors des termes de référence martiens.

—Oh, oh.

—Eh oui, a-t-elle confirmé avec un sourire un peu plus forcé. C'est là que c'est devenu politique. Wycinski a fait tout son possible pour faire entendre que, quel que soit le monde premier de la civilisation martienne, il n'y avait aucune raison de croire qu'il serait plus important que les autres. En tout cas, pas plus important que « essentiel dans l'éducation factuelle de base ».

— « Maman, d'où on vient ? », et toutes ces sortes de choses.

— Exactement. On pourrait le montrer sur la carte, *Voilà d'où on venait avant*, mais puisque *Maintenant nous sommes ici* est bien plus important dans la vie quotidienne, c'est le seul hommage que recevrait le monde natal.

— J'imagine que Wycinski n'a jamais pensé à renoncer à cette façon de voir, intrinsèquement et irrévocablement inhumaine, n'est-ce pas ?

Wardani m'a lancé un regard acéré.

— Que savez-vous sur la Guilde, Kovacs ?

J'ai levé un pouce et un index à peine écartés.

— Désolé, j'aime juste frimer. Je viens de Harlan. Le procès de Minoru et Gretzky a eu lieu quand j'étais adolescent. J'étais dans un gang. L'une des façons de prouver qu'on était vraiment antisocial était de graver dans l'air un graffiti sur le procès, dans un lieu public. On connaissait tous les comptes-rendus par cœur. *Intrinsèquement et irrévocablement inhumaine* revenait souvent dans la répudiation de Gretzky. On aurait dit que c'était la formule standard de la Guilde pour ne pas se faire couper les fonds de recherche.

Elle baissa le regard.

— C'était bien ça, à l'époque. Et non, Wycinski n'a pas voulu le faire. Il adorait les Martiens, il les aimait. Et il l'a dit en public. C'est pourquoi on n'entend parler de lui qu'autour de la putain de théorie du point central. Ils lui ont retiré ses crédits, l'ont dépouillé de presque toutes ses découvertes pour les donner à Carter et Bogdanovich. Et ces deux salopes l'ont bien remercié. La commission des Nations unies a voté une augmentation de sept pour cent du budget stratégique la même année. À cause d'un délire parano sur la superculture martienne dans le cosmos, qui voulait nous attaquer.

— Super.

— Ouais. Et tout à fait impossible à démonter. Toutes les cartes d'astrogation découvertes sur d'autres planètes corroborent les idées de Wycinski, avec la planète en question, en gros, au cœur de la carte. Ça a suffi à flanquer la trouille aux Nations unies, au point qu'elles maintiennent un budget militaire important dans tout le Protectorat. Personne ne veut entendre parler de ce que signifient les recherches de Wycinski, et tous ceux qui en parlent trop fort perdent leur financement d'un coup, ou se font ridiculiser. Au final, ça revient au même.

Elle a lancé sa cigarette dans les flammes, et l'a regardée s'embraser.

— C'est ce qui vous est arrivé ? ai-je demandé.

— Pas tout à fait.

Il y a eu un clic audible dans ce dernier mot, comme une horloge qui tourne. Derrière moi, j'entendais Schneider qui remontait la plage, arrivé à bout de réparations ou de patience. J'ai haussé les épaules.

— On en parlera plus tard, si vous voulez.

— Peut-être. Et si vous m'expliquiez cette manœuvre macho de montée verticale, tout à l'heure ?

J'ai lancé un coup d'œil à Schneider qui se joignait à nous.

— Tu entends ? Elle se plaint des distractions pendant le vol.

— Putains de passagers, a grogné Schneider en saisissant parfaitement mon appel du pied. Tous les mêmes.

— C'est toi qui lui dis, ou c'est moi ?

— C'était ton idée. T'as une Seven ?

Wardani a levé le paquet, puis l'a lancé entre les mains de Schneider. Elle s'est de nouveau mise face à moi.

— Alors ?

— Quel que soit son intérêt archéologique, ai-je commencé lentement, la côte de Dangrek fait partie des territoires de la Bordure nord. Les Impacteurs de Carrera viennent de la désigner comme l'un des neuf objectifs principaux pour gagner cette guerre. À en juger par les dégâts organiques qu'on enregistre dans le coin en ce moment, les kempistes ont la même idée.

— Et alors ?

— Et alors, monter une expédition archéologique, pendant que Kemp et les Impacteurs se disputent le territoire, ce n'est pas une bonne idée. Il faut détourner le combat.

— Le détourner ?

L'incrédulité dans sa voix faisait chaud au cœur. J'ai joué en fonction, haussant de nouveau les épaules.

— Le détourner ou le retarder. C'est selon. Le principal, c'est qu'il nous faut de l'aide. Et seules les corpos peuvent nous aider, sur ce coup-là. Nous allons droit sur Landfall. Et puisque je suis censé être en service actif, puisque Schneider est un déserteur kempiste, puisque vous êtes une prisonnière de guerre et puisque la navette est volée, il faut calmer un peu le jeu avant ça. La couverture satellite de notre petite altercation avec les mines intelligentes va donner l'impression qu'on nous a abattus. Si on vient fouiller le fond marin, les débris qu'ils trouveront seront compatibles avec cette théorie. Si personne n'y regarde de trop près, nous serons portés disparus et présumés vaporisés, ce qui me convient tout à fait.

— Vous pensez qu'ils en resteront là ?

— Eh bien, c'est la guerre. Des morts, ça n'intrigue personne.

J'ai pris un bout de bois dans le feu, pour commencer à dessiner une carte continentale grossière sur le sable.

— Oh, ils se demanderont sans doute ce que je faisais ici, au lieu de prendre mon commandement sur la Bordure, mais c'est le genre de détail qu'on règle après le conflit. Pour l'heure, les Impacteurs de Carrera sont en mauvaise posture au nord, et les forces de Kemp continuent à les repousser vers les montagnes. Ils ont la garde présidentielle qui arrive sur ce flanc, ai-je indiqué avec mon bout de bois. Et des frappes aériennes lancées depuis la flotte d'icebergs de Kemp, par ici. Carrera a mieux à faire que se demander comment je suis mort.

— Et vous pensez vraiment que le Cartel va mettre tout ça en veilleuse juste pour vous ? (Tanya Wardani a tourné son regard brûlant vers Schneider.) Tu n'y crois tout de même pas, Jan ?

— Écoute-le, Tanya, a répondu Schneider. Il est dans les rouages, il sait de quoi il parle.

— Ouais, c'est ça. (Ses yeux intenses et fous sont revenus vers moi.) Entendons-nous bien. Je vous suis reconnaissante de m'avoir sortie du camp. Vous n'imaginez pas à quel point. Mais quitte à être sortie, j'aimerais continuer à vivre. Ce… ce *plan*, c'est de la merde ! Vous allez nous faire tuer. Soit à Landfall par un samouraï corpo, ou dans les tirs croisés sur Dangrek. Ils ne vont pas…

— Vous avez raison, ai-je dit, et la surprise l'a fait taire. Dans une certaine mesure, vous avez raison. Les grandes corpos, celles du Cartel, ne nous écouteraient même pas. Elles peuvent nous tuer, nous mettre en interrogatoire virtuel jusqu'à ce qu'on leur déballe ce qu'elles veulent savoir, puis tout étouffer quand la guerre sera finie et qu'elles auront gagné.

— Si elles gagnent.

— Ce sera le cas. C'est toujours le cas, d'une façon ou d'une autre. Mais on ne va pas voir les majors. Il va falloir être plus malin que ça.

J'ai marqué une pause, pour regarder le feu. Du coin de l'œil, j'ai vu que Schneider se penchait en avant, tendu. Sans Tanya Wardani, nous ne pouvions rien faire. Nous le savions tous les trois.

La mer a murmuré en montant sur la plage. Quelque chose a éclaté et sifflé au cœur du feu.

— Bon, a-t-elle dit en se déplaçant, comme un malade alité cherchant plus de confort. Je vous écoute.

Schneider a poussé un soupir de soulagement.

— Voilà ce qu'on va faire. On cible un opérateur corpo en particulier, l'un des plus petits, des plus ambitieux. Ça pourra nous prendre du temps, mais ça sera facile. Et une fois qu'on l'a choisi, on lui fait une proposition qu'il ne pourra pas refuser. Valable une fois, pour une durée limitée. Négo clandestine, satisfaction garantie.

J'ai vu le regard que Schneider et elle ont échangé. C'était peut-être le sous-entendu financier qui retenait leur attention.

— Aussi petit et affamé qu'il soit, Kovacs, on parle quand même d'une corpo. Une richesse planétaire. Le meurtre et les interrogatoires virtuels, ça ne coûte presque rien. Comment comptez-vous vous couvrir dans cette opération ?

— Très simple. On va leur faire peur.

— Leur faire peur… (Elle m'a regardé un moment avant de pousser un petit rire sans joie.) Kovacs, on devrait vous enregistrer. Pour se remonter le moral, vous êtes parfait. Alors dites-moi. Vous aller faire peur à une corpo. Comment ? Avec des poupées tueuses ?

J'ai senti un sourire sincère me tordre la bouche.

— À peu près, oui.

Chapitre 6

Il a fallu à Schneider presque toute la matinée suivante pour effacer les données système de la navette, pendant que Tanya Wardani marchait en rond dans le sable ou restait assise dans l'écoutille, à lui parler. Je les ai laissés seuls, et je suis allé au bout de la plage, sur un rocher noir. Il s'est avéré simple à escalader, et la vue d'en haut valait bien les quelques égratignures qu'il m'avait faites. Je me suis adossé à une saillie pour regarder l'horizon, me rappelant des fragments d'un rêve de la nuit passée.

Harlan est petite pour une planète habitable, et ses mers ont des marées assez imprévisibles, en raison de ses trois lunes. Sanction IV est bien plus grande, plus vaste même que Latimer ou la Terre, et n'a aucun satellite naturel. D'où la placidité de ses vastes océans. Après Harlan, ce calme me paraît toujours étrange, comme si la mer retenait son souffle en prévision de quelque cataclysme. C'était une sensation effrayante, et le conditionnement des Diplos la gardait sous cloche la plupart du temps, en interdisant à cette comparaison de me traverser l'esprit. En sommeil, le conditionnement est moins efficace, et à l'évidence mon esprit s'inquiétait un peu.

Dans mon rêve, je me tenais sur une plage de galets, quelque part sur Sanction IV, à observer les rouleaux calmes, quand la surface a commencé de se soulever. J'ai regardé, rivé sur place, des paquets de mer se briser et rouler les uns sur les autres comme des muscles noirs et sinueux. Les vagues étaient aspirées à l'endroit où la mer se soulevait. Une certitude, faite autant d'effroi que de tristesse, s'élevait en moi en même temps que cet étrange phénomène. Je savais sans aucun doute qu'une chose monstrueuse montait à ma rencontre.

Mais je me suis réveillé avant qu'elle soit là.

Un muscle s'est crispé dans ma jambe, et je me suis assis avec un soupir d'humeur. Les derniers vestiges de ce rêve me baignaient l'esprit, cherchant des liens plus substantiels.

C'était peut-être les retombées du duel contre les mines. J'avais regardé la mer se soulever quand nos missiles avaient éclaté sous la surface.

Ouais, c'est ça. Trop dur, le trauma.

Mon esprit a passé en revue d'autres combats récents, cherchant l'origine de cette image. Je l'ai rapidement arrêté. Inutile. Un an et demi d'atrocités pour les Impacteurs de Carrera avait placé assez de traumas dans ma tête pour faire travailler un gros groupe de psychochirurgiens. J'avais bien droit à quelques cauchemars. Sans mon conditionnement de Diplo, je me serais sans doute écroulé en hurlant, déboussolé à vie, depuis plusieurs mois. Et les souvenirs de combats, ce n'était pas ce que je voulais voir, pour l'instant.

Je me suis forcé à m'appuyer contre le rocher, et à me détendre. Le soleil du matin annonçait déjà une chaleur semi-tropicale pour midi, et le rocher était chaud sous mes mains. Entre mes paupières mi-closes, la lumière se déplaçait comme sur le loch de ma convalescence virtuelle. Je me suis laissé dériver.

Le temps a passé pour rien.

Mon téléphone a fredonné pour lui-même. J'ai tendu la main sans ouvrir les yeux, et je l'ai activé. Remarqué le poids rajouté de la chaleur dans mon corps, la légère couche de sueur sur mes jambes.

— Prêt à partir, a dit Schneider. Tu es encore sur ton rocher ?

— Oui. Tu as passé le coup de fil ? ai-je demandé en me redressant malgré moi.

— Tout est prêt. Le brouilleur que tu as volé est superbe. Clair comme de l'eau de roche. On nous attend.

— J'arrive tout de suite.

Dans ma tête, le même résidu. Le rêve n'était pas parti.

Quelque chose qui monte.

J'ai rangé l'idée en même temps que le téléphone, et je suis redescendu.

L'archéologie est une science sale.

On se dit qu'avec toutes les découvertes high-tech des derniers siècles, on aurait dû faire du pillage de tombes un art noble. Après tout, de nos jours, on peut suivre les Martiens à la trace sur des distances interplanétaires. Les satellites et les senseurs à distance nous permettent de cartographier leurs cités ensevelies sous des mètres de roche ou des centaines de mètres de mer. On a même construit des machines qui peuvent analyser et proposer des théories sur la fonction des vestiges les plus incompréhensibles. Avec près d'un demi-millénaire de pratique, on devrait commencer à savoir faire.

Mais aussi subtile que soit la détection, une fois qu'on a trouvé quelque chose, il faut bien le déterrer. Et malgré tous les investissements des corpos pour comprendre les Martiens, on creuse avec toute la subtilité d'une équipe de dockers au bordel des quais de Mme Mi. Il faut trouver des objets, payer des dividendes, et le fait qu'il n'y ait – apparemment – aucun Martien pour protester contre les dégâts faits à l'environnement n'arrange pas les choses. Les corpos débarquent, éclatent les verrous des mondes abandonnés, et regardent la guilde des archéologues se lâcher sur le mobilier. Et une fois les sites principaux épuisés, personne ne prend la peine de ranger.

D'où des sites comme les Fouilles 27.

Pas très imaginatif, comme nom, pour une ville. Mais bien trouvé. Fouilles 27 avait poussé autour de l'excavation du même nom. Cinquante ans à servir de dortoir, de réfectoire et de lieu de distraction pour les archéologues, et le déclin s'amorçait à mesure que les filons de xénoculture s'épuisaient. L'installation d'origine était un grand squelette de mille-pattes, un tapis roulant sur piliers dominant le ciel. Nous sommes arrivés par l'est. La ville commençait sous la queue descendante de la structure, et s'étendait en grappes sporadiques et hésitantes, comme une moisissure de béton. Les édifices dépassaient rarement les cinq étages, comme si l'effort de la croissance verticale les avait trop épuisés pour qu'ils puissent maintenir une vie intérieure.

Schneider a contourné la partie élevée du tapis roulant avant de se laisser flotter vers une dalle entre trois pylônes de signalisation qui devaient délimiter le terrain d'atterrissage de Fouilles 27. La poussière s'est envolée de ce ferrobéton mal entretenu, révélant plusieurs fissures. Sur le communicateur, l'unique balise de navigation demandait notre identification. Schneider l'a ignorée, puis a coupé les moteurs principaux et s'est levé en réprimant un bâillement.

— Terminus, tout le monde descend.

Nous l'avons suivi jusqu'à la cabine principale, et l'avons regardé attacher à son côté l'un des blasters sciés à particules, efficaces mais grossiers, que nous avions réquisitionnés en même temps que la navette. Il a levé les yeux, m'a vu l'observer et a fait un clin d'œil.

— Je croyais que c'étaient des amis.

Tanya Wardani regardait aussi, d'un air plus qu'alarmé. Schneider a haussé les épaules.

— C'était le cas. Mais on n'est jamais trop prudent.

— Oh, super. (Tanya s'est tournée vers moi.) Vous n'avez rien de moins encombrant qu'un canon, pour moi ? Quelque chose que je pourrais soulever, par exemple…

J'ai écarté les deux pans de ma veste pour montrer les deux pistolets à interface Kalachnikov donnés par les Impacteurs, bien calés dans leurs holsters respectifs.

— Je vous en prêterais bien un, mais ils sont codés pour moi.

— Prends un blaster, Tanya, a dit Schneider sans lever les yeux de ses préparatifs. Tu auras plus de chance de toucher quelque chose. Les pistolets à projectiles, c'est pour les kékés.

L'archéologue m'a regardé, amusée. J'ai souri un peu.

— Il a sans doute raison. Tenez, pas la peine de l'accrocher à votre taille. Les lanières se déploient comme ça. Vous pouvez le porter à l'épaule.

Je me suis avancé pour l'aider à accrocher l'arme, et quand elle s'est tournée vers moi, un sentiment indéfinissable est passé entre nos corps. Quand j'ai calé l'arme sur la courbe de son sein gauche, elle a levé les yeux vers moi. J'ai vu qu'ils avaient la couleur du jade sous l'eau vive.

— C'est confortable ?

— Pas vraiment.

J'ai tendu la main pour déplacer le holster, et elle m'a arrêté. Contre l'ébène poussiéreuse de mon bras, ses doigts évoquaient des os nus, squelettiques et fragiles.

— Laissez, ça ira.

— OK. Bon, vous tirez vers le bas, et le holster s'ouvre. Vous poussez vers le haut, et il se referme. Comme ça.

— Compris.

Schneider n'avait rien perdu de la scène. Il s'est éclairci la gorge bruyamment avant d'ouvrir l'écoutille. Quand elle a basculé vers l'intérieur, il s'est accroché au bord et s'est laissé tomber avec la nonchalance habituelle des pilotes. L'effet a été un peu gâché par la quinte de toux qui l'a pris dans la poussière soulevée par l'atterrissage. J'ai réprimé un sourire.

Maladroite, Wardani l'a suivi en s'asseyant au bord de l'écoutille. Me méfiant de la poussière, je suis resté dans l'écoutille, les yeux plissés pour me protéger du nuage qui retombait. Je voulais savoir si nous avions un comité d'accueil.

Oui.

Ils sont sortis de la poussière comme les contours d'une frise peu à peu mise au jour par un collègue de Tanya Wardani.

J'en ai compté sept en tout, des silhouettes massives en tenue du désert, hérissées d'armes. Celui du centre paraissait déformé, plus grand que les autres d'un demi-mètre, mais bouffi et tordu au-dessus de la poitrine. Ils avançaient en silence.

J'ai croisé les bras pour que le bout de mes doigts touche la crosse des Kalachs.

— Djoko ? a appelé Schneider en toussant. C'est toi, Djoko ?

Toujours le silence. La poussière s'était assez dissipée pour que j'aperçoive un éclat de métal mat sur les canons de pistolets, et les masques d'augmentation de vision qu'ils portaient tous. Il y avait de la place pour des protections corporelles sous ces tenues de désert lâches.

— Djoko, arrête tes conneries.

Un rire aigu et impossible de la part de la grande silhouette centrale. J'ai cligné des yeux.

— Jan. Jan, mon bon ami. (C'était une voix d'enfant.) Je te rends si nerveux que ça ?

— À ton avis, taré ?

Schneider s'est avancé, et la grande silhouette s'est divisée sous mes yeux. Surpris, j'ai enclenché la vision neurachem. Un petit garçon d'environ huit ans descendait des bras de l'homme qui l'avait tenu contre sa poitrine. Quand le garçon a touché le sol et couru vers Schneider, j'ai vu l'homme qui l'avait porté se redresser avec une raideur particulière. Les tendons de mes bras se sont crispés. J'ai encore poussé mes yeux, et étudié la silhouette à présent normale des pieds à la tête. Il ne portait pas de masque, et son visage était…

J'ai senti ma bouche se crisper en comprenant ce que je regardais.

Schneider et l'enfant échangeaient des absurdités autour d'une poignée de main complexe. En plein milieu de ce rituel, le garçon s'est interrompu pour prendre la main de Tanya Wardani et la saluer d'une révérence, avec un compliment fleuri que je n'ai pas compris. Il crachait des petits riens comme une fontaine à reflets pendant le Jour de Harlan. Dans la poussière presque complètement retombée, le reste du comité avait perdu l'air menaçant que l'imprécision lui donnait. L'air clair les montrait pour ce qu'ils étaient : un assortiment d'irréguliers nerveux, et assez jeunes. J'ai vu un Caucasien aux cheveux clairs se mordre la lèvre sous l'impassibilité de son masque d'AV. Son voisin se dandinait d'un pied sur l'autre. Tous avaient l'arme en bandoulière ou dans le holster, aussi me suis-je permis de sauter au bas de l'écoutille. Ils ont tous fait un pas en arrière.

J'ai levé les mains, paumes en avant, à hauteur d'épaules.

— Désolé.

— Ne t'excuse pas pour cet imbécile, a dit Schneider en ratant le taquet qu'il voulait donner à l'enfant. Djoko, viens dire bonjour à un véritable Diplo. Je te présente Takeshi Kovacs. Il était à Innenin.

— Vraiment ?

Le garçon est venu me tendre la main. Sombre de peau, l'ossature fine, c'était déjà une belle enveloppe. Par la suite, il aurait une beauté androgyne. Son habit était immaculé, un sarong mauve sur mesure, avec veste assortie.

— Djoko Roespinoedji, à votre service. Pardonnez la mise en scène, mais on n'est jamais trop prudent de nos jours. Votre appel est arrivé sur une fréquence satellite à laquelle seuls les Impacteurs de Carrera ont accès. J'aime Jan comme un frère, mais il n'est pas connu pour ses amis en haut lieu. Ç'aurait pu être un piège.

— Un émetteur sécurisé récupéré dans un coin, a dit Schneider avec importance. On l'a volé aux Impacteurs. Cette fois, Djoko, quand je dis que j'ai des contacts, je suis sérieux.

— Qui pourrait vouloir vous piéger ? ai-je demandé.

— Ah, a soupiré le gamin avec une lassitude trop vieille de plusieurs décennies pour sa voix. Impossible à dire. Des agences du gouvernement, le Cartel, des analystes en influence corpo, des espions kempistes. Aucun de ces groupes n'a la moindre raison d'aimer Djoko Roespinoedji. En temps de guerre, la neutralité n'attire pas les sympathies. On a plutôt tendance à perdre tous ses amis et on s'attire la méfiance et le mépris de deux camps.

— La guerre n'est pas descendue si loin au sud, a remarqué Wardani.

Djoko Roespinoedji a placé une main grave sur sa poitrine.

— Ce dont nous sommes tous très reconnaissants. Mais de nos jours, quand on n'est pas au front, c'est qu'on est occupé par l'un ou l'autre des camps. Landfall est à moins de huit cents kilomètres à l'ouest. Nous sommes assez près pour qu'on nous considère comme un poste de périmètre, ce qui signifie garnison de milice d'État et visites périodiques des assesseurs politiques du Cartel. C'est *très* cher, tout cela.

Je l'ai regardé d'un air soupçonneux.

— Vous avez une garnison ? Où ça ?

— Là, a indiqué le garçon d'un geste du pouce vers le groupe d'irréguliers. Oh, il y en a quelques autres au bunker de l'émetteur, comme le prévoit le règlement. Mais en gros, vous avez sous les yeux toute la garnison.

— C'est *ça*, la milice de l'État ? s'est étonné Tanya Wardani.

— Eh oui, a confirmé Roespinoedji avec un regard triste. Bien sûr, quand j'ai dit que ça coûtait cher, je parlais surtout de la façon dont il faut accueillir l'assesseur politique. Pour que cela se passe au mieux pour lui comme pour nous. Ce n'est pas un homme très sophistiqué, mais il a des, euh… appétits substantiels. Et bien sûr, il faut faire quelques frais pour s'assurer qu'il reste *notre* assesseur politique. Sans cela, on les déplace tous les trois ou quatre mois.

— Il est ici en ce moment ?

— Je ne vous aurais pas invité si c'était le cas. Il est parti la semaine dernière. Satisfait de ce qu'il a trouvé ici, a ajouté le gamin avec une moue dérangeante sur un visage si jeune.

J'ai souri à mon tour. Sans pouvoir m'en empêcher.

— Je pense que nous sommes venus au bon endroit.

— Eh bien, cela dépend de la raison de votre venue. Jan était tout sauf explicite. Mais venez. Même dans Fouilles 27, il y a des endroits plus agréables pour discuter affaires.

Il nous a menés au petit groupe de miliciens et a claqué de la langue. Le corps qui l'avait porté à l'aller s'est penché et l'a soulevé. J'ai entendu le hoquet de Tanya Wardani quand elle a vu ce qu'on avait fait à cet homme.

Ce n'était pas le plus désastreux de ce que j'avais pu voir. En fait, j'avais vu bien pire pas très longtemps avant. Mais il y avait un côté glaçant à cette tête détruite, réparée avec un alliage argenté. Si on m'avait demandé de deviner, j'aurais dit que l'enveloppe avait été frappée par des shrapnels. N'importe quelle arme délibérée, dirigée, n'aurait laissé aucun vestige réparable. Mais quelqu'un avait à grand-peine réparé le crâne du défunt, scellé les interstices à la résine, et remplacé les yeux par des photorécepteurs, qui évoquaient des araignées guettant leur proie au fond des orbites. Puis, on avait rendu assez de vie au cortex pour gérer les fonctions vitales, et sans doute répondre à quelques ordres programmés.

Avant qu'on me tire dessus sur la Bordure, j'avais vu un Impacteur dont l'enveloppe afro-caribéenne était vraiment la sienne. Une nuit, en attendant un bombardement de satellite dans les ruines d'une sorte de temple, il m'avait raconté l'un des mythes que son peuple enchaîné avait emporté avec lui au-delà d'un océan sur Terre, puis dans le vide de l'espace. Leur nouveau monde avait pris le nom de Latimer. Il m'avait raconté une histoire de magiciens et d'esclaves créés à partir de cadavres. J'avais oublié le nom de ces créatures, mais il en aurait certainement reconnu une dans la créature qui portait Djoko Roespinoedji.

— Il vous plaît ?

Le garçon blotti à une proximité obscène de la tête ravagée me regardait.

— Pas vraiment, non.

— Esthétiquement, bien sûr…, a concédé le garçon. Mais avec une bonne utilisation des bandages et des vêtements suffisamment dépenaillés pour moi, nous serons tout à fait pitoyables. Le blessé et l'innocent, fuyant les ruines de leur vie brisée – un camouflage idéal, si les choses se gâtent encore.

— Sacré Djoko, il ne change pas, a dit Schneider en se rapprochant de moi. Je te l'avais dit. Toujours prêt à ce qui pourrait lui arriver.

— J'ai connu des colonnes de réfugiés qui se faisaient mitrailler pour entraîner les pilotes, ai-je répondu en haussant les épaules.

— Oh, je le sais bien. Notre ami était marine tactique avant son trépas. Il lui reste beaucoup de réflexes dans le cortex, ou je ne sais quelle région qui stocke ce genre de choses. Je suis un homme d'affaires, pas un technicien, a ajouté le garçon avec un clin d'œil. J'ai demandé à une société de logiciels à Landfall de remettre en état de marche tout ce qu'elle pouvait trouver.

La main de l'enfant disparut dans sa veste, et le mort saisit un blaster à canon long dans le dos de sa veste. Il était très rapide. Les photorécepteurs ont émis un bourdonnement audible dans leur orbite, balayant la gauche et la droite. Roespinoedji avait un grand sourire, et sa main est sortie avec la télécommande. Un mouvement du pouce, et le blaster a regagné son holster. Le bras qui tenait l'enfant n'avait pas bougé d'un millimètre.

— Vous voyez, a repris l'enfant, quand la pitié ne suffit plus, il reste toujours des options moins subtiles. Mais je demeure optimiste. Vous seriez étonnés de voir le nombre de soldats qui ont du mal à tirer sur un enfant, même en notre époque troublée. Bien, assez discuté. Vous avez faim ?

Roespinoedji occupait le premier étage et le loft d'un entrepôt bricolé, non loin de la queue du tapis roulant. Nous avons laissé toute l'escorte dehors, sauf deux membres, et avons traversé des ténèbres fraîches jusqu'à un ascenseur industriel. Le cadavre animé a écarté la grille d'une main. Des échos métalliques ont envahi l'espace vide au-dessus de nous.

— Je me rappelle, a commencé l'enfant quand l'ascenseur s'est ébranlé, l'époque où tout ceci était encore plein d'artefacts de premier choix, emballés et étiquetés pour être emportés à Landfall. Les équipes d'inventaire faisaient les trois-huit. Le tapis roulant ne s'arrêtait jamais, on l'entendait tourner nuit et jour derrière tous les autres bruits. Comme un battement de cœur.

— C'est ça que vous faisiez, avant ? a demandé Wardani. Vous empiliez des artefacts ?

J'ai vu Schneider sourire aux ténèbres.

— Quand j'étais plus jeune, a dit Roespinoedji avec ironie. Mais j'avais un poste plus… administratif, dirons-nous…

L'ascenseur a traversé le plafond de la zone de stockage, et s'est arrêté à grand bruit dans une soudaine lumière. Le soleil filtrait par des fenêtres aux rideaux tirés, jusque dans un espace d'accueil abrité du reste de l'étage par des murs couleur d'ambre. Depuis la cage d'ascenseur, j'ai vu un tapis aux motifs kaléidoscopiques, un plancher sombre et de longs sofas autour d'un bassin éclairé de l'intérieur. En sortant de la cabine, j'ai constaté qu'il s'agissait non pas d'eau, mais d'un écran vidéo posé à plat où une femme paraissait chanter. Dans deux coins de la salle, l'image était dupliquée sur des colonnes d'écrans de taille plus raisonnable. Le mur opposé accueillait une longue table sur laquelle on avait posé de quoi nourrir et abreuver un régiment.

— Faites comme chez vous, a dit Roespinoedji tandis que son cadavre protecteur l'emportait derrière une arche. Je n'en ai que pour un instant. La nourriture et la boisson sont ici. Oh, et le son, si vous voulez.

La musique à l'écran était soudain audible, et immédiatement reconnaissable comme une chanson de Lapinee. Pas celle qui l'avait fait connaître, sa reprise du succès de junk salsa *Terrain découvert, omniprésent* l'année précédente.

Ce titre-là était plus lent, mêlé d'occasionnels gémissements préorgasmiques. À l'écran, Lapinee était suspendue, la tête en bas, les cuisses serrées autour du canon d'un tank-araignée, et roucoulait pour la caméra. Sans doute un autre hymne de recrutement.

Schneider s'est avancé vers la table, entassant dans son assiette un échantillon de tout ce qu'il y avait sous les yeux. J'ai regardé les deux miliciens se poster près de l'ascenseur, haussé les épaules, et je suis allé le rejoindre. Tanya Wardani a paru me suivre, mais a changé d'avis pour aller regarder par les fenêtres. Une de ses mains fines a suivi les motifs tissés dans le rideau.

— Je te l'avais dit, m'a confié Schneider. S'il y a quelqu'un pour nous mettre en contact de ce côté-ci de la planète, c'est Djoko. Il est connecté à tous les gros pontes de Landfall.

— Enfin, il l'était avant la guerre.

Schneider a secoué la tête.

— Avant et pendant. Tu as entendu ce qu'il a dit sur l'assesseur. Il ne pourrait pas faire un truc pareil s'il n'était pas encore dans la partie.

— S'il est encore dans la partie, ai-je demandé avec patience sans quitter Wardani des yeux, pourquoi vit-il dans ce trou à rats ? Je parle de la ville, bien sûr…

— Peut-être qu'il s'y plaît. C'est ici qu'il a grandi. Et puis, tu es déjà allé à Landfall ? *Ça*, c'est un trou à rats.

Lapinee a disparu de l'écran, remplacée par une sorte de documentaire sur l'archéologie. Nous avons emporté nos assiettes jusqu'à l'un des sofas. Schneider s'apprêtait à manger, et s'est arrêté en me voyant, immobile.

— Attendons-le, ai-je soufflé. Par politesse.

Il a grogné.

— Tu crois qu'il va essayer de nous empoisonner ? Pourquoi ? Il n'a aucune raison.

Mais il ne toucha pas à sa nourriture.

L'écran changea de nouveau, pour des images de guerre. De joyeux éclairs laser sur une plaine nocturne, et les explosions festives des impacts de missiles. La bande-son était édulcorée, quelques explosions assourdies par la distance et écrasées par un commentaire sec ânonnant des chiffres bruts. Dégâts collatéraux, opérations rebelles neutralisées.

Djoko Roespinoedji est ressorti de l'arche en face de nous. Sans sa veste, et accompagné de deux femmes tout droit sorties d'un bordel virtuel. Leur silhouette drapée de mousseline montrait la même absence d'imperfection, et des courbes défiant toute gravité. Leur visage était vide de toute expression. Entre elles, le garçon de huit ans paraissait absurde.

— Ivanna et Kas, a-t-il dit en les désignant tour à tour. Mes compagnes permanentes. Après tout, un garçon a besoin d'une mère. Ou deux. Bien.

Il a claqué des doigts avec un bruit étonnamment fort, et les deux femmes se sont dirigées vers le buffet. L'enfant s'est assis dans un sofa adjacent.

— Parlons affaires. Que puis-je pour tes amis et toi, Jan ?

— Vous ne mangez rien, ai-je demandé ?

— Oh. (Il a souri, et indiqué ses deux compagnes.) Elles mangent, *elles*. Et j'y suis très attaché.

Schneider paraissait gêné.

— Non ?

Roespinoedji a soupiré et tendu la main pour prendre une pâtisserie au hasard dans mon assiette. Il a mordu dedans.

— Voilà. Bon. On peut passer à autre chose ? Jan ? S'il te plaît…

— On veut te vendre la navette, Djoko. (Schneider a pris une grande bouchée de son pilon de poulet, et a continué à parler en mâchant.) À prix massacré.

— Ah oui ?

— Ouais. Disons que c'est du surplus militaire. Wu Morrison ISN-70, très peu d'usure, aucune trace d'un propriétaire antérieur.

— J'ai du mal à y croire, a souri l'enfant.

— Vérifie si tu veux. Les données ont été effacées, c'est plus propre que ta déclaration fiscale. Autonomie, six cent mille kilomètres. Configuration universelle, espace dur, suborbital, sous-marin. Souple comme une furie de bordel.

— Oui, je crois me souvenir que les soixante-dix étaient impressionnantes. À moins que ce soit toi qui me l'aies dit, Jan ? Peu importe. J'imagine que cette superbe affaire à prix ridicule est armée ?

Le garçon a commencé de caresser son menton imberbe. À l'évidence, son enveloppe précédente devait porter la barbe.

— Tourelle de micromissiles à l'avant. Plus des systèmes d'évasion. Logiciel d'autodéfense complet, un package génial.

Je me suis étranglé avec une pâtisserie.

Les deux femmes se sont approchées du sofa où Roespinoedji était assis, et se sont placées avec une symétrie esthétique par rapport à lui. Je ne les avais entendues faire aucun bruit, prononcer aucun mot depuis leur entrée. La femme à la gauche de l'enfant a commencé de le nourrir. Il s'est appuyé contre elle et m'a regardé d'un air surpris tout en mâchant.

— D'accord, a-t-il fini par dire. Six millions.

— Nations unies ? a demandé Schneider, déclenchant l'hilarité de Roespinoedji.

— Bécasses. Six millions de bécasses.

Le Bon de Créance Archéologique Standard, b-cas ou Bécasse pour certains, avait été créé à l'époque où le gouvernement de Sanction n'était guère plus qu'un administrateur de concessions global. Aujourd'hui, c'était une monnaie très impopulaire. Sa performance contre le franc de Latimer qu'il avait remplacé rappelait les efforts d'une panthère des marais pour grimper une rampe traitée au zérofrict. Le taux actuel était d'environ deux cent trente b-cas pour un dollar du Protectorat.

Schneider était atterré, son honneur de marchandeur était bafoué.

— Tu n'es pas sérieux, Djoko. Même six millions des Nations unies, c'est la moitié de sa valeur. C'est une Wu Morrison, mec.

— Elle a des cryocaps ?

— Ben… non.

— Alors à quoi elle me sert, Jan ? a demandé Rospinoedji sans mauvaise humeur.

Il a lancé un regard en biais à la femme à sa droite, qui lui a passé un verre de vin sans un mot.

— Écoute. Pour l'instant, le seul intérêt d'avoir un engin spatial, à part pour les militaires, ce serait de se tirer d'ici, de forcer le blocus et de rentrer à Latimer. L'autonomie de six cent mille kilomètres, quelqu'un qui s'y connaît peut la modifier. Et les Wu Morrisson ont des systèmes de guidage à tomber par terre. Mais à la vitesse d'un ISN-70, surtout trafiquée, il faut quand même près de trente ans pour rejoindre Latimer. Pour ça, il faut des cryocapsules. (Il a levé une main pour bloquer l'objection de Schneider dans sa gorge.) Et je ne connais personne – *personne* – qui puisse avoir des cryocapsules. Ni contre des crédits ni contre de la chatte. Le Cartel de Landfall sait à quoi elles servent, Jan, et ils les gardent. Personne ne part d'ici – pas tant que la guerre continue. C'est comme ça.

— Tu peux toujours la revendre aux kempistes, ai-je dit. Ils sont assez mal question matos, ils l'achèteront volontiers.

— Oui, monsieur Kovacs, a-t-il admis. Ils paieront. Et ils paieront en b-cas, parce qu'ils n'ont rien d'autre. Vos amis des Impacteurs y ont veillé.

— Ce ne sont pas mes amis. Ça, c'est juste un uniforme que je porte.

— Plutôt bien, tout de même.

J'ai haussé les épaules.

— Disons dix, a repris Schneider avec espoir. Kemp paie cinq fois plus pour des suborbitaux reconditionnés.

Rospinoedji a soupiré.

— Oui, et entre-temps il faudra que je la cache quelque part, et que je soudoie tous ceux qui la verront. Ce n'est pas un scooter des dunes, tu sais. Après, il faudra que j'entre en contact avec les kempistes, ce qui encourt une peine automatique d'effacement, de nos jours. Il faut que j'arrange une rencontre secrète, avec une escorte armée, au cas où ces révolutionnaires décideraient de réquisitionner ma marchandise au lieu de payer. Ce qu'ils font souvent quand on vient les mains dans les poches. Tu imagines toute la logistique, Jan ? Je te rends service en te débarrassant de ce truc. Qui d'autre pourrais-tu contacter, hein ?

— Huit…

— Six, ça ira très bien, ai-je interrompu. Et nous sommes reconnaissants de ce service. Mais vous pourriez nous faire passer la pilule en nous conduisant à Landfall, et en rajoutant un petit renseignement gratuit ? Juste pour montrer que nous sommes tous amis.

Le garçon plissa les yeux en direction de Tanya Wardani.

— Un renseignement gratuit, hein ? (Il souleva les sourcils, deux fois, en succession rapide.) Bien sûr, cela n'existe pas. Mais pour montrer que nous sommes amis… Que voulez-vous savoir ?

— Landfall. À part le Cartel, vous avez qui comme requins-rasoirs ? Je parle des corpos de deuxième, voire de troisième ordre. Qui sera le rêve étincelant de demain ?

Roespinoedji a siroté son vin d'un air pensif.

— Des requins-rasoirs. Hm. Nous n'en avons pas sur Sanction IV, il me semble. Ni sur Latimer, si j'ai bonne mémoire.

— Je viens de Harlan.

— Oh, vraiment ? Vous n'êtes pas quelliste, j'imagine, a-t-il ajouté en indiquant l'uniforme des Impacteurs. Enfin, avec votre engagement politique actuel, ça m'étonnerait.

— Ne simplifiez pas trop le quellisme. Kemp cite Quell à tout bout de champ, mais de façon très sélective, comme tout le monde.

— Si vous le dites…

Roespinoedji a levé la main pour repousser la bouchée suivante que sa concubine lui présentait.

— Mais revenons à nos requins-rasoirs. J'en vois une demi-douzaine, tout au plus. Des arrivants tardifs, pour la plupart filiales de Latimer. Les interstellaires ont bloqué presque toute compétition locale il y a vingt ans. Et maintenant, bien sûr, ils ont le Cartel et le gouvernement dans leur poche. Pour les autres, il ne reste que des miettes. La plupart de ceux de troisième ordre s'apprêtent à rentrer chez eux. La guerre leur coûte trop cher. (Il caressa de nouveau sa barbe imaginaire.) De deuxième ordre… Voyons… Sathakarn Yu Associates, peut-être. PKN, la Mandrake Corporation. Ils sont plutôt carnivores. Il doit y en avoir un ou deux autres que je pourrais vous trouver. Vous comptez leur proposer quelque chose ?

— Indirectement, ai-je confirmé.

— Alors un avis gratuit, pour aller avec le renseignement. Faites attention à vos doigts, quand vous leur donnerez à manger. Sans ça, ils les prendront avec le reste. Et votre bras, dans le même temps, a-t-il conclu en levant son verre dans ma direction avant de le vider.

Chapitre 7

Comme beaucoup de villes qui doivent leur existence à un spatioport, Landfall n'avait pas de centre à proprement parler. Au lieu de cela, l'agglomération s'étendait, un peu au hasard, sur une grande plaine semi-désertique de l'hémisphère sud. C'est là que les premières barges de colonisation avaient touché le sol, un siècle plus tôt. Chaque corporation ayant des actions dans cette aventure avait simplement construit son propre terrain d'atterrissage sur la plaine, au centre de structures secondaires. Avec le temps, ces cercles concentriques s'étaient étendus, rencontrés et finalement confondus en un urbanisme acentrique, dont l'organisation générale ne devait presque rien à une planification quelconque. Les investisseurs secondaires s'étaient installés, louant ou achetant des espaces aux premiers et se taillant une place dans le marché et dans la ville en expansion rapide. Pendant ce temps, d'autres villes s'érigeaient sur le globe, mais la clause de quarantaine d'export dans la charte forçait toute richesse générée par les industries archéologiques de Sanction IV à transiter par Landfall à un moment ou un autre. Gavé d'exportations d'artefacts, d'allocations de terrains et de licences de fouilles, l'ancien spatioport avait pris des proportions monstrueuses. Il couvrait à présent les deux tiers de la plaine et comptait douze millions d'habitants, soit environ trente pour cent de la population de la planète.

C'était un cloaque.

Avec Schneider, j'ai traversé des rues mal entretenues, pleines de détritus et de sable rouge. L'air était chaud et sec, et l'ombre projetée par les immeubles de chaque côté n'offrait que peu de protection contre les rayons hauts du soleil. Je sentais la sueur perler sur mon visage et tremper les cheveux sur ma nuque. Sur les fenêtres et les façades couvertes de miroirs, nos reflets en uniforme noir nous escortaient fidèlement. J'étais presque heureux de cette compagnie. Les habitants avaient déserté la chaleur de la mi-journée, et tant d'immobilité paraissait irréelle. Le sable crissait sous les pas.

Il n'a pas été difficile de repérer notre destination. Elle se tenait aussi droite que possible en bordure du quartier, comme une tour de bronze bruni. Deux fois plus haute que les autres édifices, et tout à fait vierge d'ornement depuis l'extérieur. Comme presque toute l'architecture de Landfall, elle était couverte de miroirs, et le reflet du soleil la rendait pénible à regarder trop longtemps. Ce n'était pas la plus haute structure de Landfall, mais sa puissance brute en imposait sur le reste du quartier. Surtout, elle disait beaucoup sur ses occupants.

Travailler le corps humain au point de la destruction.

La phrase avait refait surface à mon esprit comme un cadavre dans un fleuve.

— Tu veux t'approcher jusqu'où ? a demandé Schneider avec nervosité.

— Encore un peu.

Mon enveloppe Khumalo, comme toutes les sur-mesure des Impacteurs de Carrera, avait un affichage spatial sat en standard, assez fidèle quand il n'était pas détraqué par les réseaux de brouillage et de contrebrouillage qui saturaient pour l'heure tout Sanction IV. Quand j'ai appelé l'affichage, j'ai vu un réseau de rues et de pâtés de maisons recouvrir toute la gauche de mon champ de vision. Deux points légendés pulsaient à un croisement.

Travailler le…

J'ai un peu trop poussé le zoom, et la vue s'est brouillée jusqu'à ce que je regarde le dessus de mon crâne depuis environ les toits avoisinants.

— Merde.

— Quoi ?

À côté de moi, Schneider s'était tendu dans une pose… à l'évidence, pour lui, c'était une posture de combat de ninja. Derrière sa solennité, son expression d'inquiétude était comique.

Travailler…

— Laisse tomber.

J'ai dézoomé jusqu'à ce que la tour réapparaisse au bord de l'affichage. Le chemin le plus court s'est souligné de jaune sur la carte, nous menant à l'édifice via deux intersections.

— Par ici.

Travailler le corps humain au point de la destruction n'est que l'une des voies vers la supériorité…

Quelques minutes à suivre la ligne jaune, et l'une des rues se transformait en étroit pont jeté au-dessus d'un canal asséché. Long de vingt mètres, le pont montait vers une plaque de béton surélevée de l'autre côté. Deux autres ponts couraient en parallèle à celui-ci, à une centaine de mètres d'intervalle, également en montée. Le sol du canal était jonché des débris typiques de n'importe quelle installation urbaine – des appareils ménagers hors service dont les circuits se déversaient par des fissures, des emballages de nourriture vide et des ballots de vêtements blanchis par le soleil, comme des corps fauchés à la mitrailleuse. De l'autre côté de cette décharge, la tour nous attendait.

Travailler le corps…

Schneider s'est penché par-dessus l'entrée du pont.

— Tu traverses ?

— Oui, et toi aussi. On est partenaires, tu te souviens ?

Je l'ai un peu poussé aux reins, et suivi d'assez près pour qu'il soit obligé de continuer. Je sentais naître en moi une bonne humeur légèrement hystérique tandis que le conditionnement diplo s'efforçait de repousser les doses massives d'hormones que mon enveloppe sentait nécessaires pour se préparer au combat.

— Je ne pense pas que ce soit…

— Si quelque chose tourne de travers, tu pourras dire que c'est de ma faute, ai-je dit en le poussant encore un peu. Allez, avance.

— Si quelque chose tourne de travers, on sera morts, a-t-il murmuré avec morosité.

— Oui, au moins.

Nous avons traversé, Schneider se cramponnant au garde-fou comme si le pont se balançait par grand vent.

De l'autre côté, la chaussée bordait une place nue et vide, large de cinquante mètres. Nous nous sommes avancés de deux mètres, les yeux levés vers la façade impassible de la tour. Que ce soit intentionnel ou non, l'architecte de ce tablier de béton en avait fait une parfaite zone mortelle. Il n'y avait aucune couverture, où que ce soit, et la seule retraite possible passait par le pont étroit et découvert, ou par un saut fatal dans le canal vide.

— *Terrain découvert de partout*, a chantonné Schneider d'un souffle, prenant l'air et le tempo de l'hymne révolutionnaire kempiste du même nom.

À vrai dire, je le comprenais. Je m'étais moi-même surpris à chanter cette saloperie plusieurs fois depuis que nous étions entrés dans l'espace non brouillé autour de la ville – la version de Lapinee retentissait partout, assez proche de l'original kempiste pour raviver mes souvenirs de l'an passé. À l'époque, on entendait l'original sur les chaînes de propagande rebelles chaque fois que le brouillage gouvernemental tombait. La chanson racontait l'histoire – censément édifiante – d'un peloton de volontaires condamnés, puisqu'ils tenaient une position contre une force écrasante par amour pour Joshua Kemp et sa révolution. L'hymne était chanté sur un air de junk salsa entraînant qui avait tendance à vous trotter dans la tête. La plupart des hommes de la force d'assaut de la Bordure nord pouvaient le chanter par cœur, et le faisaient souvent, à la grande fureur des commissaires politiques du Cartel, qui avaient en général trop peur des uniformes d'Impacteurs pour dire quoi que ce soit.

En fait, cette mélodie s'était avérée si virulente au niveau de la réplication mèmétique que même les citoyens procorpo les plus virulents ne pouvaient pas s'empêcher de la fredonner. Ceci, plus un réseau d'informateurs du Cartel travaillant seulement sur mandat, avait bourré les installations pénales de Sanction IV de prisonniers politiques mélomanes. Au vu de l'effort supplémentaire que cela demandait aux policiers, une équipe de consultants assez chers était intervenue, pour bientôt apporter des paroles neutres à cette mélodie originelle. Lapinee, la star virtuelle, avait été conçue et lancée pour appuyer cette chanson de remplacement. Cette fois, il y était question d'un jeune garçon rendu orphelin par un raid kempiste et adopté par un bloc corpo généreux, grâce auquel il réalisait tout son potentiel de cadre planétaire de très haut niveau.

Il manquait dans cette ballade le sang romantique et la gloire présents dans l'original. Mais puisque certaines paroles kempistes avaient été reprises telles quelles avec une préméditation astucieuse pour mieux les détourner, les gens finissaient par oublier quel était l'original. Ils chantaient un hybride accompagné de fredonnements façon salsa, où tout sentiment révolutionnaire était noyé. L'équipe de consultants a reçu un bonus, plus une partie des royalties de Lapinee qui était pour l'instant branchée sur toutes les chaînes d'État. L'album n'allait pas tarder.

Schneider arrêta de fredonner.

— Tu penses qu'ils couvrent la zone ?

— Je pense.

J'ai indiqué du menton la base de la tour, des portes brunies de cinq mètres de hauteur. Ce grand portail était flanqué de deux plinthes sur lesquelles se dressaient des exemples d'art abstrait méritant chacun le nom de *Collision d'œufs en symétrie* ou – après zoom neurachem pour être bien sûr – de *Matériel de massacre semi-déployé.*

Schneider a suivi mon regard.

— Sentinelles ?

— Deux nids de canons à projectiles et au moins quatre armes à rayons, à ce que je vois d'ici. Très élégant. On les remarque à peine, au milieu de toutes ces sculptures.

D'une certaine façon, c'était bon signe.

Depuis deux semaines que nous étions à Landfall, je n'avais pas vu beaucoup de signes de la guerre, à part un nombre d'uniformes un peu plus important dans les rues le soir, et la bosse occasionnelle d'une tourelle à réponse rapide sur certains des immeubles les plus élevés. La plupart du temps, on aurait pu vous pardonner de penser que tout cela se passait sur une autre planète. Mais si Joshua Kemp réussissait finalement à se frayer un chemin à la capitale, la Mandrake Corporation, au moins, paraissait prête à le recevoir.

Travailler le corps humain au point de la destruction n'est que l'une des voies vers la supériorité suivies par le programme de recherche actuel de Mandrake Corporation. L'utilisation maximale de TOUTES les ressources est notre but ultime.

Mandrake n'avait acquis ce site qu'une dizaine d'années plus tôt. Ils l'avaient fait construire en prévoyant une insurrection armée, ce qui montrait un raisonnement stratégique bien en avance sur les autres intervenants corpo de la région. Leur logo était un filament d'ADN rogné sur fond de circuits. Leurs publicités étaient parfaites dans le registre petit nouveau vendant plus pour moins, présenté avec agressivité. Leur fortune avait augmenté à la vitesse grand V avec la guerre.

Ça ferait l'affaire.

— Tu penses qu'ils nous regardent, là tout de suite ?

J'ai haussé les épaules.

— Il y a toujours quelqu'un qui te regarde. C'est la vie. La vraie question, c'est de savoir s'ils nous ont remarqués.

Schneider a fait une grimace exaspérée.

— Bon, d'accord. Tu penses qu'ils nous ont *remarqués* ?

— J'en doute. Les systèmes automatisés ne doivent pas être réglés pour ça. La guerre est trop loin pour appliquer des mesures d'urgence. Ce sont des uniformes amis, et le couvre-feu ne commence qu'à 22 heures. Nous sommes très ordinaires.

— Pour l'instant.

— Pour l'instant, ai-je concédé en me détournant. Alors allons nous faire remarquer.

Nous avons retraversé le pont.

— Vous ne parlez pas comme des artistes, a dit le promoteur en saisissant la fin de notre séquence d'encodage. Sans l'uniforme, en vêtements civils tout ce qu'il y a d'ordinaires achetés le matin même, nous avions été jaugés dès notre entrée, et apparemment le verdict était défavorable.

— Nous faisons la sécurité. L'artiste, c'est elle.

Son regard a traversé la table pour se poser sur Tanya Wardani, derrière des lentilles de soleil à ailes noires et un grimage à la bouche pincée. Elle s'était un peu remplumée au fil des semaines, mais sous le long manteau noir, cela ne se voyait pas, et son visage était encore émacié. Le promoteur a grogné, apparemment satisfait de ce qu'il voyait.

— Eh bien. Je dois vous dire qu'il y aura beaucoup de concurrence sponsorisée par l'État, quoi que vous vendiez, a-t-il commencé en maximisant un affichage de circulation qu'il a étudié un moment.

— Du genre Lapinee ?

La dérision dans la voix de Schneider aurait été visible sur des distances interstellaires. Le promoteur a lissé son bouc façon militaire, s'est renfoncé dans sa chaise avant de poser une fausse Rangeo sur son bureau. À la base de son crâne rasé, trois ou quatre étiquettes de logiciel d'implantation rapide sur le champ de bataille dépassaient de leur logement. Trop brillantes pour être autre chose que des copies de styliste.

— Ne vous moquez pas des majors, les amis, a-t-il dit avec aisance. Si j'avais ne serait-ce que deux pour cent de Lapinee, je vivrais à Latimer City, aujourd'hui. Je vous le dis, la meilleure façon de désamorcer l'art de la guerre, c'est de le racheter. Les corpos le savent. Elles ont toute la machinerie qu'il faut pour le vendre en grands volumes, et la niaque pour faire disparaître la concurrence. Bon.

Il a tapé l'affichage là où notre sat de liaison se tenait comme une petite torpille violette parée au lancement.

— Quoi que vous ayez là-haut, ça a intérêt à être du béton si vous voulez que ça survive dans un environnement pareil.

— Vous êtes toujours aussi positif avec vos clients ? lui ai-je demandé.

— Je suis réaliste, a-t-il expliqué avec un sourire sombre. Vous me payez, je vous le fais passer. J'ai les meilleurs logiciels d'intrusion anti-examen de Landfall pour le faire entrer en un seul morceau. Comme le dit l'enseigne, on vous fait remarquer. Mais ne comptez pas sur moi pour vous branler l'ego, ça ne fait pas partie du deal. Là où vous voulez débarquer, il se passe trop de choses pour que je sois optimiste.

Dans notre dos, deux fenêtres étaient ouvertes sur les bruits de la rue, trois étages plus bas. L'air du dehors avait refroidi à l'approche du soir, mais l'atmosphère dans le bureau du promoteur paraissait toujours aussi renfermée. Tanya Wardani s'est agitée avec impatience.

— C'est une question de niche, a-t-elle soufflé. On pourrait s'y mettre ?

— Bien sûr.

Le promoteur a jeté un nouveau coup d'œil à l'écran de crédit, et au paiement qui y scintillait en chiffres verts.

— Attachez vos ceintures, ça va vous coûter très cher.

Il a appuyé sur la touche. Il y a eu une rapide vague sur l'affichage, et la torpille violette s'est volatilisée. Je l'ai entraperçue sur une série de visuels de transmission en forme d'hélice, puis elle a disparu, avalée derrière le mur de systèmes de sécurité corpo, et sans doute au-delà de toute capacité de pistage par les logiciels du promoteur, qu'il promettait si merveilleux. Les chiffres verts se sont perdus dans un brouillard de défilement.

— Je vous l'avais dit, a râlé le promoteur en secouant la tête. Des systèmes de filtrage puissants comme ça, ça leur coûterait un an de bénéfice pour les installer. Et c'est pas donné de trancher dans les lignes hautes, les amis.

— On dirait.

J'ai regardé notre crédit s'amaigrir comme un noyau brut d'antimatière sans protection, et étouffé un désir soudain d'arracher la gorge du promoteur avec les mains. Ce n'était pas une question d'argent. Nous en avions à foison. Six millions de b-cas, c'était peut-être une misère pour une navette Wu Morrison, mais cela nous permettrait de vivre comme des rois pendant notre séjour à Landfall.

Ce n'était pas une question d'argent.

C'était à cause de l'uniforme de guerre vendu par un styliste, et des théories éculées sur ce qu'il faut faire avec l'art guerrier, le ton faussement blasé du m'as-tu-vu-j'ai-tout-vu. Pendant ce temps, de l'autre côté de l'équateur, des hommes et des femmes se massacraient au nom d'ajustements mineurs qui permettaient à Landfall de se gaver.

— Et voilà, a dit le promoteur en tambourinant sur sa console des deux mains. Il est rentré chez lui, a priori. Madame, messieurs, il serait temps d'en faire autant.

— A priori ? a répété Schneider. Qu'est-ce que c'est que ces conneries ?

Le promoteur a de nouveau fait son sourire sombre.

— Eh, relis ton contrat. Dans la mesure de nos capacités, on assure. Ça reste mieux que les autres de Sanction IV, crois-moi. Vous avez acheté le meilleur, vous n'avez pas acheté des garanties.

Il a éjecté notre puce de crédit éviscérée et l'a lancée sur la table devant Tanya Wardani, qui l'a empochée en un tournemain.

— Combien de temps faudra-t-il attendre ? a-t-elle demandé en réprimant un bâillement.

— Vous me prenez pour une voyante ? a soupiré le promoteur. Ça pourrait être rapide. Quelques jours, un mois, ou plus. Ça dépend de la démo, et je ne l'ai pas vue. Moi, je ne suis qu'un facteur. Si ça se trouve, ça n'arrivera jamais. Rentrez chez vous, je vous enverrai un mail.

Nous sommes partis, raccompagnés avec le même manque d'intérêt étudié qui nous avait accueillis. Dehors, nous avons tourné à gauche dans la pénombre du soir, traversé la rue et trouvé un café en terrasse à environ vingt mètres de l'enseigne criarde du promoteur, au troisième étage. Le couvre-feu approchant, le café était presque désert. Nous avons posé nos sacs sous une table et commandé des cafés serrés.

— Combien de temps ? a encore demandé Wardani.

— Trente minutes, ai-je répondu en haussant les épaules. Ça dépend de leur IA. Quarante-cinq, au pire.

Je n'avais pas encore fini mon café quand ils sont arrivés.

Le croiseur était un utilitaire marron assez discret, très gros et pas assez puissant. Un œil entraîné voyait qu'il était presque certainement blindé. Il a tourné à cent mètres de la rue, au niveau du sol, pour approcher au pas du bureau du promoteur.

— Et voilà, ai-je murmuré en sentant les filaments du neurachem Khumalo qui s'éveillaient partout en moi. Restez ici, tous les deux.

J'ai traversé la rue, les mains dans les poches, la tête penchée au maximum. Devant moi, le croiseur s'est arrêté tout près de l'angle, devant la porte du promoteur, et une écoutille s'est ouverte sur le côté. J'ai regardé cinq silhouettes en pardessus s'en extraire, puis disparaître dans l'édifice avec une économie de mouvements très révélatrice. L'écoutille s'est refermée.

J'ai accéléré par à-coups, en fendant la foule des passants de dernière minute, et ma main gauche s'est refermée sur ce que j'avais dans la poche.

Le pare-brise du croiseur paraissait solide et presque opaque. Derrière, ma vision aidée par le neurachem distinguait à peine deux silhouettes dans les sièges, et le début d'un autre corps près d'eux, derrière, tendu vers le haut pour regarder. J'ai jeté un coup d'œil latéral à une devanture de magasin, terminant de franchir la distance qui me séparait du croiseur.

Maintenant !

Moins d'un demi-mètre, et ma main gauche est sortie de ma poche. J'ai plaqué le disque plat de la grenade termite contre le pare-brise, et je me suis immédiatement écarté.

Crac !

Avec les grenades termites, il faut se pousser très vite. Les nouveaux modèles sont conçus pour expédier tous leurs éclats et plus de quatre-vingt quinze pour cent de leur force sur la face en contact, mais les cinq pour cent qui sortent de l'autre côté peuvent faire beaucoup de dégâts si on reste devant.

Le croiseur a frémi d'un bout à l'autre. Contenue par la carlingue blindée, l'explosion n'a produit qu'un craquement étouffé. Je me suis précipité vers la porte de l'immeuble du promoteur, et j'ai monté les escaliers en courant.

Au premier étage, j'ai saisi les flingues à interface, les plaques de bioalliage greffées sous mes paumes se pliant déjà d'impatience.

Ils avaient posté une seule sentinelle sur le palier du troisième étage. Qui n'attendait pas une attaque à revers. Je lui ai collé une balle dans la nuque en montant les dernières marches – *éclaboussement de sang et de grumeaux de chair pâle sur le mur d'en face* – j'étais sur le palier avant qu'il ait touché le sol, et j'ai franchi l'angle de la porte du promoteur.

L'écho du coup de feu, comme la première gorgée de whisky, brûlante…

Des fragments d'image…

Le promoteur tente de se lever, deux hommes le maintiennent sur son siège, incliné vers l'arrière. Un bras se libère et se tend vers moi.

— C'est lu…

Le type à côté de la porte se tourne…

Je l'abats, rafale de trois, main gauche.

Le sang mouchette l'air – je me tords pour l'éviter, hyperfluidité du neurachem.

Le chef du groupe – reconnaissable à je ne sais quoi. Plus grand, plus imposant. Autre chose. Il crie.

— Putain, qu'est-ce…

Tirs au corps. Poitrine, bras, pour *détruire* la main qui tient l'arme.

Le Kalachnikov dans ma main droite crache les flammes et les cartouches antipersonnel légères.

Plus que deux, qui essaient de se libérer du promoteur à moitié à terre et qui bat des bras. Essaient de libérer leurs armes qui…

Les deux mains ensemble – tête, corps, n'importe où.

Les Kalachs aboient comme des chiens excités.

Les corps tressautent, tombent…

Fini.

Le silence s'abat sur le petit bureau. Le promoteur, écrasé par le corps de l'un de ses assaillants. Quelque part, quelque chose a fait un faux contact dans la console – une de mes balles qui a raté sa cible, ou l'a traversée. J'entends des voix sur le palier.

Je m'agenouille à côté de la dépouille du chef, et je pose les pistolets intelligents. Sous ma veste, je dégaine la vibrolame glissée contre mes reins, et j'active le moteur. De ma main libre, j'appuie sur sa colonne vertébrale et je commence à couper.

—Ah *putain*, mec, putain !

Le promoteur a un haut-le-corps et vomit sur sa console.

—Putain, *putain* !

—Ta gueule, c'est déjà pas facile.

Il s'est encore plié en deux.

Après quelques mauvais départs, la vibrolame trouve une prise et traverse la colonne, quelques vertèbres sous la base du crâne. Je cale la tête du type avec un genou, puis j'appuie encore avant de faire une autre incision. Le couteau ripe et glisse contre la courbure de l'os.

—Merde.

Les voix sur le palier se rapprochent, de plus en plus nombreuses. J'arrête ce que je fais, je ramasse un Kalachnikov de la main gauche et je tire quelques coups de feu dans le mur en face de la porte. Les voix reculent dans un grand piétinement. Jusqu'à l'escalier.

Revenons au couteau. J'ai fini par réussir à loger la pointe, couper l'os, puis j'ai utilisé la lame comme levier pour séparer la section de colonne vertébrale et la chair. Sale, mais je n'avais pas beaucoup de temps. J'ai glissé l'os tranché dans une poche, me suis essuyé les mains sur une partie propre de la tunique du mort, et j'ai rengainé le couteau. Ramassé le deuxième pistolet. Et je me suis glissé jusqu'à la porte.

Silence.

En partant, j'ai regardé le promoteur. Il me fixait comme s'il venait de me pousser des crocs de démon corail.

— Rentrez chez vous, lui ai-je dit. À mon avis, ils vont revenir.

J'ai descendu les trois étages sans croiser personne, mais je sentais les yeux qui me suivaient derrière les portes des paliers. Dehors, j'ai regardé dans les deux directions, rangé les Kalachnikovs et traversé la rue. Autour de la carapace fumante du croiseur détruit, il y avait un vide de cinquante mètres, et les devantures de chaque côté avaient toutes baissé leur rideau de fer. Une foule se massait sur le trottoir d'en face, mais personne ne paraissait bien savoir quoi faire. Les quelques badauds qui m'ont remarqué ont vite détourné le regard à mon passage.

Immaculé.

Chapitre 8

Personne n'a parlé ou presque en rentrant à l'hôtel.

La plupart du trajet s'est fait à pied, par des chemins couverts et des centres commerciaux fermés, pour tromper les satellites de la Mandrake Corporation. Avec le poids des fourre-tout, nous étions pas mal essoufflés. Vingt minutes de ce jeu-là nous ont menés sous les larges auvents d'une installation de stockage réfrigérée, où j'ai agité un signal de transport, qui a fini par nous attirer un taxi. Nous sommes montés à bord sans quitter l'abri de l'auvent, et nous nous sommes enfoncés dans les banquettes sans un mot.

— Il est de mon devoir de vous informer que dans dix-sept minutes, a annoncé la machine, vous serez en infraction compte tenu du couvre-feu.

— Alors il vaudrait mieux nous ramener chez nous en vitesse, ai-je répondu en donnant l'adresse.

— Temps de trajet estimé à neuf minutes. Veuillez insérer le paiement.

J'ai fait un signe de tête à Schneider, qui a sorti une puce de crédit toute neuve et l'a glissée dans la fente. Le taxi a émis quelques sons, et nous nous sommes élevés dans les airs en douceur. Le ciel nocturne était presque vide de toute circulation. Un virage à gauche. J'ai tourné la tête en arrière pour voir les lumières de la ville défiler plus bas, remontant dans le temps mentalement pour voir si nous nous étions bien couverts.

Quand j'ai rouvert les yeux, j'ai vu que Tanya Wardani me regardait fixement. Elle n'a pas détourné les yeux.

Je suis retourné aux lumières jusqu'à ce que le taxi commence sa descente.

L'hôtel était bien choisi : le moins cher d'une rangée construite sous une route de transport de fret commercial, et utilisé presque exclusivement par des prostituées et des accros au fil. Le réceptionniste était enveloppé dans un corps Syntheta bon marché, dont la silicochair montrait des signes d'usure autour des phalanges, et avait besoin d'une greffe de surface au milieu du bras droit. Le bureau était taché à plusieurs endroits, et jalonné tous les dix centimètres de générateurs de bouclier. Dans les coins du hall chichement éclairé, des femmes et des garçons au visage vide allaient et venaient tristement, comme des flammes sur le point de s'éteindre.

Les yeux logotypés du réceptionniste nous ont caressés comme un linge humide.

— Dix bécasses de l'heure, cinquante en caution. La douche et l'accès écran, cinquante de plus.

— Nous voulons une chambre pour la nuit, a dit Schneider. Le couvre-feu vient de se déclencher, si vous n'avez pas remarqué.

Le type n'a pas changé d'expression, mais ça venait peut-être de l'enveloppe. Syntheta rognait souvent sur les interfaces nerfs-muscles faciaux les plus minutieuses.

— Alors ça fera quatre-vingts bécasses, plus cinquante de caution. La douche et l'accès écran, cinquante de plus.

— Pas de réduction pour les séjours longue durée ?

Ses yeux se sont posés sur moi, et une main a disparu sous le comptoir. Le neurachem s'est cambré, encore nerveux après la fusillade.

— Vous la voulez, cette chambre, ou pas ?

— On la veut, a assuré Schneider en me lançant un regard de mise en garde. Vous avez un lecteur de puce ?

— Ça fait dix pour cent de supplément. (Il a paru fouiller dans sa mémoire.) Surcharge de gestion.

— Très bien.

Le type s'est levé, déçu de devoir faire cet effort, pour aller chercher l'appareil dans une pièce attenante.

— Du cash, a murmuré Wardani. On aurait dû y penser.

— On ne peut pas penser à tout, a répondu Schneider en haussant les épaules. C'est quand, la dernière fois que tu as payé quelque chose sans puce ?

Elle a secoué la tête. J'ai repensé rapidement à un lieu, trente ans plus tôt, à des années-lumière d'ici, où j'avais utilisé pendant un temps une monnaie palpable au lieu du crédit. Je m'étais même habitué aux étranges billets plastifiés avec leurs motifs élaborés et leurs à-plats holographiques. Mais c'était sur la Terre, et la Terre paraît tout droit sortie d'une expéria sur la période précoloniale. J'ai même cru y être tombé amoureux, un moment ; motivé par l'amour et la haine à parts égales, j'avais fait quelques belles conneries. Une partie de moi était morte sur Terre.

Autre planète, autre enveloppe.

J'ai chassé un visage trop bien ancré dans ma mémoire et regardé autour de moi, pour me ramener de force dans le présent. Des visages au maquillage outrancier m'ont regardé depuis l'ombre, puis se sont détournés.

Quelles pensées pour un couloir de bordel ! Bon sang !

Le réceptionniste est revenu, a lu une puce de Schneider et a claqué une clé de plastique usée sur le comptoir.

— Vous continuez tout droit, et vous descendez l'escalier. Quatrième niveau. J'ai activé la douche et l'écran jusqu'à ce que le couvre-feu soit fini. Si vous en voulez plus, il faudra revenir et payer encore. (La silicochair s'est tordue en ce qui devait à la base être un sourire ; il aurait pu s'en passer.) Les chambres sont toutes insonorisées. Faites ce que vous voulez.

Le couloir et l'escalier à armature d'acier étaient presque plus mal éclairés que la réception. À certains endroits, les tuiles d'illuminum se décollaient du mur et du plafond. Partout ailleurs, elles s'étaient juste éteintes. La rampe était couverte de peinture lumineuse, mais cela aussi s'était estompé. Micron après micron, la peinture s'était déposée sur les mains qui saisissaient et glissaient contre le métal.

Nous avons croisé bon nombre de putes dans l'escalier, pour la plupart suivies de clients. De petites bulles de fausse hilarité flottaient autour d'elles. Les affaires semblaient bien marcher. J'ai repéré quelques uniformes parmi la clientèle. Un commissaire politique du Cartel fumait d'un air pensif contre la rampe du deuxième palier. Personne ne nous a regardés de trop près.

La chambre était en longueur, basse de plafond, avec des moulures en résine à prise rapide sur les murs de béton brut. Le tout ayant ensuite été peint d'un rouge violent. À mi-hauteur, deux lits dépassaient chacun d'un mur opposé, avec un demi-mètre d'espace entre les deux. Le deuxième lit avait des chaînes en plastique moulées aux quatre coins du sommier. Au bout de la chambre, la douche autonome était assez large pour accueillir trois corps à la fois, si l'occasion l'exigeait. En face de chaque lit, un grand écran affichait un menu sur fond rose.

J'ai regardé autour de moi, expiré une fois dans l'air chaud, puis je me suis penché vers le fourre-tout à mes pieds.

— Assure-toi que la porte est bien fermée.

J'ai fait un passage dans la chambre avec le détecteur de micros. Trois au plafond, un au-dessus de chaque lit et le dernier dans la douche. Très imaginatif. Schneider a collé un neutraliseur limpet, équipement standard des Impacteurs, à côté de chaque micro. Ils iraient chercher les dernières heures stockées dans la mémoire des micros, pour les recycler à l'infini. Les meilleurs modèles pourraient même scanner le contenu et improviser des scènes probables à partir de ça, mais ce ne serait sans doute pas nécessaire, ici. Le réceptionniste ne m'avait pas fait l'impression d'un type disposant d'une sécurité très élevée.

— Et ça, tu veux le mettre où ? a demandé Schneider à Wardani en visant l'un des autres fourre-tout sur le premier lit.

— Ici, ça ira très bien, a-t-elle répondu. Laisse, je vais le faire, c'est… compliqué.

Schneider a dressé un sourcil.

— Bon, d'accord. Je te regarde.

Compliqué ou pas, il n'a fallu qu'une dizaine de minutes à l'archéologue pour assembler son équipement. Quand elle a eu fini, elle a pris une paire de lunettes de VA dans le fourre-tout presque vide et les a posées sur sa tête. Elle s'est tournée vers moi.

— Tu me la donnes ?

J'ai fouillé dans mon blouson pour sortir le fragment de colonne vertébrale. Il y avait encore des filaments de peau et de sang collés à l'os, mais elle a pris le tout sans aucune révulsion apparente et l'a lâché dans le nettoyeur d'artefact qu'elle venait de monter. Une lumière violet pâle s'est allumée sous le capot de verre. Schneider et moi l'avons regardée, fascinés, brancher les lunettes d'un côté de la machine, prendre la manette reliée et s'asseoir en tailleur pour travailler. La machine émettait de petits craquements.

— Tout se passe bien ? ai-je demandé.

Un grognement.

— Encore combien de temps ?

— Plus, si vous continuez à me poser des questions idiotes, a-t-elle dit sans se détourner de son travail. Vous n'avez rien de mieux à faire ?

Du coin de l'œil, j'ai vu Schneider sourire.

Le temps que nous ayons assemblé l'autre machine, Wardani avait presque fini. Par-dessus son épaule, dans la lueur violette, j'ai vu ce qui restait de la section de colonne vertébrale. Elle avait presque entièrement disparu, et les derniers morceaux de vertèbres étaient rongés bout par bout, mettant à nu le petit cylindre métallique de la pile corticale. C'était fascinant. Ce n'était pas la première fois que je voyais une pile corticale enlevée d'une colonne vertébrale, mais c'était l'une des variations les plus élégantes de cette opération. L'os disparaissait morceau par morceau sous les outils de Tanya Wardani. La pile a émergé, débarrassée de tout tissu organique, brillante comme un sou neuf.

—Je sais ce que je fais, Kovacs, a soufflé Wardani d'une voix basse et concentrée. D'habitude, j'enlève de la terre coincée dans des circuits martiens. Alors ça, c'est du gros œuvre à côté.

—Je n'en doute pas. J'admire simplement le tour de main.

Alors elle a levé les yeux, d'un coup, écartant les lunettes pour voir si je me moquais d'elle. Voyant que non, elle a remis les lunettes en place, fait quelques ajustements sur sa manette et s'est détendue. La lumière violette s'est éteinte.

—Fini. Au fait, ce n'est pas du très bon matériel. C'est le genre de truc que les Gratteurs achètent pour leur thèse. Les senseurs sont assez grossiers. Il va me falloir beaucoup mieux que ça sur la Bordure.

Elle a sorti la pile de la machine, entre le pouce et l'index.

—Ne vous inquiétez pas, ai-je répondu en la prenant avant de me tourner vers l'autre machine. Si ça marche, ils vous construiront votre équipement sur mesure. À présent, écoutez-moi bien, tous les deux. Il y a peut-être un traceur d'environnement virtuel dans cette pile. Beaucoup de samouraïs corpo sont câblés comme ça. Peut-être pas celui-ci, mais on va supposer que si. Donc, on doit avoir une minute d'accès sans danger jusqu'à ce que le traceur s'active. Quand ce compteur sera arrivé à cinquante secondes, vous coupez tout. C'est juste une unité ID&E de pertes, mais, réglée à fond, on devrait quand même avoir un ratio de trente-cinq. À peine plus d'une demi-heure, mais ça suffira.

—Qu'est-ce que vous allez lui faire ?

Wardani, l'air mécontent.

— Rien, ai-je répondu en tendant la main vers la calotte. Je n'ai pas le temps. Je vais juste lui parler.

— Lui parler ?

Elle avait une lueur bizarre au fond des yeux.

— Parfois, lui ai-je répondu, ça suffit largement.

L'entrée a été rude.

L'Identification et Évaluation de pertes est un outil relativement nouveau dans le comptage militaire. Il n'y en avait pas à Innenin ; les systèmes prototypes étaient arrivés juste après que j'avais lâché les Diplos. Et même là, il avait fallu des dizaines d'années avant que qui que ce soit puisse se le payer, en dehors des forces d'élite du Protectorat. Les modèles les moins chers remontaient à quinze ans, au grand soulagement des auditeurs militaires de tout poil. Mais bien sûr, ce n'était jamais eux qui montaient le système. L'ID&E, c'était un boulot pour les médecins sur le champ de bataille, qui essayaient d'extraire les morts et les blessés, souvent sous le feu ennemi. Dans ces circonstances, des transitions douces paraissaient un peu superflues. L'appareil que nous avions libéré de la navette-hôpital était vraiment brut de décoffrage.

J'ai fermé les yeux dans la chambre aux murs de béton, et l'induction m'a heurté l'arrière de la tête comme une montée de tetrameth. Pendant quelques secondes, j'ai été pris de vertige dans un océan de neige statique. Puis c'est reparti, remplacé par un champ de blé infini, éclairé par un soleil de fin d'après-midi tout sauf naturel. J'ai reçu un grand choc dans la plante des pieds, de bas en haut, et je me tenais sur un long porche de bois donnant sur le champ. Derrière moi, la maison, un seul étage en bois. L'aspect était vieux, mais trop parfaitement fini pour quelque chose qui aurait vraiment vieilli. Les planches se joignaient toutes avec une précision géométrique, sans la moindre imperfection ou fissure. Ç'aurait pu être le rêve d'une IA sans aucun protocole d'interface humaine, inspiré par une photo impersonnelle. À la réflexion, ça devait être exactement ça.

Trente minutes, me suis-je rappelé.

Pour Identifier et Évaluer.

La nature de la guerre moderne fait qu'il ne reste souvent pas grand-chose des soldats morts. Cela peut compliquer la tâche des auditeurs. Certains soldats méritent toujours qu'on les réenveloppe. Les soldats expérimentés sont une ressource précieuse, et un troufion de n'importe quel niveau peut avoir un savoir ou un savoir-faire spécialisé vital. Le problème, c'est d'identifier ces soldats rapidement, pour les séparer de ceux qui ne valent pas le prix d'une nouvelle enveloppe. Comment, dans le chaos des hurlements de la guerre, peut-on faire ça ? Les codes-barres brûlent avec la peau. Le scan d'ADN est parfois possible, mais compliqué du point de vue chimique, difficile sur un champ de bataille ; en plus, certaines armes chimiques vraiment méchantes ont tendance à niquer le résultat.

Encore pire, rien de tout cela ne vous dit si le soldat mort est encore viable, au niveau psychologique, pour un réenveloppement. La façon dont on meurt – lentement, rapidement, seul, avec ses amis, dans la douleur ou anesthésié – affecte le niveau de traumatisme subi. Ainsi que votre passé de réenveloppement. Trop d'enveloppes en succession trop rapide, et vlan ! Syndrome de réenveloppement répété. J'avais vu ça l'an passé, sur un sergent de démolitions trop souvent récupéré. On l'avait injecté pour la neuvième fois depuis le début de la guerre, dans une enveloppe de vingt ans, un clone, et il restait comme un bébé dans sa merde, criant et hurlant de façon incohérente entre deux passades d'introspection où il examinait ses propres doigts comme des jouets dont il ne voulait plus.

Oups.

Le truc, c'est qu'on ne peut pas apprendre tout ça dans les restes brisés et calcinés que les infirmiers retrouvent en général. Heureusement pour les autres, les piles corticales permettent non seulement de reconnaître et d'étiqueter les individus, mais aussi de savoir s'ils sont devenus complètement fous à lier. Bien à l'abri dans la colonne vertébrale, juste sous le crâne, la boîte noire de l'esprit est en soi incroyablement résistante aux dégâts, et au cas où l'ingénierie évolutionnaire ne serait pas au point, les matériaux utilisés pour les piles corticales sont parmi les substances artificielles les plus dures au monde. On peut décaper une pile au sable sans s'inquiéter de l'entamer. La brancher à la main dans un générateur d'environnement virtuel puis plonger après le sujet. L'équipement pour faire tout ça tient dans un grand fourre-tout.

Je me suis avancé jusqu'à la porte en bois parfaite. Ciselée dans une plaque de cuivre sur les planches qui la bordaient, une série de huit chiffres et un nom : *Deng Zhao Jun*. J'ai tourné la poignée. La porte s'est ouverte sans bruit vers l'intérieur, et j'ai pénétré dans un endroit à la propreté clinique, dominé par une grande table en bois. Une paire de fauteuils à coussin couleur moutarde dans un coin, face à une cheminée où flambait une bûche. À l'autre bout de la pièce, des portes paraissaient mener à une cuisine et une chambre.

Il était assis à la table, la tête entre les mains. Apparemment, il n'avait pas entendu la porte. La machine avait dû le mettre en ligne quelques secondes avant moi, soit pour lui quelques minutes pour se remettre du choc de l'arrivée et comprendre où il se trouvait. Maintenant, il lui fallait juste accepter et « vivre » avec.

J'ai toussoté doucement.

— Bonsoir, Deng.

Il a levé les yeux et posé les mains sur la table en me voyant. Les mots sont sortis de sa bouche à toute vitesse.

— On s'est fait piéger mec, c'était un putain de piège. Quelqu'un nous attendait, vous pouvez dire à Hand que sa sécurité est à chier. Ils ont dû…

Sa voix s'est tue et ses yeux se sont écarquillés quand il m'a reconnu.

— Oui.

— *Qui vous êtes, putain ?* a-t-il crié en se mettant sur ses pieds.

— Ce n'est pas le plus important. Écoutez…

Mais c'était trop tard, il s'était levé et m'attaquait de l'autre côté de la table, les yeux plissés de rage. J'ai reculé.

— Écoutez, ça ne sert à rien…

Il a franchi l'espace qui nous séparait, et a frappé un coup de pied au niveau du genou et un coup de poing au corps. J'ai bloqué le coup de pied, coincé le bras qui frappait, et je l'ai projeté au sol. Il a tenté un autre coup de pied en atterrissant, et j'ai dû m'écarter pour éviter de le prendre en pleine face. Puis il s'est remis debout d'un geste souple et m'a de nouveau attaqué.

Cette fois, je me suis avancé pour l'affronter, repoussant ses attaques avec les avant-bras et les tibias, et utilisant les genoux et les coudes pour l'assommer. Il grognait à chaque coup. Une deuxième fois, il a mordu la poussière, un bras coincé sous le corps. J'ai plongé sur lui, atterrissant sur son dos et faisant une clé avec le poignet accessible. J'ai tendu le bras jusqu'à ce qu'il craque.

— Bon, ça suffit. Vous êtes dans un putain de *virtuel*. (J'ai repris mon souffle et baissé la voix.) En plus, si vous continuez, je vous pète le bras. Compris ?

Il a opiné de son mieux, le visage contre le plancher.

— Bon. (J'ai réduit la pression sur son bras.) Je vais vous aider à vous relever, et nous allons faire tout cela de façon civilisée. Je veux vous poser quelques questions, Deng. Vous n'êtes pas obligé de me répondre, mais ce sera dans votre intérêt. Au moins, écoutez-moi.

Je me suis levé et écarté. Un moment après, il se mettait sur ses pieds et boitait jusqu'à la chaise en se massant le bras. Je me suis assis de l'autre côté de la table.

— Vous êtes câblé pour un traçage virtuel ?

Il a secoué la tête.

— Ouais, vous diriez sans doute ça même si vous l'étiez. Ça ne sert à rien. Nous avons un brouilleur de code-miroir. Bon, je veux savoir qui est votre contrôleur.

— Et pourquoi je vous le dirais, ça ? a-t-il demandé en me fixant.

— Parce que si vous me le dites, je donnerai votre pile corticale à Mandrake Corporation pour qu'ils vous réenveloppent. (Je me suis penché sur la chaise.) La proposition ne tient que pour aujourd'hui, Deng. Profitez-en pendant que vous pouvez.

— Si vous me tuez, Mandrake…

— Non. (J'ai secoué la tête.) Réfléchissez bien. Vous êtes quoi, un responsable des opérations de sécurité ? Un cadre de déploiement tactique ? Mandrake peut trouver une dizaine de personnes pour vous remplacer. Il y a des réservistes du gouvernement qui les suceraient à genoux pour avoir une chance de se barrer de la guerre. N'importe lequel pourrait faire votre boulot. Et puis, les hommes et femmes pour qui vous travaillez vendraient leurs enfants à un bordel pour mettre la main sur ce que je leur ai montré ce soir. Et face à ça, mon ami, vous. N'avez. Aucune. Importance.

Silence. Il me regardait, haineux.

J'ai tenté un coup classique.

— Ils pourraient faire une expédition punitive par principe, bien sûr. Faire savoir que leurs cadres sont protégés. La plupart des organisations un peu dures aiment la jouer comme ça. Je ne vois pas pourquoi Mandrake serait différente. (J'ai fait un geste de la main, léger.) Mais nous n'opérons pas dans un cadre ordinaire, ici, Deng. N'est-ce pas ? Bien sûr, vous le savez. Vous avez déjà mené une réponse aussi rapide par le passé ? Avec des instructions aussi totales ? Quel était le texte exact ? Trouvez les émetteurs de ce signal et amenez-les avec leur pile intacte ? Toutes les autres considérations, y compris financières, sont secondaires ? Quelque chose comme ça.

J'ai laissé la question flotter entre nous, lancée au hasard en attendant désespérément qu'il morde à l'hameçon.

Allez. Mords. Il suffira d'une seule syllabe.

Mais le silence a tenu bon. L'invitation à être d'accord, à parler, à se lâcher et à répondre, craquait sous son propre poids, là où je l'avais déposée. Il a serré les lèvres.

On réessaie.

— Quelque chose comme ça, Deng ?

— Vous devriez me tuer directement, a-t-il lancé d'un ton crispé.

J'ai souri très lentement.

— Je ne vais pas vous tuer, Deng.

Et j'ai attendu.

Comme si nous avions un brouilleur de code-miroir. Comme si nous ne pouvions pas être tracés. Comme si on avait *vraiment* le temps. Il faut y *croire.*

Tout le temps de l'univers.

— Vous n'allez pas…, a-t-il fini par répéter.

— Je ne vais pas vous tuer, Deng. C'est ce que j'ai dit. Non, non. (J'ai haussé les épaules.) Beaucoup trop facile. Ce serait comme vous débrancher. On ne devient pas un héros corpo aussi facilement.

J'ai vu l'incompréhension se transformer en tension.

— Oh, et n'allez pas non plus penser à la torture. Je n'ai pas le goût à ça. Allez savoir le genre de logiciel de résistance qu'on vous a collé ? Trop sale, trop imprécis, trop long. Et je pourrai trouver mes réponses ailleurs, s'il le faut. Comme je l'ai dit, l'offre ne tiendra plus à la fin de cette conversation. Répondez-moi, et il vous reste encore une chance.

— Ou sinon quoi ?

Presque convaincant. Mais l'incertitude le rendait hésitant. Il s'était préparé deux fois à ce qu'il pensait imminent, et s'était retrouvé déçu les deux fois. La peur commençait à pointer le nez dans son cœur.

J'ai haussé les épaules.

— Sinon, je vous laisse ici.

— *Quoi ?*

— Je vous laisse ici. Nous sommes au milieu de Perpète-la-zone, Deng. Une ville minière abandonnée, qui ne doit même pas avoir de nom. Un bon millier de kilomètres de désert dans chaque direction. Je vais vous laisser branché ici.

Il a cligné des yeux pour tenter de comprendre. Je me suis penché vers lui.

— Vous êtes dans un système d'ID&E de pertes. Avec une batterie de champ de bataille. Sur ces réglages, elle en a sans doute pour des dizaines d'années. Des siècles, en temps virtuel. Qui vont vous paraître bien réels, assis là à regarder pousser le blé. Et encore, s'il pousse, dans un format aussi basique. Vous n'aurez ni faim ni soif, ici, mais je suis sûr que vous serez fou avant la fin du premier siècle.

Je me suis assis. Pour le laisser mariner.

— Ou alors, vous me répondez. Maintenant. Comme vous voulez…

Le silence s'est amplifié, mais différent. J'ai soutenu son regard pendant une minute, puis j'ai haussé les épaules en me levant.

— Bon. Vous avez eu votre chance…

J'ai failli arriver à la porte avant qu'il craque.

— D'accord ! a-t-il lancé, et sa voix m'a évoqué une corde de piano qui claque. D'accord, vous avez gagné. Vous avez gagné.

Je me suis arrêté, puis j'ai tendu la main vers la poignée de porte. Sa voix s'est précipitée.

— J'ai dit que vous avez gagné, mec. *Hand*, mon vieux. Hand. Matthias Hand. C'est lui qui nous a envoyés. Arrête-toi, mec, je vais tout te dire.

Hand. Il avait parlé de lui, au début. Il avait sans doute vraiment lâché le morceau. Je me suis retourné vers lui, lentement.

— Hand ?

Il a hoché la tête avec ferveur.

— Matthias Hand ?

Il a levé les yeux, brisé.

— J'ai ta parole ?

— Pour ce qu'elle vaut, oui, ai-je assuré. Ta pile retourne à Mandrake intacte. Bon. Hand.

— Matthias Hand. Division des Acquisitions.

— C'est lui ton contrôleur ? (J'ai froncé les sourcils.) Un chef de division ?

— Ce n'est pas vraiment mon contrôleur. Tous les groupes tactiques obéissent au chef des Opérations de sûreté, mais, depuis la guerre, ils ont assigné soixante-quinze agents tac à Hand, aux Acquisitions.

— Pourquoi ?

— Comment tu veux que je le sache ?

— Essaie d'imaginer. C'était une idée de Hand, ou une politique générale ?

Il a hésité.

— On raconte que c'est Hand.

— Depuis combien de temps est-il chez Mandrake ?

— Je ne sais pas. (En voyant l'expression sur mon visage.) Je ne sais pas, putain. Plus que moi.

— C'est quoi, sa réputation ?

— Méchant. Faut pas lui faire de vacheries.

— Ouais, comme tous les autres cadres corpo au-dessus du chef de département. C'est tous des putains de durs. T'as rien de nouveau à m'apprendre ?

— C'est pas des paroles en l'air. Il y a deux ans, un chef de projet de R&D a mis Hand devant le conseil de politique pour une entrave à l'éthique de la compagnie.

— La quoi ? *L'éthique* ! ?

— Ouais, marre-toi. Chez Mandrake, c'est une peine d'effacement, si on peut le prouver.

— Mais on n'a pas pu.

Deng a secoué la tête.

— Hand a tout arrangé avec la commission, personne ne sait comment. Et deux semaines plus tard, on retrouve le cadavre du chef de projet qui l'avait accusé à l'arrière d'un taxi. Comme si quelque chose avait explosé dans son corps. On raconte que Hand était hougan dans la confrérie du Carrefour, sur Latimer. Des saloperies de vaudou.

— Des saloperies de vaudou, ai-je répété, moins impressionné que j'y laissais paraître.

La religion reste une religion, quel que soit le nom qu'on lui donne. Comme le dit Quell, se préoccuper du monde suivant, c'est être incapable de faire face à celui-ci de façon efficace. Mais la confrérie du Carrefour, c'était la pire bande d'arnaqueurs que j'aie vus. Je les avais rencontrés à l'époque où je m'intéressais à la misère humaine – une visite qui m'avait amené, entre autres, chez les yakuza de Harlan, chez la police religieuse de Sharya et, bien sûr, chez les Diplos eux-mêmes. Si Matthias Hand était un ancien du Carrefour, il serait plus sombre et plus mouillé que les autres cadres corpo.

— Et à part toutes ces *saloperies de vaudou*, qu'est-ce qu'on raconte d'autre sur lui ?

Deng a haussé les épaules.

— Qu'il est malin. Les Acquisitions se sont taillé leur part de beaucoup de contrats gouvernementaux juste avant la guerre. Des trucs que les majors ne regardaient même pas. Il paraît que Hand assure à la commission politique qu'elle aura un siège au Cartel avant l'année prochaine. Et ça ne fait rire personne, à ma connaissance.

— Ouais. Trop de risques de décorer l'intérieur d'un taxi avec ses tripes. Je pense qu'on va…

Chute libre.

La sortie du format ID&E était à peu près aussi sympathique que l'arrivée. J'ai eu l'impression qu'une trappe s'était ouverte sous ma chaise et m'avait balancé dans un trou qui courait sur toute la planète. La mer de neige statique s'est pointée de tous les côtés, rongeant les ténèbres avec un craquement et un chuintement dévoreur contre mes sens combinés, comme une gueule de bois d'empathine instantanée. Puis fini, comme ça, tiré en arrière et recraché d'un coup. J'avais de nouveau conscience de la réalité, la tête baissée, de la salive coulant à la commissure de mes lèvres.

— Ça va, Kovacs ?

Schneider.

J'ai cligné des paupières. L'air autour de moi paraissait incroyablement sombre, après l'attaque de la neige. Comme si j'avais regardé le soleil trop longtemps.

— Kovacs ?

Cette fois, c'était la voix de Tanya Wardani. Je me suis essuyé la bouche avant de regarder autour de moi. L'unité d'ID&E ronronnait doucement, les chiffres verts du compteur bloqués à 49. Wardani et Schneider se tenaient chacun d'un côté, me regardant avec une inquiétude presque comique. Derrière eux, le mauvais goût en résine moulée de la chambre du bordel donnait à tout cela un air de farce mal montée. Je me suis senti sourire en enlevant la calotte.

— Eh bien ? a demandé Wardani. Ne restez pas là à sourire. Qu'est-ce que vous avez appris ?

— Assez de choses. Je pense que nous sommes prêts à faire affaire.

Deuxième partie : Considérations commerciales

Dans n'importe quel projet, politique ou autre, il y a un prix à payer. Demandez toujours quelle forme il prendra, et qui s'en acquittera. Sans cela, les planificateurs du projet sentiront votre silence comme les panthères des marais sentent l'odeur du sang. Et avant de comprendre ce qui vous arrive, la personne chargée de supporter ce coût, ce sera vous. Et vous n'en aurez sans doute pas les moyens.

Quellcrist Falconer
Ce que je devrais déjà savoir, Vol II

Chapitre 9

— Mesdames et messieurs, votre attention s'il vous plaît.

La commissaire-priseur de l'enchère a tapé d'un doigt délicat sur le bulbe de son micro mains libres, et le son s'est répercuté dans l'espace au-dessus de nous comme un tonnerre étouffé. Comme le voulait la tradition, elle portait une sorte de combinaison de vide, sans le casque ni les gants. Mais elle était moulée selon une ligne qui me rappelait plus les maisons de mode de New Beijin que les fouilles sur Mars. Elle avait une voix douce, comme un café tiède rehaussé de rhum très fort.

— Lot soixante-dix-sept. Du champ inférieur de Danang, excavation récente. Pylône de trois mètres avec technoglyphes gravés au laser sur la base. Prix de départ, deux cent mille b-cas.

— Je ne pense pas, non.

Matthias Hand avala une gorgée de thé et leva les yeux sur l'agrandissement holographique de l'artefact, juste derrière le balcon.

— Pas aujourd'hui, et pas avec cette énorme fissure sur le deuxième glyphe.

— Bah, on ne sait jamais, ai-je dit avec désinvolture. On ne sait jamais quels idiots trop riches se trimballent dans ces trucs.

— Oh, tout à fait, a-t-il reconnu en se tournant sur son siège, comme pour passer en revue la foule d'acheteurs potentiels, réunie sur le balcon. Mais je pense vraiment que ce lot va partir pour un peu moins de cent vingt.

— Si vous le dites.

— Oh que oui !

Son sourire urbain s'afficha et s'effaça sur l'étendue caucasienne de son visage. Comme la plupart des cadres corpo, grand et d'une beauté quelconque.

— Bien sûr, il m'arrive de me tromper. Parfois. Ah, bien ! On dirait que c'est pour nous.

La nourriture est arrivée entre les mains d'un serveur qui devait subir une version moins coûteuse et moins bien coupée de la combinaison de la commissaire-priseur. Il a déposé notre commande avec une grâce remarquable, vu les circonstances. Nous avons tous les deux attendu en silence qu'il ait terminé, puis l'avons regardé partir avec une prudence symétrique.

— Il n'est pas à vous ? ai-je demandé.

— Certainement pas, a répondu Hand en examinant le contenu de son *bento* de la pointe des baguettes. Vous savez, vous auriez pu choisir une autre cuisine. Je veux dire, c'est la guerre, nous sommes à plus de mille kilomètres de l'océan le plus proche. Vous êtes sûr que les sushis étaient une bonne idée ?

— Je viens de Harlan. C'est ce qu'on mange, là-bas.

Nous faisions tous les deux mine d'ignorer que le bar à sushis était en plein centre du balcon, exposé à des snipers depuis à peu près tous les endroits de la vaste maison d'enchères. Dans l'un de ces endroits, Jan Schneider était pour le moment blotti avec une carabine laser à canon court, à décharge masquée, tenant en joue le visage de Matthias Hand. Pas moyen de savoir combien de personnes me braquaient pour le compte de mon interlocuteur.

Sur l'holoaffichage au-dessus de nos têtes, le prix d'ouverture s'est affiché en numéros orange et a tout de suite commencé à diminuer, passant sous la barre des cent cinquante malgré toutes les incitations de la commissaire-priseur. Hand a indiqué les chiffres d'un mouvement de tête.

— Et voilà. La corrosion s'installe. (Il commença à manger.) Et si nous parlions affaires ?

— Très bien. C'est à vous, je crois, dis-je en lui lançant quelque chose sur la table.

L'objet a roulé sur la surface jusqu'à ce qu'il l'arrête de sa main libre. Il l'a ramassé entre deux doigts manucurés et regardé d'un air interrogateur.

— Deng ?

J'ai opiné.

— Que vous a-t-il dit ?

— Pas grand-chose. Je manquais de temps, avec une trace virtuelle programmée pour se déclencher à l'activation, vous vous en doutez. Il a lâché votre nom avant de se rendre compte que je n'étais pas un psychochirurgien de Mandrake. Après ça, il s'est plutôt renfermé. C'est un dur.

Hand était sceptique, mais il a rangé la pile corticale dans sa poche poitrine sans autre commentaire. Il a mâché d'un air pensif une autre tranche de sashimi.

— Était-il vraiment nécessaire de tous les tuer ?

J'ai haussé les épaules.

— C'est comme ça qu'on fait dans le Nord, en ce moment. C'est la guerre, au cas où vous ne seriez pas au courant.

— Ah oui, a-t-il fait en paraissant remarquer mon uniforme pour la première fois. Ainsi, vous êtes dans les Impacteurs. Je me demande ce qu'Isaac Carrera penserait de vos incursions dans Landfall. À votre avis ?

J'ai encore haussé les épaules.

— Chez les Impacteurs, les officiers ont beaucoup de latitude. Ce serait peut-être délicat à expliquer, mais je peux toujours lui dire que je m'infiltrais pour mener une initiative stratégique.

— C'est vrai ?

— Non. C'est tout à fait personnel.

— Et si j'avais enregistré cette conversation et que je la lui diffuse ?

— Eh bien, si je suis en infiltration, il faut bien que je me trouve une couverture, n'est-ce pas ? Cela ferait de cette conversation un double bluff. N'est-ce pas ?

Il y a eu une pause, pendant que nous nous regardions par-dessus la table, impassibles. Puis un autre sourire a éclos aux lèvres du cadre Mandrake. Il y est resté plus longtemps, et paraissait plus naturel.

— Oui, a-t-il murmuré. C'est très élégant. Félicitations, lieutenant. C'est tellement imparable que je ne sais pas quoi croire. Vous pourriez tout à fait travailler pour les Impacteurs, pour ce que j'en sais.

— Tout à fait, ai-je répondu en souriant. Mais vous savez quoi ? Vous n'avez pas le temps de vous en inquiéter. Parce que les mêmes données que celles que vous avez reçues hier sont en configuration de lancement verrouillé, à cinquante endroits, dans le flot de données de Landfall. Préprogrammées pour une entrée à fort impact dans chaque pile corpo du Cartel. Et l'heure tourne. Vous avez environ un mois pour tout arranger. Après cela, eh bien, tous vos concurrents importants vont savoir ce que vous savez, et une certaine partie de la côte va ressembler à Touchdown Boulevard un soir de réveillon.

— Silence.

La voix de Hand était restée calme, mais il y avait soudain de l'acier dans ses intonations.

— Nous sommes dans un espace public, ici. Si vous voulez faire affaire avec Mandrake, il va falloir apprendre un peu la discrétion. Ne soyez plus aussi précis, je vous prie.

— Très bien. Du moment que nous nous comprenons.

— Je pense que c'est le cas.

— Je l'espère, ai-je dit en durcissant un peu le ton à mon tour. Vous m'avez sous-estimé en envoyant vos guignols hier soir. Ne recommencez pas.

— Je n'oserais jamais…

— Très bien. N'osez pas, Hand, parce que ce qui est arrivé à Deng et ses copains n'est rien par rapport à quelques-unes des indélicatesses auxquelles j'ai été mêlé ces dix-huit derniers mois dans le Nord. Vous pensez peut-être que la guerre est très loin de vous pour l'instant, mais si Mandrake essaie encore de nous toucher, mes associés et moi, vous aurez un coucou de la part des Impacteurs. Et vous les aurez si profond dans le cul que vous sentirez votre propre merde en déglutissant. À présent, on se comprend ?

Hand eut une moue peinée.

— Oui, vous avez fait passer votre message avec des images très fortes. Je vous assure qu'il n'y aura plus aucune tentative pour vous écarter. Si vos demandes sont raisonnables, bien sûr. Quel genre de commission demandez-vous ?

— Vingt millions de dollars des Nations-Unies. Et ne me regardez pas comme ça, Hand. Ça ne représente pas dix pour cent de ce que Mandrake va se faire avec ce coup-là, si nous réussissons.

Sur l'holo, le prix de vente semblait avoir ralenti vers cent neuf, et la commissaire-priseur avait entrepris de le remonter petit à petit.

— Hmm. (Hand mâcha et avala pendant qu'il envisageait la situation.) Paiement à la livraison ?

— Non. D'avance. Un virement à la Latimer City Bank. Transfert à sens unique, limite de réversibilité standard de sept heures. Je vous donnerai les codes du compte plus tard.

— C'est bien présomptueux, lieutenant.

— Appelez ça une assurance. Je vous fais confiance, Hand, mais je me sentirai bien mieux si je sais que le paiement a été effectué. Comme ça, il n'y a aucun risque que Mandrake essaie de me baiser après la livraison. Vous n'auriez rien à y gagner.

Le cadre Mandrake a souri de toutes ses dents.

— La confiance fonctionne dans les deux sens, lieutenant. Pourquoi devrions-nous vous payer avant que le projet aboutisse ?

— D'une part, parce que si vous refusez, je pars tout de suite, et vous aurez raté le plus gros coup de R&D de toute l'histoire du Protectorat. (Je l'ai laissé digérer ça avant de passer la deuxième couche.) Si cela ne vous suffit pas, dites-vous que l'argent ne sera pas accessible, pour moi, tant que la guerre ne sera pas finie. À cause de la directive des pouvoirs d'urgence. Donc, votre argent est parti, mais je ne l'ai pas non plus. Pour me faire payer, il faudra que je sois sur Latimer. La voilà, votre garantie.

— En plus, vous voulez aller sur Latimer ? fit Hand en levant les sourcils. Vingt millions de dollars des Nations-Unies *et* un passage extraplanétaire ?

— Ne soyez pas obtus, Hand. À quoi vous attendiez-vous ? Vous pensez que je veux attendre jusqu'à ce que Kemp et le Cartel décident qu'il vaudrait mieux négocier plutôt que de se battre ? Je ne suis pas assez patient pour ça.

— Donc, commença le cadre Mandrake en posant ses baguettes et en dépliant les mains sur la table, voyons si je vous ai bien compris. Nous vous payons vingt millions de dollars. Maintenant. Non négociables.

Je l'ai regardé sans rien dire.

— C'est cela ?

— Ne vous inquiétez pas, je vous arrêterai si vous vous trompez.

Retour du sourire affiché-retiré.

— Merci. Donc, à l'aboutissement de ce projet, nous entreprenons de vous transporter, ainsi, j'imagine, que vos associés, par injection jusque sur Latimer. Ce sont bien vos demandes ?

— Plus la décantation.

Hand m'a regardé étrangement. Il n'avait sans doute pas l'habitude que les négociations prennent une telle tournure.

— Plus la décantation. Des spécificités dont je devrais être mis au courant ?

J'ai haussé les épaules.

— Nous aurons sélectionné les enveloppes, bien sûr, mais nous pourrons en discuter plus tard. Pas forcément sur mesure. Du haut de gamme, bien sûr, mais du prêt-à-porter nous ira très bien.

— Oh, parfait.

J'ai senti un sourire flotter jusqu'à la surface, contractant l'intérieur de mon ventre. Je l'ai laissé fleurir.

— Allez, Hand, vous faites un coup d'enfer, et vous le savez.

— C'est ce que vous me dites. Mais ce n'est pas si simple, lieutenant. Nous avons fouillé l'historique des artefacts de Landfall depuis cinq ans, et il n'y a aucune trace du moindre objet correspondant à celui que vous décrivez. Aucune preuve, répéta-t-il en écartant les mains. Mettez-vous à ma place.

— Aisément. Dans deux minutes, vous allez perdre le plus grand coup archéologique de ces cinq cents dernières années, simplement parce qu'il n'y a rien dans vos *dossiers* à ce sujet. Si c'est votre position, Hand, je me suis trompé de client.

— Vous dites que cette découverte n'est pas enregistrée ? Rupture directe de la charte ?

— Je dis que ça n'a aucune importance. Je dis que ce que nous vous avons envoyé paraissait assez vrai pour que vous ou votre IA personnelle autorisiez une frappe commando urbaine en moins d'une demi-heure. Les fichiers ont peut-être été effacés, ou corrompus ou volés. Mais pourquoi je prends le temps de vous répondre... Bon, *vous nous payez, ou vous vous dégonflez ?*

Silence. Il était bon. Je ne savais toujours pas ce qu'il allait faire. Il ne m'avait pas donné le moindre signe d'émotion sincère depuis notre rencontre. J'ai attendu. Il s'est enfoncé dans sa chaise, et a balayé une poussière imaginaire sur sa cuisse.

— J'ai peur de devoir consulter mes collègues sur ce sujet. Je ne suis pas autorisé à signer des accords d'une telle importance, avec si peu de garanties. L'autorisation de l'injection par THD à elle seule nécessitera…

— Mon cul. Mais allez-y, je vous en prie, ai-je invité d'une voix amicale. Consultez autant que vous voulez. Je vous donne une demi-heure.

— Une demi-heure ?

La peur – une minuscule étincelle au coin de son regard, mais elle était là –, et j'ai senti la satisfaction monter de mon ventre, juste après mon sourire. Une joie sauvage, nourrie par deux années de rage étouffée.

Je t'ai eu, enculé.

— Bien sûr. Trente minutes. Je reste ici. Il paraît que le sorbet au thé vert est très bon.

— Vous n'êtes pas sérieux.

J'ai laissé la sauvagerie poindre en lisière de ma voix.

— Bien sûr que si, je suis sérieux. Je vous ai prévenu, pourtant. Ne me sous-estimez pas, Hand. Vous me donnez une réponse dans moins de trente minutes, ou je me barre et je vais parler à quelqu'un d'autre. Et si ça se trouve, je vous laisserai l'addition.

Il a secoué la tête avec irritation.

— Et qui iriez-vous voir ?

— Sathakarn Yu ? PKN ? (J'ai fait quelques gestes avec mes baguettes.) Qui sait ? Je ne m'inquiète pas trop. Je trouverai. Et pendant ce temps-là, vous essaierez d'expliquer à la commission politique pourquoi vous avez laissé échapper un coup pareil. Ça ne sera sans doute pas facile, mais bon…

Matthias Hand réprima un soupir et se leva. Il opta pour un sourire crispé et me le lança.

— Très bien. Je reviens. Mais vous avez beaucoup à apprendre dans l'art de la négociation, lieutenant Kovacs.

— Sans doute. Comme je vous l'ai dit, j'ai passé trop de temps dans le Nord.

Je l'ai regardé partir parmi les acheteurs potentiels du balcon, sans pouvoir me retenir de frissonner. Si je devais me faire descendre, il y avait des chances pour que ça arrive maintenant.

Je misais gros sur une intuition : la commission laissait à Hand les coudées à peu près franches. Mandrake était l'équivalent commercial des Impacteurs de Carrera. Il fallait donc présumer une approche équivalente des latitudes d'initiative laissées aux échelons décisionnaires. Il n'y avait pas d'autre moyen de fonctionner pour un organisme à la pointe.

Ne vous attendez à rien, et vous serez prêt.

À la manière des Diplos, je suis resté serein en surface, détaché, mais en dessous je sentais mon esprit passer d'un problème à l'autre comme un rat dans un tunnel.

Vingt millions, ce n'était pas grand-chose pour une corpo, pas pour le genre de rendement garanti que je proposais à Mandrake. Avec un peu de chance, les dégâts que j'avais occasionnés la veille les feraient hésiter à me doubler, à tenter le coup sans moi. Je risquais gros, mais tout devait bien se passer. Il était plus raisonnable de me payer.

N'est-ce pas, Takeshi ?

Mon visage s'est crispé.

Si mon intuition de Diplo, dont on disait tant de bien, se révélait mauvaise, si les cadres de Mandrake étaient tenus plus serré que je le pensais, et que Hand se voyait refuser la coopération, il pourrait décider de tenter le coup par-dessus ma tête. À commencer par ma mort puis mon réenveloppement dans un construct d'interrogatoire. Et si les snipers supposés de Mandrake m'abattaient maintenant, Wardani et Schneider ne pourraient rien faire d'autre que se cacher.

Ne vous attendez à rien et…

Et ils ne pourraient pas se cacher très longtemps. Pas de quelqu'un comme Hand.

Ne vous…

La sérénité des Diplos était difficile à trouver, sur Sanction IV.

Putain de guerre.

Et Matthias Hand est revenu, fendant la foule, un léger sourire aux lèvres et la décision inscrite dans sa démarche, comme s'il vendait déjà le truc. Au-dessus de lui, le pylône martien tournait en holo, les chiffres orange s'immobilisant enfin et passant au rouge. Couleur de vente. Cent vingt-trois mille sept cents b-cas.

Affaire conclue.

Chapitre 10

Dangrek.

La côte incurvée bordait une mer grise et froide, des collines de granite battues par les éléments et couvertes d'une végétation basse et de quelques taches de forêt. Un habit que le relief commençait à abandonner en faveur du lichen et de la roche nue, dès que l'altitude le permettait. À moins de dix kilomètres à l'intérieur des terres, les os de la terre étaient à nu dans les pics effondrés et les crevasses de l'ancienne chaîne de montagne, Dangrek. Le soleil de la fin d'après-midi traversait les nuages filandreux coincés dans les rares dents du paysage. La mer prenait la couleur du mercure sale.

Un vent faible arrivait de l'océan et nous battait allègrement le visage. Schneider a baissé les yeux sur ses bras en fronçant les sourcils. Il portait le T-shirt Lapinee dans lequel il s'était réveillé le matin même, sans veste, et n'avait pourtant pas la chair de poule.

— Il devrait faire plus froid que ça, a-t-il dit.

— Il devrait aussi y avoir plein de petits morceaux de commandos des Impacteurs, Jan.

Je suis passé devant lui, rejoignant Matthias Hand, en costume, les mains dans les poches. Il regardait le ciel comme s'il attendait de la pluie.

— C'est une archive, non ? Un construct enregistré, sans mise à jour en temps réel ?

— Pour l'instant. (Hand a baissé le regard pour me fixer dans les yeux.) En fait, c'est quelque chose que nous avons recréé à partir de projections d'IA militaires. Les protocoles climatiques n'y sont pas encore. C'est assez grossier, mais pour se repérer…

Il a lancé un regard plein d'espoir vers Tanya Wardani, qui couvrait du regard les collines herbeuses en face de nous. Elle a hoché la tête sans même nous regarder.

— Ça ira, a-t-elle dit d'un ton absent. Une IA-M n'aura sans doute pas raté grand-chose.

— Alors vous pouvez nous montrer ce que nous cherchons.

Une longue pause éteinte, et je me suis demandé si la thérapie express que j'avais faite sur Wardani était en train de craquer. Puis l'archéologue s'est retournée.

— Oui. (Une autre pause.) Bien sûr. Par ici.

Elle s'est engagée sur le flanc de la colline d'un pas un peu trop long, le manteau claquant au vent. J'ai échangé un regard avec Hand, qui a haussé ses épaules parfaitement taillées en me faisant signe de passer devant. Le geste était élégant, très courtois. Schneider avait déjà emboîté le pas à l'archéologue, il ne restait donc que le Corpo et moi. J'ai laissé Hand me précéder et j'ai fermé la marche, le regardant avec jubilation glisser sur le sol dans ses chaussures de ville fort peu pratiques.

Cent mètres devant nous, Wardani avait trouvé un étroit chemin ouvert par des troupeaux de bétail, et le suivait vers la côte. Le vent restait aussi fort le long de la colline, faisant frissonner les longues herbes et balancer la tête des roses-araignées, leurs pétales semblant acquiescer avec une souplesse onirique. Au-dessus de nous, la couverture nuageuse s'ouvrit sur un fond de gris calme.

J'avais du mal à rapprocher tout cela de ma dernière visite à la Bordure nord. C'était le même paysage, sur mille kilomètres, dans chaque direction le long de la côte. Mais je l'avais vu noyé de sang et de fluide hydraulique des machines de guerre mortes au combat. Je me rappelais les entailles à vif dans le granite, les shrapnels et le verre brûlé, et la détonation fatale des fusils à particules dans le ciel. Je me rappelais mes hurlements.

Nous avons contourné la dernière rangée de collines avant la rive. Devant nous, une côte de promontoires rocheux s'inclinait dans la mer comme autant de porte-avions submergés. Entre ces doigts de terre tordus, un sable turquoise étincelait dans une succession de petites baies peu profondes. Un peu plus loin, des îlots et récifs de corail brisaient la surface par endroits, et la côte se déroulait toujours plus loin vers l'est, où…

Je me suis accroupi, les yeux plissés. Sur le bord est de la longue côte, la trame de la réalité virtuelle paraissait s'amincir, révélant une tache grise et floue, comme de la vieille laine d'acier. À intervalles irréguliers, on y apercevait une lueur rouge et sourde.

— Hand. C'est quoi, ça ?

— Ça ? (Il a vu la direction que je désignais de la main.) Oh ça. Une zone grise.

— Je vois bien. (Wardani et Schneider s'étaient à leur tour arrêtés pour regarder dans la même direction.) Mais que fait-elle là ?

Une partie de moi, récemment immergée dans la trame verte des holocartes et modèles de géolocalisation de Carrera, proposait déjà une réponse. Je sentais la préconnaissance se déverser dans les rigoles de mon esprit, comme les graviers juste avant un glissement de terrain majeur.

Tanya Wardani y est arrivée juste avant moi.

— C'est Sauberville, n'est-ce pas ?

Hand a eu la bonne grâce de paraître gêné.

— C'est exact, maîtresse Wardani. L'IA-M offrait cinquante pour cent de chances pour que Sauberville soit tactiquement réduite dans les deux semaines à venir.

Un léger frisson a parcouru l'air, et le regard échangé entre Schneider, Wardani et moi a eu l'effet d'un choc électrique. Sauberville, cent vingt mille habitants.

— Réduite comment ? ai-je demandé.

— Cela dépend de qui s'en charge. Si c'est le Cartel, ils utiliseront sans doute un de leurs canons orbitaux CP. Assez propre, pour ne pas gêner vos amis les Impacteurs s'ils parviennent à mener la lutte aussi loin. Si c'est Kemp, ce ne sera ni aussi subtil, ni aussi propre.

— Un missile nucléaire tactique, a dit Schneider d'une voix morte. Sur un système de lancement à orbite irrationnel.

— S'il en a… (Hand a de nouveau haussé les épaules.) Et pour être honnête, s'il doit le faire, il ne voudra pas faire ça proprement. Il sera en pleine retraite, et aura donc intérêt à contaminer la péninsule pour empêcher le Cartel de l'occuper.

— Oui, c'est logique, ai-je confirmé. Il a fait la même chose à Evenfall.

— Putain de malade, a dit Schneider en regardant le ciel.

Tanya Wardani est restée muette. À sa tête, on aurait cru qu'elle essayait de déloger un morceau de viande coincé entre ses dents.

— Bien, a repris Hand avec un dynamisme forcé. Maîtresse Wardani, vous alliez nous montrer quelque chose, il me semble.

Wardani s'est détournée.

— C'est sur la plage.

Le chemin que nous suivions a contourné l'une des baies pour finir sous un petit promontoire effondré, un cône de roche étendu sur le sable bleu pâle. Wardani est descendue d'un bond avec un air habitué, et est repartie sur la plage jusqu'aux plus gros rochers, sous des promontoires hauts comme cinq hommes. Je l'ai suivie, observant le terrain devant nous avec un malaise tout professionnel. Les faces des rochers prenaient la forme d'une alcôve pythagoricienne peu profonde, en triangle. Même superficie que le pont de la navette-hôpital où j'avais rencontré Schneider. Presque tout l'espace était occupé par de gros rochers effondrés et des éclats de pierre.

Nous nous sommes regroupés autour de la silhouette immobile de Tanya Wardani. Elle était face au rocher effondré, comme un éclaireur en observation.

— Voilà, a-t-elle dit avec un mouvement de tête. C'est là que nous l'avons enterré.

— Enterré ?

Matthias Hand nous a regardés tous les trois avec une expression qui aurait pu être comique en d'autres circonstances.

— Comment l'avez-vous enterré ?

Schneider a désigné d'un geste la chute des débris et la façade de roche jeune au-dessus de leur tête.

— Utilisez vos yeux, mon vieux. À votre avis ?

— Vous l'avez fait exploser ?

— Charges creuses. (Schneider prenait un malin plaisir à cette conversation.) Deux mètres de profondeur, jusqu'en haut. Vous auriez dû voir ça.

— Vous avez fait… *exploser*… un artefact ?

Les mots de Hand sortaient difficilement, comme s'il avait du mal à les former.

— Oh, putain, Hand ! a lancé Wardani en le regardant d'un air franchement irrité. Où croyez-vous que nous ayons trouvé ce putain de truc ? Toute la falaise s'est effondrée dessus il y a cinquante mille ans, et quand nous l'avons déterré il fonctionnait encore. Ce n'est pas un morceau de poterie, on parle d'hypertechnologie, là. C'est du solide.

— J'espère que vous avez raison, a dit Hand en parcourant le terrain éboulé. Parce que Mandrake ne va pas vous payer vingt millions de dollars pour du matériel endommagé.

— Qu'est-ce qui a fait tomber la roche ? ai-je demandé d'un coup.

Schneider s'est tourné avec un grand sourire.

— Je t'ai dit, mec. Des charges…

— Non, à l'origine, ai-je précisé à l'attention de Tanya Wardani. Ce sont parmi les roches les plus anciennes de la planète. L'activité géologique de la Bordure s'est arrêtée depuis bien plus de cinquante mille ans. Et ce n'est pas la mer, parce que cela voudrait dire que cette plage remonte à l'effondrement. Ce qui indiquerait une porte construite sous l'eau, et pourquoi les Martiens feraient-ils une chose pareille ? Donc, que s'est-il passé ici il y a cinquante mille ans ?

— Oui, Tanya ? a opiné Schneider. Tu n'as jamais réussi à trouver, hein ? On en avait parlé, mais...

— Bonne question, a ajouté Hand en interrompant son exploration pour revenir à nos côtés. Quel genre d'explication pourriez-vous nous donner, maîtresse Wardani ?

L'archéologue a regardé tour à tour les trois hommes qui l'entouraient, et a lâché un rire.

— Eh bien, je vous promets que ce n'est pas moi.

J'ai compris la configuration que nous avions prise autour d'elle, et l'ai rompue en m'asseyant sur un rocher plat.

— Oui, c'était un peu avant votre naissance, je l'admets. Mais vous avez fouillé cette plage pendant des mois. Vous devez bien avoir une idée ou deux...

— Oui, parle-leur de la fuite, Tanya.

— La fuite ? a demandé Hand avec méfiance.

Wardani a lancé à Schneider un regard exaspéré. Elle a trouvé un rocher où s'asseoir à son tour, et a tiré de son manteau des cigarettes ressemblant étrangement à celles que j'avais achetées ce matin. Des Landfall Lights, ce qu'on pouvait s'offrir de mieux maintenant que les cigares d'Indigo City étaient interdits. Elle en a sorti une du paquet et l'a roulée entre ses doigts, les sourcils froncés.

— Bon, a-t-elle fini par dire. Cette porte est en avance sur notre technologie, de très loin. Du genre, un sous-marin par rapport à une pirogue. Nous savons à quoi elle sert. Enfin, au moins *une* des choses à laquelle elle sert. Malheureusement, nous n'avons pas la moindre idée de la *façon* dont elle le fait. Je réfléchis dans le vide.

Personne ne faisant mine de l'interrompre, elle a levé les yeux de sa cigarette en soupirant.

— Bon. Combien de temps dure une hyperdiff lourde, en général ? Je parle d'une transmission par injection multiple de THD. Trente secondes, quelque chose comme ça ? Une minute, au grand maximum ? Et pour ouvrir et tenir l'hyperlien d'injection, il faut toute la puissance de nos meilleurs moteurs de conversion. (Elle a porté la cigarette à sa bouche et appliqué la pastille d'allumage. La fumée s'est dépliée dans le vent.) Bon. La dernière fois que nous avons ouvert la porte, nous avons vu de l'autre côté. Je vous parle d'une image stable, de plusieurs mètres de large, maintenue à l'infini. En termes d'hyperdiff, c'est une transmission stable *infinie* des données contenues dans cette image. La valeur en photons de chaque étoile dans le paysage stellaire et les coordonnées qu'elle occupait, mises à jour à la seconde près aussi longtemps qu'on laisse la porte activée. Dans notre cas, quelques jours. Environ quarante heures, soit deux mille quatre cents minutes. Deux mille cinq cents fois plus longtemps que l'hyperdiff la plus longue qu'on puisse générer. Et sans aucun signe que la porte se soit activée en plein. *Elle était juste en veille.* Vous commencez à comprendre ?

— Beaucoup d'énergie, a dit Hand avec impatience. Alors, cette fuite ?

— Eh bien, imaginez ce que ferait un incident système sur ce genre de réseau. Si vous faites tenir n'importe quelle connexion suffisamment longtemps, il y aura des interférences. C'est un fait inévitable de la vie dans un cosmos chaotique. Nous savons que c'est le cas avec la transmission radio, mais pour l'instant nous ne l'avons pas vu arriver dans une hyperdiff.

— Peut-être parce qu'il n'y a pas d'interférences dans l'hyperespace, maîtresse Wardani. Comme on le dit dans les manuels.

— Oui, peut-être, a répété Wardani en soufflant sa fumée dans la direction de Hand. Et peut-être que nous avons juste eu de la chance. Statistiquement, c'est possible. Nous utilisons ça depuis moins de cinq siècles, avec des diffs de quelques secondes en moyenne. Ça ne fait pas beaucoup de temps de communication. Mais si les Martiens utilisaient des portes pareilles de façon fréquente, leur temps d'exposition devait être énorme. Et pour une civilisation douée d'hypertechnologie depuis des millénaires, un couac de temps en temps, c'est garanti. Le problème, c'est qu'avec des niveaux d'énergie comme celui-ci, un couac qui traverse la porte pourrait sans doute fendre l'écorce planétaire.

— Oups.

L'archéologue me lança un regard tout aussi agressif que la fumée soufflée sur la physique officielle du Protectorat citée par Hand.

— Plutôt. Gros oups, même. Les Martiens n'étaient pas idiots. Si leur technologie était susceptible de faire ce genre de choses, ils auraient construit un système de sécurité. Une sorte de coupe-circuit.

— Pour que la porte se coupe automatiquement en cas de surcharge..., ai-je terminé pour elle.

— Et s'enterre sous cinq cent mille tonnes de falaise ? Comme mesure de sécurité, ça me paraît un peu contre-productif, maîtresse Wardani. Si je puis me permettre, bien sûr.

L'archéologue eut un geste d'humeur.

— Je n'ai pas dit que ça devait se passer comme ça. Mais si la surcharge a été extrême, le coupe-circuit n'a peut-être pas eu le temps de tout bloquer.

— Ou alors, a commencé Schneider avec un sourire, c'était juste une micrométéorite qui s'est écrasée via la porte.

C'était ma théorie à moi. Ce truc était ouvert sur l'espace, après tout. Allez savoir ce qui pourrait passer au travers, avec le temps, hein ?

— On en a déjà parlé, Jan, a répondu Wardani avec la même irritation, teintée de l'exaspération d'une dispute récurrente. Ce n'est pas…

— C'est *possible*, d'accord ?

— Oui. Simplement, il y a très peu de chances. (Elle s'est détournée de Schneider pour me faire face.) Difficile d'en être sûre – beaucoup de glyphes ne ressemblent à rien de ce que j'ai déjà vu, et ils sont difficiles à lire. Mais je suis à peu près sûre qu'il y a un champ d'inertie. Au-delà d'une certaine vélocité, ça ne passe pas.

— Tu n'en sais rien, a contré Schneider, boudeur. Tu as dit toi-même que ne te pouvais pas…

— Oui, mais c'est *logique*, Jan. On ne construit pas une porte sur l'espace sans se protéger contre les saloperies qui y dérivent.

— Oh, Tanya, je t'en prie ! Et les…

— Lieutenant Kovacs, a dit Hand d'une voix forte. Pourriez-vous m'accompagner jusqu'à la plage ? J'aimerais une perspective militaire sur la région, si ça ne vous dérange pas.

— Bien sûr.

Nous avons laissé Wardani et Schneider se chamailler entre les rochers, et avons traversé le sable bleu à un pas dicté en grande partie par les chaussures de Hand. Pour commencer, aucun de nous deux n'a eu quoi que ce soit à dire. Les seuls sons étaient ceux de nos pas dans la surface molle sous nos pieds, et le déferlement alangui de la mer. Puis Hand s'est mis à parler.

— Une femme remarquable.

J'ai grogné.

— Enfin, survivre à un camp d'internement du gouvernement avec aussi peu de séquelles. Et se retrouver si tôt face aux rigueurs du séquençage opérationnel des technoglyphes…

— Elle s'en tirera très bien, ai-je coupé.

— Oui, j'en suis certain. (Une pause délicate.) Je comprends bien pourquoi Schneider est tellement épris d'elle.

— C'est de l'histoire ancienne, je crois.

— Vraiment ?

Il y avait dans sa voix un certain amusement. Je lui ai coulé un regard en biais, mais son expression était vide, et il regardait la mer avec prudence.

— Pour cette perspective militaire, Hand.

— Ah oui.

Le cadre Mandrake s'est arrêté à quelques mètres des petites rides qui passaient pour des vagues sur Sanction IV, et s'est tourné vers moi. Il a désigné d'un geste le terrain devant nous.

— Je ne suis pas soldat, mais j'imagine que ce n'est pas un terrain idéal pour la guerre.

— Tout juste. (J'ai parcouru la plage du regard, cherchant en vain un élément qui pourrait me remonter le moral.) Une fois qu'on se trouve ici, on est une cible facile pour toute personne en terrain surélevé munie d'une arme plus imposante qu'un bâton pointu. C'est un terrain ouvert, jusqu'aux collines.

— Et en plus, il y a la mer.

— Et en plus, il y a la mer, ai-je répété d'un air sombre. Nous sommes exposés au feu de n'importe qui pouvant se permettre un déploiement rapide. Quoi que nous fassions ici, il nous faudra une petite armée pour nous couvrir. À moins qu'on puisse faire une reconnaissance complète. On arrive par les airs, on prend des photos, on repart.

— Hmm.

Matthias Hand s'est assis, contemplant la mer de façon pensive.

— J'ai parlé aux avocats.

— Vous vous êtes lavé, après ?

— Selon la charte d'incorporation, la détention d'un artefact dans l'espace non orbital n'est considérée valide que si une bouée de propriété opérationnelle est placée à moins d'un kilomètre dudit artefact. Pas de ruse ou de moyen de contourner. Nous avons cherché. S'il y a un vaisseau spatial de l'autre côté de cette porte, il va falloir traverser pour se l'approprier. Et d'après ce qu'a dit maîtresse Wardani, ça peut prendre du temps.

—Alors une petite armée, ai-je répété en haussant les épaules.

—Une petite armée, ça attire l'attention. Ça se verra autant sur un satellite de repérage que les seins d'une holopute. Et on ne peut pas vraiment se permettre…

—Des seins d'holopute ? Oh, ça ne doit pas être si cher…

Hand a penché la tête pour me regarder un moment, puis a lâché un gloussement involontaire.

—Très drôle. Merci. On ne peut pas vraiment se permettre d'être repérés par un satellite, je crois…

—Pas si vous voulez l'exclusivité.

—Je pense que cela va sans dire, lieutenant. (Hand a dessiné un motif abstrait dans le sable, d'une main distraite.) Donc. Nous devons arriver en petit comité, sans faire trop de bruit. Ce qui signifie qu'il faudra évacuer tout personnel opérationnel de la région jusqu'à la fin de notre visite.

—Si nous voulons en sortir vivants, oui.

—Oui.

Sans prévenir, Hand s'est laissé tomber en position assise dans le sable. Il a appuyé les avant-bras sur ses genoux, le regard perdu dans l'horizon. Dans son costume sombre, avec sa chemise blanche à col, on aurait dit un dessin de l'école absurdiste de Millsport.

—Dites-moi, lieutenant, a-t-il fini par dire. Si nous pouvions vider la péninsule, avec votre expérience professionnelle, quel est l'effectif minimal pour une mission pareille ? Combien de personnes seraient nécessaires ?

J'y ai réfléchi un bon moment.

— S'ils sont bons – des types des Opérations spéciales, pas juste des bidasses élevés au grain – disons six. Cinq, si on utilise Schneider comme pilote.

— De toute façon, je ne pense pas qu'on pourrait le laisser en arrière pendant qu'on s'occupe de son investissement.

— Non.

— Vous dites Opérations spéciales. Vous pensez à certaines compétences particulières ?

— Pas vraiment. La démolition, peut-être. L'éboulement me paraît assez imposant. Et ça ne ferait pas de mal s'il y en avait un ou deux capables de piloter, au cas où Schneider aurait un coup dur.

Hand a tourné la tête vers moi.

— C'est probable ?

— Qui sait ? Le coin est dangereux, ai-je rappelé en haussant les épaules.

— Tout à fait. (Hand a repris son observation de l'endroit où la mer rencontrait le gris du Sauberville de Schr…dinger.) Vous voudrez sans doute les recruter vous-même ?

— Non, vous pouvez le faire. Mais je veux être présent, pour pouvoir poser mon veto à toute sélection. Vous savez où vous allez trouver une demi-douzaine de commandos volontaires ? Sans faire sonner toutes les alarmes, je veux dire.

J'ai cru qu'il ne m'avait pas entendu. L'horizon semblait le captiver, corps et âme. Puis il a changé de position, et un sourire a tordu la commissure de ses lèvres.

— En ce moment, il devrait être facile de trouver des soldats qui ne manqueront à personne.

— Content de vous l'entendre dire.

Il a levé le regard, encore souriant.

— Cela vous vexe, Kovacs ?

— Vous pensez que je serais lieutenant des Impacteurs de Carrera si je me vexais si facilement ?

— Je ne sais pas, concéda-t-il en se retournant vers l'horizon. Vous êtes plein de surprises. Et j'ai cru comprendre que les Diplos étaient doués pour le camouflage adaptatif.

Ah tiens.

En moins de deux jours, depuis notre rencontre, Hand avait réussi à mettre son nez dans les données confidentielles des Impacteurs, malgré toutes les protections que Carrera avait placées autour de mon passé. Et il me mettait au courant.

Je me suis assis sur le sable bleu à côté de lui, choisissant un autre point d'horizon à fixer.

— Je ne suis plus Diplo.

— Non. C'est ce que j'ai cru comprendre, a-t-il admis sans me regarder. Plus Diplo, plus non plus chez les Impacteurs de Carrera. Ce rejet de tout groupe frôle le pathologique, lieutenant.

— C'est même pire que ça.

— Ah. Je vois apparaître quelques traces de votre jeunesse sur Harlan. *Le mal fondamental de l'humanité massée…*, n'est-ce pas ainsi que Quell l'appelait ?

— Je ne suis pas quelliste, Hand.

— Non, bien sûr que non. (Le cadre Mandrake paraissait s'amuser comme un fou.) Cela vous inclurait dans un groupe. Dites-moi, Kovacs, me détestez-vous ?

— Pas encore.

— Vraiment ? Vous me surprenez.

— Comme vous dites, je suis plein de surprises.

— Vous n'avez vraiment aucune rancœur contre moi, après votre rencontre avec Deng et son groupe ?

J'ai haussé les épaules.

— C'est eux qui se sont retrouvés avec des trous en plus.

— Mais c'est moi qui les ai envoyés.

— Cela démontre un manque d'imagination, voilà tout, ai-je commenté en soupirant. Écoutez, Hand. Je savais que *quelqu'un* de Mandrake allait envoyer un groupe, parce que les organisations comme la vôtre fonctionnent comme ça. La proposition que nous vous avons envoyée était presque un défi. Nous aurions pu opérer de façon plus subtile, mais nous n'avions pas le temps. Alors je vous ai agité ma cape rouge, et hop, vous avez chargé. Vous détester pour cela, ce serait comme détester un type dont j'ai évité tous les coups. C'était un moyen comme un autre d'arriver ici. Je ne vous déteste pas de façon personnelle, parce que vous ne m'en avez pas encore donné la moindre raison.

— Mais vous détestez Mandrake.

J'ai secoué la tête.

— Je n'ai pas l'énergie de détester les Corpos, Hand. Par où commencer ? Comme le disait Quell, « Arrachez le cœur malade d'une corporation, et que verrez-vous couler ? »

— Des gens.

— Eh oui. Des gens. Toujours des gens. Les gens et leurs putains de groupes à la con. Montrez-moi un décisionnaire individuel dont les décisions m'ont nui, et je lui ferai fondre la pile. Montrez-moi un groupe avec le but commun de me nuire, et je les abattrai tous si je peux. Mais ne comptez pas sur moi pour perdre mon temps en haines abstraites.

— Comme c'est équilibré de votre part.

— Votre gouvernement appellerait ça un dérangement antisocial, et me ferait interner.

Les lèvres de Hand se sont retroussées.

— Ce n'est pas mon gouvernement. Nous sommes juste en train de les dorloter jusqu'à ce que Kemp se calme.

— Pour quoi faire ? Vous ne pourriez pas traiter directement avec Kemp ?

Je ne le regardais pas, mais j'avais senti son regard se braquer soudain sur moi. Il lui a fallu un peu de temps pour formuler une réponse qui lui convienne.

— Kemp est un croisé. Il s'est entouré d'autres individus comme lui. Et les croisés ne voient généralement la raison que quand on les y cloue. Il faudra vaincre les kempistes, plusieurs fois, dans le sang, avant de les asseoir à la table des négociations.

— Vous avez donc essayé, ai-je commenté avec un sourire.

— Je n'ai pas dit ça.

— Non, en effet.

J'ai trouvé un gravier violet dans le sable, et l'ai jeté dans les ondulations calmes face à nous. Il était temps de changer de sujet.

— Vous ne m'avez pas dit non plus où vous alliez trouver notre escorte.

— Devinez.

— Dans les marchés aux âmes ?

— Ça vous pose un problème ?

J'ai secoué la tête, mais mon détachement était aussi incandescent qu'une braise décidée à survivre.

— Au fait, a repris Hand en se retournant vers les rochers. J'ai une autre explication pour cette falaise effondrée.

— Alors la micrométéorite ne vous a pas convaincu ?

— J'ai tendance à croire au champ d'inertie de maîtresse Wardani. C'est logique. Tout comme son coupe-circuit, j'imagine.

— Vous imaginez ?

— Si une race aussi avancée que les Martiens avait construit un coupe-circuit, il fonctionnerait. Il n'y aurait pas de fuite.

— Non.

— Il nous reste une question. Pourquoi, il y a cinquante mille ans, une falaise s'est-elle effondrée ? Ou peut-être, pourquoi l'a-t-on effondrée ?

— Oui, je me suis posé la question.

— Une porte ouverte sur n'importe quelles coordonnées sur des distances interplanétaires. Voire interstellaires. C'est dangereux, tant au niveau du concept que de la pratique. Allez savoir ce qui pourrait traverser une porte pareille. Des fantômes, des aliens, des monstres avec des crocs d'un demi-mètre de longueur. Même des quellistes, a-t-il ajouté avec un regard en biais.

J'ai trouvé une deuxième pierre, plus grosse, un peu derrière moi.

— *Ça*, ce serait une tuile, ai-je confirmé en lançant ma trouvaille dans la mer. La fin de toute civilisation telle que nous la connaissons.

— Précisément. Ce que les Martiens avaient sans doute prévu également, et préparé. Ainsi que le champ anti-inertie et le coupe-circuit, ils devaient avoir un plan de contingence contre les monstres tueurs venus de l'espace.

Hand a saisi un gravier à son tour, et l'a lancé dans l'eau. C'était un bon lancer pour quelqu'un d'assis, mais il est tombé un peu avant les vaguelettes créées par ma pierre précédente. Neurachem perso des Impacteurs – difficile à battre. Hand gloussa de déception.

— Sacré plan d'urgence – enterrer sa porte sous un demi-million de tonnes de roche.

Hand regardait toujours l'impact de son caillou, les sourcils froncés. Les cercles concentriques se mêlaient à présent aux miens.

— Oui. À se demander ce qu'ils voulaient écarter, hein ?

Chapitre 11

— Vous l'aimez bien, hein ?

C'était une accusation, lancée dans la lueur basse du comptoir d'illuminum. La musique sonnait, d'une douceur agaçante, depuis les haut-parleurs trop près de nos têtes. Accroupi sur mon coude comme un gros scarabée comateux, le brouilleur de résonance d'espace personnel, que Mandrake voulait à tout prix nous faire porter, affichait une lumière verte de fonctionnement normal, mais ne pouvait apparemment pas filtrer les bruits ambiants. Dommage.

— Qui ça ? ai-je demandé en me tournant vers Wardani.

— Ne soyez pas obtus, Kovacs. Cette saleté visqueuse en costume. Vous allez devenir ami avec cette merde.

J'ai senti mes lèvres s'arquer. Si les conférences archéologiques de Wardani avaient imprégné certaines façons de parler de Schneider au cours de leur association, le pilote avait apparemment donné autant qu'il avait pris.

— C'est notre financier, Wardani. Que voulez-vous que je fasse ? Que je lui crache dessus toutes les dix minutes pour nous rappeler à tous comme nous lui sommes moralement supérieurs ? (J'ai indiqué l'insigne d'épaule sur l'uniforme que je portais.) Je suis un tueur à gages, Schneider est un déserteur, et vous, quels que soient vos péchés, vous êtes codée avec nous dans l'échange de la plus grande découverte archéologique du millénaire en échange d'un ticket pour une autre planète, et une vie dans les lieux d'amusement les plus élitistes de Latimer City.

Elle a sourcillé.

— Il a tenté de nous faire tuer.

— Oui, et vu comment les choses ont tourné, je suis prêt à lui pardonner. Ce sont les hommes de Deng qui devraient faire la gueule.

Schneider a ri, puis s'est arrêté devant le regard glacial de Wardani.

— Oui, c'est vrai. Il a envoyé ces types à la mort, et à présent il deale avec le mec qui les a tués. C'est une bouse.

— Si ces huit morts sont ce que Hand a de pire sur la conscience, ai-je dit plus fermement que je comptais, alors il est bien plus propre que moi. Ou que tous les gradés que je connais.

— Vous voyez. Vous le défendez. Vous utilisez votre haine de vous-même pour le protéger et vous dispenser d'un jugement moral.

Je l'ai regardée durement, puis j'ai vidé mon verre et l'ai posé avec un soin exagéré.

— J'apprécie le fait, ai-je dit d'un ton égal, que vous avez traversé beaucoup de choses ces derniers temps, Wardani. C'est pour ça que je vous pardonne tant d'écarts. Mais vous n'êtes pas une experte de l'intérieur de ma tête. Je préférerais donc que vous gardiez vos putains de conneries de psychochirurgienne amatrice pour vous, OK?

La bouche de Wardani s'est plissée.

— Il n'en reste pas moins…

— Euh, les amis, a commencé Schneider en se penchant devant Wardani pour remplir mon verre. Les amis, on est censé faire la fête. Si vous voulez vous battre, allez dans le Nord, là où c'est la mode. Pour l'instant, j'arrose la chance que j'ai de ne plus jamais voir un combat, et vous êtes en train de me gâcher cette bouteille de rhum. Tanya, pourquoi tu…

Il a essayé de remplir le verre de Wardani, mais elle a repoussé la bouteille d'une main. Elle le regardait avec un mépris qui m'a fait sourciller.

— C'est tout ce qui compte pour toi, Jan, n'est-ce pas ? a-t-elle craché d'une voix sourde. Te tirer d'ici avec un max de crédits. La méthode la plus facile, rapide et directe pour buller à côté de la piscine, au-dessus des masses. Que t'est-il arrivé, Jan ? Tu as toujours été superficiel, mais…

Elle a esquissé un geste d'impuissance.

— Merci, Tanya, a répondu Schneider en buvant cul sec son verre de rhum. (Quand j'ai revu son visage, il souriait de toutes ses dents.) Tu as raison, je devrais être moins égoïste. J'aurais dû rester avec Kemp un peu plus longtemps. Après tout, qu'est-ce qui pouvait m'arriver, hein ?

— Ne fais pas l'enfant.

— Non, vraiment. J'y vois beaucoup plus clair, maintenant. Takeshi, allons dire à Hand que nous avons changé d'avis. Quitte à mourir, autant se battre. Ça a tellement plus de *sens*. (Il a pointé le doigt vers Wardani.) Et toi, tu pourras retourner au camp dont nous t'avons sortie parce que tu ne voudrais pas te priver de souffrir noblement.

— Vous m'avez sortie du camp parce que vous aviez besoin de moi, Jan, ne va pas prétendre le contraire.

La main ouverte de Schneider était partie avant que je comprenne son intention. Mes réflexes boostés par le neurachem m'ont permis de réagir assez vite pour retenir la claque, mais seulement en me faisant plonger devant Wardani. En chemin, j'avais dû la bousculer. Elle s'est retrouvée par terre, le verre renversé sur le comptoir. Je l'ai entendue couiner en tombant.

— Ça suffit, ai-je dit tout bas à Schneider.

J'avais coincé son avant-bras sous le mien contre le bar, et mon autre main flottait en un poing plus ou moins formé près de mon oreille gauche. Mon visage était assez près de celui du pilote pour voir une trace de peur dans son regard.

— Je croyais que tu ne voulais plus te battre.

— Ouais. Ouais, c'est vrai.

Ses paroles étaient étranglées. Il s'est raclé la gorge.

Je l'ai senti se détendre, et j'ai libéré son bras. En me retournant, j'ai vu Wardani relever son tabouret après s'être remise sur ses pieds. Derrière elle, quelques occupants d'une table s'étaient levés et nous regardaient, incertains. J'ai croisé leur regard, et ils se sont rassis en vitesse. Un marine tactique couturé de partout m'a fixé plus longtemps que les autres, mais il a fini par s'asseoir, peu désireux de se colleter un Impacteur. Derrière moi, j'ai senti, plutôt que vu, le barman essuyer l'alcool renversé. Je me suis recalé contre la surface toute sèche.

— Je pense que nous devrions tous nous calmer, pas vous ?

— Ça me va. C'est vous qui m'avez renversée. Vous et votre copain le lutteur.

Schneider avait repris la bouteille et se versait un autre verre. Il l'a vidé puis l'a pointé vers Wardani.

— Tu veux savoir ce qui m'est arrivé, Tanya ? Tu…

— J'ai l'impression que tu vas me le dire de toute façon.

— … veux vraiment savoir ? J'ai regardé une gamine de six ans. Mourir à cause des shrapnels. Des putains de shrapnels que je lui ai plantés dans la peau moi-même, parce qu'elle se cachait dans un bunker automatique dans lequel j'ai balancé des grenades. (Il a cligné des yeux et rempli son verre.) Et je ne veux plus jamais voir ça. Je me barre, d'une façon ou d'une autre. Même si ça me rend *superficiel*. Pour ta putain d'information…

Il nous a regardés pendant quelques secondes, comme s'il ne se souvenait vraiment pas qui nous étions. Puis il s'est levé, et il est sorti en marchant presque droit. Son dernier verre était là, plein, dans la lueur discrète du comptoir.

— Oh merde, a dit Wardani dans le petit silence laissé par son départ.

Elle regardait son propre verre, vide, comme s'il pouvait lui offrir une échappatoire.

— Oui.

Et cette fois, elle se débrouillerait pour réparer ses conneries.

— Vous croyez que je devrais le rattraper ?

— Pas vraiment, non.

Elle a posé son verre et sorti ses cigarettes. Les Landfall Lights que j'avais remarquées dans le virtuel. Elle en a tiré une d'un geste mécanique.

— Je ne voulais pas…

— En effet, je pense que vous ne vouliez pas. Et il s'en rendra compte, une fois dessaoulé. Ne vous inquiétez pas. Il devait avoir ce souvenir en tête depuis le jour où c'est arrivé. Vous lui avez juste donné le catalyseur qu'il fallait pour que ça sorte. Ça vaut sans doute mieux.

Elle a allumé la cigarette et m'a regardé sur le côté au travers de la fumée.

— Ça ne vous touche plus, tout ça ? Combien de temps faut-il pour devenir comme ça ?

— Ça, c'est grâce aux Diplos. C'est leur spécialité. Le temps n'a aucune importance. C'est un système. Ingénierie psychodynamique.

Cette fois, elle s'est tournée sur son tabouret pour me faire face.

— Ça ne vous énerve jamais ? Qu'on vous ait modifié comme ça ?

J'ai attrapé la bouteille, et nous ai resservis tous les deux. Elle n'a fait aucun geste pour m'arrêter.

— Quand j'étais plus jeune, ça ne me faisait rien. En fait, je trouvais ça super. Un rêve humide saturé de testostérone. Avant les Diplos, j'étais dans les Forces spéciales, et j'avais déjà utilisé pas mal de logiciels d'implantation à prise rapide. Pour moi, c'était une version super améliorée de la même chose.

Une armure pour l'âme. Et le temps que j'aie changé d'avis, le conditionnement était trop bien implanté.

— Vous ne pouvez pas le contourner ? Le conditionnement…

J'ai haussé les épaules.

— La plupart du temps, je n'en ai aucune envie. C'est la nature d'un bon conditionnement. Et ça, c'est du très supérieur. Je travaille mieux quand je m'y plie. C'est difficile de lui résister, et ça me ralentit. Où avez-vous eu ces cigarettes ?

— Celles-là ? (Elle a regardé le paquet d'un air absent.) Oh, Jan, je crois. Oui, c'est lui qui me les a données.

— C'était gentil de sa part.

Elle n'a pas eu l'air de remarquer, ou de relever, le sarcasme de ma réplique.

— Vous en voulez une ?

— Pourquoi pas ? On dirait que je ne vais plus avoir besoin de cette enveloppe très longtemps.

— Vous pensez vraiment qu'on va arriver jusqu'à Latimer City ? (Elle m'a regardé tirer une cigarette et l'allumer.) Vous avez confiance en Hand ?

— Il n'aura vraiment pas grand intérêt à nous doubler.

J'ai exhalé la fumée et l'ai regardée dériver dans le bar. Une impression d'éloignement, aussi forte qu'imprécise, m'a traversé l'esprit. Une perte sans nom. Je me suis raccroché à mes paroles pour reprendre pied.

— L'argent n'est déjà plus là, Mandrake ne pourra pas le récupérer. S'il nous élimine, Hand n'économise que le coût de l'injection et de trois enveloppes. En échange de quoi il s'inquiétera *ad vitam aeternam* des représailles automatisées.

Le regard de Wardani est tombé sur le brouilleur de résonance sur le bar.

— Vous êtes sûr que ce truc est propre ?

— Non. Je l'ai acheté à une indépendante, mais elle était recommandée par Mandrake. Pour ce que j'en sais, je suis suivi et écouté. Peu importe. Je suis le seul à savoir comment les représailles sont prévues, et je ne risque pas de vous en parler.

— Merci.

Sa réponse n'avait aucune ironie. Le camp d'internement lui avait appris les bons côtés de l'ignorance.

— Je vous en prie.

— Et pour nous faire taire après coup ?

J'ai écarté les mains.

— Pour quoi faire ? Mandrake se fout du silence. Ce sera le plus gros coup jamais réussi par une entité corpo seule. Ils voudront le faire savoir. Les lancements de données minutés et verrouillés seront de l'histoire ancienne quand ils finiront par se faire. Une fois que Mandrake aura caché votre vaisseau à l'abri, il le fera savoir à chaque grande corpo sur Sanction IV. Hand s'en servira sans doute pour donner instantanément à Mandrake un siège au Cartel, et sans doute un siège au conseil commercial du Protectorat dans la foulée. Mandrake deviendra un acteur majeur, d'un seul coup. Notre importance dans ce processus sera nulle.

— Vous avez tout prévu, hein ?

J'ai haussé les épaules. Encore.

— Nous avons déjà discuté de tout ça.

— Oui. (Elle a fait un petit geste d'impuissance.) Je ne pensais pas que vous seriez si amical avec cet enculé de Corpo, c'est tout.

J'ai soupiré.

— Écoutez. Peu importe mon opinion sur Matthias Hand. Il fera son boulot. C'est ce qui compte. On nous a payés, tout est lancé et Hand a un peu plus de personnalité que le cadre corpo moyen, ce qui est une bonne chose en ce qui me concerne. Je l'apprécie suffisamment pour continuer. S'il essaie de nous avoir, je n'aurai aucun problème à lui griller sa pile. Ça vous va, comme détachement ?

Wardani a posé la min sur la surface du brouilleur.

— J'espère pour vous que ce truc n'a pas un micro. Si Hand vous écoute…

— Bah, ai-je fait en prenant le verre plein de Schneider. S'il m'écoute, il se dit sans doute la même chose à mon sujet. Alors à la vôtre, Hand, si vous m'entendez. Je bois à la méfiance et à la collaboration forcée.

J'ai descendu le rhum d'un trait, et j'ai retourné le verre sur le brouilleur. Wardani a roulé des yeux.

— Super. La politique du désespoir. C'est exactement ce qu'il nous faut.

— Ce qu'il vous faut, ai-je dit en bâillant, c'est de l'air frais. Vous voulez rentrer à la tour à pied ? Si on part maintenant, on arrivera avant le couvre-feu.

— Je pensais que le couvre-feu ne poserait pas de problème, avec votre uniforme.

J'ai regardé la veste noire, et caressé le tissu d'un doigt.

— Eh bien non, sans doute pas. Mais nous sommes censés faire profil bas. Et puis, si on tombe sur une patrouille automatisée, les machines sont parfois incroyablement têtues sur ce genre de sujet. Mieux vaut ne pas tenter le diable. Alors, vous voulez marcher ?

— Vous me tiendrez la main ?

C'était dit comme une plaisanterie, mais son ton disait autre chose. Nous nous sommes tous les deux levés d'un coup, et nos espaces personnels se confondaient.

Un ange est passé entre nous comme un ivrogne trop entreprenant.

Je me suis détourné pour écraser ma cigarette.

— Bien sûr, ai-je dit en voulant être léger. Il fait nuit, dehors.

J'ai empoché le brouilleur, et j'ai repris mes cigarettes dans le même geste. Mais mes paroles n'avaient pas dissipé la tension. Au lieu de cela, elles restaient suspendues entre nous comme la rémanence d'un laser.

Il fait nuit, dehors.

Dans la rue, nous avons tous les deux marché les mains bien à l'abri au fond de nos poches.

Chapitre 12

Les trois derniers étages de la tour Mandrake abritaient les résidences des cadres et un complexe de cafés et jardins sur plusieurs niveaux – accès restreint depuis les étages inférieurs. Un écran énergétique à perméabilité variable était tendu entre des pylônes en parapet, filtrant le soleil pour conserver une chaleur lumineuse mais tolérable tout au long de la journée. Dans trois des cafés, on pouvait se faire servir le petit déjeuner à toute heure. Nous l'avions commencé à midi, et étions en train de terminer quand un Hand à la tenue impeccable est venu nous chercher. S'il avait écouté l'assassinat en règle dont il avait été victime la nuit dernière, cela ne paraissait pas l'avoir dérangé outre mesure.

— Bonjour maîtresse Wardani, messieurs. J'espère que votre nuit en ville valait le risque qu'elle représentait.

— Nous avons passé de bons moments, ai-je dit en plantant ma fourchette dans une autre bouchée de notre *dim sum* sans regarder l'un ou l'autre de mes compagnons.

Wardani s'était retirée derrière ses lentilles solaires dès qu'elle s'était assise, et Schneider toisait son café d'un regard noir. Jusqu'à maintenant, leur conversation avait laissé à désirer.

— Asseyez-vous, mangez un morceau.

— Merci. (Hand a tiré une chaise et s'est assis. À le voir de plus près, il paraissait un peu fatigué autour des yeux.) J'ai déjà déjeuné. Maîtresse Wardani, les composants principaux du matériel que vous avez commandé sont arrivés. Je les ai fait monter dans votre suite.

L'archéologue a hoché la tête et regardé le soleil. Quand il est devenu évident qu'elle n'ajouterait rien, Hand a fixé son attention sur moi et levé un sourcil. J'ai secoué la tête, discrètement.

Laissez tomber.

— Bien. Nous sommes sur le point de recruter, lieutenant. Si vous…

— Très bien.

J'ai avalé une gorgée de thé pour faire passer le dernier *dim sum* et me suis levé. L'atmosphère de la tablée allait finir par m'affecter.

— Allons-y.

Personne n'a parlé. Schneider n'a même pas levé les yeux, mais les lentilles solaires de Wardani, complètement opaques, ont suivi mon départ sur la terrasse, comme la façade vierge d'un capteur de mitrailleuse-sentinelle.

Nous sommes descendus par un ascenseur bavard, qui nommait chaque étage au passage et vantait quelques-uns des projets actuels de Mandrake. Aucun de nous deux n'a parlé, et trente secondes plus tard les portes s'ouvraient sur le plafond bas et les murs de verre fondu brut du sous-sol. Des bandes d'illuminum projetaient une lumière bleuâtre dans le verre. De l'autre côté de l'espace ouvert, une tache de lumière solaire indiquait une sortie. Garé en travers face aux portes de l'ascenseur, un croiseur banal, couleur paille, nous attendait.

— Thaisawasdi Field, a dit Hand en se penchant vers le compartiment du chauffeur. Le marché aux âmes.

La note du moteur a grimpé de plusieurs tons, de l'inerte au plus soutenu. Une fois à bord, nous nous sommes calés dans les sièges automoulants tandis que le croiseur prenait de l'altitude et tournait comme une araignée sur son fil. Par le verre non polarisé qui nous séparait de la cabine, au-delà du crâne rasé du chauffeur, j'ai regardé la tache de soleil s'élargir à mesure que nous foncions en silence vers la sortie. Puis la lumière a explosé autour de nous en un déferlement de métal étincelant, et nous sommes montés dans l'impitoyable ciel bleu du désert de Landfall. Après le bouclier atmosphérique léger du toit, le changement m'apportait une satisfaction un peu sauvage.

Hand a touché un bouton sur la porte, et le verre s'est polarisé en bleu.

— Vous étiez suivis, la nuit dernière, m'a-t-il annoncé d'un ton détaché.

Je l'ai regardé depuis l'autre bout du compartiment.

— Pour quoi faire ? Nous sommes dans le même camp, non ?

— Pas par nous, a-t-il précisé avec un geste impatient. Enfin, si par nous, en surveillance aérienne, évidemment, c'est ainsi que nous les avons repérés. Mais ce n'est pas de cela que je parle. C'était du sous-tech. Wardani et vous êtes rentrés sans Schneider – ce qui n'était pas très intelligent, d'ailleurs – et on vous a suivis. Un sur Schneider, mais il l'a lâché, a priori en voyant que Wardani ne sortait pas. Les autres vous ont accompagnés jusqu'à Find Alley, juste hors de vue du pont.

— Combien ?

— Trois. Deux complètement humains, et un cyborg battle-tech, à la façon dont il se déplaçait.

— Vous les avez capturés ?

— Non. (Hand a frappé quelques coups délicats sur la fenêtre.) La machine n'avait que des paramètres de protection-récupération. Le temps que nous soyons au courant, ils s'étaient cachés près de l'entrée du canal de Latimer, d'où ils étaient partis avant qu'on y arrive. Nous avons cherché, mais…

Il a écarté les mains. D'où la fatigue autour de ses yeux. Il avait passé une nuit blanche à tenter de garantir son investissement.

— Pourquoi souriez-vous ?

— Désolé, mais je suis très touché. Protection-récupération, hein ?

— Ha, ha. (Il m'a fixé jusqu'à ce que mon sourire fasse mine de retomber.) Alors, vous voulez me dire quelque chose ?

J'ai pensé rapidement au commandant du camp et à ses marmonnements abrutis par le courant concernant la tentative de sauvetage de Wardani. J'ai secoué la tête.

— Vous en êtes sûr ?

— Hand, soyez sérieux. Si j'avais su que quelqu'un me suivait, vous pensez qu'ils seraient en meilleur état que Deng et ses hommes ?

— Alors de qui s'agissait-il ?

— Je viens de vous dire que je ne savais pas, non ? Un gang de rue, peut-être ?

Il m'a lancé un regard peiné.

— Un gang de rue suivant un uniforme des Impacteurs de Carrera. Allons…

— C'était peut-être un test de virilité. Question de territoire. Vous avez bien des gangs, à Landfall, non ?

— Kovacs, s'il vous plaît. Un peu de sérieux. Si vous ne les avez pas remarqués, vous pensez qu'ils étaient si minables que ça ?

— Pas vraiment, ai-je soupiré.

— Bon. Alors qui d'autre cherche à se réserver un morceau du gâteau archéologique ?

— Je ne sais pas, ai-je admis à regret.

Le reste du vol s'est passé en silence.

Le croiseur a fini par virer de bord, et j'ai pu regarder par le hublot. Nous descendions en spirale vers une couche de glace sale semée de bouteilles et de boîtes usagées. J'ai froncé les sourcils, et réévalué les distances.

— Ce sont les premières… ?

Hand a hoché la tête.

— Certaines, oui. Les plus grosses. Les autres ne sont que des véhicules en fourrière, depuis que le marché des artefacts s'est effondré. Dès que vous ne pouvez plus payer votre espace d'atterrissage, on saisit votre véhicule et on le garde ici en zéro grav jusqu'à ce que vous puissiez payer. Bien sûr, vu la tête du marché, presque personne n'a cherché à payer son dû. La capitainerie du port a donc envoyé des équipes de ferrailleurs pour les désactiver aux découpeurs à plasma.

Nous avons dérivé jusqu'à approcher de la barge de colonisation la plus proche. C'était comme si on flottait le long d'un grand arbre abattu. À un bout, la propulsion qui avait permis au vaisseau de franchir le gouffre entre Latimer et Sanction IV. Des tuyères écartées à la place des branches, comprimées contre le champ d'atterrissage en dessous et en éventail contre le ciel bleu au-dessus. La barge, conçue pour un aller simple, ne décollerait plus jamais. Assemblée en orbite autour de Latimer un siècle plus tôt, construite pour un seul saut de puce interstellaire, un seul atterrissage, elle avait sans doute brûlé son système d'atterrissage antigrav dans la descente. La détonation des rétrofusées d'atterrissage avait dû faire fondre le sable du désert sur un ovale de verre qui serait ensuite élargi par les ingénieurs pour rejoindre les autres ovales laissés par les barges précédentes. Ainsi était apparu Thaisawasdi Field, qui avait accueilli la colonie naissante pendant ses dix premières années.

Le temps que les corpos construisent leurs propres champs d'atterrissage privés et les complexes associés, les barges avaient été vidées, utilisées comme quartiers d'habitation puis comme source pratique d'alliages raffinés et de matériaux de construction. Sur Harlan, j'avais visité quelques-unes des barges de la première flotte, celle de Konrad Harlan, et même les ponts avaient été cannibalisés, rendus à l'état de paliers de métal à plusieurs niveaux accrochés à la courbure interne de la coque. Seules les coques elles-mêmes restaient intactes, par une étrange quasi-révérence qui, dans les âges anciens, voyait plusieurs générations sacrifier leur vie à l'édification d'une cathédrale.

Le croiseur a survolé l'épine dorsale de la barge et suivi la courbe de la coque jusqu'à atterrir en douceur à l'ombre du vaisseau. Nous avons débarqué dans une fraîcheur soudaine, un calme rompu seulement par le murmure du vent sur la plaine de verre. Et quelques bruits de commerce humain depuis la coque.

— Par ici.

Hand m'a indiqué d'un mouvement de tête le mur incurvé face à nous. Il s'est éloigné d'un bon pas vers une soute à cargo près du niveau du sol. Je me suis surpris à examiner l'édifice pour y chercher des positions de snipers. Essayant de me défaire de mon irritabilité instinctive, je suis parti à sa suite. Le vent écartait gentiment les détritus de mon chemin avec des petits tourbillons qui me montaient aux genoux.

De près, la soute était énorme, plusieurs mètres de hauteur, et assez large à la base pour laisser passer le fuselage d'une bombe maraudeuse sur un chariot. La rampe de chargement qui menait à l'entrée servait aussi de porte quand la barge était en vol, et elle reposait à présent sur de gros vérins hydrauliques, inertes depuis des décennies. Tout en haut de l'écoutille, des images holographiques floues. Peut-être des Martiens. Ou des anges en plein vol.

— De l'art archéo, a commenté Hand.

Puis nous sommes entrés dans les ténèbres.

La même impression d'espace défraîchi que j'avais ressentie sur Harlan. Mais là-bas, on avait conservé aux carcasses de la flotte de Harlan la sobriété d'un musée. Cet espace-ci était plein d'un chaos de sons et de couleurs. Des étals en plastique et en câbles aux vives couleurs primaires étaient arrimés et collés au hasard sur la courbure de la coque et dans ce qui restait des ponts principaux, donnant l'impression qu'une colonie de champignons vénéneux avait infecté la structure d'origine. Des sections de conduites et des échelles de poutrelles soudées reliaient le tout. Çà et là, de nouvelles œuvres holo apportaient leur éclat propre aux lampes et aux bandes d'illuminum. La musique résonnait et gémissait de façon erratique depuis des haut-parleurs grands comme une caisse montés au hasard sur la paroi. Loin, au-dessus de tout cela, quelqu'un avait percé des trous d'un mètre dans la coque, pour que des colonnes de lumière crèvent la noirceur ambiante.

Dans la tache de lumière la plus proche se dressait une grande silhouette habillée comme un as de pique, son visage noir couvert de sueur tourné vers la lumière comme s'il s'agissait d'une douche chaude. Il s'était enfoncé un haut-de-forme noir sur la tête, et portait un long manteau noir tout aussi élimé. En entendant le bruit de nos pas sur le métal, il s'est retourné et a ouvert les bras en croix pour nous accueillir.

—Ah, messieurs. (Sa voix était une prothèse, émise par une unité-sangsue bien en évidence sur sa gorge scarifiée.) Vous arrivez juste à temps. Je suis Sémétaire. Bienvenue au marché aux âmes.

Sur le pont axial, nous avons pu regarder le tout se mettre en place.

Quand nous sommes sortis de la cage d'ascenseur, Sémétaire s'est écarté et nous a fait signe d'un bras chargé de plumes.

—Voici, a-t-il dit.

Un chargeur de cargos sur rails reculait avec une petite caisse tenue haut sur ses bras articulés. Sous nos yeux, la caisse s'est inclinée vers l'avant, et quelque chose a commencé à déborder, tombant en cascade et rebondissant au sol avec un son grêle.

Des piles corticales.

C'était difficile à affirmer sans enclencher le neurachem, mais la plupart paraissaient trop grosses pour être propres. Trop grosses et trop jaunâtres : fragments d'os et de tissus cervicaux encore accrochés au métal. La caisse a continué à s'incliner, et le déversement est devenu marée, déluge de bruit blanc, métal contre métal. Le chargeur de cargos a continué à reculer, répandant une mare de piles. Le bruit a pris une intensité furieuse, puis s'est apaisé quand la cascade de piles a été absorbée par les montagnes déjà formées.

La caisse s'est retournée, vide. Le son s'est arrêté.

— Toutes fraîches. Pour la plupart venues du bombardement de Suchinda, nous a expliqué Sémétaire en nous guidant autour de la masse. Des civils et des forces régulières. Mais il y a aussi eu des pertes dans les forces de déploiement rapide. On en retrouve partout dans l'Est. Quelqu'un s'est planté en analysant la couverture au sol de Kemp.

— Ce n'est pas la première fois, ai-je soupiré.

— Ni la dernière, j'espère. Les affaires ont rarement été aussi bonnes, a répliqué Sémétaire en riant pendant qu'il s'accroupissait et saisissait une double poignée de piles.

Effectivement couvertes d'esquilles d'os.

Quelque chose a gratté et tremblé dans la caverne chichement éclairée. J'ai levé les yeux, cherchant l'origine du bruit. Tout autour de la montagne, les vendeurs se déplaçaient avec des pelles et des seaux, se poussant les uns les autres pour une meilleure place. Les pelles faisaient un son irritant en s'enfonçant dans le tas, et chaque pelletée provoquait dans les seaux un bruit de gravier.

Malgré la compétition féroce qui régnait parmi les marchands, j'ai remarqué qu'on laissait beaucoup de place à Sémétaire. Mes yeux sont retournés vers la silhouette en haut-de-forme accroupie devant moi. Son visage s'est fendu d'un large sourire comme s'il sentait mon regard. Vision périphérique améliorée, me suis-je dit. Tout en souriant, il a écarté les doigts pour laisser se déverser les piles. Quand ses mains ont été de nouveau vides, il a frotté ses paumes l'une contre l'autre et s'est relevé.

— Vendues au poids, pour la plupart, a-t-il murmuré. Ce n'est pas cher, et c'est simple. Parlez-leur si vous voulez. D'autres cherchent les civils pour leurs clients, l'ivraie du bon grain militaire, et le prix reste bas. Ce sera peut-être suffisant pour ce que vous voulez. Ou alors, vous aurez besoin de Sémétaire.

— Venez-en au fait, a dit Hand avec brusquerie.

Sous le haut-de-forme cabossé, j'ai cru voir les yeux s'étrécir en partie. Mais ce petit supplément de rage n'est jamais parvenu à la voix du Noir.

— Le fait, a-t-il dit avec bonne grâce, est le même que toujours. Le fait est ce que vous désirez. Sémétaire ne vend que ce que désirent ceux qui viennent le voir. Que désirez-*vous*, homme de Mandrake ? Vous et votre loup Impacteur ?

J'ai senti le frissonnement de mercure quand le neurachem m'a envahi. Je ne portais pas mon uniforme. Quelles que soient les modifs de ce type, ça allait au-delà d'une vision périphérique améliorée.

Hand a dit quelque chose dans un langage aux syllabes creuses que je n'ai pas reconnu, avec un petit signe de la main gauche. Sémétaire s'est raidi.

— Vous jouez un jeu dangereux, a dit le cadre Mandrake. Et la charade s'arrête là.

Sémétaire est resté immobile un moment, puis son sourire a reparu. Il a plongé les deux mains de façon symétrique dans son manteau usé, et s'est retrouvé face au canon d'un pistolet interfacé Kalachnikov, à une distance d'environ cinq centimètres. Ma main gauche avait placé l'arme à cet endroit sans aucune pensée consciente.

— Lentement, ai-je suggéré.

— Il n'y a pas de problème, Kovacs, a assuré Hand d'une voix calme sans lâcher Sémétaire du regard. Les liens de la famille sont noués, à présent.

Le sourire de Sémétaire disait le contraire, mais il m'a obéi. Il tenait dans chaque main une sorte de crabe en métal brossé. Il a regardé un des groupes de pattes articulées, puis l'autre, puis le canon de mon arme. S'il avait peur, ça ne se voyait pas.

— Que désirez-vous, employé ?

— Appelez-moi comme ça une fois de plus, et j'aurai peut-être envie d'appuyer sur la détente.

— Ce n'est pas à vous qu'il parle, Kovacs, a dit Hand avec le plus infime mouvement de tête vers mon arme.

Je l'ai rangée.

— Des commandos, Sémétaire. Récents, pas plus d'un mois. Et nous sommes pressés. Tout ce que tu as dans le tas.

Sémétaire a haussé les épaules.

— Les plus récents sont ici.

Il a lancé les deux crabes dans la montagne de piles, où ils ont commencé à se déplacer en cliquetant.

Ils attrapaient les uns après les autres les petits cylindres de métal, les tenaient sous une lumière bleue et les rejetaient.

— Mais si vous êtes pressés par le temps...

Il s'est détourné pour nous mener vers un étal sombre, où une femme mince, aussi pâle qu'il était noir, se tenait courbée sur un plan de travail, décapant les éclats d'os encore incrustés sur des piles. Le son de fracture haut perché, quand les os se décollaient, offrait un contrepoint à peine audible aux crissements et grincements des pelles derrière nous.

Sémétaire a parlé à la femme dans la langue que Hand avait utilisée plus tôt, et elle s'est dépliée avec langueur. D'une étagère à l'arrière de son étal, elle a soulevé une boîte de métal, de la taille d'un drone de surveillance, avant de nous l'apporter. Nous la montrant, elle a tapé avec un ongle noir très long sur un symbole gravé dans le métal terne. Elle a dit quelque chose dans le langage des syllabes résonnantes.

J'ai regardé Hand.

— Les élus d'Ogon, a-t-il dit sans ironie apparente. Protégés dans le fer pour le maître du fer et de la guerre. Des guerriers.

Il a fait un signe de tête, et la femme a posé la boîte. D'un côté de l'espace de travail, elle a apporté un bol d'eau parfumée avec laquelle elle s'est rincé les mains et les poignets. Je l'ai regardée, fasciné, poser ses doigts humides sur le couvercle de la boîte, fermer les yeux et entonner une autre séquence cadencée. Puis elle a ouvert les yeux et dévissé le couvercle.

— Combien de kilos en voulez-vous ? a demandé Sémétaire, trop pragmatique au milieu de cette révérence.

Hand a tendu la main sur la table, pour prendre une poignée de piles dans la boîte.

— J'imagine que ça va me coûter les yeux de la tête ?

— Soixante-dix-neuf cinquante le kilo.

Le cadre a grogné.

— La dernière fois que je suis venu ici, Pravet m'a fait payer quarante-sept cinquante, et il s'est excusé.

— C'est un prix ridicule, et vous le savez, employé, a rétorqué Sémétaire en souriant et en secouant la tête. Pravet fait dans le non-trié, et souvent il le vend brut d'extraction. Si vous voulez passer votre précieux temps corpo à enlever les os sur une pile de civil ou de conscrit lambda, allez marchander avec lui. Ceux-ci sont une classe de guerriers sélectionnés, nettoyés et huilés, et ils valent ce que j'en demande. Nous ne devrions pas perdre notre temps de la sorte.

— Très bien. Vous avez des frais, a concédé Hand en soupesant la pile de vies encapsulées. Soixante mille. Et vous savez que je reviendrai un jour.

— Un jour, a répété Sémétaire en savourant le mot. Un jour, Joshua Kemp pourrait brûler Landfall à la flamme nucléaire. Un jour, employé, nous serons sans doute morts.

— Sans doute, a admis Hand en remettant les piles dans la boîte avec un son léger, comme des dés qui tombent. Et certains plus tôt que d'autres, s'ils continuent à faire des déclarations sur la victoire des kempistes en public. Sympathies anti-Cartel ? Vous savez que je pourrais vous faire arrêter pour cela, Sémétaire.

La femme pâle derrière son espace de travail a sifflé entre ses dents et a levé la main pour tracer un signe dans l'air. Sémétaire a claqué des doigts, elle s'est arrêtée. Il a tendu la main dans la boîte pour en extraire une simple pile, étincelante.

— À quoi bon m'arrêter ? a-t-il demandé d'une voix douce. Regardez ça. Sans moi, vous êtes obligés de passer par Pravet. Soixante-dix.

— Soixante-sept cinquante, et je fais de vous le fournisseur privilégié de Mandrake.

Sémétaire a fait rouler la pile entre ses doigts en ayant l'air de réfléchir.

— Très bien, a-t-il fini par accepter. Soixante-sept cinquante. Mais ce prix a un minimum garanti. Cinq kilos.

— Entendu.

Hand a sorti une puce de crédit hologravée au logo Mandrake. Il l'a donnée à Sémétaire avec un sourire inattendu.

— De toute façon, je venais pour dix. Vous me les emballez.

Sémétaire a remis la puce dans la boîte. Il a eu un mouvement de tête pour la femme pâle, et elle a tiré un plateau de pesage concave sous l'espace de travail. Penchant la boîte et y glissant la main avec un air de révérence, elle en a extrait les piles par poignées, les posant doucement dans le plateau. Des chiffres violets, d'une police ornementée, évoluaient dans l'air au-dessus du monticule qui s'accumulait.

Du coin de l'œil, j'ai aperçu un mouvement près du sol, et me suis tourné d'un bloc pour y faire face.

— Une trouvaille, a dit Sémétaire avec un sourire.

L'un des robots-crabes était revenu du tas et, ayant atteint le pied de Sémétaire, entreprenait d'escalader la jambe de son pantalon. Quand il a atteint sa ceinture, l'homme l'a pris en main et l'a tenu un moment. De l'autre main, il a extrait quelque chose des mandibules mécaniques. Puis il a lancé la petite machine. Elle a rétracté ses membres en sentant la chute, et en tombant sur le pont, ce n'était plus qu'un ovale lisse, qui a rebondi et s'est immobilisé. Un instant plus tard, les membres s'étendaient de nouveau, avec prudence. L'automate s'est remis d'aplomb avant de repartir au travail.

— Ah, regardez, a soupiré Sémétaire en serrant la pile dans sa gangue de tissus entre l'index et le pouce. Regardez cela, loup Impacteur. Vous voyez ? Vous voyez comment commence la nouvelle moisson ?

Chapitre 13

L'IA de Mandrake a lu les soldats empilés que nous avons rapportés, sous forme de données en code machine 3D. Elle en a éliminé un tiers sur-le-champ, trop endommagés psychologiquement. Même pas la peine de leur parler. Ressuscités en virtuel, ils se contenteraient de hurler.

Hand a haussé les épaules.

— C'est à peu près standard, a-t-il dit. Il y a toujours du rebut, quel que soit le vendeur. Nous allons utiliser un séquenceur de rêve de psychochirurgie sur les autres. Cela devrait nous donner une longue liste de sélection sans nous forcer à réveiller qui que ce soit. Voici les paramètres que nous cherchons.

J'ai pris la sortie papier sur la table et je l'ai parcourue. De l'autre côté de la salle de conférences, les données des soldats endommagés défilaient sur l'écran mural 2D analogique.

— Expérience des environnements de combat haute rad ? ai-je lu en levant les yeux vers le cadre Mandrake. Il y a du nouveau dont on ne m'a pas parlé ?

— Allez, Kovacs, vous êtes déjà au courant.

Le flash atteindrait les montagnes. Casserait l'ombre des tranchées qui n'avaient pas vu la lumière depuis des éons archéologiques.

— J'avais espéré que ça ne se passerait pas comme ça.

Hand a examiné le plateau de la table comme s'il fallait le cirer.

— Il fallait dégager la péninsule, a-t-il dit avec prudence. D'ici la fin de la semaine, ce sera le cas. Kemp se retire. Appelons ça un heureux hasard.

Une fois, en reconnaissance le long d'une crête des Dangrek, j'avais vu Sauberville resplendir au loin dans le soleil d'après-midi. Elle était trop loin pour que j'aperçoive des détails – même en poussant le neurachem à fond, la ville n'était qu'un bracelet d'argent jeté au bord de la mer. Lointaine, déconnectée de toute chose humaine.

J'ai croisé le regard de Hand de l'autre côté de la table.

— Donc, nous allons tous mourir.

Il a haussé les épaules.

— Cela me paraît inévitable, en effet. En y allant si tôt après l'explosion. Nous pouvons utiliser des clones avec une haute résistance aux radiations pour les nouvelles recrues, et les traitements antirad nous permettront de fonctionner tout le temps qu'il faudra, mais à la longue…

— Oui. Bah, à la longue, je porterai une enveloppe de designer à Latimer City.

— Exactement.

— Quel genre d'enveloppe à tolérance rad avez-vous en tête ?

Autre haussement d'épaules.

— Je ne sais pas trop. Il faut que je parle au bioware. Des Maoris, sans doute. Pourquoi, vous en voulez une ?

J'ai senti les bioplaques Khumalo se tordre sous mes paumes, comme vexées. J'ai secoué la tête.

— Je garde ce que j'ai. Merci.

— Vous ne me faites pas confiance.

— Puisque vous en parlez, non. Mais ça n'a rien à voir. (J'ai indiqué ma poitrine d'un geste du pouce.) Ça, c'est du sur-mesure des Impacteurs. Khumalo Biosystems. On ne fait rien de mieux pour le combat.

— Et l'antirad ?

— Ça tiendra assez longtemps pour ce que nous avons à faire. Dites-moi un peu, Hand. Que proposez-vous aux nouvelles recrues ? Sur le long terme ? Outre une nouvelle enveloppe qui pourrait ou non résister aux radiations ? Qu'est-ce qu'ils auront une fois que tout sera fini ?

— Eh bien, un emploi, a répondu Hand en fronçant les sourcils.

— Ils en avaient déjà un. Regardez où ça les a menés.

— Un emploi à *Landfall.*

Pour je ne sais quelle raison, la dérision dans ma voix semblait l'avoir atteint. À moins que ce soit autre chose.

— Personnel de sécurité sous contrat pour Mandrake, garanti pour la durée de la guerre ou cinq ans, selon ce qui dure le plus longtemps. Cela satisfait-il vos scrupules de quelliste-anarchiste-défenseur de l'opprimé ?

J'ai soulevé un sourcil.

— Ce sont trois philosophies *tout juste* apparentées, Hand, et je ne souscris pleinement à aucune. Mais si vous me demandez si cela me semble une bonne alternative à la mort, alors je réponds oui. À leur place, j'accepterais sans doute ce genre d'accord.

— Un signe de confiance, a dit Hand d'un ton glacial. Comme c'est rassurant.

— Si, bien sûr, je n'avais ni ami ni parent à Sauberville. Vous devriez vérifier dans l'historique.

— Vous essayez de faire de l'humour ?

— Je ne trouve rien de drôle dans la destruction d'une ville. Pour l'instant, en tout cas. Mais ça doit venir de moi.

— Ah, voici donc les scrupules qui refont leur apparition ? Comme c'est vilain…

— Ne soyez pas absurde, Hand, ai-je dit avec un maigre sourire. Je suis un soldat.

— Oui, il serait bon de s'en souvenir. Ne vous déchargez pas de vos remords sur moi, Kovacs. Comme je vous l'ai dit, ce n'est pas moi qui ai demandé la frappe sur Sauberville. Elle tombe simplement à point.

— N'est-ce pas ?

J'ai jeté la sortie papier sur la table en essayant de ne pas souhaiter qu'il s'agisse d'une grenade dégoupillée.

— Alors, allons-y. Combien de temps pour faire tourner cette séquence rêve ?

D'après les psychochirurgiens, nous respectons plus notre personnalité profonde pendant nos rêves que dans toute autre situation, y compris pendant l'orgasme ou au moment de notre mort. Cela explique peut-être pourquoi nous avons tant de mal à comprendre notre comportement éveillé.

Et cela permet une psycho-évaluation rapide.

Le séquenceur de rêve, combiné au cœur de l'IA de Mandrake avec les paramètres de recherche et un filtrage personnel au sujet de Sauberville, a traité les sept kilos de psychés humaines fonctionnelles en moins de quatre heures. Il nous restait au bout du compte trois cent quatre-vingt-sept possibilités, avec un noyau de haute probabilité de deux cent douze.

— Bon, ben on va les réveiller, a dit Hand en parcourant les profils affichés à l'écran.

Il a bâillé.

Peut-être par méfiance réciproque, aucun de nous deux n'a quitté la salle de conférences tant que le séquenceur moulinait. Et après avoir encore tourné autour du sujet de Sauberville, nous n'avions plus grand-chose à nous dire. Mes yeux me piquaient à force de regarder le défilement des données, mes membres me criaient leur envie de dépenser leur énergie, et je n'avais plus de cigarettes. Le besoin de bâiller s'efforçait de prendre le contrôle de mon visage.

— Il va vraiment falloir leur parler, à chacun ?

Hand a secoué la tête.

— Non, pas vraiment, m'a rassuré Hand. Il y a une version virtuelle de moi dans la machine, avec des périphériques de psychochirurgien branchés. Je vais l'envoyer chercher la meilleure quinzaine. Si vous me faites assez confiance pour cela.

J'ai abandonné et bâillé, furieusement.

— Confiance enclenchée. Vous voulez sortir prendre l'air ? Et un café ?

Nous sommes montés sur le toit.

Sur la tour Mandrake, la journée cédait le pas au crépuscule indigo du désert. Vers l'est, les étoiles s'allumaient dans le vaste ciel obscurci de Sanction IV. À l'horizon ouest, on aurait dit que les dernières forces du soleil étaient étouffées sous des bandes de nuages par le poids de la nuit tombante. Les boucliers étaient très faibles, laissant passer presque toute la chaleur du soir, et un vent frais venu du nord.

J'ai regardé autour de nous le personnel de Mandrake, réparti par petites grappes dans le jardin que Hand avait choisi. Assemblés autour des tables ou des bars, ils parlaient d'une voix modulée et confiante. Un Corpo standard d'amanglais moucheté çà et là des musiques locales thaïes et françaises. Personne ne semblait faire attention à nous.

Le mélange des langages m'a évoqué un souvenir.

— Dites-moi, Hand, ai-je dit en ouvrant un paquet de Landfall Lights et en allumant la première cigarette. Qu'est-ce qui s'est passé au marché, aujourd'hui ? Le langage que vous parliez tous les trois, les gestes de la main gauche ?

— Vous n'avez pas deviné ? a dit Hand en posant son café après en avoir pris une gorgée.

— Du vaudou ?

— On peut dire ça comme ça.

Le regard blessé du cadre me disait que lui n'aurait utilisé ce mot pour rien au monde.

— Mais à proprement parler, c'est un terme qu'on n'a pas utilisé depuis un million d'années. Aucun de ceux qui le parlent ne l'appelle comme ça depuis des siècles. Et ça ne s'est jamais vraiment appelé comme ça. Comme tous ceux qui ne savent pas, vous simplifiez.

— Je croyais que c'était le principe de la religion. Simplifier pour les non-pensants.

— Si tel est le cas, a-t-il dit en souriant, alors les non-pensants paraissent bien majoritaires, non ?

— Comme toujours.

— Oui, peut-être. (Hand a bu du café en me regardant par-dessus le bord de sa tasse.) Vous affirmez vraiment n'avoir aucun dieu ? Pas de pouvoir suprême ? Les Harlanites sont pourtant en majorité shintoïstes, n'est-ce pas ? Où appartiennent à une secte chrétienne quelconque…

— Je ne suis ni l'un ni l'autre, ai-je dit platement.

— Alors vous n'avez aucun refuge contre la venue de la nuit ? Aucun allié quand toute la création pèse sur votre petit être comme une colonne de pierre d'un millier de pieds de haut ?

— J'étais à Innenin, Hand, ai-je expliqué en secouant ma cendre et en lui rendant son sourire, presque tout neuf. À Innenin, j'ai entendu prier des soldats sous des colonnes de pierre à peu près de cette taille-là. À ce que j'ai vu, ça n'a pas donné grand-chose. Des alliés comme ça, je m'en passe.

— On ne commande pas Dieu.

— Apparemment. Parlez-moi de Sémétaire. Le manteau et le chapeau. C'est un rôle, non ?

— Oui, a reconnu Hand d'une voix où perlait une haine cordiale. Il a pris l'apparence de Ghede, dans ce cas le seigneur des morts…

— Très astucieux.

— … pour essayer de dominer les plus faibles d'esprit dans la concurrence. C'est sans doute une sorte d'adepte, avec une certaine influence dans le domaine des esprits, mais certainement pas assez pour se faire chevaucher par un tel personnage. Je suis un peu plus… (Il m'a fait un léger sourire.) en place, dirons-nous. Je me suis contenté de le faire savoir. De présenter mes références, si vous voulez. Et de lui signifier que son numéro me paraissait déplacé.

— Bizarre que ce Ghede ne vienne pas le lui dire lui-même, vous ne trouvez pas ?

— En fait, il y a des chances que Ghede, comme vous, perçoive l'humour de la situation. Pour un sage, il est très joueur.

— Vraiment… (Je me suis penché en avant, cherchant un signe d'ironie dans son expression.) Vous croyez à ces conneries ? Je veux dire, sérieusement ?

Le cadre de Mandrake m'a regardé un moment, puis il a basculé la tête pour regarder le ciel.

— Regardez ça, Kovacs. Nous buvons du café si loin de la Terre qu'on a du mal à apercevoir Sol dans le ciel nocturne. Nous avons été portés ici par un vent qui souffle dans une dimension que nous ne pouvons ni voir ni toucher. Stockés en tant que rêves dans l'esprit d'une machine qui pense d'une façon tellement en avance sur notre cerveau qu'elle pourrait aussi bien porter le nom de Dieu. Nous avons été ressuscités dans des corps qui ne sont pas les nôtres, cultivés dans un jardin secret hors du corps de toute femme. Tels sont les *faits* de notre existence, Kovacs. Alors en quoi sont-ils différents, ou moins mystiques, que la croyance d'un autre monde où les morts vivent en compagnie d'êtres si éloignés de nous que nous *devons* les appeler dieux ?

J'ai détourné le regard, étrangement gêné par la ferveur de la voix de Hand. La religion est un truc bizarre, et peut avoir des effets imprévisibles sur ceux qui l'utilisent. J'ai écrasé ma cigarette, le temps de choisir mes mots avec prudence.

— Eh bien, la différence c'est que les faits de notre existence n'ont pas été imaginés par un groupe de prêtres ignorants, des siècles avant que quiconque ait quitté la surface de la Terre ou construit quoi que ce soit qui ressemble à une machine. Tout bien comparé, je dirais que cela les rend plus proches de notre réalité que votre monde des esprits.

Hand a souri, apparemment sans prendre ombrage. Il paraissait s'amuser.

— Ça, c'est une vue locale, Kovacs. Bien sûr, toutes les Églises actuelles trouvent leur origine dans des temps préindustriels, mais la foi est une métaphore, et qui sait comment ont voyagé les données qui sous-tendent ces métaphores ? D'où elles venaient, et combien de temps elles ont mis ? Nous marchons au milieu des ruines d'une civilisation qui avait apparemment des pouvoirs divins plusieurs millénaires avant que nous marchions droit. Votre propre monde, Kovacs, est encerclé par des anges aux épées ardentes…

— Eh là !… (J'ai levé les mains, paumes vers mon interlocuteur.) On se calme sur les métaphores. Harlan a un système de plates-formes militaires orbitales que les Martiens ont oublié de désarmer en partant.

— Oui, a concédé Hand avec un geste impatient. Des orbitales construites en un matériau tel qu'il résiste à toute tentative de scan, des orbitales avec la puissance nécessaire pour abattre une ville ou une montagne, mais qui ne détruisent rien que les vaisseaux qui s'élèvent dans les cieux. Qu'est-ce donc, sinon un ange ?

— Une putain de machine, Hand, voilà ce que c'est. Avec des paramètres programmés, sans doute suite à un conflit planétaire…

— Vous en êtes sûr ?

C'était lui qui se penchait sur la table, à présent. Et je me suis surpris à imiter sa posture, ma propre intensité se ravivant.

— Êtes-vous déjà allé sur Harlan, Hand ? Non, c'est bien ce que je pensais. Eh bien moi, j'y ai grandi, et je vous dis que les orbitales ne sont pas plus mystiques qu'un autre artefact martien…

— Quoi, pas plus mystiques que les brins-de-chant ? a-t-il sifflé. Des arbres de pierre qui chantent au lever et au coucher du soleil ? Pas plus mystiques qu'une porte qui s'ouvre comme n'importe quel battant sur…

Il s'est arrêté d'un coup, regardant autour de lui, rougissant de cette bourde évitée de justesse. Je me suis calé dans mon siège en souriant.

— Admirable passion, pour quelqu'un qui porte un costume aussi cher. Vous voulez me vendre que les Martiens sont les dieux vaudous, ou quoi ?

— Je ne veux rien vous vendre du tout, a-t-il murmuré en se redressant. Et non, les Martiens sont très bien dans ce monde. Inutile d'avoir recours aux lieux d'origine pour expliquer leur existence. Je veux juste vous montrer comme votre monde est limité si vous n'y laissez aucune place pour le merveilleux.

J'ai hoché la tête.

— C'est très gentil à vous. Mais rendez-moi un service, Hand. Quand nous serons à destination, ne me bassinez pas avec ça, voulez-vous ? Je vais avoir assez de problèmes sans que vous me sortiez ce genre de choses.

— Je crois ce que j'ai vu, a-t-il dit d'un ton raide. J'ai vu Ghede et Carrefour marcher parmi nous dans la chair des hommes, j'ai entendu leur voix dans la bouche du hougan, je les ai *invoqués.*

— Ouais, c'est ça.

Il m'a regardé d'un air pénétrant, ses croyances bafouées cédant peu à peu la place à autre chose.

— C'est très étrange, Kovacs. Votre conviction est aussi grande que la mienne. Je me demande simplement pourquoi vous avez tant besoin de ne pas croire.

Ses paroles sont restées entre nous pendant près d'une minute avant que je réagisse. Le bruit des tables avoisinantes avait diminué, et même le vent du nord paraissait retenir son souffle. Puis je me suis penché en avant, parlant moins pour communiquer que pour dissiper le souvenir éclairé au laser qui m'avait frappé.

— Vous avez tort, Hand. J'aimerais avoir accès à toutes ces conneries auxquelles vous croyez. J'aimerais pouvoir invoquer le responsable de cette putain de création. Parce que là, je pourrais le tuer. Lentement.

Dans la machine, l'esprit virtuel de Hand a éliminé tous les candidats, sauf onze. Il lui a fallu près de trois mois. À la capacité max de l'IA, trois cent cinquante fois le temps réel, le tout s'est terminé pour nous un peu avant minuit.

L'intensité de la conversation sur le toit était retombée, devant un échange de rêveries expérimental, une sorte de passage en revue des choses que nous avions vues et faites, qui soutenaient notre façon de voir le monde. Puis des observations de plus en plus vagues sur la vie, entrecoupées de longs silences mutuels tandis que nous regardions au-delà des remparts de la tour, jusque dans la nuit du désert. Le bip de poche de Hand a signalé la désactivation du processus comme une note aurait brisé du verre.

Nous sommes descendus voir le résultat, clignant des yeux dans la lumière violente de l'intérieur. En moins de une heure, peu après la naissance d'un jour nouveau, nous avons éteint le Hand virtuel et nous sommes chargés à sa place dans la machine.

Dernière sélection.

Chapitre 14

Je me souviens de leur visage.

Pas les visages des belles enveloppes maories résistantes aux radiations qu'ils ont portées jusqu'à Dangrek et jusqu'aux ruines fumantes de Sauberville. Non, je revois le visage qu'ils avaient avant de mourir. Le visage que Sémétaire a pris et vendu pour les renvoyer au chaos de la guerre. Les visages avec lesquels ils s'imaginaient, ceux qu'ils présentaient dans le virtuel de la chambre d'hôtel impersonnelle où je les ai rencontrés pour la première fois.

Le visage des morts.

Ole Hansen :

Un caucasien à la pâleur irréelle, des cheveux en brosse blancs comme la neige, des yeux calmes, bleus comme l'affichage d'un équipement médical en phase non critique. Envoyé *physiquement* de Latimer avec la première vague de renforts cryo des Nations-unies, à l'époque où l'on pensait que Kemp ne tiendrait pas six mois.

— J'espère que c'est pas encore une opé dans le désert. (Il affichait encore des plaques rouges, brûlées, sur le front et les pommettes.) Parce que dans ce cas, autant me remettre dans la boîte. La mélanine cellulaire, ça gratte comme pas permis.

— Là où on va, il fait froid, lui ai-je assuré. Latimer City en hiver, et je parle des maxima. Vous savez que votre équipe est morte ?

Hochement de tête.

— J'ai vu l'explosion depuis l'hélicoptère. Le dernier truc dont je me souviens. Pas étonnant. Une bombe maraudeuse capturée. Je leur avais dit de la faire péter sur place. Ces machins-là sont trop têtus pour qu'on les retourne. Pas moyen de discuter.

Hansen faisait partie d'une équipe de démolition d'élite, les Délicats. J'avais entendu parler d'eux chez les Impacteurs. Ils avaient la réputation de réussir presque chaque fois. Enfin, avant.

— Ils vont vous manquer ?

Hansen s'est retourné sur son siège, et a regardé le minibar de la chambre. Il a lancé un coup d'œil à Hand.

— Je peux ?

— Je vous en prie.

Il a marché jusqu'à la forêt de bouteilles, en a choisi une et s'est versé un liquide ambré. Il a levé son verre plein à ras bord dans notre direction, les lèvres serrées et les yeux bleus décidés.

— À la santé des Délicats, où que se trouvent leurs atomes fragmentés. Épitaphe : « S'ils avaient écouté les ordres, ils seraient encore avec nous. »

Il a tout descendu cul-sec, a grogné et jeté le verre par-dessus son épaule. Il a heurté le tapis avec un bruit à peine audible avant de rouler jusqu'au mur. Hansen est venu se rasseoir à la table. Il y avait des larmes dans son regard, mais c'était sans doute l'alcool.

— D'autres questions ? a-t-il demandé d'une voix déchirée.

Yvette Cruickshank :

Une vingtaine d'années, le visage si noir qu'il était presque bleu, une structure osseuse qui rappelait un intercepteur de haute altitude, des dreadlocks attachées à quatre ou cinq centimètres au-dessus du crâne, en palmier. Elle y avait ajouté des bijoux d'acier à l'allure dangereuse, ainsi que quelques fiches d'implantation rapide, vertes et noires. Ses ports jack à la base du crâne en portaient trois autres.

— C'est quoi, ça ?

— Linguapack thaï et mandarin, shotokan neuvième dan. (Elle remontait les étiquettes en braille avec une assurance incroyable. Elle pouvait sans doute les enlever et les remplacer à l'aveuglette en plein combat.) Médecine de terrain, degré avancé.

— Et celles dans vos cheveux ?

— Interface navsat, et violon de concert. (Elle a souri.) Celle-là, ça fait longtemps qu'elle ne m'a pas servi. Mais elle me porte chance. Enfin, portait.

Son visage s'était effondré si vite que je me suis mordu la lèvre pour ne pas rire.

— Vous avez demandé des postes de déploiement rapide sept fois l'année dernière, a dit Hand. Pourquoi ?

— Vous m'avez déjà posé la question, a-t-elle répondu en souriant.

— Ce n'était pas le même moi.

— Oh, je comprends. L'esprit dans la machine. Ouais, eh bien, comme je vous-lui avais dit... Davantage de concentration, d'influence sur l'issue du combat... de meilleurs jouets. Vous savez, vous avez plus souri la dernière fois que je vous ai dit ça.

Jiang Jianping :

Des traits asiatiques pâles, des yeux intelligents un peu introvertis, et un sourire évanescent. Le tout donnant l'impression qu'il réfléchissait à une anecdote subtile dont on venait de lui faire part. En dehors de ses mains calleuses et d'une façon de marcher un peu trop souple sous ses vêtements noirs, rien n'indiquait la nature de sa spécialité. Il avait plus l'air d'un professeur un peu fatigué que d'un type qui connaît cinquante-sept façons différentes de mettre un corps humain hors service.

— Cette expédition, a-t-il murmuré, n'est sans doute pas dans le cadre global de la guerre. C'est une affaire commerciale, non ?

— Toute la guerre est une affaire commerciale, Jiang, ai-je éludé en haussant les épaules.

— Si c'est ce que vous pensez.

— C'est ce que vous pensez aussi, a dit Hand sévèrement. J'ai connaissance des communiqués gouvernementaux au plus haut niveau, et je vous le dis. Sans le Cartel, les kempistes seraient à Landfall depuis l'hiver dernier.

— Oui, c'est ce que je luttais pour empêcher. C'est ce que je suis *mort* pour empêcher, a-t-il corrigé en croisant les bras.

— Bien, a dit Hand. Parlez-nous donc de ça.

— J'ai déjà répondu à cette question. Pourquoi la répéter ?

Le cadre Mandrake s'est frotté les yeux.

— Ce n'était pas moi. C'était un construct de filtrage. Nous n'avons pas eu le temps de recueillir toutes ses données. Alors si vous voulez bien…

— C'était un assaut de nuit sur la plaine Danang, une station de relais mobile pour le système de gestion des bombes maraudeuses kempistes.

— Vous en faisiez partie ?

J'ai regardé le ninja face à moi avec un respect renouvelé. Dans le théâtre de Danang, les frappes clandestines sur le réseau de communication de Kemp étaient les seuls succès réels du gouvernement sur les huit derniers mois. Je connaissais des soldats qui devaient la vie à cette opération. Les chaînes de propagande trompetaient encore la nouvelle de cette victoire stratégique quand mon peloton et moi nous faisions tailler en pièces sur la Bordure nord.

— J'ai eu l'honneur d'être nommé commandant de cellule.

Hand a regardé sa paume, où les données défilaient comme une maladie de peau mobile. Magie du système. Jouets virtuels.

— Votre cellule a accompli ses objectifs, mais vous avez été tué à l'extraction. Comment est-ce arrivé ?

— J'ai commis une erreur, a articulé Jiang avec autant de mépris qu'il mettait dans le nom de Kemp.

— Laquelle ?

Personne n'aurait pu louer le tact du cadre Mandrake.

— J'ai cru que les systèmes de défense de périmètre automatiques se désactiveraient à la destruction de la station. Erreur.

— Oups.

Il m'a jeté un regard.

— Ma cellule ne pouvait pas se retirer sans couverture. Je suis resté en arrière.

— Admirable, a apprécié Hand.

— L'erreur était de moi. Et c'était un prix bien faible pour arrêter la progression kempiste.

— Vous n'êtes pas vraiment fan de Kemp, n'est-ce pas Jiang ?

J'ai tenté de garder une voix aussi prudente que possible. Apparemment, son engagement était sincère.

— Les kempistes prêchent une révolution, a-t-il craché. Mais que changeront-ils s'ils prennent le pouvoir sur Sanction IV ?

Je me suis gratté l'oreille.

— Eh bien, je pense qu'il y aura plus de statues de Joshua Kemp dans les lieux publics. À part ça, sans doute pas grand-chose.

— Exactement. Et pour arriver à cela, il a sacrifié des milliers de vies humaines ?

— Oui, beaucoup de milliers. Écoutez, Jiang, nous ne sommes pas kempistes. Si nous obtenons ce que nous voulons, je vous promets qu'il y aura un intérêt renouvelé pour la défaite de Kemp sur Sanction IV. Cela vous va-t-il ?

Il a posé les mains à plat sur la table et les a étudiées un moment.

— J'ai le choix ?

Ameli Vongsavath :

Un visage étroit, un nez en bec d'aigle, et une peau couleur de cuivre terni. Une coupe de cheveux de pilote, qui a besoin d'être rafraîchie, le henné qui vire au noir. Derrière, les mèches les plus longues recouvrent presque les prises argentées des câbles de symbiose de vol. Sous l'œil gauche, un croisillon noir, comme un tatouage, marque la pommette où s'insèrent les filaments de dataflow. L'œil au-dessus est d'un gris de cristal liquide, tandis que la pupille droite est noir de jais.

— Fourniture d'hôpital, a-t-elle dit quand sa vision augmentée a remarqué mon regard. J'ai pris des tirs au-dessus de Bootkinaree Town l'année derrière, et ça a fait sauter le dataflow. On m'a rafistolée en orbite.

— Vous avez fait le vol de retour sans feedback de données ? ai-je demandé d'un ton sceptique. Qu'était-il arrivé au pilotage auto ?

La surcharge avait dû lui pulvériser tous les circuits de la pommette, et griller les tissus sur une demi-paume tout autour.

— Grillé, a-t-elle grimacé.

— Comment avez-vous gardé le contrôle dans cet état ?

— J'ai éteint la machine, je suis passée en manuel. Retour à la poussée normale, avec gouvernail simple. C'était une Lockheed Mitoma – les contrôles tournent encore en manuel si on fait ça.

— Non, je voulais dire comment avez-vous manié les commandes dans l'état où *vous* étiez ?

— Oh. (Elle a haussé les épaules.) Je tiens bien la douleur.

Ben voyons.

Luc Deprez:

Grand et dépenaillé, des cheveux blonds plus longs qu'on ne devrait les porter sur le champ de bataille, et sans ordre apparent. Le visage aux angles caucasiens, un long nez osseux, une mâchoire carrée, et des yeux d'un vert curieux. Assis de façon très décontractée sur sa chaise virtuelle, la tête penchée comme s'il ne nous voyait pas très bien dans cette lumière.

— Bon… (Il a pris mes Landfall Light sur la table et en a sorti une du paquet.) Vous allez me parler de ce coup ?

— Non, a répondu Hand. C'est confidentiel jusqu'à ce que vous acceptiez.

Un gloussement rauque dans la fumée tandis qu'il tirait sur la cigarette.

— C'est ce que vous avez dit la dernière fois. Et comme je vous ai répondu la dernière fois, à qui vous voulez que j'en parle ? Si vous ne voulez pas de moi, je retourne direct dans la boîte, pas vrai ?

— Peu importe.

— OK, OK… Vous voulez me demander quelque chose ?

— Parlez-nous de votre dernière mission d'assaut clandestine, ai-je proposé.

— C'est confidentiel, a-t-il lâché en regardant nos visages sérieux. Eh, c'était une blague ! J'ai déjà tout raconté à votre partenaire. Il ne vous a rien dit ?

Hand s'est retenu de grogner.

— Euh, c'était un construct, me suis-je empressé de dire. C'est la première fois que *nous* entendons ce que vous avez à dire. Si vous voulez bien le répéter.

Deprez a haussé les épaules.

— Bien sûr, pourquoi pas… C'était une frappe sur l'un des commandants de secteur de Kemp. Dans son croiseur.

— Réussie ?

— Je veux, a-t-il dit avec un sourire fier. La tête, vous voyez… Elle s'est détachée…

— Je me demande, puisque vous êtes mort et tout…

— Ça, c'était un coup de malchance. Le sang de ce connard était chargé de toxine délétère. Action lente. On ne s'est rendu compte de rien avant la sortie.

— Vous avez été éclaboussé ? a demandé Hand, les sourcils froncés.

— Non, mec. (Le visage anguleux a paru peiné. Il a regardé vers le plafond.) Ma partenaire, elle, a tout pris dans les yeux quand la carotide a lâché. Le problème, c'est que c'était la pilote.

— Ah.

— Ouais. On a percuté un immeuble. (Nouveau sourire.) *Ça*, c'était à action rapide.

Markus Sutjiadi :

Beau, avec une perfection géométrique troublante, qui aurait pu voisiner avec Lapinee quelque part sur le Net. Des yeux amande, par la forme et la couleur, une bouche droite, le visage tendant vers le triangle isocèle inversé, émoussé aux angles pour donner un menton solide, un front large. Des cheveux noirs plaqués en arrière. Les traits étrangement immobiles, comme détachés de tout. Drogue ? Une impression d'énergie conservée, réservée, dans l'expectative. Le visage d'un mannequin global qui aurait trop joué au poker ces derniers temps.

— Bouh !

Je n'avais pas pu résister. Les yeux ont à peine sourcillé.

— Il y a de graves accusations contre vous, lui a dit Hand avec un regard de reproche dans ma direction.

— Oui.

Nous avons tous attendu un moment, mais Sutjiadi ne pensait pas qu'il y avait autre chose à dire sur le sujet. Il me plaisait déjà.

Hand a tendu la main comme un illusionniste, et un écran est apparu dans l'air juste devant ses doigts. *Encore* de la putain de magie système. J'ai soupiré, regardé une tête et des épaules dans un uniforme comme le mien, qui évoluaient à côté d'un défilement de données biolo. Le visage était familier.

— Vous avez tué cet homme, a dit Hand avec froideur. Vous voulez nous expliquer pourquoi ?

— Non.

— Pas besoin, ai-je dit avec un geste vers l'écran. Dog Veutin a tendance à susciter ce genre de réaction chez beaucoup de personnes. Ce qui m'intéresse, c'est *comment* vous l'avez tué.

Cette fois, le regard a perdu de sa platitude, et a survolé mon insigne d'Impacteur. Confusion.

— Je lui ai tiré dans la tête. Par-derrière.

— Belle initiative. Il est Vraiment mort ?

— Oui. J'ai utilisé un Sunjet en pleine charge.

Hand a fait disparaître l'écran magique d'un claquement de doigts.

— Votre navette a peut-être été détruite en plein vol, mais les Impacteurs pensent que votre pile a survécu. Il y a une récompense pour la personne qui la ramènera. Ils vous cherchent encore pour exécution formelle. (Il m'a regardé en biais.) D'après ce que je sais, c'est généralement très désagréable.

— Oui, en effet.

J'avais vu plusieurs de ces leçons de choses pendant mon passage chez les Impacteurs. Ça avait toujours pris beaucoup de temps.

— Je n'ai aucun intérêt à vous voir finir entre leurs mains, a dit Hand. Mais je ne peux pas risquer d'inclure dans cette expédition un homme qui pousse l'insubordination à de tels extrêmes. J'ai besoin de savoir ce qui s'est passé.

Sutjiadi étudiait mon visage. Je lui ai adressé un hochement de tête infime.

— Il a ordonné que mes hommes soient décimés, a-t-il dit d'un ton crispé.

J'ai encore hoché la tête, pour moi, cette fois. La décimation était, de l'accord général, l'une des formes de relation préférée de Veutin avec les troupes locales.

— Et pourquoi cela ?

— Oh putain, Hand ! ai-je lancé en me tournant dans mon fauteuil. Vous l'avez entendu, non ? On lui a ordonné de décimer son commandement, et il ne voulait pas. Je peux tolérer ce genre d'insubordination.

— Il peut y avoir des facteurs qui…

— On perd du temps, ai-je rappelé en me retournant vers Sutjiadi. Dans la même situation, agiriez-vous différemment ?

— Oui. (Il m'a montré ses dents. Je n'aurais pas vraiment appelé ça un sourire.) J'aurais réglé le rayon du Sunjet sur une dispersion plus large. Comme ça, j'aurais à moitié grillé son escorte, et personne n'aurait pu m'arrêter.

J'ai jeté un regard à Hand. Il secouait la tête, la main devant les yeux.

Sun Liping :

Des yeux de Mongole, sombres et ridés, au-dessus de pommettes hautes. Une bouche légèrement crispée, tirée vers le bas, qui pourrait être la suite d'un rire malicieux. De petites ridules dans la peau tannée, et une masse de cheveux noirs repoussés sur une épaule, tenus en place par un gros générateur de champ statique argenté. Une aura de calme, tout aussi inamovible.

— Vous vous êtes suicidée ?

— C'est ce qu'on m'a dit. (Les lèvres se sont tordues en une grimace bancale.) Je me rappelle avoir pressé la détente. Ça fait plaisir de savoir que je tire aussi bien en situation de stress.

Le projectile de son arme était entré sous le maxillaire droit, avait traversé le centre du cerveau et percé un trou parfaitement symétrique dans le sommet de son crâne en sortant.

— Difficile de rater, à cette portée, ai-je dit avec une brutalité toute mesurée.

Ses yeux calmes n'ont pas bougé.

— Il paraît que ça arrive, a-t-elle répondu d'un ton grave.

Hand s'est éclairci la gorge.

— Pourriez-vous nous dire *pourquoi* vous vous êtes tuée ?

— Encore ?

Elle a froncé les sourcils. Derrière ses dents serrées, Hand a répondu :

— C'était un construct de débriefing, pas moi.

— Oh.

Les yeux se sont relevés, cherchant sans doute un menu déroulant dans sa vision périphérique. À mon avis. Le virtuel avait été conçu pour ne pas rendre le matériel interne, sauf pour le personnel de Mandrake, mais elle ne montra aucune surprise devant l'absence de réaction. Peut-être se rappelait-elle à l'ancienne.

— C'était un escadron de blindés automatiques. Des tanks-araignées. J'essayais de saper leurs paramètres de réaction, mais il y avait un piège viral dans le système de contrôle. Une variante de Rawling, il me semble. (Encore cette petite grimace.) Je n'ai pas bien eu le temps de voir, vous imaginez. Je ne suis pas certaine. Quoi qu'il en soit, je n'avais pas le temps de me déconnecter. Les premières passes du virus m'avaient déjà verrouillée. Compte tenu du temps que j'avais avant qu'il soit injecté, je n'ai trouvé que cette option-là.

— Très impressionnant, a dit Hand.

Quand ce fut fini, nous sommes retournés sur le toit pour nous vider la tête. Je me suis appuyé au parapet pour regarder le calme de Landfall sous le couvre-feu. Pendant ce temps,

Hand est allé chercher du café. Les terrasses derrière moi étaient désertes, les chaises et les tables éparpillées comme un message hiéroglyphique laissé aux lecteurs orbitaux. La nuit s'était rafraîchie en notre absence, et le vent me faisait frissonner. Les paroles de Sun Liping me sont revenues en tête.

Une variante de Rawling.

C'était le virus Rawling qui avait tué la tête de pont à Innenin. Qui avait poussé Jimmy de Soto à s'arracher un œil avant de mourir. Le top du top, à l'époque. Maintenant, un vulgaire surplus militaire, disponible n'importe où. Le seul logiciel viral que les forces de Kemp pouvaient s'offrir dans leur détresse.

Les temps changent, mais les forces du marché restent les mêmes. L'Histoire va de l'avant, et les vrais morts restent morts.

Les autres peuvent continuer à avancer.

Hand est revenu en s'excusant, avec des boîtes de café machine. Il m'a tendu la mienne et s'est appuyé à côté de moi.

— Alors, qu'en pensez-vous ? a-t-il fini par demander.

— Je pense que ça a un goût de merde.

Il a gloussé.

— Que pensez-vous de notre équipe ?

— Ils feront l'affaire.

J'ai siroté mon café et toisé la ville en contrebas.

— Je ne suis pas très satisfait du ninja, mais il a des compétences utiles, et il paraît prêt à mourir s'il le faut. C'est toujours un gros avantage, chez un soldat. Combien de temps pour préparer les clones ?

— Deux jours. Au maximum.

— Il en faudra deux fois plus pour que ces gens soient opérationnels dans une nouvelle enveloppe. Peut-on tester l'injection en virtuel ?

— Pourquoi pas ? L'IA M peut faire tourner des simulations cent pour cent exactes des clones d'après les données brutes du biolab. À trois cent cinquante réels, sur site dans le construct de Dangrek, le tout sera fait en quelques heures de temps réel.

— Bien, ai-je dit.

Je ne savais pas pourquoi, mais je n'y croyais pas.

— Mes propres réserves concernent Sutjiadi. Je ne suis pas convaincu qu'un homme pareil soit apte à recevoir des ordres.

— Alors donnez-lui le commandement, ai-je proposé en haussant les épaules.

— Vous êtes sérieux ?

— Pourquoi pas ? Il est qualifié. Il a le grade qu'il faut, et de l'expérience. Et on dirait qu'il est loyal envers ses hommes.

Hand n'a rien dit. Je sentais ses sourcils froncés à cinquante centimètres.

— Quoi ?

— Rien. (Il s'est éclairci la gorge.) Je pensais. Simplement. Que vous voudriez prendre le commandement vous-même.

J'ai revu le peloton quand le barrage de shrapnels intelligents explosait au-dessus de nous. L'éclair, les explosions, puis les fragments qui rebondissaient et sifflaient dans le rideau argenté de la pluie. Le craquement d'une décharge de blaster en arrière-plan, comme quelque chose qui se déchire.

Des cris.

Vu de l'intérieur, ce qu'arborait mon visage n'était pas un sourire, mais je devais me tromper.

— Qu'y a-t-il de si drôle ?

— Vous avez lu mon dossier, Hand.

— Oui.

— Et vous pensiez encore que je voulais le commandement. Vous êtes malade, ou quoi ?

Chapitre 15

Le café m'a empêché de dormir.

Hand est allé se coucher, ou du moins profiter du temps pendant lequel Mandrake ne l'utilisait pas. Moi, je suis resté à fixer la nuit du désert, cherchant Sol dans le ciel. Il brillait à l'est, au faîte de la constellation que les locaux appellent le Pouce. Je me suis remémoré les paroles de Hand.

… si loin de la Terre qu'on a du mal à apercevoir Sol dans le ciel nocturne. Nous avons été portés ici par un vent qui souffle dans une dimension que nous ne pouvons ni voir ni toucher. Stockés en tant que rêves dans l'esprit d'une machine…

Je les ai repoussées avec humeur.

Ce n'était pas comme si j'y étais né. La Terre n'était pas plus mon foyer que Sanction IV. Et si mon père m'avait montré Sol entre deux crises d'alcoolémie violente, je n'en avais aucun souvenir. L'importance que j'accordais à ce point de lumière me venait d'une archive. Et d'ici, on ne voyait même pas l'étoile de Harlan.

C'est peut-être ça, le problème.

Ou alors, c'était la période que j'y avais passé. Le fabuleux berceau de l'espèce humaine. Et en levant les yeux, j'imaginais à présent, à une seule unité astronomique de l'étoile scintillante, un monde en rotation, une ville près de la mer absorbée par les ténèbres de la nuit tombante, ou se relevant dans la lumière… Un croiseur de police garé quelque part, et une certaine lieutenante buvant un café pas tellement meilleur que le mien. Elle devait se dire…

Ça suffit, Kovacs.

Pour ton info, la lumière que tu regardes est partie cinquante ans avant sa naissance. Et l'enveloppe sur laquelle tu fantasmes doit avoir soixante ans. Si elle la porte encore. Alors du calme.

Ouais, ouais.

J'ai avalé le fond du café, grimaçant à mesure qu'il descendait. Froid. À voir l'horizon est, l'aube arrivait, et j'avais un désir soudain, écrasant, de ne pas la voir. J'ai laissé le gobelet de carton veiller sur le parapet, et je suis retourné au terminal d'ascenseur le plus proche.

Trois étages plus bas, au niveau de ma suite, j'ai parcouru le couloir incurvé sans rencontrer qui que ce soit. J'ai tiré le scan rétinien de la porte, sur son câble filiforme, quand un bruit de pas a résonné dans le calme artificiel. Je me suis mis dos au mur opposé, la main droite tendue vers le pistolet à interface que je portais par habitude dans ma ceinture, contre mes reins.

Surpris.

Tu es dans la tour Mandrake, Kovacs. Niveau des cadres. Même la poussière *n'arrive pas jusqu'ici sans autorisation. Reprends-toi un peu.*

— Kovacs ?

Tanya Wardani.

J'ai dégluti et me suis éloigné du mur. Arrivée à ma hauteur, Wardani m'a regardé avec plus d'hésitation qu'à l'habitude.

— Je suis désolée, je vous ai fait peur ?

— Non.

J'ai de nouveau tiré le scan rétinien, qui s'était rétracté quand je l'avais lâché.

— Vous n'avez pas dormi du tout ?

— Non. (J'ai appliqué l'hémisphère contre mon œil et la porte s'est repliée.) Et vous ?

— Le recrutement ?

— Oui.

— Oui.

— Comment sont-ils ?

— Assez bons.

La porte a émis une petite sonnerie, rappelant que personne n'était entré pour l'instant.

— Vous…

— Vous…, ai-je proposé d'un geste.

— Merci.

Elle est passée devant moi, mal à l'aise.

La suite était tout en murs de verre, que j'avais réglés sur semi-opaque en partant. Les lumières de la ville mouchetaient la surface fumée comme du fretin dans le filet d'un pêcheur de Millsport. Wardani s'est arrêtée au milieu du salon au mobilier discret et s'est retournée.

— Je…

— Asseyez-vous. Les mauves sont tous des chaises.

— Merci. Je ne m'habitue pas encore…

— Dernier cri.

Je l'ai regardée se percher sur l'un des modules, qui essaya en vain de se redresser et de se mouler autour de son corps.

— Vous voulez un verre ?

— Non merci.

— Un truc à fumer ?

— Oh, mon Dieu, non !

— Alors, comment est le matériel ?

— Il est bon. (Elle a hoché la tête, plus pour elle-même que pour moi.) Oui, assez bon.

— Bien.

— Vous pensez que nous serons bientôt prêts ?

— Je…

J'ai repoussé le flash nucléaire derrière mes paupières, et me suis dirigé vers l'un des autres sièges. Installation, tout un cérémonial.

— Nous attendons de nouveaux développements dans la région. Vous le savez.

— Oui.

Silence commun.

— Vous pensez qu'ils vont le faire ?

— Qui ? Le Cartel ? (J'ai secoué la tête.) Pas s'ils peuvent l'éviter. Mais Kemp, peut-être. Écoutez, Tanya. Si ça se trouve, il ne se passera rien. Mais que ce soit ou non le cas, on n'y peut rien. C'est trop tard pour ce genre d'intervention. C'est comme ça, la guerre. Abolition de l'individu.

— Qu'est-ce que c'est ? Une épigramme quelliste ?

J'ai souri.

— Librement paraphrasée. Vous voulez savoir ce que Quell avait à dire sur la guerre ? Sur tout conflit violent ?

Elle a eu un geste d'impatience.

— Pas vraiment. Si, d'accord. Dites-moi. Pourquoi pas. Dites-moi quelque chose que je n'ai jamais entendu.

— Elle a dit que les guerres se font pour des raisons d'hormones. Principalement des hormones mâles. Il ne s'agit pas du tout de gagner ou de perdre, mais de décharger ses hormones. Elle a écrit un poème là-dessus, avant de passer dans la clandestinité. Voyons…

J'ai fermé les yeux et repensé à Harlan. Une planque sur les collines au-dessus de Millsport. Du bioware volé empilé dans un coin, des pipes et des festivités postopé qui emplissent l'air. Une vague discussion politique avec Virginia Vidaura et son équipe, les ignobles Petits Scarabées Bleus. Des citations et poèmes quellistes échangés à chaud.

— Vous avez mal ?

J'ai ouvert les yeux pour lui jeter un regard de reproche.

— Tanya, ce truc a principalement été écrit en stripjap. C'est une langue commerciale de Harlan. Pour vous, ce serait du charabia. J'essaie de me rappeler la version en amanglais.

— Eh bien, ça a l'air douloureux. Ne vous assommez pas pour moi.

J'ai levé la main.

— Voilà, c'est ça :

Enveloppe mâle :
Hormones remisées
Ou perdues en suées
D'un autre calibre
(Nous te rassurerons – le missile est assez gros)
Le sang pompe
La fierté de tes exploits
Qui te brisera, te baisera
Et tout ce que tu touches
(Tu nous rassureras – le prix était très petit)

Je me recale dans ma chaise.

— Drôle de position pour une révolutionnaire. Elle n'a pas mené une sorte de soulèvement sanglant ? Une lutte à mort contre la tyrannie du Protectorat, quelque chose comme ça ?

— Oui. Plusieurs sortes de soulèvements sanglants, même. Mais rien ne prouve qu'elle est morte. Elle a juste disparu dans la dernière bataille pour Millsport. On n'a jamais retrouvé sa pile.

— Je ne vois pas en quoi la prise des portes de Millsport est cohérente avec ce poème.

J'ai haussé les épaules.

— Eh bien, elle n'a jamais changé sa façon de voir les origines de la violence, même au pire des combats. Mais elle a compris que c'était inévitable, j'imagine. Elle a changé ses actions, pour coller à la réalité.

— Ça ne fait pas sérieux, au niveau philosophie.

— Au contraire. Elle a reconnu le danger, voilà tout. La réalité. Ne commencez pas une guerre si vous pouvez l'éviter. Parce qu'une fois qu'elle commence, elle échappe à tout contrôle rationnel. On essaie juste de survivre pendant qu'elle dure. Tenez le guidon, et suivez le mouvement. Restez vivants, et attendez la décharge.

— Pourquoi pas. (Elle a bâillé et regardé par la fenêtre.) Je ne suis pas douée pour l'attente, Kovacs. L'archéologie aurait dû me guérir de ça, hein ? Ça, et le camp…

Elle a eu un petit rire nerveux. Je me suis levé d'un coup.

— Allez, tant pis, on fume.

— Non. (Elle n'avait pas bougé, mais sa voix était ferme.) Je n'ai rien besoin d'oublier, Kovacs. J'ai besoin…

Elle s'est éclairci la gorge.

— J'ai besoin que vous fassiez quelque chose pour moi. Avec moi. Ce que vous m'avez fait. Avant, je veux dire. Ce que vous avez fait a… (Elle a baissé le regard vers ses mains.) a eu un impact que je n'attendais pas.

— Ah. (Je me suis rassis.) Ça.

— Oui, ça, a-t-elle repris avec une étincelle de colère dans la voix. Je suppose que c'est logique. Le processus de déformation émotionnel.

— Oui, en effet.

— Oui, en effet. Eh bien, il y a une émotion particulière qu'il faudrait remettre en place, maintenant, et je ne vois qu'une seule façon : vous baiser.

— Je ne suis pas certain que…

— Je m'en cogne ! a-t-elle répondu avec violence. Vous m'avez changée. Vous m'avez *réparée*. Je devrais sans doute vous être reconnaissante, mais ce n'est pas le cas. Je ne me sens pas reconnaissante, je me sens *réparée*. C'est vous qui avez créé ça. Ce déséquilibre en moi, et je veux retrouver cette partie-là de moi.

Sa voix était retombée, après son éclat.

— Écoutez, Tanya, vous n'êtes pas en état…

— Oh, ça. (Elle a eu un sourire crispé.) J'ai conscience de ne pas être très attirante sexuellement pour l'instant, si ce n'est…

— Ce n'est pas ce que je voulais dire.

— … pour quelques tarés qui aiment sauter des affamées. Oui, ça, il faut le *réparer*. Il faut passer en virtuel, pour ça.

— Vous voulez faire ça *maintenant* ?

J'ai lutté pour repousser un sens d'irréalité. D'anesthésie.

— Oui. Ça a des répercussions sur mon sommeil, et en ce moment j'ai besoin de dormir.

— Vous pensez à un endroit particulier ?

— Oui.

On aurait dit un jeu de devinettes d'enfants.

— Où cela ?

— En bas. Vous savez, a-t-elle ajouté en me regardant de la tête aux pieds, vous posez beaucoup de questions pour un type qui va tirer son coup.

En bas, c'était à mi-hauteur de la tour, ce que les ascenseurs annonçaient comme niveau de détente. Les portes se sont ouvertes sur l'espace décloisonné d'un centre fitness, les machines insectoïdes nous menaçant depuis l'ombre. Vers l'arrière, j'ai repéré les toiles inclinées d'une dizaine de racks virtualink.

— On va faire ça ici ? ai-je demandé, mal à l'aise.

— Non. Il y a des cabines fermées, à l'arrière. *Allez* !

Nous sommes passés dans la forêt de machines sur échasses, les lumières s'allumant au-dessus de nous puis s'éteignant après notre passage. J'ai regardé tout cela depuis le gouffre neurasthénique qui m'enveloppait avant même que je quitte le toit. Voilà ce que ça fait, trop de virtuel. Parfois. On a une étrange sensation d'abrasion dans la tête quand on se déconnecte, une impression étrange que la réalité n'est plus assez bien définie. Un flou changeant. Peut-être est-ce cela, le bord de la folie.

Le remède pour un truc pareil, ce n'est *pas* de se remettre en virtuel.

Il y avait neuf cabines fermées, des ampoules modulaires accrochées au mur du fond, sous leurs numéros respectifs. La sept et la huit étaient ouvertes, laissant baver autour de nous une lumière orange. Wardani s'est arrêtée devant la sept, et la porte s'est écartée vers elle. La lumière orange s'est écoulée par l'interstice, agréable, en hypnomode doux. Pas d'éblouissement. Elle s'est tournée face à moi.

—Allez-y, a-t-elle dit. La huit est asservie à celle-là. Sélectionnez « consensuel » sur le menu.

Et elle a disparu dans la chaleur orange.

Dans le module huit, quelqu'un avait cru bon de couvrir les murs et le plafond d'art psychogramme empathiste, que l'éclairage hypno paraissait réduire à quelques points et tourbillons. Mais c'est généralement tout ce que je vois dans l'art empathiste. L'air était juste chaud comme il fallait, et la couchette automoulante était accompagnée d'une spirale de métal complexe pour accrocher les vêtements.

Je me suis déshabillé et installé sur l'automoulante, abaissant le casque et caressant le diamant surligné du consensuel tel qu'elle me l'avait demandé. Je me suis tout juste rappelé de couper les déflecteurs de feedback physique avant que le système s'enclenche.

La lumière orange a paru s'épaissir, adoptant une texture brumeuse dans laquelle les tourbillons et points psychogrammes ont nagé comme des équations complexes, ou une sorte de faune lacustre. J'ai eu un moment pour me demander si l'artiste avait prévu l'une ou l'autre de ces comparaisons – les empathistes sont de drôles de gens – puis l'orange s'est estompé et déchiré comme de la vapeur. Je me tenais dans un immense tunnel de panneaux de métal noir percés d'aérations, éclairé seulement par les lignes de diodes rouges qui clignotaient à l'infini dans les deux directions.

Devant moi, le brouillard orange a jailli d'une aération et s'est coagulé en une silhouette indéniablement féminine.

Tanya Wardani a émergé de cette ligne floue, faite tout entière de brume orange. Elle a paru ensuite seulement voilée de cette substance, puis couverte par plaques de plus en plus petites, pour finir couverte de rien du tout.

Baissant les yeux sur mon propre corps, j'ai vu que j'étais dévêtu de la même façon.

— Bienvenue dans l'espace de chargement.

Levant de nouveau le regard, ma première pensée a été qu'elle avait déjà commencé à travailler sur elle-même. La plupart des constructs se chargent sur des images de soi contenues dans la mémoire, avec des sous-routines pour empêcher les plans trop fantaisistes – on ressemble à peu près à ce qu'on est en réalité, moins un ou deux kilos et plus quelques centimètres. La version de Tanya Wardani qui se tenait devant moi n'avait pas de telles imprécisions – c'était plus un vernis général de bonne santé qu'elle n'avait pas encore repris dans la réalité. Ou peut-être juste l'absence d'un vernis similaire, plus glauque, de *mauvaise santé*. Les yeux étaient moins enfoncés, les pommettes et clavicules moins prononcées. Sous les seins un peu tombants, les côtes étaient là, mais bien plus couvertes de chair que ses vêtements lâches le laissaient jusque-là imaginer.

— On n'a pas beaucoup de miroirs, dans le camp, a-t-elle dit en voyant peut-être quelque chose dans mon expression. Sauf pour les interrogatoires. Et après un moment, on essaie de ne pas s'apercevoir dans les fenêtres qu'on croise. Je dois encore être bien pire que je pense. Surtout après la réparation instantanée que vous m'avez faite.

Je n'ai rien trouvé de pertinent à répondre.

— Vous, par contre… (Elle s'est avancée et, tendant la main, m'a saisi par la queue.) Eh bien, voyons ce que nous avons là…

Je suis devenu dur presque d'un coup.

C'était peut-être écrit dans les protocoles du système, à moins que j'aie passé trop de temps sans libération. Ou encore une fascination malsaine dans l'anticipation de ce que j'allais faire à ce corps aux accents de privation un peu accentués. Assez pour suggérer artistiquement les mauvais traitements, mais pas assez pour repousser. *Des tarés qui aiment sauter des affamées ?* Allez savoir comment une enveloppe de combat peut être câblée à ce niveau. Ou n'importe quelle enveloppe mâle, d'ailleurs. Si on creuse assez profond dans les sédiments hormonaux où la violence, le sexe et le pouvoir s'emmêlent étroitement… Les profondeurs sont troubles, compliquées. Une fois qu'on creuse, pas moyen de prédire ce qu'on va remonter.

— C'est très bien, a-t-elle soufflé, beaucoup trop près de mon oreille, sans me lâcher. Mais je ne justifie pas tout ça. Vous vous négligez, soldat.

Son autre main s'est écartée et m'a raclé l'abdomen, de la base de la queue à la jonction des côtes. Comme le gant de verre d'un charpentier, aplanissant la couche de graisse qui avait commencé à s'amasser sur mes abdominaux formés en cuve. J'ai baissé le regard, et vu avec un léger choc viscéral que cette couche de graisse avait vraiment commencé à s'aplanir, disparaissant sous le mouvement de sa main. Cela m'a laissé une sensation de chaleur dans le muscle en dessous, comme un whisky qui descend.

M-m-magie du système, ai-je réussi à penser par-dessus le spasme qui m'a traversé quand elle m'a tiré d'un coup sec avec une main, et qu'elle a répété son geste de lissage de l'autre main.

J'ai levé les mains vers elle, et elle s'est écartée.

— Ttt, a-t-elle fait en reculant encore. Je ne suis pas encore prête. Regarde-moi.

Elle a levé les deux mains pour les poser sur ses seins. A poussé vers le haut avec le talon de la paume, puis les a laissés retomber, plus gros, plus lourds. Les tétons – l'un d'eux était-il cassé tout à l'heure ? – coniques, bruns et gorgés comme un sirop de chocolat sur une peau cuivrée.

— Ça te plaît ?

— Beaucoup.

Elle a refait le même geste à pleines mains, avec une sorte de massage circulaire. Quand elle les a lâchés cette fois, sa poitrine égalait presque celle des concubines irréalistes de Djoko Roespinoedji. Elle a tendu les mains en arrière, réservant le même traitement à ses fesses, avant de se retourner pour me montrer la rondeur de dessin animé qu'elle leur avait conférée. Elle s'est penchée en avant, écartant ses fesses.

— Bouffe-moi le cul, a-t-elle dit avec une impatience soudaine.

J'ai mis un genou au sol et enfoncé mon visage dans la raie, dardant la langue contre les petites rides du sphincter serré. J'ai passé un bras autour de sa cuisse pour me stabiliser, et monté l'autre main à la recherche de son humidité. Mon pouce s'est enfoncé en elle tandis que ma langue explorait un peu plus avant, dessinant chaque fois des cercles synchrones dans son corps. Elle a grogné, très bas dans la gorge, et nous avons…

… changé…

… dans un liquide bleu. Le sol avait disparu, et presque toute la gravité avec lui. J'ai rué et mon pouce a quitté son corps. Wardani s'est retournée, langoureuse, et s'est cramponnée à moi comme une belalgue à un rocher. Ce n'était pas de l'eau. Nos peaux étaient grasses l'une contre l'autre. J'y respirais comme dans un air tropical. J'ai inspiré à pleins poumons quand Wardani s'est laissée glisser le long de mon corps, me mordillant la poitrine et le ventre avant d'engloutir ma trique dans ses mains et sa bouche.

Je n'ai pas duré très longtemps. Flottant dans un bleu infini pendant que les seins pneumatiques de Tanya Wardani se pressaient contre mes cuisses, ses tétons laissant des sillons sur ma peau huilée… Sa bouche suçait, ses doigts serrés pompaient… J'ai juste eu le temps de remarquer une source de lumière au-dessus de nous avant que les muscles de mon cou se raidissent, basculant la tête en arrière, surfant sur les spasmes qui me traversaient les nerfs jusqu'à un dernier rush orgasmique.

Il y avait un effet de vibrato-scratch dans le construct. Mon orgasme a bien dû durer trente secondes.

Tandis qu'il retombait, Tanya Wardani m'a dépassé, les cheveux flottant autour de son visage, des fils de sperme échappant en bulles des coins de son sourire. J'ai tendu la main pour attraper une cuisse au passage, et la ramener à ma portée.

Elle s'est tordue dans l'analogue liquide quand ma langue a plongé en elle, et d'autres bulles ont jailli de sa bouche. La réverbération de son gémissement au travers du fluide, telle la vibration sympathique d'un réacteur de jet, a résonné au creux de mon ventre. Je me suis senti raidir en réaction. J'ai encore enfoncé ma langue, oubliant de respirer et découvrant que je pouvais bien m'en passer très longtemps. Les convulsions de Wardani se sont faites plus gourmandes, et elle a bouclé ses jambes autour de mon dos pour s'ancrer. J'ai pris ses fesses à pleines mains et serré, enfonçant le visage dans les replis de sa chatte, puis j'ai glissé mon pouce et repris le lent mouvement circulaire en contrepoint aux spirales de ma langue. Elle m'a attrapé la tête à deux mains pour m'écraser en elle. Ses mouvements sont devenus ruades, ses gémissements un cri continu qui m'a rempli les oreilles comme un déferlement. J'ai léché plus fort. Elle s'est crispée, a hurlé, puis frissonné pendant plusieurs minutes.

Nous sommes remontés jusqu'à la surface ensemble. Une géante rouge, astronomiquement improbable, se couchait à l'horizon, baignant l'eau soudain normalisée autour de nous dans une lumière de vitrail. Deux lunes étaient montées haut dans le ciel d'est, et derrière nous les vagues se brisaient sur une plage de sable blanc bordée de palmiers.

— C'est toi qui as écrit tout cela ? ai-je demandé en avançant dans l'eau et en indiquant le panorama du menton.

— Pas du tout. (Elle s'est essuyé les yeux et a plaqué ses cheveux des deux mains.) C'est du tout prêt. J'ai regardé ce qu'ils avaient dans l'après-midi. Pourquoi, ça te plaît ?

— Pour l'instant. Mais je pense que ce soleil est une impossibilité astronomique.

— Oui, bah, respirer sous l'eau ne paraît pas très réaliste non plus.

— Je n'ai pas eu l'occasion de respirer.

J'ai levé les mains au-dessus de l'eau, formant deux griffes, imitant la façon dont elle avait agrippé ma tête. Mon visage a pris une expression asphyxiée.

— Ça te rappelle quelque chose ?

À ma grande surprise, elle s'est empourprée. Puis elle a ri, m'éclaboussant et partant vers la rive. J'ai nagé en prenant mon temps, tout aussi hilare, puis je suis parti à sa poursuite.

Le sable était chaud, incroyablement fin, et par la magie du système, il refusait de coller à la peau. Derrière la plage, des noix de coco tombaient parfois des palmiers et, à moins qu'on les ramasse, se fragmentaient en éclats vite emportés par des crabes couleur de pierres précieuses.

Nous avons encore baisé au bord des vagues, Tanya Wardani chevauchant ma queue, son cul de bande dessinée doux et chaud contre mes jambes croisées. J'ai enfoui mon visage dans sa poitrine, posé les mains sur ses hanches, et je l'ai fait monter et descendre sur mon membre jusqu'à ce que les frissons la reprennent, puis me rattrapent comme une fièvre contagieuse. L'écho scratch avait un système incorporé de résonance, faisant ressentir à chacun l'orgasme de l'autre comme un signal oscillant, montant et descendant pendant une petite éternité.

C'était l'amour. Une compatibilité passionnelle parfaite, capturée, distillée et poussée presque au-delà de ce qu'on pouvait supporter.

— Tu as coupé les déflecteurs ? m'a-t-elle demandé après coup, un peu essoufflée.

— Bien sûr. Tu penses que je veux subir tout ça et quand même me retrouver plein de sperme et d'hormones sexuelles ?

— *Subir ?*

Elle a soulevé la tête du sable, outrée.

Je lui ai répondu par un grand sourire.

— Bien sûr. Tout ça c'est pour toi, Tanya. Sans ça, je ne serais pas… Eh ! On ne lance pas de sable.

— Putain…

— Écoute…

Je me suis protégé d'un bras contre la poignée de sable, et je l'ai poussée dans les vagues. Elle est tombée en arrière en riant. Je me suis relevé avec une posture de boxeur ridicule à la Micky Nowaza pendant qu'elle se mettait sur ses pieds. La scène sortait tout droit des *Démons aux poings de sirène.*

— N'essaie pas de poser tes mains impies sur moi, femme.

— On dirait que tu en as envie, pourtant, a-t-elle dit en rejetant ses cheveux en arrière et en me désignant du doigt.

C'était vrai. La vue du corps amélioré par la magie système, perlé d'eau, avait fait affluer les signaux à mes terminaisons nerveuses, et mon gland se gorgeait déjà de sang comme une prune mûre dans un séquentiel accéléré image par image.

J'ai baissé ma garde et regardé autour de nous.

— Tu sais, tout fait ou pas, c'est un sacré truc, Tanya.

— Apparemment, sceau de qualité CyberSex Down l'année dernière. (Elle a haussé les épaules.) J'ai tenté le coup. Tu veux retourner dans l'eau ? Ou sinon, il y a une chute d'eau un peu derrière les arbres.

— Ça me paraît sympa.

Sur le chemin qui dépassait les palmiers aux longs troncs phalliques, dressés hors du sable comme des cous de dinosaures, j'ai ramassé une noix de coco qui venait de tomber. Les crabes se sont écartés à une vitesse cosmique, se creusant des abris dans le sable d'où ils ont sorti des pédoncules prudents. J'ai retourné la noix de coco entre mes mains. Elle était tombée avec un petit bruit sec, déjà débarrassée de sa coque verte, exposant la chair douce et élastique en dessous. Agréable au toucher. J'ai crevé la membrane intérieure avec le pouce et l'ai inclinée comme une gourde. Le lait à l'intérieur avait une fraîcheur improbable.

Autre petite touche intelligente.

Le sol de la forêt devant nous était vierge de tout débris pointu ou d'insectes. L'eau coulait et cascadait non loin avec une clarté captivante. Un chemin évident et facile serpentait entre les palmiers vers le son. Nous avons marché, main dans la main, sous le feuillage tropical plein d'oiseaux de toutes les couleurs et de petits singes faisant des bruits étrangement harmonieux.

La chute d'eau avait deux niveaux, déversant son torrent dans un large bassin, puis tombant en rapides jusqu'à une mare plus petite, assez proche. Je suis arrivé un peu avant elle, me tenant sur les rochers humides au bord de ce dernier plan d'eau. Les bras écartés, les yeux baissés. J'ai réprimé un sourire. Le moment était choisi pour qu'elle puisse me pousser, et je tremblais d'expectative.

Rien.

Je me suis retourné vers elle, et j'ai vu qu'elle frissonnait.

— Eh, Tanya, ça va ? (J'ai pris son visage entre mes mains.) Qu'est-ce qu'il y a ?

Mais *merde*, je savais très bien ce qu'il y avait…

Parce que techniques diplo ou pas, la guérison est un processus très complexe, très lent, et qui vous fait faux bond dès que vous avez le dos tourné.

Ce *putain* de camp.

Si je tenais Isaac Carrera et Joshua Kemp ici, au milieu de ce splendide éden, je leur arracherais les entrailles à mains nues, je les attacherais ensemble et je les virerais à coups de pied dans le bassin en contrebas. Pour qu'ils s'y noient.

On ne peut pas se noyer dans si peu d'eau, a raillé la partie de moi qui ne se taisait jamais, le contrôle diplo omniprésent. *En plus, on peut* respirer, *dans cette eau-là.*

Peut-être que des hommes comme Carrera et Kemp ne pourraient pas.

C'est ça.

Alors au lieu de cela, j'ai enlacé la taille de Tanya Wardani, je l'ai serrée très fort, et j'ai sauté pour nous deux.

Chapitre 16

Je suis sorti de là avec une odeur alcaline dans les narines, et le ventre collant de sperme. Mes couilles me faisaient aussi mal que si on m'avait frappé. Sur ma tête, l'affichage était revenu en mode veille. L'heure battait dans un coin. J'étais parti moins de deux minutes, temps réel.

Je me suis assis, à moitié assommé.

— La vache…

Je me suis raclé la gorge et j'ai regardé autour de moi. Des serviettes autohumidifiantes propres étaient accrochées à un rouleau derrière l'automoulante, sans doute pour des cas comme celui-ci. J'en ai pris une poignée pour m'essuyer, les yeux toujours embrumés de virtuel.

Nous avions baisé dans la mare de la cascade, languides et sous-marins, une fois que Tanya s'était sentie mieux.

Nous avions recommencé sur la plage.

Et encore dans l'espace de chargement, une sorte de dernière chance, d'adieu humide.

J'ai pris d'autres serviettes, pour m'essuyer le visage et les yeux. Je me suis habillé lentement, ai rangé le pistolet intelligent, sourcillant quand le poids sur ma ceinture a stimulé mes parties sensibilisées. J'ai trouvé un miroir sur le mur, essayant de faire le tri dans ce qui venait de m'arriver.

Psycho-glue de Diplo.

Je l'avais utilisée sur Wardani sans vraiment y penser, et maintenant elle était sur pied. C'était ce que je voulais. Le retour de choc, cette sorte de dépendance, était presque inévitable, mais et alors ? C'était le genre de choses qui n'avait pas grande importance dans l'ordinaire des Diplos – il y avait toutes les chances pour qu'on soit au combat avec d'autres soucis en tête, et souvent on était déjà reparti quand le sujet se retrouvait face à ce problème. La purge restauratrice que Wardani s'était prescrite et octroyée était en fait beaucoup plus rare.

À ma connaissance, ça n'était jamais arrivé. En tout cas, je ne l'avais jamais *vu*.

Je ne savais pas ce que ça donnerait.

Et je ne savais pas non plus ce qu'elle m'avait fait ressentir.

Ce n'était pas en me regardant dans le miroir que j'apprendrais quoi que ce soit.

J'ai fini par hausser les épaules en souriant, après un effort de volonté, pour sortir de la cellule. Les machines immobiles étaient baignées des premières lueurs de l'aube. Wardani m'attendait là, à côté de l'une des toiles ouvertes, et…

Pas toute seule.

Cette pensée a remis en marche mon système nerveux éteint, trop lent, puis on m'a collé sur la nuque la configuration inimitable, pointe-et-anneau, d'un canon de Sunjet.

— Tu devrais éviter les grands gestes, mecton. (C'était un accent bizarre, une intonation équatoriale qui perçait malgré le distordeur vocal.) Sans ça, ta poule et toi allez avoir une tête de moins chacun.

Une main professionnelle a fait le tour de ma taille, saisissant le Kalach et l'envoyant balader à l'autre bout de la pièce. J'ai entendu le clic étouffé quand il a touché le tapis et glissé.

Essaie de le situer.

Accent équatorial.

Kempistes.

J'ai jeté un regard à Wardani, ses bras étrangement inertes, et la silhouette qui tenait un blaster de poing plus petit contre sa nuque. Le type portait le noir moulant d'une combinaison d'assaut furtive, et son visage était couvert d'un plastique transparent qui bougeait en vagues aléatoires, déformant ses traits en permanence. Sauf deux petites lucarnes bleutées, immobiles et vigilantes, pour ses yeux.

Il avait un sac à dos, sans doute le matériel nécessaire pour l'intrusion. Il devait y avoir un set d'imagerie biosigne, un échantillonneur à réinduction et un matraqueur de sécurisys. Au moins.

Très high-tech, tout ça.

— Les mecs, vous allez morfler, ai-je dit en tentant d'affecter un calme amusé.

— Super drôle, mecton.

Celui qui me tenait m'a tordu le bras et m'a fait faire demi-tour, pour que je sois face à l'extrémité de dispersion du Sunjet. Même tenue vestimentaire, même masque de plastique. Même sac à dos. Deux autres formes identiques (ç'aurait pu être des clones) derrière lui, regardant des extrémités opposées de la pièce. Leurs Sunjet étaient portés bas, avec une décontraction trompeuse. Mon estimation du rapport de force a chuté comme un antigrav qu'on débranche.

Jouer la montre.

— Qui vous envoie, les mecs ?

— Tu vois, a dit le porte-parole, sa voix nageant autour de son ton normal, ça va se jouer comme ça. Elle, on vient la chercher. Toi, t'es du carbone sur pattes. Tu calmes ta langue, et on va peut-être t'emmener aussi, histoire de la jouer propre. Tu continues à me gonfler, et je t'amoche juste pour voir voler de la cellule grise de Diplo. Ça te paraît clair ?

J'ai hoché la tête, essayant désespérément de dissiper la langueur postcoïtale qui me noyait le système. Déplacer un peu les appuis…

Alignement fait de mémoire…

— Bon, alors passe tes bras.

Il a baissé la main gauche vers sa ceinture, sortant un désensibilisateur de contact. Le canon du Sunjet n'a même pas tremblé dans la main droite. Le masque s'est tordu, approximation de sourire.

J'ai levé le bras gauche et le lui ai tendu. Plié la main droite dans mon dos, intériorisant ma sensation de fureur impuissante, pour que la paume se contracte.

Le petit objet gris s'est posé sur mon poignet, le voyant de charge clignotant. Il a dû déplacer son Sunjet, bien sûr, où le poids mort de mon bras allait le percuter comme une masse quand le désensibilisateur se déclencherait.

Maintenant. Si bas que même le neurachem a failli le rater. Un petit gémissement par-dessus l'air conditionné.

Le désensibilisateur a tiré.

Sans douleur. Froid. Une version localisée d'un rayon assommant. Le bras est tombé comme un poisson mort, ratant de peu le Sunjet malgré son nouvel alignement. Il s'est un peu déplacé sur le côté, mais c'était un mouvement détendu. Le masque a souri.

— Bien. Maintenant, le deuxième.

J'ai souri, et tiré…

Grav microtech – une révolution de l'armement proposée par Kalachnikov.

… depuis la hanche. Trois fois sur la poitrine, dans l'espoir de traverser net la protection qu'il devait porter pour percuter le sac à dos. Le sang…

Sur de courtes distances, le pistolet interfacé Kalachnikov AKS91 se soulèvera pour voler jusqu'à sa plaque de bioalliage maîtresse.

… a imbibé sa combinaison furtive, quelques gouttelettes me mouchetant le visage. Il a vacillé sur ses jambes, le Sunjet oscillant comme un doigt accusateur. Ses collègues…

Presque silencieux, le générateur utilise sa pleine capacité sur dix secondes.

… n'avaient encore rien compris. J'ai tiré sur les deux derrière lui, et j'ai dû en toucher un quelque part. Ils se sont écartés en roulé-boulé, pour se mettre à couvert. Les tirs de riposte ont crépité autour de moi, mais loin.

Je me suis retourné, traînant le bras insensibilisé comme un sac à dos, cherchant Wardani et son ravisseur.

— Putain, mec, non, je v…

Et j'ai tiré dans le masque en plastique.

Le projectile l'a balancé sur trois mètres, dans les bras arachnéens d'une machine à escalade, où il est resté accroché, avachi et fini.

Wardani est tombée au sol, inerte. Je me suis jeté à sa suite, poursuivi par un tir de Sunjet. Nous avons atterri nez à nez.

— Tu vas bien ? ai-je sifflé.

Elle a hoché la tête, la joue contre le sol, les épaules secouées de spasmes tandis qu'elle essayait de déplacer ses bras inertes.

— Super. Reste ici.

J'ai retourné mon propre membre mort et cherché dans la jungle mécanique une trace des deux autres kempistes.

Aucun signe. Pourraient être n'importe où. À chercher le tir parfait.

Fait chier.

J'ai aligné le chef du groupe, toujours écroulé dans son coin, sur son sac à dos. Deux coups ont suffi à le faire exploser, des fragments de matériel giclant des points d'impact dans le tissu.

La sécurité de Mandrake s'est réveillée.

Les lumières nous ont éclaté au visage. Les sirènes ont hurlé sur le toit, et une tempête insectoïde de nanocoptères a jailli d'aérations sur les murs. Ils sont passés au-dessus de nous, ont cligné de leurs yeux de verre et ont passé outre. À quelques mètres de là, un essaim a fait pleuvoir ses lasers au cœur des machines.

Des cris.

Un tir de Sunjet défensif qui déchire l'air. Les nanocoptères touchés ont pris feu, tombant comme des papillons brûlés. Les lasers des autres ont redoublé, rageurs.

Les cris se sont réduits à des sanglots. La puanteur immonde de la chair rôtie nous parvenait par effluves. C'était comme un barbecue.

L'essaim de nanocoptères s'est divisé, repartant plus lentement, sans but. Quelques-uns ont lancé des tirs d'adieu. Les sanglots se sont arrêtés.

Silence.

À côté de moi, Wardani a tiré ses genoux sous elle, mais ne pouvait pas se redresser. Aucune force dans la moitié supérieure de son corps en convalescence. Elle m'a regardée, affolée. Je me suis appuyé sur mon bon bras, puis me suis relevé.

— Reste là. Je reviens.

Je suis allé vérifier les corps, par réflexe, évitant les nanocoptères laissés à la traîne.

Les masques s'étaient figés sur des rictus, mais de faibles rides les traversaient encore parfois. Tandis que je regardais les deux que les nanocoptères avaient tués, quelque chose a commencé à grésiller sous les masques, et de la fumée s'est mise à monter.

— Oh, merde !

J'ai couru jusqu'à celui que j'avais eu en plein visage, mais c'était la même chose. La base du crâne était déjà brûlée et calcinée, la tête contre l'un des bras de la machine. Raté dans la tempête de feu des nanocoptères. Sous le trou bien propre que j'avais fait au centre du masque, la bouche me souriait avec une hypocrisie plastique.

— Fait chier.

— *Kovacs !*

— Ouais, excuse-moi.

J'ai rangé le pistolet intelligent et tiré Wardani sur ses pieds sans ménagement. À l'autre bout de la pièce, l'ascenseur s'est ouvert sur une troupe de gardes armés.

— Et c'est parti, ai-je soupiré.

Ils nous ont repérés. La chef d'escouade a sorti son blaster.

— Ne bougez pas. Levez les mains !

J'ai soulevé mon bras utilisable. Wardani a haussé les épaules.

— Je ne déconne pas, je vous préviens !

— Nous sommes blessés, ai-je répondu. Désensibilisateurs de contact. Et tous les autres sont morts. Extrêmement morts. Les méchants avaient des détonateurs de pile, au cas où. Tout est fini. Allez réveiller Hand.

Hand a plutôt bien pris la chose, tout bien considéré. Il leur a fait retourner un corps et l'a examiné, triturant la section vertébrale calcinée avec un stylet en métal.

— Fiole d'acide moléculaire, a-t-il expliqué, pensif. Shorn Biotech, modèle de l'année dernière. Je ne savais que les kempistes en avaient déjà.

— Ils ont la même chose que vous, Hand. Ils en ont juste moins, c'est tout. Lisez Brankovitch. *Économie descendante dans les marchés de guerre.*

— Oui, Kovacs, merci. (Hand s'est frotté les yeux.) J'ai déjà un doctorat d'investissement en période de conflit. Je n'ai pas vraiment besoin d'une bibliographie pour amateurs. En revanche, j'aimerais savoir ce que vous faisiez tous les deux ici à cette heure du matin.

J'ai lancé un regard à Wardani. Elle a haussé les épaules.

— On baisait, a-t-elle répondu.

Hand a cligné des yeux.

— Oh. Déjà.

— Qu'est-ce que ça veut d…

— Kovacs, pitié. Vous me donnez mal à la tête. (Il s'est levé, faisant signe au chef de l'équipe médico-légale qui attendait à proximité.) Bon, dégagez-les de là. Voyez si vous pouvez trouver un match cellulaire avec les fragments prélevés sur Find Alley et dans le canal. Dossier c22imh, l'accréditation centrale vous donnera les codes.

Nous avons tous regardé tandis qu'on chargeait les morts sur des civières à effet de sol avant de les escorter jusqu'à l'ascenseur. Hand s'est repris avant de ranger le stylet dans sa poche poitrine, le donnant plutôt au dernier des légistes. Il frotta le bout de ses doigts les uns contre les autres.

— Quelqu'un veut vous récupérer, maîtresse Wardani, a-t-il dit. Quelqu'un qui a des ressources. Je suppose que cela devrait en soi me rassurer quant à la valeur de notre investissement.

Wardani a fait une révérence ironique.

— Quelqu'un qui est aussi introduit ici, ai-je ajouté plus sombre. Même avec un sac à dos plein de matériel d'intrusion, ils n'auraient pas pu entrer sans aide. Vous avez des fuites.

— On dirait.

— Qui avez-vous envoyé sur la trace des ombres qu'on a rapportées du bar, avant-hier ?

Wardani m'a regardé, alarmée.

— Quelqu'un nous a suivis ?

— C'est ce qu'il dit, ai-je répondu en désignant Hand.

— Hand ?

— Oui, maîtresse Wardani, c'est exact. On vous a suivis jusqu'à Find Alley. (Il avait l'air très fatigué, et le regard qu'il m'a lancé était sur la défensive.) C'était Deng, je crois.

— Deng ? Vous êtes sérieux ? Merde, combien de temps donnez-vous aux tombés au combat avant de les rebalancer dans une enveloppe ?

— Deng avait un clone en réserve, a-t-il aboyé en retour. C'est la politique standard pour les responsables d'opérations de sécurité. Il a eu une semaine de consultation et de repos plein impact, en virtuel, avant qu'on l'injecte. Il était bon pour le service.

— Vraiment ? Alors pourquoi ne pas l'appeler ?

Je me suis rappelé ce que je lui avais dit dans le construct ID&E. *Les hommes et femmes pour qui vous travaillez vendraient leurs enfants à un bordel pour mettre la main sur ce que je leur ai montré ce soir. Et face à ça, mon ami, vous. N'avez. Aucune. Importance.*

Quand on vient de se faire tuer, on est dans un état psychologique fragile, si on n'a pas d'entraînement. Ça rend vulnérable à la suggestion. Et les Diplos sont les maîtres toutes catégories de la persuasion.

Hand avait ouvert son audiophone.

— Réveillez Deng Zhao Jun, s'il vous plaît. (Il a attendu.) Je vois. Eh bien, essayez cela, alors.

J'ai secoué la tête.

— Cette bonne vieille fanfaronnade, cracher dans la mer où on a manqué se noyer, hein, Hand ? À peine remis du trauma, vous le remettez en action *dans une affaire liée à sa mort* ? Allez, rangez votre téléphone. Il est parti. Il vous a vendu, et il s'est barré avec la monnaie.

La mâchoire de Hand s'est crispée, mais il a gardé le téléphone à l'oreille.

— Hand, je lui ai quasiment *dit* de le faire. (J'ai soutenu son regard en biais, lourd d'incrédulité.) Oui, allez-y, accusez-moi, si ça vous soulage. Je lui ai dit que Mandrake n'avait rien à carrer de lui. Et vous lui avez prouvé que j'avais raison en faisant un deal avec nous. Et après vous l'avez utilisé comme chien de garde, juste pour l'enfoncer un peu plus.

— Je n'ai pas affecté Deng, Kovacs, putain de *bordel*. (Il se cramponnait à sa réserve, tentait de se calmer. La main qui tenait le téléphone avait blanchi aux articulations.) Et vous n'aviez *aucune raison* de lui dire quoi que ce soit. Maintenant, fermez votre *putain* de gueule. *Oui*, oui c'est Hand.

Il a écouté. Parlé par monosyllabes contrôlées, rendues acides par la frustration. A refermé le téléphone d'un claquement sec.

— Deng a quitté la tour avec son transport personnel en fin de soirée. Il a disparu dans le centre commercial de la Vieille Maison d'Échanges un peu avant minuit.

— Plus moyen de trouver du petit personnel, de nos jours, hein ?

— Kovacs. (Le cadre a tendu le bras, comme pour me repousser physiquement. La colère, maîtrisée à grand-peine, lui durcissait le regard.) Je ne veux pas en entendre parler, d'accord ? Je ne veux. Pas.

J'ai haussé les épaules.

— Comme tout le monde. C'est pour ça que ce genre de trucs continue à arriver.

Hand a soupiré, tendu comme un ressort.

— Je ne vais pas débattre des lois de l'emploi avec vous, Kovacs, pas à 5 heures du matin. (Il a fait demi-tour sur ses talons.) Vous feriez bien de reprendre des forces. Nous nous chargeons dans le construct de Dangrek à 9 heures.

J'ai lancé un regard en biais à Wardani, et aperçu un sourire. C'était contagieux, comme une blague de gosse. Comme si nous nous tenions la main dans le dos du cadre Mandrake.

À dix pas, Hand s'est arrêté, comme s'il le sentait.

— Oh, a-t-il fait en se tournant vers nous. Au fait. Les kempistes ont largué une bombe maraudeuse au-dessus de Sauberville il y a une heure. Charge haute, cent pour cent de pertes.

J'ai surpris l'éclair dans les yeux de Wardani quand elle a lâché le mien. Elle a perdu son regard vers le bas. Bouche serrée.

Hand est resté là sans en perdre une miette.

— Je me suis dit que ça vous ferait plaisir d'être au courant.

Chapitre 17

Dangrek.

Le ciel avait une couleur de vieux jean, un bol bleu délavé avec des fils de nuages blancs à haute altitude. Le soleil filtrait, assez brillant pour me faire plisser les yeux. Ses doigts chauds caressaient les parties exposées de ma peau. Le vent s'était un peu levé depuis la dernière fois, soufflant depuis l'ouest. La poussière noire des retombées saupoudrait la végétation autour de nous.

Au loin, Sauberville brûlait encore. La fumée se perdait dans le ciel comme une traînée de doigts graisseux.

— Fier de toi, Kovacs ?

Tanya Wardani avait murmuré ça à mon oreille en me dépassant pour trouver un meilleur point de vue. Un peu en hauteur. C'était la première chose qu'elle me disait depuis que Hand nous avait appris la nouvelle.

Je l'ai suivie.

— Si tu veux te plaindre à ce sujet, tu devrais le faire auprès de Joshua Kemp, lui ai-je dit en la rattrapant. Et puis, ne fais pas ta surprise. Tu savais que ça allait se finir comme ça.

— Oui, mais pour l'instant, je l'ai un peu trop vu.

On ne pouvait pas y échapper. Des écrans dans toute la tour Mandrake l'avaient diffusé non-stop. Un grand éclair, tête d'épingle-baudruche en une seconde, en silence, filmé par les caméras d'une équipe de documentaire militaire. Puis le son. Un commentaire froid, sur un fond de roulement de tonnerre, illustrant le nuage en forme de champignon. Puis les ralentis image par image, préparés avec amour.

L'IA M avait tout avalé et incorporé pour nous. Balayé l'indétermination grise du construct.

— Sutjiadi, déployez votre équipe.

C'était la voix de Hand, qui résonnait dans le haut-parleur à induction. Un échange informel de jargon militaire a suivi. D'irritation, j'ai arraché le haut-parleur de son emplacement derrière mon oreille droite. Ignorant les bruits de pas qui remontaient la pente derrière nous, je me suis concentré sur la posture raidie du cou et de la tête de Tanya Wardani.

— Au moins, ça a dû être rapide pour eux, a-t-elle dit en regardant toujours le paysage.

— Comme ça dit dans la chanson. Rien de plus rapide.

— Maîtresse Wardani.

C'était Ole Hansen, qui avait, par quelque miracle, conservé dans les yeux écartés de sa nouvelle enveloppe un fantôme de l'intensité incroyable de son regard d'origine.

— On va avoir besoin de voir le site de démolition.

Elle a ravalé une sorte de rire, et n'a pas répondu ce qui lui est venu à l'esprit.

— Bien sûr, a-t-elle répondu à la place. Suivez-moi.

Je les ai regardés tous les deux descendre de l'autre côté de la colline jusqu'à la plage.

— Hé ! Le Diplo !

Je me suis tourné malgré moi, et j'ai aperçu Yvette Cruickshank qui faisait tant bien que mal monter la pente à son enveloppe maorie. Son Sunjet était sanglé tout contre sa poitrine, et plusieurs lentilles de portée étaient relevées sur son front. J'ai attendu qu'elle me rejoigne, ce qu'elle a fait sans trébucher trop souvent dans les herbes hautes.

— Comment va la nouvelle enveloppe ? ai-je demandé d'une voix forte quand elle a manqué tomber pour la deuxième fois.

— Elle est… (Elle a secoué la tête, m'a rejoint et a fini sa phrase, la voix ramenée à un volume normal.) Elle est un poil bizarre, vous voyez ce que je veux dire ?

J'ai opiné. Mon premier réenveloppement remontait à plus de trente années subjectives, deux cents objectives, mais on n'oublie jamais. Le choc initial de la réinsertion ne vous quitte jamais tout à fait.

— Un peu pâle, aussi. (Elle s'est pincé le dos de la main en reniflant.) Pourquoi je n'ai pas pu avoir une belle carrosserie noire comme la vôtre ?

— Je ne me suis pas fait tuer, lui ai-je rappelé. Et puis, une fois que les radiations commenceront à faire mal, vous serez heureuse. Ce que vous portez n'aura besoin que de la moitié du dosage qu'il me faudra pour rester opérationnel.

— Ça va quand même tous nous griller, au final, a-t-elle relativisé avec les sourcils froncés.

— Ce n'est qu'une enveloppe, Cruickshank.

— C'est ça, faites-moi votre numéro de Diplo supercool.

Elle a aboyé de rire et a retourné son Sunjet, saisissant le canon court et épais d'une main menue. Le geste était étonnant. Me regardant par-dessus le canal de décharge, elle a demandé :

— Vous pensez qu'une enveloppe de Blanche comme celle-là vous plairait ?

J'y ai réfléchi. Les enveloppes de combat maories étaient longilignes, larges de poitrine et d'épaules. Beaucoup, comme celle-ci, avaient la peau pâle. L'effet était encore accentué par le peu de temps écoulé depuis sa décantation. Mais les visages avaient souvent des pommettes hautes, des yeux espacés, des lèvres et un nez larges. *Enveloppe de Blanche, ça* paraissait un peu cruel. Et même dans les treillis informes caméléochromes…

— Si vous voulez mater comme ça, a remarqué Cruickshank, vous avez intérêt à bien traiter la marchandise…

— Désolé. J'essayais juste de réfléchir à la question comme il se doit.

— Ouais. Laissez tomber. Je ne m'inquiétais pas vraiment. Vous étiez en opération dans le coin, non ?

— Il y a quelques mois.

— C'était comment ?

J'ai haussé les épaules.

— Des gens qui vous tirent dessus. L'air plein de morceaux de métal en mouvements rapides pour trouver un nouveau logement. Le classique. Pourquoi ?

— On m'a dit que les Impacteurs s'étaient fait dérouiller. C'est vrai ?

— De là où je me trouvais, ça en avait tout l'air.

— Alors pourquoi Kemp déciderait-il soudain de nous vitrifier, s'il est en position de force ?

— Cruickshank…, ai-je commencé.

Mais je me suis arrêté, incapable de trouver la meilleure façon de percer l'armure de jeunesse qu'elle portait. Elle avait vingt-deux ans, et comme tout le monde à cet âge-là, elle se croyait immortelle, et essentielle pour l'univers. Bien sûr, on l'avait tuée, mais pour l'instant, cela ne faisait que renforcer son immortalité. Elle n'aurait jamais pu envisager une conception de l'univers où ce qu'elle voyait était marginal, et encore moins totalement anecdotique.

Elle attendait une réponse.

— Écoutez, ai-je fini par dire. Personne ne m'a expliqué pourquoi on se battait ici, et d'après ce que nous ont appris les prisonniers ennemis, ils n'avaient pas l'air de savoir non plus. J'ai arrêté de chercher un sens à cette guerre il y a longtemps. Je vous conseille de faire pareil si vous voulez survivre un peu.

Elle a levé un sourcil, un maniérisme qu'elle n'avait pas encore bien maîtrisé dans sa nouvelle enveloppe.

— Alors vous ne savez pas.

— Non.

— Cruickshank !

Même sans mon inducteur, j'ai entendu le fracas métallique de l'appel de Markus Sutjiadi sur le communicateur.

— Vous pourriez descendre par ici et travailler pour gagner votre peau, comme les autres ?

— J'arrive, mon cap'taine.

Elle a fait une grimace dans ma direction et a commencé à descendre. Quelques pas plus loin, elle s'est retournée.

— Eh, le Diplo !

— Ouais ?

— Le coup des Impacteurs qui prenaient une dérouillée ? C'était pas une critique, OK ? C'est juste ce qu'on m'a dit.

Je me suis senti sourire devant cette sincérité à déploiement tactique.

— Laissez tomber, Cruickshank. Ça m'ennuie plus que vous n'ayez pas envie que je me bave dessus en vous reluquant.

Elle m'a rendu mon sourire.

— Oh. Bah, c'est moi qui vous avais posé la question, hein. (Son regard est tombé sur mon entrejambe et elle a louché.) Enfin, on a le temps d'en reparler, hein ?

— Ça marche.

L'inducteur a vibré contre mon cou. Je l'ai remis en place et j'ai mis le micro en marche.

— Oui, Sutjiadi ?

— Si ça ne vous dérange pas trop, *monsieur*, a-t-il commencé en chargeant le dernier mot de toute l'ironie possible, pourriez-vous laisser mes soldats tranquilles pendant qu'ils se déploient ?

— Oui, désolé. Ça ne se reproduira pas.

— Très bien.

J'allais me déconnecter quand la voix de Tanya Wardani est arrivée sur le réseau, pleine de jurons hallucinés.

— Qui c'est ? a demandé Sutjiadi d'une voix péremptoire. Sun ?

— *Putain*, j'y crois pas.

— C'est maîtresse Wardani, monsieur, a précisé Ole Hansen avec un calme laconique, couvrant les jurons étouffés de l'archéologue. Je pense que vous devriez tous venir voir ça.

J'ai fait la course avec Hand le long de la plage, et perdu de quelques mètres. Les cigarettes ou les poumons endommagés ne comptent pas dans le virtuel. Il devait être poussé par son inquiétude pour l'investissement de Mandrake. Très louable. Pas encore habitués à leur nouvelle enveloppe, les autres étaient loin derrière. Nous avons atteint Wardani seuls.

Nous l'avons retrouvée à peu près dans la position qu'elle avait face à l'éboulement la dernière fois que nous étions venus dans le construct. Pendant un moment, je n'ai même pas vu ce qu'elle regardait.

— Où est Hansen ? ai-je demandé, stupidement.

— Il est entré, a-t-elle dit avec un vague geste de la main. Pour ce que ça va l'aider.

Puis je l'ai vu. La morsure pâle de détonations récentes, groupées sur une fissure de deux mètres ouverte dans l'éboulement, et un chemin qui s'ouvrait derrière.

— Kovacs ?

Il y avait une sorte de clarté fragile dans la question de Hand.

— J'ai vu. Quand avez-vous mis le construct à jour ?

Hand s'est approché pour examiner les impacts.

— Aujourd'hui.

— Satellite géoscan de haute altitude, c'est ça ? a demandé Tanya en hochant la tête.

— Exact.

— Eh bien. (L'archéologue s'est détournée et a pris ses cigarettes dans sa poche.) Alors on ne verra rien à l'intérieur.

— Hansen !

Hand a mis ses mains en porte-voix et a crié dans la fissure, oubliant apparemment l'inducteur qu'il portait.

— Je vous entends. (La voix de l'expert en démolition a vibré à nos oreilles, détachée et vaguement hilare.) Il n'y a rien, ici.

— Bien sûr qu'il n'y a rien, a commenté Wardani pour personne en particulier.

— … une sorte de clairière circulaire dans la roche, d'environ vingt mètres de diamètre, mais la roche paraît étrange. Comme fondue.

— C'est de l'improvisation, a expliqué Hand dans l'inducteur. L'IA M devine ce qu'il peut y avoir dedans.

— Demandez-lui s'il y a quelque chose au centre, a dit Wardani, allumant sa cigarette face au vent de mer.

Hand a transmis la question. La réponse a craqué sur le communicateur.

— Oui, une sorte de rocher central, peut-être une stalagmite.

— C'est la porte, a opiné Wardani. Sans doute de vieux échos que l'IA M a récupérés dans un survol de reconnaissance un peu ancien. Elle essaie de dessiner la zone avec ce qu'elle voit depuis l'orbite, et puisqu'elle n'a aucune raison de croire qu'il y a autre chose que de la pierre, là-dedans…

— Quelqu'un est *entré* là-dedans, a dit Hand, mâchoires crispées.

— Ah oui, il y a ça aussi, bien sûr, a concédé Wardani en crachant sa fumée.

Ancré dans les criques à quelques centaines de mètres de nous, sur la plage, un chalutier mal en point dansait sur le courant. Ses filets renversés sur le côté comme quelque chose qui s'échappe.

Départ du ciel sur un fondu au blanc.

Ce n'était pas tout à fait aussi dur que la machine ID&E, mais le retour abrupt à la réalité a affecté mon système comme un bain de glace, me crispant les extrémités et me faisant frissonner jusqu'aux tripes. Mes yeux se sont ouverts d'un coup, sur l'art psychogramme empathiste qui avait dû coûter une fortune.

— Oh, bravo, ai-je grogné en me redressant dans la lumière douce, cherchant les électrodes à tâtons.

La porte de la chambre s'est ouverte vers l'extérieur avec un bourdonnement à peine perceptible. Hand se tenait sur le seuil, les vêtements pas encore remis en ordre, éclairé de l'arrière par les lumières normales. J'ai plissé les paupières.

— C'était vraiment nécessaire ?

— Mettez votre chemise, Kovacs. (Il refermait le col de la sienne pendant que nous parlions.) Nous avons des choses à faire. Je veux être sur la péninsule avant ce soir.

— Vous ne réagissez pas un peu trop…

Il s'était déjà détourné.

— Hand, les recrues ne sont pas encore habituées à leurs enveloppes. Je ne plaisante pas.

— Je les ai laissées là-dedans, a-t-il dit par-dessus son épaule. Elles ont encore dix minutes. Deux jours en virtuel. Après, on les injecte pour de bon et on part. S'il y a quelqu'un à Dangrek devant nous, il va le regretter.

— S'ils étaient là quand Sauberville est tombée, ai-je crié derrière lui, soudain furieux, ils doivent *déjà* le regretter. Et vachement, même. Comme tous les autres.

J'ai entendu ses pas s'éloigner dans le couloir. M. Mandrake, le costume tombant bien sur des épaules carrées, allant de l'avant. Capable. Réglant les gros coups de Mandrake pendant que je restais assis, torse nu, dans ma propre rage.

Troisième partie : Éléments perturbateurs

La différence entre la vie et le virtuel est très simple. Dans un construct, vous savez que tout est géré par une machine toute-puissante. Dans la réalité, on n'a pas cette certitude. Donc, il est très facile de développer à tort l'impression qu'on a le contrôle.

Quellcrist Falconer
L'Éthique du précipice

Chapitre 18

Il n'y a pas de façon subtile de déployer un vaisseau IP de l'autre côté de la planète. Donc, nous avons fait direct.

Mandrake nous a réservé un lancement prioritaire et une parabole d'atterrissage dans la bande de circulation du Cartel, et nous avons volé jusqu'au terrain anonyme d'un immeuble anonyme de Landfall, juste quand la chaleur de l'après-midi commençait à s'évanouir. Il y avait une navette d'assaut Lockheed Mitoma IP flambant neuve sur le béton. Un véritable scorpion de verre fumé dont on aurait arraché les pinces. Ameli Vongsavath a grogné son approbation en la voyant.

— Série Oméga, m'a-t-elle dit, surtout parce que j'étais à côté d'elle en descendant du croiseur.

Elle arrangeait ses cheveux sans même y penser, tordant les mèches noires et épaisses pour les écarter des prises de symbiote de vol sur sa nuque, retenant le chignon avec des pinces statiques.

— On pourrait poser ce truc direct sur Incorporation Boulevard sans même griller les arbres. Coller des torpilles à plasma dans la porte d'entrée du Sénat, se cabrer et être en orbite avant qu'elles explosent.

— Par exemple, ai-je dit d'un ton sec. Bien sûr, avec ce genre d'objectif, vous seriez une kempiste, et donc vous piloteriez une saloperie de carcasse, genre une Mowaï Ten. Pas vrai, Schneider ?

— Oui. Vaut mieux pas y penser, a-t-il dit répondu en souriant.

— À quoi ne vaut-il mieux pas penser ? Être kempiste ? a voulu savoir Yvette Cruickshank.

— Non, piloter une Mowaï, a répondu Schneider, détaillant du regard l'enveloppe de combat maorie. Être kempiste, ce n'est pas si mal. Bon, à part qu'on chante le serment à longueur de temps.

— Vous étiez vraiment kempiste ? a interrogé Cruickshank en sourcillant.

— Il plaisante, ai-je dit avec un regard de mise en garde pour Schneider.

Nous n'étions pas encadrés par un commissaire politique, mais Jiang Jianping paraissait avoir des sentiments très forts contre Kemp, et nous ignorions combien d'autres membres de l'équipe pouvaient les partager. Il ne me paraissait pas judicieux d'aviver des animosités potentielles juste pour impressionner une fille bien roulée.

D'un autre côté, Schneider ne s'était pas pris une douche froide sur les hormones ce matin. J'étais peut-être un peu trop équilibré sur la question.

L'un des hayons de chargement de la Lock Mit s'est relevé. Un moment plus tard, Hand est apparu à l'entrée, dans un caméléochrome de combat bien repassé, d'un gris fumeux sur la teinte majoritaire du vaisseau d'assaut. C'était un écart radical par rapport à son accoutrement corpo, et ça nous a beaucoup perturbés. On était tous habillés pareil.

— Bienvenue à la croisière, les filles, a murmuré Hansen.

Nous avons eu l'autorisation de décoller cinq minutes avant le début de la fenêtre de lancement Mandrake. Ameli Vongsavath a saisi le plan de vol dans la Lock Mit, a enclenché les systèmes et, en ce qui nous concernait, s'est endormie. Branchée à la nuque et à la pommette, les yeux fermés, elle s'est couchée dans sa chair maorie d'emprunt comme la princesse cryocapée d'un obscur conte de fées des années de

Colonisation. Elle avait sans doute la plus fine et la plus sombre des enveloppes, et les datacâbles contrastaient sur sa peau comme des vers pâles.

Sur la touche, dans le siège du copilote, Schneider lançait des regards intéressés à la pilote.

— Tu auras ta chance, lui ai-je dit.

— Ah ouais, quand ?

— Quand tu seras millionnaire sur Latimer.

Il m'a lancé un regard mauvais et a appuyé un pied botté sur la console devant lui.

— Putain, t'es trop drôle.

Sous ses yeux clos, la bouche d'Ameli Vongsavath a souri. Elle avait dû prendre ça comme une façon de dire « Ça ne t'arrivera jamais. » Personne dans l'équipe ne connaissait notre deal avec Mandrake. Hand nous avait présentés comme des consultants, sans autre précision.

— Tu penses que ça va passer par la porte ? ai-je demandé à Schneider pour essayer de le tirer de sa bouderie.

— Comment tu veux que je le sache ? a-t-il répondu sans lever les yeux.

— Juste s…

— Messieurs, est intervenue Ameli Vongsavath sans ouvrir les yeux. Vous pensez que je pourrais avoir un peu de calme avant de plonger ?

— Ouais, ta gueule, Kovacs, a approuvé Schneider avec une voix moqueuse. Pourquoi tu ne retournes pas avec les passagers ?

Dans la cabine, les sièges de chaque côté de Wardani étaient occupés, par Hand et Sun Liping. Je suis allé de l'autre côté et me suis laissé tomber à côté de Luc Deprez. Il m'a lancé un regard curieux, puis a repris l'examen de ses nouvelles mains.

— Ça vous plaît ? ai-je demandé.

—Ça a une certaine splendeur, a-t-il concédé en haussant les épaules. Mais je n'ai pas l'habitude d'être aussi massif, vous voyez.

—Vous allez vous y faire. Dormez, ça aide bien.

—Vous en êtes bien certain, a-t-il dit en me regardant encore une fois. Quel genre de consultant êtes-vous donc ?

—Ancien Diplo.

—Vraiment ? (Il s'est déplacé sur son siège.) C'est une surprise. Il faut absolument que vous me racontiez ça.

J'ai entendu des échos de son mouvement dans les autres sièges, là où on m'avait entendu. Notoriété instantanée. Comme chez les Impacteurs.

—Longue histoire. Pas très intéressante.

—Nous sommes à une minute du lancement, a déclaré Ameli Vongsavath d'un ton sardonique, par l'intercom. J'aimerais profiter de cet instant pour vous accueillir à bord de la navette d'assaut rapide *Nagini* et vous prévenir que si vous n'êtes pas attachés à votre siège, je ne peux pas garantir votre intégrité physique au cours des quinze minutes à venir.

Il y eut un regain d'activité dans les deux rangées de sièges. Des sourires ont fleuri aux lèvres de ceux qui étaient déjà dans leur toile.

—Je pense qu'elle exagère, a remarqué Deprez en fixant les attaches des sangles dans la plaque de poitrine du harnais. Ces vaisseaux ont de très bons compensateurs.

—Bah, on ne sait jamais. On pourrait essuyer des tirs orbitaux en passant.

—C'est ça, Kovacs, a dit Hansen en me souriant. Pensez positif.

—Mieux vaut prévenir…

—Vous avez peur ? a demandé Jiang.

—Régulièrement. Et vous ?

—La peur est une gêne. Il faut apprendre à la supprimer. C'est cela, être un soldat dévoué. Abandonner la peur.

— Non, Jiang, a commencé Sun Liping d'un ton grave. Ça, c'est être mort.

La navette a soudain basculé, et tout mon poids s'est écrasé sur ma poitrine et mes tripes. Membres exsangues. Souffle coupé par la pression.

— Putain de sa mère, a lâché Ole Hansen entre ses dents.

Cela s'est allégé, sans doute quand nous sommes passés en orbite et que la puissance qu'Ameli Vongsavath avait mise en ascensionnel est repassée en partie dans le système grav de bord. J'ai tourné la tête sur le côté vers Deprez.

— Elle exagérait, hein ?

Il s'était mordu la langue au décollage, et il a vu le sang goutter sur sa main. Son air était critique.

— Oui, je trouve qu'elle exagère.

— Statut orbital OK, a confirmé la voix de Vongsavath. Nous avons environ six minutes de trajet sous le parapluie Geosynch orbite haute de Landfall. Après cela, nous sommes à découvert, et je ferai quelques virages d'évitement. Restez bien attachés.

Deprez a hoché la tête, sombre, et a levé sa main ensanglantée. Des rires ont retenti dans l'habitacle.

— Eh, Hand ! a appelé Yvette Cruickshank. Pourquoi le Cartel ne met-il pas cinq ou six de ces GOH, bien écartées, pour mettre fin à la guerre ?

Un peu plus loin, sur le rang opposé, Markus Sutjiadi a souri très légèrement, sans rien dire. Ses yeux ont cherché ceux de Ole Hansen.

— Eh, Cruickshank. (On aurait presque dit que l'expert en démolition avait attendu le signal de Sutjiadi pour parler. Sa voix était glaciale.) Le mot « maraudeuse », ça te dit quelque chose ? Tu as idée de la cible que fait une GOH depuis l'espace intermédiaire ?

— Ouais, a rétorqué Cruickshank, têtue. Mais la plupart des maraudeuses de Kemp sont au sol, pour l'instant, et avec les Géosynch en place…

— Essayez de dire ça aux habitants de Sauberville, a coupé Wardani.

Le commentaire a traversé la discussion comme une comète. Des regards se sont échangés dans tous les sens, comme des douilles de pistolet.

— Cette attaque a été lancée du sol, maîtresse Wardani, a fini par dire Jiang.

— Vraiment ?

Hand s'est gratté la gorge.

— Pour être tout à fait exact, le Cartel n'est pas vraiment certain du nombre de drones-missiles encore déployés hors planète par Kemp…

— Sans déc', a grogné Hansen.

— Mais tenter de placer en orbite haute une plate-forme importante à cette étape serait trop…

— Coûteux ? a proposé Wardani.

— Risqué, a corrigé Hand avec un sourire déplaisant.

— Nous allons sortir du parapluie GOH de Landfall, a prévenu Ameli Vongsavath sur l'intercom, calme comme un guide touristique. Attendez-vous à quelques trous d'air.

J'ai senti une légère augmentation de la pression contre mes tempes quand la puissance a été dérivée des compensateurs de bord vers la propulsion. Vongsavath se préparait aux acrobaties qui nous ramèneraient au sol de l'autre côté du monde. Avec la GOH qui disparaissait derrière nous, il n'y avait plus de présence paternaliste corpo pour amortir notre chute dans la zone en guerre. À partir de maintenant, nous étions dans la cour des grands.

Ils exploitent, et vendent, et déplacent le terrain en permanence, mais malgré cela on peut s'habituer à eux. À leurs tours de société étincelante, leur sécurité nanocoptère, leurs cartels et leurs GOH, leur patience inhumaine, sur plusieurs siècles, et leur statut autoproclamé de parrains de l'humanité. On peut finir par être reconnaissants de la moindre plage d'existence qu'ils vous autorisent sur la plate-forme corpo, comme par la grâce de Dieu. On peut la trouver bien préférable à un plongeon froid et brutal dans le chaos humain qui vous attend en contrebas.

On peut leur être reconnaissants.

Il faut se méfier.

— Et ça descend, a annoncé Ameli Vongsavath depuis le cockpit.

Nous sommes tombés.

Les compensateurs de bord étaient réglés au strict minimum, ça ressemblait au début d'un saut grav, avant que le harnais s'enclenche. Mes entrailles sont remontées jusqu'à mes côtes, et l'arrière de mes yeux me chatouillait. Le neurachem a soudain pris vie, sans que je lui demande rien, et les plaques de bioalliage de mes mains ont frémi. Vongsavath a dû localiser les coordonnées d'atterrissage de Mandrake et donner tout ce que les réacteurs avaient, dans l'espoir de prendre de vitesse les systèmes anti-intrusion de Kemp qui auraient pu décoder le plan de vol depuis les transmissions du Cartel.

Apparemment, ça a marché.

Nous sommes entrés dans la mer à environ deux kilomètres de la côte de Dangrek, Vongsavath utilisant l'eau pour refroidir d'un coup les surfaces chauffées par l'entrée, comme on le conseille à l'armée. Dans certains endroits, les groupes de pression environnementalistes s'étaient élevés contre ce genre de contamination, mais je doutais que quiconque s'y essaie sur Sanction IV. La guerre a un effet apaisant et simplificateur sur la politique, qui doit faire aux politiciens l'effet d'un rush de bétathanatine. On n'a plus à faire la part des choses, et on peut justifier n'importe quoi. Combattre et gagner, remporter la victoire. Tout le reste s'efface dans un grand flou blanc, comme le ciel au-dessus de Sauberville.

— Surface, a entonné Vongsavath. Les premiers balayages ne montrent aucune circulation. Je survole la plage pour en faire un autre, mais j'aimerais que vous restiez à vos places jusqu'à avis contraire. Commandant Hand, nous avons une transmission d'Isaac Carrera qui pourrait vous intéresser.

Hand et moi avons échangé un regard. Il a tendu la main en arrière vers le micro du siège.

— Passez-la en circuit restreint. Moi, Kovacs, Sutjiadi.

— Compris.

J'ai tiré le casque et m'en suis couvert. Carrera s'est affiché derrière le murmure aigu des algorithmes de brouillage. Il était en treillis, une blessure récemment réparée lui couvrant le front et une joue. Il avait l'air fatigué.

— Contrôle de la Bordure nord à NAR 931/4 en approche. Nous avons votre plan de vol et votre mission en fichier, mais nous devons vous prévenir que dans les circonstances actuelles, nous ne pouvons pas nous permettre le moindre soutien au sol ou aérien. Les forces des Impacteurs se sont repliées sur le réseau de lacs Masson, où nous sommes en position défensive jusqu'à ce que l'offensive kempiste ait été évaluée et qu'on ait calculé ses conséquences. Une opération de brouillage hostile à grande échelle est attendue au lendemain du bombardement, et c'est sans doute la dernière fois que vous pourrez communiquer efficacement avec qui que ce soit en dehors de la zone touchée. Outre ces considérations stratégiques, vous devriez savoir que le Cartel a déployé des systèmes de nanoréparage dans la région de Sauberville. Nous ne pouvons faire aucune projection quant à la réaction de ces systèmes face à une incursion imprévue. Personnellement, a-t-il dit en se penchant plus près de l'écran, je vous conseillerais d'utiliser les propulseurs secondaires pour vous replier sur Masson jusqu'à ce que je puisse ordonner un front de reprise en renfort sur la plage. Cela ne devrait pas créer un retard de plus de deux semaines.

Son visage s'est couvert d'une contrariété dégoûtée, comme s'il avait senti une odeur de pourriture dans ses blessures.

— Les recherches sur l'explosion ne sont pas une priorité justifiant les risques que vous allez prendre, quel que soit l'avantage compétitif que vos maîtres espèrent en tirer. Un code d'approche des Impacteurs est joint à ce message, si vous décidez finalement d'opter pour le repli. Autrement, je ne peux rien pour vous. Bonne chance. Terminé.

J'ai enlevé mon casque. Hand me regardait avec un petit sourire en coin.

— Ce n'est pas la ligne officielle du Cartel. Il est toujours aussi direct ?

— Face à la stupidité d'un client, oui. C'est pour ça qu'on le paie. Qu'est-ce que c'est que ces histoires de systèmes nano…

Hand a fait un petit signe de la main et a secoué la tête.

— Ne vous inquiétez pas. C'est l'épouvantail standard du Cartel. Ça écarte les visiteurs inopinés.

— C'est-à-dire que vous les avez envoyés pour ça ?

Hand a souri de nouveau. Sutjiadi n'a rien ajouté, les lèvres serrées. Dehors, le moteur a viré à l'aigu.

— Nous sommes sur la plage, a annoncé Ameli Vongsavath. Vingt et un kilomètres sept du cratère de Sauberville. Quelqu'un veut descendre prendre un holo ?

Chapitre 19

Blanc cotonneux.

Un quart de seconde, en passant la tête par l'écoutille de la *Nagini*, les yeux perdus dans l'immensité du sable, j'ai cru qu'il avait plu.

— Des mouettes, a dit Hand d'un ton sûr, sautant au sol et donnant un coup de pied à une masse emplumée. Les radiations ont dû les achever.

Sur ses doux rouleaux, la mer charriait des débris blancs tachetés.

Quand les premières barges de colonisation étaient arrivées sur Sanction IV – et Latimer, et Harlan, d'ailleurs – elles ont été pour bien des espèces locales le cataclysme que leur vacarme annonçait. La colonisation planétaire est toujours un processus de destruction, et la technologie moderne l'a simplement rendu un peu plus propre, afin que les humains soient assurés de leur position au sommet de l'écosystème qu'ils violent. L'invasion est totale et, dès le premier impact des barges, inévitable.

Les grands vaisseaux refroidissent lentement, mais l'activité à bord bat déjà son plein. Des rangées serrées d'embryons clonés émergent des réservoirs cryo et sont chargés dans des cocons de croissance rapide par les bons soins des machines. Une tempête d'hormones sur mesure traverse les nutriments des cocons, déclenchant le développement cellulaire qui va amener les clones à l'adolescence en quelques mois. La première vague, décantée au cours des dernières étapes du vol interstellaire, est injectée avec l'esprit des élites coloniales, éveillées pour prendre la place qui leur revient de droit dans ce bel ordre nouveau. Ce n'est plus tout à fait la terre d'aventure et d'inattendu à laquelle les chroniqueurs voudraient faire croire.

Partout ailleurs dans la coque, les machines de modélisation environnementale commencent à faire les *vrais* dégâts.

Tout effort de colonisation un tant soi peu sérieux apporte avec lui quelques-uns de ces IA écolos. Après les premières catastrophes de Mars et d'Adoracion, il est vite devenu évident que toute tentative de greffe d'un échantillon d'écosystème terrien sur un environnement étranger n'était pas une partie de plaisir. Les premiers colons à respirer le nouvel air terraformé de Mars étaient tous morts en quelques jours, et beaucoup de ceux qui étaient restés à l'intérieur se sont fait tuer par des nuées de petits scarabées voraces que personne n'avait encore jamais vus. Ces scarabées s'étaient avérés descendre, de très loin, d'une espèce de mite terrestre qui avait un peu trop bien vécu le cataclysme écologique de cette terraformation.

Bon. Retour au labo.

Il fallut deux générations de plus avant que les colons de Mars aient enfin un air frais à respirer.

Sur Adoracion, c'était pire. La barge de colonisation *Lorca* était partie des dizaines d'années avant la débâcle martienne, construite et lancée vers le monde habitable le plus proche indiqué sur les cartes d'astrogation martiennes, avec le même courage qui précipite un cocktail Molotov contre un tank. C'était un assaut presque désespéré contre l'immensité impénétrable de l'espace interstellaire, une sorte de défi technologique face à l'oppression de la physique qui gouverne le cosmos, et un acte de foi tout aussi arrogant face aux archives martiennes qu'on venait tout juste de décoder. Tout le monde pensait que la mission échouerait. Même ceux qui avaient apporté leur conscience copiée à la pile de la colonie, et leurs gènes aux embryons clonés, étaient tout sauf optimistes quant au sort que leurs personnes stockées rencontreraient au bout du chemin.

Adoracion, comme son nom l'indique, a dû être un rêve éveillé. Un monde vert et orange, à peu près le même mélange oxygène-nitrogène que la Terre, et un ratio terre-mer plus abordable. Une base de vie végétale compatible avec les troupeaux de bétail clonés dans le ventre du *Lorca*, et tous les prédateurs qu'on y a découverts seraient faciles à abattre. Soit les colons avaient tous une tendance pieuse, soit ils le sont devenus en arrivant sur ce nouvel éden : la première chose qu'ils ont faite en débarquant a été de construire une cathédrale et de louer le Seigneur pour leur bonne fortune.

Un an a passé.

L'hyperdiff en était encore à ses balbutiements à l'époque, à peine capable de porter le message le plus simple par séquence codée. Les rares nouvelles arrivées sur Terre sonnaient comme des cris dans une pièce verrouillée au cœur d'une maison vide. Les deux écosystèmes s'étaient rencontrés et s'affrontaient comme des armées sur un champ de bataille d'où il n'y aurait eu nulle retraite. Sur le million de colons embarqués sur le *Lorca*, plus de soixante-dix pour cent étaient morts en moins d'un an et demi.

Retour au labo.

De nos jours, c'est un art de précision. Rien d'organique ne quitte la coque tant que le modélisateur éco n'a pas analysé tout le système hôte. Des sondes automatiques partent échantillonner le globe. L'IA digère les données, modélise l'ensemble en y incorporant une présence terrestre théorique à quelques centaines de temps réels. Les heurts éventuels sont planifiés, signalés. Pour chaque problème possible, les machines trouvent une solution, génétique ou nanomécanique. Du tout condensé, elles génèrent un protocole de colonisation. Une fois ce protocole établi, tout le monde peut aller jouer dans l'herbe.

Dans les protocoles de la trentaine de mondes habités (environ), on trouve certaines espèces terrestres avantageuses qui reviennent de temps en temps. Ce sont les réussites de la planète Terre – résistantes, adaptables, des créatures à l'évolution athlétique. La plupart du temps, il s'agit de plantes, de microbes et d'insectes. Mais parmi les plus grands animaux, certains sont plus fréquents. Les moutons, les grizzlys et les mouettes sont en tête de liste. Très, très difficiles à éliminer.

L'eau autour du chalutier était saturée par les carcasses emplumées. Dans l'immobilité contre nature de la côte, elles amortissaient encore plus le faible clapotis des vaguelettes sur la coque.

Le navire était dévasté et dérivait sur son ancre. Du côté tourné vers Sauberville, le souffle de l'explosion avait noirci la peinture, et par endroits l'avait décapée. Quelques hublots avaient été défoncés dans le même temps, et une partie des filets posés en tas sur le pont avait fondu. Les angles du poste de pilotage étaient tout aussi calcinés. Toute personne qui se serait tenue à l'extérieur serait sans doute morte de brûlures au troisième degré.

Il n'y avait aucun cadavre sur le pont. Le virtuel nous l'avait montré.

—Et personne à l'intérieur non plus, a dit Luc Deprez en passant la tête par une écoutille. Personne n'est monté à bord depuis des mois. Voire un an. Toute la nourriture a été mangée par les insectes et les rats.

—Il y avait de la nourriture dehors ? s'est étonné Sutjiadi.

—Oui, plein.

Deprez est sorti de là où il se trouvait pour s'asseoir sur le bastingage. La partie inférieure de son treillis caméléochrome est restée sombre une seconde avant de s'adapter à l'environnement ensoleillé.

—On dirait que c'était une grande fête, en plus. Mais personne n'est resté pour faire le ménage.

—J'ai déjà vu des fêtes comme ça, a dit Vongsavath.

En dessous, le sifflement-crépitement inimitable d'un Sunjet. Sutjiadi, Vongsavath et moi nous sommes tendus d'un seul mouvement. Deprez a souri.

—Cruickshank abat les rats. Ils sont très gros.

Sutjiadi a sorti son arme et regardé de part et d'autre du pont, un peu plus détendu qu'à notre arrivée à bord.

—Des estimations, Deprez. Combien ?

—De rats ? Difficile à savoir, a-t-il répondu en souriant de plus belle.

J'ai réprimé mon propre sourire.

—D'hommes d'équipage, a précisé Sutjiadi d'un ton vif. Combien de marins, *sergent* ?

Deprez a haussé les épaules, peu impressionné par l'invocation du grade.

—Je ne suis pas cuisinier, mon *capitaine*. J'ai du mal à savoir.

—Avant, j'étais cuisinière. Je devrais peut-être descendre jeter un œil, a proposé Ameli Vongsavath.

—Restez ici, a ordonné Sutjiadi.

Il est parti sur le pont, dégageant un cadavre de mouette d'un coup de pied.

—À partir de maintenant, j'aimerais que chacun mette un peu moins d'humour et un peu plus de cœur à ce qu'il fait. Vous pouvez commencer en amenant ce filet à bord. Deprez, vous descendez aider Cruickshank à éliminer les rats.

Deprez a soupiré et repoussé son Sunjet. De sa ceinture, il a tiré un pistolet à l'air ancien, armé le mécanisme, puis visé le ciel.

—Ça, c'est un travail pour moi, a-t-il dit d'un air mystérieux.

Puis il est redescendu, le pistolet tenu haut au-dessus de la tête.

L'inducteur a grésillé. Sutjiadi a penché la tête pour écouter. J'ai remis en place mon écouteur déconnecté.

— … est sous contrôle.

La voix de Sun Liping. Sutjiadi lui avait confié le commandement de l'autre moitié de l'équipe, les envoyant sur la plage avec Hand, Wardani et Schneider, qu'il considérait au mieux comme des civils gênants, et au pire comme sacrifiables.

— Sous contrôle comment ? a-t-il lâché.

— Nous avons installé des systèmes-sentinelles en arc au-dessus de la plage. Ligne de base de cinq cents mètres de largeur, balayage à cent quatre-vingts degrés. Ça devrait accrocher tout ce qui viendra de l'intérieur des terres ou d'un des deux côtés dans notre direction. (Sun a marqué une pause, comme pour s'excuser.) Ça ne repère qu'en visuel, mais c'est dégagé sur plusieurs kilomètres. C'est ce qu'on peut faire de mieux.

— Et la… l'objectif de la mission ? suis-je intervenu. Il est intact ?

— Il est là, au moins ? s'est enquis Sutjiadi en ricanant.

Je lui ai lancé un regard noir. Sutjiadi nous croyait partis à la chasse aux fantômes. La détection améliorée des Diplos me rendait cela aussi visible dans son attitude que si on le lui avait tatoué sur le front. Pour lui, la porte de Wardani était une fantaisie d'archéologue, gonflée à partir d'une première théorie pour mieux la vendre à Mandrake. Il était persuadé que Hand s'était fait refiler une coque percée, et que l'avidité corpo lui avait fait avaler l'idée tout rond, dans sa précipitation d'être le premier sur le théâtre de n'importe quel développement nouveau. Il lui prévoyait une sérieuse indigestion une fois sur site. Cela n'avait pas filtré pendant le briefing en construct, mais son absence de conviction se voyait comme le nez au milieu de la figure.

Je ne pouvais pas lui en vouloir. À voir leur attitude, la moitié de l'équipe pensait la même chose. Si Hand n'avait pas proposé des contrats aussi mirifiques, résurrection et exemption de guerre, ils lui auraient sans doute ri au nez.

À peine un mois plus tôt, j'avais failli faire la même chose avec Schneider.

— Oui, il est là.

Il n'y avait rien de particulier dans la voix de Sun. Elle n'avait jamais douté, d'après ce que j'avais pu voir, mais son ton était à la limite de l'émerveillement.

— C'est… je n'ai jamais rien vu de pareil.

— Sun ? Elle est ouverte ?

— Pas que nous sachions, lieutenant Kovacs, non. Je pense que vous devriez plutôt parler à maîtresse Wardani si vous voulez des détails.

Je me suis éclairci la gorge.

— Wardani ? Tu es là ?

— Occupée. (Sa voix était tendue.) Qu'avez-vous trouvé sur le bateau ?

— Rien pour l'instant.

— Ouais, pareil. Bon, terminé.

Sutjiadi avait le regard perdu à mi-distance, son nouveau visage maori ne trahissant rien. J'ai grogné, délogé l'inducteur et suis allé voir comment fonctionnait le treuil du pont. Derrière moi, je l'ai entendu demander un rapport de progression à Hansen.

La poulie n'était pas très différente d'un palan de navette, et avec l'aide de Vongsavath, j'ai fait démarrer le mécanisme avant que Sutjiadi ait terminé sa conversation. Il est arrivé juste à temps pour voir le bras s'abaisser, et le râteau se pencher pour agripper le filet.

Hisser les filets à bord… ç'a été une autre paire de manches. Il nous a bien fallu vingt minutes pour prendre le coup de main. La chasse aux rats était finie, Cruickshank et Deprez sont remontés nous aider. Mais même à quatre, ce ne fut pas une partie de plaisir de manipuler ces filets froids et alourdis d'eau pour les empiler sur le pont dans un semblant d'ordre. Aucun de nous n'avait été pêcheur, et il est vite devenu évident qu'il fallait une certaine habitude, qui nous faisait défaut. Il y a eu beaucoup de glissades et de chutes.

Au final, ça valait le coup.

Pris dans les dernières mailles remontées, il y avait les restes de deux corps, nus à part les chaînes brillantes qui les lestaient aux genoux et à la poitrine. Les poissons avaient nettoyé les yeux et la peau, dont il restait des lambeaux. Les deux crânes roulaient de part et d'autre dans le filet, comme deux ivrognes partageant une bonne blague. Le cou souple, le sourire large.

Nous les avons fixés un long moment.

— Bien deviné, ai-je dit à Sutjiadi.

— C'était logique de vérifier, a-t-il répondu en regardant, au cas où, les os mis à nu. On les a déshabillés et entortillés dans le filet. Les bras et les jambes, et le bout des chaînes. Ceux qui ont fait ça ne voulaient pas qu'ils remontent. Ça ne paraît pas très sensé. Pourquoi cacher les corps alors que le navire reste là jusqu'à ce que quelqu'un de Sauberville vienne le piller ?

— Mais personne ne l'a fait, a rappelé Vongsavath.

Deprez s'est retourné, abritant ses yeux de la main pour regarder l'horizon, où Sauberville fumait encore.

— La guerre ?

Je me suis rappelé les dates, l'histoire récente, j'ai fait quelques calculs.

— Elle n'était pas encore ici il y a un an, mais elle s'étendait au sud. (J'ai indiqué les colonnes de fumée d'un mouvement du menton.) Ils avaient sans doute peur. Peu de chances qu'ils viennent jusqu'ici pour un truc qui pourrait attirer des tirs orbitaux. Ou quelque chose de balisé pour inviter à un bombardement à distance. Vous vous rappelez Bootkinaree Town ?

— Trop bien, a répondu Ameli Vongsavath en appuyant sur sa pommette gauche.

— C'était il y a environ un an. Ça a dû faire les gros titres. Un gros cargo dans le port. Il n'y aurait sans doute pas la moindre équipe de récupération civile sur toute la planète, après un coup pareil.

— Alors pourquoi cacher ces mecs ? a demandé Cruickshank.

J'ai haussé les épaules.

— Pour qu'on ne les voie pas. Rien à remarquer pour la surveillance aérienne. Des corps *auraient* pu déclencher une enquête locale, à l'époque. Avant que les choses dégénèrent vraiment à Kempopolis.

— Indigo City, a corrigé Sutjiadi.

— Ouais, que Jiang ne vous entende pas l'appeler comme ça, a indiqué Cruickshank en souriant. Il m'a déjà rebattu les oreilles parce que j'avais dit que Danang était une frappe terroriste. Et pour moi, c'était un putain de compliment !

— Peu importe, ai-je coupé en roulant des yeux. Sans cadavre, c'est juste un navire de pêche que personne n'est revenu chercher. Ça n'attire pas beaucoup l'attention quand on se prépare à une révolution planétaire.

— Sauf si le bateau a été loué à Sauberville, s'est entêté Sutjiadi. Ou acheté. Ça intéresserait quand même au niveau local. Qui étaient ces types ? C'est pas le vieux chalutier de Chang, là-bas ? Tout ça… Enfin quoi, Kovacs, il n'y a que quelques dizaines de bornes.

— Aucune raison de penser que ce bateau est local. (J'ai désigné l'océan ouvert et placide.) Sur cette planète, on pourrait prendre un bateau comme ça pour venir d'aussi loin que Bootkinaree sans jamais renverser son café.

— Ouais, mais on pourrait cacher les cadavres en les collant à la cale. La surveillance aérienne ne verrait rien non plus, objecta Cruickshank. Ça ne tient pas.

Luc Deprez a fait bouger le filet. Les crânes se sont inclinés.

— On leur a retiré leur pile. On les a mis dans l'eau pour cacher le reste de leur identité. C'est plus rapide que de les laisser aux rats, je suppose.

— Ça dépend des rats.

— T'es expert en rongeurs, maintenant ?

— C'était peut-être un enterrement, proposa Ameli Vongsavath.

— Dans un *filet* ?

— On perd notre temps, a annoncé Sutjiadi. Deprez, sortez-les de là, enveloppez-les et mettez-les là à l'abri des rats. Nous ferons une autopsie avec l'autochirurgien de la *Nagini*, un peu plus tard. Vongsavath et Cruickshank, vous me ratissez le bateau d'un bout à l'autre. Je veux tout ce qui pourrait nous expliquer ce qui s'est passé ici.

— On dit de bord à bord, chef, a dit Vongsavath très sérieuse.

— Si vous voulez. Tout ce qui peut nous apprendre quelque chose. Les vêtements de ces deux-là, peut-être, ou… (Il a secoué la tête, irrité par ces nouveaux facteurs inconnus.) Tout. N'importe quoi. Allez-y. Lieutenant Kovacs, j'aimerais que vous veniez avec moi. Vérifier les défenses du périmètre.

— Bien sûr.

J'ai validé le mensonge avec un petit sourire.

Sutjiadi ne voulait pas vérifier le périmètre. Il connaissait autant que moi les antécédents de Sun et Hansen. Pas besoin de repasser derrière eux.

Il ne voulait pas voir le périmètre.

Il voulait voir la porte.

Chapitre 20

Schneider me l'avait décrite à plusieurs reprises. Wardani l'avait dessinée lors d'un moment de calme chez Roespinoedji. Un magasin d'imagerie sur Angkor Road avait généré un graphique 3D à partir du dessin de Wardani, pour le rendez-vous avec Mandrake. Plus tard, Hand avait fait établir un construct taille réelle par les machines de Mandrake, pour qu'on puisse s'y promener en virtuel.

Et rien de tout cela ne lui avait rendu justice.

Elle se dressait dans la caverne artificielle comme une vision étirée de l'école dimensionnaliste, un élément des cauchemars technomilitaires de Mhlongo ou Osupile. La structure élancée donnait l'impression d'être *repliée*, comme six ou sept chauves-souris vampires géantes d'une dizaine de mètres regroupées en une phalange défensive. Rien à voir avec l'ouverture passive que suggérait le mot « porte. » Dans la douce lumière qui filtrait par les fissures dans la roche au-dessus, le tout paraissait tapi, prêt à bondir.

La base était triangulaire, environ cinq mètres d'arête, bien que les bords inférieurs ressemblent moins à une forme géométrique qu'à une excroissance naturelle de la roche, comme les racines d'un arbre. J'avais déjà vu ce matériau dans l'architecture martienne, une surface dense, d'un noir nébuleux, qui évoquait au toucher le marbre ou l'onyx, et portait toujours une légère charge statique. Les technoglyphes étaient vert sombre et rubis, structurés en vagues étranges et irrégulières autour de la section inférieure, sans jamais s'élever à plus d'un mètre et demi du sol. Vers le haut de cette limite, les symboles paraissaient perdre de leur cohérence et de leur force – ils étaient moins épais, moins bien définis et même le style dans lequel on les avait gravés était plus hésitant. Comme si, d'après Sun, les technoscribes martiens avaient peur de travailler trop près de ce qu'ils avaient créé au-dessus.

Plus haut, la structure se repliait sur elle-même en s'élevant, créant une série d'angles complexes et de bords montants qui s'achevaient sur une courte spirale. Dans les longs creux entre les plis, les taches noires de l'alliage cédaient le pas à une transparence trouble où la géométrie paraissait continuer à se tordre d'une façon indéfinissable, et même douloureuse si on la regardait trop longtemps.

— Vous y croyez, à présent ? ai-je demandé à Sutjiadi à côté de moi.

Il ne m'a pas répondu tout de suite. Et quand il l'a fait, il avait dans la voix le même détachement que j'avais entendu dans celle de Sun Liping au travers du communicateur.

— Elle n'est pas tranquille, a-t-il dit calmement. On dirait. Un mouvement. Une rotation.

— Peut-être bien.

Sun nous avait rejoints, laissant le reste de l'équipe près de la *Nagini*. Personne n'avait paru trop tenté de passer du temps dans ou près de la caverne.

— C'est censé être un lien hyperspatial, ai-je dit en me déplaçant de côté pour éliminer l'emprise que cette géométrie étrangère paraissait avoir sur moi. Si elle entretient un certain signal jusqu'à son point de destination, alors peut-être se déplace-t-elle dans l'hyperespace, même quand elle est éteinte.

— À moins qu'elle tourne. Comme un phare.

Malaise.

Je l'ai sentie me traverser en même temps que je la voyais sur le visage de Sutjiadi. Une crispation. Déjà que nous étions coincés sur cette langue de terre sans aucun abri. Si on ajoutait que ce que nous venions chercher envoyait peut-être des signaux dans une dimension que notre espèce ne percevait pas vraiment…

— Il va nous falloir de la lumière, ici.

Le sort était rompu. Sutjiadi a cligné des paupières, fermement, et regardé les rayons de lumière qui tombaient du plafond. Ils s'estompaient de manière visible à mesure que le soir arrivait.

— On va le faire éclater, a-t-il dit.

J'ai échangé avec Sun un regard alarmé.

— Faire éclater quoi ? ai-je demandé avec prudence.

— Le rocher, a expliqué Sutjiadi avec un geste ample. La *Nagini* a une batterie frontale ultravib pour les assauts terrestres. Hansen devrait pouvoir nous dégager tout ça sans égratigner l'artefact.

Sun a toussé.

— Je ne pense pas que le commandant Hand approuvera cette idée, chef. Il m'a ordonné d'apporter quelques lampes Angier avant la nuit. Et maîtresse Wardani a demandé d'autres systèmes de monitoring à distance, pour qu'elle puisse travailler sur la porte depuis…

— Très bien, lieutenant, merci. (Sutjiadi a balayé la caverne du regard une dernière fois.) J'irai parler au commandant Hand.

Il est parti d'un pas calme. J'ai fait un clin d'œil à Sun.

— Ça, c'est une conversation que j'ai bien envie d'entendre.

De retour à la *Nagini*, Hansen, Schneider et Jiang s'occupaient de dresser le premier des préfas à installation rapide. Hand était blotti dans un coin du hayon de chargement de la navette, regardant Wardani, assise en tailleur, qui dessinait sur une tablette mémoire. Il y avait dans l'expression du cadre corpo une fascination ouverte qui le rajeunissait.

— Un problème, capitaine ? a-t-il demandé quand nous avons monté la rampe d'accès.

— Je veux que ce truc soit à l'air libre, a commencé Sutjiadi en levant le pouce par-dessus son épaule. Comme ça, nous pourrons le surveiller. Je vais demander à Hansen de raser les rochers à la vibration.

— Hors de question, a tranché Hand en reprenant son observation de l'archéologue. Nous ne pouvons pas encore risquer de tout révéler.

— Ou endommager la porte, a rappelé Wardani, cassante.

— Ou endommager la porte, a confirmé le cadre. J'ai peur que votre équipe soit obligée de travailler avec la caverne telle qu'elle est, capitaine. Je ne pense pas que cela présente le moindre risque. Les étais posés par les visiteurs précédents paraissent solides.

— J'ai vu les étais, a dit Sutjiadi. L'époxy ne remplace pas une structure permanente, mais ce n'est…

— Le sergent Hansen en a paru tout à fait satisfait, a repris Hand d'une voix urbaine mais lourde d'irritation. Mais si vous vous inquiétez, n'hésitez pas à renforcer l'arrangement actuel comme vous le jugerez bon.

— J'allais dire, reprit Sutjiadi sans se démonter, que les étais ne sont pas le problème. Je ne m'inquiète pas des risques d'éboulement. Je suis plus soucieux de ce qui se trouve dans la caverne.

Wardani a levé les yeux de son dessin.

— C'est très bien, capitaine, l'a-t-elle félicité avec bonne humeur. Vous êtes passé d'un doute poli à un souci empressé en moins de vingt-quatre heures de temps réel. Mais quel est exactement votre souci ?

Sutjiadi paraissait mal à l'aise.

— Cet artefact, a-t-il commencé… Vous dites que c'est une porte. Pouvez-vous me garantir que rien ne l'empruntera depuis l'autre côté ?

— Pas vraiment, non.

— Avez-vous la moindre idée de ce qui *pourrait* l'emprunter ?

— Pas vraiment, non, a répondu Wardani en souriant.

— Alors pardonnez-moi, maîtresse Wardani, mais il me paraît sensé, en termes militaires, de braquer les armes de la *Nagini* sur cette porte en permanence.

— Capitaine, ceci n'est pas une opération militaire, rappela Hand avec une exaspération évidente. Je pensais l'avoir bien expliqué pendant le briefing. Vous faites partie d'une entreprise commerciale, et les spécificités de notre commerce interdisent que l'artefact soit exposé à la vue aérienne, tant qu'il ne sera pas contractuellement à nous. Aux termes de la charte d'Incorporation, ce ne sera le cas que quand ce qui se trouve de l'autre côté de cette porte sera affublé d'une bouée de propriété Mandrake.

— Et si la porte décide de s'ouvrir avant que nous soyons prêts pour laisser passer quelque chose d'hostile ?

— Quelque chose d'hostile ? a fait Wardani en écartant sa tablette mémoire, apparemment amusée. Quel *genre* de chose ?

— Vous êtes en meilleure position que moi pour estimer cela, maîtresse Wardani, a répondu Sutjiadi avec raideur. Je m'inquiète simplement pour la sécurité de notre expédition.

Wardani a soupiré.

— Ce n'étaient pas des vampires, capitaine, a-t-elle commencé avec lassitude.

— Pardon ?

— Les Martiens. Ce n'étaient pas des vampires. Ni des démons. C'était juste une race technologiquement évoluée, avec des ailes. C'est tout. Il n'y a rien, de l'autre côté de ce truc… (un geste, le doigt tendu dans la direction générale de la porte)… que nous ne serons pas capables de construire nous-mêmes dans quelques milliers d'années. Si nous parvenons à garder nos instincts militaristes sous clé, bien sûr.

— Est-ce une insulte, maîtresse Wardani ?

— Prenez cela comme vous voulez, capitaine. Nous sommes tous en train de mourir d'empoisonnement aux radiations. À quelques dizaines de kilomètres dans cette direction, cent mille personnes ont été vaporisées hier. Par des soldats. (Sa voix commençait à monter et à trembler un peu.) Partout, sur environ soixante pour cent de la masse terrestre de cette planète, les chances d'une mort violente et prématurée sont excellentes. Face à des soldats. Partout ailleurs, les camps vous tuent par la faim ou les sévices si vous vous écartez de la ligne politique. Ce service nous étant *lui aussi* apporté par des soldats. Y a-t-il quelque chose que je puisse faire pour vous aider à comprendre ma vision du militarisme ?

Quand il a pris la parole, la voix de Hand était tendue, comme je ne l'avais jamais entendue. Sous la rampe, Hansen, Schneider et Jiang avaient arrêté ce qu'ils faisaient pour écouter les voix qui gagnaient en intensité.

— Maîtresse Wardani, je pense que nous nous écartons du sujet. Nous discutions sécurité.

— Vraiment ? (Wardani s'est forcée à rire, et sa voix s'est apaisée après ce bruit de crécelle.) Eh bien, capitaine... Laissez-moi vous dire que depuis les soixante-dix ans que je suis une archéologue qualifiée, je n'ai jamais trouvé la moindre preuve suggérant que les Martiens avaient quoi que ce soit de pire que ce que des hommes comme vous ont déjà déchaîné sur la surface de Sanction IV. Si l'on oublie les quelques retombées de Sauberville, vous êtes sans doute plus à l'abri ici, devant cette porte, qu'à n'importe quel autre point de l'hémisphère nord pour l'instant.

Le silence était général.

— Vous pouvez braquer les canons principaux de la *Nagini* sur l'entrée de la caverne, ai-je suggéré. L'effet sera le même. En fait, avec le monitoring à distance, ce sera même mieux. Si des monstres avec des crocs d'un demi-mètre sortent de là, on pourra leur effondrer la caverne sur la tête.

— Bien raisonné. (Apparemment détendu, Hand s'était déplacé pour se positionner dans l'ouverture, entre Wardani et Sutjiadi.) Cela me paraît être le meilleur compromis. Capitaine ?

Sutjiadi a lu la posture du cadre et compris le message. Il a salué et pivoté sur les talons. Quand il est passé à ma hauteur sur la rampe, il a levé les yeux. Il ne maîtrisait pas encore tout à fait son ancienne impassibilité, dans la nouvelle enveloppe maorie. Il paraissait trahi.

L'innocence se niche aux endroits les plus inattendus.

À la base de la rampe, son pied a accroché le cadavre d'une mouette, et il a trébuché. Il a envoyé voler la carcasse dans un nuage de sable bleu.

— Hansen, a-t-il craché. Jiang. Dégagez-moi ces saloperies de la plage. Je veux un rayon de deux cents mètres sans rien.

Ole Hansen a levé un sourcil surpris et salué avec ironie. Sutjiadi ne regardait pas – il était déjà reparti à grandes enjambées vers les vagues.

Il y avait un grave problème.

Hansen et Jiang ont utilisé les propulseurs des deux motos grav de l'expédition pour repousser les cadavres de mouettes dans une vague de vent noyée de plumes et de sang. Dans l'espace ainsi dégagé autour de la *Nagini*, le campement a rapidement pris forme, accéléré par le retour de Deprez, Vongsavath et Cruickshank. Le temps qu'il fasse nuit, cinq préfas étaient érigés sur le sable en un cercle grossier autour du vaisseau. Ils étaient de taille uniforme, couverts de caméléochrome et sans aucun signe distinctif à part le petit numéro d'illuminum au-dessus de leurs portes respectives. Chaque préfa était équipé pour loger quatre personnes, dans deux chambres à couchettes jumelles séparées par un espace central. Deux unités avaient été assemblées dans une configuration non standard, la moitié de l'espace de couchage servant de salle de réunion générale dans l'une, et de laboratoire pour Tanya Wardani dans l'autre.

C'est là que j'ai trouvé l'archéologue, toujours occupée à dessiner.

La porte du préfa était ouverte, fraîchement découpée au laser et ressoudée sur des gonds à l'époxy qui sentaient encore un peu la résine. J'ai caressé la sonnette et me suis penché à l'intérieur.

— Que voulez-vous ? a-t-elle demandé sans lever les yeux de ce qu'elle faisait.

— C'est moi.

— Je sais que c'est vous, Kovacs. Que voulez-vous ?

— Une invitation à passer le seuil.

Elle a arrêté de dessiner et a soupiré, toujours sans lever les yeux.

— Nous ne sommes plus en virtuel, Kovacs. Je…

— Je ne cherchais pas à tirer mon coup.

Elle a hésité, puis croisé mon regard sans sourciller.

— C'est aussi bien.

— Alors, je peux entrer ?

— Faites comme vous voulez.

Je me suis penché pour passer la porte et me suis dirigé vers elle, naviguant entre les feuilles de données que la bande mémoire avait débitées. Autant de variations sur un même thème : des séquences de technoglyphes annotées à la main. Sous mes yeux, elle a barré son dernier dessin.

— Ça avance ?

— Lentement, a-t-elle répondu en bâillant. Je me rappelle moins que je le pensais. Il va falloir que je refasse une partie de la config secondaire à partir de rien.

Je me suis appuyé contre un coin de la table.

— Et il y en aura pour longtemps ?

— Quelques jours, a-t-elle estimé en haussant les épaules. Et après, je teste.

— Et ça, combien de temps ?

— L'ensemble, primaires et secondaires ? Je ne sais pas. Pourquoi ? Votre moelle épinière vous gratte déjà ?

J'ai regardé par la porte ouverte les feux de Sauberville qui prêtaient une lueur rougeâtre au ciel nocturne. Sitôt après l'explosion, et si près, les éléments les plus rares seraient légion. Strontium 90, iode 131 et tous leurs amis si nombreux, comme une bande d'héritiers Harlan sous meth qui ravageraient les quais de Millsport. Avec leur veste subatomique instable comme une peau de panthère des marais, ils voudraient imposer partout leur enthousiasme ricanant, entrer partout, dans chaque cellule qu'ils pourraient foutre en l'air par leur présence tape-à-l'œil.

J'ai sourcillé malgré moi.

— Je suis curieux, voilà tout.

— Qualité admirable. Ça doit poser des problèmes, pour un soldat.

J'ai ouvert l'une des chaises pliantes du camp et me suis assis.

— Je pense que tu confonds curiosité et empathie.

— Vraiment ?

— Oui, vraiment. La curiosité est un trait de base chez les singes. Les tortionnaires en sont pleins. Ça n'en fait pas de meilleurs êtres humains pour autant.

— Vous devez savoir de quoi vous parlez.

C'était une riposte admirable. Je ne savais pas si on l'avait torturée dans le camp – dans mon explosion de colère momentanée, je ne m'en étais pas inquiété – mais elle n'a pas sourcillé.

— Pourquoi tu joues à ça, Wardani ?

— Je vous ai dit que nous n'étions plus en virtuel.

— Non.

J'ai attendu. Elle a fini par se lever et traverser le compartiment jusqu'au mur du fond, où plusieurs moniteurs affichaient les images du matériel de surveillance : la porte, sous une dizaine d'angles un peu décalés.

— Il va falloir me pardonner, Kovacs, a-t-elle dit lourdement. Aujourd'hui, j'ai vu cent mille personnes se faire tuer pour faire de la place à notre petite expédition, et je sais, je *sais* que ce n'est pas nous qui avons fait ça, mais ça tombe un peu trop bien pour que je ne me sente pas responsable. Si je vais me promener, je sais qu'il y a de petits morceaux d'eux qui flottent dans le vent. Et c'est sans compter les héros de la révolution que vous avez tués si efficacement ce matin, Kovacs. Je n'ai aucune formation pour ce genre de choses.

— Alors vous ne voulez pas parler des deux corps que nous avons repêchés dans les filets du chalutier.

— Il y a quelque chose à en dire ? a-t-elle demandé sans me regarder.

— Deprez et Jiang ont fini le passage avec l'autochirurgien. Toujours aucune idée de ce qui les a tués. Aucune trace de trauma dans la structure osseuse, et il n'y a pas grand-chose d'autre à examiner. (Je me suis approché d'elle et des moniteurs.) Il paraît que certains tests sont possibles, au niveau moléculaire, mais je pense qu'ils ne vont pas nous apprendre quoi que ce soit.

Là, elle m'a regardé.

— Pourquoi ?

— Parce que ce qui les a tués, quoi que ce soit, est en rapport avec ça. (J'ai tapé d'une phalange contre un écran montrant la porte en plan serré.) Et ça ne ressemble à rien de ce que l'un de nous a pu voir dans sa vie.

— Vous pensez que quelque chose est sorti de la porte à l'heure des sorcières ? a-t-elle demandé avec mépris. Que des vampires les ont tués ?

— *Quelque chose* les a tués, ai-je rappelé doucement. Ils ne sont pas morts de vieillesse. Leur pile a disparu.

— Ça élimine les vampires, non ? L'excision de pile est une atrocité étrangement humaine, vous ne trouvez pas ?

— Pas vraiment. N'importe quelle civilisation qui peut construire un hyperportail aurait pu être capable de digitaliser la conscience.

— Il n'y a aucune trace de cela.

— Pas même le bons sens ?

— Le bon sens ? (Le mépris était revenu dans sa voix.) Le même bon sens qui faisait dire il y a un millier d'années que, *évidemment,* le Soleil tournait autour de la Terre, il suffit de le *regarder* ? Le bon sens qui a motivé Bogdanovich à formuler sa théorie du point central ? Le bon sens est anthropocentrique, Kovacs. Il suppose que, puisque les humains sont ainsi, n'importe quelle espèce technologique intelligente aurait évolué de façon identique.

— J'ai entendu des arguments étrangement convaincants allant dans ce sens.

— Comme tout le monde, a-t-elle dit rapidement. Le bon sens pour le bon peuple, et pourquoi leur enseigner autre chose ? Et si l'éthique martienne ne permettait pas le réenveloppement, Kovacs ? Vous y avez pensé ? Et si la mort signifiait que vous vous étiez montré indigne de la vie ? Que même si on pouvait vous y ramener, vous n'aviez aucun *droit* de revenir ?

— Dans une culture technologiquement avancée ? Une culture qui voyage dans les étoiles ? C'est des conneries, Wardani.

— Non, c'est une théorie. Une éthique de prédateur en rapport avec la fonction. Formulée par Ferrer et Yoshilmoto, à Bradbury. Et pour le moment, il y a très peu d'arguments contraires.

— Vous y croyez, vous ?

Avec un soupir, elle est retournée s'asseoir.

— Bien sûr que non. J'essaie juste de vous démontrer qu'il y a plus à découvrir ici que dans nos pauvres petites certitudes distillées par la science humaine. Malgré des siècles d'étude, nous ne savons presque rien des Martiens. Ce que nous pensons savoir pourrait être démenti à tout instant, sans peine. Nous ignorons tout de la moitié des choses que nous déterrons. Nous les vendons quand même comme bibelots. À l'heure actuelle, il y doit y avoir quelqu'un à Latimer qui a accroché à son mur le secret d'un propulseur ultra-luminique. (Une pause.) À l'envers, si ça se trouve.

J'ai ri. La tension dans le préfa s'est tout de suite dissipée. Le visage de Wardani s'est fendu d'un sourire, malgré elle.

— Non, je suis sérieuse, a-t-elle repris. Ce n'est pas parce que j'ouvrirai cette porte que nous aurons le moindre contrôle dessus. On ne peut rien supposer. On ne peut pas penser en termes humains.

— Bon, très bien.

Je l'ai suivie jusqu'au centre de la pièce pour reprendre ma chaise. En fait, la pensée d'une pile humaine récupérée par une sorte de commando martien passé par la porte, la pensée que cette personne pourrait être chargée dans un virtuel martien et ce que cela pourrait faire à un esprit humain, me donnait la chair de poule. C'était une idée que j'aurais préféré ne jamais avoir.

— Mais là, c'est toi qui me fais penser à une histoire de vampire.

— Je te préviens, c'est tout.

— OK, je suis prévenu. Mais dis-moi. Combien d'archéologues connaissent ce site, en tout ?

— Outre ceux de mon équipe ? (Elle a réfléchi.) Nous l'avons enregistré auprès du traitement central de Landfall, mais avant de savoir ce que c'était. Nous l'avons déclaré comme un obélisque. Artefact de fonction inconnue, mais comme je l'ai dit, les AFI constituent la moitié des trouvailles.

— Tu sais que Hand affirme qu'il n'y a aucune trace d'un objet comme celui-ci dans le registre de Landfall.

— Oui, j'ai lu le rapport. Les fichiers ont dû se perdre.

— Ça tombe un peu trop bien. Et les fichiers se perdent peut-être, mais pas justement ceux de la plus grande découverte depuis Bradbury.

— Je te dis que nous l'avons enregistré comme un AFI. Un obélisque. Un énième obélisque. On avait déjà répertorié une dizaine de vestiges structurels sur cette côte, quand nous avons découvert la porte.

— Et personne n'a mis à jour ? Pas même quand vous avez su ce que c'était ?

— Non. (Elle m'a adressé un sourire en biais.) La Guilde m'a toujours tancée pour mes tendances à la Wycinski. Beaucoup des Gratteurs qui m'accompagnaient ont eu droit au même traitement, par association. Battus froid par les collègues, critiqués dans les journaux académiques. Le truc conformiste habituel. Quand nous avons compris ce que nous avions trouvé, nous nous sommes tous dit que la Guilde pourrait attendre qu'on lui fasse ravaler ses paroles avec panache.

— Et quand la guerre a éclaté, vous l'avez enterré pour la même raison ?

— Exactement. (Elle a haussé les épaules.) Ça peut paraître puéril, mais à l'époque nous étions tous en colère. Je ne sais pas si tu peux comprendre. Ce qu'on ressent quand chaque recherche qu'on fait, chaque théorie qu'on émet, est ridiculisée et traitée plus bas que terre parce qu'un jour, on a choisi le mauvais camp dans une dispute politique.

J'ai repensé cinq minutes aux audiences d'Innenin.

— Disons que je peux imaginer.

— Je pense… (Elle a hésité.) Je pense qu'il y avait autre chose. Tu sais, la nuit où nous avons ouvert la porte pour la première fois, nous sommes devenus fous. Une grande fête, beaucoup de produits chimiques, beaucoup de paroles. Tout le monde se voyait déjà avec une chaire de professeur à Latimer, et moi en érudite terrienne honoraire en hommage à mon travail. (Un sourire.) Je pense que j'ai même fait un discours d'acceptation. Je ne me rappelle plus très bien cette partie de la soirée. Dès le lendemain, c'était très flou.

Elle a soupiré, perdu son sourire.

— Le lendemain, nous avions de nouveau la tête à l'endroit. Il était temps de réfléchir à ce qui allait vraiment se passer. Nous savions que si nous enregistrions la découverte, nous perdrions le contrôle. La Guilde enverrait un maître avec toutes les affiliations politiques convenables pour diriger le projet. Et on nous renverrait chez nous avec une petite tape dans le dos. Oh, on nous aurait laissé sortir du désert académique, mais à quel prix ? On pourrait publier, mais seulement après une correction extensive, pour être sûr qu'il n'y avait pas trop de Wycinski dans le texte. Il y aurait du travail, mais pas indépendant. Des « consultations »... Bah ! Des consultations sur les projets de quelqu'un d'autre. On nous paierait bien, mais uniquement pour nous faire taire.

— C'est mieux que de ne pas être payé du tout.

Une grimace.

— Si je voulais travailler comme deuxième pelle pour un politicard au visage tout lisse, avec la moitié de mon expérience et de mes qualifications, je serais allée dans les plaines comme tout le monde. Si je me trouvais ici, c'est que je voulais un site bien à moi. Je voulais une chance de prouver que ce en quoi je croyais était vrai.

— Les autres avaient une motivation aussi forte que toi ?

— À la fin, oui. Au début, ils m'ont suivie parce qu'ils avaient besoin de travailler, et qu'à l'époque personne d'autre ne prenait de Gratteurs. Mais quelques années à vivre dans le mépris, ça change son homme. Et ils étaient jeunes, pour la plupart. Ça donne de l'énergie à la colère.

J'ai hoché la tête.

— Est-ce que ça pourrait être eux, dans les filets ?

— Sans doute, a-t-elle confirmé en détournant le regard.

— Combien étaient-ils dans l'équipe ? Des gens qui auraient pu revenir et ouvrir la porte ?

— Je ne sais pas. Il devait y en avoir cinq ou six avec une qualification de la Guilde, dont deux ou trois qui auraient sans doute pu faire ça. Aribowo. Weng, peut-être. Techakiengkrai. Ils étaient tous bons. Mais seuls ? À travailler à rebours d'après nos notes prises ensemble ? (Elle a secoué la tête.) Je ne sais pas, Kovacs. C'était… une autre époque. Une équipe. Je n'ai aucune idée de la façon dont ces gens se comporteraient dans des circonstances différentes. Kovacs, je ne sais même pas si moi, je vais assurer.

Souvenir d'elle sous la chute d'eau. Injuste, hors sujet. Il s'est replié dans mon estomac. J'ai cherché à tâtons le fil de ma pensée.

— Eh bien, ils ont des fichiers ADN dans les archives de la Guilde à Landfall.

— Oui.

— Et nous pourrons faire un test ADN avec les os…

— Oui, je *sais*…

— Mais il va être difficile d'accéder aux données de Landfall depuis ici. Et pour être honnête, je ne vois pas à quoi ça servirait. Peu importe qui ils sont. Je veux juste savoir comment ils se sont retrouvés dans le filet.

Elle a frissonné.

— Si c'est bien eux… Je ne veux pas savoir de qui il s'agit, Kovacs. Je peux m'en passer.

J'ai pensé tendre la main vers elle, briser le petit espace entre nos deux chaises, mais, assise là, elle paraissait soudain aussi maigre et repliée que ce que nous venions ouvrir. Je ne voyais aucun point sur son corps où mon contact ne serait pas violent, intrusif, ouvertement sexuel ou juste ridicule.

Le moment est passé. Est mort.

— Je vais dormir, ai-je dit en me levant. Tu devrais sans doute faire pareil. Sutjiadi va vouloir commencer à l'aube.

Elle a vaguement hoché la tête. Son attention s'était détournée de moi. Elle devait contempler son propre passé, de face, brutal.

Je l'ai laissée seule au milieu de l'océan de croquis déchirés.

Chapitre 21

Je me suis réveillé à moitié dans le brouillard. À cause des radiations, ou des produits que j'avais pris pour retarder leurs effets. Une lumière grise filtrait par la fenêtre de la chambre, et un rêve qui tente de s'enfuir, à moitié aperçu…

Vois-tu, loup Impacteur ? Vois-tu ?

Sémétaire ?

Je l'ai perdu au son d'un brossage de dents énergique dans l'alcôve qui servait de salle de bains. En tournant la tête, j'ai vu Schneider se sécher les cheveux d'une main tandis que l'autre pressait une brosse électrique contre ses gencives.

— Chalut, a-t-il dit avec des bulles.

— Salut. (Je me suis redressé.) Quelle heure est-il ?

— Chinq heures et des pouchières. (Il a haussé les épaules comme pour s'excuser et s'est retourné pour cracher dans le lavabo.) Je préférerais dormir, mais Jiang est dehors à sauter partout en pleine frénésie d'arts martiaux, et j'ai le sommeil léger.

J'ai dressé l'oreille. Derrière le rabat de toile synthétique, le neurachem m'a permis d'entendre un souffle lourd, des vêtements lâches qui claquent à plusieurs reprises.

— Putain de malade, ai-je grogné.

— Eh, il est en bonne compagnie, sur cette plage. Je croyais que ça faisait partie des critères. La moitié des gens que tu as recrutés sont des malades.

— Ouais, mais apparemment, Jiang est le seul insomniaque.

Je me suis relevé, fronçant les sourcils en sentant le temps qu'il fallait à l'enveloppe de combat pour se mettre en branle. C'était peut-être contre ça que Jiang se battait. L'endommagement d'une enveloppe n'est jamais un moment facile, même quand il se manifeste doucement. Rappel de mortalité éventuelle. Même avec les petits problèmes de l'âge, le message est clair comme de l'eau de roche. Temps imparti limité. Bip. Bip.

Coup-clac!

—*Kyaiiii!*

—Bon, d'accord. (Je me suis frotté les yeux avec le pouce et l'index.) Je suis debout. Tu as fini avec la brosse?

Schneider m'a tendu la brosse à dents. J'ai pris une nouvelle tête au distributeur, allumé l'appareil et me suis glissé dans l'alcôve.

Hello, le soleil brille.

Le temps que je sorte dans l'espace commun du préfa, habillé et relativement lucide, Jiang s'était un peu calmé. Il se tenait campé sur place, ondulant d'un côté et de l'autre, et tissant autour de lui un motif lent de configurations défensives. La table et les chaises avaient été écartées pour faire de la place, et la porte d'entrée était fixée en position ouverte. La lumière inondait l'intérieur, bleutée par le sable.

J'ai sorti du distributeur une canette de cola amphétaminé militaire, tiré la languette et bu tout en le regardant.

—Vous voulez me dire quelque chose? a demandé Jiang, tournant la tête dans ma direction après une ample parade du bras droit.

Dans la nuit, il avait rasé les épais cheveux de son enveloppe maorie, ne laissant qu'une brosse de deux centimètres. Le visage ainsi dévoilé était épais et dur.

—Vous faites ça tous les matins?

—Oui.

La syllabe était tendue. Blocage, contre-attaque, parties et sternum. Il était très rapide quand il le voulait.

— Impressionnant.

— Nécessaire.

Un autre coup fatal, sans doute à la tempe, et porté au milieu d'une combinaison de blocages qui annonçaient la retraite. Très beau.

— Chaque compétence doit être travaillée. Chaque acte, répété. Une lame n'est une *lame* que quand elle coupe.

— Hayashi, ai-je apprécié en hochant la tête.

Les mouvements ont ralenti d'un iota.

— Vous l'avez lu ?

— Je l'ai rencontré, une fois.

Jiang s'est arrêté pour me regarder, suspicieux.

— Vous avez *rencontré* Toru Hayashi ?

— Je suis plus vieux que j'en ai l'air. On nous avait déployés ensemble sur Adoracion.

— Vous êtes Diplo ?

— J'étais.

Il a paru hésiter sur la suite de la conversation. Je me suis demandé s'il me croyait. Puis il a ramené ses bras devant sa poitrine, le poing droit dans la paume gauche. Il s'est légèrement incliné.

— Takeshi-san, si je vous ai offensé hier en parlant de la peur, je vous présente mes excuses. Je suis un idiot.

— Pas de problème. Ça ne m'a pas gêné. Nous gérons tous la peur d'une façon différente. Vous comptez prendre un petit déjeuner ?

Il a désigné la table qu'il avait écartée, le long du mur. Il y avait des fruits frais empilés dans un bol peu profond, et ce qui ressemblait à du pain complet.

— Je peux me joindre à vous ?

— J'en serais… honoré.

Nous étions encore en train de manger quand Schneider est revenu de ce qu'il faisait depuis vingt minutes.

— Réunion dans le préfa principal, a-t-il dit par-dessus son épaule, retournant dans la chambre.

Il est ressorti une minute plus tard.

— Un quart d'heure. D'après Sutjiadi, il faudrait que tout le monde soit là.

Et il est reparti.

Jiang était presque sur ses pieds quand j'ai tendu la main pour lui faire signe de se rasseoir.

— Du calme. Il a dit un quart d'heure.

— J'aimerais me doucher et me changer, a dit Jiang, un peu raide.

— Je lui dirai que tu arrives. Finis ton petit déjeuner, bon sang. Dans quelques jours, tu seras malade à l'idée d'avaler de la nourriture. Profite du goût tant que tu peux.

Il s'est rassis avec une expression étrange.

— Takeshi-san, puis-je vous poser une question ?

— Pourquoi je ne suis plus chez les Diplos ? (J'ai lu la confirmation dans ses yeux.) Disons que c'était une révélation éthique. J'étais à Innenin.

— J'en ai lu un témoignage.

— Toujours Hayashi ? (Il a hoché la tête.) Oui. Son récit est assez bon, mais il n'y était pas. C'est pour ça que tout paraît si ambigu, chez lui. Il ne se sentait pas le droit de juger. J'y étais, et je suis tout à fait bien placé pour juger. Ils nous ont niqués. Personne ne sait si c'était *volontaire* ou pas, mais crois-moi, ça n'a aucune importance. Mes amis sont morts – je te parle de Vraie Mort – pour rien. Voilà ce qui compte.

— Pourtant, en tant que soldat, vous devez…

— Jiang, je ne veux pas te décevoir, mais j'essaie de ne plus me considérer comme un soldat. Histoire d'évoluer.

— Alors comment vous considérez-vous ? (Sa voix était restée polie, mais son attitude s'était faite plus tendue ; il ne mangeait plus.) Comment avez-vous *évolué* ?

J'ai haussé les épaules.

— Difficile à dire. Quelque chose de meilleur, en tout cas. Un tueur à gages ?

Ses yeux ont lancé des éclairs. J'ai soupiré.

— Désolé si cela te vexe, Jiang, mais c'est la vérité. Comme la plupart des soldats, tu ne veux sans doute pas l'entendre. Quand on met un uniforme, on abandonne en fait le droit de prendre une décision indépendante sur l'univers et la relation qu'on a avec lui.

— C'est du *quellisme*.

Il a presque reculé de la table en prononçant le mot.

— Peut-être. Ça n'en est pas moins vrai.

Je ne savais pas trop pourquoi je parlais de tout ça. Peut-être à cause de son calme de ninja, de la façon dont je crevais d'envie de le faire voler en éclats. À moins que ce soit d'avoir été réveillé tôt par sa danse de mort si contrôlée.

— Jiang, que feras-tu si tes officiers t'ordonnent de larguer des bombes plasma sur un hôpital plein d'enfants ?

— Il est des actions…

— Non ! (La force de ma voix m'a surpris.) Les soldats ne font pas ce genre de choix. Regarde par la fenêtre, Jiang. Dans le truc noir que tu vois voleter par ici, il y a une fine couche de graisse qui était humaine, avant. Des hommes, des femmes, des enfants, tous vaporisés par un soldat qui avait des ordres d'un officier supérieur. Parce qu'ils gênaient.

— C'était une action kempiste.

— Oh, je t'en *prie*…

— Je n'exécuterais pas un…

— Alors tu n'es plus un soldat, Jiang. Les soldats suivent les ordres, quels qu'ils soient. Dès que tu refuses un ordre, tu n'es plus un soldat. Tu es un tueur à gages qui tente de renégocier son contrat.

Il s'est levé.

— Je vais me changer, a-t-il dit froidement. Veuillez présenter mes excuses au capitaine Sutjiadi pour mon retard.

— Bien sûr. (J'ai prix un kiwi sur la table et j'ai mordu dans la peau.) À tout à l'heure.

Je l'ai regardé partir dans l'autre chambre, puis me suis levé de table pour enfin sortir au grand jour. L'amertume duveteuse de la peau du kiwi emplissait encore ma bouche.

Dehors, le camp prenait vie, peu à peu. En chemin vers le préfa de réunion, j'ai aperçu Ameli Vongsavath accroupie sous l'un des pieds de la *Nagini* tandis qu'Yvette Cruickshank l'aidait à écarter une partie du système hydraulique pour inspection. Wardani dormait dans son labo, et les trois autres filles partageaient un préfa, par accident ou par volonté. Aucun des hommes de l'équipe ne s'était porté candidat au quatrième lit.

Cruickshank me fit signe en m'apercevant.

— Vous avez bien dormi ? ai-je crié.

— Comme une morte ! a-t-elle répondu en souriant.

Hand attendait à la porte du préfa de réunion, rasé de près, treillis caméléochrome immaculé. Il y avait un léger parfum d'épices dans l'air, qui provenait peut-être de ses cheveux. Il ressemblait tellement à une publicité pour une école d'officiers que j'aurais aussi bien pu lui dire bonjour que lui tirer dans la tête avec plaisir.

— Bonjour.

— Bonjour, lieutenant. Bien dormi ?

— Pas assez, surtout.

À l'intérieur, les trois quarts de la place étaient consacrés à la salle de réunion, et le reste réservé à l'usage de Hand. Dans l'espace de réunion, une dizaine de chaises équipées de tablettes mémoire avaient été disposées en un cercle approximatif, et Sutjiadi préparait sur le projecteur de cartes une image de la plage et des environs, de la taille d'une table environ. Il y ajoutait des légendes et prenait des notes sur la tablette de sa chaise. Il a levé les yeux à mon entrée.

— Kovacs, très bien. Si vous n'avez pas d'objections, je vais vous envoyer en patrouille moto avec Sun, ce matin.

— Super, une balade, ai-je répondu en bâillant.

— Ce n'est pas tout à fait le but de la manœuvre. Je veux disposer un deuxième périmètre de surveillance, à quelques kilomètres. Ça nous donnera un meilleur temps de réaction. Et pendant que Sun sera là-bas, elle sera sans défense. Donc, vous prenez la tourelle. Je vais demander à Hansen et Cruickshank de commencer par le nord, et de revenir vers les terres. Avec Sun, vous irez au sud. Vous ne serez pas trop à l'ouest ? a-t-il ajouté avec un petit sourire.

J'ai hoché la tête.

— De l'humour ? ai-je relevé en tirant une chaise pour m'y laisser tomber. Vous devriez faire attention, Sutjiadi. Ça devient vite une habitude.

Sur les versants face à la mer de Dangrek, la dévastation de Sauberville était encore plus visible. La boule de feu avait creusé une cavité dans l'extrémité incurvée de la péninsule, et changé toute la forme de la côte. Autour du cratère, la fumée montait toujours vers le ciel, lentement, lentement… Mais d'en haut, on voyait la myriade de petits feux qui alimentaient le tout, un rouge sombre comme les marqueurs utilisés pour indiquer les points d'attaque potentiels sur une carte politique.

Des immeubles, de la ville elle-même, il ne restait rien.

— Il faut reconnaître, ai-je dit surtout pour le vent qui venait de la mer, que Kemp ne s'embarrasse pas d'une prise de décision collégiale. Avec lui, il n'y a pas de vision d'ensemble. Dès qu'il a l'air de perdre, boum ! Il invoque le feu céleste.

— Pardon ? (Sun Liping était encore captivée par les entrailles du système-sentinelle que nous venions de poser.) Vous me parlez ?

— Pas vraiment.

— Alors vous parliez tout seul ? (Ses sourcils se sont froncés sur son travail.) C'est mauvais signe, Kovacs.

J'ai grogné, et un peu bougé dans la selle de l'artilleur. La moto grav était béquillée un peu de travers sur l'herbe sauvage, les Sunjet légèrement baissés pour maintenir un niveau égal sur l'horizon à l'intérieur des terres.

— Bon, c'est fait.

Sun a refermé la trappe d'inspection et s'est redressée, regardant la tourelle osciller, se rétablir comme saoule, et se tourner vers les montagnes. Elle s'est stabilisée quand la batterie ultravib a émergé de la carapace supérieure, comme si elle se rappelait tout à coup son but dans la vie. Le système hydraulique l'a calée en position accroupie, cachant le gros de son corps à toute personne qui arriverait par ce côté-ci. Un senseur s'est déplié sous le canon. Toute la machine ressemblait terriblement à une grenouille affamée et tapie pour goûter l'air d'une patte avant particulièrement squelettique.

J'ai enclenché le micro de contact avec le menton.

— Cruickshank, ici Kovacs. Vous m'écoutez ?

— Vous ne voulez pas que je vous fasse autre chose ? a-t-elle rétorqué, laconique. Vous en êtes où, Kovacs ?

— On a planté le numéro six. On passe au site cinq. On devrait bientôt vous avoir en visuel. Pensez bien à garder vos signaux lisibles.

— Relax, OK ? C'est comme ça que je gagne ma vie.

— Ça ne vous a pas aidé à la garder la dernière fois, hein ? Je l'ai entendue grogner.

— Chapeau bas, mec. Chapeau bas. Et toi, combien de fois t'es mort, Kovacs ?

— Quelques-unes, ai-je admis.

— Alors ta gueule, a-t-elle conclu avec une dérision évidente.

— Je te vois tout à l'heure, Cruickshank.

— Sauf si je te mets en joue d'abord. Terminé.

Sun est remontée sur la moto.

— Elle vous aime bien, a-t-elle dit par-dessus son épaule. Juste pour info, Ameli et moi avons passé presque toute la nuit à écouter ce qu'elle vous ferait dans une capsule de secours verrouillée.

— C'est bon à savoir. Et elle ne vous a pas fait jurer le secret ?

Sun a allumé les moteurs, et le bouclier antivent nous a enveloppés.

— À mon avis, elle comptait sur l'une de nous deux pour vous en parler le plus tôt possible. Sa famille vient des Limon Highlands sur Latimer. Et d'après ce qu'on m'a dit, les filles des Limon n'y vont pas par quatre chemins quand elles veulent se faire enficher. Ce sont ses termes, je tiens à le préciser.

J'ai souri.

— Bien sûr, il va falloir qu'elle se dépêche, a continué Sun en s'occupant des contrôles. Dans quelques jours, aucun de nous n'aura plus la moindre libido.

J'ai perdu mon sourire.

Nous avons décollé et nous nous sommes laissé flotter le long de la crête, côté mer. La moto grav était confortable, malgré le lest qu'on avait emporté, et avec l'écran antivent, la conversation était facile.

— Vous pensez que l'archéologue peut vraiment ouvrir la porte, comme elle le prétend ?

— Si quelqu'un le peut, c'est elle.

— Si quelqu'un le peut, a-t-elle répété, pensive.

J'ai songé aux réparations psychodynamiques que j'avais opérées sur Wardani, le paysage intérieur meurtri que j'avais dû mettre à nu, le pelant comme un pansement sali, collé à la chair. Et là, au centre, le noyau dur qui lui avait permis de survivre à toutes les blessures.

Elle avait pleuré à l'ouverture, mais pleuré les yeux ouverts, comme quelqu'un qui lutte contre la fatigue, clignant des yeux pour chasser les larmes, les poings crispés à ses côtés, les dents serrées.

Je l'ai réveillée, mais c'est elle qui s'était ramenée.

— Rectification. Elle en est capable. Aucun doute.

— Vous faites preuve d'une foi remarquable. (La voix de Sun ne trahissait aucune critique.) Étrange, chez un homme qui travaille si dur à s'enterrer sous le poids de l'incrédulité.

— Ce n'est pas de la foi, ai-je dit rapidement. C'est du savoir. La nuance est de taille.

— Et pourtant, j'ai cru comprendre que le conditionnement diplo fournissait des intuitions qui convertissent aisément l'une en l'autre.

— Qui vous a dit que j'avais été diplo ?

— C'est vous. (Cette fois, j'ai cru détecter un sourire dans la voix de Sun.) Enfin, vous l'avez dit à Deprez, et j'écoutais.

— Très fin de votre part.

— Merci. Mes renseignements sont exacts ?

— Pas vraiment, non. Où avez-vous entendu dire ça ?

— Ma famille vient de Hun. Là-bas, nous avons un nom chinois pour les Diplos. (Elle a lâché une courte séquence de syllabes chantantes.) Ça veut dire « Celui qui transforme la Croyance en Fait ».

J'ai grogné. J'avais entendu le même genre de truc sur New Beijing quelques dizaines d'années plus tôt. La plupart des cultures coloniales ont bâti des mythes sur les Diplos à un moment ou un autre.

— Ça n'a pas l'air de vous impressionner.

— Eh bien, c'est une mauvaise traduction. Les Diplos ont juste un système pour améliorer leur intuition. Vous savez. Vous voulez sortir, il fait beau mais vous prenez quand même votre blouson, sur un coup de tête. Un peu plus tard, il pleut. Pourquoi ?

— La chance ? a-t-elle fait en regardant par-dessus son épaule, un sourcil relevé.

— Ça peut être ça. Mais il y a plus de chances pour que ça vienne des systèmes, dans votre corps et votre esprit, qui mesurent votre environnement sans que vous en ayez conscience, et parviennent de temps en temps à faire remonter l'info jusqu'au programme du surmoi. L'entraînement de Diplo se sert de ça et le raffine, pour que votre surmoi et votre inconscient s'entendent un peu mieux. Rien à voir avec la croyance, c'est juste une… Une impression sous-jacente. On fait le rapprochement, et de là on peut assembler un modèle grossier de la vérité. Par la suite, on peut revenir en arrière et remplir les trous. Les détectives les plus doués font ça depuis des siècles sans aucune aide. C'est juste une version boostée.

Soudain, j'en avais marre des mots qui me sortaient de la bouche. Les termes ronflants des spécifications humaines derrière lesquelles on pouvait se protéger pour oublier le métier qu'on fait.

— Mais dites-moi, Sun. Comment vous êtes-vous retrouvée ici, en venant de Hun ?

— Ce sont mes parents qui sont de là-bas. Ils étaient analystes en biosystèmes, free-lances. Ils se sont fait injecter ici quand les coopératives de Hun ont acheté la colonisation de Sanction IV. Leurs personnalités, je veux dire. Directement dans des clones fabriqués sur mesure à partir de souches chinoises sur Latimer. Tout cela était dans le contrat.

— Ils sont encore ici ?

Elle a voûté les épaules.

— Non. Ils sont partis à la retraite sur Latimer il y a plusieurs années. Le contrat de colonisation payait très bien.

— Vous n'avez pas voulu partir avec eux ?

— Je suis née sur Sanction IV. C'est chez moi, ici. (Sun a reporté son attention sur moi.) J'imagine que vous avez du mal à comprendre ce genre de choses.

— Pas vraiment. J'ai vu de pires endroits où se sentir chez soi.

— Vraiment ?

— Bien sûr. Sharya, par exemple. *À droite ! Tournez à droite !*

La moto a plongé et basculé sur le côté. Magistrale réaction de Sun dans sa nouvelle enveloppe. J'ai bougé sur ma selle, parcourant le paysage des yeux. Mes mains se sont posées sur les poignées des Sunjet montés et les ont amenés en position manuelle. En mouvement, ils ne servaient pas à grand-chose en tant qu'armes automatiques s'ils n'avaient pas une programmation très fine. Et faute de temps...

— Il y a quelque chose qui se déplace par là-bas. (J'ai enclenché le micro.) Cruickshank, on a du mouvement par ici. Vous voulez vous joindre à nous ?

— On arrive. Gardez vos signaux.

— Vous le voyez ? a demandé Sun.

— Si je le voyais, j'aurais tiré. Et le radar ?

— Rien pour l'instant.

— Oh, super.

— Je crois...

Nous avons passé la crête d'une colline, et la voix de Sun lui est revenue, jurant apparemment en mandarin. Elle a fait un demi-tour sur place, montant à un mètre de plus au-dessus du sol. En regardant par-dessus son épaule, j'ai aperçu ce que je cherchais.

— Qu'est-ce que c'est que cette *merde* ? ai-je murmuré.

À une autre échelle, j'aurais pu me dire que j'avais sous les yeux un nid récent de vers de bio-ingénierie utilisés pour nettoyer les blessures. La masse grise qui se tordait sur l'herbe, en dessous de nous, avait la même consistance grise humide et le même mouvement autoréférentiel. Comme un million de paires de mains microscopiques qui se laveraient entre elles. Mais il y aurait eu assez de vers pour toutes les blessures infligées sur Sanction IV au cours du mois précédent. Nous avions devant nous une sphère d'activités de plus d'un mètre de diamètre, roulant doucement sur la colline comme un ballon de gaz. Là où l'ombre de la moto l'a touchée, des bosses se sont formées sur la surface et ont monté, éclatant comme des ampoules avec un petit plop, et retombant dans la substance du corps.

— Regardez, a dit Sun. Ça nous aime.

— Mais qu'est-ce que c'est que cette merde ?

— Je ne savais déjà pas la première fois.

Elle a fait remonter la pente à la moto, et nous a posés. J'ai abaissé les fûts de décharge des Sunjet pour me concentrer sur notre nouvel ami.

— Vous pensez qu'on est assez loin ?

— Ne vous inquiétez pas, ai-je dit d'un air sombre. Si ça n'a qu'un frisson dans notre direction, je l'éparpille par principe. Quoi que ce soit.

— Ça me paraît assez primaire.

— Je sais, je fréquente trop Sutjiadi.

La chose paraissait calmée à présent que notre ombre ne touchait plus sa surface. La reptation interne continuait, mais il n'y avait aucun signe de mouvement latéral dans notre direction. Je me suis appuyé sur l'axe du Sunjet, me demandant rapidement si nous n'étions pas revenus dans le construct de Mandrake, face à une autre dysfonction de probabilité, comme le nuage gris qui avait masqué le sort de Sauberville.

Un bourdonnement bas m'est parvenu aux oreilles.

— Voilà le reste de l'équipe.

J'ai regardé la crête au nord, repéré l'autre moto et fait un gros plan neurachem. Les cheveux de Cruickshank flottaient au vent depuis son perchoir de mitrailleuse. Ils avaient réduit l'antivent à un cône de pilote pour gagner en vitesse. Hansen pilotait penché en avant, concentré. J'ai été surpris du soulagement et de la douce chaleur ressentis en les voyant arriver.

Gènes de loup, ai-je remarqué, irrité. *On ne se refait pas.*

Bon vieux Carrera, il n'en rate jamais une, le vieux salaud.

— On devrait envoyer ça à Hand, a dit Sun. Les archives du Cartel sauront peut-être de quoi il s'agit.

La voix de Carrera m'a traversé l'esprit.

Le Cartel a déployé…

J'ai reporté mon regard sur la masse grise ondulante.

Putain.

Hansen a arrêté sa moto à côté de la nôtre, sans lâcher les poignées. Il a froncé les sourcils.

— Qu'est-ce…

— On ne sait pas ce que c'est, a coupé Sun.

— Oh, que si !, ai-je protesté.

Chapitre 22

Hand regardait encore l'image, impassible, longtemps après que Sun avait pausé le film. Plus personne à part lui ne regardait l'holo-affichage. Assis dans le cercle, ou debout dans le préfa, tout le monde le regardait.

— Nanotech, non ? a demandé Hansen pour tout le monde.

Hand a opiné. Son visage était un masque, mais pour les sens affinés de Diplo que j'avais déployés, la colère émanait de lui par vagues.

— Nanotechs *expérimentaux*, ai-je précisé. Je croyais que c'était une histoire habituelle, destinée à faire peur, Hand ? Rien à craindre.

— C'est généralement le cas, a-t-il confirmé d'un ton égal.

— J'ai déjà travaillé avec des nanosystèmes militaires, a dit Hansen. Mais je n'ai jamais rien vu de pareil.

— Non, ça ne m'étonne pas. (Hand s'est un peu détendu et s'est penché en avant pour désigner l'holo-affichage.) C'est tout nouveau. Ce que vous voyez ici est une configuration nulle. Les nanobes n'ont aucune programmation spécifique à suivre.

— Alors que font-ils ? demanda Ameli Vongsavath.

Hand parut surpris.

— Rien. Ils font rien, maîtresse Vongsavath. Exactement rien. Ils se nourrissent des radiations de l'explosion, se reproduisent à un rythme modéré, et… existent. Ce sont les seuls paramètres intégrés.

— Ça paraît tout à fait inoffensif, a dit Cruickshank d'un air de doute.

— Inoffensif, certainement, dans l'état actuel des choses. (Hand a appuyé sur un bouton de sa tablette. L'image a disparu.) Capitaine, je pense qu'il vaut mieux laisser cela de côté pour l'instant. Ai-je raison de supposer que les senseurs que nous avons montés nous informeraient à l'avance de tout développement imprévu ?

Sutjiadi a froncé les sourcils.

— Tout ce qui bouge, on le verra. Mais…

— Excellent. Alors nous devrions nous remettre au travail.

Un murmure a parcouru le cercle du briefing. Quelqu'un a lâché un rire désabusé. Sutjiadi a ordonné le silence d'une voix glaciale. Hand s'est relevé et a poussé la porte de ses quartiers. Ole Hansen a tendu le menton dans la direction du cadre, et une vague de murmures d'assentiment a éclaté. Sutjiadi a repris son glacial *Vos gueules !* et commencé à distribuer les affectations.

J'ai attendu que ça passe. Les membres de l'équipe Dangrek sont sortis par un ou par deux, les derniers pressés par Sutjiadi. Tanya Wardani a marqué un temps d'arrêt à côté de la porte et m'a regardé. Mais Schneider lui a murmuré quelque chose à l'oreille, et ils ont suivi le mouvement. Sutjiadi m'a lancé un regard noir en voyant que je restais, mais il est sorti. J'ai attendu quelques minutes de plus, puis me suis levé et avancé jusqu'à la porte des quartiers de Hand. En sonnant, je suis entré.

Hand était étendu sur son lit, fixant le plafond. C'est tout juste s'il a regardé dans ma direction.

— Que voulez-vous, Kovacs ?

J'ai déplié une chaise et me suis assis.

— Eh bien, un peu moins de poudre aux yeux, ce serait un bon début.

— Je ne crois pas avoir menti ces derniers temps. Et croyez-moi, j'essaie de m'en souvenir.

— Vous n'avez pas non plus dit la vérité. En tout cas pas aux troufions. Et c'est une erreur, dans les Opérations spéciales. Ceux-là ne sont pas idiots, vous savez.

— Non, ils ne sont pas idiots, a-t-il reconnu avec le détachement d'un botaniste nommant ses espèces. Mais ils sont payés. Ce qui revient au même. Voire, ce qui est encore mieux.

J'ai examiné le tranchant de ma main.

— Moi aussi, j'ai été payé. Ça ne m'empêchera pas de vous arracher la gorge si je me rends compte que vous vous foutez de moi.

Silence. Si la menace le dérangeait, ça ne se voyait pas.

— Bien, ai-je fini par dire. Vous allez me dire ce qui se passe avec ces nanotechs ?

— Il ne se *passe* rien. Ce que j'ai dit à maîtresse Vongsavath était exact. Les nanobes sont en configuration nulle parce qu'ils font du *rien*.

— Allez, Hand. S'il n'y a que ça, qu'est-ce qui vous chiffonne à ce point ?

Il a regardé le plafond du préfa un moment. Il paraissait fasciné par la bordure gris terne. J'étais sur le point de me lever pour le tirer hors du lit, mais quelque chose dans mon conditionnement diplo m'a forcé à rester immobile. Hand faisait un effort.

— Vous savez ce qu'il y a de bien, dans une guerre comme celle-ci ? a-t-il murmuré.

— Ça empêche la population de trop réfléchir ?

Un sourire a flotté sur ses lèvres.

— Le potentiel d'innovation.

Cette déclaration a paru lui donner une énergie soudaine. Il a posé les pieds par terre et s'est assis, les coudes sur les genoux, les mains jointes. Son regard s'est vrillé au mien.

— Que pensez-vous du Protectorat, Kovacs ?

— Vous plaisantez, hein ?

Il a secoué la tête.

— Je ne joue pas. Je ne vous tends aucun piège. Que représente le Protectorat, pour vous ?

— *L'étreinte squelettique de la main d'un cadavre autour d'œufs en train d'éclore ?*

— Très lyrique, mais je ne vous demandais pas une citation de Quell. J'ai demandé ce que *vous* pensiez.

— Je pense qu'elle avait raison, ai-je répondu en haussant les épaules.

Hand a hoché la tête.

— Oui, a-t-il dit simplement. Elle avait raison. La race humaine a colonisé les étoiles. Nous avons pour cela sillonné l'intérieur d'une dimension qui échappe à nos sens. Nous avons construit des sociétés sur des mondes si distants que nos vaisseaux les plus rapides mettraient un demi-millénaire pour aller d'un bout de notre sphère d'influence à l'autre. Et vous savez comment nous avons réussi tout cela ?

— Je crois que j'ai déjà entendu ce discours.

— Ce sont les corporations qui ont tout fait. Pas les gouvernements, ni les politiciens. Pas cette plaisanterie de Protectorat à qui tout le monde fait de la lèche. La planification des corpos nous a donné une vision, et c'est l'investissement des corpos qui a financé sa construction, par des employés corpo.

— Hourra pour les corporations !

J'ai applaudi, cinq ou six fois. Hand m'a ignoré.

— Et quand nous avons eu fini, que s'est-il passé ? Les Nations unies sont arrivées pour nous museler. Elles ont repris les pouvoirs qu'elles nous avaient accordés pour la diaspora. Elles ont de nouveau levé leurs impôts, réécrit leurs protocoles. Elles nous ont *castrés*.

— Vous me fendez le cœur, Hand.

— Kovacs, vous n'êtes pas drôle. Avez-vous la moindre idée des avancées technologiques qui pourraient être les nôtres sans cela ? Savez-vous à quel point nous étions rapides pendant la diaspora ?

— J'en ai lu quelques comptes rendus.

— Dans le vol spatial, dans la cryogénie, dans la bioscience, dans l'intelligence machine. (Il les comptait sur ses doigts.) Un siècle d'avancées en moins de dix ans. Un rush de tetrameth global pour toute la communauté scientifique. Et tout s'est arrêté avec les protocoles du Protectorat. Nous aurions des transports plus rapides que la lumière, maintenant, s'ils ne nous avaient pas arrêtés. Garanti.

— Facile à dire. Je pense que vous omettez quelques détails historiques gênants, mais peu importe. Vous voulez me dire que le Protectorat a de nouveau modifié le protocole pour vous, juste pour que vous puissiez gagner cette petite guerre à la vitesse ?

— En gros, oui. (Ses mains ont dessiné des formes dans l'air entre ses genoux.) Ce n'est pas officiel, bien sûr. Pas plus que ces croiseurs lourds du Protectorat, qui ne sont absolument pas à proximité de Sanction IV. Mais officieusement, tous les membres du Cartel ont un mandat pour inciter au développement de tout produit en rapport avec la guerre. Par tous les moyens nécessaires.

— Et c'est cela qui patauge par là-bas. Des nanomachins disposant de tous les moyens nécessaires ?

Hand a serré les lèvres.

— IVE. Un système de nanobes intelligent à vie ephémère.

— Ça paraît prometteur. Et ça fait quoi ?

— Je ne sais pas.

— Vous vous f…

— Non. (Il s'est penché en avant.) Je ne sais *pas*. Personne ne sait. C'est une nouvelle direction. On appelle ça un nanosystème réactif à l'environnement, programme ouvert. N-REPO.

— Le programme REPO ? C'est trop mignon… Et c'est une arme ?

— Bien sûr.

— Comment elle fonctionne ?

— Kovacs, vous n'écoutez pas ce qu'on vous dit. (Il y avait un enthousiasme sinistre qui montait dans sa voix.) C'est un système d'évolution. D'évolution *intelligente*. Personne ne sait ce que ça donne. Imaginez ce qui aurait pu se passer sur Terre si les molécules d'ADN avaient eu un semblant d'intelligence – imaginez à quelle vitesse l'évolution aurait pu nous mener ici. À présent, accélérez le mouvement, parce que le terme « vie éphémère » n'est pas utilisé à la légère. La dernière fois qu'on m'a briefé sur le projet, ils avaient réduit chaque génération à quatre minutes. Ce que ça fait ? Kovacs, on commence tout juste à mesurer ce que ça *peut* faire. On les a modélisés dans un construct à haute vitesse généré par des IA M. Chaque fois, le résultat est différent. Une fois, les nanomachines ont construit des canons comme des sauterelles, de la taille d'un tank-araignée, mais qui pouvaient sauter à soixante-dix mètres de haut et tirer précisément pendant qu'ils retombaient. Une autre fois, elles se sont transformées en nuage de spores qui dissolvait les membranes des molécules de carbone par simple contact.

— Oh. Excellent.

— Ça ne devrait pas se passer comme ça, ici – la densité de personnel militaire n'est pas suffisante pour que ça devienne un trait de sélection évolutionnaire.

— Mais elles pourraient faire à peu près n'importe quoi.

— Oui. (Le cadre Mandrake a regardé ses mains.) J'imagine que oui. Dès qu'elles s'activeront.

— Et combien de temps avant que ça se produise ?

— Jusqu'à ce que les systèmes-sentinelles de Sutjiadi soient déclenchés. Dès qu'ils vont tirer dessus, les machines vont s'adapter.

— Et si on allait les exploser tout de suite ? Parce que je sais que Sutjiadi aura cette idée-là.

— Avec quoi ? Si nous utilisons l'UV de la *Nagini*, elles seront juste mieux préparées pour les systèmes-sentinelles. Si nous utilisons autre chose, elles évolueront en fonction, et arriveront sans doute beaucoup plus intelligentes, beaucoup plus fortes. Ce sont des *nanomachines*. On ne tue pas des nanobes un par un. Il y en a toujours pour survivre. Merde, Kovacs, quatre-vingts pour cent de pertes, c'est ce qu'on a calculé comme idéal évolutionnaire. C'est leur principe. Certains survivent, les plus résistants, et ce sont ceux-là qui trouvent comment vous vaincre la fois d'après. Tout, *tout* ce que vous ferez pour les faire sortir du nul ne fera qu'empirer les choses.

— Il doit bien y avoir une façon de les arrêter.

— Oui, bien sûr. Il suffit d'avoir les codes d'interruption du projet. Je ne les ai pas.

Je ne sais pas d'où ça venait, des radiations ou des médicaments, mais j'étais soudain fatigué. Quand j'ai regardé Hand, mes yeux me brûlaient. Tout ce que j'avais à dire suivrait la même voie que la tirade de Tanya Wardani contre Sutjiadi, la veille au soir. Perte de temps. On ne peut pas parler à des gens comme ça. Soldats, cadres corpo, politiciens. On peut juste les tuer, et même cela arrange rarement les choses. Ils laissent leur merde en arrière, et quelqu'un d'autre pour reprendre le flambeau.

Hand s'est éclairci la gorge.

— Si nous avons de la chance, nous serons partis avant qu'ils aient trop évolué.

— Vous voulez dire, si Ghede est avec nous ?

— Si vous préférez, a-t-il répliqué en souriant.

— Vous ne croyez pas un traître mot de ces conneries, Hand.

Son sourire a disparu.

— Et comment sauriez-vous ce que je crois ?

— N-REPO, IVE. Vous connaissez les acronymes. Vous connaissez les résultats des tests en construct. Vous connaissez ce putain de programme, matériel et logiciel. Carrera nous a mis en garde contre le déploiement nanotech, et vous n'avez pas sourcillé. Et là, tout d'un coup, vous êtes furieux et vous avez peur. Il y a un souci.

— C'est malheureux, a-t-il dit en se levant. Je ne vous dirai rien de plus, Kovacs.

Je me suis levé avant lui, et l'un des pistolets à interface s'est jeté dans ma paume comme un pauvre sur une assiette.

— Assis.

Il a regardé l'arme dressée…

— Ne soyez pas ridicu…

… puis mon visage, et sa voix s'est éteinte.

— A-ssis.

Il s'est remis lentement sur le lit.

— Si vous me blessez, Kovacs, vous perdez tout. Votre argent sur Latimer, votre transfert sur la planète.

— À ce que vous me disiez, de toute façon, j'ai très peu de chance de me faire payer un jour.

— Je suis sauvegardé, Kovacs. Même si vous me tuez, c'est une balle gâchée. On me réenveloppera à Landfall, et…

— On vous a déjà tiré dans le ventre ?

Ses yeux se sont rivés aux miens. Il s'est tu.

— Ce sont des balles à fragmentation, à forte puissance d'impact. Des charges antipersonnel pour combat rapproché. J'imagine que vous avez vu l'effet sur les hommes de Deng. Elles rentrent en un seul morceau, et repartent en éclats monomol. Si je vous tire dans le ventre, il vous faudra presque une journée pour mourir. Quoi qu'ils fassent après du Hand sauvegardé, ça, vous allez le subir tout de suite. Je suis mort comme ça, une fois. Je vous promets qu'il vaut mieux éviter.

— Je pense que le capitaine Sutjiadi aura une objection à formuler.

— Sutjiadi fera ce que je lui dirai, comme les autres. Vous ne vous êtes pas fait beaucoup d'amis pendant cette réunion, et ils n'ont pas plus envie que moi de mourir à cause de vos nanomachines évolutives. Bien, supposons que nous finissions cette conversation de façon civilisée.

Je l'ai regardé évaluer la détermination dans mon regard, dans ma pose. Il devait avoir un conditionnement de psychosens en négociation, une compétence acquise pour évaluer ce genre de choses. Mais le conditionnement diplo a une capacité innée à tromper, qui laisse loin derrière la plupart des biowares corpo. Les Diplos projettent directement à partir d'une base de conviction synthétique. À ce moment, je ne savais même pas moi-même si j'allais tirer ou pas.

Il a lu une volonté. Ou il a craqué. J'ai vu le moment passer sur son visage. J'ai relevé le canon du pistolet. Je n'avais pas su comment ça se terminerait. C'est souvent le cas, chez les Diplos.

— Ceci ne sortira pas de la pièce, a-t-il commencé. Je parlerai aux autres des IVE, mais le reste ne sera connu que de nous deux. Le contraire serait très contre-productif.

— À ce point-là ?

— On dirait…, a-t-il lâché lentement, comme si les mots avaient mauvais goût. On dirait que j'en ai fait un peu trop. On s'est fait avoir.

— Par ?

— Vous ne les connaissez pas. Des concurrents.

— Une autre corpo ? ai-je demandé en me rasseyant.

— N-REPO est un projet Mandrake, a-t-il expliqué en secouant la tête. Nous avons utilisé des free-lances spécialistes des IVE, mais le projet est à Mandrake. Hermétique. Ce sont des cadres de Mandrake, qui cherchent une position. Des… collègues.

Ce dernier mot est sorti comme un crachat.

— Vous avez beaucoup de collègues comme ça ?

Il a fait la grimace.

— On ne se fait pas d'amis, chez Mandrake, Kovacs. Les associés vous soutiennent tant que ça paie. Après, on est foutu dès qu'on fait confiance à quelqu'un. C'est comme ça. J'ai peur d'avoir raté mon coup.

— Alors ils ont déployé le système N-REPO dans l'espoir que vous ne reviendriez pas de Dangrek. Ce n'est pas un peu crétin ? Au vu de ce qu'on a ici, je veux dire.

Le cadre Mandrake a écarté les mains.

— Ils ne savent pas ce qu'on a ici. Les données sont protégées dans les fichiers Mandrake, accessibles seulement par moi. Ils ont déjà utilisé tout leur crédit sympathie pour découvrir que je suis ici.

— S'ils cherchent à vous descendre ici…

— Oui.

Il a hoché la tête. J'ai vu de nouvelles raisons pour lesquelles il ne voulait pas prendre une balle ici. J'ai révisé mon estimation du face-à-face. Hand n'avait pas craqué. Il avait calculé.

— Et votre stockage à distance est sûr ?

— Depuis l'extérieur de Mandrake ? À peu près inattaquable. De l'intérieur ? (Il a regardé ses mains.) Je ne sais pas. Nous sommes partis assez vite. Les codes de sécurité sont assez vieux. Avec le temps…

Il a haussé les épaules.

— C'est toujours une question de temps, hein ?

— On pourrait toujours se retirer, ai-je proposé. Utiliser les codes d'entrée de Carrera pour repartir.

Hand a souri.

— Pourquoi croyez-vous que Carrera nous a donné ces codes ? Les nanotechs expérimentaux sont verrouillés par les protocoles du Cartel. Pour les déployer, mes ennemis ont eu besoin d'une influence au niveau du conseil de guerre. Donc, accès aux codes d'autorisation des Impacteurs et de toute autre personne combattant pour le Cartel. Oubliez

Carrera. Carrera est dans leur poche. Même s'il ne l'était pas au moment où on nous l'a donné, le code d'entrée n'est qu'un guide-missile qu'on attend de voir apparaître sur un écran. (Retour du sourire pincé.) Et j'ai cru comprendre que les Impacteurs atteignaient en général leur cible.

— Ouais. En général, oui.

— Bien… (Hand s'est relevé, et a marché jusqu'à la fenêtre face à son lit.) Maintenant, vous savez tout. Satisfait ?

J'ai réfléchi.

— La seule chose à faire pour sortir d'ici en une seule pièce, c'est…

— Tout à fait. (Il ne s'est pas détourné de la fenêtre.) Une transmission détaillant ce que nous avons trouvé, et le numéro de série de la bouée déployée pour en rendre Mandrake propriétaire. Ce sont les seules choses qui me remettront assez haut dans la partie pour écraser ces *infidèles*.

Je suis resté assis un peu plus longtemps, mais il paraissait avoir fini, et je me suis levé pour partir. Il ne m'a toujours pas regardé. En voyant son visage, j'ai ressenti un élan de sympathie involontaire. Un mauvais calcul, je savais ce que ça faisait.

— Qu'y a-t-il ? a-t-il demandé.

— Vous devriez prier, ai-je répondu. Vous vous sentiriez peut-être mieux.

Chapitre 23

Wardani a travaillé jusqu'à l'épuisement.

Elle a attaqué la densité repliée de la porte avec une concentration qui frôlait la fureur. Elle restait assise des heures d'affilée, à dessiner des glyphes et à calculer leur interrelation probable. Elle a chargé des séquences de technoglyphes dans ses puces de données grises, travaillant sur la console comme une pianiste de jazz sous tetrameth. Elle s'en est servie pour assembler à toute vitesse un équipement synthétiseur autour de la porte. Les bras serrés autour d'elle, elle a regardé les pupitres de contrôle éructer des protestations holographiques face aux protocoles étrangers qu'elle imposait. Elle a scanné les panneaux de glyphes autour de la porte avec quarante-sept moniteurs différents pour trouver les fragments de réponses qui pourraient l'aider dans la séquence suivante. Elle a regardé l'absence d'animation cohérente que les glyphes lui renvoyaient, sans se démonter. Puis elle a ramassé ses notes et fait marche arrière jusqu'à son préfa pour tout recommencer.

Quand elle est arrivée, j'ai fait mon possible pour ne pas la déranger, tout en regardant sa silhouette penchée au travers de la porte, depuis le hayon de chargement de la *Nagini*. Mon gros plan neurachem me permettait de tout voir, sans rien rater de son visage concentré au-dessus de la tablette à dessin ou de la console à puces. Quand elle est retournée à la caverne, je me suis campé au milieu du chaos de schémas de technoglyphes abandonnés au sol du préfa, et je l'ai regardée sur le mur de moniteurs.

Elle avait tiré ses cheveux en arrière, serrés le plus possible, mais quelques mèches s'échappaient et résistaient sur son front. L'une réussissait souvent à descendre sur le côté de son visage, et me laissait une émotion que je n'aurais pas pu définir.

Je l'ai regardée travailler. J'ai regardé ce que cèla lui faisait.

Sun et Hansen veillaient à tour de rôle devant la console des systèmes-sentinelles.

Sutjiadi surveillait l'entrée de la caverne, que Wardani y travaille ou non.

Le reste de l'équipe regardait des diffusions satellites à moitié brouillées. Les chaînes de propagande kempiste, bien sûr, pour rire. Sinon, les programmes du gouvernement. Les apparitions personnelles de Kemp voyaient pleuvoir les rires et les moqueries sur l'écran. Les numéros de recrutement de Lapinee suscitaient les applaudissements et les chants. À un moment, le spectre des réactions s'est brouillé dans une ironie générale, et Kemp et Lapinee ont fini par recevoir chacun les commentaires destinés à l'autre. Deprez et Cruickshank dessinaient des bulles sur Lapinee chaque fois qu'elle apparaissait. Toute l'équipe maîtrisait parfaitement les discours idéologiques de Kemp, les accompagnant de toutes les expressions et gestes démagogues. Mais la plupart du temps, n'importe quel programme suffisait à leur tirer des rires ô combien nécessaires ! Même Jiang se fendait de temps à autre d'un sourire fugitif.

Hand regardait la mer, vers le sud et l'est.

De temps en temps, je levais la tête vers l'océan d'étoiles qui nous surplombaient la nuit, en me demandant qui nous observait.

Deux jours plus tard, les systèmes ont tiré le premier sang de la colonie de nanobes.

J'étais en train de vomir mon petit déjeuner quand la batterie d'ultravibrations s'est déchaînée. On l'a sentie dans nos os, dans l'estomac. Ça ne m'a pas beaucoup aidé.

Trois impulsions séparées. Puis rien.

Je me suis essuyé la bouche, j'ai enfoncé le levier d'évacuation de la niche des toilettes et suis sorti sur la plage. Le ciel était gris jusqu'à l'horizon. Seule la lueur persistante de Sauberville venait perturber cette teinte uniforme. Aucune autre fumée, pas de lueur incendiaire pour signifier la moindre machine endommagée.

Cruickshank était sortie, le Sunjet en main, et regardait vers les collines. Je l'ai rejointe.

— Vous avez senti ça ?

— Ouais. (J'ai craché dans le sable. Ma tête me lançait toujours, à cause de mes nausées ou du tir d'ultravib.) On dirait que l'ennemi est engagé.

— Ça va ? a-t-elle demandé avec un regard coulé.

— J'ai vomi. Pas la super forme. Encore quelques jours, et c'est votre tour.

— Merci.

La même vibration dans les tripes, plus longue cette fois. Elle a rebondi dans mes entrailles. Décharge collatérale, le recul large et non spécifique de l'onde étroite et condensée que la batterie lançait. J'ai serré les dents, fermé les yeux.

— C'est la bonne, a dit Cruickshank. Les trois premières ne servaient qu'à viser. Celle-là a réussi à toucher sa cible.

— Bien.

La vibration est morte. Je me suis penché et ai tenté de me dégager une narine, encore prise de petits grumeaux de vomi à l'arrière de mes canaux respiratoires. Cruickshank m'observait, captivée.

— Vous permettez ?

— Oh, désolée, a-t-elle dit avant de se détourner.

J'ai dégagé l'autre narine, craché encore une fois et fouillé l'horizon du regard. Toujours rien dans le ciel. De petites taches de sang dans la morve et la bile entre mes pieds. Quelque chose qui se défait, peu à peu.

Fait chier.

— Où est Sutjiadi ?

Elle a indiqué la *Nagini*. Il y avait une rampe d'accès mobile sous le nez de la navette d'assaut, et Sutjiadi s'y trouvait, avec Ole Hansen. Sans doute en train de discuter d'un aspect ou d'un autre de la batterie avant. Pas très loin, sur la plage, Ameli Vongsavath regardait le paysage, assise sur une dune basse. Deprez, Sun et Jiang étaient soit en train de prendre leur petit déjeuner dans la navette, soit occupés à tuer le temps.

Cruickshank a mis sa main en visière et a observé les deux hommes sur la rampe.

— Je pense que notre capitaine avait hâte que ça arrive, a-t-elle dit, pensive. Il se frotte contre ces gros canons depuis qu'on est arrivés. Regarde, il sourit.

Je me suis approché de la rampe, me laissant flotter sur de longues vagues de nausée. Sutjiadi m'a vu avancer et s'est accroupi au bord. Aucune trace du prétendu sourire.

— On dirait que notre temps imparti s'achève.

— Pas encore, l'ai-je rassuré. D'après Hand, il faudra aux nanobes quelques jours pour évaluer une réponse convenable aux ultravibrations. Je pense que nous en avons fait la moitié.

— Alors espérons que votre amie l'archéologue a été aussi efficace. Vous lui avez parlé, récemment ?

— Non. Comme tout le monde, je crois.

Il a grimacé. Wardani n'était pas très causante depuis qu'on nous avait mis au courant du système N-REPO. Pendant les repas, elle mangeait de quoi survivre, et repartait. Elle tuait dans l'œuf toute tentative de conversation à coups de monosyllabes balistiques.

— J'aimerais bien un rapport d'avancement, a dit Sutjiadi.

— Je m'en charge.

J'ai croisé Cruickshank en remontant la plage et échangé avec elle une poignée de main du Limon qu'elle m'avait apprise. C'était un réflexe appliqué, mais cela m'a fait sourire, un peu. Mes tripes se sont calmées un tantinet. J'avais appris ça chez les Diplos. Les réflexes, ça peut affecter n'importe quoi.

— Vous avez cinq minutes ? a demandé Ameli Vongsavath quand je suis passé à côté d'elle.

— Ouais, je reviens dans un instant. Je veux juste prendre des nouvelles de notre forcenée du travail préférée.

Ça ne l'a pas vraiment fait sourire.

J'ai retrouvé Wardani vautrée dans un fauteuil d'un côté de la caverne, en train de fusiller la porte du regard. Les séquences défilaient sur l'écran en filigrane déployé au-dessus de sa tête. La spirale de données à côté d'elle était dégagée, les documents minimisés en haut à gauche de l'affichage. C'était une configuration inhabituelle – la plupart des gens écrasent les affichages sur la surface de projection quand ils ont fini. Cela revenait au même. Comme passer le bras sur un bureau pour tout flanquer par terre. Sur les moniteurs, je l'ai regardée recommencer, encore et encore. Son geste d'exaspération était rendu presque beau par le balayage inversé, vers le haut. J'aimais regarder cela.

— Je préférerais que tu ne me poses pas la question idiote qui s'impose.

— Les nanobes sont entrés en conflit.

— Oui, je l'ai senti. Ça nous laisse quoi, trois ou quatre jours ?

— D'après Hand, quatre au maximum. Alors je ne voudrais pas que tu te sentes pressée par le temps…

Elle a souri. Apparemment, je m'améliorais.

— Ça avance ?

— C'était ça, la question idiote qui s'imposait, Kovacs.

— Désolé. (J'ai trouvé une caisse où m'asseoir.) Mais Sutjiadi s'impatiente. Il cherche des paramètres.

— Alors je vais arrêter de déconner et je vais l'ouvrir, hein ?

— Ce serait chouette, ouais, ai-je répondu en souriant à mon tour.

Silence. La porte attirait mon attention.

— C'est là, a-t-elle murmuré. Les longueurs d'onde sont les bonnes, les glyphes de son et de vision correspondent. Les calculs aussi sont bons, enfin, à ce que je *comprends*. J'ai travaillé à reculons par rapport à ce qui devrait arriver, j'ai extrapolé, comme la dernière fois, si je me souviens bien. Ça *devrait* fonctionner, putain. Je rate quelque chose. Quelque chose que j'ai oublié. Peut-être quelque chose qu'on m'a… fait oublier à coups de pied, a-t-elle terminé d'un air sombre.

Il y avait dans sa voix un tintement hystérique quand elle s'est tue. Une glissade le long de souvenirs qu'elle ne pouvait pas se permettre d'avoir. J'ai couru après.

— Si quelqu'un est arrivé avant nous, est-ce qu'il a pu changer les réglages ?

Elle est restée silencieuse un moment. J'ai attendu jusqu'à ce qu'elle lève les yeux.

— Merci, a-t-elle dit en s'éclaircissant la gorge. Euh, pour le témoignage de confiance. Mais tu sais, c'est pas très probable. Genre une chance sur un million. Non, je suis à peu près sûre que j'ai raté quelque chose.

— Mais c'est possible ?

— C'est possible, Kovacs. Tout est possible. Mais pas très réaliste. Personne d'humain ne pourrait le faire.

— Des humains l'ont ouverte, ai-je fait remarquer.

— Oui. Kovacs, un *chien* peut ouvrir une porte, s'il arrive à se mettre sur ses pattes arrière. Mais est-ce que tu as déjà vu un chien dégonder une porte et la remettre en place ?

— Je vois.

— Question de niveau de compétence. Tout ce que nous avons appris à faire avec la technologie martienne – lire les tables d'astrogation, activer les abris antitempête, utiliser le métro qu'on a trouvé sur Nkrumah – n'importe quel adulte martien aurait pu le faire en dormant. Technologie de base. Comme conduire une voiture ou vivre dans une maison. *Ça*... (Elle a désigné d'un geste la spirale de l'autre côté de ses instruments.) Ça, c'est le summum de leur technologie. La seule que nous ayons trouvée en cinq siècles de fouilles sur plus de trente planètes.

— Peut-être qu'on n'a pas cherché aux bons endroits. On *empoche les emballages plastique brillants tout en foulant aux pieds les circuits délicats qu'ils protégeaient autrefois.*

Elle m'a lancé un regard noir.

— C'est quoi ça ? Tu t'es converti à Wycinski ?

— J'ai fait un peu de lecture, à Landfall. Pas facile de trouver ses derniers écrits, mais Mandrake a des banques de données assez complètes. D'après ce que j'ai vu, il était à peu près convaincu que tout le protocole de recherche de la Guilde était mauvais.

— Il était amer, à l'époque où il a écrit ça. Pas facile d'être un véritable visionnaire un jour, et un dissident expurgé le lendemain.

— Il a prédit les portes, non ?

— À peu près. Il y avait des indices dans une partie des archives que ses équipes ont récupérées à Bradbury. La Guilde a choisi d'interpréter cela différemment, comme une licence poétique sur la technologie d'hyperdiff. À l'époque, on ne savait pas ce qu'on lisait. Épopée ou bulletin météo, tout se ressemblait, et la Guilde était déjà contente quand on arrivait à y trouver ne serait-ce qu'un sens approximatif. Le Pas Suivant comme traduction d'un « hyperdiffeur » était une interprétation arrachée aux mâchoires de l'ignorance. S'il était question d'un nouvel objet technologique encore inconnu, cela ne servait à personne.

Une vibration croissante emplit la porte. De la poussière tomba des étais de fortune. Wardani leva les yeux.

— Oh oh…

— Ouais, mieux vaut les garder à l'œil. Hansen et Sun pensent tous les deux que ça supportera des réverbérations beaucoup plus proches que les sentinelles du cercle intérieur, mais bon… (J'ai haussé les épaules.) Ils ont tous les deux commis au moins une erreur fatale par le passé. Je vais installer une rampe ici, pour vérifier que le plafond ne va pas te tomber dessus au moment de ton triomphe.

— Merci.

— C'est dans l'intérêt de tout le monde, tu sais, ai-je dit avec un nouveau haussement d'épaules.

— Je ne parlais pas de ça.

— Oh. (J'ai fait un geste ample, comme pour effacer ses paroles. Je me sentais maladroit.) Écoute, tu as déjà ouvert ce machin. Tu peux le refaire. Ce n'est qu'une question de temps.

— Et nous n'en avons pas.

— Dis-moi…, ai-je dit avec la rapidité des Diplos pour interrompre la spirale maussade qui flottait dans sa voix. Si c'est vraiment le summum de la technologie martienne, comment se fait-il que ton équipe ait pu la faire fonctionner ? Je veux dire…

J'ai écarté les mains, l'air de ne pas comprendre…

Elle m'a lancé un autre sourire las, et je me suis demandé soudain à quel point l'empoisonnement aux radiations et le retardateur chimique l'affectaient.

— Tu ne comprends toujours pas, Kovacs, hein ? On ne parle… On ne parle pas d'humains, là. Ils ne pensaient pas comme nous. Wycinski appelait cela un techno-accès démocratique dépouillé. C'est comme les abris antitempête… Tout le monde y avait accès – tous les Martiens, en tout cas – parce que quel est *l'intérêt* de construire une technologie que certains membres de votre race auront du mal à utiliser ?

— Tu as raison. Ce n'est pas humain.

— C'est l'une des raisons pour lesquelles Wycinski a eu des ennuis avec la Guilde, en fait. Il a écrit un papier sur les abris antitempête. La science qui permettait leur construction est assez compliquée, mais on les avait bâtis de telle façon que ça n'ait aucune importance. Les systèmes de contrôle étaient ramenés à une simplicité telle que même nous pouvions les utiliser. Il y a vu une indication claire d'unité étendue à toute l'espèce, et il disait que cela montrait à quel point le concept d'un empire martien se déchirant dans une guerre coloniale était ridicule.

— Il ne savait pas vraiment quand se taire, hein ?

— On peut voir les choses comme ça.

— Alors quelle était sa proposition ? Une guerre contre une autre espèce ? Quelqu'un que nous n'avons pas encore croisé ?

Wardani a haussé les épaules.

— Soit ça, soit ils sont partis de cette région de la galaxie pour aller ailleurs. Il n'a jamais vraiment exploré l'une ou l'autre de ces théories. Wycinski était un iconoclaste. Il avait plus envie de détruire les âneries déjà perpétrées par la Guilde que de bâtir ses propres hypothèses.

— C'est un comportement un peu stupide pour quelqu'un de si intelligent.

— Ou un peu courageux.

— On peut voir les choses comme ça.

Wardani a secoué la tête.

— Bref. Le plus important, c'est que toute la technologie que nous avons découverte et que nous comprenons, nous pouvons la faire fonctionner. (Elle a désigné la masse d'instruments arrangés autour de la porte.) Nous devons synthétiser la lumière d'une glande infrabuccale des Martiens, et les sons qu'ils produisaient sans doute, mais tout ce que nous *comprenons*, nous pouvons le faire fonctionner. Tu demandais pourquoi on a pu la faire fonctionner la première fois. C'est conçu pour. Tout Martien ayant besoin de traverser cette porte pouvait l'ouvrir.

Et cela signifie qu'avec assez de temps et d'équipement, on peut y arriver aussi.

Sa voix avait retrouvé sa détermination. Elle était de nouveau opérationnelle. J'ai hoché la tête, puis je me suis levé.

— Tu t'en vas ?

— Je dois parler à Ameli. Il te faut quelque chose ?

Elle m'a regardé étrangement.

— Rien d'autre, merci. (Elle s'est redressée dans son fauteuil.) J'ai encore quelques séquences à passer, puis je viens manger.

— Très bien. À tout à l'heure, alors. Oh, ai-je fait avant de sortir, qu'est-ce que je dis à Sutjiadi ? Il faut bien que je lui dise quelque chose.

— Dis-lui que j'aurai ouvert la porte dans moins de deux jours.

— Vraiment ?

— Non, pas vraiment, a-t-elle souri. Mais dis-lui quand même.

Hand était occupé.

Le sol de ses quartiers était couvert d'un dessin complexe, tracé au sable, et une fumée parfumée montait des bougies noires allumées aux quatre coins de la pièce. Le cadre Mandrake était assis en tailleur, en transe, au bout d'un des motifs. Il tenait entre ses mains une coupelle en cuivre, où son pouce ouvert laissait couler le sang. Un os taillé se trouvait au centre du bol, ivoire moucheté de rouge, là où le sang était tombé.

— Qu'est-ce que vous foutez, Hand ?

Il a émergé de sa transe, et la fureur a embrasé son visage.

— *J'ai dit à Sutjiadi que personne ne devait me déranger.*

— Oui, je suis au courant. Qu'est-ce que vous foutez ?

Un moment de flottement. J'ai lu Hand. Son expression corporelle disait qu'il était à deux doigts de devenir violent, ce qui me convenait très bien. La mort lente me rendait nerveux et me donnait envie de faire souffrir quelqu'un. Toute la sympathie que j'avais pu éprouver pour lui quelques heures plus tôt disparaissait à toute vitesse.

Il a dû lire mon attitude aussi. Il a fait un mouvement de spirale descendante de la main gauche, et la tension a quitté son visage. Il a posé le bol, et a léché le sang sur son pouce.

— Je ne m'attends pas à ce que vous compreniez, Kovacs.

— Laissez-moi deviner, ai-je fait en regardant les bougies, à l'odeur sombre et acide. Vous invoquez un peu d'aide surnaturelle pour nous sortir de ce merdier.

Hand a tendu la main derrière lui et a éteint la bougie la plus proche sans se lever. Son masque de Mandrake était de retour, sa voix posée.

— Comme d'habitude, Kovacs, vous abordez ce que vous ne comprenez pas avec toute la sensibilité d'une troupe de babouins. Disons que certains rituels doivent être observés si l'on veut garder une relation profitable avec le monde des esprits.

— Je pense que je peux comprendre. À peu près. C'est du donnant, donnant. Un peu de sang pour quelques faveurs. Très commercial, Hand, très *corpo*.

— Que voulez-vous, Kovacs ?

— Une conversation intelligente. J'attendrai dehors.

Je suis ressorti, surpris par le léger tremblement de mes mains. Sans doute un écho non géré des biocircuits de mes plaques palmaires. Dans le meilleur des cas, elles étaient aussi impatientes que des lévriers avant la course. Et les radiations ne leur plaisaient sans doute pas plus qu'au reste de mon corps.

L'encens de Hand me restait au fond de la gorge, comme des morceaux de linge humide. J'ai toussé pour l'en déloger. Les tempes me lançaient. J'ai grimacé et fait des bruits de singe. Me suis gratté sous les bras. Raclé la gorge. Ai toussé encore. Je me suis assis dans le cercle de briefing pour examiner l'une de mes mains. Les tremblements ont fini par s'arrêter.

Il a fallu au cadre de Mandrake environ cinq minutes pour ranger son matériel. Il m'a rejoint avec l'air du Matthias Hand presque opérationnel que nous lui connaissions. Il avait des cernes bleues sous les yeux, et sa peau présentait une pâleur grisâtre, mais je ne trouvais pas la distance que j'avais vue dans le regard des autres hommes mourant d'irradiation. Il l'avait enfermée. Il n'y avait que la conscience de sa mortalité imminente, et ça, il fallait le chercher avec des yeux de Diplo.

— J'espère que c'est *très* important, Kovacs.

— J'espère que non. Ameli Vongsavath m'a dit que le système de monitoring embarqué sur la *Nagini* s'est éteint la nuit dernière.

— Quoi ?

— Ouais. Pendant cinq ou six minutes. Ce n'est pas difficile à faire – d'après Vongsavath, on peut convaincre le système que cela fait partie d'une révision globale. Donc, pas d'alarme.

— Oh, Damballah. (Il a regardé la plage.) Qui d'autre est au courant ?

— Vous. Moi. Ameli Vongsavath. Elle me l'a dit, je vous l'ai dit. Vous pouvez peut-être le dire à Ghede, et il pourra vous aider.

— Ne me cherchez pas, Kovacs.

— Il est temps de prendre quelques décisions, Hand. À mon avis, Vongsavath est clean – sans ça, elle n'avait aucune raison de m'en parler. Je sais que *je* suis clean, et vous devez l'être aussi. En dehors de ça, je ne sais pas à qui nous pouvons faire confiance.

— Vongsavath a vérifié la navette ?

— Autant que possible sans décoller. Je pensais plutôt à l'équipement dans la soute.

— Ouais. Super.

Hand a fermé les yeux. Il commençait à prendre mes tics verbaux.

— Du point de vue sécurité, je suggère que Vongsavath nous emmène tous les deux faire un tour. Officiellement, pour jeter un œil à nos nano-amis. Elle pourra faire les vérifs système pendant que nous jetons un œil à la cargaison. On s'y met tard dans l'après-midi. Le délai depuis l'activation des sentinelles sera crédible.

— D'accord, accepta Hand.

— Je suggère aussi que vous portiez un truc comme ça, là où ça ne se verra pas.

Je lui ai montré l'un des sonneurs que Vongsavath m'avait donnés.

— C'est mignon, hein ? Apparemment, c'est du matériel standard dans la Navy. Donc, sorti de la boîte d'urgence de la *Nagini*. En cas de mutinerie. Conséquences minimales si on tire sur le mauvais type.

Il a tendu la main vers l'arme.

— Non. Trouvez le vôtre tout seul. (J'ai remis l'arme dans la poche de ma veste.) Parlez à Vongsavath. Elle a le même. Trois, ça devrait nous permettre d'arrêter n'importe qui avant qu'il aille trop loin.

— D'accord. (Il a encore fermé les yeux, appuyé le pouce et l'index sur l'arrête de son nez.) D'accord.

— Je sais. C'est comme s quelqu'un refusait qu'on passe la porte, hein ? Vous avez peut-être brûlé de l'encens pour le mauvais cheval.

Dehors, les batteries ultravib ont ouvert le feu.

Chapitre 24

Ameli Vongsavath nous a montés à cinq kilomètres d'altitude, a piloté un peu, avant de nous mettre en autostationnaire. À trois, nous étions serrés dans le cockpit, accroupis autour de l'affichage de vol holo comme des chasseurs-cueilleurs autour d'un feu. À attendre. Puisque aucun des systèmes de la *Nagini* n'avait eu de panne, trois minutes plus tard, Vongsavath a libéré le souffle qu'elle paraissait retenir depuis notre arrêt.

— Il ne devait pas y avoir de problème à ce niveau-là, a-t-elle dit sans grande conviction. La personne qui s'est amusée là-dedans ne voulait sans doute pas mourir avec nous. Reste à savoir ce qu'elle cherche.

— Ça…, ai-je admis d'un ton sinistre. Tout dépend de son niveau de conviction.

— Vous pensez à Ji…

— Pas de nom, ai-je dit en portant l'index à mes lèvres. Pas encore. Évitez les conclusions hâtives. Et puis, notre saboteur a simplement besoin de croire en son équipe de sauvetage. Si ce truc s'écrase, nos piles resteront intactes, non ?

— Sauf si on a piégé les cellules de carburant.

— Eh bien voilà. Après vous, ai-je terminé en me tournant vers Hand.

Il n'a pas fallu longtemps pour trouver les dégâts. Quand Hand a enlevé le sceau du premier conteneur à protection d'impact dans la soute, les vapeurs ont suffi à nous repousser tous les deux dans la coursive jusqu'au pont d'équipage. J'ai claqué le panneau d'isolation d'urgence, et l'écoutille s'est refermée et verrouillée avec un bruit mat. Je me suis laissé tomber sur le dos, les yeux pleins de larmes, secoué par une toux qui me lacérait le fond des poumons.

— *Putain* de *merde.*

Ameli Vongsavath est apparue tout de suite.

— Vous…

Hand lui a fait signe de la main, pour la rassurer et la faire reculer.

— Grenade corrosive, ai-je soufflé en m'essuyant les yeux. On a dû la dégoupiller et la coller dans la soute. Qu'y avait-il dans le CPI Un, Ameli ?

— Une minute. (La pilote est retournée dans le cockpit pour prendre le manifeste. Sa voix nous est revenue, lointaine.) On dirait du médical, avant tout. Des modules de rechange pour l'autochirurgien. Des médicaments antirad. Les deux ID&E, une des combinaisons mobiles de trauma majeur. Oh, et une des bouées de propriété déclarée de Mandrake.

J'ai fait un signe de la tête à Hand.

— M'étonne pas. (Je me suis assis, le dos contre la courbure de la coque.) Ameli, vous pourriez regarder où sont les autres bouées ? Et il faut ventiler la soute avant qu'on ouvre l'écoutille. Je meurs déjà assez vite sans ces conneries.

Il y avait un distributeur de boissons au mur au-dessus de ma tête. J'ai tendu la main, pris quelques canettes, dont une que j'ai lancée à Hand.

— Tenez. Pour faire descendre les oxydes d'alliage.

Il a attrapé la canette et toussé en riant.

— Bon.

— Bon. (Il a ouvert la canette.) Apparemment, notre fuite de Landfall nous a suivis ici. À moins que vous pensiez que quelqu'un est arrivé de l'extérieur hier soir pour faire ça ?

J'y ai réfléchi.

— C'est difficile à croire. Avec les nanomachines en maraude, un système-sentinelle double épaisseur et une dose mortelle de radiations sur toute la péninsule, il faudrait être complètement taré et en mission commandée.

— Les kempistes qui sont entrés dans la tour à Landfall correspondent à la description. Après tout, ils portaient des brûleurs de pile. Vraie Mort.

— Hand, si je m'attaquais à la Mandrake Corporation, je m'équiperais sans doute de la même chose. Je suis sûr que votre département contre-espionnage à de *charmants* logiciels d'interrogatoires.

Il m'a ignoré, suivant ses pensées.

— Toute personne capable d'entrer dans la tour Mandrake aurait pu se glisser à bord de la navette hier soir.

— Oui, mais il est plus probable que ça vienne de l'intérieur.

— Bon, admettons. Qui ? Votre équipe ou la mienne ?

J'ai penché la tête en direction du cockpit et j'ai élevé la voix.

— Ameli, vous devriez mettre le pilote automatique et venir avec nous. Je n'aimerais pas que vous vous croyiez exclue.

Il y eut une très courte pause, et Ameli Vongsavath nous a rejoints, un peu mal à l'aise.

— Il est déjà branché. Je, euh, je vous écoutais.

— Très bien. (Je lui ai fait signe d'approcher.) Parce que pour l'instant, la logique me dit que vous êtes la seule personne à qui nous pouvons faire confiance.

— Merci.

— Il a dit « logique ». (L'humeur de Hand ne s'était pas améliorée depuis que je l'avais interrompu dans ses prières.) Ce n'est pas un compliment, Vongsavath. Vous avez parlé de l'interruption à Kovacs, et cela vous innocente à peu près.

— Sauf si je cherchais à me couvrir pour le cas où quelqu'un allait ouvrir ce conteneur et découvrir mon sabotage.

J'ai fermé les yeux.

— Ameli…

— Votre équipe ou la mienne, Kovacs ? (Le cadre Mandrake s'impatientait.) Laquelle ?

— Mon équipe ?

J'ai ouvert les yeux sur l'étiquette de ma canette. J'avais déjà réfléchi à la question plusieurs fois depuis que Vongsavath m'avait mis au courant. Je croyais avoir fait tout le cheminement logique.

— Schneider a sans aucun doute les compétences de pilote nécessaires pour couper les moniteurs de bord. Wardani non. Et pour les deux, il faudrait que quelqu'un leur fasse une meilleure offre que… (Je me suis arrêté avec un coup d'œil pour le cockpit.)… que Mandrake. Difficile à imaginer.

— D'après mon expérience, il suffit d'une conviction politique forte pour court-circuiter la motivation du profit matériel. L'un ou l'autre pourrait-il être un kempiste ?

J'ai repensé à mon association avec Schneider…

Et je ne veux plus jamais voir ça. Je me barre, d'une façon ou d'une autre.

… et Wardani.

Aujourd'hui, j'ai vu cent mille personnes se faire tuer… Si je vais me promener, je sais qu'il y a de petits morceaux d'eux qui flottent dans le vent.

— Je n'y crois pas.

— Wardani a séjourné dans un camp d'internement.

— Hand, un quart de la population de cette planète est en camp d'internement. Ce n'est pas un club très exclusif.

Ma voix n'était peut-être pas aussi détachée que je pensais. Il a fait machine arrière.

— D'accord, mon équipe, alors…, a-t-il conclu avec un regard d'excuse pour Vongsavath. On les a sélectionnés au hasard, et ils ne sont dans leur nouvelle enveloppe que depuis quelques jours. Ce n'est pas comme si les kempistes avaient pu leur parler pendant ce temps-là…

— Vous faites confiance à Sémétaire.

— Je lui fais confiance pour se foutre de tout sauf de son pourcentage. Et il est assez intelligent pour savoir que Kemp ne peut pas gagner cette guerre.

— À mon avis, même Kemp sait qu'il ne peut pas gagner. Mais ça ne l'empêche pas de croire au combat. Bénéfice matériel des circuits courts, vous vous souvenez ?

Hand a roulé des yeux.

— D'accord, qui ? Sur qui pariez-vous ?

— Il y a une autre possibilité que nous avons oubliée.

— Oh, pitié, a-t-il répondu en me regardant. Pas le truc avec les crocs de cinquante centimètres. Pas le discours de Sutjiadi.

J'ai haussé les épaules.

— Comme vous voulez. On a deux cadavres inexpliqués, sans la pile, et quoi qu'il leur soit arrivé, on dirait qu'ils étaient venus ouvrir la porte. À présent, on essaie d'ouvrir la porte, et il nous arrive ça, ai-je résumé en désignant le sol d'un geste. Des expéditions séparées, à plusieurs mois d'intervalle, peut-être un an. Le seul lien est ce qu'il y a de l'autre côté de la porte.

Ameli Vongsavath a penché la tête.

— La première fouille de Wardani n'a pas eu de problèmes ?

— Rien qu'ils aient remarqué. (Je me suis redressé, essayant d'endiguer le flot d'idées entre mes mains.) Mais qui sait à quelle échelle temps ce truc réagit ? On l'ouvre une fois, on se fait remarquer. Si on est grand avec des ailes de chauve-souris, pas de problèmes. Sans ça, ça déclenche une sorte de… je ne sais pas, un virus aérien à diffusion lente, peut-être.

— Qui fait quoi, exactement ? a raillé Hand.

— Je ne sais pas. Peut-être qu'il vous rentre dans la tête pour vous… perturber. Vous rendre psychotique. Vous faire assassiner vos collègues, prélever leur pile et vous pousser à les enterrer sous un filet. Vous faire détruire l'équipement expéditionnaire. (J'ai vu la façon dont ils me regardaient tous les deux.) C'est bon, je sais… Ce sont des exemples. Mais réfléchissez. Nous avons là-dehors un système nanotech qui fabrique par évolution ses propres machines de combat. C'est nous qui l'avons construit, maintenant. La race humaine. Race humaine qui est encore plusieurs millénaires derrière la race martienne, selon les *meilleures* estimations. Qui sait le genre de systèmes de défense qu'ils ont pu développer et laisser derrière eux ?

— C'est peut-être ma formation commerciale, Kovacs, mais j'imagine mal un système de défense qui mette un an à s'activer. Merde, je n'investirais pas une bille dedans, et je suis un homme des cavernes par rapport aux Martiens. L'hypertechnologie, il me *semble*, présuppose une hyperefficacité.

— Hand, vous êtes effectivement un homme des cavernes. D'une part, vous considérez tout en termes d'efficacité et de profits. Un système n'a pas besoin de produire des bénéfices externes pour être efficace, il doit juste *fonctionner*. Pour un système d'armement, c'est doublement vrai. Regardez autour de vous, ce qui reste de Sauberville. Où est le bénéfice ?

— Demandez à Kemp, a-t-il répondu en haussant les épaules. C'est lui qui l'a fait.

— D'accord, alors réfléchissez à ça. Il y a cinq ou six cents ans, une arme comme celle qui a détruit Sauberville aurait été inutile pour quoi que ce soit d'autre que de la dissuasion. À l'époque, les gens avaient peur des têtes nucléaires. Aujourd'hui, on les lance comme des jouets. On sait nettoyer après elles, on a des stratégies pour rendre leur utilisation viable. Pour l'effet de dissuasion, nous utilisons la génétique, voire les nanomachines. Voilà où nous en sommes, maintenant. On peut donc supposer que les Martiens avaient un problème encore plus grand s'ils partaient en guerre. Que pouvaient-ils utiliser pour la dissuasion ?

— Quelque chose qui transforme les gens en fous meurtriers ? (Hand paraissait sceptique.) Au bout d'un an ? Soyez sérieux…

— Et si on ne peut pas l'arrêter ? ai-je demandé doucement.

Le silence s'est fait. Je les ai regardés tour à tour, en opinant.

— S'il passe par un hyperlien comme cette porte, grille les protocoles comportementaux de tout cerveau qu'il rencontre, et finit par infecter tout ce qui se trouve de l'autre côté ? Peu importe s'il est lent ou pas, puisqu'il va finir par avoir toute la population de la planète.

— Évac…

Hand a vu où l'amenait sa solution, et a refermé la bouche.

— On ne peut pas évacuer, ça répandrait le virus encore plus loin. On ne peut rien faire à part fermer la planète et la regarder mourir. Une génération ou deux, mais sans. Aucun. Espoir.

Le silence est revenu, pesant comme un drap lourd sur nos frissons.

— Vous pensez qu'il y a quelque chose comme ça sur Sanction IV ? a fini par demander Hand. Un virus comportemental ?

— Déjà, ça expliquerait la guerre, a plaisanté Vongsavath.

Nous avons tous les trois éclaté de rire.

La tension s'est brisée.

Vongsavath a tiré du nécessaire à crash deux masques à oxygène, et je suis retourné dans la soute. Nous avons ouvert les huit conteneurs restants, à bonne distance.

Trois étaient rongés, irréparables. Un quatrième avait subi des dégâts partiels – une grenade défectueuse avait détruit environ un quart du contenu. Nous avons trouvé des fragments de munitions, identifiables comme celles de la *Nagini*.

Chier.

Un tiers des produits antirad. Perdus.

Le logiciel de sauvegarde pour la moitié des systèmes automatisés de la mission. Foutu.

Plus qu'une seule bouée fonctionnelle.

De retour dans la cabine, nous avons regagné nos places, avons retiré les masques en silence et pris le temps d'encaisser. L'équipe de Dangrek était comme un conteneur à impact fort, scellé hermétiquement autour de techniques de spec ops et d'enveloppes de combat maories.

Corrosion intérieure.

— Alors, qu'est-ce qu'on dit aux autres ?

J'ai échangé un regard avec Hand.

— Rien du tout, a-t-il répondu. Rien du tout. On garde ça pour nous. C'est un accident.

— Un accident ? a demandé Vongsavath, surprise.

— Il a raison, Ameli.

J'ai regardé dans l'espace, inquiet. Je cherchais les fragments d'intuition qui pourraient me donner une réponse.

— Il n'y a aucun intérêt à rendre tout ceci public pour l'instant. Il faudra vivre avec, jusqu'à ce qu'on passe au niveau suivant. Une fuite des packs d'énergie. Mandrake qui nous a refilé du surplus militaire périmé. Ça, ils devraient y croire.

Hand n'a pas souri. Je le comprenais.

Corrosion intérieure.

Chapitre 25

Avant d'atterrir, Vongsavath a fait un survol de reconnaissance sur les nanomachines. Nous avons repassé la séquence dans la salle de conférences.

— Ce sont des toiles, ces trucs-là ?

Sutjiadi a zoomé à fond. On a vu des toiles grises, longues de centaines de mètres et larges de dizaines, remplissant les creux et les replis hors d'atteinte des batteries UV. Des petites choses angulaires, comme des araignées à quatre pattes rampant dans la toile. Plus loin dans la masse, on devinait une activité plus intense.

— C'est du rapide, a commenté Luc Deprez en mangeant une pomme. Mais moi, je trouve que ça ressemble à une structure défensive.

— Pour le moment, a concédé Hand.

— Eh bien, faisons en sorte que ça dure. (Cruickshank nous a tous regardés d'un air belliqueux.) On attend ces conneries depuis assez longtemps. Je propose qu'on sorte un mortier MAS et qu'on leur balance une caisse de bombes à fragmentation au milieu de ce bordel.

— Elles apprendront à gérer, Yvette. (Hansen regardait dans le vide en lui répondant. Apparemment, nous avions réussi à faire passer l'histoire du pack énergétique qui fuit, mais le fait qu'il ne nous reste qu'une seule bouée avait salement affecté Hansen.) Elles vont s'adapter, et apprendre.

Cruickshank a eu un geste d'humeur.

— Qu'elles apprennent. Ça nous fera gagner du temps, non ?

— Ça me paraît logique. (Sutjiadi s'est relevé.) Hansen, Cruickshank. Dès qu'on a fini de manger. Noyau de plasma, charge à fragmentation. Je veux voir cette saloperie brûler d'ici.

Sutjiadi a été exaucé.

Après un dîner rapide, pris assez tôt dans la *Nagini*, tout le monde s'est retrouvé sur la plage pour regarder le spectacle. Hansen et Cruickshank ont installé l'un des systèmes d'artillerie mobile, ont entré les prises de vue aériennes d'Ameli Vongsavath dans le calculateur de portée. Ils n'ont eu ensuite qu'à laisser l'arme lancer ses obus à plasma au-dessus des collines, et jusque dans la nanocolonie et ce qu'ils développaient sous leurs cocons toilés. L'horizon a pris feu.

J'ai regardé ça, accoudé au bastingage du chalutier, partageant avec Luc Deprez une bouteille de whisky de Sauberville trouvée dans un casier sur le pont.

— Très joli, a dit l'assassin en désignant le ciel embrasé avec son verre. Et très peu subtil.

— Mais c'est la guerre. Quitte à faire la guerre, autant la faire à fond.

— Étrange point de vue, pour un Diplo, a-t-il dit en me regardant curieusement.

— Ex-Diplo.

— Bon, ex-Diplo. Les Corps ont une réputation de subtilité.

— Quand ça leur va. Ils peuvent être assez peu subtils quand ils veulent. Regardez Adoracion. Sharya.

— Innenin.

— Ouais, Innenin aussi.

J'ai plongé les yeux dans les profondeurs de mon verre.

— Le manque de subtilité, c'est un problème, mec. La guerre aurait pu se terminer il y a un an, avec un peu plus de subtilité.

— Tu crois ?

J'ai levé la bouteille. Il m'a laissé le resservir d'un signe de la tête.

— Bien sûr. On lance une équipe comme moi dans Kempopolis, et on allume ce connard. Fin de la question.

— C'est simpliste, Deprez, ai-je dit en nous resservant tous les deux. Il a une femme, des enfants. Quelques frères. Autant de bons points de ralliement. Qu'est-ce que tu fais d'eux ?

— Ah, ben eux aussi, bien sûr. (Deprez a levé son verre.) À la tienne. Il faudrait sans doute tuer aussi la plupart de ses chefs d'état-major, mais et alors ? C'est l'affaire d'une nuit. Deux ou trois groupes, coordonnés. Coût total ?

J'ai descendu mon verre, grimacé.

— J'ai une tête de comptable ?

— Je sais simplement que pour le prix d'implantation de trois groupes d'élimination sur le terrain, on aurait pu terminer cette guerre il y a un an. Quelques dizaines de Vraies Morts, au lieu de ce bordel.

— Ouais, c'est ça. Ou alors, on pourrait déployer les systèmes intelligents de chaque côté et évacuer la planète jusqu'à ce qu'ils soient réduits à une situation inextricable. Dégâts mécaniques, aucune perte humaine. Mais je ne les imagine pas faire ça non plus.

— Non. Ça, ça coûterait trop cher. C'est toujours moins cher de tuer des gens que des machines.

— Tu as l'air un peu délicat, pour un tueur en infiltration, Deprez. Si je puis me permettre, bien sûr.

Il a secoué la tête.

— Je sais ce que je suis. Mais c'est une décision que j'ai prise, et je suis bon. J'ai vu les morts des deux côtés, à Chatichai. Il y avait des enfants, pas assez vieux pour être légalement conscrits. Ce n'était pas leur guerre, et ce qu'ils avaient fait ne méritait pas qu'on y meure.

J'ai réfléchi rapidement au peloton des Impacteurs que j'avais emmené sous les tirs ennemis à quelques centaines de kilomètres d'ici, au sud. Kwok Yuen Yee, les mains et les yeux arrachés par les mêmes shrapnels qui avaient emporté les membres d'Eddie Munharto et le visage de Tony Loemanako. D'autres, moins chanceux. Pas vraiment innocents, mais ils ne tenaient pas non plus à mourir.

Sur la plage, le tir de barrage s'est arrêté. J'ai plissé les yeux pour regarder Cruickshank et Hansen, troubles dans la noirceur montante du soir. Ils étaient en train de rétracter l'arme. J'ai vidé mon verre.

— Eh bien, voilà.

— Tu penses que ça va marcher ?

— Comme a dit Hansen, ça tiendra un temps.

— Pour qu'ils apprennent notre capacité d'artillerie. Et aussi à résister aux armes à rayons – les effets de chaleur sont très similaires. Et ils apprennent déjà notre capacité à ultravib avec les systèmes-sentinelles. Qu'est-ce qu'on a d'autre ?

— Des bâtons pointus…

— On va bientôt ouvrir la porte ?

— Demande ça à Wardani. C'est elle, l'experte.

— Tu parais… proche d'elle.

J'ai haussé les épaules, et regardé au loin en silence. Le soir recouvrait lentement la baie, ternissant la surface de l'eau.

— Tu restes là ?

J'ai agité la bouteille contre le soir et la lueur rouge qui brillait encore à l'horizon. Elle était encore à moitié pleine.

— Je ne vois aucune raison de partir pour l'instant.

Il a gloussé.

— Tu te rends compte qu'on boit un objet de collection, là ? On n'y croirait pas, à le boire, mais ce truc va valoir de l'argent, maintenant. Je veux dire… (Il a désigné Sauberville derrière lui.) Ils ne vont plus en faire beaucoup.

— Ouais. (Je me suis retourné le long du bastingage, face à la ville assassinée.) Alors on va la boire, cette putain de bouteille. À leur santé.

Après ça la conversation s'est faite plus lente et traînante à mesure que le niveau de la bouteille baissait, et que la nuit se solidifiait autour du chalutier. Le monde se résumait au pont, à la masse du poste de pilotage et à une pauvre poignée d'étoiles voilées de nuages. Nous avons laissé le bastingage pour nous asseoir sur le pont, appuyé contre des éléments bien pratiques de la structure.

À un moment, Deprez m'a demandé :

— Tu as grandi en cuve, Kovacs ?

J'ai levé la tête pour faire le point sur lui. C'était une erreur courante sur les Diplos, et « bébé-cuve » était une insulte tout aussi courante dans une demi-dizaine de mondes où on m'avait injecté. Mais venant d'un spec op…

— Non, bien sûr que non. Et toi ?

— Bien sûr que non. Mais les Diplos…

— Ouais, les Diplos… Ils te mettent dos au mur, ils trifouillent dans ta psyché en virtuel et te reconstruisent avec beaucoup de saloperies conditionnées que tu préférerais sans doute ne pas avoir, en y réfléchissant bien. Mais la plupart, ce sont quand même des humains réels. En grandissant en réel, on acquiert une flexibilité à peu près essentielle.

— Pas vraiment, a contesté Deprez en agitant un doigt. Ils pourraient générer un construct, lui donner une vie virtuelle en vitesse, puis l'injecter dans un clone. Un truc comme ça ne saurait même pas qu'il n'a pas eu d'enfance. Tu pourrais bien être un truc comme ça, sans le savoir.

J'ai bâillé.

— Ouais, ouais. Toi aussi, d'ailleurs. Comme tout le monde. C'est une chose avec laquelle on vit chaque fois qu'on se fait réenvelopper. Chaque fois qu'on passe par THD, et tu sais comment je suis sûr qu'on ne m'a rien fait de tel ?

— Comment ?

— Parce que jamais ils n'auraient programmé une enfance aussi tordue que la mienne. Elle m'a rendu sociopathe très tôt, avec une tendance sporadique et violente à la résistance face à l'autorité, et une imprédictibilité émotionnelle forte. Tu parles d'un putain de guerrier cloné, Luc...

Il a ri, et moi aussi après un moment.

— Mais ça fait réfléchir, quand même, a-t-il dit quand le rire est retombé.

— Quoi donc ?

— Tout ça. La plage, si calme. Ce silence. C'est peut-être un construct militaire, mec. Un endroit où nous faire patienter pendant qu'on est morts, pendant qu'ils décident où nous décanter.

J'ai haussé les épaules.

— Profites-en pendant que ça dure.

— Tu serais heureux comme ça ? Dans un construct ?

— Luc, après ce que j'ai vu pendant ces deux dernières années, je serais heureux dans la salle d'attente pour les âmes des damnés.

— Très romantique. Mais je te parle de virtuel militaire.

— Ce n'est qu'une question de termes.

— Tu t'estimes damné ?

J'ai bu un peu plus de whisky de Sauberville, et grimacé sous la brûlure.

— C'était une plaisanterie, Luc. Pour rire.

— Ah. Faut prévenir. (Il s'est soudain penché en avant.) Quand est-ce que tu as tué quelqu'un pour la première fois, Kovacs ?

— Si ce n'est pas trop indiscret.

— On pourrait mourir sur cette plage. Une Vraie Mort.

— Sauf si c'est un construct.

— Et si on est damnés, comme tu le dis.

— Alors je ne vois pas à quoi bon t'ouvrir mon âme.

Deprez a fait la moue.

— Bon, on va parler d'autre chose. Tu baises l'archéologue ?

— Seize ans.

— Quoi ?

— Seize ans. J'avais seize ans. Environ dix-huit, en temps terrestre. L'orbite de Harlan est plus basse.

— Ça reste très jeune.

J'y ai réfléchi.

— Non. Il était temps. Je traînais avec les gangs depuis que j'avais quatorze ans. Ça faisait deux ou trois fois que je passais à deux doigts.

— C'était un truc de gang ?

— C'était un beau bordel. On a essayé de braquer un dealer de tetrameth. Il était plus balèze qu'il pensait. Les autres ont fui, je me suis fait attraper. (J'ai regardé mes mains.) Après, j'ai été plus balèze qu'il le pensait.

— Tu as pris sa puce ?

— Non, j'ai juste foutu le camp. Il paraît qu'il est venu me chercher quand on l'a réenveloppé, mais je m'étais déjà engagé. Il n'avait pas assez de contacts pour faire chier l'armée.

— Et là, on t'a appris à infliger la Vraie Mort.

— Je suis sûr que j'aurais fini par y penser. Et toi ? Tu as eu des débuts aussi nazes ?

— Oh non, a-t-il dit d'une voix légère. J'ai ça dans le sang. Sur Latimer, mon nom est lié à l'armée. Ma mère était colonel dans les marines IP de Latimer. Son père à elle était commodore dans la Navy. J'ai un frère et une sœur, tous les deux militaires. (Il a souri, et ses dents de clone toutes neuves ont lui.) On nous cultive pour ça, quelque part.

— Et comment passe ton statut de commando d'infiltration, auprès de la famille ? Ils sont déçus que tu n'aies pas un commandement ? Si ce n'est pas trop indiscret.

Deprez a haussé les épaules.

—Un soldat, ça reste un soldat. Peu importe comment on tue. Enfin, c'est ce que ma mère me répète.

—Et ton premier ?

—Sur Latimer. (Il a souri, plongeant dans son souvenir.) Je n'étais pas tellement plus vieux que toi, j'imagine. Pendant le soulèvement de la Soufrière, je faisais partie de l'équipe de reconnaissance dans les marais. J'ai fait le tour d'un arbre, et vlan ! (Il a tapé du poing dans sa paume.) Il était là. Je l'ai descendu avant même de m'en rendre compte. Il a giclé sur dix mètres, en deux morceaux différents. J'ai tout vu, et je n'ai pas compris ce qui s'était passé. Je ne comprenais pas que j'avais abattu ce mec.

—Tu lui as pris sa pile ?

—Oh oui. C'était les ordres. Récupérer toutes les victimes pour interrogatoires. Ne laisser aucune trace.

—Ça a dû être sympa.

Deprez a secoué la tête.

—C'était glauque, a-t-il admis. Carrément glauque. Les autres mecs du peloton se sont foutus de moi, mais le sergent m'a aidé à découper. Il m'a aussi nettoyé, et m'a dit de ne pas trop m'inquiéter. Après, il y en a eu d'autres, et… ben, je me suis habitué.

—Et tu es devenu bon.

Il a croisé mon regard, et la confirmation de cette expérience partagée a fait briller ses yeux.

—Après la campagne de la Soufrière, on m'a décoré. Et recommandé pour les opérations clandestines.

—Tu as déjà croisé la confrérie du Carrefour ?

—Le Carrefour ? (Il a froncé les sourcils.) Ils étaient actifs dans les événements un peu plus au sud. Bissou et Le Cap – tu connais ?

J'ai secoué la tête.

— Bissou a toujours été leur territoire, mais on ne savait pas pour qui ils se battaient. Il y avait des hougans du Carrefour qui trafiquaient des flingues pour les rebelles du Cap – je le sais, j'en ai tué un ou deux moi-même – mais on en avait qui travaillaient pour nous. Ils nous donnaient des renseignements, des drogues, parfois des services religieux. Beaucoup de soldats du rang étaient très croyants, alors c'était une bonne chose d'avoir la bénédiction d'un hougan avant le combat. Tu as eu affaire à eux ?

— Une ou deux fois à Latimer City. Plus par réputation que par contact réel. Mais Hand est hougan.

— Vraiment… ? (Deprez a soudain paru pensif.) Il n'a pas… *l'attitude* d'un homme de religion.

— Non, en effet.

— Cela le rendra… moins prévisible.

— Yo, le Diplo ! (Le cri venait de sous le bastingage bâbord, et avec lui m'est parvenu le murmure d'un moteur.) T'es à bord ?

— Cruickshank ? (Je suis sorti de mes rêveries.) C'est toi, Cruickshank ?

Rires.

Je me suis remis sur mes pieds tant bien que mal pour aller jusque-là. En regardant vers le bas, j'ai aperçu Schneider, Hansen et Cruickshank, tous entassés sur la moto grav et faisant du surplace. Ils tenaient des bouteilles et autres accessoires festifs. À voir l'assise erratique de la moto, les réjouissances avaient déjà bien commencées sur la plage.

— Vous feriez bien de monter à bord avant de couler.

Les nouveaux invités apportaient de la musique. Ils ont lâché la sono sur le pont, et la nuit s'est éclairée de salsa des Limon Highlands. Schneider et Hansen ont préparé une pipe immense, et l'ont allumée à la base. La fumée dérivait en volutes odorantes parmi les filets et les cordages. Cruickshank a distribué des cigares au logo de ruine et d'échafaudage d'Indigo City.

— Ils sont illégaux, a remarqué Deprez en en roulant un entre les doigts.

— Butin de guerre, a expliqué Cruickshank en mordant dans son cigare avant de s'allonger sur le pont.

Elle a tourné la tête pour l'allumer à la base incandescente de la pipe, et a redressé le buste sans effort apparent. Elle m'a souri une fois relevée. J'ai fait semblant. Semblant qu'elle ne m'ait pas surpris en train d'admirer, fasciné, sa silhouette maorie étendue.

— *Super*, a-t-elle dit en me prenant la bouteille des mains. *Enfin* on fait des interférences.

J'ai trouvé un paquet froissé de Landfall Lights dans une poche, et j'ai allumé mon cigare sur la pastille.

— La fête était calme jusqu'à ce que vous arriviez.

— Ouais, c'est ça. Deux vieux loups qui comparaient leur tableau de chasse, non ?

La fumée du cigare était un peu piquante.

— Où t'as volé ça, Cruickshank ?

— Un employé d'armurerie chez Mandrake, juste avant qu'on parte. Et je n'ai rien volé du tout, on a un arrangement. Il me retrouve au stand de tir. Dans environ une heure, a-t-elle ajouté avec une grimace montrant qu'elle vérifiait son affichage rétinal interne. Alors. Vous compariez vraiment vos tableaux de chasse ?

J'ai regardé Deprez. Il a retenu un sourire.

— Non.

— Tant mieux. (Elle a soufflé la fumée vers le ciel.) J'ai assez entendu de conneries comme ça dans les Déploiements rapides. Bande de trouducs décérébrés. Putain, Samedi chéri, ce n'est pas comme si c'était *difficile* de tuer des gens. On peut tous le faire. Il s'agit juste de calmer les tremblements.

— Et de raffiner la technique, bien sûr.

— Tu te fous de moi, Kovacs ?

J'ai secoué la tête, vidé mon verre. Il y avait quelque chose de triste à voir quelqu'un d'aussi jeune que Cruickshank prendre tous les mauvais tournants qu'on pouvait prendre à quelques décennies subjectives d'écart.

— Tu viens de Limon, c'est ça ? a demandé Deprez.

— Des Highlands. J'y suis née, j'y ai grandi. Pourquoi ?

— Tu as déjà dû voir des Carrefour, alors.

Cruickshank a craché. Très précise, sous le bastingage, par-dessus bord.

— Ces connards. Bien sûr que j'en ai vu. Hiver 28. Ils suivaient les câbles, à convertir ou à brûler les villages si ça ne marchait pas.

Deprez m'a lancé un regard. Je lui ai dit.

— Hand est un ancien du Carrefour.

— Ça ne se voit pas. (Elle a soufflé sa fumée.) Et pourquoi ça se verrait ? On dirait des êtres humains, jusqu'au moment où ils prient. Vous savez, malgré toutes les saloperies qu'on reproche à Kemp… (Elle s'est arrêtée pour regarder autour d'elle. Sur Sanction IV, on faisait aussi attention aux commissaires politiques qu'au dosimètre.) Au moins il n'aura pas la foi avec lui. Il les a publiquement expulsés d'Indigo City, à ce que j'ai lu sur Limon avant le blocus.

— Il faut dire, Dieu, c'est un gros concurrent pour un mec avec l'ego de Kemp…, a lâché Deprez d'un ton sec.

— Il paraît que tout le quellisme est comme ça. Religion interdite.

J'ai grogné un rire.

— Eh ! (Schneider s'est trouvé une place dans notre cercle.) J'ai entendu la même chose. Qu'est-ce qu'elle disait ? *Crachez sur Dieu le tyran si ce connard vous demande des comptes ?* Un truc comme ça…

— Kemp n'est pas un putain de quelliste, a dit Ole Hansen. Hein, Kovacs ?

Il était vautré contre le bastingage, la pipe à la main. Il me la tendait d'un air spéculatif.

— Ça se discute. Il a emprunté deux ou trois trucs.

J'ai pris la pipe et j'ai tiré dessus, le cigare dans l'autre main. La fumée s'est engouffrée dans mes poumons, tapissant les surfaces internes comme un drap frais. L'invasion était plus subtile que celle du cigare, mais sans doute moins que celle du Vingt de Guerlain. Le rush est arrivé sur des ailes de glace se déployant dans ma poitrine. J'ai toussé et tendu le cigare à Schneider.

— Et ta citation est bidon. Conneries fabriquées de néo-quelliste à la con.

Ça a causé un certain remue-ménage.

— Arrêtez votre cirque.

— *Quoi*?

— C'est ce qu'elle a dit sur son lit de mort, putain!

— Elle n'est jamais morte, Schneider.

— *Ça*, c'est ce que j'appelle avoir la foi, a commencé Deprez avec ironie.

Les rires m'ont entouré. J'ai tiré une nouvelle bouffée sur la pipe avant de la passer à l'assassin.

— OK, *à notre connaissance*, elle n'est jamais morte. Elle a juste disparu. Mais on n'a pas de lit de mort sans mourir sur un lit.

— C'était peut-être un adieu.

— C'était peut-être des conneries. (Je me suis levé, hésitant.) Si vous voulez la citation, je vais vous la donner.

— Ouais!

— Vas-y! Fais péter!

Ils se sont reculés pour me laisser de la place. Je me suis raclé la gorge.

— *Je n'ai aucune excuse*, a-t-elle dit. Ça vient de ses *Journaux de campagne*, pas d'un putain de discours inventé sur son prétendu lit de mort. Elle battait en retraite devant Millsport, niquée par les microbombardiers. Les autorités de Harlan saturaient les ondes, affirmant que Dieu la ferait répondre des morts des deux camps. Elle a dit : « Je n'ai aucune excuse, et encore moins pour Dieu. Comme tous les tyrans, il ne mérite même pas la salive qu'on gaspillerait en négociations. Nous avons un accord bien plus simple – je ne lui demande pas de compte, et il me rend la pareille. »

Applaudissements, comme des oiseaux effrayés, sur le pont.

J'ai regardé leurs visages tandis que le silence revenait, évaluant leur degré d'ironie. Pour Hansen, cela paraissait avoir un sens. Il était assis, le regard sombre, et fumait d'un air pensif. À l'autre extrémité, Schneider avait terminé ses applaudissements avec un long sifflement, et se penchait sur Cruickshank avec des intentions sexuelles douloureusement évidentes. La gamine des Limon Highlands a coulé un regard en biais et a souri. En face, Luc Deprez était insondable.

— Dis-nous un poème, a-t-il demandé doucement.

— Ouais, a réagi Schneider. Un poème de guerre.

Sans prévenir, quelque chose m'a ramené d'un coup sur le pont du périmètre du vaisseau-hôpital. Loemanako, Kwok et Munharto, réunis autour de moi, portant leurs blessures comme autant de médailles. Sans aucun reproche. Des louveteaux prêts à se faire massacrer. Me demandant de tout valider, et de les emmener recommencer.

Et moi, quelles étaient mes excuses ?

— Je n'ai jamais appris ses poèmes, ai-je menti en m'éloignant vers le bastingage de la poupe.

Là, je me suis accoudé pour respirer l'air comme s'il était frais. Sur l'horizon des terres, les flammes du bombardement mouraient déjà. Je les ai regardées un moment, tour à tour intéressé par la lueur de l'incendie et les braises de mon cigare.

— On dirait que ces trucs de quellistes sont ancrés profondément. (Cruickshank, qui m'a rejoint le long du bastingage.) Ce n'est pas une blague quand on vient de H, hein ?

— Ce n'est pas ça.

— Non ?

— Nan… C'était une vraie malade, Quell. Elle a sans doute fait plus de Vraies Morts à elle seule que tous les marines du Protectorat en une seule mauvaise année.

— Impressionnant.

Je l'ai regardée, sans pouvoir m'empêcher de sourire. J'ai secoué la tête.

— Oh Cruickshank, *Cruickshank*.

— Quoi ?

— Un jour, tu vas te rappeler cette conversation, Cruickshank. Un jour, sans doute dans cent cinquante ans, quand tu seras de mon côté de l'interface.

— C'est ça, papy.

J'ai encore secoué la tête, sans parvenir à me défaire de mon sourire.

— Comme tu veux.

— Ben ouais. C'est comme ça depuis que j'ai onze ans.

— Pff, presque une décennie complète.

— J'ai vingt-deux ans, Kovacs. (Elle souriait en disant cela, pour elle-même, le regard dans le miroir étoilé de la mer, la voix plus dure que son sourire.) Signé pour cinq ans, dont trois en réserve tactique. Injection marine. Je suis arrivée neuvième de ma classe. Sur plus de quatre-vingts injectés. Septième en maîtrise du combat. Capo à dix-neuf ans, sergent à vingt et un.

— Morte à vingt-deux.

Mes paroles paraissaient plus dures que je l'avais voulu.

Cruickshank a inspiré, lentement.

— Mec, t'es salement déprimé, toi. Ouais, morte à vingt-deux. Et me voilà de retour, comme tout le monde ici. Je suis une grande fille, Kovacs, alors arrête ton plan de grand frère cinq minutes.

J'ai levé un sourcil, surpris de constater qu'elle avait raison.

— Comme tu veux. Ma grande.

— Ouais, je t'ai vu me mater. (Elle a tiré une grande bouffée sur son cigare et a craché la fumée vers la plage.) Alors, qu'est-ce que tu en dis ? On va s'y mettre avant que les retombées nous démolissent ? Saisir l'instant ?

Des souvenirs d'une autre plage m'ont assailli, des palmiers comme des cous de dinosaure ombrageant le sable blanc et Tanya Wardani qui rebondissait sur mes genoux.

— Je ne sais pas, Cruickshank. Je me demande si c'est vraiment une bonne idée.

— La porte te fiche les jetons, hein ?

— Ce n'est pas ce que je voulais dire.

— Pas grave, a-t-elle dit avec un geste désinvolte de la main. Tu penses que Wardani peut l'ouvrir, cette porte ?

— A priori, elle l'a déjà fait une fois.

— Ouais, mais elle a une sale mine, mec.

— Ça, c'est l'internement militaire, Cruickshank. Tu devrais essayer, un de ces quatre.

— Lâche-moi, Kovacs. (Sa voix était soudain chargée d'ennui, et elle a soulevé en moi un vent de colère.) On ne bosse pas dans les camps. Ça regarde le gouvernement, c'est purement local.

— Cruickshank, ma pauvre fille, tu ne sais pas de quoi tu parles.

Je me laissais porter par le vent.

Elle a cligné des yeux, raté un battement, puis s'est reprise. Les petites volutes de chagrin s'étaient étouffées sous un air cool à toute épreuve.

— Eh bien, euh, je sais ce qu'on raconte sur les Impacteurs de Carrera. Exécution rituelle des prisonniers, à ce qu'on dit. Très salement, *a priori*. Alors tu devrais être sûr d'être bien accroché au câble avant de te jeter sur moi, d'accord ?

Elle s'est retournée vers l'eau. J'ai regardé son profil un moment, cherchant pourquoi je perdais le contrôle, et n'aimant pas vraiment les raisons. Puis je me suis appuyé à côté d'elle.

— Je regrette.

— Laisse tomber, a-t-elle dit en s'écartant un peu de moi.

— Non, vraiment. Je regrette. Cet endroit me tue.

Un sourire involontaire lui a retroussé les lèvres.

— Enfin, on m'a déjà tué, plus souvent que tu ne croirais, ai-je poursuivi en secouant la tête. Mais ça n'avait jamais pris aussi longtemps.

— Ouais. Et puis t'es en pleine descente en rappel derrière l'archéologue.

— Ça se voit tant que ça ?

— Maintenant, oui. (Elle a examiné son cigare, l'a éteint entre son pouce et son index avant de le ranger dans sa poche poitrine.) Je te comprends. Elle est intelligente, elle comprend des trucs qui pour nous ne sont que des maths et des histoires de fantômes. Une nana supermystique. Je vois l'intérêt.

Elle a regardé autour d'elle.

— Je te surprends, hein ?

— Un peu.

— Eh ouais. Je suis peut-être bidasse, tu sais, mais je reconnais le Grand Choc quand je le vois. Le truc qu'on a là-bas, ça va changer notre façon de voir les choses. On le sent rien qu'à le regarder. Tu vois ce que je veux dire ?

— Oui.

— Ouais… (Elle a fait un geste vers le turquoise pâle de la plage.) Je le sais. Quoi qu'on fasse après tout ça, ce sera ce qu'on verra derrière la porte qui déterminera notre vie, jusqu'à la fin.

Elle m'a regardé.

— C'est bizarre, tu sais. Je suis morte. Et je suis revenue, et maintenant, il faut que je gère un truc pareil. Je ne sais pas si ça devrait me faire peur. Mais ce n'est pas le cas. J'ai hâte. Vraiment. J'ai hâte de voir ce qu'il y a de l'autre côté.

Un orbe de chaleur s'étendait entre nous. Quelque chose qui s'alimentait de ce qu'elle disait, de l'expression de son visage et d'une impression de temps qui nous filait autour comme un rapide.

Elle a souri, un truc fugace, puis s'est détournée.

— À tout à l'heure, Kovacs.

Je l'ai suivie des yeux, tout le long du bateau, tandis qu'elle retournait à la fête. Sans un regard en arrière.

Bien joué, Kovacs. Très classe. Tu pourrais être un peu moins délicat…

Circonstances exténuantes : je suis en train de mourir.

Comme tout le monde, Kovacs. Comme les autres.

Le chalutier a tangué, et j'ai entendu les filets grincer au-dessus de moi. Mon esprit est revenu à la prise que nous avions hissée à bord. La mort prise au filet, comme une geisha de Newpest dans un hamac. Face à cette image, la petite réunion de l'autre côté du pont paraissait soudain fragile, en danger.

Produits chimiques.

La vieille danse de Signification altérée, trop de produits chimiques dans les tuyaux. Oh, et ce putain de gène de loup. Ne pas oublier. Loyauté à la meute, toujours au pire moment.

Peu importe, je les aurai tous. La nouvelle moisson commence.

J'ai fermé les yeux. Les filets ont murmuré l'un contre l'autre.

J'ai été très pris dans les rues de Sauberville, mais…

Va te faire niquer.

J'ai jeté mon cigare par-dessus bord, me suis retourné pour revenir rapidement aux autres.

— Hé, Kovacs ! (Schneider, levant des yeux vitreux au-dessus de la pipe.) Où tu vas, mec ?

— L'appel de la nature, ai-je bavé par-dessus mon épaule.

J'ai descendu la coursive à la force du poignet, cinquante centimètres à la fois, en me bousillant les mains. En bas, je me suis cogné contre la porte d'une cabine qui oscillait doucement dans le noir. Je l'ai repoussée avec un fantôme imbibé de neurachem avant de me glisser dans l'espace étroit.

Des tuiles d'illuminum avec des plaques de protection mal posées laissaient passer de fines lignes de lumière à angle droit le long d'un mur. Juste assez pour voir les détails avec une vision naturelle. Un lit en ferraille, moulé dans le sol, partie intégrante de la structure d'origine. En face, des racks de rangement. Bureau et espace de travail en alcôve, de l'autre côté. Sans aucune raison, j'ai fait les trois pas nécessaires pour atteindre le bout de la cabine. Je me suis appuyé sur le panneau horizontal du bureau, la tête en bas. La spirale de l'afficheur de données s'est éveillée, me baignant dans une lumière indigo. J'ai fermé les yeux, laissant la lumière danser sur les ténèbres derrière mes paupières. Le truc de la pipe a remué ses anneaux de serpent dans mon cœur.

— *Tu vois, loup Impacteur ? Tu vois comment commence la nouvelle moisson ?*

— *Fous le camp de ma tête, Sémétaire.*

— *Tu te trompes. Je ne suis pas un charlatan, et Sémétaire n'est que l'un de mes très nombreux noms…*

— *Qui que vous soyez, vous allez vous attirer une balle antipersonnelle dans la tête, si vous continuez.*

— *Mais c'est toi qui m'as amené ici.*

— *Je ne crois pas, non.*

J'ai vu un crâne, roulant à des angles contre nature dans les filets. Un amusement sardonique souri par des lèvres noires et rongées.

— *J'ai été très pris dans les rues de Sauberville, mais j'ai fini. Et maintenant, j'ai du travail ici.*

— *Là, c'est* toi *qui te trompes. Quand j'aurai envie de te voir, je viendrai te chercher.*

— *Kovacs-vacs-vacs-vacs-vacs-vacs…*

J'ai ouvert les yeux. L'affichage les a inondés de lumière. Quelqu'un se déplaçait derrière moi.

Je me suis redressé, face à la couchette au-dessus du bureau. Le métal mat me renvoyait le bleu de l'affichage. La lumière accrochait un millier d'entailles et d'éraflures.

La présence derrière moi s'est déplacée…

J'ai inspiré.

… rapprochée…

Et me suis retourné, pour tuer.

— Putain, Kovacs, tu veux me flanquer une crise cardiaque ?

Cruickshank était à un pas de moi, les mains sur les hanches. La lueur de l'affichage a souligné le sourire incertain sur son visage, et la chemise ouverte sous sa veste caméléochrome.

J'ai libéré mon souffle. Ma giclée d'adrénaline est retombée.

— Cruickshank, qu'est-ce que tu fous là ?

— Kovacs, qu'est-ce que *toi*, tu fous là ? Tu as parlé d'un appel de la nature. Tu comptes pisser sur la borne de données ?

— Pourquoi tu m'as suivi ici ? Tu veux me la tenir ?

— Je ne sais pas. C'est ça que tu aimes, Kovacs ? T'es un tactile ? C'est ça, ton truc ?

J'ai fermé les yeux. Sémétaire était parti, mais le truc dans ma poitrine s'immisçait langoureusement dans tout mon corps. J'ai ouvert les yeux. Elle était encore là.

— Si tu veux parler comme ça, Cruickshank, t'as intérêt à bien traiter la marchandise…

Elle a souri. Une main décontractée est montée jusqu'à l'ouverture de sa chemise et a tiré sur le tissu pour dévoiler un sein. Elle a regardé sa chair si récente, comme fascinée. Puis elle a ramené sa main pour pincer son mamelon, jusqu'à ce qu'il durcisse.

— J'ai une tête à ne pas toucher, le Diplo ?

Elle a levé les yeux sur moi, et les choses se sont un peu précipitées. Ses cuisses se sont glissées entre les miennes, dures et chaudes au travers du treillis. J'ai écarté sa main de son sein pour la remplacer par la mienne. Serrés l'un contre l'autre, nous regardions tous les deux ce mamelon exposé entre nous, et ce que mes doigts lui faisaient. J'entendais son souffle devenir rauque tandis que sa main défaisait ma ceinture et se glissait plus bas. Elle a pris mon gland et l'a caressé avec le pouce et la paume.

Nous sommes tombés sur le côté, sur la couchette, dans un amas de membres et de vêtements. Une moisissure salée s'est tout de suite élevée autour de nous. Cruickshank a fermé la porte de la cabine d'un coup de pied. Le choc a dû s'entendre jusque sur le pont. J'ai souri dans les cheveux de Cruickshank.

— Pauvre Jan.

— Hein ?

Elle s'est détournée un moment de ce qu'elle faisait à ma queue.

— Je crois – ahhhhh – que ce que nous faisons va l'énerver. Il te court après depuis qu'on est partis de Landfall.

— Écoute, avec des jambes comme les miennes, n'importe qui avec un codage génétique hétéro me courrait après. (Elle a commencé à me caresser, chaque mouvement à quelques secondes d'intervalle.) Il ne faut. Pas trop. Y penser.

— D'accord, promis, ai-je répondu en inspirant à fond.

— Bien. De toute façon… (Elle a posé le bout d'un sein sur mon gland, et a commencé à me faire décrire de petits cercles.) Il doit déjà avoir assez à faire avec l'archéologue.

— *Quoi ?*

J'ai essayé de me mettre en position assise. Cruickshank m'a repoussé presque sans y penser, toujours concentrée sur la friction de mon sexe sur son sein.

— Non, toi tu restes avec moi jusqu'à ce que je t'aie fini. Je ne voulais pas t'en parler, mais puisqu'on en est là… Et puis, tu te remettras. Je les ai vus s'éloigner tous les deux, une ou deux fois. Et Schneider revient toujours avec un grand sourire benêt, alors je me suis dit… (Elle a haussé les épaules et repris ses mouvements espacés.) Remarque, il. N'est pas trop. Moche pour. Un Blanc, et. Wardani doit. Accepter tout ce. Qui lui tombe. Sous la main. Ça te plaît, Kovacs ?

J'ai grogné.

— C'est bien que ce que je me disais. Ah, les mecs, a-t-elle soupiré en soufflant la tête. Les trucs de porno-construct standard, ça ne rate jamais.

— Viens par ici, Cruickshank.

— Mm-mh. Pas question. Après. Je veux voir ta tête quand tu auras envie de jouir, et que je ne te laisserai pas faire.

Elle travaillait contre l'alcool, la pipe et l'empoisonnement aux radiations qui me saturaient le sang. Sémétaire qui traînait à l'arrière de mon crâne, et l'idée de Tanya Wardani entre les bras de Schneider – et pourtant, Cruickshank m'avait amené là où elle voulait en moins de dix minutes avec la combinaison de ses mouvements brusques et de la douceur de sa poitrine. Et quand elle m'y a amené, elle m'a retenu trois fois au bord du gouffre, poussant des bruits de gorge heureux et excités, avant de finir par me masturber rapidement et violemment, nous éclaboussant tous les deux de mon orgasme.

La libération a débranché quelque chose dans ma tête. Wardani et Schneider, Sémétaire et la mort imminente, tout est parti en même temps, m'a giclé par les yeux sous la force de l'orgasme. Je suis retombé sur le lit étroit, et la cabine au-delà s'est perdue dans une lointaine inutilité.

Quand j'ai de nouveau senti quelque chose, c'était le frôlement de la cuisse de Cruickshank tandis qu'elle se mettait à califourchon sur ma poitrine, radieuse.

— Et maintenant, le Diplo, voyons comment tu peux me remercier, a-t-elle dit en tendant les mains vers ma tête.

Elle m'a tenu le visage contre les plis de sa chair ouverte comme une mère aimante, en se balançant doucement. Sa chatte était chaude et humide contre ma bouche, et les sucs qui s'en écoulaient avaient un goût d'épices amères. Son odeur évoquait le bois délicatement brûlé, et sa gorge une scie allant d'avant en arrière. Je sentais la tension monter dans ses cuisses longilignes. Vers la fin, elle s'est soulevée de ma poitrine, allant et venant avec son pelvis comme un écho aveugle de pénétration. La cage de ses doigts qui plaquaient mon visage entre ses cuisses se fracturait parfois, comme si elle perdait sa dernière prise au-dessus de l'abysse. Le bruit dans sa gorge s'est fait plus urgent, un halètement qui annonçait le cri rauque.

On ne me perd pas si facilement, loup Impacteur.

Cruickshank s'est accroupie, les muscles crispés, et a crié son orgasme dans l'humidité de la cabine.

Pas si facilement.

Elle a frissonné avant de retomber, me coupant le souffle. Ses doigts m'ont lâché, ma tête est retombée sur les draps poisseux.

Je suis verrouillé et

— Bon, a-t-elle commencé en tendant la main en arrière, plus bas sur mon corps. Voyons ce que nous… Oh.

Sa surprise était indéniable. Mais elle a parfaitement caché la déception attenante. J'étais à moitié dur dans sa main, ma trique mourante affluant dans les muscles dont mon corps pensait avoir besoin pour combattre ou fuir le truc dans ma tête.

Oui. Tu vois comment la nouvelle moisson commence. Tu peux fuir, mais…

Fous le camp de ma tête tout de suite.

Je me suis hissé sur les coudes, sentant l'extinction passer sur mon visage en petites bandes d'impassibilité. Le feu que nous avions allumé dans la cabine retombait. J'ai tenté de sourire, et senti Sémétaire m'en empêcher.

— Désolé. Quand même. Je pense que la mort commence plus tôt que prévu.

Elle a haussé les épaules.

— Eh, Kovacs. L'expression *purement physique* n'a jamais été plus juste qu'à l'instant. Ne sois pas trop dur…

J'ai sourcillé.

—Oh merde, désolée.

Elle affichait le même effondrement comique que dans l'entretien sous construct. C'était encore plus drôle sur son enveloppe maorie. J'ai gloussé, et savouré son éclat de rire en retour. Et souri plus fort encore.

—Ahh, a-t-elle soupiré en sentant la différence. Tu veux essayer quand même ? Il ne faudra pas grand-chose, je suis trempée.

Elle a glissé vers l'arrière et s'est arc-boutée sur moi. Dans la faible lueur de la borne de données, j'ai fixé mon regard sur son entrecuisse avec une sorte de désespoir, et elle m'a avalé en elle avec la confiance de quelqu'un qui glisse une balle dans son chargeur.

La chaleur, la pression, et le long corps tendu qui me chevauchait étaient les fragments qui m'ont servi à continuer, mais ce n'était tout de même rien de glorieux. J'ai glissé en dehors d'elle deux ou trois fois, et mon problème est devenu le sien. L'absence d'abandon entamait son excitation, la réduisait à peine à une expertise technique méthodique, une détermination à terminer ce qu'elle avait commencé.

Tu vois comment...

J'ai chassé la voix à l'arrière de ma tête, et trouvé une détermination égale à celle de la femme à qui j'étais uni. Cela a fonctionné un moment, une attention aux poses, et des sourires crispés. Puis je lui ai mis un pouce dans la bouche, l'ai laissée l'humidifier avant de le plaquer sur son clitoris. Elle a pris mon autre main pour l'écraser sur son sein, et peu de temps après, elle a eu une sorte d'orgasme.

Pas moi, mais dans le baiser souriant et en sueur que nous avons échangé après qu'elle avait joui, ça n'avait aucune importance.

Ça n'avait pas été somptueux, mais au moins cela avait écarté Sémétaire un moment. Et plus tard, quand Cruickshank a remis ses vêtements pour retourner sur le pont, sous les vivats et les applaudissements du reste du groupe, je suis resté dans l'ombre à l'attendre. Et il a choisi de ne pas se montrer.

C'était mon premier semblant de victoire sur Sanction IV.

Chapitre 26

J'ai repris connaissance en pleine tronche, comme la griffe d'un combattant monstrueux.

J'ai grimacé sous l'impact, et roulé sur moi-même dans la couchette, essayant de retrouver le sommeil en rampant, mais le mouvement a amené avec lui une déferlante de nausée. J'ai stoppé le haut-le-cœur sur place par un effort de volonté, et me suis soulevé sur un coude, en clignant des yeux. La lumière faisait une percée floue dans l'ombre au-dessus de ma tête, par un hublot que je n'avais pas remarqué la nuit précédente. De l'autre côté de la cabine, le terminal tissait sa spirale infinie, de l'émanateur du bureau aux données système, écrasées en haut à gauche de l'affichage, près de l'étagère. Des voix me parvenaient depuis l'autre côté de la paroi.

Vérifiez la fonctionnalité. J'ai entendu les conseils de Virginia Vidaura, apprises dans les modules d'entraînement diplo. *Ce n'est pas la blessure qui vous intéresse, ce sont les dégâts. La douleur, soit vous l'utilisez, soit vous l'écartez. Les blessures ne comptent que si elles provoquent une gêne structurelle. Ne vous inquiétez pas pour le sang. Ce n'est pas le vôtre. Vous avez enfilé cette chair il y a quelques jours, et vous allez l'enlever très vite si vous parvenez à ne pas vous faire tuer avant. Ne vous occupez pas des blessures ; vérifiez votre fonctionnalité.*

Ma tête… on aurait dit que quelqu'un la sciait en deux depuis l'intérieur. Des vagues de sueur fiévreuse me traversaient, apparemment depuis un point à l'arrière de mon crâne. Le fond de mon estomac s'était replié et logé à l'arrière de ma gorge. Mes poumons me faisaient mal, d'une façon obscure et nébuleuse. J'avais l'impression qu'on m'avait tiré dessus avec le sonneur dans ma poche de veste. Avec un rayon pas particulièrement faible.

Fonctionnalité !

Merci Virginia.

Difficile de dire ce qui était causé par la gueule de bois et ce qui provenait de ma mort. Difficile de s'en soucier. Je me suis hissé en position assise avec prudence, au bord de la couchette, et j'ai remarqué, pour la première fois, que je m'étais endormi plus ou moins tout habillé. J'ai fouillé dans mes poches, trouvé le pistolet médical de terrain et les capsules antiradiations. J'ai soupesé les tubes de plastique transparent d'une main en y réfléchissant. Le choc de l'injection me ferait sans doute vomir.

Une exploration plus complète de mes poches m'a permis de trouver un tube d'analgésiques militaires. J'ai pris une dose entre le pouce et l'index, et je l'ai regardé un moment. J'en ai ajouté une autre. Mes réflexes conditionnés ont pris le contrôle pendant que je vérifiais le canon du pistolet médical, que je l'ouvrais et que je logeais les deux capsules de cristaux en enfilade. J'ai refermé la glissière, et le pistolet a émis un gémissement de plus en plus aigu à mesure que le champ magnétique se chargeait.

Ma tête me lançait. Une sensation éreintante, douce et dure, qui me faisait, je ne sais pas pourquoi, penser aux parcelles de données qui flottaient dans le coin de la spirale à l'autre bout de la pièce.

La lumière de charge a viré au rouge sur le pistolet. Dans le logement, dans les capsules, les cristaux au format militaire étaient alignés, la pointe acérée tournée vers le canon comme des millions de dagues attendant leur heure. J'ai calé le canon contre la saignée de mon coude et j'ai pressé la détente.

Le soulagement a été instantané. Un rush rouge m'a traversé la tête, balayant la douleur en traînées rose et gris. Matériel Impacteur. Ce qui se fait de mieux pour les loups de Carrera. J'ai souri, shooté par la montée d'endorphines, et j'ai attrapé les capsules antiradiations.

Putain Virginia, si tu savais ce que je me sens fonctionnel, là…

J'ai vidé les capsules déchirées des analgésiques. Rechargé avec l'antirad, et refermé la glissière.

Regarde-toi, Kovacs. Un ensemble de cellules mourantes, en pleine désintégration, rafistolé avec du fil chimique.

Ça ne ressemblait pas à du Virginia Vidaura. Peut-être Sémétaire qui sortait enfin de sa retraite. J'ai chassé son commentaire à l'arrière de mon esprit et me suis concentré sur la fonction.

Vous avez enfilé cette chair il y a quelques jours, et vous allez l'enlever très vite…

Ouais, ouais.

J'ai attendu le gémissement magnétique. Le clin d'œil rouge.

Appuyé.

Mais alors fonctionnel à un point…

Une fois mes vêtements arrangés dans un ordre à peu près présentable, j'ai suivi les voix jusqu'au réfectoire. Toute la fête était là, à l'exception notable de Schneider, et le petit déjeuner était en cours. J'ai eu droit à quelques applaudissements brefs en arrivant. Cruickshank a souri, a cogné sa hanche contre la mienne et m'a tendu un mug de café. À voir ses pupilles, je n'étais pas le seul à taper dans le sac à médicaments militaires.

— À quelle heure vous vous êtes mis en route ?

— Il y a environ une heure, a répondu Ole Hansen en consultant son affichage rétinien. Luc s'est proposé de cuisiner. Je suis reparti chercher de quoi au campement.

— Et Schneider ?

Hansen a haussé les épaules et pris une bouchée de nourriture.

— Il est parti avec moi, mais il a préféré rester sur place. Pourquoi ?

— Comme ça.

— Tiens, a dit Deprez en faisant glisser devant moi une assiette avec une grosse omelette. Refais le plein.

J'ai essayé de prendre quelques bouchées, mais sans ranimer mon enthousiasme. Je ne ressentais aucune douleur précise, mais il y avait une instabilité malade dans mon insensibilité. Et je la savais installée au niveau cellulaire. Cela faisait quelques jours que je manquais d'appétit, et c'était de plus en plus difficile de garder ce que je mangeais le matin. J'ai découpé l'omelette et fait ce que j'ai pu, mais au final j'ai presque tout laissé.

Deprez a fait semblant de ne rien remarquer, mais je voyais que ça lui faisait de la peine.

— Quelqu'un a vu si nos petits amis sont toujours en feu ?

— Il y a de la fumée, a répondu Hansen, mais pas beaucoup. Tu ne finis pas ?

J'ai secoué la tête.

— Fais passer. (Il a pris mon assiette et l'a vidée dans la sienne.) Tu as vraiment dû abuser de l'herbe locale, hier soir.

— Je suis en train de crever, Ole, ai-je rappelé avec humeur.

— Ouais, c'est peut-être ça. Ou la pipe. Mon père m'a dit une fois : « Ne mélange jamais l'alcool et la fumette. Ça te flingue la tête. »

Un communicateur a sonné à l'autre bout de la table. L'inducteur de quelqu'un était resté connecté. Hansen a grogné, attrapé l'appareil de sa main libre et l'a levé à son oreille.

— Hansen. Ouais. (Il a écouté.) D'accord. Cinq minutes. (Il a encore écouté, et un sourire est apparu sur son visage.) D'accord. Je leur dis. Dix minutes.

Il a laissé le communicateur retomber au milieu des assiettes en faisant la grimace.

— Sutjiadi ?

— Dans le mille. Il va faire une reconnaissance aérienne sur les nanocolonies. Ah oui… (Son sourire est revenu.) Le chef a dit de *ne plus* éteindre les inducteurs, sinon il fait un rapport *disciplinaire.*

— Texto ? a demandé Deprez en gloussant.

— Non. Je paraphrase, a répondu Hansen en lâchant sa fourchette dans l'assiette et en se relevant. Il n'a pas dit rapport disciplinaire, il a dit RP9.

Dans des circonstances idéales, avoir le commandement d'un petit groupe pareil est toujours un calvaire. Quand votre équipe est entièrement composée de *prima donna* spec ops hypermortels, tous morts au moins une fois, ça doit être un cauchemar.

Sutjiadi s'en tirait bien.

Il nous a regardés d'un air impassible tandis que nous nous asseyions dans la salle de briefing. La plaquette mémoire de chaque chaise avait été garnie d'analgésiques à croquer. Quelqu'un a poussé un glapissement de joie par-dessus le murmure général en voyant le médicament, puis s'est calmé quand Sutjiadi a regardé dans sa direction. Quand il a pris la parole, sa voix aurait pu appartenir à un mandroïde de restaurant conseillant un vin particulier.

— Si quelqu'un a encore la gueule de bois, il a intérêt à faire face *maintenant.* L'une des sentinelles du cercle extérieur est HS. Aucune indication de la cause.

Ça a produit la réaction désirée. Le murmure de conversation est mort. J'ai senti retomber mon trip à l'endorphine.

— Cruickshank et Hansen, vous prenez une des motos et que vous partez en reconnaissance. Au premier signe d'activité, *n'importe quelle* activité, vous faites demi-tour et vous revenez tout droit ici. Autrement, vous récupérez les débris sur site et vous les rapportez pour analyse. Vongsavath, je veux que la *Nagini* soit parée au décollage en permanence. Tous les autres, armez-vous et restez où je pourrai vous trouver. Et portez vos inducteurs tout le temps. (Il s'est tourné vers Tanya Wardani, vautrée dans une chaise à l'arrière de la salle, blottie dans son manteau et sa morosité.) Maîtresse Wardani. Vous avez une estimation du temps qu'il vous faudra ?

— Peut-être demain. (Rien n'indiquait qu'elle le regardait derrière ses lentilles.) Avec un peu de chance.

Quelqu'un a reniflé. Sutjiadi n'a pas pris la peine de regarder qui.

— Je n'ai pas à vous rappeler, maîtresse Wardani, que nous sommes menacés.

— Non, en effet. Je serai dans la caverne.

Elle s'est dépliée et a flotté vers la sortie. La réunion s'est achevée avec son départ.

Hansen et Cruickshank sont partis moins d'une demi-heure. Le spécialiste en démolition est directement allé voir Sutjiadi.

— Rien. Pas de débris, pas de traces de brûlure, aucun signe de dégâts mécaniques. Rien. En fait, a-t-il dit en regardant par-dessus son épaule la direction d'où ils revenaient, rien qui indique qu'il y avait récemment une machine là-bas.

La tension dans le camp a monté d'un cran. La plupart des agents, fidèles à leur vocation individuelle, se sont retirés dans un silence nerveux et un examen semi-obsessionnel de leurs armes préférées. Hansen a déballé les grenades corrosives et examiné les déclencheurs. Cruickshank a démonté les systèmes d'artillerie mobile. Sutjiadi et Vongsavath ont disparu dans le cockpit de la *Nagini*, suivis par Schneider après une brève hésitation. Luc Deprez s'est sérieusement entraîné avec Jiang

Jianping près de la mer, et Hand s'est retiré dans son préfa, sans doute pour brûler un peu plus d'encens.

J'ai passé le reste de la matinée assis sur un rocher au-dessus de la plage avec Sun Liping, espérant que les résidus de la nuit précédente finiraient par sortir de mon système avant les analgésiques. Le ciel nous annonçait un temps plus clément. Le gris implacable de la veille s'était déchiré sur des récifs bleus arrivés de l'ouest. À l'est, la fumée de Sauberville filait en biais avec la couverture nuageuse repoussée. Une vague conscience de la gueule de bois qui m'attendait derrière le rideau des endorphines donnait à l'ensemble un ton bien trop cotonneux.

La fumée des nanocolonies annoncée par Hansen avait disparu. Quand j'en ai parlé à Sun, elle s'est contentée de hausser les épaules. Apparemment, je n'étais pas le seul à me sentir trop mou.

— Tout ça t'inquiète un peu ? lui ai-je demandé.

— Cette situation ? (Elle a paru y réfléchir.) Je pense que j'ai connu plus dangereux.

— Bien sûr. Tu y es morte.

— Euh, oui. Mais je ne parlais pas de ça. Les nanosystèmes sont embêtants, mais même si les peurs de Matthias Hand sont fondées, je ne les vois pas évoluer si vite en un truc capable de descendre la *Nagini*.

J'ai repensé aux canons-sauterelles que Hand avait mentionnés. Cela faisait partie des nombreux détails dont il avait préféré ne pas faire part à l'équipe quand il avait révélé la présence du système N-REPO.

— Ta famille sait ce que tu fais pour vivre ?

— Oui, bien sûr, a-t-elle répondu d'un air surpris. C'est mon père qui m'a conseillé l'armée. C'était une bonne façon de faire payer mon entraînement aux systèmes. Ils ont toujours de l'argent, m'avait-il dit. Décide de ce que tu veux faire, et ensuite arrange-toi pour que ce soit eux qui le paient. Bien sûr, je n'avais jamais pensé qu'il y aurait une guerre. Qui l'aurait cru, il y a vingt ans ?

— Ouais...

— Et les tiens ?

— Mes quoi ? Mon père ? Je ne sais pas, je ne l'ai pas vu depuis mes huit ans. Ça fait près de quarante ans, en temps subjectif. Plus de cent cinquante, en objectif.

— Je regrette.

— Surtout pas. Ma vie s'est follement améliorée quand il est parti.

— Tu ne crois pas qu'il serait fier de toi, maintenant ?

J'ai ri.

— Oh si, c'est certain. Il a toujours aimé la violence. Abonné à chaque saison de combats. Bien sûr, il n'avait aucun entraînement, donc il devait toujours se défouler sur des femmes et des enfants. (Je me suis raclé la gorge.) Mais oui. Il serait fier de ce que j'ai fait de ma vie.

Sun a gardé le silence un moment.

— Et ta mère ?

J'ai détourné le regard, pour essayer de me souvenir. Le problème du souvenir total des Diplos, c'est que les souvenirs avant le conditionnement paraissent souvent flous et incomplets, par comparaison. On s'en éloigne de plus en plus vite, comme un décollage, un lancement. À l'époque, ça me faisait très envie. Maintenant, je doutais. Je n'arrivais pas à me souvenir.

— Je pense qu'elle était contente quand je me suis engagé, ai-je dit avec lenteur. Quand je suis rentré chez moi avec l'uniforme, elle a fait une cérémonie du thé pour moi. Elle avait invité toute la rue. Elle devait être fière. Et l'argent tombait vraiment à pic. Nous étions trois à nourrir – moi et deux petites sœurs. Elle a fait ce qu'elle pouvait quand mon père est parti, mais nous étions toujours sans le sou. Quand j'ai fini la formation de base, notre revenu a dû tripler. Sur Harlan, le Protectorat paie plutôt bien ses soldats – il faut qu'il lutte contre les yakuza et les quellistes.

—Elle sait que tu es ici ?

J'ai secoué la tête.

—Je suis parti trop souvent. Dans les Diplos, on vous déploie partout sauf dans votre monde natal. Il y a moins de risques que vous développiez une empathie gênante pour ceux que vous devez tuer.

—Oui, a dit Sun. Précaution standard. Ça se comprend. Mais tu n'es plus Diplo. Tu n'es pas rentré chez toi ?

J'ai souri sans joie.

—Si, comme criminel professionnel. Quand on quitte les Diplos, il n'y a pas grand-chose d'autre à faire. Et à l'époque, ma mère était remariée, à un officier de recrutement du Protectorat. Une réunion de famille semblait… disons, déplacée.

Sun n'a rien dit. Elle paraissait regarder la plage, en attendant quelque chose.

—C'est calme, ici, n'est-ce pas ? ai-je dit pour combler le silence.

—À un certain niveau de perception. Pas, bien sûr, au niveau cellulaire. On livre une bataille enragée, que nous sommes en train de perdre.

—Vas-y, remonte-moi le moral.

Un sourire a flotté jusqu'à ses lèvres.

—Désolée. Mais c'est difficile de penser en termes de paix, quand on a une ville assassinée d'un côté, la force retenue d'un hyperportail de l'autre, une armée de nanobestioles qui se rapproche, et l'air saturé d'une dose mortelle de radiations.

—C'est sûr, présenté comme ça…

—C'est ma formation, Kovacs, a-t-elle répondu avec un sourire. Je passe mon temps à interagir avec des machines à un niveau que mes sens normaux ne peuvent pas percevoir. Quand on fait ça, on commence à voir la tempête derrière le calme en toute chose. Regarde par ici. Tu vois un océan calme, la lumière du soleil qui tombe sur une mer étale. C'est pacifique, oui. Mais sous la surface, des millions de créatures se livrent une guerre sans merci pour se nourrir et survivre. Regarde, la plupart des cadavres de mouettes ont déjà disparu. Rappelle-moi de ne pas aller nager. Même le soleil est un tir de barrage de particules subatomiques, éradiquant tout ce qui n'a pas développé le bon niveau de protection. Bien sûr, toutes les créatures vivantes d'ici ont cette protection, puisque des ancêtres à elles sont mortes par millions pour que quelques survivants puissent développer leur caractéristique mutante.

— Toute paix est une illusion, hein ? Ça pourrait être une citation de moine contemplatif.

— Non, pas une illusion. Mais elle est relative. Comme tout. La paix n'est jamais gratuite. On la paie forcément, à un moment ou à un autre. Par son opposé.

— C'est pour ça que tu restes chez les militaires ?

— C'est mon *contrat*, qui me fait rester chez les militaires. J'ai encore dix ans à faire. Et si je suis honnête, a-t-elle ajouté en haussant les épaules, je resterai sans doute après. La guerre sera finie, à ce moment-là.

— Il y a toujours d'autres guerres.

— Pas sur Sanction IV. Quand on aura écrasé Kemp, il y aura un durcissement. Actions policières uniquement. Ils ne laisseront plus jamais les choses leur échapper à ce point.

J'ai pensé à l'exultation de Hand face aux protocoles de licence tous azimuts, qui poussaient Mandrake pour le moment, et j'en ai douté.

Tout haut, j'ai commenté :

— On peut autant se faire tuer lors d'une opération de police qu'au cours d'une guerre.

— Je suis déjà morte une fois. Regarde-moi. Ça ne m'a pas tuée…

— D'accord, Sun. (J'ai senti une nouvelle vague de fatigue m'écraser, me retourner l'estomac et me ravager les yeux.) J'abandonne. T'es une grosse coriace. Tu devrais raconter tout ça à Cruickshank. Elle dévorerait chacune de tes paroles.

— Je ne pense pas qu'Yvette Cruickshank ait besoin du moindre encouragement. Elle est assez jeune pour s'amuser.

— Ouais, tu as sans doute raison.

— Et si vous me jugez comme une *grosse coriace*, ce n'était pas mon intention. Mais je suis soldat de carrière, et il serait idiot d'accumuler de la rancœur contre ce choix. Après tout, c'est moi qui l'ai fait. On ne m'a pas conscrite.

— Ouais, de nos jours, c'est… (Toute dureté a abandonné ma voix quand j'ai vu Schneider se laisser tomber de la trappe avant de la *Nagini* et courir le long de la plage.) Mais où il va ?

En dessous de nous, sous l'angle de la corniche où nous étions assis, Tanya Wardani venait d'émerger. Elle marchait plus ou moins vers la mer, mais sa démarche était étrange. Son manteau paraissait scintiller d'un éclat bleuté sur un côté. Des taches granuleuses étrangement familières.

Je me suis relevé. J'ai lancé le neurachem.

Sun a posé une main sur mon bras.

— Elle va…

C'était du sable. Des taches de sable turquoise humide de l'intérieur de la caverne. Du sable qui avait dû se coller à elle quand…

Elle s'est effondrée.

C'était une chute sans grâce. Sa jambe gauche a cédé quand elle l'a posée. Elle a pivoté et s'est écroulée sur le membre affaibli. J'étais déjà en mouvement, sautant de la corniche en quelques pas planifiés par le neurachem, chacun ne m'offrant qu'une prise momentanée, abandonnée pour la suivante avant de glisser. J'ai atterri sur le sable à peu près en même temps que Wardani, et j'étais à ses côtés quelques secondes avant Schneider.

— Je l'ai vue tomber quand elle est sortie de la caverne, a-t-il balbutié en me rejoignant.

— Il faut la…

— Je vais *bien*. (Wardani s'est retournée et a repoussé mon bras. Elle s'est redressée et nous a regardés, Schneider et moi ; j'ai remarqué, choqué, à quel point elle était hagarde.) Vraiment, les gars, je vais bien. Merci.

— Alors que se passe-t-il ? lui ai-je demandé tout bas.

— Ce qui se passe ? (Elle a toussé et craché dans le sable, un phlegme strié de sang.) Je meurs, comme tout le monde dans le voisinage. Voilà ce qui se passe.

— Tu pourrais peut-être lâcher le travail pour aujourd'hui, a proposé Schneider d'un ton hésitant. Tu devrais peut-être te reposer.

Elle lui a jeté un regard interrogateur, puis a monopolisé toute son attention pour se relever.

— Ah, au fait ! (Elle s'est remise sur ses pieds avec un sourire.) J'oubliais. J'ai ouvert la porte. Je l'ai eue.

J'ai vu du sang dans son sourire.

Chapitre 27

— Je ne vois rien, a dit Sutjiadi.

Wardani a soupiré et marché jusqu'à une de ses consoles. Elle a touché une séquence de panneaux-écrans, et l'un des filigranes s'est étiré entre nous et la spire apparemment impénétrable de technologie martienne au centre de la caverne. Nouveau changement d'écran, et les lampes dans les coins de la caverne s'allument d'un bleu incandescent.

— Voilà.

Au travers de l'écran extensible, tout baignait dans une lumière violette chaude. Dans le nouvel agencement de couleurs, les bords supérieurs de la porte clignotaient et étaient parcourus de grumeaux de brillance qui traversaient la lueur environnante comme des cerises toxiques en rotation.

— Qu'est-ce que c'est ? a demandé Cruickshank derrière moi.

— Un compte à rebours. (Schneider avait parlé avec le détachement d'un habitué. Il avait déjà vu ça.) N'est-ce pas, Tanya ?

Wardani a eu un petit sourire avant de se tourner de nouveau vers sa console.

— Nous sommes à peu près certains que les Martiens voyaient plus loin que nous dans le bleu. Beaucoup de leurs notations visuelles paraissent faire référence à des bandes dans l'ultraviolet. (Elle s'est raclé la gorge.) Ils auraient pu voir ceci sans aide. Et en gros, c'est un avertissement : écartez-vous.

J'ai regardé, fasciné. Chaque grumeau paraissait s'allumer au sommet de la spire et se scinder pour couler rapidement le long des bords jusqu'à la base. À certains intervalles de cette descente, les lumières se divisaient encore dans les plis des embranchements du bord. C'était difficile à dire, mais si on suivait leur trajectoire à cette séparation, les lumières paraissaient se déplacer sur une grande distance dans la géométrie de chaque fente. Plus loin qu'elles ne l'auraient dû dans un espace à trois dimensions.

— Le spectre devient visible, plus tard, a dit Wardani. La fréquence diminue à mesure que nous approchons de l'événement. Je ne sais pas trop pourquoi.

Sutjiadi s'est retourné. Dans les éclairs de lumière altérée par l'écran filigrane, il paraissait mécontent.

— Combien de temps ?

Wardani a levé le bras et désigné un compte à rebours numérique qui défilait.

— Environ six heures standard. Un peu moins, maintenant.

— Samedi chéri, que c'est *beau*, a soufflé Cruickshank.

Elle se tenait à côté de moi, et regardait la spire derrière l'écran avec des yeux médusés. La lumière avait lavé son visage de toute émotion autre que l'émerveillement.

— Nous ferions bien d'apporter la bouée, capitaine. (Hand regardait ces explosions de couleur avec une expression que je n'avais plus vue depuis que je l'avais surpris en prière.) Et le cadre de lancement. Nous allons la lancer au travers.

Sutjiadi a tourné le dos à la porte.

— Cruickshank ! Cruickshank !

— Mon capitaine ?

La femme des Limon a cligné des yeux et l'a regardé, mais on sentait son envie de retourner au spectacle qui la fascinait.

— Retournez à la *Nagini*, et aidez Hansen à préparer la bouée pour le lancement. Et dites à Vongsavath de planifier un décollage et un atterrissage pour ce soir. Voyez si elle ne peut pas traverser une partie du brouillage et contacter les Impacteurs en poste à Masson. Pour leur dire qu'on repart. (Il m'a regardé.) Je m'en voudrais de me faire abattre par des tirs alliés aussi près du but.

J'ai regardé Hand pour voir comment il allait gérer ça.

Je n'aurais pas dû m'inquiéter.

— Aucune communication pour l'instant, capitaine. (La voix du cadre était une merveille de détachement – on aurait juré qu'il était absorbé par le compte à rebours de la porte – mais, sous ce ton, on retrouvait la tension caractéristique d'un ordre.) Pour l'heure, restons sur une base de communication minimale des informations jusqu'à ce que nous soyons prêts à repartir. Demandez juste à Vongsavath de préparer la parabole.

Sutjiadi n'était pas idiot. Il a entendu le câblage dans la voix de Hand et m'a lancé un regard interrogateur.

J'ai haussé les épaules, et abondé dans le sens de la tromperie de Hand. Après tout, un Diplo, ça sert à ça...

— Voyons les choses autrement, Sutjiadi. S'ils savaient que vous étiez à bord, ils nous abattraient sans doute, juste pour vous avoir.

— Les Impacteurs de Carrera, a dit Hand avec raideur, ne feraient rien de tel tant qu'ils sont sous contrat pour le Cartel.

— Vous voulez dire le gouvernement, non ? a raillé Schneider. Je croyais que c'était une affaire purement domestique, Hand ?

L'intéressé lui a lancé un regard las.

— Vongsavath, a dit Sutjiadi en passant son micro sur le canal général. Vous êtes là ?

— À ma place.

— Et les autres ?

Quatre autres voix ont fait vibrer l'inducteur à mon oreille. Hansen et Jiang alertes et tendus, Deprez laconique, et Sun quelque part entre les deux.

— Préparez un décollage et un atterrissage. D'ici à Landfall. Nous devrions partir dans environ sept heures.

Une salve de cris de joie a retenti dans mon inducteur.

— Essayez de vous faire une idée de la circulation suborbitale le long de la courbe, mais maintenez le silence en transmission jusqu'à notre départ. C'est clair ?

— En mode silencieux, a confirmé Vongsavath. Compris.

— Bien. Hansen, Cruickshank vient vous aider à préparer la bouée. Les autres, restez vigilants. Terminé. (Sur un signe de tête du capitaine, Cruickshank est sortie de la caverne. Sutjiadi, un peu plus détendu, s'est tourné vers l'archéologue.) Maîtresse Wardani, vous avez l'air malade. Est-ce que votre présence ici est encore nécessaire ?

— Je… (Les épaules de Wardani se sont affaissées derrière la console.) Non, j'ai fini. Jusqu'à ce que vous vouliez refermer cette saleté.

— Oh, ce ne sera pas nécessaire, a assuré Hand en regardant la porte d'un air de propriétaire. Une fois la bouée en place, nous pourrons avertir le Cartel et amener une équipe complète. Avec le soutien des Impacteurs, je pense que nous pourrons imposer le cessez-le-feu dans cette zone… (Il a souri.)… asscz rapidement.

— Essayez de faire comprendre ça à Kemp, a dit Schneider.

— Oh, nous y parviendrons.

— Quoi qu'il en soit, maîtresse Wardani, a repris Sutjiadi d'un ton impatient, je vous suggère de retourner également à la *Nagini*. Demandez à Cruickshank de brancher son programme médical pour vous examiner.

— Eh bien, merci.

— Je suis désolé.

Wardani a secoué la tête et s'est redressée.

— Il fallait que quelqu'un le dise, c'est tout.

Elle est partie sans un regard en arrière. Schneider m'a regardé, et après un moment d'hésitation, l'a suivie.

— Vous avez le chic avec les civils, Sutjiadi. On vous l'a déjà dit ?

— Vous avez une bonne raison de rester ? a-t-il demandé, impassible.

— J'aime bien la vue.

Il a fait un bruit de gorge et s'est tourné vers la porte. On sentait que ça ne lui plaisait pas, et maintenant que Cruickshank était partie, il acceptait de le montrer. Tout son être était raide dès qu'il était face à l'appareil, comme la tension qu'on voit dans les mauvais combattants avant un match.

J'ai levé une main bien en évidence, et après une légère pause, je lui ai donné une petite tape sur l'épaule.

— Ne me dites pas que ce truc vous fait peur, Sutjiadi. Pas un type qui a affronté Dog Veutin et toute son équipe. Vous étiez mon héros, un moment.

S'il a trouvé ça drôle, ça ne s'est pas vu.

— Allez, quoi, c'est une *machine*. Comme une grue, comme… (J'ai cherché une comparaison valable.)… comme une machine. C'est tout. Dans quelques siècles, nous aussi on en construira. Prenez la bonne assurance de réenveloppement, et vous les verrez peut-être.

— Vous avez tort, a-t-il répondu, lointain. Ça ne ressemble à rien d'humain.

— Oh merde, vous n'allez pas me faire une crise mystique, hein ? (J'ai jeté un coup d'œil à Hand de l'autre côté, me sentant tout d'un coup attaqué de toutes parts.) Bien sûr que ça n'a rien d'humain. Ce ne sont pas des humains mais des Martiens qui l'ont construite. Mais ce n'est qu'une autre race. Plus intelligente, certes, plus avancée, certes, mais ça ne fait pas d'eux des dieux ou des démons, hein ? Hein ?

— Je ne sais pas, a-t-il répondu en se tournant vers moi. Vous êtes sûr ?

— Sutjiadi, vous commencez à ressembler au taré qui se tient là-bas. C'est de la *technologie* que vous avez devant vous.

— Non. (Il a secoué la tête.) Nous allons franchir un seuil. Et nous allons le regretter. Vous ne le sentez pas ? Vous ne sentez pas le… *l'attente* à l'intérieur ?

— Non. Mais je sens l'attente en moi. Si ce truc vous dérange tant que ça, on pourrait aller faire quelque chose de constructif ?

— Ce serait bien.

Hand paraissait très satisfait de rester planté devant son nouveau jouet, aussi l'avons-nous laissé là pour remonter le tunnel. Sutjiadi avait dû me transmettre son malaise, car dès que nous avons franchi le premier coude qui nous coupait de la porte activée, j'ai eu l'impression de sentir quelque chose derrière moi. La même chose qu'on a parfois quand on tourne le dos à un système d'armement activé. Même quand le système vous a enregistré comme allié, il peut vous transformer en petits éclats d'os et de chair, et vous le savez. Et malgré les meilleurs programmes au monde, les accidents continuent à arriver. Tir allié ou ennemi, la mort est la même.

À l'entrée, la lueur diffuse du soleil nous attendait comme une inversion de la chose sombre et comprimée à l'intérieur.

J'ai délogé la pensée en secouant la tête.

— Alors, heureux ? me suis-je enquis d'un ton acide en mettant le pied dehors.

— Je serai heureux quand nous aurons déployé la bouée et mis un hémisphère entre nous et ce truc.

J'ai secoué la tête.

— Je ne vous comprends pas, Sutjiadi. Landfall est construite à portée de snipers de six sites de fouilles majeurs. Toute la planète est truffée de ruines martiennes.

— Je viens de Latimer. Je vais où on me dit.

— Bon, Latimer. Là-bas aussi, il y a des ruines, tous les putains de mondes qu'on a colonisés leur appartenaient, avant. C'est grâce à leurs cartes qu'on est ici, de toute façon.

— Exactement. (Sutjiadi s'est arrêté net et s'est tourné vers moi. Pour la première fois depuis qu'on lui avait interdit d'éventrer la grotte, son visage portait un semblant d'émotion.) Nous n'avons pas notre place, ici. Nous ne sommes pas *prêts*. C'est une putain d'erreur que nous ayons découvert par hasard les cartes d'astrogation. À notre rythme, il nous aurait fallu des milliers d'années pour trouver ces planètes et les coloniser. Nous avions *besoin* de ce temps-là, Kovacs. Nous avions besoin de *gagner* notre place dans l'espace interstellaire. Au lieu de cela, nous nous sommes greffés sur une civilisation morte que nous ne comprenons pas.

— Je ne pense pas…

Il a foulé mon objection aux pieds.

— Regardez le temps qu'il a fallu à l'archéologue pour ouvrir cette porte. Regardez toutes les bribes d'info à moitié comprises dont on a eu besoin pour arriver jusqu'ici. *Nous sommes à peu près certains que les Martiens voyaient plus loin que nous dans le bleu.* (Son imitation de Wardani était cruelle.) Elle n'a aucune idée de ce qu'elle fait, comme les autres. Tout le monde joue aux *devinettes*. Nous ne savons pas ce que nous faisons, Kovacs. Nous avançons à l'aveuglette, en collant nos petites certitudes anthropomorphiques sur le cosmos et en sifflotant dans le noir, mais en fait nous n'avons pas la moindre putain d'idée de ce que nous faisons. Nous ne devrions pas être ici. Nous n'avons pas notre *place* ici.

J'ai exhalé un long soupir.

— Eh bien. Sutjiadi. (J'ai regardé le sol, puis le ciel.) Vous feriez bien d'économiser pour une injection vers la Terre. C'est un cloaque, bien sûr, mais c'est de là qu'on vient. *Là-bas*, on a notre place.

Il a souri, couverture d'arrière-garde pour l'émotion qui quittait son visage pour laisser revenir le masque du commandement.

— Trop tard pour ça. Bien trop tard.

Près de la *Nagini*, Hansen et Cruickshank étaient déjà en train d'ouvrir la bouée de Mandrake.

Chapitre 28

Il a fallu à Cruickshank et Hansen presque une heure pour préparer la bouée de propriété, principalement parce que Hand est sorti de sa caverne et a insisté pour mener trois vérifications système complètes avant d'être rassuré sur la capacité de l'appareil à remplir sa mission.

— Écoutez, a dit Hansen avec humeur pendant qu'ils allumaient l'ordinateur de localisation pour la troisième fois. Il passe en occlusion du champ d'étoiles, et une fois qu'il a imité le motif, il faudrait un truc genre corps noir pour le déplacer. À moins que votre appareil devienne régulièrement invisible, il n'y a pas de problème.

— Ce n'est pas impossible, a rétorqué Hand. Faites tourner le back-up du détecteur de masse. Assurez-vous qu'il s'allumera au lancement.

Hansen a soupiré. De l'autre côté des deux mètres de la bouée, Cruickshank souriait.

Un peu plus tard, je les ai aidés à sortir le berceau de lancement de la soute de la *Nagini* et à l'arrimer sur ses rails jaunes. Hansen a fini les dernières vérifications système, a refermé les panneaux sur tout le corps conique et a flatté la machine d'une main affectueuse.

— Prête pour les grandes profondeurs.

Une fois le berceau de lancement assemblé et vérifié, nous avons réquisitionné Jiang Jianping pour nous aider à placer la bouée, doucement. Conçue à l'origine pour être lancée par un tube-torpille, elle paraissait un peu ridicule sur ce berceau monté sur rails, comme si elle risquait de tomber sur le nez à tout moment. Hansen a fait jouer les rails, puis a fait pivoter le tout deux ou trois fois pour vérifier la mobilité. Il a éteint la télécommande, l'a rangée et a bâillé.

— Quelqu'un veut voir si on capte un spot de Lapinee ? a-t-il demandé.

J'ai consulté mon horodateur rétinien, où j'avais synchronisé une fonction chronomètre au compte à rebours dans la caverne. Encore un peu plus de quatre heures. Derrière les chiffres verts au coin de mon champ de vision, j'ai vu le nez de la bouée sursauter, puis pivoter vers l'avant par-dessus les rails du berceau. Elle s'est calée dans le sable avec un bruit sourd. J'ai regardé Hansen en souriant.

— Oh, Samedi chéri… (Cruickshank avait râlé en voyant ce que nous regardions. Elle s'est approchée du berceau.) Ne restez pas là comme des cons, aidez-moi…

Elle s'est déchirée.

J'étais le plus proche, déjà sur le point de répondre à sa demande. Plus tard, quand je me rappellerais l'événement dans l'apathie qui allait suivre, je reverrais sans cesse comment l'impact l'avait fendue en deux juste au-dessus de la hanche, sciée vers le haut dans un zigzag imprécis et projeté les morceaux en l'air dans une fontaine de sang. C'était spectaculaire, comme un numéro de gymnaste qui s'est mal passé. J'ai vu un bras et un fragment de torse me survoler. Une jambe est passée près de moi en tournoyant, et le bout du pied m'a frappé au visage par hasard. Goût de sang dans la bouche. Sa tête montait lourdement dans le ciel, tournoyant elle aussi, feu d'artifice suivi d'une gerbe de cheveux d'un côté, de cou et de chair déchirée de l'autre. J'ai senti une nouvelle pluie de sang sur mon visage. Le sien, cette fois.

Je me suis entendu crier, très loin. La moitié du mot *non*, vidé de toute signification.

À côté de moi, Hansen a plongé sur son Sunjet abandonné.

Je voyais…

Des cris dans la *Nagini*.

… la chose…

Quelqu'un a tiré au blaster.

… qui avait fait ça.

Autour du berceau de lancement, le sable crissait d'activité. Le câble barbelé qui avait déchiré Cruickshank était rejoint par cinq autres, d'un gris pâle et luisant au soleil. Ils paraissaient émettre une sorte de bourdonnement qui m'irritait les oreilles.

Ils ont saisi le berceau et l'ont mis en pièces. Le métal a grincé. Un boulon s'est délogé et m'a frôlé comme une balle.

Le blaster a tiré de nouveau, rejoint par d'autres en un chœur de craquements. J'ai vu les rayons traverser la chose dans le sable sans la marquer. Hansen m'a dépassé en trottant, le Sunjet à l'épaule, tout en tirant. Quelque chose s'est mis en place en cliquetant.

— *Recule*! lui ai-je crié! *Putain, recule!*

Les Kalachnikovs m'ont rempli les mains.

Trop tard.

Hansen devait se croire face à un blindage, capable d'esquiver par rapidité de mouvement. Il avait élargi son rayon pour remédier à cette difficulté, et s'approchait pour augmenter la puissance. Le Sunjet General Systems Mark Eleven (Sniper) peut trancher de l'acier tantalum comme un couteau traverse la chair. À faible portée, il le vaporise.

Les câbles ont peut-être un peu lui de chaleur par endroits. Puis le sable sous ses pieds a volé quand un nouveau tentacule en a émergé comme un fouet. Il lui a déchiré les jambes au genou en moitié moins de temps qu'il ne m'en a fallu pour lever mes armes à l'horizontale. Il a lâché un cri aigu, animal, et s'est effondré, toujours en tirant. Le Sunjet a vitrifié le sable en longs goulets autour de lui. Des câbles courts et épais ont fouaillé son torse. Ses cris se sont arrêtés par soubresauts. Le sang a giclé, comme des bouillonnements de lave qu'on voit dans le cratère d'un volcan.

Je me suis avancé en tirant.

Les pistolets à interface, comme ma rage tendue dans chaque poing. Le biofeed de chaque plaque palmaire me donnait tous les renseignements. Impact élevé, charge à fragmentation, chargeurs pleins. La vision que j'avais, en dehors de ma fureur, trouvait sa structure dans la chose qui me faisait face, et les Kalachnikovs la criblaient de feu nourri. Le biofeed faisait tomber mes balles avec une précision millimétrée.

Des longueurs de câble sifflaient et sautaient, retombant sur le sable et y restant avec des soubresauts de poissons mourants.

J'ai vidé mes deux pistolets.

Ils ont craché leurs chargeurs et attendu, béants, affamés. J'ai frappé ma poitrine avec la crosse. Le harnais rechargeur a fonctionné, les crosses ont avalé leurs nouvelles munitions avec un cliquetis magnétique ténu. De nouveau lourdes, mes mains se sont tendues. Gauche, droite. Pour viser. Pour trouver.

Les câbles assassins avaient disparu, tranchés. Les autres ont sauté sur moi au travers du sable, et sont morts, coupés comme des légumes sous le couteau d'un grand chef.

J'ai vidé mes chargeurs.

Rechargé.

Vidé.

Rechargé.

Vidé.

Rechargé.

Vidé.

Rechargé.

Vidé.

Et j'ai continué à me marteler la poitrine, sans entendre le cliquetis vide du harnais. Les câbles autour de moi n'étaient plus que de pauvres moignons à peine vivaces. J'ai jeté les pistolets vides et saisi une longueur d'acier au hasard dans le berceau en lambeaux. L'ai levé au-dessus de ma tête, et abattu. Les moignons les plus proches se sont écartés.

Levé.

Abattu.

Fragments.

Échardes.

Levé.

Abattu.

J'ai soulevé la barre, et vu la tête de Cruickshank qui me regardait.

Elle était tombée telle quelle sur le sable, ses longs cheveux noirs et emmêlés masquant à demi les yeux écarquillés. Sa bouche était ouverte, comme si elle allait dire quelque chose, et ses traits montraient encore sa douleur.

Le bourdonnement dans mes oreilles s'est arrêté.

J'ai laissé retomber mes bras.

La barre.

Mon regard, sur les câbles à peine mouvants qui m'entouraient.

Dans le retour froid et soudain de la raison, Jiang était à côté de moi.

— Trouve-moi une grenade corrosive, ai-je dit, et mes oreilles n'ont pas reconnu ma voix.

La *Nagini* faisait du surplace, trois mètres au-dessus de la plage. Des mitrailleuses à munitions solides étaient montées sur les hayons ouverts de chaque côté. Deprez et Jiang accroupis derrière chaque arme, le visage pâle sous la lueur des petits écrans des senseurs à distance. Nous n'avions pas eu le temps d'armer les systèmes automatiques.

La soute, derrière eux, était jonchée d'objets récupérés en hâte dans les préfas. Armes, nourriture, vêtements. Tout ce qu'on pouvait ramasser et emporter en courant sous le regard attentif des armes automatiques. La bouée de Mandrake se trouvait d'un côté de la soute, son corps incurvé oscillant légèrement sur le pont de métal chaque fois qu'Ameli Vongsavath opérait de petits ajustements pour maintenir la navette en place. Sur l'insistance de Matthias Hand, ç'avait été le premier objet récupéré sur l'étendue de sable turquoise devenue soudain hostile. Les autres lui avaient obéi sans sourciller.

La bouée était très vraisemblablement inutilisable. Le corps conique était déchiré sur la longueur. Des panneaux de moniteur avaient été arrachés de leurs articulations, et les entrailles de la machine en sortaient comme des tripes hachées, comme les restes de…

Arrête.

Encore deux heures. Les chiffres clignotaient dans mon œil.

Yvette Cruickshank et Ole Hansen étaient à bord. Le système de récupération de restes humains, lui-même robot à système antigrav, avait flotté délicatement d'avant en arrière sur le sable éclaboussé de sang, avait aspiré tout ce qu'il trouvait, puis régurgité dans deux sacs d'un bleu écœurant, parmi la demi-douzaine qui dépassait d'un tube à l'arrière. Le processus de séparation et d'éjection faisait des bruits qui m'évoquaient un vomissement. Quand le robot de récupération eut fini, chaque sac fut libéré, scellé au laser et marqué d'un code-barres. Impassible, Sutjiadi les avait portés un par un vers le placard à cadavres à l'arrière de la soute pour les entreposer. Aucun ne paraissait contenir quoi que ce soit qui ait forme humaine.

On n'avait récupéré aucune des deux piles corticales. Ameli Vongsavath cherchait les traces, mais la théorie actuelle était que les nanobes cannibalisaient tout ce qui n'était pas organique pour construire la génération suivante : on n'avait pas non plus retrouvé leurs armes.

J'ai arrêté de fixer la porte du placard à cadavres et suis monté au niveau supérieur.

Sur le pont d'équipage, dans la cabine de poupe, une longueur quelconque de câble de nanobes était scellée dans un permaplastique sous l'œil du microscope de Sun Liping. Sutjiadi et Hand se serraient derrière elle. Tanya Wardani était allongée dans un coin, les bras passés autour d'elle, le visage fermé. Je me suis assis, bien à l'écart d'eux tous.

— Regardez, a dit Sun en me fixant des yeux après s'être raclé la gorge. C'est exactement ce que vous avez dit.

— Alors, j'ai pas besoin de regarder.

— Vous voulez dire que ce sont les nanobes ? a demandé Sutjiadi, incrédule. Pas…

— La porte n'est même pas encore ouverte, Sutjiadi.

J'entendais la tension, à la limite de la rupture, dans ma voix.

Sun a replongé sur son écran de microscope. Elle paraissait y trouver une forme obscure de refuge.

— C'est une configuration imbriquée. Mais les éléments ne se touchent pas vraiment. Ils doivent interagir uniquement par dynamique de champ. C'est comme, je ne sais pas, un système de muscle électromagnétique très fort sur un squelette en mosaïque. Chaque nanobe génère une portion du champ, et c'est ce qui le maintient en place. Le tir de Sunjet passe au travers. Il vaporise peut-être quelques nanobes individuels sur le passage direct, bien qu'ils paraissent résister à de très hautes températures. Mais ça ne suffit pas à endommager l'ensemble et, tôt ou tard, d'autres unités prennent leur place. Le tout est organique.

Hand m'a regardé avec curiosité.

— Et vous le saviez ?

J'ai regardé mes mains. Elles tremblaient encore un peu. Sous mes paumes, les bioplaques se contractaient, nerveuses.

J'ai fait un effort pour contenir tout cela.

— Je l'ai compris. Pendant le combat. (J'ai levé les yeux vers lui. Et remarqué dans ma périphérie que Wardani me regardait aussi.) Appelez ça une intuition de Diplo. Le Sunjet ne fonctionne pas parce qu'on a déjà soumis la colonie de nanobes à des tirs de plasma à haute température. Ils ont évolué pour se protéger, et maintenant ils ont une immunité acquise aux armes à rayons.

— Et l'ultravib ? a demandé Sutjiadi à Sun.

Elle a secoué la tête.

— J'ai passé un tir d'essai sur le câble, et rien. Les nanobes résonnent dans le champ, mais ça ne les change pas. Moins d'effet que le rayon Sunjet.

— Les munitions solides sont les seules choses qui fonctionnent, a dit Hand, pensif.

— Oui, et plus pour très longtemps. (Je me suis levé pour partir.) Donnez-leur un peu de temps, et ils évolueront aussi pour s'en protéger. Ça, et les grenades à corrosion. J'aurais dû garder ça pour plus tard.

— Où allez-vous, Kovacs ?

— Si j'étais vous, Hand, je dirais à Ameli de nous faire monter un peu plus haut. Dès qu'elles vont apprendre que tout ce qui les tue ne vit pas sur le sol, elles vont sans doute se faire pousser des bras plus longs.

Je suis sorti, emportant mon conseil comme un vêtement abandonné sur le chemin du lit. Plus ou moins au hasard, je me suis retrouvé de nouveau dans la soute, où les systèmes de visée automatique des armes paraissaient enclenchés. Luc Deprez se tenait de l'autre côté de l'écoutille par rapport à son arme, à fumer l'un des cigares Indigo City de Cruickshank, en regardant la plage, trois mètres en contrebas. Au bout du pont, Jiang Jianping était assis en tailleur devant le placard à cadavres. L'air était lourd de ce silence incrédule qui sert aux hommes à faire leur deuil.

Je me suis laissé tomber contre un casier et j'ai fermé les yeux de toutes mes forces. Le compte à rebours brûlait dans les ténèbres soudaines derrière mes paupières. Une heure, cinquante-trois minutes. Puis moins.

Cruickshank a traversé ma tête. Souriante, concentrée sur sa tâche, en train de fumer, en plein orgasme, déchirée dans le ciel…

Arrête.

J'ai entendu des vêtements bruisser près de moi, et j'ai levé les yeux. Jiang se tenait devant moi.

— Kovacs… (Il s'est accroupi à mon niveau et a repris.) Kovacs, je suis désolé. C'était un bon sol…

Le pistolet à interface est apparu dans ma main droite, et le canon l'a cogné au front. Sous le choc, il s'est assis.

— Ta *gueule*, Jiang. (J'ai fermé la bouche et pris une inspiration.) Si tu dis ne serait-ce qu'un mot de plus, je repeins Luc avec ta cervelle.

J'ai attendu, le pistolet au bout de mon bras semblant peser dix kilos. La bioplaque se chargeait de le tenir pour moi. Jiang a fini par se relever et me foutre la paix.

Une heure cinquante me battait dans la tête.

Chapitre 29

Hand a fini par organiser la réunion, à une heure et dix-sept minutes. C'était un peu juste, mais peut-être laissait-il tout le monde se calmer un peu. On criait sur le pont supérieur depuis mon départ. Dans la soute, j'entendais le ton mais pas les mots, du moins pas sans appliquer le neurachem. Cela semblait durer depuis longtemps.

De temps à autre, j'entendais des gens passer dans la soute, mais aucun ne m'a approché. Pour ma part, je n'arrivais pas à rassembler l'énergie ou l'envie de lever la tête. La seule personne qui ne m'évitait pas, apparemment, était Sémétaire.

— *Je ne t'avais pas dit que j'aurais du travail par ici ?*

J'ai fermé les yeux.

— *Où est ma balle antipersonnel, loup Impacteur ? Où est ta fureur flamboyante, à présent que tu en as besoin ?*

— *Je n…*

— *Est-ce que tu me cherches ?*

— *Je ne fais plus ce genre de conneries.*

Un rire, comme la cascade de piles corticales se déversant d'une caisse.

— Kovacs ?

J'ai levé le regard. Luc Deprez.

— Je pense que tu devrais monter.

Au-dessus de nous, le bruit semblait calmé.

— Nous n'allons pas, a commencé Hand très calme en parcourant la salle du regard, je répète, nous n'allons *pas* partir d'ici sans laisser une bouée Mandrake de l'autre côté de cette porte. Relisez votre contrat. L'expression « chaque possibilité qui se présente » est capitale, et omniprésente. Quoi que le capitaine Sutjiadi vous ordonne à présent, vous serez exécutés et renvoyés aux décharges d'âmes si vous partez sans exploiter *chaque possibilité*. Je suis clair ?

— Non, pas vraiment, a crié Ameli Vongsavath par l'écoutille du cockpit. Parce que la seule possibilité que je vois est d'emporter cette putain de bouée à la main et essayer de la lancer toujours à la main de l'autre côté de la porte, au cas bien improbable où elle fonctionnerait encore. Ça ne me paraît pas très *possible*, et c'est plus une façon de se suicider qu'autre chose. Ces trucs-là vous prennent votre pile…

— Nous pouvons scanner et détecter les nanobes…

Mais des voix en colère ont fait taire Hand. Il a levé les mains, exaspéré. Sutjiadi a ordonné le calme, et l'a obtenu.

— Nous sommes des soldats, a rappelé Jiang, contre toute attente, dans la salle silencieuse. Pas des conscrits kempistes. Et nous ne pouvons pas gagner ce combat.

Il a regardé autour de lui, apparemment aussi surpris que les autres.

— Quand vous vous êtes sacrifié sur Danang, a dit Hand, vous ne pouviez pas gagner non plus. Vous avez abandonné votre vie. C'est ce que j'achète maintenant.

Jiang l'a regardé avec dédain.

— J'ai donné ma vie pour les soldats que je commandais. Pas pour le commerce.

— Oh, Damballah, a lâché Hand en levant les yeux au ciel. À votre avis, qu'est-ce qui motive cette guerre, pauvre troufion ? Qui a *payé* pour l'assaut de Danang ? Mettez-vous dans le crâne que vous vous battez pour *moi*. Pour les Corpos et leur putain de gouvernement fantoche.

— Hand, ai-je commencé en terminant de grimper l'échelle au centre de la cabine. Je pense que votre technique de vente fout le camp. Vous ne voulez pas laisser tomber ?

— Kovacs, je ne…

— Assis.

Mes paroles avaient un goût de cendre, mais elles devaient être plus substantielles que cela, puisqu'il a obéi.

Les visages se sont tournés vers moi, pleins d'attente.

Ça ne va pas recommencer.

— On ne va nulle part, ai-je dit. On ne peut pas. Je veux foutre le camp autant que vous, mais on ne peut pas. Pas tant qu'on n'aura pas placé la bouée.

J'ai attendu le déferlement d'objections, sans m'occuper de les faire taire. Sutjiadi s'en est chargé pour moi. Le calme qui a suivi était fragile.

Je me suis tourné vers Hand.

— Pourquoi vous ne leur dites pas qui a déployé le système N-REPO ? Et dans quelle intention ?

Il s'est contenté de me regarder.

— Très bien, je vais le leur dire moi-même. (J'ai examiné tous les visages tournés vers moi, sentant le silence se durcir et s'épaissir. J'ai désigné Hand d'un geste.) Notre sponsor a quelques ennemis à Landfall, qui aimeraient bien qu'il ne rentre pas. Les nanobes sont le moyen qu'ils ont choisi. Pour l'instant, ça n'a pas marché, mais personne ne le sait, là-bas. Si nous partons d'ici, ils le sauront, et nous n'aurons sans doute pas fait la moitié de la courbe avant de croiser quelque chose de pointu. C'est ça, Matthias ?

Hand a hoché la tête.

— Et le code des Impacteurs ? a demandé Sutjiadi. Ça ne compte pour rien ?

D'autres questions se sont croisées, incompréhensibles, après la sienne.

— Quel code… ?

— Une ID d'entrée ? Merci pour le…

— Pourquoi on ne nous a pas…

— Fermez-la tous. (À ma grande surprise, ils l'ont fait.) Le commandement des Impacteurs a transmis un code d'entrée en cas d'urgence. Vous n'avez pas été mis au courant parce que… (j'ai senti mon visage se fendre d'un sourire)… ce n'était pas nécessaire. Vous n'étiez pas assez importants. À présent, vous êtes au courant. C'est un peu une garantie de sauf-conduit. Hand, vous voulez expliquer la ruse ?

Il a regardé le sol un moment, puis a redressé la tête. Son regard paraissait plus ferme.

— Le commandement des Impacteurs répond au Cartel, a-t-il dit du ton mesuré d'un conférencier. Ceux qui ont déployé le système de nanobes N-REPO avaient besoin de l'autorisation du Cartel. Les mêmes voies leur donneront les codes d'autorisation utilisés par Isaac Carrera. Les Impacteurs sont les plus susceptibles de nous abattre.

Luc Deprez s'est déplacé contre le casier où il s'appuyait.

— Vous êtes un Impacteur, Kovacs. Je ne pense pas qu'ils tueraient l'un des leurs. Ils n'en ont pas la réputation.

J'ai lancé un regard à Sutjiadi. Son visage s'est durci.

— Malheureusement, ai-je dit, Sutjiadi, ici présent, est recherché pour le meurtre d'un officier des Impacteurs. Mon association avec lui fait de moi un traître. Les ennemis de Hand n'ont qu'à présenter à Carrera une liste d'équipage de l'expédition. Cela suffira à court-circuiter toute mon influence.

— Vous ne pourriez pas bluffer ? Je pensais que les Diplos étaient doués pour ça ?

J'ai opiné.

— Je pourrais essayer. Mais nos chances ne sont pas bonnes, et il y a une façon plus simple.

Ça a coupé court à toute contestation. Deprez a penché la tête.

— C'est-à-dire ?

— La seule chose qui nous permettra de sortir d'ici en un seul morceau, c'est de déployer la bouée, ou autre mesure du même genre. Avec un drapeau Mandrake sur le vaisseau, rien ne va plus, et nous rentrons chez nous. Si on fait moins que ça, ils pourraient croire à un bluff. Si nous rentrons sans nous approprier le vaisseau, les petits copains de Hand pourront toujours déployer leurs bouées après notre mort. Pour les vaincre, nous devons transmettre une confirmation d'acquisition pour les vaincre.

Le moment contenait tant de tension que l'air paraissait vibrer, osciller comme une chaise en équilibre sur deux pieds. Ils me regardaient tous. *Putain*, ils me regardaient tous.

Pitié, je ne veux pas que ça recommence.

— La porte s'ouvre dans une heure. Nous effondrons le rocher alentour avec l'ultravib, nous passons au travers et nous déployons cette putain de bouée. Et après, tout le monde à la maison.

La tension a de nouveau éclaté. J'ai attendu, au milieu du chaos de voix, sachant déjà que les vagues allaient s'épuiser d'elles-mêmes. Ils finiraient par se ranger à mon avis. Parce qu'ils verraient ce que Hand et moi savions déjà. Que c'était la seule faille, la seule façon de tous rentrer. Et ceux qui ne verraient pas les choses de cette façon…

J'ai senti un tremblement de gène de loup me traverser, comme un grognement.

Ceux qui ne verraient pas les choses de cette façon, je les abattrais.

Pour une spécialiste en systèmes machine et perturbation électronique, Sun s'est avérée très à l'aise avec l'artillerie lourde. Elle a fait quelques tirs d'essai avec la batterie ultravib contre des cibles sur les falaises, puis a dit à Ameli Vongsavath d'amener la *Nagini* à moins de cinquante mètres de l'entrée de la caverne. Avec les écrans d'entrée en atmosphère avant à pleine puissance, pour repousser les débris, elle a ouvert le feu sur l'éboulement.

Cela faisait un son de fil électrique gratté sur un plastique souple, le son de scarabées de feu mangeant de la belalgue à marée basse, le son de Tanya Wardani enlevant les fragments de colonne vertébrale de la puce de Deng Zhao Jun dans un hôtel de passe de Landfall. Tous ces sons chantants, claquants et crissants, mélangés et poussés à des proportions apocalyptiques.

Le son d'un monde qui se fend en deux.

J'ai tout regardé sur un écran depuis la soute, en compagnie des deux mitrailleuses automatiques et du placard à cadavres. Il n'y avait pas de place pour un public dans le cockpit. Et je n'avais pas envie de rester dans la avec le reste des vivants. Assis sur le pont, j'ai regardé les images, déconnecté. Le rocher changeait de couleur avec une vivacité choquante, à mesure qu'il se fissurait et se brisait sous des pressions de mouvement tectonique. Puis l'éboulement des éclats qui se précipitaient, se transformaient en nuages denses avant d'échapper aux rayons d'ultravib qui balayaient les débris. Je ressentais un vague inconfort au creux de mon estomac, à cause de l'écho. Sun tirait à basse intensité, et le bouclier dans le nid du canon écartait le plus gros des vibrations qui rebondissaient sur la *Nagini*. Mais le cri suraigu du rayon et les crissements de la roche torturée entraient par les deux hayons ouverts et me vrillaient les oreilles comme un appareil chirugical.

Je revoyais Cruickshank mourir.

Vingt-trois minutes.

L'ultravib s'est arrêté.

La porte a émergé de la dévastation, dans un nuage de poussière digne d'un blizzard. Wardani m'avait dit qu'aucune arme connue ne pourrait l'endommager, mais Sun avait tout de même programmé les armes de la *Nagini* pour cesser le feu au premier contact visuel. À présent, tandis que les nuages s'écartaient, je voyais les restes brisés de l'équipement de l'archéologue, déchirés et balayés par les dernières secondes du choc ultravib. On avait peine à croire à l'intégrité dense de l'artefact qui surplombait les débris.

Un soupçon de stupéfaction m'a caressé l'échine, souvenir soudain de ce que je regardais. Les mots de Sutjiadi me sont revenus.

Nous n'avons pas notre place ici. Nous ne sommes pas prêts.

Je les ai chassés d'un haussement d'épaules.

— Kovacs ?

À entendre la voix d'Ameli Vongsavath sur l'inducteur, je n'étais pas le seul à me prendre un choc de civilisations.

— Ouais.

— Je ferme les hayons de la soute. Gare.

Les trépieds des mitrailleuses ont glissé impeccablement jusqu'au pont, et les hayons se sont abaissés, occultant toute lumière. Un instant plus tard, l'éclairage intérieur s'est mis en route. Froid.

— Mouvement, a dit Sun d'un ton d'alerte.

Elle était sur la fréquence générale, et j'ai entendu la succession d'inspirations rapides du reste de l'équipage.

Il y a eu un petit à-coup quand Vongsavath a pris quelques mètres d'altitude. Je me suis stabilisé d'une main contre la paroi, et j'ai regardé malgré moi le pont sous mes pieds.

— Non, ce n'est pas en dessous de nous. (On aurait pu croire que Sun me regardait.) C'est… Je crois que ça va vers la porte.

— Putain, Hand, il y en a beaucoup, de cette saloperie ? a demandé Deprez.

J'ai presque vu le haussement d'épaules du cadre Mandrake.

— On ne m'a pas rapporté une quelconque limite au potentiel de croissance du système N-REPO. Pour ce que j'en sais, il s'est peut-être étendu sous toute la plage.

—Il y a peu de chances, à mon avis, a réagi Sun avec tout le calme d'une technicienne de labo en pleine expérience. Les détecteurs auraient remarqué un truc aussi gros. Et puis, il n'a pas absorbé les autres robots-sentinelles, ce qui serait le cas s'il s'était répandu latéralement. Je pense que la chose a ouvert une faille dans notre périmètre, puis s'est engouffrée dedans en linéaire…

—Regardez, a dit Jiang. C'est là.

Sur l'écran au-dessus de ma tête, j'ai vu les bras de la chose émerger du sol couvert de gravats autour de la porte. Peut-être avait-elle déjà essayé, en vain, d'émerger sous l'artefact. Les câbles étaient bien à deux mètres de la plinthe, pour les plus proches, quand ils ont frappé.

—Et c'est parti, a dit Schneider.

—Non, attendez. (Wardani, avec dans la voix ce qui ne pouvait être que de la fierté.) Attendez un peu.

Les câbles ont paru avoir du mal à saisir le matériau de la porte. Ils s'abattaient, puis glissaient, comme graissés. J'ai regardé le mouvement se répéter une demi-douzaine de fois. J'ai inspiré d'un coup en voyant un autre bras, plus long, surgir du sable, monter sur cinq ou six mètres puis s'enrouler autour des premiers bords de la spire. Si le même membre était sorti sous la *Nagini*, il aurait pu nous ramener au sol sans problème.

Le nouveau câble s'est resserré.

Et désintégré.

Au début, j'ai cru que Sun avait ignoré mes instructions et ouvert de nouveau le feu avec l'ultravib. Puis le souvenir m'est revenu. Les nanobes étaient immunisés aux armes à vibration.

Les autres câbles avaient également disparu.

—Sun ? Qu'est-ce qui s'est passé, putain ?

—Je suis en train de tenter de le déterminer, a-t-elle répondu, le langage de plus en plus affecté par ses relations aux machines.

— Elle l'a éteint, a simplement dit Wardani.

— Éteint quoi ? a demandé Deprez.

Et j'ai distinctement entendu le sourire dans la voix de l'archéologue.

— Les nanobes existent dans une enveloppe électromagnétique. C'est ce qui assure leur cohérence. La porte a juste éteint le champ.

— Sun ?

— Maîtresse Wardani paraît avoir raison. Je ne détecte aucune activité électromagnétique près de l'artefact. Et aucun mouvement.

Le petit sifflement de statique de l'inducteur, tandis que tout le monde digérait l'info. Puis la voix de Deprez, pensive.

— Et on est censés traverser ce truc ?

Vu ce qui s'était passé précédemment et ce qui allait se trouver de l'autre côté, l'heure H de la porte a manqué de superbe. À H moins deux minutes trente, les coulures d'ultraviolet que nous avions suivies sur l'écran de Wardani devinrent visibles, lignes liquides qui jouaient sur les bords de la spire. À la lumière du jour, l'affichage n'était pas plus impressionnant qu'une balise d'atterrissage à la lueur de l'aube.

À dix-huit secondes, quelque chose a paru se passer dans les plis, comme des ailes qu'on ébroue.

À neuf secondes, un gros point noir est apparu à la pointe de la spire. Il était brillant, comme une unique goutte de lubrifiant haute puissance, et paraissait rouler sur un axe propre.

Huit secondes plus tard, il s'est étendu avec une douceur lente jusqu'à la base de la spire, et au-delà. Le socle a disparu, ainsi que le sable sur une profondeur d'environ un mètre.

Dans le globe de ténèbres, des étoiles brillaient.

Quatrième partie : Phénomènes inexpliqués

Toute personne capable de construire des satellites que nous ne pouvons pas abattre mérite qu'on la prenne au sérieux. Et qu'on la traite avec prudence si elle revient un jour chercher sa quincaille. Ce n'est pas de la religion, c'est du bon sens.

Quellcrist Falconer
Métaphysique pour révolutionnaires

Chapitre 30

Je n'aime pas l'espace dur. Ça vous nique la tête.

Ça n'a rien de physique. On peut faire plus d'erreurs dans l'espace qu'au fond de l'océan, ou dans une atmosphère toxique comme celle de Glimmer Cinq. On peut se permettre beaucoup plus de choses dans le vide, et ça m'est arrivé. Si l'on est stupide, distrait ou paniqué, on ne meurt pas avec la même implacabilité que dans des environnements moins cléments. Mais ça n'a rien à voir.

Les orbitales de Harlan gravitent à cinq cents kilomètres, et abattent à vue tout ce qui pèse plus qu'un hélicoptère six places. Il y a eu des exceptions notables à cette règle, mais pour l'instant personne n'a compris pourquoi. Par conséquent, les Harlanites ne volent pas souvent. Le vertige est aussi courant que les grossesses. La première fois que j'ai porté une combinaison de vide, grâce aux marines du Protectorat, du haut de mes dix-huit ans, tout mon esprit s'est figé net, et j'ai regardé l'infini. Tout du long, je m'entendais gémir, très loin au fond de ma gorge. La chute paraissait très, très longue.

Le conditionnement diplo vous permet de raisonner presque toutes les peurs. Mais on a encore conscience de ce dont on a peur, parce qu'on sent le poids du conditionnement qui se met en branle. Je sentais ce poids chaque fois. En orbite haute sur Loyko pour la révolte des pilotes. En me déployant avec les commandos vide de Randall autour de la lune extérieure d'Adoracion. Et une fois, dans les profondeurs de l'espace interstellaire, pendant le détournement de la barge de colonisation *Mivtsemdi*, en disputant une partie de cache-cache assassine avec les membres du Real Estate Crew autour de la coque. Chute sans fin le long de sa trajectoire, à des années-lumière du soleil le plus proche. La fusillade du *Mivtsemdi* avait été horrible. J'en avais encore quelques cauchemars, de temps en temps.

La *Nagini* s'est infiltrée dans l'interstice découpé par la porte dans l'espace à trois dimensions. Elle est restée au milieu du rien. J'ai relâché le souffle que nous retenions tous depuis que la navette d'assaut avait commencé son approche. J'ai marché vers le cockpit, rebondissant légèrement dans le champ grav ajusté. Je voyais déjà le champ d'étoiles sur l'écran, mais je voulais le regarder vraiment, par les transparences renforcées au nez de l'appareil. Il est toujours bon de voir son ennemi en face, de sentir le vide à quelques centimètres. Cela aide à savoir où on est, jusqu'aux racines animales de son être.

Il est tout à fait contraire aux règles du vol spatial d'ouvrir des écoutilles de connexion pendant l'entrée dans l'espace dur. Personne n'a rien dit, pas même en comprenant où j'allais. J'ai eu droit à un regard étrange de la part d'Ameli Vongsavath en entrant dans le cockpit, mais elle n'a rien dit non plus. D'un autre côté, elle était la première pilote de l'histoire humaine à réaliser un transfert instantané, depuis une altitude de six mètres planétaires jusqu'au cœur de l'espace. Elle devait avoir d'autres chats à fouetter.

J'ai regardé devant moi, par-dessus son épaule gauche. Regardé *vers le bas*, et senti mes doigts se crisper sur le haut du siège de Vongsavath.

Peur confirmée.

Le vieux déplacement dans la tête, comme des portes hermétiques verrouillant certaines sections de mon cerveau sous une illumination implacable. Conditionnement.

J'ai respiré.

— Quitte à rester, tu pourrais t'asseoir, a dit Vongsavath.

Elle s'affairait avec un moniteur de stabilisation qui s'était mis à bafouiller devant la soudaine absence de planète sous nos pieds.

Je me suis glissé dans le siège du copilote, avec des mouvements très prudents, cherchant les sangles de sécurité.

— Tu vois quelque chose ?

— Des étoiles, a-t-elle répondu.

J'ai attendu un moment, pour m'habituer à la vue, ressentant une tension sur les coins extérieurs de mes yeux, un réflexe instinctif reculant les limites de ma vision périphérique pour chercher une fin à cette intense absence de lumière.

— Et, où on est ? Loin ?

Vongsavath a affiché des chiffres sur l'unité d'astrogation.

— D'après ça ? (Elle a sifflé bas.) Sept cent quatre-vingts millions de kilomètres. En gros. Tu y crois, à ça ?

Ce qui nous plaçait juste dans l'orbite de Banharn, la géante gazeuse solitaire et assez quelconque qui montait la garde à la limite du système Sanction. Trois cent millions de kilomètres plus loin dans l'ellipse, une mer de débris en rotation, trop étendue pour qu'on l'appelle ceinture, qui ne s'était jamais regroupée en une masse planétaire. Encore quelques centaines de millions de kilomètres, et on avait Sanction IV. Là où nous étions quarante secondes plus tôt. En gros.

Impressionnant.

D'accord, une injection à portée stellaire peut vous transporter à tant de kilomètres qu'on n'a pas le temps d'écrire tous les zéros. Mais avant cela, il faut se faire digitaliser, puis injecter dans une nouvelle enveloppe. Pour tout cela, il faut du temps et de la technologie. C'est un *process*.

Nous n'avions pas eu recours à un process, ou du moins rien que nous, humains, aurions pu reconnaître comme tel. Nous avions simplement franchi une ligne. Avec l'envie et une combinaison vide, j'aurais pu franchir cette ligne à pied.

L'impression de ne pas avoir sa place, comme l'avait dit Sutjiadi, m'a caressé la base du crâne. Le conditionnement s'est réveillé pour l'étouffer. L'émerveillement, voisin de la peur.

— Nous sommes arrêtés, a murmuré Vongsavath, plus pour elle que pour moi. Quelque chose a absorbé notre accélération. Il devrait y en avoir. Oh putain ! De Dieu !

Sa voix, déjà basse, s'est réduite à un murmure sur ces quatre derniers mots. Son ton avait décéléré comme la *Nagini*. Quittant des yeux les chiffres affichés, j'ai regardé devant nous, et ma première pensée, toujours en mode planétaire, était que nous étions dans une ombre. Le temps de me rappeler qu'il n'y avait pas de montagnes, ici, et pas beaucoup de lumière solaire à voiler, je me suis mangé le même choc tétanisant que Vongsavath.

Au-dessus de nos têtes, les étoiles s'écartaient.

Elles disparaissaient lentement, une par une, avalées à une vitesse terrifiante par la masse occultante de quelque chose qui paraissait attendre à quelques mètres à peine de nos hublots supérieurs.

— C'est ça, ai-je dit avec un frisson, comme si je venais d'achever une obscure invocation.

— Portée… (Vongsavath a secoué la tête.) Il est à près de cinq kilomètres. Ça nous fait du…

— Vingt-sept kilomètres de large, ai-je lu moi-même. Cinquante-trois de long. Structures externes s'étendant sur… J'ai abandonné.

— Gros. Très gros.

— N'est-ce pas ? (La voix de Wardani s'élevait derrière moi.) Vous voyez la crénelure, au bord ? Chacun de ces creux fait environ un kilomètre.

— Je devrais vendre des billets d'entrée, a lâché Vongsavath. Maîtresse Wardani, voulez-vous bien retourner vous asseoir dans la cabine !

— Désolée, a murmuré l'archéologue. Je voulais juste…

Sirènes. Un cri espacé qui lacérait l'air du cockpit.

— On nous attaque, a crié Vongsavath avant de faire piquer la *Nagini*.

Dans un puits de gravité, cette manœuvre aurait été très douloureuse. Ici, avec seulement le champ grav du vaisseau, on aurait plutôt dit un effet spécial d'expéria, un truc d'illusionniste d'Angel Wharf, avec holomouvement.

Fragments de combat dans le vide :

J'ai vu le missile tournoyer vers nous dans les hublots droits.

J'ai entendu les systèmes de combat se mettre en route avec leur voix de machine enthousiaste et agréable.

Des cris derrière moi, dans la cabine.

J'ai commencé à me tendre. Le conditionnement a débarqué en force, m'obligeant à me décontracter en vue de l'impact.

Euh, attendez…

— Ça ne va pas, a dit Vongsavath d'un coup.

On ne voit pas les missiles, dans l'espace. Même ceux que nous pouvons construire, avec notre toute petite technologie, se déplacent trop vite pour qu'un œil humain puisse les suivre.

— AUCUNE MENACE D'IMPACT, a observé l'ordinateur de combat, paraissant déçu. AUCUNE MENACE D'IMPACT.

— Ça bouge à peine, a remarqué Vongsavath, appelant un nouvel écran en secouant la tête. Vélocité axiale de… Ah putain, c'est juste un débris…

— Ça reste un élément mécanique, ai-je dit en désignant une petite pointe dans la section rouge du scan à spectres. Des circuits, peut-être. Ce n'est pas un rocher. Enfin, pas juste un rocher.

— Mais ce n'est pas actif. Complètement inerte. Je vais faire un…

— Pourquoi tu ne nous avances pas dessus ? (J'ai fait un rapide calcul dans ma tête.) Une centaine de mètres. On devrait l'avoir en plein devant nous. Enclenche les lumières extérieures.

Vongsavath m'a regardé avec une combinaison de dédain et d'horreur. Ce n'était pas exactement recommandé par les manuels de vol. Et surtout, elle devait encore être secouée par l'adrénaline qui lui avait giclé dans le système. Ça peut rendre grincheux.

— Je nous aligne, a-t-elle fini par dire.

Dehors, l'éclairage s'est illuminé.

D'une certaine façon, ce n'était pas une bonne idée. L'alliage transparent renforcé des hublots avait été construit pour le combat dans le vide. C'est-à-dire pour encaisser presque n'importe quelle micrométéorite sans le moindre dégât. Ce n'était pas une petite collision avec un débris qui pourrait l'abîmer. Et pourtant, ce qui a rebondi sur le nez de la *Nagini* a eu un sacré impact.

Derrière moi, Tanya Wardani a crié, un petit son rapidement étouffé.

Aussi brûlé et brisé qu'il fût par les conditions de froid extrême et l'absence de pression, l'objet restait reconnaissable pour ce qu'il était : un corps humain, habillé pour l'été sur la côte de Dangrek.

— Putain de Dieu…, a murmuré Vongsavath une nouvelle fois.

Un visage noirci nous regardait d'un air aveugle, ses orbites vides masquées par des filaments de tissus explosés et gelés. La bouche était un cri, aussi silencieux à présent qu'au moment où son propriétaire avait essayé de trouver sa voix dans l'agonie de la dépressurisation. Sous une chemise d'été incroyablement criarde, le corps était gonflé d'une masse que je pensais être les intestins et l'estomac. Les phalanges tapèrent au hublot. L'autre bras fut rejeté en arrière, par-dessus la tête. Le mort avait essayé de repousser le vide à mains nues.

En vain.

Derrière moi, Wardani pleurait en silence.

Et répétait un nom.

Nous avons trouvé les autres avec leur balise, flottant au fond d'un creux de trois cents mètres dans la coque, autour de ce qui semblait être un hangar. Ils portaient tous les quatre des combinaisons de vide bon marché. Ils avaient dû mourir quand leur réserve d'oxygène s'était épuisée, six à huit heures plus tard. Le quatrième n'avait pas voulu attendre tout ce temps. Il y avait un joli trou de cinq centimètres fondu dans le casque, de droite à gauche. Le laser de découpe industrielle qui avait fait les dégâts pendait toujours à son poignet.

Vongsavath a refait sortir le robot à appendices préhensiles EVA. Nous avons regardé les écrans en silence, tandis que la petite machine saisissait chaque corps et les rapportait à la *Nagini* avec la même douceur efficace qu'elle avait eue pour les restes noircis et brisés de Tomas Dhasanapongsakul. Cette fois, les corps enveloppés dans le blanc de leur combinaison vide, on aurait pu croire un enterrement filmé à l'envers. Les morts arrachés au vide et consignés dans le sas ventral de la *Nagini*.

Wardani ne gérait plus. Elle est descendue avec nous sur le pont de la soute, tandis que Vongsavath s'occupait du transfert de pression entre le sas et la navette. Elle a regardé Sutjiadi et Luc Deprez remonter les corps. Mais quand Deprez a ouvert le premier casque et a dégagé le visage qu'il masquait, elle a lâché un sanglot étranglé avant de se blottir dans le coin le plus éloigné. Je l'ai entendue vomir. L'odeur acide a saturé l'air.

Schneider l'a rejointe.

— Tu connaissais aussi celle-là ? ai-je demandé pour rien en regardant le visage mort.

C'était une femme, une enveloppe d'une quarantaine d'années, les yeux accusateurs et écarquillés. Elle était gelée tout entière : son cou raide, dans l'anneau du col de la combi, empêchait la tête de reposer sur le pont. Les éléments chauffants de la combinaison avaient dû rendre l'âme plus tard, mais si cette femme faisait partie de l'équipe découverte dans les filets du chalutier, elle était ici depuis un an. Aucune combi n'assurait de telles chances de survie.

Schneider a répondu pour l'archéologue.

— C'est Aribowo. Pharintorm Aribowo. Spécialiste *es* glyphes sur les fouilles de Dangrek.

J'ai eu un mouvement du menton pour Deprez. Il a ouvert les autres casques. Les morts nous regardaient, alignés, la tête levée comme en plein exercice abdominal. Aribowo et trois hommes. Seuls les yeux du suicidé étaient fermés, les traits calmes, une telle expression de paix qu'on cherchait à deux fois le trou net et cautérisé qu'il avait creusé dans son propre crâne.

En le regardant, je me suis demandé ce que j'aurais fait. En voyant la porte se refermer derrière moi, en sachant à coup sûr que j'allais mourir dans les ténèbres. En sachant que, même si on envoyait immédiatement une navette de secours vers ces coordonnées, elle arriverait dans plusieurs mois. Je me demandais si j'aurais eu le courage d'attendre, dans la nuit infinie, espérant contre toute attente un miracle.

Ou le courage de ne pas attendre.

— C'est Weng, a dit Schneider en revenant, près de mon épaule. Je ne me rappelle pas son nom complet. Lui aussi théorisait sur les glyphes. Je ne connais pas les autres.

J'ai regardé Tanya, blottie contre le mur de l'autre côté du pont, les bras enroulés sur elle-même.

— Pourquoi tu ne lui fous pas la paix ? a sifflé Schneider.

J'ai haussé les épaules.

— OK, Luc. Retourne dans le sas et emballe Dhasanapongsakul avant qu'il se mette à goutter. Puis les autres. Je vais t'aider. Sun, on pourrait charger la bouée ? Sutjiadi, vous pourriez filer un coup de main. J'aimerais savoir si on va pouvoir déployer cette connerie.

Sun a opiné.

— Hand, vous devriez commencer à penser urgence, parce que si la bouée est niquée, il va nous falloir une autre idée.

—Attendez un peu, a commencé Schneider, effrayé pour la première fois depuis que je le connaissais. On *reste* ici ? Après ce qui leur est arrivé, on *reste* ?

—Nous ne savons pas ce qui leur est arrivé, Schneider.

—Ça ne se voit pas ? La porte n'est pas stable, elle leur a claqué au nez.

—C'est n'importe quoi, Jan. (La voix de Wardani retrouvait un peu de son ancienne force, un ton qui a allumé quelque chose au creux de mon ventre. Elle était de nouveau sur pied, essuyant les larmes et la bile sur son visage.) Quand nous l'avons ouverte la dernière fois, elle n'a pas bougé pendant des jours. Il n'y a aucune instabilité dans la séquence que j'ai fait tourner. Ni la première, ni la deuxième.

—Tanya, a commencé Schneider, l'air trahi, en écartant les mains. Quand même…

—Je ne sais pas ce qui s'est passé ici, ni quelles… (Elle a sorti le mot très rapidement.)… *putains*… de séquences de glyphes Aribowo a utilisées. Mais ça ne va pas nous arriver. Je sais ce que je fais.

—Avec tout mon respect, maîtresse Wardani, a commenté Sutjiadi en regardant tous les visages rassemblés pour évaluer son soutien, je ne vois pas comment vous pouvez garantir…

—Je suis maître de Guilde, a rétorqué Wardani, furieuse, en repartant vers les cadavres alignés. Cette femme ne l'était pas. Weng Xiadong. Ne l'était pas. Tomas Dhasanapongsakul. Ne l'était pas. Ces gens étaient des *Gratteurs*. Doués, peut-être, mais ça ne suffit pas. J'ai plus de soixante-dix ans d'expérience sur le terrain et en archéologie martienne. Et si je vous dis que cette porte est stable, alors elle *est* stable.

Elle a lancé autour d'elle un regard noir, les yeux brillants, derrière les cadavres. Personne ne paraissait disposé à la contredire.

L'empoisonnement de l'explosion de Sauberville montait en puissance dans mes cellules. Il m'a fallu plus de temps que je le pensais pour gérer les cadavres. Plus longtemps qu'il aurait fallu à un officier des Impacteurs de Carrera. Quand le placard à cadavres s'est refermé, lentement, je me sentais lessivé.

S'il ressentait la même chose, Deprez n'en montrait rien. Peut-être les enveloppes maories résistaient-elles mieux, comme prévu. Il a traversé la soute d'un pas lent, vers l'endroit où Schneider montrait à Jiang Jianping une astuce avec un harnais antigrav. J'ai hésité un moment, puis j'ai gravi l'échelle vers le pont supérieur, espérant trouver Tanya Wardani dans la cabine avant.

Au lieu de cela, je suis tombé sur Hand, en train de regarder sur l'écran principal la grande masse du vaisseau martien qui passait en dessous de nous.

— Il faut s'habituer, hein ?

Le cadre de Mandrake avait dans la voix un enthousiasme avide. Les lumières extérieures de la *Nagini* portaient sur quelques centaines de mètres. Mais on restait conscient de cette masse même quand elle se fondait dans les ténèbres. Elle obscurcissait toutes les étoiles. On aurait dit qu'elle se poursuivait à l'infini, avec des angles étranges, et hérissée d'appendices comme des bulles sur le point d'exploser. L'ensemble défiait l'œil de trouver une limite aux ténèbres qu'il dessinait. On pensait remarquer, trouver un bord. On voyait la faible lueur des étoiles. Puis les fragments de lumière disparaissaient ou sautaient, et l'on comprenait : ce qu'on avait pris pour une étoile n'était qu'une illusion d'optique sur la surface de l'ombre imposante. Les barges de Konrad Harlan étaient parmi les structures volantes les plus grandes jamais construites par la science humaine. À l'échelle de ce vaisseau, c'étaient des navettes de sauvetage. Même les habitats du système New Beijin ne lui arrivaient pas à la cheville. Nous n'étions pas encore prêts pour une dimension pareille.

La *Nagini* flottait près du vaisseau comme une mouette au-dessus d'un des cargos qui pillaient les champs de belalgue de Newpest à Millsport. Nous étions inconséquents, un petit visiteur perplexe suivant le mouvement.

Je me suis laissé tomber dans le siège à côté de Hand et l'ai fait pivoter pour être face à l'écran, sentant mes mains et ma colonne vertébrale trembler. J'avais eu très froid en emballant les cadavres, et quand nous nous étions occupés de Dhasanapongsakul, les filaments gelés de tissu oculaire qui pendaient comme du corail de son orbite s'étaient brisés sous la paume de ma main. Je les avais sentis céder au travers du sac plastique. J'avais entendu leur crissement fragile.

Ce petit son, le son des conséquences particulières de la mort, avait écarté presque tout l'émerveillement que j'avais ressenti face à la masse du vaisseau martien.

—C'est juste une barge de colonisation montée en graine, ai-je dit. En théorie, nous pourrions construire aussi gros. C'est juste plus difficile de faire accélérer une telle masse.

—Apparemment, pas pour eux.

—Apparemment, non.

—Alors vous pensez que ce n'est que cela ? Une barge de colonisation ?

J'ai haussé les épaules, cherchant une indifférence que je ne trouvais pas.

—Il y a un nombre limité de raisons pour construire un truc aussi gros. Soit il transporte quelque chose quelque part, soit on y vit. Et j'ai du mal à voir pourquoi construire un habitat aussi loin. Il n'y a rien à étudier, ici. Rien à exploiter.

—Et pourquoi aller le garer ici, si c'est une barge de colonisation…

Crisse-cric.

J'ai fermé les yeux.

—Qu'est-ce que ça peut faire, Hand ? Quand on rentrera, ce truc va disparaître dans un dock d'astéroïde corpo. Nous ne le reverrons jamais. Pourquoi s'y attacher ? Vous allez toucher votre pourcentage, votre bonus, ou ce qui vous intéresse.

— Vous croyez que je ne suis pas curieux ?

— Je crois que vous vous en foutez.

Il n'a rien répondu jusqu'à ce que Sun émerge de la soute avec la mauvaise nouvelle. La bouée paraissait endommagée de façon définitive.

— Elle émet. Et avec un peu de travail, les moteurs pourront s'engager. Il lui faut une nouvelle source d'énergie, mais je peux sans doute bricoler ça avec le générateur d'une des motos. Par contre, les systèmes de localisation sont foutus, et nous n'avons ni les outils ni le matériel pour les réparer. Sans ça, la bouée ne pourra pas rester sur place. La poussée de nos moteurs suffirait sans doute à l'envoyer valdinguer dans l'espace.

— Et si on la déploie une fois qu'on aura mis à feu ? a proposé Hand en nous regardant tour à tour. Vongsavath peut calculer une trajectoire et nous faire avancer lentement, puis lâcher la bouée au bon endroit. Oh…

— Le mouvement, ai-je fini pour lui. Le mouvement résiduel que la bouée prendrait quand nous la lancerions suffirait à la faire dériver. C'est ça, Sun ?

— Exactement.

— Et si nous l'attachons ?

J'ai souri sans joie.

— L'attacher ? Vous n'étiez pas là quand les nanobes ont essayé de s'attacher à la porte ?

— Il faut trouver un moyen, a-t-il dit, têtu. Nous n'allons pas rentrer les mains vides. Pas après être arrivés aussi près.

— Si vous essayez de souder ce truc à la coque, nous ne rentrerons pas du tout, Hand. Vous le savez bien.

— Alors, cria-t-il soudain, *il doit y avoir une autre solution*.

— En effet.

Tanya Wardani se tenait à l'écoutille du cockpit, où elle s'était retirée pendant qu'on s'occupait des cadavres. Elle était encore pâle après ses vomissements, et ses yeux paraissaient marqués, mais il y avait sous tout cela un calme éthéré que je n'avais pas vu depuis notre départ du camp.

— Maîtresse Wardani, a dit Hand en regardant dans toute la cabine, comme pour vérifier qui d'autre l'avait vu perdre le contrôle, et en appuyant du pouce et de l'index sur son nez. Vous avez quelque chose à ajouter ?

— Oui. Si Sun Liping peut réparer les systèmes énergétiques de la bouée, nous pouvons très facilement l'installer.

— L'installer où ? ai-je demandé.

— À l'intérieur.

Un moment de silence face au fin sourire de Wardani.

— À l'intérieur ? (J'ai désigné l'écran d'un mouvement du menton, les kilomètres sans fin du vaisseau extraterrestre.) De ça ?

— Oui. Nous entrons par le hangar d'appontage et déposons la bouée quelque part, à l'abri. Aucune raison de supposer que la coque n'est pas radiotransparente, du moins par endroits. Presque toute l'architecture martienne l'est. Nous pourrons faire des émissions-tests pour trouver le meilleur endroit.

— Sun, a commencé Hand en regardant de nouveau l'écran, rêveur. Combien de temps pour effectuer les réparations sur le système énergétique ?

— Entre huit et dix heures. Pas plus de douze, de toute façon. (Sun s'est tournée vers l'archéologue.) Combien de temps vous faudra-t-il, maîtresse Wardani, pour ouvrir le hangar ?

— Oh, a fait Wardani avec un autre de ses étranges sourires. Il est déjà ouvert.

Je n'ai eu qu'une seule occasion de lui parler avant l'appontage. Je l'ai retrouvée quand elle sortait des toilettes de la navette, dix minutes après un briefing abrupt et dictatorial que Hand avait assené à tout le monde. Elle me tournait le dos, et nous nous sommes bousculés dans l'entrée étroite. Elle s'est retournée avec un cri de surprise, et j'ai vu de la sueur à son front. Sans doute de nouvelles nausées : son haleine sentait mauvais, et des odeurs de bile me parvenaient de la porte derrière elle.

Elle a vu la façon dont je la regardais.

— Ça va ?

— Non, Kovacs, je suis en train de mourir. Et toi ?

— Tu es sûre que c'est une bonne idée ?

— Oh, tu ne vas pas t'y mettre aussi ! Je pensais qu'on avait tout réglé avec Schneider et Sutjiadi.

Je n'ai rien dit, me contentant de regarder la lueur de colère dans son regard. Elle a soupiré.

— Écoute, si ça fait plaisir à Hand et qu'on peut enfin rentrer, je dirais que oui, c'est une bonne idée. Et c'est beaucoup plus sûr que d'attacher une bouée défectueuse à la coque.

J'ai secoué la tête.

— Il y a autre chose.

— Ah ?

— Oui. Tu veux voir l'intérieur de ce truc avant que Mandrake le fasse disparaître dans une installation secrète. Tu veux te l'approprier, ne serait-ce que pour quelques heures. N'est-ce pas ?

— Pas toi ?

— Je pense qu'à part Sutjiadi et Schneider, nous en avons tous envie.

Je savais que Cruickshank l'aurait voulu aussi – j'avais vu des étoiles dans son regard quand elle y pensait. L'enthousiasme naissant qu'elle avait dans le chalutier. Le même émerveillement sur son visage quand elle avait regardé le compte à rebours de la porte sur le filtre UV. C'était peut-être pour ça que je ne protestais pas, hormis cette conversation murmurée dans les effluves de vomi. Peut-être que je lui devais ça.

— Alors quel est le problème ? a demandé Wardani.

— Tu le sais très bien…

Elle a émis un bruit d'impatience et a tenté de me contourner. Je n'ai pas bougé.

— Tu pourrais me laisser passer, Kovacs ? Nous sommes à cinq minutes de l'atterrissage, et il faut que j'aille dans le cockpit.

— Pourquoi ne sont-ils pas entrés, Tanya ?

— Nous avons déjà…

— Mon cul, Tanya. Les instruments d'Ameli montrent une atmosphère respirable. Ils ont trouvé un moyen d'ouvrir le système d'appontage, ou alors il était déjà ouvert. Puis ils ont attendu dehors que leur oxygène s'épuise. Pourquoi ne sont-ils pas entrés ?

— Tu étais au briefing. Ils n'avaient pas de nourriture, ils…

— Oui, je t'ai entendu nous sortir des mètres et des mètres de rationalisation en béton, mais je n'ai rien entendu qui explique pourquoi quatre archéologues ont préféré mourir dans leur combinaison spatiale au lieu de passer leurs dernières heures dans la plus grande trouvaille archéologique de la race humaine.

Elle a hésité un instant, et j'ai eu un rappel fugitif de la femme dans la cascade. Puis la lumière fiévreuse a repris ses yeux.

— Pourquoi tu me poses la question ? Pourquoi tu n'allumes pas un des appareils d'ID&E pour leur demander, à eux ? Ils ont leur pile, non ?

— Les unités d'ID&E sont niquées, Tanya. La même fuite corrosive qui a flingué les bouées. Alors je te repose la question. Pourquoi ne sont-ils pas entrés ?

Elle a détourné le regard en silence. J'ai cru voir un tremblement à la commissure de son œil. Puis plus rien. Elle m'a regardé avec le même calme froid que j'avais vu dans le camp.

— Je ne sais pas, a-t-elle fini par dire. Et si nous ne pouvons pas leur poser la question, alors je ne vois qu'une seule autre façon de l'apprendre.

— Ouais, ai-je soupiré en m'écartant d'elle. Et c'est bien de ça qu'il s'agit, hein ? Découvrir. Révéler l'histoire. Reprendre le putain de flambeau de la découverte humaine. Ce n'est pas l'argent qui t'intéresse, tu te fous de savoir qui aura les droits exclusifs, et mourir ne te dérange pas tant que ça. Alors pourquoi ça dérangerait les autres, hein ?

Elle a sourcillé, très vite. Puis s'est reprise. Elle s'est détournée, me laissant face à la pâle lumière des tuiles d'illuminum où elle s'était appuyée.

Chapitre 31

C'était comme un délire.

Je me souviens avoir lu qu'un bon pourcentage des archéologues était devenu fou quand on avait trouvé les premiers mausolées enfouis, qu'on avait ensuite qualifiés de villes. L'effondrement mental était un des risques du métier, à l'époque. Quelques-uns des plus fins esprits du siècle avaient été sacrifiés dans l'étude de la civilisation martienne. Non pas brisés et réduits à la folie furieuse, comme les antihéros archétypiques des expérias d'horreur finissent toujours. Juste émoussés. Usés, les esprits les plus affûtés plongés dans le vague le plus total, un peu indifférents, un peu flous. Ils sont partis comme ça, par dizaines. Abrasion psychologique au contact constant des restes d'esprits inhumains. La Guilde les avait fait défiler comme des lames chirurgicales écrasées contre une meule à affûter.

— Eh bien, j'imagine que si on peut *voler*…, a dit Luc Deprez en regardant la structure d'un air appréhensif.

Sa posture indiquait une confusion énervée. Je me suis dit qu'il devait avoir le même problème que moi pour repérer les éventuels points d'embuscade. Quand le conditionnement de combat est aussi profond, ne pas être capable de faire ce qu'il est censé faire le rend aussi pénible qu'un manque de nicotine. Et repérer une embuscade dans de l'architecture martienne, ce serait comme attraper un glissopode des mers de Mitcham's Point. À mains nues.

Depuis le lourd linteau qui marquait la sortie du hangar, la structure interne du vaisseau s'ouvrait au-dessus et autour de nous comme... rien de ce que j'avais jamais pu voir. Cherchant une comparaison malgré tout, mon esprit a sorti une image de mon enfance à Newpest. Un printemps, du côté des fosses du récif de Hirata, je m'étais fait une sale peur quand le tuyau d'alimentation de mon matériel de plongée, miteux et assez vieux, s'était accroché sur une saillie de corail à quinze mètres de profondeur. Regardant l'oxygène filer par l'ouverture, dans une éruption de corpuscules argentés, je m'étais demandé un instant à quoi la tempête de bulles ressemblait, vue de l'intérieur.

Maintenant, je savais.

Ces bulles-ci étaient figées sur place, des teintes nacrées de bleu et de rose là où d'indistinctes sources de lumière luisaient sous leur surface. Mais à part cette différence de longévité, elles étaient aussi chaotiques que la réserve d'air qui m'abandonnait. Il ne semblait y avoir aucune volonté architecturale dans la façon dont elles se rejoignaient ou se fondaient. Par endroits, le lien n'était qu'un trou de quelques mètres de diamètre. Partout ailleurs, les murs incurvés s'interrompaient simplement en rencontrant une circonférence jointive. À aucun endroit, dans notre premier point d'entrée, le plafond ne descendait à moins de vingt mètres.

— Mais le sol est plat, a murmuré Sun Liping en s'agenouillant pour caresser la surface. Et ils avaient – ils ont – des générateurs grav.

— Origine des espèces, a dit Tanya Wardani d'une voix un peu envahissante dans cette cathédrale vide. Ils ont évolué dans un puits de gravité, comme nous. Le zéro G n'est pas sain à long terme, même si c'est amusant. Et quand on a de la gravité, il faut une surface plane sur laquelle poser les choses. Sens pratique. Comme le hangar, là-bas. C'est très bien de vouloir se dégourdir les ailes, mais il faut des lignes droites pour atterrir avec un vaisseau.

Nous nous sommes tous retournés vers l'espace par lequel nous venions d'entrer. Par rapport à l'endroit où nous étions, les courbes étrangères du hangar étaient presque sages. De longs murs à degrés s'évasaient comme des serpents de deux mètres d'épaisseur, étirés et pas tout à fait superposés. Les anneaux supérieurs s'écartaient à peu près sur un axe droit, comme si malgré les exigences d'un hangar d'appontage, les constructeurs de vaisseau martiens n'avaient pas pu s'empêcher d'ajouter une fioriture organique. Il n'y avait aucun danger à poser un vaisseau dans les niveaux d'atmosphère de plus en plus dense, retenue en place par un appareil dans les parois étagées. Mais à regarder sur les côtés, on avait tout de même l'impression d'entrer dans l'estomac d'une bête endormie.

Délire.

Je le sentais frôler le haut de ma vision, aspirant doucement mes yeux et me laissant une vague sensation de gonflement derrière le front. Un peu comme les virtuels *cheap* qu'on avait dans les arcades de jeu quand j'étais gosse, ceux où le construct ne laissait pas votre personnage regarder plus de quelques degrés au-dessus de l'horizontale, même quand c'était ce qu'il fallait pour le niveau suivant. C'était la même sensation, la promesse d'une douleur sourde derrière les yeux si on continuait à regarder ce qu'il y avait en haut. La conscience d'un espace en hauteur auquel on voudrait absolument jeter un œil.

La courbe des surfaces lumineuses autour de nous mettait le tout en porte-à-faux. Impression que tout allait basculer sur le côté d'un instant à l'autre. En fait, ç'aurait peut-être été la meilleure position pour assimiler cet environnement péniblement étranger. Que toute cette structure aberrante soit fine comme une coquille d'œuf et prête à se fendre si on faisait une erreur, et qu'elle vous laisse éclore dans le vide.

Délire.

Autant s'y faire.

La pièce n'était pas vide. Des arrangements squelettiques, comme un échafaudage, bordaient l'espace au niveau du sol. Je me rappelais les images holo d'un téléchargement que j'avais scanné dans mon enfance. Des barres de nidation martiennes, avec des Martiens virtuels perchés dessus. Ici, pourtant, l'absence de vie sur ces barres donnait à l'ensemble une maigreur étrange, qui ne soulageait en rien le malaise qui me crispait la nuque.

— On les a repliées, a murmuré Wardani en regardant vers le haut, étonnée.

Aux courbes les plus basses du mur-bulle, des machines à la fonction étrangère se tenaient sous les barres de nidation – apparemment – rangées. La plupart paraissaient pointues et agressives, mais quand l'archéologue en a frôlé une, la machine s'est contentée de murmurer pour elle-même et de réarranger certaines épines.

Raclement de plastique et gémissement aigu qui s'intensifie – armement déployé dans chaque paire de mains au creux de la pièce.

— Oh, mais c'est pas vrai, a lâché Wardani sans presque nous accorder un regard. Détendez-vous un peu. C'est une machine. Elle est en veille.

J'ai rengainé les Kalachnikovs et haussé les épaules. De l'autre côté de la pièce, Deprez a croisé mon regard et m'a souri.

— Une machine qui sert à quoi ? voulait savoir Hand.

Cette fois, l'archéologue ne s'est pas retournée.

— Je ne sais pas, a-t-elle répondu d'une voix lasse. Donnez-moi quelques jours, un labo avec tout l'équipement, et je pourrai peut-être vous le dire. Pour l'instant, je sais simplement qu'elle est en veille.

Sutjiadi s'est rapproché de quelques pas, le Sunjet toujours brandi devant lui.

— Comment le savez-vous ?

— Parce que, sans cela, nous serions déjà en train de communiquer avec elle, croyez-moi. Et puis, vous voyez quelqu'un avec des ailes qui lui arrivent un mètre au-dessus de la tête mettre une machine active aussi près d'un mur incurvé ? Je vous dis que tout cet endroit est éteint et rangé.

— Maîtresse Wardani semble avoir raison, a confirmé Sun en pivotant avec l'unité d'analyse Nuhanovic sur l'avant-bras. Il y a des circuits dans les murs, mais la plupart sont inactifs.

— Il doit y avoir un poste de contrôle central, a déduit Ameli Vongsavath, les mains dans les poches en regardant les sommets au centre de la chambre. L'air est respirable. Un peu pauvre en oxygène, mais chaud. Et d'ailleurs, il faut bien chauffer tout le vaisseau.

— Systèmes d'entretien. (Tanya Wardani semblait se désintéresser des machines. Elle était revenue vers le groupe.) Beaucoup de cités martiennes sur Mars et Nkrumah, les plus enterrées, en avaient aussi.

— Après tant de temps ?

Sutjiadi ne paraissait pas rassuré. Wardani a soupiré. Elle a fait un signe du pouce vers l'entrée du hangar d'appontage.

— Ce n'est pas de la magie, capitaine. Vous avez la même chose dans la *Nagini*. Si nous mourons tous, elle va rester là pendant quelques siècles à attendre que quelqu'un vienne la récupérer.

— Oui, et s'il s'agit de quelqu'un qui n'a pas les bons codes, elle en fera de la bouillie. Cela ne me rassure pas, maîtresse Wardani.

— Eh bien, c'est peut-être la différence entre les Martiens et nous. Une certaine sophistication civilisée.

— Ça, et une batterie qui tient plus longtemps, ai-je plaisanté. La *Nagini* n'aurait jamais pu attendre autant de temps.

— Que donne la radiotransparence ? a demandé Hand.

Sun a trituré le système Nuhanovic qu'elle portait. Les parties plus grosses, sur son épaule, ont clignoté. Des symboles ont évolué dans l'air au-dessus de sa main. Elle a haussé les épaules.

— Ce n'est pas génial. Je reçois à peine la balise de navigation de la *Nagini*, alors qu'elle est de l'autre côté du mur. Sans doute un bouclier. Nous sommes dans une station d'appontage, et près de la coque. Je pense qu'il va falloir s'avancer un peu plus.

J'ai remarqué quelques regards alarmés dans le groupe. Deprez m'a vu, et a souri.

— Qui veut aller explorer ? a-t-il soufflé.

— Je ne pense pas que ce soit une très bonne idée, a remarqué Hand.

Je me suis extrait du groupe que nous avions formé par instinct pour nous défendre. Je suis passé entre deux barres de nidation et j'ai tendu la main vers le bord de l'ouverture. Des vagues de fatigue et une légère nausée m'ont parcouru tandis que je me hissais sur mes pieds. Mais j'en étais au point où cela était prévisible, et le neurachem a tout effacé.

Le creux sous ma main était vide. Pas même de la poussière.

— Ce n'est sans doute pas une très bonne idée, ai-je convenu en me laissant retomber. Mais combien d'humains auront une telle occasion avant le millénaire prochain ? Il te faut dix heures, Sun, c'est bien ça ?

— Au max.

— Et tu penses pouvoir nous dresser une bonne carte avec ce truc ? ai-je insisté en indiquant le Nuhanovic.

— Très vraisemblablement. Après tout, c'est le meilleur logiciel d'analyse qu'on trouve. (Elle s'est inclinée rapidement devant Hand.) Systèmes intelligents Nuhanovic. On ne fait pas mieux.

Je me suis tourné vers Ameli Vongsavath.

— Et les systèmes d'armement de la *Nagini* sont à bloc.

La pilote a opiné.

— Avec les paramètres que je lui ai donnés, elle pourrait repousser un assaut tactique sans nous.

— Alors je pense qu'on a un billet d'entrée pour une journée au Château-Corail, ai-je conclu avec un coup d'œil à Sutjiadi. Enfin, ceux d'entre nous qui veulent venir.

En les regardant tous, j'ai vu l'idée faire son chemin. Deprez était déjà avec moi, son visage et tout son corps trahissant sa curiosité. Mais les autres se laissaient peu à peu contaminer. Partout, les têtes se penchaient en arrière pour observer l'architecture, les traits lissés par la fascination. Même Sutjiadi n'y était pas insensible. La vigilance sévère qu'il maintenait depuis que nous avions franchi les niveaux supérieurs de l'atmosphère progressive du hangar se relâchait peu à peu. La peur de l'inconnu refluait, anéantie par un sentiment plus fort, plus ancien.

La curiosité du singe. Le trait que j'avais avoué à Wardani quand nous étions arrivés sur la plage de Sauberville. L'intelligence piaillarde et sautillante de la jungle, qui escaladerait avec joie les traits ténébreux des anciennes idoles de pierre et mettrait le doigt dans leurs orbites ancestrales *juste pour voir*. Le désir d'obsidienne lumineux, *savoir*. Ce qui nous avait amenés ici, depuis les plaines herbeuses de l'Afrique centrale. Ce qui nous mènera sans doute un jour si loin qu'on y sera avant la lumière de ces anciens jours d'Afrique.

Hand s'est mis au centre, absorbé par son importance de cadre.

— Et si nous reparlions des priorités ? a-t-il dit avec prudence. Je comprends l'envie que vous avez tous de voir une partie de ce vaisseau – j'en ai tout autant envie –, mais notre souci principal serait de trouver une bonne base de transmission pour la bouée. Il faut s'en occuper avant tout le reste, et je suggère que nous le fassions tous ensemble. (Il s'est tourné vers Sutjiadi.) Après cela, nous pourrons nommer des groupes d'exploration. Capitaine ?

Sutjiadi a opiné, mais le mouvement était étrangement vague. Comme nous tous, il ne prêtait plus vraiment attention aux fréquences humaines.

S'il nous était resté des doutes sur le statut du vaisseau martien, quelques heures dans ces bulles d'architecture figée suffirent à les dissiper. Nous avons marché plus de une heure dans la disposition apparemment aléatoire des pièces. À certains endroits, les passages étaient à peu près au niveau du sol, mais partout ailleurs ils étaient taillés assez haut pour que Wardani ou Sun soient forcés d'activer leur harnais antigrav pour aller jeter un œil. Jiang et Deprez ouvraient la marche ensemble, arme en main, se séparant et approchant de l'entrée de chaque nouvelle chambre avec un savoir-faire silencieux et symétrique.

Nous n'avons rien trouvé de vivant. À notre connaissance.

Les machines que nous avons découvertes nous ont ignorés, et personne ne paraissait disposé à s'en approcher assez pour obtenir une autre réaction.

À mesure que nous nous enfoncions dans le navire, nous avons commencé à dénicher des structures qui, avec un peu d'imagination, pouvaient ressembler à des couloirs – de longs espaces bulbeux avec des entrées ovoïdes à chaque extrémité. On aurait dit la même technique de construction que les bulles normales, modifiée pour l'occasion.

— Tu sais ce que c'est, ce truc ? ai-je dit à Wardani pendant que Sun sondait une nouvelle ouverture au-dessus de nous. C'est comme de l'aérogel. Comme s'ils avaient construit une armature de base, puis... (J'ai secoué la tête. Le concept refusait résolument de venir.) Je ne sais pas, vaporisé quelques kilomètres cubes de base d'aérogel ultrasolide, et attendu que ça durcisse.

Wardani a souri.

— Ouais, peut-être. Un truc comme ça. Ça mettrait leur science de la plasticité un peu en avance sur la nôtre, non ? Pouvoir modéliser et planifier de la mousse à une telle échelle…

— Peut-être pas. (J'ai saisi au vol la forme d'une idée naissante, découvrant à tâtons ses bords d'origami.) Dans l'espace, la forme spécifique n'aurait aucune importance. N'importe quel résultat serait bon. Et ensuite, il suffit de remplir l'espace obtenu avec ce dont on a besoin. Pilotes, systèmes environnementaux, tu vois, armes…

— Armes ? (Elle m'a regardé avec une expression hermétique.) Il faut vraiment que ce soit un vaisseau de guerre ?

— Non, c'était un exemple. Mais…

— Il y a quelque chose là-haut, a dit Sun via le communicateur. Une sorte d'arbre ou…

Difficile d'expliquer ce qui a suivi.

J'ai entendu venir le son.

Je savais sans aucun doute que j'allais l'entendre quelques fractions de seconde avant que le carillonnement bas émerge de la bulle que Sun explorait. Cette certitude était une sensation solide, comme un écho à rebours de la lente entropie du temps. Si c'était l'intuition diplo, elle fonctionnait à un niveau d'efficacité que je n'avais atteint que dans mes rêves.

— Brin-de-chant, a dit Wardani.

J'ai écouté les échos s'évanouir, inversant le frisson de prémonition que je venais de ressentir. Soudain, j'avais très envie d'être de nouveau de l'autre côté de la porte, face aux dangers ordinaires des systèmes de nanobes et des retombées de la mort de Sauberville.

Cerise et moutarde. Un mélange inexplicable d'odeurs qui suit le son. Jiang lève son Sunjet.

Les traits normalement immobiles de Sutjiadi se creusent.

— Qu'est-ce que c'est que cette… ?

— Brin-de-chant, ai-je répondu en me retournant comme si de rien n'était sur mon malaise rampant. Une sorte de plante domestique martienne.

J'en avais vu un, en vrai, une fois, sur Terre. Arraché à la pierre martienne où il avait poussé plusieurs siècles auparavant, et présenté comme œuvre d'art chez un riche. Il chantait toujours au moindre contact, même celui du vent, et dégageait toujours son parfum de cerise et de moutarde. Ni mort ni vivant, ni quoi que ce soit que la science humaine puisse catégoriser.

— Comment est-il fixé ? a voulu savoir Wardani.

— Il pousse dans le mur, a répondu Sun d'une voix trahissant le même émerveillement qu'avant. Comme une sorte de corail…

Wardani s'est reculée pour avoir la place de décoller et a tendu la main vers les commandes de son harnais grav. Le gémissement de l'allumage a rempli l'air.

— J'arrive.

— Un instant, maîtresse Wardani. (Hand a plané pour la rejoindre.) Sun, il y a un passage là-haut ?

— Négatif. Toute la bulle est fermée.

— Alors redescendez. (Il a levé la main pour retenir Wardani.) Nous n'avons pas le temps. Plus tard, si vous le voulez, vous pourrez revenir pendant que Sun préparera la bouée. Pour l'instant, nous devons trouver une bonne base de transmission avant quoi que ce soit d'autre.

Une expression vaguement rebelle a traversé le visage de l'archéologue, mais elle était trop fatiguée pour contester. Elle a éteint les pousseurs grav – gémissement décroissant, déception mécanique – et s'est détournée, en retenant un murmure lancé par-dessus son épaule, presque aussi faible que les cerises et la moutarde venant d'au-dessus. Elle s'est écartée du cadre de

Mandrake pour aller vers la sortie. Jiang a hésité un instant, puis l'a laissée passer.

J'ai soupiré.

— Bien joué, Hand. Elle est ce que nous avons de plus proche d'un guide autochtone dans cet… (j'ai désigné ce qui nous entourait d'un geste circulaire)… endroit, et vous cherchez à la foutre en rogne. C'est dans votre doctorat d'investissement en période de conflit qu'on vous apprend ça ? Énerver les experts si vous en avez l'occasion ?

— Non, a-t-il répondu d'un ton égal. Mais on nous apprend à ne pas perdre de temps quand on va mourir.

— D'accord. (Je suis parti à la suite de Wardani, et l'ai rattrapée juste dans le couloir qui sortait de notre bulle.) Eh, attends. Wardani. Wardani, du calme, OK ? C'est un connard, on n'y peut rien.

— Putain de *marchand*.

— Oui, il y a ça, aussi. Mais c'est à cause de lui que nous sommes ici, quand même. Il ne faut pas sous-estimer la pulsion mercantile.

— Tu donnes dans la philosophie économique, maintenant ?

— Je… (Je me suis tu.) Écoute.

— Non, j'en ai marre de…

— Non, *écoute*. (J'ai levé une main et indiqué le couloir.) Ça. Tu entends ?

— Je n'entends…

Sa voix s'est éteinte quand elle a compris. Le neurachem des Impacteurs de Carrera avait fini de filtrer le son pour moi, et il n'y avait aucun doute.

Quelque part dans le couloir, quelque chose chantait.

Deux pièces plus loin, nous les avons trouvés. Toute une forêt de brins-de-chant bonsaïs, répartis sur le sol et le bas des murs d'une entrée de couloir rejoignant la bulle principale.

Les brins paraissaient avoir traversé la structure primaire du vaisseau par le sol autour de la jonction, bien qu'il n'y ait aucun signe de dégâts sur leurs racines. Comme si le matériau de la coque s'était refermé autour d'eux. Une cicatrice. La machine la plus proche était à une dizaine de mètres, dans le couloir.

La chanson des arbres était plus proche du son d'un violon, jouée avec la lenteur infinie de monofilaments individuels passés sur la table d'harmonie, sans aucune mélodie. Le son était à peine audible, mais chaque fois qu'il s'amplifiait, je ressentais un tiraillement au creux de l'estomac.

Wardani avait couru pour me précéder dans le couloir, pendant que nous approchions. Elle était accroupie devant ces phénomènes, essoufflée mais extatique.

— C'est l'air, a-t-elle haleté. Il doit y avoir une convection depuis un autre niveau. Ils ne chantent que s'il y a contact avec leur surface.

J'ai réprimé un autre frisson involontaire.

— À ton avis, quel âge ont-ils ?

— Va savoir… (Elle s'est relevée.) Si nous étions sur un champ gravitationnel planétaire, je dirais deux ou trois mille ans, pas plus. Mais non.

Elle a reculé en secouant la tête, le menton posé dans la main, les doigts sur la bouche comme pour étouffer un commentaire trop hâtif. J'ai attendu. La main a fini par s'écarter de son visage pour faire un geste hésitant.

— Regarde les embranchements. Ils… ils ne poussent pas comme ça, d'habitude. Pas aussi tordus.

J'ai suivi le doigt qu'elle tendait. L'arbre le plus grand m'arrivait à la poitrine, ses membres de pierre noir rougeâtre, filiformes, bifurquaient à foison d'un tronc qui paraissait plus exubérant et complexe que celui que j'avais vu en pot sur Terre. Autour de celui-là, les autres arbres, plus petits, émulaient le même motif, si ce n'est que…

Le reste du groupe nous a rejoints, Deprez et Hand en tête.

— Putain, où vous étiez… ? Oh !

Le chant des arbres a passé un palier presque imperceptible. Les courants d'air provoqués par les mouvements des corps dans la pièce. J'ai eu la gorge sèche en entendant le son produit.

— Je regarde juste tout ça, si ça ne dérange pas, Hand.

— Maîtresse Wardani…

J'ai lancé au cadre un regard de mise en garde.

Deprez s'est planté derrière l'archéologue.

— Ils sont dangereux ?

— Je ne sais pas. En temps normal, non, mais…

La chose qui attirait mon attention au seuil de ma conscience a fini par émerger.

— Ils poussent les uns vers les autres. Regardez les branches des plus petits. Elles vont toutes vers le haut, vers l'extérieur. Les plus grands ont des branches dans toutes les directions.

— Ça suggère une sorte de communication. Un système autorelationnel intégré. (Sun a fait le tour des arbres, analysant avec le filtre à émissions sur son bras.) Mais, euh…

— Vous ne trouverez aucune radiation, l'a informée Wardani d'une voix rêveuse. Ils les absorbent comme des éponges. Absorption de tout sauf de la lumière à ondes rouges. D'après leur composition minérale, la surface de ces choses ne devrait pas être rouge. Elle devrait se refléter sur tout le spectre.

— Mais ce n'est pas le cas. (Hand a dit cela comme s'il comptait faire arrêter les arbres pour cette transgression.) Pourquoi cela, maîtresse Wardani ?

— Si je le savais, je serais présidente de guilde, à l'heure qu'il est. Nous en savons moins sur les brins-de-chant que sur presque tous les autres aspects de la biosphère martienne. En fait, nous ne savons même pas si on peut les inclure dans cette biosphère.

— Ils poussent, pourtant…

— Les cristaux aussi, a dit Wardani avec un rictus. Et pourtant, ils ne sont pas vivants.

— Je ne sais pas pour vous, a dit Ameli Vongsavath en contournant les brins avec le Sunjet à la main, à moitié dressé, mais moi ça me fait penser à une infestation.

— Ou de l'art, a contré Deprez. Qu'est-ce qu'on en sait ?

Vongsavath a secoué la tête.

— C'est un vaisseau, Luc. On ne met pas de l'art dans le couloir là où ça va gêner tous les gens qui y marcheront. Regarde ça. Il y en a partout.

— Et si on peut voler ?

— Ça va quand même te gêner.

— Art de collision, a plaisanté Schneider.

— Bon, ça suffit. (Hand a fait reculer le public d'un geste de la main. Quelques notes se sont élevées quand le mouvement a fait passer de nouveaux courants d'air contre les branches de pierre rouge. Le musc dans l'air s'est épaissi.) Nous n'avons pas…

— … le temps pour tout ça, a complété Wardani. Nous devons trouver une bonne base de transmission.

Schneider a éclaté de rire. Je me suis mordu la lèvre pour ne pas l'imiter, en évitant de regarder Deprez. L'autorité de Hand était en train de se faire la malle, et je n'avais pas envie de l'enfoncer encore plus. Je ne savais toujours pas ce qu'il ferait s'il craquait.

— Sun, a dit le cadre de Mandrake d'une voix plutôt égale. Vérifiez les ouvertures supérieures.

La spécialiste en systèmes a opiné et enclenché son harnais grav. Le gémissement des pousseurs a retenti, puis s'est renforcé tandis que ses semelles décollaient du sol et dérivaient vers le haut. Jiang et Deprez se sont écartés, les Sunjet prêts à la couvrir.

— Pas de passage par ici, a-t-elle lancé depuis la première ouverture.

J'ai entendu le changement, et mes yeux sont revenus d'un coup aux brins-de-chant. Wardani était la seule à me regarder, et elle a vu mon visage. Derrière le dos de Hand, sa bouche a articulé une question silencieuse. J'ai désigné les arbres du menton, puis porté ma main en entonnoir à mon oreille.

Écoute.

Wardani s'est approchée, puis a secoué la tête.

Sifflement.

— Ce n'est pas poss…

Mais si.

Le doux son de violon maltraité se modulait. Il réagissait au courant d'air constant généré par les pousseurs grav. Ça, ou le champ grav lui-même. Se modulait et, très faiblement, se renforçait.

Se réveillait.

Chapitre 32

Nous avons trouvé le point de transmission de Hand à quatre groupes de brins-de-chant de là, une heure plus tard. Nous avions commencé à bifurquer vers le hangar où nous étions arrivés, suivant une carte probable que les scanners du Nuhanovic de Sun dessinaient sur son bras. À voir les longues pauses chaque fois que Sun chargeait de nouvelles données, le logiciel de carto n'aimait pas plus l'architecture martienne que moi. Mais avec quelques heures d'expérience, et un interfaçage inspiré de la part de la spécialiste en systèmes, le programme a pu commencer à faire des déductions logiques sur l'endroit le plus propice. Et il avait raison. Ce qui n'est peut-être pas étonnant.

À la sortie d'un grand tube en spirale, trop pentu pour qu'un humain y soit à l'aise, Sun et moi nous sommes arrêtés au bord d'une plate-forme large de cinquante mètres, apparemment ouverte de toutes parts sur le vide spatial. Un champ d'étoiles cristallin nous entourait, interrompu seulement par une structure centrale émaciée, rappelant un peu une grue de chargement des docks de Millsport. L'impression d'exposition à l'extérieur était si complète que j'ai senti ma gorge se bloquer instantanément, réflexe de combat dans le vide. Mes poumons, qui se remettaient encore de l'ascension, ont sursauté dans ma poitrine.

J'ai interrompu le réflexe.

— C'est un champ de force ? ai-je demandé à Sun, haletant.

— Non, c'est solide. (Elle a froncé les yeux sur l'affichage de son bras.) Alliage transparent, un mètre d'épaisseur. C'est très impressionnant. Aucune distorsion. Contrôle visuel direct total. Regarde, voilà la porte.

Elle se trouvait dans le vide au-dessus de nos têtes, étrange satellite oblong de lumière bleu-gris traversant les ténèbres.

— Ça doit être la tourelle de contrôle d'appontage, a décidé Sun en se tapotant le bras et en se retournant lentement. Qu'est-ce que je t'avais dit ! Systèmes intelligents Nuhanovic. On ne fait pas m…

Sa voix s'est arrêtée net. J'ai regardé sur le côté, et vu ses yeux écarquillés, posés sur un objet devant nous. Suivant son regard jusqu'à la structure squelettique au centre de la plate-forme, j'ai vu les Martiens.

— Tu devrais appeler les autres, ai-je dit d'un air distant.

Ils étaient accrochés au-dessus de la plate-forme comme des fantômes d'aigles torturés à mort, les ailes étendues au maximum, prises dans une sorte de toile qui oscillait au gré de courants d'air imperceptibles. Ils n'étaient que deux, l'un presque tout en haut de la structure centrale, l'autre à peu près à hauteur de tête humaine. M'approchant avec prudence, j'ai vu que la toile était métallique, semée d'instruments que je ne comprenais pas mieux que les autres machines.

J'ai dépassé un autre groupe de brins-de-chant, la plupart m'arrivant sous le genou. Je les ai à peine regardés. Derrière moi, Sun appelait le reste du groupe, resté au pied de la spirale. Sa voix forte paraissait violer l'air autour de nous. Les échos se sont poursuivis dans le dôme. J'ai atteint le Martien le plus bas, et je suis resté là, sous le corps.

Bien sûr, j'en avais déjà vu. Comme tout le monde. On entend parler de ces trucs-là dès la maternelle. Les Martiens. Ils ont remplacé les créatures mythologiques de notre héritage terrestre étriqué. Les dieux et démons qui servaient autrefois de fondation à nos légendes. *Impossible de surestimer*, avait écrit Gretzky quand il lui restait des couilles, l*e choc latéral que cette découverte a eu sur l'idée de notre place dans l'univers, et l'impression que l'univers nous appartenait, pour ainsi dire.*

La façon dont Wardani m'avait tout expliqué, un soir, sur le balcon de Roespinoedji, face au désert.

Bradbury, 2089, calendrier précolonial. Les héros fondateurs de l'antiquité humaine sont enfin reconnus comme les gros bras, ignorants et violents, qu'ils ont sans doute toujours été, à mesure que le décodage des premiers systèmes de données martiens met en évidence une culture interstellaire au moins aussi vieille que la race humaine. Le savoir millénaire acquis par la Chine et l'Égypte commence à ressembler à la datapile d'un gamin de dix ans. La sagesse des âges taillée en pièces et rabaissée à une philosophie de comptoir de marins en goguette défoncés. Lao-tseu, Confucius, Jésus-Christ, Mahomet – une bande d'ignares. Des provinciaux qui pontifient, sans jamais être sortis de leur planète. Et dire que pendant ce temps-là, les Martiens se baladaient dans l'espace interstellaire…

Bien sûr – *sourire acide à la commissure des lèvres de Wardani* – la religion établie a contre-attaqué. Les stratégies habituelles : incorporer les Martiens dans le grand tout, réinterpréter les écritures, voire en créer de nouvelles. Si ça ne marche pas, faute de matière grise suffisante pour réussir, tout nier en l'attribuant aux forces du mal, et brûler tous ceux qui diront le contraire. Ça devrait marcher.

Mais ça n'a pas marché.

Ça a failli, pourtant. Une hystérie montante avait amené la violence religieuse, et les départements d'université de xénologie, fraîchement constitués, brûlaient souvent. Des escortes armées pour les archéologues les plus célèbres, et quelques fusillades de campus entre fondamentalistes et la police de l'ordre public. Des temps intéressants pour le corps estudiantin…

Dans tout cela, de nouvelles fois sont apparues. La plupart pas très différentes des anciennes, et tout aussi dogmatiques. Mais en dessous, ou peut-être un peu trop au dessus, montait une marée de croyance séculière en une chose plus difficile à définir que Dieu.

C'était peut-être les ailes. Un archétype culturel tellement implanté – *anges, démons, Icare et tant d'autres idiots comme lui sautant de tours et de falaises jusqu'à ce qu'on finisse par y arriver* – que l'humanité s'y accrochait.

C'était de la foi. Pas de la connaissance. La Guilde n'était pas encore assez sûre de sa traduction, et on ne lance pas des centaines de milliers d'esprits sur disques et d'embryons clonés dans les profondeurs interstellaires sur la base d'une théorie faiblarde.

C'était une foi dans l'utilité essentielle de la nouvelle connaissance. Au lieu de la confiance terracentrée en la science humaine et sa capacité à tout comprendre un jour, une confiance plus humaine dans l'édifice supérieur du savoir martien qui, comme un père indulgent, nous permettrait de l'accompagner sur l'océan pour piloter nous-mêmes le bateau. Nous étions en train de sortir, pas encore enfants quittant le foyer pour la première fois, mais tout juste nourrissons cramponnés avec confiance aux griffes de la civilisation martienne. Avec un sentiment irrationnel de sécurité et de chaleur enveloppante. C'était cela, autant que la libéralisation économique dont Hand nous avait rebattu les oreilles, qui avait encouragé la diaspora.

Sept cent cinquante mille morts sur Adoracion ont tout changé. Ça, et quelques autres problèmes géopolitiques suite à l'apparition du Protectorat. Sur Terre, les vieilles fois, politiques comme spirituelles, ont assené des règles d'autorité rigides comme l'acier. *Nous avons vécu librement, et il faut en payer le prix. Au nom de la stabilité et de la sécurité, les choses devront devenir plus strictes.*

De cette brève éclosion d'enthousiasme pour tout ce qui touchait à Mars, il reste très peu de chose. Wycinksi et son équipe de pionniers ont disparu depuis des siècles, chassés de leurs postes à l'université et de leur financement, et parfois même assassinés. La Guilde s'est repliée sur elle-même, gardant jalousement la maigre liberté intellectuelle que le Protectorat lui autorise. Les Martiens sont réduits à deux précipités virtuellement sans rapport, au lieu de s'approcher de la compréhension.

D'un côté, une série d'images et de notes, rébarbatives comme un livre de classe, toutes les données que le Protectorat juge socialement appropriées. Tous les enfants apprennent consciencieusement à quoi ils ressemblaient : l'anatomie écorchée de leurs ailes et de leur squelette, leur dynamique de vol, les détails ennuyeux de leur accouplement et de l'élevage des petits, la reconstruction en virtuel de leur plumage et de leurs couleurs, dessinés d'après les rares archives visuelles auxquelles on a accès, ou remplies des suppositions de la Guilde. Les emblèmes de nids, les vêtements probables. Des faits colorés, facilement digestes. Pas beaucoup de sociologie. Trop mal comprise, trop indéfinie, trop volatile, et surtout est-ce que ça intéresse vraiment les gens… ?

Le savoir mis au rebut, avait-elle dit, frissonnant un peu dans le froid du désert. *Une ignorance volontaire face à ce qu'on ne comprendra qu'en travaillant.*

De l'autre côté de la colonne fractionnée, les éléments les plus étranges se regroupent. D'étranges schismes religieux, des mythes murmurés et des légendes urbaines tirées des fouilles. Là demeure ce que les Martiens étaient pour nous. Là, leur impact peut se décrire à petits chuchotis. On peut les appeler comme Wycinski l'a fait une fois : *les Nouveaux Anciens, qui nous enseignent le véritable sens de ce mot. Nos bienfaiteurs absents, mystérieux et ailés, plongeant pour caresser la nuque de notre civilisation d'une aile froide, pour nous rappeler que six ou sept mille ans d'histoire plus ou moins enregistrée, ça n'a rien d'ancien vu les critères en vigueur.*

Le Martien était mort.

Mort depuis longtemps, cela se voyait. Le corps était momifié dans la toile, les ailes parcheminées, la tête desséchée en un crâne étroit au bec entrouvert. Les yeux étaient noircis, dans leur orbite en amande inversée, à moitié cachés par la membrane de la paupière. Sous le bec, la peau formait une bosse, sans doute sur la glande qu'il avait dans la gorge. Comme les ailes, elle paraissait extrêmement fine, translucide.

Sous les ailes, des membres anguleux étaient tendus sur la toile, et des griffes à l'aspect délicat tenaient des instruments. J'ai ressenti une certaine admiration. Quoi que cette chose ait faite, elle était morte à son poste.

— N'y touche pas, a claqué Wardani derrière moi.

Je ne m'étais pas rendu compte que je tendais la main vers le cadavre.

— Désolé.

— T'as encore rien vu, attends que la peau se détache. Il y a une sécrétion alcaline dans leur couche de graisse sous-cutanée, qui dégénère quand ils meurent. On pense que l'oxydation de leurs aliments la gardait en équilibre de leur vivant, mais elle est assez forte pour dissoudre presque tout un corps, s'il y a assez de vapeur d'eau.

Tout en parlant, elle contournait le cadre et la toile avec la prudence automatique qu'on devait apprendre à la Guilde. Son visage était concentré, ses yeux ne quittaient jamais la momie ailée au-dessus de nous.

— Quand ils meurent comme ça, la sécrétion ronge la graisse et se réduit en poudre. Très corrosive si on l'inspire, ou si elle atteint les yeux.

— Super. (J'ai reculé de quelques pas.) Merci de nous avoir prévenus.

— Je ne m'attendais pas à en trouver, a-t-elle répondu avec un haussement d'épaules.

— Les vaisseaux ont un équipage.

— Oui, Kovacs, et les cités ont une population. On n'a trouvé que quelques centaines de corps martiens intacts depuis quatre cents ans que nous faisons de l'archéologie sur une trentaine de mondes.

— Avec une telle saloperie dans leur système, ça ne m'étonne pas. (Schneider nous avait rejoints et se tordait le cou depuis l'autre côté de la toile.) Qu'est-ce qui arrivait à cette saloperie s'ils restaient un moment sans manger ?

Wardani lui a lancé un regard irrité.

— On ne sait pas. Le processus devait sans doute commencer.

— Ça devait faire mal.

— Oui, sans doute.

Elle ne voulait pas vraiment nous parler. Elle était en transe.

Schneider ne s'en est pas rendu compte. À moins qu'il ait besoin d'entendre des voix pour noyer le silence dans l'air environnant et le regard de la chose ailée au-dessus de nous.

— Pourquoi ils se sont retrouvés avec un truc comme ça ? Parce que bon, ce n'est pas vraiment utile pour l'évolution. Un truc qui vous tue si vous avez faim.

J'ai regardé le corps desséché et écartelé avec le même respect ressenti en comprenant que les Martiens étaient morts à leur poste. Quelque chose d'indéfinissable s'est passé dans ma tête, que mes sens de Diplo ont reconnu comme le frisson intuitif à la lisière de la compréhension.

— Oh si, c'est utile. Ça les motive, ai-je réalisé en parlant. Ça devait faire d'eux les saletés les plus méchantes dans le ciel.

J'ai cru détecter un léger sourire sur les lèvres de Tanya Wardani.

— Vous devriez publier, Kovacs. Avec ce genre de fulgurance intellectuelle.

Schneider a souri.

— En fait, a repris l'archéologue en passant en mode conférence pendant qu'elle regardait le Martien momifié, l'argument évolutionnaire actuel pour cet élément est que cela aidait à nettoyer les nids surpeuplés. Vasvik et Lai, il y a quelques années. Avant cela, presque toute la Guilde se disait que cela décourageait les parasites cutanés et les infections. Vasvik et Lai n'ont pas dit le contraire, ils sont passés directement à autre chose. Bien sûr, il y a l'hypothèse des saletés les plus méchantes du ciel, qu'un bon nombre de maîtres de guilde ont élaborée, mais jamais de façon aussi élégante que vous, Kovacs.

J'ai fait une révérence.

— Vous pensez qu'on pourra la décrocher ? s'est demandée Wardani à voix haute, reculant pour mieux voir les câbles qui soutenaient la toile.

— « La » ?

— Oui. C'est une gardienne de nid. Regardez l'aiguillon sur l'aile. La crête osseuse à l'arrière du crâne. Caste guerrière. À ce que nous savons, c'étaient toutes des femelles. (L'archéologue a reporté son attention sur les câbles.) Vous pensez qu'on pourrait faire fonctionner ça ?

— Je ne vois pas pourquoi on n'y arriverait pas. (J'ai élevé le ton pour porter de l'autre côté de la plate-forme.) Jiang, tu vois quoi que ce soit qui ressemble à un treuil, là-dessus ?

Jiang a regardé vers le haut, puis a secoué la tête.

— Et toi, Luc ?

— Maîtresse Wardani !

— En parlant de saletés…, a murmuré Schneider.

Matthias Hand se rapprochait à grands pas de notre attroupement sous le corps entravé.

— Maîtresse Wardani. J'espère que vous ne pensiez pas faire autre chose que regarder ce spécimen.

— En fait, a dit l'archéologue, nous cherchions un moyen de le descendre. Ça vous pose un problème ?

— Oui, maîtresse Wardani, tout à fait. Ce vaisseau et tout ce qu'il contient, sont la propriété de la Mandrake Corporation.

— Pas tant que la balise n'est pas posée. C'est ce que vous nous avez dit pour nous faire monter à bord, en tout cas.

Hand a souri.

— Ne transformez pas tout en affrontement, maîtresse Wardani. Vous avez été bien payée.

— Oh, *payée*. J'ai été *payée*. (Wardani l'a regardé méchamment.) Je vous em*merde*, Hand.

Elle a traversé la plate-forme d'un pas furieux et s'est arrêtée au bord, face à l'espace.

J'ai fusillé le cadre de Mandrake du regard.

— Hand, mais ça ne va pas ? Je croyais vous avoir dit de la lâcher un peu. C'est l'architecture qui vous perturbe ?

Je l'ai laissé avec le cadavre et j'ai rejoint Wardani, les bras croisés et la tête baissée.

— Tu ne comptes pas sauter, quand même ?

Elle a reniflé.

— Quel sac à merde ! Il foutrait une holopub sur les portes du paradis, si on les trouvait.

— Je ne sais pas. Il est assez croyant.

— Ah ouais ? C'est marrant, ça ne le dérange pas dans sa vie commerciale.

— Bah, tu sais ce que c'est. Religion organisée.

Elle a reniflé de nouveau, mais il y avait cette fois un rire en dessous, et sa posture s'est détendue.

— Je ne sais pas pourquoi je me laisse énerver comme ça. De toute façon je n'ai pas les outils pour m'occuper d'un vestige organique. Qu'il reste là où il est. Qui ça dérange ?

Je lui ai posé la main sur l'épaule avec un sourire.

— Toi.

Le dôme au-dessus de nos têtes était aussi transparent aux signaux radio qu'au spectre visible. Sun a fait quelques vérifications de base avec l'équipement qu'elle avait, puis nous sommes tous retournés à la *Nagini* et avons rapporté la bouée endommagée à la plate-forme, avec trois caisses d'outils dont Sun pourrait avoir besoin. Nous nous sommes arrêtés dans chaque chambre, signalant le chemin avec de petites boules ambre, et en peignant des signes à l'illuminum sur le sol. Au grand dam de Tanya Wardani.

— Ça s'en ira, a dit Sun Liping d'une voix qui indiquait qu'elle s'en moquait.

Même avec quelques harnais grav pour faciliter le transit, l'acheminement de la bouée jusqu'à sa destination n'a pas été une mince affaire. L'ébullition chaotique de l'architecture du vaisseau la rendait encore plus agaçante. Le temps que nous ayons tout rassemblé sur la plate-forme– sur un côté, à distance respectueuse des occupants momifiés – j'étais brisé. Les dégâts que les radiations avaient faits dans mes cellules étaient trop massifs pour que les médicaments y remédient.

J'ai trouvé une section de la structure centrale qui n'était pas directement sous un cadavre et je m'y suis appuyé. Face aux étoiles, j'ai attendu que mon corps maltraité stabilise enfin mes battements de cœur et ravale la nausée qui me tordait les tripes. La porte ouverte m'a souri en passant au-dessus de l'horizon de la plate-forme. Un peu plus à droite, le Martien le plus proche attirait mon œil, en périphérie. J'ai cédé, et croisé le regard qu'il me lançait de ses yeux mi-clos. J'ai levé un doigt à ma tempe, en salut.

— Ouais. J'arrive.

— Pardon ?

J'ai tourné la tête et vu Luc Deprez à quelques mètres de là. Dans son enveloppe maorie à résistance rad, il paraissait presque à l'aise.

— Rien. Je communie.

— Je vois. (À l'expression de son visage, il était clair que non.) Je me demandais. Tu veux jeter un œil dans les parages ?

J'ai secoué la tête.

— Peut-être plus tard. Mais que ça ne t'arrête pas.

Il a froncé les sourcils, mais m'a laissé seul. Je l'ai vu partir avec Ameli Vongsavath. Partout sur la plate-forme, le groupe était réparti en petites grappes, parlant sans que les voix portent vraiment. Je croyais entendre les brins-de-chant lancer de faibles contrepoints, mais je n'avais pas le courage de concentrer le neurachem. Je ressentais une fatigue immense qui me tombait dessus depuis les étoiles, et la plate-forme a paru s'éloigner de moi. J'ai fermé les yeux, flottant dans ce qui n'était pas exactement un sommeil, mais en offrait tous les inconvénients.

— *Kovacs…*

Putain. Sémétaire.

— *Ta petite poupée en kit des Limon Highlands, elle te manque ?*

— *Ne…*

— *Tu ne voudrais pas qu'elle soit en un seul morceau ? À moins… tu préférerais que les différents morceaux te grimpent dessus séparément ?*

Mon visage s'est contracté là où son pied m'avait frappé, projeté par le câble nanobe.

— *Ça te dirait, hmm ? Une houri segmentée, à tes ordres. Une main ici, une main là. Des poignées de chair recourbées. Coupée à la demande, pour ainsi dire. De la chair douce et qu'on peut* empoigner, *Kovacs. Malaxer. Tu pourrais t'en remplir les mains. L'écraser contre toi.*

— *Sémétaire, tu me cherches...*

— *Et sans l'inconvénient du libre arbitre. Tu jettes les morceaux qui ne te servent à rien. Ceux qui excrètent, ceux qui pensent plus loin que la sensualité. L'éternité a de nombreux plaisirs...*

— *Putain, mais fous-moi la* paix, *Sémétaire.*

— *Pourquoi ? La solitude, c'est le froid. Un gouffre de froideur plus profond que ce que tu voyais depuis la coque du* Mivtsemdi. *Pourquoi t'abandonner à cela alors que tu as été si bon pour moi ? Que tu m'as envoyé tant d'âmes ?*

— *Bon. Ça suffit, connard...*

Je me suis réveillé d'un coup, en sueur. Tanya Wardani était accroupie à un mètre de moi, et me regardait. Derrière elle, le Martien suspendu en l'air me fixait d'un air aveugle comme les anges de la cathédrale andrique de Newpest.

— Ça va, Kovacs ?

J'ai appuyé mes mains contre mes yeux, et sourcillé sous la douleur causée.

— Pas trop mal, pour un mort, je dirais. Vous n'êtes pas partie à la découverte ?

— Je me sens trop mal. Peut-être plus tard.

Je me suis un peu redressé. De l'autre côté de la plate-forme, Sun travaillait sur les circuits à nu de la bouée. Jiang et Sutjiadi se tenaient près d'elle, parlant à voix basse. J'ai toussé.

— On n'a plus beaucoup de plus tard. Il faudra sans doute moins de dix heures à Sun pour terminer. Où est Schneider ?

— Parti avec Hand. Pourquoi tu ne fais pas non plus la visite de Château-Corail, toi ?

J'ai souri.

— Tu n'as jamais vu Château-Corail de ta vie, Tanya. De quoi tu parles ?

Elle s'est assise à côté de moi, face aux étoiles.

— Je testais mon argot de Harlan. Ça te dérange ?

— Putains de touristes.

Elle a ri. J'ai continué à profiter de ce son jusqu'à ce qu'il s'arrête, et nous avons partagé un moment ce silence confortable, rompu seulement par la soudure de Sun.

— Le ciel est beau, a-t-elle fini par dire.

— Ouais. Tu pourrais répondre à une question d'archéo ?

— Si tu veux.

— Où ils sont ?

— Les Martiens ?

— Ouais.

— Eh bien, le cosmos est grand. Qui…

— Non, *ces* Martiens-là. L'équipage de ce truc. Pourquoi abandonner un machin aussi gros ? Il a dû falloir un budget planétaire, pour le construire. Même pour eux. Il est fonctionnel, pour ce qu'on peut en voir. Atmosphère chauffée et entretenue, système d'appontage opérationnel. Pourquoi ne pas l'avoir emporté ?

— Qui sait ? Ils sont peut-être partis précipitamment.

— Sans dé…

— Non, je suis sérieuse. Ils ont dégagé de toute cette section d'espace, ou on les a exterminés, ou ils se sont entre-tués. Ils ont laissé beaucoup de choses. Des villes entières.

— Ouais. Tanya, on ne peut pas emporter une ville. Évidemment qu'on la laisse. Mais ça, c'est un putain de vaisseau. Pourquoi ils auraient laissé un truc pareil derrière eux ?

— Ils ont laissé les orbitales autour de Harlan.

— Elles sont automatiques.

— Et alors ? Le vaisseau aussi, en ce qui concerne le système d'entretien.

— Oui, mais ç'a été construit pour un équipage. Pas besoin d'être archéologue pour s'en rendre compte.

— Kovacs, pourquoi tu ne vas pas te reposer dans la *Nagini* ? Ni toi ni moi ne sommes d'attaque pour explorer cet endroit, et tu me donnes mal à la tête.

— Je pense que ce sont les radiations.

— Non, je…

Contre ma poitrine, mon micro à induction a vibré. Je l'ai regardé un moment avant d'enfiler l'oreillette.

— … du là …ans rien, a dit la voix de Vongsavath, excitée et noyée de statique. Quoi qu'il …assé … pense p… mort de f…

— Vongsavath, ici Kovacs. Reviens en arrière. Ralentis, recommence tout.

— J'ai dit, a commencé la pilote avec une emphase lourde. L… ouvé …tre corps. Un c… main. De la bande …mené au pont …tion. Et… dirait q… chose l… tué.

— D'accord, on arrive. (Je me suis efforcé de me relever, en essayant de parler à un rythme que Vongsavath pourrait comprendre malgré les interférences.) Je répète, on arrive. Ne bougez pas, dos à dos, et ne bougez pas. Et tirez sur le premier truc que vous verrez.

— Qu'y a-t-il ? a demandé Wardani.

— C'est la merde.

J'ai regardé autour de moi, sur la plate-forme, et soudain les mots de Sutjiadi me sont revenus.

On ne devrait pas être ici. Du tout.

Au-dessus de ma tête, le Martien nous a regardés d'un air vide. Aussi éloigné que possible d'un ange, et à peu près aussi utile.

CHAPITRE 33

Il était allongé dans l'un des tunnels, environ un kilomètre à l'intérieur du vaisseau. En combinaison et encore plutôt intact. Dans la douce lumière bleue qui irradiait les murs, les traits derrière le casque étaient affaissés sur le crâne, mais à part cela il ne semblait y avoir aucune décomposition notable.

Je me suis agenouillé à côté du corps, en regardant le visage de l'autre côté de l'équipement hermétique.

— Il a l'air en bon état, tout bien considéré.

— Réserve d'air stérile, a dit Deprez.

Il plaquait son Sunjet contre la hanche, et ses yeux allaient et venaient en permanence sur l'espace au-dessus de nos têtes. Dix mètres plus loin, l'air moins à l'aise avec son arme, Ameli Vongsavath marchait de long en large à côté de l'endroit où le tunnel débouchait sur une chambre-bulle.

— Et des antibactériens, si c'est une combi un peu efficace. Intéressant. La réserve est encore au tiers pleine. Donc, il n'est pas mort d'étouffement.

— La combi est endommagée ?

— Si elle l'est, je ne vois rien.

Je me suis accroupi.

— Ça n'a aucun sens. L'air est respirable. Pourquoi garder la combi ?

— Pourquoi mourir dans sa combi devant un sas ouvert ? a contré Deprez avec un haussement d'épaules. Rien de tout cela n'a de sens. J'ai arrêté de chercher.

— Mouvement, a lâché Vongsavath.

J'ai dégainé le pistolet à interface de la main droite et l'ai rejointe à l'ouverture. Le sol montait un peu à un mètre de l'ouverture et s'élevait comme un grand sourire avant de se rétrécir graduellement vers le plafond de chaque côté, pour se fermer sur un apex un peu arrondi. Il y avait deux mètres de couverture sans obstacle de chaque côté, et assez de place pour s'allonger sous le sol de l'ouverture. C'était un rêve de sniper.

Deprez s'est plié dans la couverture sur la gauche, le Sunjet levé à côté de lui. Je me suis accroupi à côté de Vongsavath.

— On aurait dit quelque chose qui tombait, a murmuré la pilote. Pas dans cette chambre. Peut-être celle d'après.

— OK.

J'ai senti le neurachem couler froidement contre mes membres, charger mon cœur. Content de savoir que, sous la fatigue écrasante de l'irradiation, les systèmes étaient encore opérationnels. Et après avoir lutté si longtemps contre des ombres, affronté des colonies de nanobes anonymes et les fantômes des défunts, humains ou non, la perspective d'un combat réel était presque plaisante.

Non, pas presque. Je sentais le plaisir qui me chatouillait l'estomac. La joie de tuer quelque chose.

Deprez a levé une main de la rampe de projection de son Sunjet.

Écoute.

Cette fois, j'ai entendu – un bruit de glissement discret dans la chambre. J'ai sorti mon autre pistolet à interface et me suis calé dans la couverture de la lèvre surélevée. Le conditionnement diplo a chassé toute tension de mes muscles, et l'a stockée en réflexes prêts à partir sous un calme de surface.

Quelque chose de pâle a bougé dans un espace de l'autre côté de la chambre. J'ai inspiré et commencé à viser.

C'est parti.

— Tu es là, Ameli ?

La voix de Schneider.

J'ai entendu le souffle de Vongsavath siffler à peu près en même temps que le mien. Elle s'est mise debout.

— Schneider ? Qu'est-ce que tu fous ? J'ai failli te descendre.

— Ha, c'est supersympa, ça. (Schneider est apparu dans l'ouverture et a enjambé la paroi. Son Sunjet était passé négligemment sur une épaule.) On se précipite à ton secours, et toi tu nous tires dessus pour nous remercier.

— C'est un autre archéologue ? a demandé Hand à sa suite.

Il tenait dans sa main droite un blaster, qui paraissait très déplacé. C'était la première fois, me suis-je rendu compte, que je voyais le cadre armé depuis que je le connaissais. Ça n'allait pas. C'était trop décalé par rapport à son aura de salle de réunion du XIXe siècle. La façade foutait le camp. C'était inapproprié, aussi dérangeant qu'un véritable reportage sur la guerre dans un numéro de recrutement de Lapinee. Hand n'était pas un homme qui utilisait lui-même des armes. Ou du moins, pas des armes aussi violentes qu'un blaster à particules.

Et puis, il a un sonneur dans la poche.

Récemment réveillé en vue du combat, le conditionnement diplo était mal à l'aise.

— Venez voir, ai-je suggéré en masquant mon inquiétude.

Les deux nouveaux arrivants nous ont suivis avec une absence de prudence blasée qui hurlait sur mes nerfs de combat. Hand s'est appuyé sur l'entrée du tunnel et a regardé le cadavre. Ses traits étaient cendreux. Empoisonnement aux radiations, et c'était la première fois que je le remarquais. Il paraissait penser consciemment à sa démarche, comme s'il ne savait plus combien de temps il tiendrait. Il avait un tic au coin des lèvres, qui n'était pas là à notre arrivée sur le vaisseau. À côté de lui, Schneider paraissait péter la forme.

J'ai étouffé cette étincelle de compassion. *Bienvenue au club, connard. Bienvenue au point zéro de Sanction IV.*

— Il est en combinaison.

— Finement observé.

— Comment est-il mort ?

— Mystère. (J'ai senti une autre vague de fatigue me tomber dessus.) Et pour être honnête, je n'ai pas le courage de faire une autopsie. On répare la bouée, et on fout le camp.

Hand m'a lancé un regard étrange.

— Il faut qu'on le rapporte.

— Alors vous me donnez un coup de main. (Je suis retourné à côté du corps et j'ai saisi une jambe.) Attrapez l'autre pied.

— Vous allez le traîner ?

— *Nous*, Hand. *Nous* allons le traîner. Ça ne le dérangera pas.

Il nous a fallu presque une heure pour rapporter le corps, dans le dédale de tuyaux tordus et de chambres surélevées. Le plus clair de ce temps a passé à chercher les boulettes et les flèches d'illuminum de notre cartographie d'origine, mais le mal des radiations a fait son œuvre entre-temps. À différents moments du trajet, Hand et moi avons été pris de vomissements, et avons dû abandonner le transport du corps à Schneider et Deprez. Les dernières victimes de Sauberville arrivaient au terme de leur sursis. Je pensais que même Deprez, dans son enveloppe résistante aux radiations, avait l'air malade. Nous avons fini par arriver au hangar. Maintenant que je la regardais vraiment, dans la lumière bleutée, Vongsavath avait la même pâleur grisâtre et les yeux marqués.

Tu vois ? a murmuré ce qui aurait pu être Sémétaire.

J'avais l'impression, lourde et malsaine, que quelque chose attendait dans les hauteurs rebondies de l'architecture du vaisseau, planant sur ses ailes parcheminées.

Quand le transport a été fini, j'ai regardé dans la lumière violette antiseptique du placard à cadavres. Les silhouettes étalées, en combinaison, ressemblaient à une mêlée de joueurs de crashball zéro G avec trop de protections, écroulés les uns sur les autres, quand le champ s'arrête et que les lumières reviennent à la fin d'un match. Les sacs contenant les restes de Cruickshank, Hansen et Dhasanapongsakul étaient presque hors de vue.

Mourant…

Pas encore mourant…

Le conditionnement diplo, inquiet d'un truc encore irrésolu, ne se décidait pas.

Le sol, c'est pour les morts. J'ai vu le tatouage à l'illuminum de Schneider comme un fanal derrière mes yeux. Son visage, méconnaissable, tordu par la douleur de ses blessures.

Des morts ?

— Kovacs ? (C'était Deprez, debout derrière moi.) Hand veut qu'on retourne tous à la plate-forme. On emporte de la nourriture. Tu viens ?

— Je vous rattrape.

Il a hoché la tête avant de redescendre dans le hangar. J'ai entendu des voix, et fait de mon mieux pour les oublier.

Mourant ?

Le sol, c'est

Des volutes de lumière autour d'un affichage de spirale

La porte…

La porte, vue par les hublots du cockpit de la *Nagini*…

Le cockpit…

J'ai secoué la tête, énervé. L'intuition diplo n'était pas fiable, et une pleine dégringolade avec une surdose de radiations n'est pas l'idéal pour y faire appel.

Pas encore mourant.

J'ai abandonné l'idée de comprendre, et laissé le flou artistique m'envahir, pour voir où il m'amènerait.

La lumière violette du placard à cadavres qui m'appelle.

Les enveloppes abandonnées à l'intérieur.

Sémétaire.

Le temps que je revienne à la plate-forme, le dîner était presque fini. Sous les deux Martiens momifiés, le reste de la compagnie était assis autour de la bouée dénudée, sur des fauteuils gonflables, chipotant sans enthousiasme dans les restes de rations autochauffantes. Je les comprenais – dans mon état, l'odeur de ce machin suffisait à me donner des haut-le-cœur. Je me suis un peu étranglé, puis j'ai levé les mains quand le bruit a poussé tout le monde à sortir son arme.

— Eh, c'est moi.

Armes rangées avec des grognements. Je me suis inséré dans le cercle, en cherchant un siège. Un par personne, à peu près. Jiang Jianping et Schneider étaient tous les deux assis par terre. Jiang en tailleur, et Schneider étalé devant le siège de Tanya Wardani avec un air de propriétaire qui me mettait les nerfs en pelote. J'ai repoussé un plat qu'on me proposait et je me suis assis à côté du siège de Vongsavath. J'aurais aimé me sentir plus d'attaque pour ce qui allait suivre.

— Qu'est-ce qui t'a retenu ? a demandé Deprez.

— Je réfléchissais.

Schneider a ri.

— Putain, c'est pas bon pour la santé. Tiens. (Il a fait rouler dans ma direction une canette de cola aux amphétamines. Je l'ai arrêtée du pied.) Tu te rappelles ce que tu m'as dit à l'hôpital ? « Ne pense pas, soldat – tu n'as pas lu les modalités de ton recrutement ? »

Cela a suscité quelques sourires. J'ai opiné.

— Quand est-ce qu'il arrive, Jan ?

— Hein ?

— J'ai dit… (Je lui ai renvoyé la canette. Sa main a surgi pour l'attraper. *Très* très vite.) Quand est-ce qu'il arrive ?

Toutes les conversations étaient retombées, comme la seule tentative de raid aérien sur Millsport. Descendues au blaster à particules par le bruit de la canette et le silence soudain qui l'a retrouvée dans le poing de Schneider.

Son poing droit. Sa main gauche, vide, était un peu trop lente, se tendant vers son arme une fraction de seconde après que mon Kalach s'est braqué sur lui. Il l'a vu, et s'est figé.

— Non, lui ai-je dit.

À côté de moi, j'ai senti Vongsavath qui cherchait encore le sonneur dans sa poche. J'ai posé ma main vide sur son bras et secoué la tête. Mis un peu de persuasion diplo dans ma voix.

— Laisse, Ameli. Ça ira.

Son bras est retombé. J'ai scanné les autres en périphérique, et tout le monde paraissait attendre, pour l'instant. Même Wardani. Je me suis un peu détendu.

— Quand est-ce qu'il arrive, Jan ?

— Kovacs, je ne sais pas ce que t…

— Bien sûr que si. Quand est-ce qu'il arrive ? À moins que tu ne tiennes pas à tes deux mains ?

— *Qui ?*

— Carrera. Quand est-ce qu'il arrive, Jan ? Dernière chance.

— Je ne…

La voix de Schneider s'est transformée en cri aigu, quand le pistolet à interface lui a creusé un trou dans la main et a transformé la canette qu'il tenait en éclats de métal. Le sang et le cola aux amphétamines ont giclé dans l'air, d'une couleur étrangement similaire. Des gouttelettes ont atteint Tanya Wardani au visage, et elle a grimacé.

Ce n'est pas un concours de popularité.

— Qu'y a-t-il, Jan ? ai-je demandé gentiment. L'enveloppe que Carrera t'a donnée n'est pas douée pour les réactions d'endorphine ?

Wardani était debout, le visage encore souillé.

— Kovacs, il est…

— Ne me dis pas que c'est la même enveloppe, Tanya. Tu l'as baisé, maintenant et il y a deux ans. Tu sais.

Elle a secoué la tête, vide.

— Le tatouage…

— Le tatouage est tout neuf. Trop lumineux, même pour de l'illuminum. Il l'a fait refaire, ainsi que quelques trucs d'opérations d'esthétique qui faisaient partie du deal. Hein, Jan ?

Schneider se contentait de grogner de douleur. Il tenait sa main brisée à bout de bras, et la regardait sans y croire. Le sang a goutté sur le pont.

Et j'étais si fatigué…

— Je pense que tu t'es vendu à Carrera pour échapper à l'interrogatoire virtuel, ai-je dit tout en scannant en périphérique les réactions de l'auditoire. Je te comprends. Et s'ils t'ont proposé une enveloppe de combat toute neuve, avec résistance rad-chem et l'apparence sur mesure… j'admets, ce n'est pas courant sur Sanction IV, en ce moment.

— Vous avez des preuves ? a demandé Hand.

— À part le fait que c'est le seul d'entre nous à ne pas devenir gris, vous voulez dire ? Regardez-le, Hand. Il a tenu mieux que les enveloppes maories, et elles sont construites pour ce genre de saloperies.

— Je ne dirais pas que c'est une preuve, a dit Deprez, pensif. Même si c'est effectivement étonnant.

— Il ment, putain, a lâché Schneider entre ses dents. Si quelqu'un bosse pour Carrera en sous-main, c'est Kovacs. Samedi chéri, c'est un *lieutenant des Impacteurs*.

— Fais attention, Jan.

Schneider m'a foudroyé du regard, gémissant de douleur. De l'autre côté de la plate-forme, j'ai cru entendre les brins-de-chant s'en faire l'écho.

— Que quelqu'un me donne un putain de bandage.

Sun a tendu la main vers son médipack. J'ai secoué la tête.

— Non. D'abord il me dit dans combien de temps Carrera traverse la porte. Il faudra qu'on soit prêts.

Deprez a haussé les épaules.

— Sachant tout cela, nous ne sommes pas encore prêts ?

— Pas pour les Impacteurs.

Wardani a rejoint Sun et lui a pris le médipack.

— Donne-moi ça. Si les connards en uniforme refusent de me faire, je m'en chargerai moi-même.

Elle s'est agenouillée à côté de Schneider et a ouvert le paquet, répandant tout le contenu par terre pour trouver les bandages.

— Les étuis verts, là, a dit Sun sans rien pouvoir faire.

— Merci. (Tanya m'a lancé un seul regard.) Et maintenant, Kovacs ? Tu m'estropies aussi ?

— Il nous aurait tous vendus, Tanya. Il l'a déjà fait.

— Tu n'en sais rien.

— Je sais qu'il a réussi à survivre deux semaines à bord d'un vaisseau-hôpital à accès restreint sans aucun document légitime. Je sais qu'il a réussi à entrer dans les quartiers des officiers sans passe.

Le visage de Tanya Wardani s'est tordu.

— Je t'emmerde, Kovacs. Quand nous étions dans les fouilles à Dangrek, il nous a eu au flan une alimentation en électricité de neuf semaines auprès des autorités de Sauberville. Sans aucun document.

Hand s'est raclé la gorge.

— J'aurais cru…

Le vaisseau s'est illuminé autour de nous.

Cela s'est déversé par l'espace sous le dôme, des fragments de lumière soudaine gonflant pour devenir des blocs solides de couleur transparente, en rotation autour de la structure centrale. Des décharges crachaient dans l'air entre les couleurs, des lignes d'énergie délogées comme des voiles par grand vent, arrachées à la structure. Des fontaines de ce truc se déversaient depuis les niveaux supérieurs de la lumière en rotation, en expansion. Le pont était éclaboussé, et s'animait d'une lueur intérieure, plus vive aux endroits touchés. Au-dessus, les étoiles se sont estompées. Au centre, les cadavres momifiés des Martiens ont disparu, baignés dans l'orage lumineux. Il y avait un bruit dans tout cela, mais moins entendu que ressenti par ma peau noyée de lumière. Un martèlement montant qui faisait vibrer l'air. Le rush d'adrénaline au début du combat.

Vongsavath m'a touché le bras.

— Regarde dehors, a-t-elle dit avec urgence. Regarde la porte !

Elle était à côté de moi, mais on aurait cru qu'elle criait dans la tempête.

J'ai relevé la tête et poussé le neurachem pour voir au travers des courants de lumière tourbillonnants. Au début, je n'ai pas compris ce dont Vongsavath me parlait. Je ne voyais pas la porte, et je me suis dit qu'elle devait être de l'autre côté du vaisseau, pour terminer une orbite de plus. Puis j'ai fait le point sur une vague tache de gris, trop pâle pour être…

Et j'ai compris.

La tempête de feu et de lumière ne se cantonnait pas à l'air sous le dôme. L'espace autour du vaisseau martien était aussi vivant. Les étoiles étaient réduites à des lueurs diffuses sous un rideau scintillant et flou, à plusieurs kilomètres de l'orbite de la porte.

— C'est un bouclier, a tranché Vongsavath. On nous attaque.

Au-dessus de nos têtes, la tempête se calmait. Des taches d'ombre se mêlaient à la lumière, se dispersaient dans les coins comme des bancs de fretin argenté, et partout ailleurs explosaient en une lente spirale descendante pour prendre place sur une centaine de niveaux différents autour des cadavres martiens de nouveau visibles. Des éclats de lumière séquencés clignotaient aux angles des champs atténués de perle et de gris. Le battement s'est éteint, et le vaisseau a commencé à communiquer en syllabes plus définies. Des notes flûtées ont retenti sur la plate-forme, intercalées de pulsations sonores plus profondes.

—C'est… (Mon esprit est revenu à l'étroite cabine du chalutier, la lente spirale de données, les taches de données balayées dans un coin.) C'est un *système de données* ?

—Finement observé. (Tanya Wardani s'est avancée sous les traînées de lumière et a désigné le motif d'ombre et de lumière autour des deux cadavres. Elle avait une expression de bonheur total.) Un peu plus complet qu'un système holo de bureau, hein ? Je pense qu'il s'agit des contrôles principaux. Dommage qu'ils ne soient plus en état de l'utiliser, mais le vaisseau doit être capable de se débrouiller.

—Ça dépend de ce qui arrive, a dit Vongsavath d'un air sombre. Regardez les écrans supérieurs. L'arrière-plan gris.

J'ai suivi son bras. Très haut, près de la courbure du dôme, une surface perlée de dix mètres de côté affichait une version laiteuse des étoiles estompées par le bouclier.

Quelque chose se déplaçait, fin comme un requin et anguleux.

—Qu'est-ce que c'est que ça ? a demandé Deprez.

—Vous ne devinez pas ? (Wardani frissonnait presque de ce qui se déroulait en elle. Elle était au centre de notre attention.) Regardez. Écoutez le vaisseau. Il est en train de vous dire ce que c'est.

Le système martien continuait à parler, dans un langage que personne n'était équipé pour comprendre, mais avec une tension universellement compréhensible. Les éclats de lumière – *technoglyphes numéraux* me sont passés en tête, comme une certitude ; c'est un *compte à rebours*. Des cris de combat montaient et descendaient bien au-delà du répertoire humain.

—Intrusion, a dit Vongsavath, hypnotisée. On s'apprête à attaquer ce qui se trouve dehors. Systèmes de combat automatisés.

La *Nagini*…

Je me suis retourné.

— Schneider ! ai-je hurlé.

Mais Schneider était parti.

— Deprez, ai-je crié par-dessus mon épaule, en courant déjà. Jiang. Il va chercher la *Nagini*.

Le ninja était déjà à ma hauteur quand je suis arrivé à la spirale descendante, et Deprez quelques pas en arrière. Les deux ont sorti leur Sunjet, la crosse repliée pour plus de maniabilité. Au fond de la colonne, j'ai cru entendre tomber quelqu'un. J'ai senti un grondement de loup me traverser.

Une proie !

Nous avons couru, glissant et trébuchant sur la pente jusqu'à ce que nous atteignions le fond et la première pièce, vide et marquée par nos soins. Il y avait du sang sur le sol, là où Schneider était tombé. Je me suis accroupi à côté, et j'ai senti mes lèvres se retrousser. Une fois debout, j'ai regardé mes deux compagnons.

— Il ne va pas aller très vite. Ne le tuez pas si vous pouvez faire autrement. On cherche encore des réponses sur Carrera.

— Kovacs !

La voix de Hand, de tout en haut, criant de fureur réprimée. Deprez m'a lancé un sourire. J'ai secoué la tête et couru vers la chambre suivante.

En chasse !

Il n'est pas facile de courir quand chaque cellule de votre corps essaie de mourir, mais les gènes de loup et tous les biotechs des Impacteurs sont revenus à la surface, au milieu de la nausée, et ont chassé la fatigue d'un grondement. Le conditionnement diplo en a profité pour revenir en force.

Vérifiez la fonctionnalité.

Merci, Virginia.

Autour de nous, le vaisseau a frémi et s'est complètement réveillé. Nous avons traversé au pas de course des couloirs où battaient des anneaux séquencés de lumière violette que j'avais vue sur la porte quand elle s'était ouverte. Dans une salle l'une des machines au dos hérissé s'est avancée pour nous intercepter, sa façade affichant plusieurs technoglyphes et lâchant des sons doucereux. J'ai fait un petit geste, et les pistolets intelligents étaient dans ma main. Deprez et Jiang à mes côtés. L'impasse a tenu un moment, puis la machine s'est écartée avec des bruits déçus.

Nous avons échangé un regard. Au-delà de mon souffle horriblement court et du battement infernal dans mes tempes, j'ai découvert que ma bouche s'était retroussée en sourire.

—Allez.

Une dizaine de salles et de couloirs plus loin, Schneider s'est avéré plus intelligent que je n'avais pensé. Tandis que Jiang et moi faisions irruption dans une bulle, un tir de Sunjet a craché et craqué depuis la sortie opposée. J'ai senti la brûlure d'un coup raté de peu sur ma joue, puis le ninja à mon côté m'a mis au sol d'un geste du bras. Le coup suivant a fendu l'air à l'endroit où je me tenais. Jiang, touché, a roulé à côté de moi. Il a regardé sa manche calcinée avec un certain dégoût.

Deprez s'est arrêté net dans l'ombre de l'entrée, l'œil tourné vers le système de visée de son arme. Le tir de barrage qu'il a fait pleuvoir sur les bords du point d'embuscade de Schneider – j'ai plissé les yeux – n'a fait aucun dégât au matériau du vaisseau. Jiang a roulé sous le mitraillage et a trouvé un angle plus étroit sur le couloir. Il a tiré une fois, observé attentivement, et secoué la tête.

—Parti, a-t-il annoncé en se mettant sur ses pieds, la main offerte pour me relever.

—Je, euh, merci. (Je me suis remis debout.) Merci pour le coup de main.

Il a hoché la tête et est reparti en courant. Deprez m'a donné une tape sur l'épaule et l'a suivi. J'ai secoué la tête pour m'éclaircir les idées avant de les suivre. À la sortie, j'ai posé la main sur l'endroit où Deprez avait tiré. Ce n'était même pas chaud.

L'inducteur a vibré contre ma gorge. La voix de Hand a percé dans les interférences statiques. Jiang s'est figé devant nous, la tête penchée.

— …cas, ré… moi …nant. …pète, ré… nant…

— Négatif, répétez, a dit Jiang en espaçant ses mots.

— …iiiis… port, main…

Jiang m'a regardé. D'un geste de la main, j'ai défait mon inducteur. Index tendu en avant. Le ninja a débloqué sa posture et a repris la course, fluide comme un danseur de Corps total. Un peu moins gracieux, nous l'avons imité.

Schneider nous avait distancés. Nous avancions plus lentement, abordant les entrées et les sorties des chambres à la manière traditionnelle des commandos. Deux fois, nous avons repéré un mouvement devant nous et avons dû progresser lentement. Les deux fois, ce n'était qu'une machine réveillée qui traversait les salles vides en chantant seule. L'une d'elles nous a suivis un moment, comme un chien cherchant un maître.

À deux salles du hangar, nous avons entendu les moteurs de la *Nagini* se mettre en route. Toute prudence s'est évaporée. J'ai couru aussi vite que je le pouvais, d'un pas trébuchant. Jiang m'a dépassé, puis Deprez. Faisant de mon mieux pour les rattraper, je suis tombé, avec une crampe, saisi de nausées, au milieu de la dernière pièce. Deprez et le ninja étaient à vingt mètres de moi quand ils sont entrés dans le hangar. J'ai essuyé un filet de bile sur mes lèvres et me suis redressé.

Un cri aigu, percutant, une détonation, comme des freins qu'on aurait appliqués à tout l'univers.

La batterie ultravib de la *Nagini* utilisée en espace clos.

J'ai lâché mon Sunjet, plaqué les deux mains sur mes oreilles, et le cri s'est arrêté aussi soudainement qu'il avait commencé. Deprez est revenu dans la pièce, sans Sunjet, couvert de sang des pieds à la tête. Derrière lui, le gémissement des moteurs de la *Nagini* est devenu rugissement, tandis que Schneider mettait la poussée et la faisait sortir. Une détonation d'air dérangé dans les couches d'atmosphère, canalisée par le hangar et me soufflant au visage comme un vent chaud. Puis rien. Un silence douloureux, tendu par le bourdonnement de mes oreilles meurtries qui cherchent à surmonter l'absence de bruit.

Dans le silence, j'ai repris mon Sunjet et j'ai rejoint Deprez, écroulé au sol, le dos contre le mur. Il regardait ses mains sans comprendre d'où provenait le sang qui les couvrait. Son visage était strié de la même façon. Sous le sang, son treillis caméléochrome prenait déjà une couleur adaptée.

J'ai fait un bruit et levé les yeux.

— Jiang ?

— Ça…

Il a levé les mains vers moi, et ses traits se sont tordus un moment, comme le visage d'un bébé qui se demande s'il va pleurer. Les mots étaient hachés, comme s'il fallait qu'il s'arrête pour les assembler.

— C'est. Jiang. C'est… (Ses poings se sont serrés.) *Putain* !

Contre ma gorge, l'inducteur vibrait, impuissant. De l'autre côté de la chambre, une machine a bougé et s'est moquée de nous.

Chapitre 34

Un homme abattu n'est pas un homme mort. Ne laissez aucune pile derrière vous.

La plupart des groupes d'intervention spéciale chantent la même rengaine. Les Diplos ne font pas exception. Mais face aux armements modernes, il est de plus en plus difficile de la chanter de façon convaincante. Le canon à ultravib avait éparpillé Jiang Jianping sur dix mètres carrés de pont et de mur. Aucun des tissus déchirés et brisés n'était plus solide que ce qui gouttait de Luc Deprez. Nous avons cherché pendant un bon moment, traçant de larges sillons avec nos bottes, nous accroupissant pour examiner plus avant de petites poches sanguinolentes, sans rien trouver.

Après dix minutes, Deprez l'a dit pour nous deux.

— On perd notre temps, il me semble.

— Ouais. (J'ai relevé la tête quand quelque chose a fait résonner la coque sous nos pieds.) Je pense que Vongsavath avait raison. On nous tire dessus.

— On retourne les voir ?

J'ai repensé à l'inducteur et je l'ai remis en place. Celui ou celle qui nous criait dessus tout à l'heure avait dû se lasser. Il n'y avait que des interférences sur le canal, et un étrange sanglot qui était peut-être l'onde porteuse.

— Ici Kovacs. Je répète, ici Kovacs. Rapport sur la situation.

Il y a eu une grande pause, puis la voix de Sutjiadi a crié dans le micro.

— …rivé ? …ous… vu …collage. Schnei… arti… ?

— Il y a beaucoup d'interférences, Markus. Rapport sur la situation. On nous attaque ?

Il y a eu un grand larsen, et deux ou trois voix qui ont paru vouloir prendre le pas sur Sutjiadi. J'ai attendu.

C'est Tanya Wardani qui a fini par parler, presque sans parasites.

— …nez ici, …acs …curité. Nous …cun …ger. …pète, auc… dang…

La coque a résonné de nouveau, comme le gong d'un temple. J'ai regardé vers mes pieds avec un grand doute.

— Tu as dit *en sécurité* ?

— …uii …cun dang… enez tout de s… urité. …épète, en sécurité.

Un coup d'œil à Deprez. Haussement d'épaules.

— Ça doit être une nouvelle définition.

— Alors on y retourne ?

J'ai regardé autour de moi, jusqu'aux empilements serpentins de la baie d'appontage. Puis à son visage barbouillé de sang. Décidé.

— On dirait bien. (Nouveau haussement d'épaules.) Wardani est sur son terrain. Elle ne s'est pas encore trompée.

De retour sur la plate-forme, le système de données martien avait formé une constellation brillante créée dans une seule intention. En dessous, les humains la fixaient comme des adorateurs devant un miracle inattendu.

Je les comprenais.

Un bon nombre d'écrans et d'affichages étaient tendus dans l'air autour de la structure centrale. Certains étaient des analogues évidents de n'importe quel système de bataille de cuirassé. D'autres défiaient toute comparaison avec ce que j'avais pu voir dans ma vie. Le combat moderne confère une familiarité avec le groupement d'affichage de données, une capacité à prendre en un seul coup d'œil le détail dont on a besoin d'après une dizaine d'écrans et d'affichages différents, rapidement et sans y penser. Le conditionnement des Diplos raffine encore cela, mais dans les géométries du pivot de données martien, je me sentais perdu. Çà et là, je rencontrais des infos compréhensibles, des images compatibles avec ce que je savais des événements autour de nous, dans l'espace. Mais même dans ces éléments, il me manquait certaines parties, l'écran les traduisant en fréquences invisibles pour l'œil humain. Partout ailleurs, je n'aurais su dire si les affichages étaient intacts, perturbés ou complètement grillés.

Dans les données identifiables, j'ai repéré une télémétrie visuelle en temps réel, des dessins de spectrographe en plusieurs couleurs, des prévisions de trajectoire et des modèles analytiques dynamiques de la bataille, des moniteurs de portée de détonation et des inventaires de chargeurs graphiques. Peut-être une notation de radiant grav...

Au centre d'un écran sur deux, on nous attaquait.

Glissant sur la courbe de la gravité solaire à un angle audacieux, c'était un vaisseau élancé, une fusion chirurgicale de tubulures et de courbes elliptiques qui trahissaient le vaisseau de guerre. La preuve ne s'est pas fait attendre. Sur un écran qui ne montrait pas l'espace réel, l'armement s'est rappelé à nous au travers de l'espace. À l'extérieur, les boucliers que notre hôte avait dressés ont ondulé et se sont illuminés. La coque du vaisseau a frémi sous mes pieds.

Ce qui veut dire...

J'ai senti mon esprit se dilater quand j'ai compris.

— Je ne sais pas de quoi il s'agit. (Sun a dit cela sur le ton de la conversation quand je suis arrivé à sa hauteur. Elle paraissait fascinée par ce qu'elle voyait.) En tout cas, de l'armement plus rapide que la lumière. Le vaisseau doit être au moins à une unité astronomique, et on se fait toucher instantanément chaque fois. Quoique ça n'ait pas l'air de faire beaucoup de dégâts.

Vongsavath a hoché la tête.

— Brouilleurs de défense préliminaires, je dirais. Pour bousiller le bouclier du vaisseau. Une sorte de disrupteur grav, peut-être. Il paraît que Mitoma fait des recherches sur… (Elle s'est interrompue.) Regardez, voilà le largage de torpilles suivant. Putain, ça fait beaucoup de ferraille en une seule fois.

Elle avait raison. L'espace devant le vaisseau assaillant s'était rempli de petites traces dorées si denses qu'on aurait cru des interférences sur l'écran. Les affichages secondaires ont montré les détails, et j'ai vu comment la nuée dessinait des manœuvres de détournement et protection mutuelles sur des millions de kilomètres dans l'espace.

— Ça aussi, il me semble que c'est de l'ultraluminique. Pourtant, l'écran gère. Mais ça a déjà dû se produire.

Le vaisseau sur lequel je me tenais a tremblé au loin, des vibrations séparées provenant de dizaines d'angles différents. Dehors, les boucliers ont encore scintillé, et j'ai eu l'impression d'un rideau sombre qui se glissait vers le dehors dans les microsecondes d'énergie interrompue.

— Riposte. La même chose, a dit Vongsavath avec une sorte de satisfaction dans la voix. C'était trop rapide pour l'œil nu. Un peu comme si on essayait de suivre des tirs de laser. Sur les écrans, le nouveau nuage brillait en violet, s'insinuant dans la nuée dorée approchante et explosant en taches de lumière qui s'étoilaient tout de suite. Chaque détonation éliminait une étincelle dorée, jusqu'à ce que le ciel entre les deux vaisseaux soit vide.

— C'est beau…, a soufflé Vongsavath. La vache, que c'est beau !

Je me suis réveillé.

— Tanya, tu as dit « en sécurité ». C'est ça que tu appelles être en sécurité ? ai-je demandé en désignant la bataille représentée au-dessus de nos têtes.

L'archéologue n'a rien dit. Elle regardait le visage et les vêtements pleins de sang de Luc Deprez.

— Du calme, Kovacs, a dit Vongsavath en indiquant les planificateurs de trajectoire. C'est un cométaire, tu vois. Wardani a lu la même chose sur les glyphes. Il va juste passer et échanger des tirs, comme ça. Puis il repart.

— Un cométaire ?

La pilote a écarté les mains.

— Orbite de rebut post-affrontement. C'est une boucle fermée. On dirait que ça dure comme ça depuis des milliers d'années.

— Qu'est-il arrivé à Jan ? a demandé Wardani d'une voix tendue.

— Il est parti sans nous. (Une pensée m'a frappé.) Il a passé la porte, hein ? Vous l'avez vu ?

— Comme une bite dans une chatte, a dit Vongsavath avec une amertume inattendue. Putain, il sait voler, quand il faut. C'était ma navette, merde.

— Il avait peur, a dit l'archéologue, éteinte.

Luc Deprez l'a foudroyée du regard derrière son masque de sang.

— Nous avions tous peur, maîtresse Wardani. Ce n'est pas une excuse.

— Pauvre idiot. (Elle nous a tous regardés à tour de rôle.) Pauvres idiots, tous autant que vous êtes. Il n'avait pas peur de ça. De cette connerie de son et lumière. Il avait peur de *lui*.

Le mouvement de la tête était pour moi. Ses yeux ont vrillé les miens.

— Où est Jiang ? a soudain demandé Sun.

Dans la tornade de technologie étrangère qui nous entourait, il avait fallu tout ce temps pour remarquer l'absence du ninja.

— Luc porte tout ce qu'il en reste, ai-je dit brutalement. Enfin, le reste est répandu sur le sol du hangar, grâce à l'ultravib de la *Nagini*. Jan devait aussi avoir peur de lui, hein Tanya ?

Wardani a détourné le regard.

— Et sa pile ?

Le visage de Sutjiadi est resté neutre, mais je n'avais pas besoin de le voir. Le gène de loup essayait de me faire ressentir le même tourment dans les sinus, derrière le nez.

Un membre en moins dans la meute.

Je l'ai verrouillé avec un tour de déplacement diplo. J'ai secoué la tête.

— Ultravib, Markus. Il a tout pris.

— Schneider – (Vongsavath s'est arrêtée puis a repris.) Je vais le…

— Oublie Schneider, lui ai-je intimé. Il est mort.

— Prends un numéro…

— Non, il est mort, Ameli. Vraiment Mort. (Et quand leur regard s'est braqué sur moi, quand Tanya Wardani m'a regardé sans y croire.) J'ai miné les cellules de carburant de la *Nagini*. Pour qu'elles explosent à l'accélération sous gravité planétaire. Il s'est vaporisé dès qu'il a passé la porte. Il aura de la chance s'il reste un peu de ferraille.

Au-dessus de nos têtes, une autre vague de missiles or et violets se sont croisés dans la danse des machines, et se sont éliminés en étincelles.

— *Tu as fait sauter la* Nagini *?* (Difficile de savoir ce que ressentait Vongsavath, tant sa voix était crispée.) *Tu as fait sauter ma navette ?*

— Si les débris sont si dispersés que ça, a réfléchi Deprez à voix haute, Carrera pensera peut-être que nous sommes tous morts dans l'explosion.

— Si Carrera est bien là dehors à nous attendre, bien sûr. (Hand m'a regardé comme il regardait les brins-de-chant.) Si tout ceci n'est pas un stratagème de Diplo.

— Oh, qu'y a-t-il, Hand ? Schneider a essayé de conclure un marché avec vous quand vous êtes partis vous promener ensemble ?

— Je n'ai pas la moindre idée de ce dont vous parlez, Kovacs.

C'était peut-être vrai. J'étais soudain trop fatigué pour en avoir quoi que ce soit à faire.

— Carrera va venir, quoi qu'il arrive, leur ai-je dit. Il est assez méticuleux, et il doit avoir envie de voir le vaisseau. Il a sans doute un moyen d'interrompre le système de nanobes. Mais pas tout de suite. Pas avec des petits morceaux de la *Nagini* qui jonchent le terrain, et des signes d'affrontement naval à grande échelle venant de l'autre côté de la porte. Ça va sans doute le retarder un peu. Et donc, nous donner du temps.

— Du temps pour quoi ? a demandé Sutjiadi.

Un ange est passé, et le Diplo s'est décidé à venir jouer. Ma vision périphérique m'a montré leur visage, leur attitude, mesuré les allégeances possibles. Les trahisons possibles. Verrouillé les émotions, conservé les nuances utiles qu'elles pouvaient me donner, et largué le reste. J'ai rejeté la loyauté à la meute, étouffé toute chaleur qui pouvait encore subsister entre Tanya Wardani et moi. Je suis descendu dans le froid structuré du Diplo en mission. Et j'ai décidé de la dernière carte à jouer.

— Avant de miner la *Nagini*, j'ai enlevé leurs combinaisons spatiales aux morts et je les ai cachées dans un creux de la première chambre en dehors du hangar. Si on oublie celle avec le casque troué, cela fait quatre combinaisons viables. Ce sont des combinaisons standard et universelles. La réserve d'air se remplit automatiquement dans une atmosphère respirable non pressurisée comme celle-ci. On ouvre les valves, et elle aspire tout. On part en deux vagues. Quelqu'un de la première vague revient avec des combis supplémentaires.

— Tout ceci, a raillé Wardani, avec Carrera qui nous attend de l'autre côté de la porte pour nous descendre. Je ne crois pas, non.

— Je n'ai pas proposé de le faire tout de suite, ai-je concédé calmement. Je propose simplement d'aller récupérer les combinaisons pendant que nous avons le temps.

— Et quand Carrera montera à bord ? Qu'est-ce que tu proposes ? (La haine qui montait au visage de Wardani était une des choses les plus laides que j'avais vues ces derniers temps.) Qu'on se *cache* ?

— Oui. (J'ai guetté les réactions.) C'est exactement ce que je propose. Qu'on se cache. Nous nous enfonçons encore dans le vaisseau, et nous attendons. L'équipe de Carrera aura assez de matériel pour trouver des traces de notre passage dans le hangar et à d'autres endroits. Mais ils ne trouveront rien qui ne pourrait être expliqué par notre présence avant d'embarquer dans la *Nagini* et d'exploser. Ils déduiront que nous sommes morts, puisque c'est l'explication logique. Il fera un passage rapide, déploiera une bouée de propriété comme nous comptions le faire, et il repartira. Il n'a pas assez de personnel ou de temps pour occuper une carcasse de plus de cinquante kilomètres de long.

— Non, a dit Sutjiadi. Mais il laissera une équipe en arrière.

— Alors nous les tuerons, ai-je dit avec un geste d'impatience.

— Et je suis sûr qu'il y aura un deuxième détachement qui nous attendra de l'autre côté de la porte, a dit Deprez d'un air sombre.

— Et alors ? Bordel, Luc. C'était ton boulot, non ?

L'assassin m'a adressé un sourire d'excuse.

— Oui, Takeshi. Mais nous sommes tous malades. Et c'est des *Impacteurs* qu'on parle. Une vingtaine ici, et sans doute autant de l'autre côté de la porte.

— Je ne pense pas que nous…

Un tremblement soudain a secoué le pont, suffisant pour que Hand et Tanya Wardani trébuchent. Les autres ont suivi grâce à leurs réflexes de combat. Mais quand même…

Un gémissement dans les fibres de la coque. Les brins-de-chant de l'autre côté de la plate-forme ont paru crier leur sympathie juste au-delà de la fréquence perceptible.

Un vague malaise est apparu en moi. Un souci.

J'ai regardé les écrans. Les systèmes d'attaque se sont échoués une fois de plus sur le bouclier de défense. Mais cela paraissait un peu plus proche, cette fois.

— Vous avez tous décidé, pendant mon absence, que nous étions ici en sécurité, n'est-ce pas ?

— Nous avons fait le calcul, Kovacs.

Vongsavath a hoché la tête, incluant dans le mouvement Sun et Wardani. L'officier système a acquiescé. Wardani a continué à me fusiller du regard.

— On dirait que notre ami là-dehors nous retrouve environ tous les douze siècles. Et à voir la datation des ruines retrouvées sur Sanction IV, cela signifie que ce combat s'est déjà déroulé une centaine de fois, sans résultat.

Restait mon sentiment. Les sens de Diplo, poussés au point de rupture, me disaient que quelque chose n'allait pas. N'allait tellement pas, en fait, que ça sentait le roussi.

… gémissement de l'onde porteuse…

… brins-de-chant…

… ralentissement du temps…

J'ai fixé les écrans.

Il faut qu'on foute le camp.

— Kovacs ?

— Il faut qu'on…

J'ai senti les mots voleter entre mes lèvres sèches, comme si quelqu'un d'autre utilisait l'enveloppe contre ma volonté. Je me suis tu.

L'autre vaisseau a enfin lancé la véritable attaque.

Elle a jailli des surfaces de tête de l'engin comme un être vivant. Une bulle amorphe et turbulente, un corps noir craché vers nous comme une haine coagulée. Sur les écrans secondaires, nous l'avons vue déchirer l'espace autour d'elle, et laisser une réalité malmenée dans son sillage. Il était facile de deviner de quoi il s'agissait.

Armement hyperspatial.

Une invention d'expéria. Le rêve humide de n'importe quel commandant naval dans le Protectorat.

Notre vaisseau, le vaisseau martien – et je comprenais maintenant, une certitude poussée par mon intuition diplo, que l'autre n'était *pas* martien, n'avait *rien* de martien – a ondulé d'une façon qui m'a saturé de nausée, et m'a tout de suite fait vibrer les dents. J'ai trébuché, mis un genou en terre.

Quelque chose a été vomi dans l'espace devant l'attaque. Quelque chose a bouillonné et s'est plié, avant de se fendre en deux avec une détonation vaguement ressentie. Un tremblement de recul dans la coque autour de moi, une perturbation qui allait au-delà de l'espace réel.

Sur l'écran, le projectile au corps noir s'est désolidarisé en particules à l'air étrangement gluant. J'ai vu le bouclier extérieur scintiller, trembler et s'éteindre comme une bougie que l'on souffle.

Le vaisseau a crié.

Pas d'autre façon de le décrire. C'était une modulation qui paraissait émaner de l'air autour de nous. Un son si massif que le rugissement de l'ultravib de la *Nagini* en paraissait presque tolérable. Mais alors que la détonation d'ultravib avait martelé mes oreilles, ce son tranchait aussi aisément qu'un scalpel laser. Je savais, en amorçant mon geste, qu'il ne servirait à rien de me plaquer les mains sur les oreilles.

Je l'ai fait quand même.

Le cri a monté, s'est maintenu et a fini par reculer sur la plate-forme, remplacé par une imitation moins douloureuse de trilles d'alerte lancés par le datasystème et un écho évanescent des…

Je me suis retourné.

… des brins-de-chant.

Cette fois, il n'y avait aucun doute. Doucement, comme le vent caressant une arête rocheuse usée, les brins-de-chant avaient récolté le cri du vaisseau et se le rejouaient à des cadences hachées presque musicales.

L'onde porteuse.

Au-dessus de nous, quelque chose a paru murmurer une réponse. En levant les yeux, j'ai cru voir une ombre passer sur le dôme.

Dehors, les boucliers se sont remis en place.

— Merde, a dit Hand en se relevant. Qu'est-ce qu...

— La ferme.

J'ai regardé à l'endroit où j'avais cru voir l'ombre, mais la disparition du champ d'étoiles l'avait noyée dans une lumière perlée. Un peu à gauche, l'un des cadavres martiens me regardait depuis la radiance des datasystèmes. Le sanglot des brins-de-chant se poursuivait, me tiraillant au creux de l'estomac.

Puis de nouveau, l'impulsion qui secoue les tripes, écœurante, et la pulsation dans le pont sous nos pieds.

— Nous ripostons, a dit Sun.

À l'écran, une autre masse de corps noir, crachée par une batterie au ventre du vaisseau martien, volait vers l'attaquant qui se rapprochait. Le recul a duré plus longtemps.

— C'est incroyable, a dit Hand. Incroyable.

— Et pourtant..., lui ai-je retourné d'un ton mort.

Mon pressentiment de désastre n'avait pas disparu avec l'écho mourant de la dernière attaque. Il s'était même renforcé. J'ai essayé d'appeler à mon aide l'intuition diplo à travers toutes les couches de nausée et de fatigue.

— Attention au choc, a crié Vongsavath. Bouchez-vous les oreilles !

Cette fois, le missile adverse est arrivé beaucoup plus près, avant que les défenses martiennes l'éliminent. Les ondes de choc de l'explosion nous ont tous jetés au sol. On aurait dit que le vaisseau tout entier s'était tordu autour de nous comme un torchon qu'on essore. Sun a vomi. Le bouclier extérieur s'est abaissé et ne s'est pas relevé.

Préparé à un nouveau cri du vaisseau, j'ai entendu à la place une longue mélopée basse qui me fouaillait les tendons. Les brins-de-chant l'ont capturée et amplifiée, plus aiguë. Ce n'était plus un écho mais une émanation à proprement parler.

Wardani a soufflé derrière moi, et je me suis retourné. J'ai suivi son regard incrédule. La même ombre traversait les régions supérieures de l'affichage de données.

— Qu'est-ce…

C'était Hand, sa voix disparaissant tandis qu'une autre tache de ténèbres arrivait lentement de la gauche, paraissant danser avec la première.

À ce moment-là, j'ai su. Étrangement, ma première pensée a été que Hand n'aurait pas dû être surpris. Il était le mieux placé pour comprendre.

La première ombre a piqué et tourné autour du cadavre du Martien.

J'ai cherché le regard de Wardani, et trouvé l'incrédulité que je m'attendais à voir.

— Non, a-t-elle murmuré, articulé même. Ce n'est pas possible.

Et pourtant.

Ils sont arrivés de tous les côtés du dôme, tout d'abord par un ou deux, glissant le long de la courbe cristalline et prenant soudain une existence tridimensionnelle, détachés par chaque distorsion convulsive que leur vaisseau subissait à mesure de l'affrontement. Ils se décollaient et descendaient au niveau du sol, puis remontaient et se mettaient à tourner autour de la structure centrale. Ils ne paraissaient pas avoir conscience de nous, mais aucun ne nous a touchés. Au-dessus, leur passage n'avait aucun effet sur le système d'affichage, à part une vague distorsion quand ils le traversaient directement. Certains paraissaient même sortir jusque dans l'espace, ne serait-ce qu'un instant. D'autres surgissaient de la colonne qui nous avait nous-même permis d'accéder à cette plate-forme, se serrant dans un espace de vol de plus en plus saturé.

Ils produisaient la même mélopée entamée un peu plus tôt par le vaisseau, la même litanie que les brins-de-chant lançaient à présent depuis le sol, la même onde porteuse que j'avais perçue sur le communicateur. Des traces d'une odeur de cerise et de moutarde flottaient dans l'air, mêlées à présent à une autre chose, vieille et calcinée.

La distorsion hyperspatiale a explosé dans l'espace au-dehors, les boucliers se sont réactivés, teintés d'une nouvelle couleur violette, et la coque du vaisseau a vibré de toutes parts sous le recul, quand ses batteries ont tiré de façon répétée sur l'attaquant. J'avais tout oublié. Toute sensation d'inconfort physique avait disparu, figée dans l'oppression sous ma poitrine et la pression croissante derrière mes yeux. La plate-forme paraissait s'être étendue dans toutes les directions autour de moi, et le reste de la compagnie était bien trop loin sur cette surface pour que jc m'y intércssc.

J'étais conscient que je pleurais, un sanglot sec dans les petits espaces de mes sinus.

— *Kovacs !*

Je me suis retourné, comme si j'étais entré jusqu'aux cuisses dans un torrent glacé, et j'ai vu Hand, la poche de veste rejetée, le sonneur en train de se lever.

La distance, ai-je estimé par la suite, était inférieure à cinq mètres. J'ai mis une éternité à la franchir. J'ai pataugé vers l'avant, bloqué le bras armé à un point de pression et écrasé mon coude sur son visage. Il a hurlé, chuté, lâché le sonneur qui a glissé loin de lui. Je me suis laissé tomber après lui, cherchant sa gorge de mes yeux voilés. Un bras m'a repoussé, faible. Il criait.

Ma main droite s'est durcie, tranchant assassin. Le neurachem s'est efforcé de recentrer ma vision malgré mes yeux récalcitrants.

— … tous mourir, espèce de…

J'ai levé la main pour frapper. Il sanglotait.

Flou.

De l'eau dans les yeux.

Je les ai essuyés du revers de la main, ai cligné des yeux et vu son visage. Il avait des larmes sur les joues. Les sanglots formaient à peine des mots.

— Quoi ? (Ma main s'est détendue, et je l'ai giflé violemment.) Qu'est-ce que vous avez dit ?

Il a avalé sa salive. Pris une inspiration.

— Tirez-moi dessus. Tirez sur tout le monde. Avec le sonneur. *Kovacs. C'est ça qui a tué les autres.*

Et j'ai réalisé que mon propre visage était baigné de larmes, mes yeux noyés. Je sentais les sanglots dans ma gorge gonflée, la même douleur renvoyée par les brins-de-chant, non pas depuis le vaisseau, ai-je soudain compris, mais depuis l'équipage mort depuis des millénaires. Le couteau qui me ravageait les entrailles était la peine des Martiens, une peine étrangère enregistrée ici d'une façon qui n'avait de sens que dans les légendes dites autour du feu sur Mitcham's Point. Une douleur glaciale et inhumaine dans la poitrine et au creux de mon estomac, indélogeable, une note presque juste qui, une fois arrivée à l'harmonie, me ferait exploser comme un œuf cru.

J'ai senti l'onde et la torsion d'un autre coup de corps noir tout juste arrêté. Les ombres massées au-dessus de ma tête tournoyaient et hurlaient, battant contre le haut du dôme.

—*Allez-y, Kovacs !*

Je me suis remis sur mes pieds. Trouvé mon propre sonneur, et tiré sur Hand. J'ai cherché les autres.

Deprez, les mains sur les tempes, vacillant comme un arbre dans l'orage. Sun, apparemment en train de tomber à genoux,

Sutjiadi entre les deux, trouble dans les perspectives voilées de mes propres larmes. Wardani, Vongsavath…

Trop loin, trop loin dans la densité de lumière et la peine lamentable.

Le conditionnement diplo a cherché à me rendre la perspective, a coupé le déluge d'émotions que les pleurs avaient déclenché. La distance s'est faite plus courte. Mes sens sont revenus à la normale.

Les sanglots des ombres massées là se sont intensifiés quand j'ai déconnecté mes propres défenses psychiques et mes amortisseurs. Je les inspirais comme du Vingt de Guerlain, oxydant une défense interne qui allait au-delà de la physiologie analytique. J'ai senti les dégâts déferler, au point de rupture.

J'ai levé le sonneur et commencé à tirer.

Deprez. Au sol.

Sutjiadi, se retournant quand l'assassin est tombé à ses côtés, l'air incrédule.

Au sol.

Derrière lui, Sun Liping à genoux, les yeux fermés aussi fort que possible, son arme sur la tempe. Analyse système. Dernier recours. Elle avait tout compris, mais n'avait pas de sonneur. Et ne savait pas que quelqu'un d'autre en avait un.

J'ai avancé d'un pas hésitant, en criant vers elle. Inaudible dans la déferlante de chagrin. Le blaster posé sous le menton. J'ai tiré avec le sonneur. Raté. Me suis rapproché.

Le blaster a tiré. Il lui a arraché le menton avec un rayon étroit, et a allumé une lame de feu pâle sur sa tête avant que le circuit d'écho s'enclenche et coupe le rayon. Elle est tombée sur le côté, de la vapeur lui sortant de la bouche et des yeux.

Quelque chose a claqué dans ma gorge. Un petit degré de deuil franchi, se déversant dans l'océan de peine esquissé par les brins-de-chant. Ma bouche s'est ouverte, peut-être pour extérioriser un cri de douleur, mais ç'aurait été trop massif. Le tout s'est coincé dans ma gorge.

Vongsavath m'a bousculé sur le côté. Je l'ai rattrapée. Elle avait les yeux écarquillés, noyés de larmes. J'ai voulu la repousser, pour laisser de la place au sonneur. Elle restait cramponnée et gémissait.

La particule chargée l'a fait décoller, et retomber sur le corps de Sun.

Wardani se tenait de l'autre côté, et me regardait.

Un autre tir de corps noir. Les ombres ailées au-dessus de nous criaient et pleuraient, et j'ai senti quelque chose se déchirer en moi.

— Non, a dit Wardani.

— Cométaire, ai-je répondu en criant pour couvrir les pleurs. Ça va passer, il faut juste…

Puis quelque chose s'est vraiment déchiré, quelque part, et je suis tombé sur le pont, recroquevillé sur ma douleur, bouche bée comme un poivrot émerveillé par tant d'immensité.

Sun – morte de sa propre main, *pour la deuxième fois.*

Jiang – répandu sur le sol du hangar. Sans pile.

Cruickshank, déchirée, sans pile. Hansen idem. Le compte s'est alourdi, j'ai tout revu en accéléré, le temps se déroulant comme un serpent aux affres de la mort.

La puanteur du camp d'où j'avais tiré Wardani, des enfants qui mouraient de faim à l'ombre des mitrailleuses automatiques et sous le gouvernement d'un camé en fin de vie, sale parodie d'être humain.

Le vaisseau-hôpital, un purgatoire instable entre deux champs de bataille.

Le peloton, des membres d'une meute déchirés autour de moi par les shrapnels intelligents.

Deux ans de carnage sur Sanction IV.

Avant cela, les Corps diplomatiques.

Innenin. Jimmy de Soto et les autres, des esprits creusés par le virus de Rawling.

Avant cela, d'autres mondes. D'autres douleurs, rarement la mienne. Mort et tromperie de Diplo.

Avant cela, Harlan et la mutilation émotionnelle progressive d'une enfance dans les taudis de Newpest. Le saut salvateur dans la brutalité joviale des marines du Protectorat. Les jours de police.

Des vies étirées, vécues dans la fange de la misère humaine. Douleur réprimée, écrasée, *conservée* pour un inventaire qui n'est jamais venu.

Au-dessus de nous, les Martiens tournaient et hurlaient leur peine. Je sentais monter mon propre cri, le sentais croître en moi, et je savais qu'il allait me fendre en deux.

Puis la décharge.

Puis les ténèbres.

Je m'y suis laissé tomber, reconnaissant, espérant que les fantômes des morts impunis me laisseraient entrer inaperçu dans ces ténèbres.

Chapitre 35

Il fait froid sur la côte, la tempête approche. Des fragments noirs de retombées se mélangent à des trombes de neige sale, et le vent soulève les embruns sur la mer froissée. Des vagues récalcitrantes se déversent sur le sable que la lumière teinte d'un vert boueux. Je rentre la tête dans mes épaules, les mains dans les poches, le visage aussi fermé qu'un poing tendu contre ce temps.

Un peu plus loin sur la plage, un feu lance une lueur rouge orangé sur le ciel. Une silhouette solitaire est assise face aux flammes, dos aux terres, enroulée dans une couverture. Malgré moi, je m'avance dans cette direction. Le feu paraît chaud, au moins, et je n'ai nulle part où aller.

La porte est fermée.

Cela paraît absurde, je suis conscient, sans savoir comment, que ce n'est pas vrai.

Et pourtant…

Tandis que j'approche, mon malaise va croissant. La silhouette ramassée sur elle-même ne se déplace pas, ne fait aucun signe pour montrer qu'elle a conscience de ma présence. Avant, je craignais qu'il s'agisse d'une personne hostile. À présent, cette erreur est remplacée par la crainte qu'il s'agisse d'une personne que je connais. Morte.

Comme toutes les personnes que je connais.

Derrière la silhouette, une structure émerge du sable, une grande croix squelettique où l'on a vaguement attaché quelque chose.

Le vent battant et le crachin qui pique la peau ne me permettent pas de voir de quoi il s'agit.

Le vent gémit à présent comme un son, entendu autrefois, qui m'a fait peur.

J'atteins le feu, et je ressens la vague de chaleur contre mon visage. Je sors les mains de mes poches pour les tendre à la chaleur.

La silhouette remue. J'essaie de ne pas le remarquer. Je n'ai pas envie.

—Ah, le pénitent!

Sémétaire. Son ton sardonique a disparu. Peut-être ne pense-t-il plus en avoir besoin. Au lieu de cela, il mettrait presque de la compassion dans ses paroles. La chaleur magnanime de quelqu'un qui a gagné une partie sans jamais vraiment en douter.

—Pardon?

Il rit.

— Très drôle. Pourquoi ne pas t'agenouiller devant le feu? Tu auras plus chaud…

—Je n'ai pas si froid que cela, dis-je en frissonnant.

Je risque un regard vers son visage. Ses yeux brillent derrière le feu. Il sait.

—Il t'a fallu toute une vie pour arriver ici, loup Impacteur, dit-il tendrement. Nous pouvons bien attendre encore un peu.

J'ai regardé les flammes entre mes doigts.

—Qu'est-ce que tu veux, Sémétaire?

—Oh, allons. Ce que je veux? Tu sais très bien ce que je veux. (Il fait tomber la couverture d'un mouvement d'épaules et se lève. Il est plus grand que je me le rappelle, menaçant mais élégant dans son manteau noir élimé. Il enfonce le haut-de-forme sur sa tête à un angle excentrique.) Je veux la même chose que tout le monde.

—Qu'est-ce que ça veut dire?

Je désigne du menton la chose crucifiée derrière lui.

—Ça? (Il paraît déstabilisé, pour la première fois. Un peu gêné, peut-être.) Eh bien, c'est… Disons que c'est une alternative.

Une alternative pour toi, bien sûr, mais je ne pense pas vraiment que tu…

Je regarde la structure qui me domine, et soudain il est plus facile de voir au travers de la pluie, du vent et des retombées.

C'est moi.

Retenu par plusieurs couches de filets, ma chair grise morte, pressée dans les espaces entre les cordes, le corps tombe de la structure rigide de l'échafaudage, la tête penchée en avant. Les mouettes se sont attaquées à mon visage. Les orbites sont vides, les joues déchirées. L'os est visible à certains endroits sur mon front.

Je dois avoir froid, là-haut, me dis-je, tout à fait détaché.

— Je t'avais prévenu. (Son ancien ton moqueur reparaît dans sa voix. Il s'impatiente.) C'est une alternative, mais tu admettras sans doute que nous sommes mieux près du feu. Et la voilà.

Il ouvre une main et me montre la pile corticale, pleine de sang et de tissus. Je porte vivement la main à ma nuque. Un trou béant, un espace humide à la base de mon crâne, où mes doigts glissent avec une aisance horrible. Bien que je sois de l'autre côté des dégâts, je sens le poids spongieux et gluant de mes tissus cérébraux.

— Tu vois, dit-il d'une voix presque désolée.

Mes doigts ressortent de la blessure.

— Où as-tu trouvé ça, Sémétaire ?

— Oh, elles sont faciles à trouver. Surtout sur Sanction IV.

— Tu as celle de Cruickshank ?

J'ai lancé ma question avec un espoir soudain. Il hésite une fraction de seconde.

— Mais bien sûr. Tôt ou tard, ils viennent tous me voir. (Il opine pour lui-même.) Tôt ou tard.

La répétition paraît artificielle. Comme s'il essayait de convaincre quelqu'un. Je sens mon espoir mourir.

— Alors plus tard, lui dis-je, tendant de nouveau les mains vers le feu.

Le vent se fracasse sur mon dos.

—De quoi parles-tu ?

Le rire qui suit ses paroles est lui aussi forcé. Plein d'une douleur ancienne, mais il y a un réconfort étrange dans cette douleur.

—Je m'en vais. Je n'ai rien à faire ici.

—Partir ? (Sa voix se fait menaçante, d'un coup. Il montre la pile entre son pouce et son index, d'un rouge brillant à la lueur du feu.) Tu n'iras nulle part, mon petit louveteau. Tu restes avec moi. Nous avons des comptes à régler.

Cette fois, c'est moi qui ris.

—Dégage de ma tête, Sémétaire.

— Tu. Vas. (Une main se tend vers moi derrière le feu.) Rester.

Et le Kalachnikov est dans ma main, lourde d'un chargeur plein de munitions antipersonnel. Comme par hasard.

—Il faut que je parte. Tu salueras Hand de ma part.

Il se redresse, la main tendue, les yeux étincelants.

Je lève le pistolet.

—Je t'avais prévenu, Sémétaire.

Je tire dans l'espace sous le bord du chapeau. Trois coups, rapprochés.

Cela le propulse en arrière, il tombe à plat dans le sable, trois mètres plus loin. J'attends un moment pour savoir s'il va se relever. Il est parti. Les flammes retombent avec son départ.

Je lève la tête, et la structure cruciforme est vide. Je ne sais pas si ça veut dire quoi que ce soit. Je me rappelle le visage mort qui y était accroché, et je m'accroupis près du feu, me réchauffant à son côté jusqu'à ce qu'il s'éteigne tout à fait.

Dans les cendres, je repère la pile corticale, nettoyée et polie par les flammes. Je la saisis au milieu des cendres et des dernières braises, puis je la soulève entre le pouce et l'index comme Sémétaire l'avait fait.

Ça brûle un peu, mais ce n'est pas grave.

Je la range, ainsi que la Kalach. Remets mes mains qui se refroidissent trop vite dans les poches de mon blouson, et je me redresse avec un coup d'œil autour de moi.

Il fait froid, mais il doit bien y avoir un moyen de quitter cette putain de plage.

Cinquième partie : Loyautés conflictuelles

Regardez la réalité en face. Puis agissez en conséquence. C'est le seul mantra que je connaisse, la seule doctrine que je puisse vous offrir, et c'est beaucoup plus difficile que vous le pensez. Parce que je vous jure, on dirait que les humains sont câblés pour faire n'importe quoi sauf *regarder la réalité en face. Ne priez pas. N'espérez pas. Ne croyez pas aux dogmes centenaires, aux rhétoriques mortes. N'abdiquez pas en faveur de votre conditionnement, vos visions ou votre connerie de sens de… ce que vous voulez. REGARDEZ LA RÉALITÉ EN FACE. PUIS agissez.*

Quellcrist Falconer
Discours avant l'assaut sur Millsport

Chapitre 36

Ciel nocturne étoilé, clarté totale.

Je l'ai regardé un moment, remarquant une lueur rouge étrangement fragmentée passer à la périphérie de ma vision, puis disparaître de nouveau.

Ça devrait avoir un sens pour toi, Tak.

Comme une sorte de code, dans la façon dont cette lueur se brisait à la limite de ma vision. Comme une chose conçue pour se soulever, puis retomber par fractions.

Comme des glyphes. Des chiffres.

Puis cela a eu un sens pour moi, et j'en ai eu des sueurs froides. J'ai compris où j'étais.

La lueur rouge était un affichage tête haute, projeté sur la visière de la combinaison spatiale dont j'étais prisonnier.

Putain, Tak… Ce n'est pas le ciel nocturne.

J'étais dehors.

Puis le poids du souvenir, de la personnalité et du passé s'est déversé sur moi, comme une micrométéorite transperçant le mince sceau de transparence qui enveloppait ma vie.

J'ai battu des bras. Constaté que je ne pouvais pas les bouger au-dessus des poignets. Mes doigts ont agrippé un cadre rigide sous mon dos, la pulsation lente d'un système de moteurs. J'ai tourné la tête.

— Eh, il revient à lui !

La voix était familière, malgré le rendu métallique du communicateur des combinaisons. Quelqu'un a eu un gloussement de crécelle.

— Ça t'étonne, mec ?

Mon sens de proximité m'a signalé un mouvement sur ma droite. Au-dessus de moi, j'ai vu un autre casque se pencher, la visière obscurcie, impénétrable.

— Eh, mon lieutenant ! (Encore une voix que je connaissais.) Vous venez de me faire gagner cinquante dollars des Nations unies. J'avais parié avec ces pauvres cons que vous alliez émerger avant tous les autres.

— Tony ? suis-je parvenu à dire.

— Et sans lésions cérébrales, en plus. Un point de plus pour le peloton 391, les mecs. On est des *putains* d'immortels !

Ils nous avaient ramenés du destroyer martien comme une procession funéraire de commandos du vide. Sept corps sur des brancards à réaction, quatre véhicules d'assaut et une garde d'honneur de vingt-cinq personnes en tenue de combat pour l'espace pur. Carrera n'avait pris aucun risque quand il avait fini par traverser la porte.

Tony Loemanako nous a rapportés impeccablement, comme s'il avait fait des débarquements via porte martienne toute sa vie. Deux véhicules d'assaut en éclaireurs, suivis par les brancards et l'infanterie, les commandos entrant par paires sur la gauche et la droite, et tout a fini avec les deux autres véhicules d'assaut, à reculons. Les combinaisons, brancards et véhicules sont tous passés en suspension grav à la seconde où ils sont entrés dans le champ d'attraction de Sanction IV, et quand ils se sont posés quelques secondes plus tard, c'était d'un seul mouvement, sur un signal de Loemanako, poing levé dans sa combinaison.

Les Impacteurs de Carrera.

J'ai regardé tout cela, en me redressant autant que possible dans les entraves de mon brancard. J'avais le plus grand mal à étouffer ma fierté, mon impression d'appartenance créée par le gène de loup.

— Bienvenue à la base, mon lieutenant, a dit Loemanako en tapant légèrement du poing contre le plastron de la combinaison. Tout va bien se passer, maintenant. Tout va bien se passer.

Sa voix s'est faite plus forte dans le communicateur.

— OK les gars, on bouge. Mitchell et Kwok, vous restez en combi et vous gardez deux véhicules d'assaut en dispo opérationnelle. Les autres, à la douche – on ne retourne pas se baigner tout de suite. Tan, Sabyrov et Munharto, vous revenez dans quinze minutes, fringués comme vous voulez, mais équipés pour tenir compagnie à Kwok et Mitchell. Les autres, repos. Chandra Control, il nous faudrait des soins médicaux *tout de suite*, s'il vous plaît.

Rires dans le communicateur. L'attitude générale s'est relâchée autour de moi, visible même dans la masse du matériel de combat spatiale et le polalliage mat des tenues en dessous. Les armes se sont écartées, repliées, ont été déconnectées ou simplement rengainées. Les pilotes des véhicules d'assaut sont descendus avec la précision de poupées mécaniques, et ont suivi le mouvement général des corps en combi un peu plus loin vers la plage. La barge d'intendance des Impacteurs, la Vertu d'*Angin Chandra*, reposait sur ses griffes d'atterrissage, comme un croisement préhistorique de tortue et de crocodile. Sa coque caméléochrome, au blindage lourd, brillait en turquoise pour se confondre avec le sable dans le pâle soleil d'après-midi.

J'étais content de la revoir.

La plage était ravagée, maintenant que je la regardais. Dans toutes les directions, aussi loin que mes yeux portaient, elle était déchirée et striée autour du cratère de verre fondu laissé par l'explosion de la *Nagini*. Elle avait aussi emporté les préfas, ne laissant que des marques de brûlures et quelques rares fragments de métal. Ma fierté professionnelle m'a dit que ces fragments ne pouvaient pas faire partie de la navette. La *Nagini* avait explosé en plein air, et cela avait dû consumer instantanément chaque molécule de sa structure. S'il fallait laisser la terre aux enterrés, Schneider ne prendrait pas beaucoup de place. Il devait encore être en train de se disperser dans la stratosphère.

Ce que tu fais le mieux, Tak.

Apparemment, l'explosion avait aussi coulé le chalutier. En tordant le cou, j'apercevais à peine la structure sévère et à demi fondue qui dépassait de l'eau. Les souvenirs m'ont traversé la tête. Luc Deprez et une bouteille de mauvais whisky, politique de comptoir et cigares interdits par le gouvernement. Cruickshank au-dessus de moi dans la…

Arrête, Tak.

Les Impacteurs avaient apporté leur propre matos pour remplacer le camp vaporisé. Six grands préfas ovales à quelques mètres du cratère sur la gauche. Près du museau de la barge d'intendance, j'ai remarqué une cabine carrée et des réservoirs à pression : l'unité de douche à polalliage. Les commandos de vide ont rangé leurs armes les plus lourdes sur des racks couverts et se sont engouffrés dans l'habitacle de rinçage.

Une file d'uniformes des Impacteurs est sortie de la *Chandra*, avec à l'épaule le flash blanc des équipes médicales. Ils se sont regroupés autour des brancards, les ont démarrés et nous ont emportés vers l'un des préfas. Loemanako m'a mis la main sur le bras quand mon brancard s'est soulevé.

— À plus tard, mon lieutenant. Je passe vous voir quand on vous a arrangé. Il faut que j'aille me rincer.

— Ouais, merci, Tony.

— Ça me fait plaisir de vous revoir, mon lieutenant.

Dans le préfa, les médecins nous ont détachés, puis sortis de nos combinaisons avec des gestes à l'efficacité clinique. Étant conscient, j'étais un peu plus facile à dépaqueter que les autres, mais pas de beaucoup. J'avais passé trop de temps sans médicament antirad, et le simple fait de plier ou de soulever chaque membre nécessitait un effort de volonté. Quand on a fini par me sortir de la combi et me mettre dans un lit, je pouvais à peine répondre aux questions du médecin qui pratiquait les tests standard postcombat sur mon enveloppe. J'ai réussi à garder les yeux à moitié ouverts pendant ce temps, et j'ai vu par-dessus son épaule qu'on réservait le même traitement aux autres. Sun, irréparable pour l'instant, a été jetée dans un coin sans cérémonie.

— Alors, je vais vivre, doc ? ai-je murmuré à un moment.

— Pas dans cette enveloppe, non. (Il a préparé un cocktail hypospray antirad tout en me parlant.) Mais je peux vous garder sur pied encore quelque temps, je pense. Pour vous éviter de parler au vieux en virtuel.

— Il veut quoi, un débriefing ?

— J'imagine.

— Alors vous feriez bien de me bourrer de quelque chose, pour que je ne m'endorme pas pendant que je lui parlerai. Vous avez du meth ?

— Je ne pense pas que ce soit une bonne idée pour l'instant, mon lieutenant.

Cela m'a fait rire, sans que je sache où j'avais trouvé la force nécessaire.

— Ouais, vous avez raison. C'est pas bon pour la santé.

J'ai été obligé de me servir de mon grade pour avoir ma dose de tetrameth, mais il m'a injecté. J'étais plus ou moins fonctionnel quand Carrera est venu me voir.

— Lieutenant Kovacs.

— Isaac.

Le sourire a fleuri sur ses lèvres comme un soleil sur la rocaille. Il a secoué la tête.

— Espèce de petit enculé, Kovacs. Vous savez combien j'ai déployé d'hommes sur cet hémisphère pour vous retrouver ?

— Sans doute pas un de plus que vous ne pouviez vous le permettre.

Je me suis relevé un peu plus sur le lit.

— Je pense que vous avez plus étiré votre permission que le cul d'une pute de bataillon, lieutenant. Deux mois de désertion, avec un message par réseau. *Parti chercher quelque chose qui pourrait justifier cette putain de guerre. Je reviens vite.* C'est un peu vague.

— Mais pas faux.

— Vraiment ? (Il s'est assis au bord du lit, son treillis caméléochrome morphant pour prendre le motif écossais. Les cicatrices récentes sur son front et sa joue étaient raides sur son expression.) C'est un vaisseau de guerre ?

— Oui.

— Utilisable ?

J'ai réfléchi.

— En fonction du soutien archéologique que vous avez sous la main, je dirais oui, sans doute.

— Et comment se porte votre soutien archéologique actuel ?

J'ai jeté un œil dans l'espace ouvert du préfa, où Tanya Wardani était recroquevillée sous une couverture isolante toute fine. Comme le reste des survivants de la *Nagini*, on l'avait mise sous calmants légers. Après l'injection, le médic l'avait déclarée stable, mais avec une espérance de vie guère plus longue que la mienne.

— Niquée. (J'ai commencé à tousser, et j'ai eu du mal à m'arrêter. Carrera a attendu, m'a donné un mouchoir. J'ai fait un geste faible en agitant la main.) Comme nous tous. Et le vôtre ?

— Nous n'avons pas d'archéologue avec nous pour le moment. À moins de compter Sandor Mitchell.

— Non. C'est un type avec un hobby, pas un archéologue. Pourquoi vous n'êtes pas venu avec des Gratteurs, Isaac ? Vous deviez bien savoir ce que vous achetiez.

J'avais pensé un instant dire : Schneider a bien dû vous dire ce que vous achetiez. Mais j'ai décidé de garder cette carte-là.

Je ne savais pas si l'info aurait la moindre valeur, mais quand on en est à ses derniers harpons, on ne tire pas sur les nageoires.

Il a secoué la tête.

— Financiers corpo, Takeshi. Des saloperies dans leur tour. On n'a pas plus d'air qu'il n'en faut pour embarquer, avec des connards comme ça. Jusqu'aujourd'hui, je savais simplement que Hand était sûr un gros coup, et que si les Impacteurs en rapportaient un bout, on nous revaudrait ça avec les intérêts.

— Ouais, mais ils vous ont donné les codes du système de nanobes. Encore plus intéressant que ça ? Sur Sanction IV ? Allez, Isaac, vous deviez bien savoir de quoi il s'agissait.

Il a haussé les épaules.

— Ils ont juste parlé chiffres. C'est comme ça qu'on fonctionne, chez les Impacteurs, vous le savez. Ah, d'ailleurs. C'est Hand, à côté de la porte, non ? Le maigre ?

J'ai hoché la tête. Carrera est allé voir le cadre endormi.

— Ouais. Il a perdu du poids depuis l'holo qu'on m'a montré. (Il a traversé tout l'hôpital de campagne, regardant les autres lits à droite et à gauche, et le cadavre dans le coin. À travers le meth et la fatigue, j'ai senti une vieille prudence se rappeler à mes nerfs.) Bien sûr, ce n'est pas étonnant, avec les radiations qu'il y a dans le coin. Je suis étonné que vous soyez encore debout.

— On ne l'est pas, ai-je fait remarquer.

— C'est vrai. (Son sourire était triste.) Putain, Takeshi. Pourquoi vous n'avez pas attendu quelques jours de plus ? Ça aurait réduit votre dosage. Tout le monde fonctionne aux antirads standard, ici, et on n'a que quelques migraines.

— Ce n'était pas à moi de décider.

— Oui, c'est vrai. C'est qui, l'inactive ?

— Sun Liping. (J'étais plus triste que je l'aurais pensé, en la regardant. Les allégeances de meute sont un terrain glissant, on dirait.) Officier systèmes.

— Et les autres ? a-t-il grogné.

— Ameli Vongsavath, officier-pilote. (Je les ai désignés un par un de la main.) Tanya Wardani, archéologue. Jiang Jianping, Luc Deprez, tous les deux commandos.

— Je vois. (Carrera a de nouveau froncé les sourcils et désigné Vongsavath du menton.) Alors, si votre pilote est là, qui était dans la navette d'assaut quand elle a explosé ?

— Un dénommé Schneider. C'est lui qui m'a embarqué dans cette histoire. Un con de pilote civil. Il a eu peur quand le feu d'artifice a commencé, là-haut. Pris la navette, ruiné Hansen, le type qu'on avait laissé monter la garde, puis il a mis les bouts, et nous a laissés…

— Il est parti seul ?

— Oui, si on ne compte pas les gens dans le placard à cadavres. On a perdu deux corps contre les nanobes avant de traverser. Et on en a trouvé six autres au vaisseau. Ah, et deux noyés dans les filets du chalutier. L'équipe d'archéo d'avant la guerre, on dirait.

Il n'écoutait pas, il attendait simplement que j'aie fini.

— Yvette Cruickshank, Markus Sutjiadi. Ce sont bien les membres d'équipage que vous avez perdus face aux nanobes ?

— Ouais. (J'ai pris un air vaguement surpris.) Vous avez une liste d'équipage ? Bon sang, vos habitants de tour sont efficaces, niveau sécurité corpo.

— Pas vraiment. Ils sont simplement de la même tour que votre ami, là-bas. Rivaux pour la même promotion, en fait. Comme je vous ai dit, des pourritures. (Sa voix manquait étrangement de mordant quand il a dit ça. Une absence que mes antennes de Diplo seules ont pu identifier comme une sorte de soulagement.) Vous n'avez sans doute pas récupéré les piles de ces deux victimes ?

— Non, pourquoi ?

— Peu importe. Je m'en doutais. Mes clients m'ont dit que le système récupère tout ce qui est artificiel. Pour le cannibaliser.

— C'est bien ce qu'on pensait. (J'ai écarté les mains.) Isaac, même si nous les avions récupérées, elles se seraient vaporisées avec tout ce qu'il y avait dans la *Nagini*.

— Oui, l'explosion était particulièrement destructrice. Vous savez quelque chose à ce propos, Takeshi ?

— À votre avis ? ai-je soufflé en parvenant à sourire.

— *À mon avis*, les navettes d'assaut rapide Lock Mit ne se vaporisent pas comme ça. Et je pense que vous n'avez pas l'air trop chaviré par ce Schneider qui vous a lâchés.

— Eh bien, il est un peu mort. (Carrera a croisé les bras en me regardant. J'ai soupiré.) D'accord, j'ai miné les réacteurs. Je me fiais autant à Schneider qu'à une capote en résille, de toute façon.

— À juste titre, on dirait. Et heureusement pour vous que nous sommes arrivés, vu le résultat. (Il s'est levé en se frottant les mains. Quelque chose de déplaisant paraissait avoir déserté son écran.) Vous feriez bien de vous reposer, Takeshi. Je veux un débriefing complet demain matin.

— Bien sûr, ai-je répondu. Enfin, il n'y a pas grand-chose à dire.

Il a levé un sourcil.

— Vraiment ? Ce n'est pas ce que mes scanners m'ont dit. Nous avons enregistré plus d'énergie déchargée de l'autre côté de cette porte sur les sept dernières heures que ce qu'on a dépensé en hyperdiffusion vers ou depuis Sanction IV depuis qu'elle a été colonisée. Moi, je dirais que ça peut faire une bonne histoire.

— Oh, ça, ai-je écarté d'un revers de la main. Bah, vous savez, un affrontement automatisé entre titans galactiques. La routine.

— Ben voyons.

Il allait sortir quand quelque chose lui est revenu.

— Takeshi.

J'ai senti mes sens tinter comme en mission.

— Ouais ?

Aussi détendu que possible.

— Juste par curiosité. Comment comptiez-vous rentrer ? Après avoir fait exploser la navette d'assaut ? Vous savez, avec les nanobes activés et l'empoisonnement rad. Pas de transport, à part peut-être cette merde de chalutier. Comment comptiez-vous partir ? À pied ? Vous êtes presque tous à plat. C'était vraiment une bonne stratégie, de faire exploser votre seul véhicule ?

J'ai essayé d'y repenser. Toute la situation, le vertige ascensionnel des couloirs martiens vides, des chambres désertes, le regard momifié des cadavres et la bataille avec des armes d'une puissance inimaginable… tout cela me paraissait appartenir à un passé si distant… J'aurais sans doute pu tout ramener avec mes souvenirs de Diplo, mais il y avait quelque chose de sombre et de froid entre les deux, qui me le déconseillait. J'ai secoué la tête.

— Je ne sais pas, Isaac. J'avais planqué quelques combinaisons. On aurait pu nager, et s'accrocher au bord de la porte en vous envoyant un SOS.

— Et si la porte n'avait pas été radiotransparente ?

— Elle laisse passer la lumière des étoiles. Et les scanners, apparemment.

— Ça ne veut pas dire qu'un signal…

— Alors j'aurais balancé un signal télécommandé en espérant qu'il survivrait assez longtemps aux nanobes pour que vous le repériez. Putain, Isaac, je suis un Diplo. On improvise au fur et à mesure. Au pire, on avait une bouée presque fonctionnelle. Sun aurait pu la réparer, la faire transmettre, et on se serait fait sauter la tête en attendant que quelqu'un vienne nous chercher. Ce n'était pas très grave, on avait moins d'une semaine dans ces enveloppes-là, de toute façon. Et ceux qui seraient venus voir auraient été forcés de nous réenvelopper. On était un peu les experts du coin, même morts.

Il a souri. Moi aussi.

— Mais ce n'est pas une stratégie à toute épreuve, Takeshi.

— Isaac, vous ne comprenez pas. (Ma voix s'est faite un peu plus sérieuse, effaçant mon sourire.) Je suis Diplo. Ma stratégie, c'était de tuer tous ceux qui essaieraient de me baiser. Survivre, après coup, c'est un bonus. Et si on ne peut pas… (J'ai haussé les épaules.) Je suis Diplo.

Son propre sourire a glissé.

— Reposez-vous, Takeshi, a-t-il dit gentiment.

Je l'ai regardé sortir, puis j'ai posé le regard sur la forme immobile de Sutjiadi. En espérant que le tetrameth me garderait sur pied jusqu'à ce qu'il se réveille, et qu'il comprenne comment éviter l'exécution formelle aux mains d'une équipe de punition des Impacteurs.

Chapitre 37

Le tetrameth est l'une de mes drogues préférées. Il n'est pas aussi sauvage que d'autres stimulants militaires, ce qui vous évite d'oublier certains faits environnementaux comme *non, on ne peut pas voler sans harnais grav*, ou *si tu tapes là-dedans tu vas te briser tous les os de la main*. Dans le même temps, il vous donne accès à des réserves au niveau cellulaire dont aucun humain non conditionné n'a conscience. La montée est longue et propre. Comme effet secondaire, on ne subit rien de pire qu'un reflet sur certaines surfaces mates, et un vague tremblement des objets qui ont une importance personnelle. Il peut y avoir de légères hallucinations, si en on a vraiment envie, mais il faut se concentrer pour cela. Ou faire une overdose, bien sûr.

La descente n'est pas pire que pour la plupart des poisons.

Je commençais à me sentir un peu maniaque quand les autres se sont réveillés. Mes alarmes chimiques me signalaient le bout de la promenade. Et il se peut que j'aie secoué Sutjiadi avec un peu trop d'enthousiasme parce qu'il ne réagissait pas aussi vite que j'aurais aimé.

— Jiang. Eh, *Jiang*. Ouvre les yeux, *putain*. Devine où on est.

Il a cligné des yeux vers moi, le visage étrangement enfantin.

— Gnein ?

— Sur la plage, mec ? Les Impacteurs sont venus et ils nous ont sortis du vaisseau. Les Impacteurs de Carrera, mon ancienne unité !

Pour mes anciens camarades de régiment, l'enthousiasme dont je faisais preuve pouvait sembler un peu étrange. Mais on pourrait aisément l'attribuer au tetrameth, à l'irradiation et mon exposition à toute cette étrangeté extraterrestre. Et de toute façon, je ne savais pas si le préfa était vraiment sous surveillance.

— Ils nous ont *sauvés*, Jiang. Les *Impacteurs*.

— Les Impacteurs ? C'est… (Derrière les yeux de l'enveloppe maorie, je l'ai vu s'efforcer de capter les indicateurs de la situation.)… Super. Les Impacteurs de Carrera. Je ne savais pas qu'ils faisaient des opérations de sauvetage.

Je me suis rassis sur mon lit et j'ai affiché un sourire.

— Ils sont venus me chercher. Tu y crois, à ça ?

Malgré toute cette mascarade, j'avais dit cela avec un certain réconfort. Du point de vue de Loemanako et du reste du 391e, c'était proche de la vérité.

— Si tu le dis. (Sutjiadi s'est redressé.) Qui d'autre est arrivé entier ?

— Tout le monde sauf Sun. Mais elle est récupérable.

Son visage s'est plissé. Les souvenirs qui remontaient à la surface, comme un fragment de shrapnel enterré.

— Là-bas. Tu as… vu ?

— Ouais, j'ai vu.

— C'étaient des fantômes, a-t-il dit en serrant les dents.

— Jiang, pour un *ninja de combat*, tu es trop impressionnable. Qui sait ce que nous avons vu ? Si ça se trouve, c'était juste une rediffusion.

— Ça me semble être une bonne définition de travail du mot *fantôme*. (Ameli Vongsavath s'asseyait dans le lit face à celui de Sutjiadi.) Kovacs, je t'ai entendu dire que les Impacteurs sont venus nous chercher ?

J'ai opiné, rivant mon regard au sien.

— Comme je disais à Jiang. On dirait que j'ai encore tous mes privilèges de membre.

Elle a compris. Elle a tout juste sourcillé en captant le sous-entendu et en suivant le mouvement.

— Super. (Elle a regardé autour d'elle les silhouettes qui s'étiraient sur les autres lits.) À qui aurai-je le plaisir de dire que nous ne sommes pas morts ?

— À toi de voir.

Après cela, c'était facile. Wardani a accepté la nouvelle identité de Sutjiadi avec une souplesse atone acquise dans le camp – un message clandestin, empalmé en silence. Hand, dont le conditionnement corpo avait dû être un peu moins traumatisant mais adapté à grand renfort d'argent, n'avait rien à envier à l'impassibilité de l'archéologue. Et Luc Deprez, eh bien, c'était un assassin infiltré, c'était ce genre d'atmosphère qui lui permettait encore de respirer aujourd'hui.

Dans tout cela, comme une interférence au signal, il y avait les souvenirs de nos derniers moments conscients à bord du vaisseau de guerre martien. Une blessure muette partagée, que personne ne se sentait prêt à examiner plus avant. Au lieu de cela, nous nous contentions de demi-souvenirs. Quelques paroles hésitantes, pleines de bravades et précipitées, ont commencé de se déverser dans un gouffre de malaise aussi sombre que l'autre côté de la porte. Et, du moins je l'espérais, assez de leurres émotionnels pour masquer la transformation de Sutjiadi en Jiang à tous les yeux et oreilles.

— Au moins, ai-je dit à un moment, nous savons pourquoi ils l'ont laissé dériver dans l'espace. Merde, c'est mieux que les radiations ou la contamination biologique dans les rues. Au moins, ça, on peut le nettoyer. Vous imaginez utiliser un destroyer en combat quand, chaque fois qu'un coup passe trop près, l'ancien équipage vient agiter ses chaînes ?

— Moi, a commencé Deprez avec emphase en détachant bien chaque mot, je ne crois pas aux fantômes.

— Ça ne les a pas dérangés des masses.

— Vous pensez… (Vongsavath a pris son temps pour aller au bout de sa pensée, comme si elle nageait au-dessus du corail à marée basse.) Vous pensez que tous les Martiens laissent – laissaient – quelque chose derrière eux quand ils mouraient ? Quelque chose comme ça ?

Wardani a secoué la tête.

— Si c'est le cas, on n'a encore rien constaté. Et nous avons déterré beaucoup de ruines martiennes ces cinq cents dernières années.

— J'avais l'impression… (Sutjiadi a dégluti.) Qu'ils… criaient, tous. Un trauma de masse. La mort de tout l'équipage ? Peut-être n'avez-vous encore rien trouvé de tel. Autant de morts. Quand nous étions à Landfall, vous avez dit que les Martiens étaient très en avance sur nous. Peut-être ne mouraient-ils plus de mort violente. Peut-être avaient-ils évolué au-delà de ce genre de choses.

— Pratique, si c'est possible, ai-je grogné.

— Apparemment, pour nous, ça ne l'est pas, a dit Wardani.

— On l'aurait envisagé si on laissait la même chose derrière nous à chaque massacre.

— Kovacs, c'est absurde. (Hand sortait de son lit, pris soudain d'une mauvaise humeur.) Vous tous. Vous avez trop écouté l'intellectualisme pédant et antihumain de cette femme. Les Martiens n'étaient pas mieux évolués que nous. Vous savez ce que j'ai vu, là-bas ? Deux vaisseaux de guerre qui ont dû coûter des millions à construire, enfermés dans un cycle de répétition futile, de bataille qui n'avait rien résolu il y a cent mille ans, et ne résout toujours rien aujourd'hui. Quelle amélioration par rapport à ce que nous faisons sur Sanction IV en ce moment ? Ils étaient tout aussi doués que nous pour s'entre-tuer.

— Bravo, Hand. (Vongsavath a applaudi au ralenti, sardonique.) Vous auriez dû devenir commissaire politique. Un seul problème avec votre humanisme forcené, là. Le deuxième vaisseau n'était pas martien. N'est-ce pas, maîtresse Wardani ? Sa configuration était totalement différente.

Tous les yeux se sont fixés sur l'archéologue, assise, la tête baissée. Elle a fini par se redresser, a croisé mon regard et hoché la tête.

— Ça ne ressemblait à aucune technologie martienne que j'aie pu voir, ou dont on m'ait parlé. (Elle a pris une grande inspiration.) À ce que j'ai vu. Il semblerait que les Martiens étaient en guerre avec quelqu'un d'autre.

Le malaise est revenu à l'attaque, passant entre nous comme une fumée froide, mettant fin à la conversation. Une petite prémonition du réveil qui allait bientôt sonner pour l'humanité.

Nous n'avons pas notre place ici.

Pendant quelques siècles, on nous a permis de jouer sur cette trentaine de mondes que les Martiens nous ont laissés, mais il n'y avait aucun adulte sur le terrain de jeu. Et sans supervision, pas moyen de savoir qui va passer par-dessus la palissade ou ce qu'ils vont nous faire. La lumière quitte le ciel de l'après-midi, disparaît derrière les toits, et dans les rues vides, le quartier est soudain froid et sombre.

— C'est de la connerie, a dit Hand. Le domaine martien a connu une révolte coloniale, tout le monde est d'accord là-dessus. Maîtresse Wardani, c'est ce que la Guilde *enseigne*…

— Oui, Hand. (Le mépris dans la voix de Wardani était glaçant.) Et pourquoi pensez-vous qu'on l'enseigne ? Qui finance la Guilde, pauvre crétin congénital décanté trop chaud ? Qui décide ce que nos enfants croiront ?

— Il y a des preuves…

— Ne commencez pas à me parler de preuves. (Le visage usé de l'archéologue s'est rempli de rage. J'ai même cru un moment qu'elle allait le frapper.) Pauvre ignare de *merde*. Que savez-vous sur la Guilde ? C'est mon métier, Hand. Vous voulez que je vous dise combien de preuves ont été ignorées parce qu'elles ne correspondaient pas au point de vue du Protectorat ? Combien de chercheurs ont été déclarés antihumains et ruinés, combien de projets massacrés, tout cela parce qu'ils ne ratifiaient pas la ligne officielle du Protectorat ? Combien de *merde* les chanceliers de la Guilde en place crachent chaque fois que le Protectorat juge bon de leur faire une branlette ?

Hand a paru surpris par la rage soudaine de cette femme hagarde et mourante. Il a hésité.

— Statistiquement, les chances que deux civilisations capables de voyager entre les étoiles évoluent si près l'une de...

Mais c'était se jeter dans la gueule du loup. Wardani avait sa propre injection de meth émotionnelle. Sa voix était un fouet.

— Mais vous êtes *taré* ou quoi ? Vous étiez là, quand on a ouvert la porte ? Transmission de matière instantanée. Sur des distances interplanétaires. Et ça, c'est la technologie qu'ils ont *abandonnée*. Vous pensez qu'une civilisation comme ça va être limitée à quelques années-lumière cubes d'espace ? Les armes que nous avons vues à l'œuvre étaient *plus rapides que la lumière*. Ces vaisseaux venaient peut-être tous les deux de l'autre côté de notre putain de galaxie. *Qu'est-ce qu'on en saurait ?*

La qualité de la lumière a changé quand quelqu'un a ouvert le rabat du préfa. Me détournant un instant de Wardani, j'ai vu Tony Loemanako dans l'entrée, portant un caméléochrome standard et faisant de son mieux pour ne pas sourire.

J'ai levé la main.

— Salut Tony. Bienvenue dans la salle des débats académiques. N'hésite pas à poser une question, si certains termes techniques t'échappent.

Loemanako s'est enfin permis de sourire.

— J'ai un gamin à Latimer qui veut être archéologue. Il dit qu'il ne veut pas faire un métier violent comme son père.

— C'est une passade, Tony, il se remettra.

— J'espère. (Loemanako s'est un peu décalé, et j'ai vu qu'il portait une combinaison de mobilité sous ses caméléochromes.) Le commandant veut vous voir tout de suite.

— Moi tout seul ?

— Non, il a dit d'amener tous ceux qui sont debout. Je crois que c'est important.

En dehors du préfa, le soir avait réduit le ciel à un gris lumineux vers l'ouest, et une noirceur de plus en plus opaque à l'est. Dans tout cela, le camp de Carrera était un modèle d'activité ordonnée à la lueur de lampes Angier sur trépied.

L'habitude des Diplos m'a permis de dresser une carte, les détails froids, factuels, flottant autour de la satisfaction d'avoir un feu et de la compagnie contre la nuit.

Près de la porte, les sentinelles étaient à califourchon sur leur véhicule d'assaut, penchées en arrière ou en avant, et gesticulaient. Le vent a porté des éclats d'un rire, que j'ai reconnu comme étant celui de Kwok. La distance rendait le reste inaudible. Leur visière était remontée, mais ils étaient prêts à plonger, et armés jusqu'aux dents. Les autres soldats que Loemanako avait affectés à la garde se tenaient autour d'un canon ultravib mobile avec la même vigilance détendue. Sur la plage, un autre groupe d'uniformes des Impacteurs s'affairait autour d'éléments d'un générateur de bouclier à impact. D'autres allaient et venaient entre la Vertu d'*Angin Chandra,* la cabine de polalliage et les autres préfas, portant des caisses qui pouvaient contenir n'importe quoi. Derrière la scène, et au-dessus, des lumières brillaient sur le pont de la *Chandra* et au niveau du chargement où les grues de bord passaient encore de l'équipement depuis le ventre de la bête jusqu'à la plage éclairée.

— Et la combi de mobilité, c'est pour quoi ? ai-je demandé à Loemanako tandis qu'il nous menait vers cette zone.

Il a haussé les épaules.

— Une batterie de câbles, à Rayong. Notre système de contre-mesures est tombé en rade au mauvais moment. Ça m'a coûté la jambe, la hanche, quelques côtes. Une partie du bras gauche.

— Merde. T'as trop de chance, Tony.

— Oh, c'est pas trop grave. Mais ça met des plombes à guérir comme il faut. Le doc dit que les câbles devaient être enduits d'un carcinogène quelconque, et que ça a niqué la régénération rapide. (Il a grimacé.) Trois semaines que ça dure, j'en ai plein le dos.

— Alors merci d'être venu nous chercher. Surtout dans ton état.

— Pas de problème. Et puis, c'est plus facile dans le vide qu'ici. Une fois qu'on porte une combi de mobilité, le polalliage, c'est qu'une couche de plus.

— Pas faux.

Carrera nous attendait sous le hayon de chargement de la *Chandra*, dans la tenue qu'il portait un peu plus tôt. Il parlait à un petit groupe d'officiers supérieurs habillés de la même façon. Un groupe de sous-offs s'affairait sur un équipement monté au bord du hayon. À mi-chemin entre la *Chandra* et l'assemblage du bouclier, un individu échevelé dans un uniforme taché était perché sur un monte-charge désactivé. Il nous regardait d'un air malheureux. Quand je lui ai rendu son regard, il a ri et secoué la tête. Une main s'est levée pour frotter violemment l'arrière de sa nuque, et sa bouche s'est ouverte comme si on l'avait arrosé d'eau froide. Son visage a été traversé de petits spasmes que j'ai reconnus. Accro du câble.

Il a peut-être vu ma grimace.

— Ouais, c'est ça, fais ta mine, a-t-il raillé. Tu n'es pas plus intelligent, pas intelligent du tout. Je t'ai pour antihumanisme, j'ai des dossiers sur *tout le monde*, je vous ai entendus, avec vos sentiments anti-Cartel, ça vous dirait de…

— Ta gueule, Lamont.

La voix de Loemanako n'avait pas beaucoup de force, mais le drogué a tremblé comme si on venait de le brancher. Ses yeux ont flotté dans leur orbite, et il s'est recroquevillé. À côté de moi, Loemanako a eu un sourire carnassier.

— Commissaire politique, a-t-il expliqué en lançant du sable à coups de pied dans la direction de la loque humaine. Tous pareils. Que de la gueule.

— On dirait que tu l'as bien muselé, celui-là.

— Oh, oui. (Loemanako a souri.) Vous seriez surpris de voir à quelle vitesse ces politiques perdent tout intérêt pour leur travail une fois qu'on leur a collé une prise et qu'on les a branchés deux ou trois fois. On n'a pas eu un seul sermon de Pensée correcte du mois, et les dossiers du personnel… Eh bien, je les ai lus, et nos propres mères n'auraient pas écrit des choses plus gentilles sur nous. Incroyable comme tout ce dogme politique a foutu le camp. Pas vrai, Lamont ?

Le commissaire politique s'est éloigné à reculons. Des larmes lui noyaient les yeux.

— Ça fonctionne mieux que les dérouillées qu'on leur collait, a dit le sous-off en regardant Lamont froidement. Vous savez, comme avec Phibun et… c'était quoi, le nom de l'autre trou du cul qui nous parlait mal ?

— Portillo, ai-je répondu d'une voix absente.

— Ouais, lui. On savait jamais s'il était vraiment vaincu ou s'il allait vous ressauter dessus une fois qu'il aurait un peu léché ses blessures. Là, on n'a plus ce problème. Je pense que c'est une question de honte. Une fois qu'on a coupé la prise et qu'on leur montre comment se câbler, ils se débrouillent tout seuls. Et après, quand on la leur retire… C'est magique. J'ai vu Lamont se casser les ongles en voulant sortir les câbles d'interface d'un kitpack verrouillé.

— Pourquoi vous ne lui foutez pas la paix ? a dit Tanya Wardani d'une voix tremblante. Vous ne voyez pas qu'il est déjà brisé ?

Loemanako lui a lancé un regard étonné.

— Civile ? m'a-t-il demandé.

J'ai opiné.

— À peu près. Euh, elle me seconde.

— Ah ouais… ça peut marcher, de temps en temps.

Carrera paraissait avoir fini son briefing : les officiers se dispersaient quand nous avons approché. Il a fait un signe de tête à Loemanako.

— Merci sergent. Lamont vous a fait des problèmes, là-bas ?

Le sous-off a souri de toutes ses dents.

— Oui, mais il a regretté, mon commandant. Enfin, je pense qu'il serait temps de le remettre en manque.

— J'y réfléchirai, sergent.

— Oui, mon commandant.

— Pendant ce temps… lieutenant Kovacs, il y a quelques…

— Un instant, commandant.

La voix de Hand, étonnamment posée et mesurée, vu l'état dans lequel il devait être.

Carrera s'est arrêté.

— Oui ?

— Je suis sûr que vous savez qui je suis, commandant. Tout comme je sais quelles intrigues à Landfall vous ont mené ici. Mais vous ne savez peut-être pas à quel point ceux qui vous envoient vous ont trompé.

Carrera a croisé mon regard d'un air interrogateur. J'ai haussé les épaules.

— Non, c'est vous qui vous trompez, a répondu le commandant des Impacteurs avec politesse. Je suis tout à fait conscient de l'économie de vérité que vos collègues de Mandrake ont pratiquée. En toute honnêteté, je n'en attendais pas moins.

J'ai entendu balbutier le conditionnement de Hand. Ça méritait presque un sourire.

— Quoi qu'il en soit, a repris Carrera, ce n'est pas tant la vérité objective qui m'intéresse, ici. On m'a payé.

— Moins qu'on aurait pu, a enchaîné Hand avec une rapidité remarquable. Ma présence ici est autorisée au niveau du Cartel.

— Plus maintenant. Vos petits amis vous ont vendu, Hand.

— Alors l'erreur leur coûtera cher, commandant. Il n'y a aucune raison pour que vous en payiez le prix vous aussi. Croyez-moi, je n'ai aucune envie que le châtiment tombe là où ce n'est pas nécessaire.

— Vous me menacez ? a demandé Carrera avec un léger sourire.

— Aucune raison de voir les choses de cette…

— Je vous ai demandé si vous me menaciez. (Le ton du commandant des Impacteurs était doux.) J'aimerais une réponse par oui ou par non.

Hand a soupiré.

— Disons simplement que je peux invoquer certaines forces que mes collègues n'ont pas prises en compte, ou du moins pas comme il fallait.

— Oh oui, j'oubliais que vous aviez la foi. (Carrera paraissait fasciné par l'homme qui se tenait devant lui.) Un hougan. Vous croyez que des… puissances spirituelles… peuvent s'acheter comme on achète un soldat.

À côté de moi, Loemanako a gloussé.

Hand a soupiré de nouveau.

— Commandant, ce que je *crois*, c'est que nous sommes tous deux civilisés, et…

Le coup de blaster l'a coupé en deux.

Carrera avait dû le régler sur un rayon large – on ne fait généralement pas autant de dégâts avec les petits modèles, et ce que le commandant avait en main était ultra compact.

Un vague volume dans le poing, un projecteur en queue de poisson, rétractable, entre la deuxième et la troisième phalange. La chaleur résiduelle de la décharge montait encore par vagues du canon.

Aucun recul, aucun flash visible, et aucun impact sur la cible. La rafale a filé à côté de mon oreille, et Hand est resté là, à cligner des yeux avec un trou dans le ventre. Puis il a dû sentir ses propres intestins carbonisés et, en regardant le trou, il a laissé échapper un gémissement qui tenait autant de la douleur que de la panique.

Les ultracompacts mettent un moment à se recharger, mais je n'avais pas besoin de ma vision périphérique pour savoir qu'il serait idiot d'attaquer Carrera. Les sous-offs sur le pont inférieur – Loemanako à côté de moi, et la petite grappe d'officiers Impacteurs qui ne s'étaient pas du tout séparés – juste écartés pour nous laisser tomber dans le filet.

Propre. Très bien fait.

Hand a trébuché, toujours en gémissant. Il est tombé lourdement sur les fesses. Une part cruelle de mon esprit voulait se moquer de lui. Ses mains battaient l'air près de la blessure béante.

Je connais cette sensation, s'est rappelée une autre partie de moi, avec une compassion surprise. *Ça fait mal, mais on n'ose pas vraiment toucher.*

—Encore une erreur. Je ne suis pas un homme civilisé, a expliqué Carrera à l'homme ouvert devant lui, d'une voix égale. Je suis un soldat, Hand. Un sauvage professionnel, engagé pour tuer des gens comme vous. Je ne veux pas penser à ce que cela fait de vous. Si ce n'est que vous êtes passé de mode dans la tour Mandrake, bien sûr.

Le bruit que Hand émettait s'est rapproché d'un cri plus conventionnel. Carrera s'est tourné vers moi.

—Oh, détendez-vous, Kovacs. Ne me dites pas que vous n'avez jamais eu envie de lui faire la même chose.

J'ai fabriqué un haussement d'épaules.

— Une fois ou deux. J'aurais fini par le faire.

— Eh bien, ce ne sera plus nécessaire.

Par terre, Hand s'est tordu et s'est relevé. Quelque chose, qui aurait pu être des mots, a émergé de son agonie. À la limite de ma vision, quelques silhouettes se sont approchées de lui : un scan périphérique, tendu au point d'être douloureux par la montée d'adrénaline, a identifié Sutjiadi et – *tiens, tiens* – Tanya Wardani.

Carrera leur a fait signe de reculer.

— Non, ce sera inutile.

Hand parlait, il n'y avait plus aucun doute. Des syllabes sifflantes et interrompues dans un langage que je ne connaissais pas. Que je n'avais entendu qu'une seule fois. Sa main gauche était levée vers Carrera, les doigts écartés. Je me suis accroupi à sa hauteur, étrangement ému par la force qui crispait son visage.

— Qu'est-ce qu'il fabrique ? a demandé le commandant Impacteur en s'approchant. Qu'est-ce qu'il dit ?

Je me suis assis sur mes talons.

— Je pense qu'il vous maudit.

— Oh. Bah, c'est plutôt raisonnable vu les circonstances. Mais bon.

Carrera a lancé un long coup de pied appuyé dans le flanc du cadre. L'incantation de Hand s'est perdue dans un cri, et il s'est roulé en boule fœtale.

— Je ne vois pas pourquoi nous l'écouterions. Sergent.

Loemanako a fait un pas en avant.

— Mon commandant ?

— Votre couteau, je vous prie.

— Oui, mon commandant.

Il faut reconnaître une chose à Carrera. Il ne donne jamais un ordre qu'il ne serait pas prêt à exécuter lui-même. Il a pris la vibrolame à Loemanako, l'a activée et a donné un autre coup de pied à Hand, pour le retourner sur le ventre contre le sable. Les cris du cadre se sont changés en toux et en une inspiration prise à la va-vite. Carrera s'est agenouillé à côté de lui et a commencé à couper.

Les cris étouffés de Hand sont montés d'un coup quand il a senti la lame lui pénétrer les chairs, puis se sont arrêtés quand Carrera lui a tranché la colonne vertébrale.

— C'est mieux, a murmuré le commandant Impacteur.

Il a fait la deuxième incision à la base du crâne, beaucoup plus élégamment que je l'avais fait à Landfall, et a prélevé la section de colonne vertébrale. Puis il a éteint le couteau, l'a essuyé avec soin sur les vêtements de Hand et s'est relevé. Il a remis le tout, couteau et pile encore dans sa gangue, à Loemanako, avec un simple hochement de tête.

— Merci, sergent. Donnez ça à Hammad, dites-lui de ne pas le perdre. Nous venons de gagner une prime.

— Oui mon commandant. (Loemanako a regardé les visages autour de lui.) Et, euh… ?

— Ah oui. (Carrera a levé une main, l'air soudain fatigué.) Ça.

Sa main est retombée comme s'il avait jeté quelque chose par terre.

J'ai entendu la décharge depuis le pont de chargement, un froissement étouffé suivi d'un bruissement chitineux. J'ai levé les yeux, et vu descendre une nuée de nanocoptères mutilés.

J'ai compris, à l'intuition, ce qui allait se passer avec un étrange détachement, une absence de réflexes de combat qui devait trouver sa source dans l'irradiation et la redescente de tetrameth. J'ai juste eu le temps de regarder Sutjiadi. Il a croisé mon regard, sa bouche s'est tordue. Il savait, lui aussi. Comme s'il y avait eu un affichage rouge qui clignotait sur l'écran de notre vision.

Game…

Puis il a plu des araignées.

Pas vraiment, mais on aurait cru. Ils avaient tiré leur coup de mortier antimanif presque à la verticale. Une charge faible pour une dispersion limitée. Les inhibiteurs gris, de la taille d'un poing, sont tombés en un cercle de moins de vingt mètres. Ceux au bord le plus proche ont rebondi sur le flanc de la barge avant de toucher le sol, glissant et cherchant une prise avec une intensité minutieuse qui me ferait sourire, quand j'y repenserais par la suite. Les autres se sont posés tout de suite dans un nuage turquoise, et se sont extraits de leurs cratères comme les petits crabes scintillants dans le virtuel de Tanya Wardani.

Ils se sont déversés par milliers.

Game…

Ils se sont accrochés sur notre tête et nos épaules, doux comme des jouets pour enfants en premier âge.

Ils ont rampé vers nous sur le sable et ont escaladé nos jambes.

Ils ont résisté aux coups, aux tentatives pour les balayer ou les secouer, et ont continué à grimper.

Ceux que Sutjiadi et les autres parvenaient à arracher et jeter au loin atterrissaient en battant des membres et revenaient à l'assaut, intacts.

Ils se sont arrêtés volontairement au-dessus de points nerveux et ont plongé des crocs fins comme un filament au travers des vêtements et de la peau.

Game…

Puis ils ont mordu.

… Over.

CHAPITRE 38

J'avais autant de raisons que les autres d'être saturé d'adrénaline, mais la lente dégradation infligée par les radiations avait fini par empêcher mon enveloppe de m'abreuver de substances de combat. Les inhibiteurs ont réagi en fonction. J'ai senti le choc nerveux me traverser, mais c'était léger, un frisson qui m'a juste fait poser un genou à terre.

Les enveloppes maories étaient plus aptes au combat, et ont donc mangé plus que moi. Deprez et Sutjiadi se sont écrasés sur le sable comme si on leur avait tiré dessus au sonneur. Vongsavath est parvenue à contrôler sa chute, et a roulé pour tomber sur le côté, les yeux grands ouverts.

Tanya Wardani est restée debout, les yeux vitreux.

— Merci messieurs. (Carrera, aux sous-offs responsables du mortier.) Remarquable tir groupé.

Des télécommandes à inhib neurale. Le fin du fin en contrôle des foules. En ma capacité de conseiller militaire local, j'avais pu constater l'efficacité de ce système flambant neuf sur les foules d'Indigo City. Je ne m'étais encore jamais retrouvé du mauvais côté.

Du calme, m'avait expliqué un jeune caporal de l'ordre public enthousiaste, avec un grand sourire. *C'est tout ce qu'il faut faire, rester calme. Bien sûr, c'est superdrôle dans une situation d'émeute. Ce truc vous tombe dessus, vous avez un coup d'adrénaline. Donc, il continue à vous mordre. À la fin, il peut même vous arrêter le cœur. Il faut être superzen pour interrompre la spirale. Et vous savez quoi ? Cette année, on attend très peu d'activistes zen.*

J'ai tenu le calme diplo comme un cristal, effacé de mon esprit toute conséquence, et je me suis levé. Les araignées sont restées sur moi, pliant avec mes mouvements, mais ne m'ont plus mordu.

— Merde, mon lieutenant, vous en êtes couvert. Elles doivent bien vous aimer.

Loemanako se tenait là, à me sourire dans un petit cercle de sable vide. Pendant ce temps, de petits inhibiteurs rampaient au bord du champ que sa puce devait émettre. Un peu à sa droite, Carrera bénéficiait d'une immunité semblable. J'ai regardé autour de moi. Les autres officiers Impacteurs étaient protégés de la même façon et me regardaient.

Propre. Très propre.

Derrière eux, le commissaire politique Lamont ricanait et baragouinait.

Après tout. Comment lui en vouloir ?

— Oui, je pense que nous devrions vous débarrasser, a dit Carrera. Je suis désolé pour le choc, lieutenant Kovacs, mais c'était la seule façon confortable de capturer ce criminel.

Il désignait Sutjiadi.

En fait, Carrera, vous auriez pu droguer tout le monde dans le préfa-hôpital. Mais ça aurait manqué de panache, et en ce qui concerne les transgressions contre les Impacteurs, les hommes apprécient bien leur petit spectacle, pas vrai ?

J'ai senti un frisson me parcourir la colonne, suivant ma pensée.

Et je l'ai étouffé très vite, avant qu'il engendre la rage ou la peur qui réveillerait mon manteau d'araignées.

J'ai préféré donner dans le laconique fatigué.

— De quoi parlez-vous, Isaac ?

— Cet homme, a dit Carrera d'une voix dont il voulait qu'elle porte, s'est peut-être présenté à vous sous le nom de

Jiang Jianping, mais il vous a menti. Son vrai nom est Markus Sutjiadi, il est recherché pour crimes contre le personnel des Impacteurs.

— Ouais, a surenchéri Loemanako en perdant son sourire. Cet enculé a flingué le lieutenant Veutin et son sergent.

— Veutin ? (J'ai regardé Carrera.) Je croyais qu'il était du côté de Bootkinaree ?

— Oui, il y était. (Le commandant des Impacteurs regardait Sutjiadi. J'ai cru un moment qu'il allait l'abattre séance tenante avec son blaster.) Jusqu'à ce que cette saleté se mutine et fasse manger à Veutin son propre Sunjet. Il a vraiment tué Veutin. Plus de pile. Le sergent Bradwell a suivi le même chemin quand elle a essayé de l'arrêter. Et deux autres de mes hommes se sont fait tailler en morceaux avant que quelqu'un finisse par arrêter cet en*foiré* de mes deux.

— Personne ne peut se permettre ce genre de choses, a dit Loemanako d'un ton sombre. N'est-ce pas, mon lieutenant ? Pas de raison qu'un guignol local descende des Impacteurs et se balade tranquillement dans la nature. Ce connard est bon pour l'anatomiseur.

— C'est vrai ? ai-je demandé à Carrera pour les apparences.

Il a croisé mon regard et hoché la tête.

— Il y a un témoin oculaire. Aucun doute.

Sutjiadi a bougé à ses pieds comme si on lui avait marché dessus.

Ils m'ont retiré les araignées avec un balai désactivateur, puis les ont fichues dans un conteneur de rangement. Carrera m'a tendu un badge, et la marée des inhibiteurs a reculé quand je l'ai accroché.

— Passons à ce débriefing, a-t-il dit avant de me faire signe de monter à bord de la *Chandra*.

Derrière moi, mes collègues ont été ramenés au préfa, trébuchant, tandis que de faibles sursauts d'adrénaline déclenchaient de nouvelles morsures de la part de leurs geôliers neuraux. Dans l'espace où venait de se dérouler le spectacle, les sous-offs qui avaient tiré au mortier sont descendus avec des conteneurs vides, rassemblant les unités qui n'avaient pas encore trouvé une place.

Sutjiadi a accroché mon regard quand il est parti. Il a secoué la tête, imperceptible.

Il n'aurait pas dû s'inquiéter. J'étais à peine en état de grimper la rampe d'accès dans le ventre de la barge, et encore moins d'affronter Carrera en combat à mains nues. Cramponné aux derniers fragments de tetrameth, j'ai suivi le commandant des Impacteurs le long de couloirs étroits servant aussi de rangements. Nous avons monté une colonne grav bordée de prises pour les mains, et sommes entrés dans ce qui paraissait être ses quartiers personnels.

—Asseyez-vous, lieutenant. Si vous trouvez une place.

La cabine était très encombrée, mais méticuleusement ordonnée. Un lit grav désactivé reposait par terre dans un coin, sous un bureau qui se dépliait de la cloison. La surface de travail abritait une spirale de données compacte, une pile régulière de livres en puces et une statue ventrue qui ressemblait à l'art de Hun. Une deuxième table occupait l'autre bout de l'espace étroit, couverte d'un matériel de projection. Deux holos flottaient près du plafond, à un angle qui permettait de les voir depuis le lit. L'un était une vue superbe d'Adoracion prise en orbite haute, le soleil contournant tout juste la bordure verte et orange. L'autre était un sujet familial. Carrera et une belle femme à la peau olivâtre, les bras passés en propriétaires sur les épaules de trois enfants d'âges variés. Le commandant des Impacteurs paraissait heureux, mais l'enveloppe dans l'holo était plus âgée que celle qu'il portait à présent.

J'ai trouvé une chaise de métal spartiate à côté de la table au projecteur. Carrera m'a regardé m'asseoir puis s'est appuyé bras croisés contre le bureau.

— Vous êtes rentré chez vous, récemment ? ai-je demandé en indiquant l'holo orbital.

Son regard n'a pas quitté mon visage.

— Ça fait un moment. Kovacs, vous saviez pertinemment que Sutjiadi était recherché par les Impacteurs, non ?

— Je ne sais toujours pas s'il s'agit bien de lui. Hand me l'a vendu comme Jiang. Pourquoi en êtes-vous si sûr ?

— Bien essayé. Mes amis dans la tour m'ont donné les codes génétiques des enveloppes de combat. Cela, plus les données d'enveloppement des archives Mandrake. Ils tenaient vraiment à me faire savoir que Hand avait un criminel de guerre avec lui. Motivation supplémentaire, sans doute. Ça rendait l'affaire plus attrayante.

— Criminel de guerre. (J'ai pris mon temps pour parcourir la cabine des yeux.) C'est une expression intéressante. Pour quelqu'un qui a supervisé la pacification de Decatur, je veux dire.

— Sutjiadi a assassiné un de mes officiers. Un officier dont il devait suivre les ordres. Sous toutes les conventions de combat que je connais, c'est un crime.

— Un officier ? Veutin ? (Je ne comprenais toujours pas vraiment pourquoi je le défendais, si ce n'est par inertie.) Et vous, vous les auriez suivis, les ordres de Veutin le Chien ?

— Heureusement, ce n'était pas à moi de le faire. Mais son peloton le faisait, et ces hommes-là lui étaient loyaux jusqu'au fanatisme. Veutin était un bon soldat.

— Il y avait une raison pour qu'on l'appelle le Chien, Isaac.

— Nous ne sommes pas dans un con…

— … cours de popularité. (J'ai souri à mon tour.) Il va falloir changer de disque. Veutin était un enculé de première, et vous le savez. Si ce Sutjiadi l'a descendu, il avait sans doute une bonne raison.

— Les raisons ne donnent pas raison, lieutenant Kovacs. (Le ton soudain doux de Carrera me disait que j'étais allé trop loin.) Chaque mac couturé de la Plaza de los Caidos a de bonnes raisons pour taillader le visage de ses putes, mais ça ne lui donne pas raison de le faire. Joshua Kemp a des raisons pour ce qu'il fait, et selon lui elles sont même bonnes. Mais ça ne lui donne pas raison pour autant.

— Attention à ce que vous dites, Isaac. Ce genre de relativisme pourrait vous faire arrêter.

— J'en doute. Vous avez vu Lamont.

— Ouais.

Le silence a clapoté autour de nous.

— Donc, ai-je fini par dire. Vous allez passer Sutjiadi dans l'anatomiseur.

— J'ai le choix ? (Je l'ai regardé sans répondre.) Nous sommes les Impacteurs, lieutenant. Vous n'ignorez pas ce que cela veut dire. (Il y avait une légère tension dans sa voix. Je ne sais pas qui il essayait de convaincre.) Vous avez prêté serment, comme nous tous. Vous connaissez les codes. Nous sommes l'unité indivisible à la face du chaos, et tout le monde doit le savoir. Ceux avec qui nous traitons doivent comprendre qu'il ne faut pas essayer de nous baiser. Nous avons besoin de la peur, si nous voulons opérer efficacement. Et mes soldats doivent être certains que cette peur est un absolu. Qu'elle sera suivie d'effets. Sans cela, nous tombons en morceaux.

J'ai fermé les yeux.

— C'est ça.

— Je ne vous demande pas de regarder.

— Il n'y aura sans doute pas assez de places pour ça.

Derrière mes paupières fermées, je l'ai entendu bouger. Quand j'ai regardé, il était penché sur moi, les mains serrées sur le bord de la table du projecteur, le visage enragé.

— Fermez-la, Kovacs. Arrêtez votre cirque. (S'il cherchait de la résistance, il n'en voyait aucune sur mon visage. Il a reculé d'un demi-mètre puis s'est redressé.) Je ne vais pas vous laisser gâcher votre commandement comme ça. Vous êtes un officier capable, lieutenant. Vous inspirez la loyauté aux hommes que vous menez, et vous comprenez le combat.

— Merci.

— Riez si vous voulez, mais je vous connais. C'est vrai.

— C'est du biotech, Isaac. Dynamique de meute de loups via les gènes, coupure de sérotonine et psychose de Diplo pour piloter tout le toutim. Un *chien* pourrait faire ce que j'ai fait pour les Impacteurs. Veutin le Chien, par exemple.

— Oui. (Un haussement d'épaules tandis qu'il s'installait de nouveau au bord de son bureau.) Veutin et vous êtes, étiez, très similaires dans votre profil. Si vous ne croyez pas, j'ai les dossiers du psychochirurgien. Même degré de Lemmerich, même QI, même absence d'empathie généralisable. Pour un œil profane, vous pourriez être le même homme.

— Si ce n'est qu'il est mort. Même un profane le remarquera.

— Alors, peut-être pas la même absence d'empathie. Les Diplos vous ont donné une formation sociale suffisante pour ne pas sous-estimer des hommes comme Sutjiadi. Vous l'auriez mieux géré.

— Donc, le crime de Sutjiadi est d'avoir été sous-estimé. Ça mérite bien de se faire torturer à mort, j'imagine.

Il s'est arrêté et m'a regardé.

— Lieutenant Kovacs, je pense que vous m'avez mal compris. Nous ne sommes pas en train de discuter de l'exécution de Sutjiadi. Il a tué mes soldats, et demain à l'aube, j'appliquerai la peine prévue pour ce crime. Ça ne me plaît pas…

— Comme c'est noble et humain de votre part.

— … mais il faut le faire, a-t-il terminé en m'ignorant. Et je *vais* le faire. Et si vous savez ce qui est bon pour vous, vous allez ratifier ma décision.

— Ou bien ?

Je n'étais pas aussi arrogant que j'aurais aimé, et j'ai gâché mon effet à la fin avec une quinte de toux qui m'a secoué dans ma chaise et m'a fait cracher du sang. Carrera m'a tendu un mouchoir.

— Vous disiez ?

— Je disais, si je ne ratifie pas le massacre, qu'est-ce qui m'arrive ?

— Alors j'informerai les hommes que vous avez tenté en connaissance de cause de soustraire Sutjiadi à la justice des Impacteurs.

J'ai cherché du regard de quoi me débarrasser du mouchoir.

— C'est une accusation ?

— Sous la table. Non, là. À côté de votre jambe. Peu importe que ce soit le cas ou non ; Kovacs. Je pense que vous l'avez sans doute fait, mais je m'en fiche un peu. Je dois faire respecter l'ordre, et la justice doit être rendue. Si vous obéissez, vous pouvez reprendre votre grade, et un nouveau commandement. Si vous vous écartez, vous serez le prochain sur le billot.

— Loemanako et Kwok ne seront pas heureux.

— En effet. Mais ce sont des Impacteurs, et ils feront ce qu'on leur dit, pour le bien des Impacteurs.

— Au temps pour la loyauté que j'inspire.

— La loyauté est une monnaie comme une autre. Ce que vous avez gagné, vous pouvez le dépenser. Et protéger l'assassin d'un officier des Impacteurs est au-dessus de vos moyens. Au-dessus des moyens de n'importe qui.

Il s'est penché en arrière. Mes sens de Diplo ont lu dans son attitude la fin de la conversation. Il se tenait toujours comme ça au dernier round quand il était tendu. La même posture qu'il avait quand les troupes régulières s'étaient brisées autour de nous à Shalai Gap, et que l'infanterie aéroportée de Kemp avait giclé des nuages comme une grêle humaine. Plus moyen de faire machine arrière.

— Je ne veux pas vous perdre, Kovacs, et je ne veux pas attrister les soldats qui vous ont suivi. Mais au final, les

Impacteurs sont plus importants que n'importe lequel de leurs membres. Nous ne pouvons pas nous permettre de dissidence.

En infériorité numérique, avec une puissance de feu moindre et laissé pour mort à Shalai, Carrera avait tenu sa position dans les rues et les maisons bombardées pendant deux heures, jusqu'à ce que la tempête recouvre tout. Puis il avait mené une contre-offensive d'élimination dans le vent rugissant et les nuages qui noyaient les rues, jusqu'à ce que les ondes radio soient saturées des messages paniqués des commandants aériens ordonnant le retrait. Quand la tempête fut passée, Shalai Gap était jonchée de cadavres kempistes. Les Impacteurs avaient subi une vingtaine de pertes au total.

Il s'est de nouveau penché vers moi, sans colère. Ses yeux ont examiné mon visage.

—Me suis-je – enfin – bien fait comprendre, lieutenant ? Ce sacrifice est nécessaire. Cela ne nous plaît sans doute pas, à vous comme à moi, mais tel est le prix de l'appartenance aux Impacteurs.

J'ai hoché la tête.

—Donc, vous êtes prêt à oublier tout ceci ?

—Je suis en train de mourir, Isaac. Je suis prêt à dormir, et c'est à peu près tout.

—Je comprends. Je ne vais plus vous retenir très longtemps. Bien. (Il a fait un geste dans la spirale de données et l'a réveillée. J'ai soupiré et tenté de m'éclaircir les idées.) Le groupe de pénétration a emprunté une ligne extrapolée de l'angle d'entrée de la *Nagini* et s'est retrouvé très près du dock que vous avez utilisé. Loemanako a dit qu'il n'y avait aucun contrôle de fermeture apparent. Comment êtes-vous entrés ?

—Déjà ouvert. (Je n'avais pas la force de fabriquer des mensonges, et me suis dit qu'il interrogerait bientôt les autres.) Si ça se trouve, il n'y a pas de contrôle de fermeture.

—Sur un navire de guerre ? (Ses yeux se sont plissés.) J'ai du mal à y croire.

— Isaac, le vaisseau a un bouclier spatial qui se trouve au moins à deux kilomètres de la coque. Pourquoi aurait-il besoin d'un contrôle de fermeture particulier sur tel ou tel hangar ?

— Vous l'avez vu ?

— Oui. En action, et plutôt de près.

— Hmmm… (Il a ajusté quelques détails dans la spirale de données.) Les unités renifleuses ont détecté des traces humaines à au moins trois ou quatre kilomètres à l'intérieur. Mais elles vous ont trouvés dans une bulle d'observation à moins d'un kilomètre et demi de votre point d'entrée.

— Ça n'a pas dû être trop dur. Nous avions balisé le chemin à la peinture à l'illuminum.

— Vous vous êtes promenés à l'intérieur ? a-t-il demandé avec un regard sévère.

— Pas moi, non. (J'ai secoué la tête, et l'ai aussitôt regretté quand la petite cabine s'est mise à flotter sous mes yeux. J'ai attendu que ça passe.) Certains y sont allés. Je ne sais pas jusqu'où.

— Ça n'a pas l'air très organisé.

— Ça ne l'était pas, ai-je répondu avec humeur. Je ne sais pas, Isaac. Essayez d'imaginer un sentiment d'émerveillement, OK ? Ça pourrait vous aider quand vous serez sur place.

— On dirait, oui. (Il a hésité, et il m'a fallu un moment pour comprendre qu'il était gêné.) Vous avez vu des, euh, fantômes. Sur place ?

J'ai haussé les épaules, réprimant une envie de me mettre à déblatérer.

— Nous avons vu quelque chose. Je ne sais toujours pas quoi. Vous avez écouté vos invités de très près, on dirait, Isaac…

Il a souri et fait un geste d'excuse.

— Les habitudes de Lamont ont fini par déteindre sur moi. Et puisqu'il a perdu le goût de l'indiscrétion, je rechigne à gâcher ce bel équipement. (Il a eu un nouveau geste vers la spirale de données.) Le rapport médical disait que vous montriez tous des signes de décharge massive de sonneur, sauf vous, et bien sûr Sun…

—Ouais, Sun s'est tiré une décharge dans la tête. Nous…

Tout d'un coup, cela me paraissait impossible à expliquer. Comme de soulever seul un poids écrasant. Les derniers moments à bord du vaisseau martien, enveloppés dans la douleur étincelante et la radiance de ce que l'équipage avait laissé derrière lui. La certitude que ce deuil extraterrestre allait nous briser en deux. Comment raconter cela à un homme qui vous avait mené à la victoire derrière des fusillades enragées à Shalai Gap et une dizaine d'autres accrochages ? Comment lui faire comprendre la réalité cristalline et douloureuse de ces moments ?

Réalité ? Le doute était si brusque qu'il m'a fait mal.

Vraiment ? Si on allait par là, si on allait vers la réalité canon-et-boue dans laquelle Carrera vivait, était-ce encore la réalité ? Est-ce que ça l'avait jamais été ? Qu'est-ce qui était avéré dans mes souvenirs ?

Non. Écoute. J'ai la mémoire totale des Diplos…

Mais est-ce qu'on était vraiment en danger ? J'ai regardé dans la spirale de données, en essayant tant bien que mal de revenir à une pensée rationnelle. C'était Hand qui avait commencé, et moi, au bord de la panique, j'avais tout accepté. Hand, le hougan. Hand, le fanatique religieux. À quel autre moment lui avais-je un tant soit peu fait confiance ?

Pourquoi lui avais-je fait confiance à ce moment-là ?

Sun. Je me suis raccroché aux faits. *Sun le savait. Elle l'a vu venir, et elle s'est fait sauter la tête plutôt que d'affronter cela.*

Carrera me regardait bizarrement.

—Oui ?

Vous et Sun…

—Attendez un peu. (Je venais de réaliser.) Vous avez dit à part *moi* et Sun ?

— Oui. Tous les autres portent le même trauma électroneural standard. Une grosse décharge, comme je vous l'ai dit.

— Mais pas moi.

— Eh bien, non. (Il paraissait troublé.) On ne vous a pas touché. Pourquoi, vous *rappelez*-vous que quelqu'un vous a tiré dessus ?

Quand ç'a été fini, il a replié l'affichage de la spirale de données d'une main calleuse avant de me raccompagner par les couloirs vides de la barge puis dans le murmure nocturne du camp. Nous n'avons pas beaucoup parlé. Il avait fait marche arrière devant ma confusion, et abandonné le débriefing. Il était sans doute étonné qu'un de ses Diplos apprivoisés se retrouve dans un tel état. Moi-même, j'avais du mal à y croire.

Elle t'a tiré dessus. Tu as lâché le sonneur, et elle t'a tiré dessus. Puis sur elle-même. Elle a bien dû…

Autrement…

J'ai frissonné.

Sur un espace de sable dégagé derrière la Vertu d'*Angin Chandra*, on érigeait l'échafaud pour l'exécution de Sutjiadi. Les supports principaux étaient déjà en place, enfoncés profondément dans le sol et prêts à recevoir le billot incliné et strié de rigoles. Sous l'éclairage de trois lampes Angier, et les projecteurs du hayon arrière de la barge, la structure évoquait une griffe d'os blanchis dressée dans le sable. Les segments encore épars de l'anatomiseur étaient disposés à proximité, comme une guêpe que quelqu'un aurait découpée en morceaux.

— La guerre est en train de basculer, a dit Carrera sur le ton de la conversation. Kemp est à bout de forces sur ce continent. Il n'y a pas eu de frappe aérienne depuis des semaines. Il utilise sa flotte d'icebergs pour évacuer ses forces dans les détroits de Wacharin.

— Il ne pourrait pas tenir la côte là-bas ?

J'avais posé la question en pilotage automatique, spectre de l'attention prêtée à des centaines de briefings de déploiement avant cela. Carrera a secoué la tête.

—Aucune chance. C'est une plaine inondable sur une centaine de kilomètres au sud et à l'est. Pas moyen de s'enterrer, et il n'a pas de quoi construire des bunkers dans l'eau. Donc, pas de brouillage longue durée, pas de système d'armement à support réseau. Avec six mois de plus, je pourrai envoyer des blindés amphibies le dégoûter de la côte. Une année de plus, et on gare la *Chandra* dans Indigo City.

—Et après ?

—Pardon ?

—Et après ? Quand vous aurez pris Indigo City, quand Kemp aura bombardé, miné ou rasé toutes les ressources de valeur et qu'il aura fui dans les montagnes avec les vrais acharnés ? Qu'est-ce que vous ferez ?

—Eh bien… (Carrera a gonflé les joues. Il paraissait vraiment surpris par la question.) Comme d'habitude. Stratégie de maintien des positions sur les deux continents, actions de police limitées et chasse aux sorcières jusqu'à ce que tout redevienne calme. Mais à ce moment-là…

—À ce moment-là, nous serons loin, non ? (J'ai enfoncé les mains dans mes poches.) Loin de cette planète de merde et sur une autre, où ils ne sauront pas reconnaître une partie perdue d'avance. Au moins, donnez-moi ça, comme bonne nouvelle.

Il m'a regardé avec un clin d'œil.

—Hun me paraît bien partie. Luttes de pouvoir intestines, beaucoup d'intrigues de palais. C'est pile dans vos cordes.

—Merci.

À l'entrée du préfa, j'entendais quelques discussions à voix basse. Carrera a penché la tête pour écouter.

—Venez vous joindre à la fête, ai-je dit d'un ton morose. Ça vous évitera de retourner aux jouets de Lamont.

Les trois derniers membres de l'expédition Mandrake étaient assis autour d'une table basse au bout de la salle. La sécurité de Carrera avait laissé à chaque prisonnier un seul inhibiteur, comme une tumeur à la base de la nuque. Tout le monde paraissait bossu, ou voûté, comme surpris en pleine conspiration.

Ils ont tourné la tête à notre entrée dans la salle, avec des réactions variées. Deprez était le moins expressif. Presque aucun mouvement sur son visage. Vongsavath a croisé mon regard et haussé les sourcils. Wardani a regardé Carrera par-dessus mon épaule et a craché par terre.

— C'est pour moi, j'imagine, a dit le commandant Impateur avec bonhomie.

— Partagez. Vous me paraissez assez proches pour ça, a répondu l'architecte.

Carrera a souri.

— Je vous déconseille de trop vous laisser aller à la haine, maîtresse Wardani. Le petit camarade que vous avez sur le dos pourrait vous mordre.

Elle a secoué la tête sans rien dire. Une main s'est levée en réflexe, à mi-chemin de l'inhib, puis s'est écartée. Elle avait déjà dû essayer de le retirer. Ce n'est pas une erreur qu'on commet deux fois.

Carrera s'est avancé jusqu'au crachat, s'est penché et l'a essuyé d'un doigt. Il l'a examiné attentivement puis l'a senti avec une grimace.

— Il ne vous reste pas beaucoup de temps, maîtresse Wardani. À votre place, je pense que je serais un peu plus civile envers la personne qui conseillera que vous soyez réenveloppée ou non.

— Je doute que ce soit à vous de prendre la décision.

— Eh bien, a répondu le commandant Impacteur en s'essuyant le doigt sur le drap le plus proche, j'ai bien dit « conseillera ». Mais cela suppose que vous retourniez à Landfall dans un état permettant qu'on vous réenveloppe. Cela pourrait bien ne pas être le cas.

Wardani s'est tournée vers moi, éjectant Carrera de la discussion. Une rebuffade subtile que mon conditionnement diplomatique a eu envie d'applaudir.

— Votre giton est en train de me menacer ?

J'ai secoué la tête.

— Je pense qu'il essaie de vous dire quelque chose.

— Alors c'est trop subtil pour moi. (Elle a lancé un regard de dédain au commandant Impacteur.) Vous devriez peut-être me tirer dans le ventre. Apparemment, ça marche bien. Votre méthode préférée pour pacifier les civils, j'imagine ?

— Ah oui, Hand. (Carrera a pris une chaise dans le cercle autour de la table. Il l'a retournée et s'est assis dessus à califourchon.) Un ami à vous ?

Wardani l'a regardé sans répondre.

— C'est bien ce que je pensais. Vous n'êtes pas du tout du même monde.

— Cela n'a rien à…

— Vous saviez qu'il est responsable du bombardement de Sauberville ?

Une autre pause muette. Cette fois, le visage de l'archéologue s'est affaissé sous le choc, et soudain j'ai vu à quel point les radiations l'avaient attaquée.

Carrera l'a vu également.

— Oui, maîtresse Wardani. Il fallait que quelqu'un dégage le passage pour votre petite quête, et Matthias Hand s'est arrangé pour que ce soit notre ami commun, Joshua Kemp. Oh, rien de direct, bien sûr. Désinformation militaire, conçue et filtrée avec soin sur les bons canaux de données. Mais assez pour convaincre notre héros révolutionnaire préféré à Indigo City que Sauberville lui serait plus utile si elle n'existait pas. Et que trente-sept de mes hommes n'auraient plus besoin de leurs yeux. (Il m'a lancé un coup d'œil.) Vous aviez dû deviner, n'est-ce pas ?

— Ça me paraissait probable, ai-je admis en haussant les épaules. Sans cela, ça tombait un peu trop bien.

Les yeux de Wardani se sont rivés aux miens, incrédules.

— Vous voyez, maîtresse Wardani. (Carrera s'est levé comme si tout son corps lui faisait mal.) Je suis sûr que vous aimeriez me voir comme un monstre. Ce n'est pas le cas. Je ne suis qu'un homme qui fait son travail. Ce sont des hommes comme Matthias Hand qui *créent* les guerres où je gagne ma vie. Pensez-y, la prochaine fois que vous aurez envie de m'insulter.

L'archéologue n'a rien répondu, mais je sentais son regard me brûler le visage. Carrera s'est tourné pour partir, puis s'est arrêté.

— Oh, et maîtresse Wardani, une dernière chose. Giton. (Il a regardé le sol, comme s'il réfléchissait sur ce mot.) J'ai ce que beaucoup pourraient considérer comme une étendue limitée de préférences sexuelles, et la pénétration anale n'en fait pas partie. D'après les archives du camp, on ne peut pas en dire autant de vous.

Elle a fait un bruit. Derrière, j'ai presque entendu craquer l'échafaudage d'étaiement que mon conditionnement diplo avait édifié en elle. Le bruit des dégâts. Inexplicablement, je me suis retrouvé debout.

— Isaac, espèce…

— Espèce ? (Il souriait comme un crâne en se tournant vers moi.) Vous, espèce de louveteau, feriez mieux de vous asseoir.

C'était presque un ordre, et je me suis presque arrêté. L'amertume des Diplos s'est soulevée en grondant et l'a écarté.

— Kovacs…

La voix de Wardani, comme un câble qui lâche.

J'ai percuté Carrera à mi-chemin, une main entrouverte se dressant vers sa gorge, un coup de pied bâtard émergeant du reste de ma posture entravée par la maladie. Le grand corps de l'Impacteur s'est avancé pour me rencontrer et il a bloqué les deux attaques avec une aisance brutale. Le coup de pied a glissé vers la gauche, trop loin, me déséquilibrant. Il a accompagné cela d'une clé au coude qui voulait le frapper, avant de le briser.

Il y a eu un craquement à l'arrière de mon crâne, un verre à whisky vide qui éclate sous un pied dans un bar mal éclairé. La douleur m'a embrasé le cerveau, arrachant un cri bref avant de disparaître sous la réaction du neurachem. Spécial Impacteur – apparemment, l'enveloppe savait encore faire. Carrera n'avait pas lâché, et je restais suspendu à sa prise sur mon avant-bras comme une poupée d'enfant désactivée. J'ai plié mon bras intact pour voir, et il a ri. Puis il a tordu d'un geste rapide mon coude en miettes, et la douleur a ressurgi comme un nuage noir derrière mes yeux. Il m'a lâché. Un coup de pied décontracté dans l'estomac m'a plié en position fœtale, et rendu totalement oublieux de tout ce qui se passait au-dessus du sol.

— Je vous envoie les médecins, l'ai-je entendu dire quelque part au-dessus de moi. Et maîtresse Wardani, je vous suggère de fermer votre grande bouche. Ou j'envoie quelques-uns de mes hommes les moins sensibles vous la remplir. Et peut-être vous rappeler de force ce que le mot « giton » signifie vraiment. Ne me défiez pas, femme.

Avec un froissement de vêtements, il s'est accroupi à côté de moi. Une main m'a saisi la mâchoire et a tourné mon visage vers le haut.

— Il va falloir vous sortir tout ce sentimentalisme de la tête, si vous voulez travailler pour moi, Kovacs. Oh, et au cas où vous ne pourriez pas… (Il a tenu devant moi un petit inhibiteur recroquevillé.) Mesure temporaire, tout simplement. Jusqu'à ce que nous en ayons fini avec Sutjiadi. Comme ça, tout le monde sera plus en sécurité.

Il a incliné la paume, et l'inhib a roulé dans l'espace. Pour mes sens engourdis par les endorphines, il a paru mettre une éternité à tomber au sol. Je l'ai regardé avec fascination déplier ses pattes en plein air et tomber à moins d'un mètre de ma tête. Là, il s'est ramassé, a tourné sur lui-même une fois ou deux et s'est dirigé vers moi. Il a escaladé mon visage, et s'est logé sur ma colonne vertébrale. Une petite pointe de glace s'est enfoncée dans l'os. J'ai senti les membres minuscules se resserrer à la base de ma nuque.

Bon.

— À bientôt, Kovacs. Pensez-y.

Carrera s'est levé et a paru sortir. Je suis resté un moment à vérifier que ma couverture d'insensibilité, dont mon enveloppe m'avait gentiment recouvert, était étanche. Puis j'ai senti des mains qui m'aidaient à atteindre une position assise qui ne me tentait pas vraiment.

— Kovacs. (C'était Deprez, qui me regardait sous le nez.) Ça va, mec ?

J'ai toussé, faiblement.

— Super.

Il m'a appuyé contre le bord de la table. Wardani est entrée dans mon champ de vision derrière lui.

— Kovacs ?

— Oooohhh, désolé, Tanya. (Je me suis risqué à la regarder dans les yeux pour évaluer sa réaction.) J'aurais dû te dire de ne pas le chercher. Il n'est pas comme Hand. Il ne laisse pas glisser.

— Kovacs. (Il y avait sur son visage des spasmes musculaires qui annonçaient peut-être le premier effondrement de ma reconstruction de fortune.) Que vont-ils faire à Sutjiadi ?

La question a fait naître une petite mare de calme.

— Exécution rituelle, a proposé Vongsavath. N'est-ce pas ?

J'ai opiné.

— C'est-à-dire ? (Il y avait dans la voix de Wardani un calme déstabilisant. J'ai cru devoir réviser mon évaluation de sa remise en état.) Exécution rituelle ? Que vont-ils lui *faire* ?

J'ai fermé les yeux, et rappelé des images de ces deux dernières années. Le souvenir a semblé réveiller la douleur latente de mon coude brisé. Quand j'en ai eu assez, je l'ai regardée de nouveau.

— C'est comme un autochirurgien, ai-je dit lentement. Reprogrammé. Il scanne le corps, cartographie le système nerveux. Mesure la résistance. Puis on fait tourner un programme de décorticage.

— De décorticage ?

Les yeux de Wardani se sont écarquillés.

— Ça le taille en morceaux. Dépèce la peau, ouvre la chair, brise les os. (J'ai puisé dans mes souvenirs.) Ça l'étripe, ça lui cuit les yeux dans les orbites, brise les dents et sonde les nerfs.

Elle a esquissé un geste pour se protéger de ce qu'elle entendait.

— Bien sûr, cela le maintient en vie pendant toute la durée de l'opération. S'il plonge en état de choc, tout s'arrête. On lui donne des stimulants. Tout ce qui est nécessaire, sauf bien sûr de quoi lutter contre la douleur.

On aurait dit maintenant qu'il y avait une cinquième présence avec nous, accroupie à mon côté, souriant et serrant les éclats d'os brisés dans mon bras. J'étais là, baignant dans ma douleur amortie par le biotech, à me souvenir de ce qu'avaient enduré les prédécesseurs de Sutjiadi pendant que les Impacteurs se rassemblaient comme autant de fidèles devant un autel profane dressé à la guerre.

— Combien de temps cela met-il ? a demandé Deprez.

— Ça dépend. Presque toute la journée. (Les mots sortaient tous seuls.) Il faut que ce soit fini avant la nuit. Ça fait partie du rituel. Si personne ne l'arrête avant, la machine sectionne et prélève le crâne aux dernières lueurs. Généralement, ça s'arrête là. (Je voulais m'arrêter de parler, mais personne d'autre ne paraissait disposé à m'interrompre.) Les officiers et sous-offs peuvent demander un vote de *coup de grâce* dans les rangs, mais ça n'arrive qu'en fin d'après-midi, même pour ceux qui veulent que ça s'arrête. Ils ne peuvent pas se permettre de paraître plus sensibles que les hommes du rang. Et même tard, parfois, j'ai vu des votes demander que ça continue.

—Sutjiadi a tué un officier de peloton des Impacteurs, a dit Vongsavath. Je ne pense pas qu'il y aura la moindre grâce.

—Il est faible, a dit Wardani avec espoir. L'irradiation…

—Non. (J'ai plié le bras droit, et la douleur est remontée jusque dans mon épaule, malgré le neurachem.) Les enveloppes maories sont conçues pour le combat en terrain contaminé. Endurance très élevée.

—Mais le neurachem…

J'ai secoué la tête.

—Oublie. La machine va s'ajuster, tuer d'abord les systèmes de résistance à la douleur, les arracher.

—Alors il va mourir.

—Non !, ai-je crié. Ça ne marche pas comme ça.

Personne n'a parlé après cela.

Deux médecins sont arrivés, l'homme qui m'avait soigné un peu plus tôt accompagné d'une femme sévère que je ne connaissais pas. On a passé sous silence la présence de l'inhib sur ma nuque et ce que cela disait sur mon état. Ils ont utilisé un micro-ultravib pour réduire les fragments d'os à la jointure du coude, puis ont enfoncé des bios de croissance en longues files, signalés sur la peau par des traits verts et la puce qui disait à mon os ce qu'il devait faire. Et surtout, de le faire rapidement. *Et plus vite que ça. Quoi que vous ayez fait dans le monde naturel, vous faites maintenant partie d'une opération militaire, soldat.*

—Deux ou trois jours, a dit celui que je connaissais en enlevant un patch d'endorphine à diffusion rapide du creux de mon bras. Nous avons enlevé toutes les surfaces pointues, vous pourrez donc plier le bras sans occasionner de dégâts graves aux tissus avoisinants. Mais ça fera un mal de chien, et ça ralentit le processus de guérison, alors évitez. Je vais vous mettre un strap pour que vous y pensiez.

Deux ou trois jours. Dans deux ou trois jours, j'aurais de la chance si cette enveloppe pouvait encore respirer. Souvenir du docteur sur l'hôpital orbital. *Oh, et puis merde.* L'absurdité de tout cela me submergea et jaillit avec un sourire inattendu.

— Eh, merci. On ne voudrait pas ralentir le processus de guérison, hein ?

Il m'a rendu mon sourire, puis a rapidement reporté son attention sur ce qu'il faisait. Le strap allait du biceps à l'avant-bras, chaud, réconfortant et un peu serré.

— Vous faites partie de l'équipe de l'anatomiseur ?

Il m'a regardé d'un air hagard.

— Non. Ça, c'est les gens du scan. Je ne m'en occupe pas.

— On a fini, Martin, a dit la femme d'un ton sec. Il faut partir.

— Ouais.

Mais il se déplaçait lentement, à regret, en repliant sa trousse. J'ai regardé disparaître le contenu, les outils chirurgicaux maintenus à la bande adhésive et les accordéons de patchs aux couleurs vives dans leurs étuis.

— Eh, Martin. (J'ai un mouvement du menton vers la trousse.) Tu pourrais me laisser quelques roses ? Je comptais faire la grasse mat', tu sais.

— Euh…

La femme s'est raclé la gorge.

— Martin, nous…

— Oh, ta gueule, tu veux ? (Il s'est tourné vers elle avec une colère inattendue. L'instinct diplo m'a flanqué une claque. Derrière son dos, j'ai tendu la main vers la trousse.) Tu n'as aucune autorité sur moi, Zeyneb. Je prescris ce que je veux, et tu…

— C'est rien, ai-je soufflé. Je les ai, de toute façon.

Les deux médecins m'ont regardé. J'ai montré la bande rose de patchs d'endorphine que j'avais saisis de la main gauche. Avec un petit sourire.

— Ne vous inquiétez pas, je ne les prendrai pas tous d'un coup.

— Vous devriez peut-être, mon lieutenant, a dit la femme.

— Zeyneb, je t'ai dit de la fermer. (Martin a ramassé sa trousse en vitesse, la serrant entre ses bras comme un enfant.) Vous, euh, c'est de l'action rapide. Pas plus de trois à la fois. Ça va vous assommer, quoi que vous ent… (Il a dégluti.) Quoi qu'il se passe autour de vous.

— Merci.

Ils ont ramassé le reste de leur équipement et sont sortis. Zeyneb m'a regardé à la porte, et sa bouche s'est tordue. Sa voix était trop faible pour que je l'entende. Martin a fait un geste pour l'entraîner, et ils sont sortis. Je les ai suivis du regard, puis j'ai reporté mon attention sur les patchs dans ma main.

— Alors c'est ça ta solution ? a demandé Wardani d'une voix glaciale. Te droguer pour tout laisser t'échapper ?

— Tu as une meilleure idée ?

Elle s'est détournée.

— Alors descends de ton piédestal pour archéologue béatifiée et ne ramène pas ta fraise.

— On pourrait…

— On pourrait quoi ? Nous sommes inhibés, nous sommes à quelques jours de mourir d'une rupture catastrophique des cellules, et je ne sais pas toi, mais mon bras me fait mal à crever. Ah oui, et tout le préfa est sous surveillance électronique jusque chez le commissaire politique. Et Carrera doit y avoir accès quand il veut. (J'ai senti bouger le truc sur ma nuque, et pris conscience que je me laissais emporter par ma colère. Je l'ai étouffée.) Je me suis battu pour la dernière fois, Tanya. Demain, on va passer la journée à écouter Sutjiadi mourir. Tenez le coup comme vous pourrez. Moi, je vais dormir.

Le fait de lui jeter tout cela au visage m'a apporté une douleur satisfaisante. Comme sortir un shrapnel de sa propre chair. Mais derrière tout cela, je revoyais encore le commandant du camp, éteint dans sa chaise, le courant allumé, la pupille de son seul œil humain rebondissant doucement contre sa paupière supérieure.

Si je m'allongeais, je ne me relèverais sans doute jamais. J'ai entendu sa voix, comme un dernier souffle. *Alors je reste dans ce fauteuil. L'inconfort me réveille. Régulièrement.*

Je me suis demandé quel genre d'inconfort il me faudrait, en ce moment. Le genre de chaise dans laquelle il faudrait m'attacher.

Il doit bien y avoir un moyen de quitter cette putain de plage.

Et je me suis demandé pourquoi la main au bout de mon bras blessé n'était pas vide.

Chapitre 39

Sutjiadi a commencé à crier peu après le lever du soleil. Une fureur outrée les premières secondes, presque rassurante d'humanité, mais ça n'a pas duré. En moins d'une minute, tout élément humain l'avait déserté, ne laissant que l'os pur de l'agonie animale. Dans cette forme, le hurlement remontait la plage depuis le billot, cri après cri remplissant l'air comme une matière solide, à la recherche d'auditeurs. Nous l'attendions depuis bien avant l'aube, mais le choc était le même. Un sursaut visible en chacun de nous, assis sur nos lits où personne n'avait même essayé de dormir. Nous avons tous souffert, cela nous a tous atteints avec une intimité écœurante. Comme des mains moites sur mon visage, un poing serré entre mes côtes, me coupant le souffle, hérissant les cheveux sur ma nuque et faisant sauter mes yeux. Derrière moi, l'inhib a goûté mon système nerveux et a remué, intéressé.

Verrouille tout.

Derrière le hurlement, un autre son que je connaissais. Le grondement sourd d'un public amusé. Les Impacteurs, devant la justice à l'œuvre.

Assis en tailleur sur le lit, j'ai ouvert les poings. Les patchs ont glissé sur la couverture.

Un sursaut.

J'ai vu le visage du Martien mort, imprimé sur ma vision si clairement qu'il aurait pu s'agir d'un affichage rétinien.

ce fauteuil…

… me réveille.

… tourbillons d'ombre et de lumière…

… lamentations d'un deuil extraterrestre…

Je sentais…

… un visage martien parmi les tourbillons de douleur étincelante, pas mort.

… de grands yeux inhumains qui ont croisé les miens avec une sorte…

J'ai fui le souvenir avec un frisson.

Le cri humain continuait, crispant les nerfs, fouaillant la moelle. Wardani a enfoui son visage entre ses mains.

Je ne devrais pas me sentir aussi mal, a protesté une partie de moi, très détachée. *Ce n'est pas la première fois que je…*

Des yeux inhumains. Des cris inhumains.

Vongsavath a commencé à pleurer.

Je l'ai senti monter en moi, se réunir en spirale comme les Martiens l'avaient fait. L'unité inhib s'est tendue.

Non. Pas encore.

Le contrôle diplo, froid et méthodique, sape mes réactions humaines juste quand il le faut. Je l'ai accueilli à bras ouverts, comme une amante sur la plage de Wardani. Je crois que j'ai souri en le sentant arriver.

Dehors, Sutjiadi criait et hurlait son refus, les paroles arrachées de sa bouche comme à la tenaille.

J'ai tiré sur le strap de mon bras pour l'arracher jusqu'au poignet. Le mouvement a déplacé les biotags de régénération, et l'os m'a lancé.

Sutjiadi a crié, verre pilé sur les tendons, vacarme sous mon crâne. L'inhibiteur…

Froid. Froid.

Le grip a atteint mon poignet et y est resté suspendu. J'ai tendu la main vers le premier biotag.

Quelqu'un me regardait peut-être depuis la cabine de Lamont, mais j'en doutais. Il se passait trop de choses ailleurs. Et puis, qui irait surveiller des détenus avec des inhibiteurs cramponnés à leur colonne vertébrale ? Pour quoi faire ? Faites confiance à la machine, et profitez-en pour regarder le spectacle.

Sutjiadi a crié.

J'ai saisi le tag et appliqué une pression croissante.

Tu ne fais pas ça, me suis-je rappelé. *Tu restes assis, à écouter un homme mourir. Et tu l'as fait suffisamment de fois ces dernières années pour que ça ne te dérange pas. La routine.* Les systèmes diplo, trompant chaque glande adrénale dans mon corps et m'imposant un détachement froid. Je croyais ce que je me disais à un niveau plus profond que la pensée. Sur ma nuque, l'inhibiteur s'est déplacé et puis détendu.

Une petite déchirure, puis le filament de régénération est sorti.

Trop court.

Merd…

Froid.

Sutjiadi a crié.

J'ai choisi un autre tag et l'ai fait jouer sur le côté. Sous la surface de la peau, j'ai senti le monofilament déchirer la peau jusqu'à l'os en ligne droite, et j'ai su qu'il était trop court.

J'ai levé les yeux. Deprez me regardait. Ses lèvres ont formé une question. Je lui ai adressé un sourire distrait avant de tester un autre tag.

Sutjiadi a crié.

Le quatrième était le bon – je l'ai senti déchirer la chair sur une longue courbe autour du coude. L'unique patch d'endorphine que je m'étais collé un peu plus tôt ramenait la douleur à une simple gêne, mais la tension ne m'épargnait pas. J'ai raffermi ma prise sur le mensonge diplo, *il ne se passe absolument rien*, et j'ai tiré aussi fort que possible.

Le filament est sorti comme une algue du sable humide, traçant un sillon haché dans mon avant-bras. Le sang m'a éclaboussé le visage.

Sutjiadi a crié. Un cri déchirant, montant et descendant la gamme du désespoir et de l'incrédulité devant ce que la machine lui faisait subir. Ce qu'il sentait dans les fibres nerveuses de son corps.

— Kovacs, putain, qu'est-ce que tu…

Wardani s'est tue quand je lui ai lancé un regard et que j'ai levé un doigt vers ma nuque. J'ai enroulé le filament avec prudence autour de ma paume gauche, et l'ai attaché derrière le tag. Puis, sans me laisser le temps d'y penser, j'ai tendu la main et resserré le nœud coulant d'un geste rapide.

Il ne se passe rien.

Le monofilament m'est rentré dans la peau, a traversé les tissus comme de l'eau et a frotté contre la bioplaque d'interface. Une douleur vague. Le sang a coulé de la coupure invisible, puis s'est déversé dans toute la paume. J'ai entendu le souffle de Wardani s'étrangler dans sa gorge, puis elle a crié quand son inhibiteur a mordu.

Pas ici, ont dit mes nerfs à l'inhibiteur sur ma nuque. *Il ne se passe rien.*

Sutjiadi a *crié*.

J'ai dénoué le filament et l'ai dégagé, puis ai plié ma paume endommagée. Les lèvres de la blessure sur la paume se sont décollées. J'ai enfoncé le pouce dans la coupure et…

Il ne se passe RIEN. Rien du tout.

… tourné le doigt jusqu'à ce que la chair se déchire.

Ça faisait mal, endorphines ou pas, mais j'avais ce que je voulais. Sous la masse de viande et de tissus gras, la plaque d'interface, blanche et claire, perlée de sang et couturée de circuits biotech. J'ai encore écarté les lèvres de la blessure jusqu'à révéler une bonne partie de la plaque. Puis j'ai tendu la main vers ma nuque sans plus de pensée consciente qu'on en met à bâiller, et j'ai abattu ma main massacrée sur l'inhibiteur.

Serré le poing.

J'ai cru un moment que la chance m'avait abandonné. La chance qui m'avait permis de retirer le monofilament sans dégât vasculaire grave, qui m'avait permis d'atteindre la plaque d'interface sans trancher de tendon utile. La chance qui avait fait que personne ne m'observait sur les écrans de Lamont. Une chance pareille devait bien finir par s'épuiser à un moment ou un autre, et quand l'inhib s'est déplacé dans ma prise rendue glissante par le sang, j'ai senti toute la structure du contrôle diplo commencer à glisser.

Merde.

La plaque d'interface – *verrouillée pour l'utilisateur, hostile à tout circuit non codé en contact direct* – a rué sous ma paume déchirée, et quelque chose a grillé derrière ma nuque.

L'inhibiteur est mort avec un petit cri électronique.

J'ai grogné, puis laissé monter la douleur au travers de mes dents serrées en pliant mon bras blessé pour défaire le truc que j'avais dans le cou. La réaction déferlait, un tremblement réprimé qui parcourait mes membres et répandait l'insensibilité dans mes blessures.

— Vongsavath, ai-je dit en décrochant l'inhibiteur. Je veux que tu ailles là-bas me trouver Tony Loemanako.

— Qui ça ?

— Le sous-off qui est venu nous chercher la nuit dernière.

Je n'avais plus besoin de réprimer mes émotions, mais les circuits diplo continuaient à le faire. Malgré l'agonie colossale de Sutjiadi qui me râpait les terminaisons nerveuses, j'avais apparemment découvert des gouffres de patience pour m'équilibrer.

— Il s'appelle Loemanako, ai-je repris. Tu le trouveras sans doute à côté de l'exécution. Dis-lui que j'ai besoin de lui parler. Non, plutôt que j'ai dit que j'ai besoin de lui. Exactement comme ça. Pas de raison, juste ça. J'ai besoin de lui tout de suite. Ça devrait le faire venir.

Vongsavath a regardé le rabat fermé du préfa. Il étouffait à peine les hurlements incontrôlés de Sutjiadi.

— Dehors, a-t-elle dit.

— Oui. Je suis désolé. (J'ai fini par décrocher l'inhib.) Je voudrais bien y aller moi-même, mais ce serait moins crédible. Toi, tu portes encore une de ces saloperies.

J'ai examiné la carapace de l'inhib. Aucun signe extérieur des dégâts infligés par les systèmes de défense de la plaque, mais l'unité était inerte, les tentacules recroquevillés et raides.

L'officier-pilote s'est levée sur des jambes tremblantes.

— Bon. J'y vais.

— Et, Vongsavath.

— Ouais ?

— Du calme, dehors. (J'ai dressé l'inhibiteur assassiné.) Essaie de ne pas t'exciter.

Apparemment, je souriais de nouveau. Vongsavath m'a regardé un moment, puis elle a fui. Les cris de Sutjiadi ont repris de plus belle à sa suite, le temps que le rabat retombe.

Je me suis tourné vers les drogues devant moi.

Loemanako est venu ventre à terre. Il a plongé par le rabat devant Vongsavath – autre regain momentané de l'agonie de Sutjiadi – et est venu droit sur moi, au centre de l'allée du préfa, où j'étais recroquevillé sur un lit, tremblant.

— Désolé pour le bruit, a-t-il dit en se penchant vers moi. Mon lieutenant, est-ce que…

J'ai frappé vers le haut, dans la gorge exposée.

Cinq patchs à décharge rapide de tetrameth, de la bande que ma main droite avait volée la nuit précédente, directement sur les grands vaisseaux sanguins. Si j'avais porté une enveloppe non conditionnée, je serais mort, tétanisé. Si j'avais eu moins de conditionnement personnel, pareil, je serais mort, tétanisé.

Je n'avais pas osé m'en coller moins.

Le coup a ouvert la trachée de Loemanako, et l'a arrachée. Le sang chaud a giclé sur le dos de ma main. Il a fait quelques pas en arrière, le visage cherchant à comprendre, ses yeux enfantins noyés de douleur. Je suis descendu du lit pour le suivre…

… une partie de mes gènes de loup pleurent à cette trahison…

… et finir le travail.

Il est tombé à la renverse. Immobile.

Je me suis dressé au-dessus du cadavre, vibrant à l'intérieur au rythme du tetrameth. Mes pieds se déplaçaient étrangement sous moi. Les tremblements musculaires escaladaient un côté de mon visage.

Dehors, les cris de Sutjiadi ont connu un nouvel apogée. Pire.

— Enlevez-lui sa combinaison de mobilité.

Pas de réaction. J'ai fait le tour de la pièce du regard, et réalisé que je parlais dans le vide. Deprez et Wardani étaient écroulés contre leur lit, sonnés. Vongsavath s'efforçait de se lever, sans pouvoir contrôler ses mouvements. Trop d'excitation – les inhibiteurs l'avaient détectée dans leur sang, et avaient mordu en conséquence.

— Chier.

Je me suis déplacé de l'un à l'autre, plaquant ma main mutilée sur leurs araignées, et les arrachant quand elles se cabraient. Contre le glissement du tetrameth, il était presque impossible d'être plus doux. Deprez et Wardani ont grogné sous le choc de la mort de leur inhibiteur. Celui de Vongsavath a été plus violent, mourant dans une gerbe d'étincelles qui m'a grillé la paume. La pilote a vomi et a battu l'air. Je me suis mis à genoux et j'ai passé mes doigts dans sa gorge, maintenant sa langue jusqu'à ce que la crise soit passée.

— Ça…

Sutjiadi a crié en plein milieu.

— … va?

Elle a opiné faiblement.

— Alors aide-moi à lui retirer sa combi de mobilité. Quelqu'un va venir le chercher dans pas longtemps.

Loemanako était armé d'un pistolet à interface personnel, d'un blaster standard et de la vibrolame qu'il avait prêtée à Carrera la veille. J'ai découpé ses vêtements et me suis occupé de la combi en dessous. C'était une combinaison de combat – elle se désactivait et s'enlevait à une vitesse supérieure, adaptée au champ de bataille. Quinze secondes et l'aide approximative de Vongsavath ont suffi à éteindre les servomoteurs et à ouvrir l'armature. Le corps de Loemanako était allongé gorge ouverte, membres étendus, sur un fond de tubulures en flexalliage saillantes qui me rappelaient les corps des baleines à bosse massacrées et à moitié équarries pour les griller au barbecue, sur la plage de Hirata.

— Aide-moi à le sortir de…

Derrière moi, quelqu'un a vomi. D'un coup d'œil, j'ai vu Deprez se redresser tant bien que mal. Il a cligné deux ou trois fois des yeux et a fini par faire le point sur moi.

— Kovacs, tu as… (Son regard est tombé sur Loemanako.) Super. Bon, tu veux nous expliquer ton plan, pour une fois ?

J'ai tiré une dernière fois sur le cadavre de Loemanako et l'ai sorti de la combi de mobilité.

— Le plan est simple, Luc. Je vais tuer Sutjiadi et tous ceux qui sont dehors. Pendant ce temps-là, tu vas à la *Chandra* et tu regardes s'il y a des membres d'équipage ou des objecteurs de conscience à ce spectacle. Il y aura sans doute un peu des deux. Tiens prends ça. (J'ai poussé le blaster du pied jusqu'à lui.) Tu penses qu'il te faudra autre chose ?

Il a secoué la tête, interdit.

— Tu peux te passer du couteau ? Et la drogue ? Où est le reste de ton tetrameth ?

— Mon lit. Sous la couverture.

J'ai enfilé la combi sans me déshabiller et j'ai commencé à agencer les soutiens sur ma poitrine et mon estomac. Pas idéal, mais je n'avais plus le temps. Ça devrait aller – Loemanako était plus massif que mon enveloppe, et les capteurs servo sont censés fonctionner même au travers des vêtements.

— On sort tous les deux en même temps – je pense qu'on pourrait aller aux douches polalliage avant de commencer.

— Je viens avec vous, a dit Vongsavath.

— Pas question. (J'ai fermé le reste des maintiens, et attaqué les bras.) J'ai besoin de toi en un seul morceau. Tu es la seule qui pourra piloter la barge. Ne me fais pas chier, c'est la seule façon de partir pour qui que ce soit. Ton boulot, ce sera de rester ici et de ne pas mourir. Fais les jambes.

Les cris de Sutjiadi étaient réduits à des gémissements à demi conscients. J'ai senti un frisson d'alarme me parcourir l'échine. Si la machine jugeait bon de se calmer et de laisser sa victime récupérer un moment, les plus éloignés de la scène pourraient commencer à aller se fumer une clope. J'ai allumé les moteurs pendant que Vongsavath finissait de fixer la dernière cheville. J'ai senti, plus qu'entendu, les servos se mettre en branle. J'ai plié les bras – douleur lancinante et lointaine dans mon coude brisé, élancements dans la main en lambeaux – et j'ai senti la puissance.

Les combis de mobilité d'hôpital sont conçues pour approcher de la force et du mouvement humains normaux, tout en protégeant les zones de trauma et en s'assurant qu'aucune partie du corps n'est fatiguée au-delà de ses limites de convalescence. La plupart du temps, les paramètres sont câblés en dur, pour empêcher les petits malins de faire n'importe quoi, du genre nuisible pour la santé.

L'équipement militaire, c'est différent.

J'ai tendu le corps, et la combi m'a remis sur pied. J'ai pensé « coup de pied aux parties », et la combi a frappé avec une force et une rapidité qui auraient plié l'acier. Un coup de poing avec le dos de la main gauche, sur le côté. La combi l'a placé comme du neurachem. Je me suis accroupi, j'ai plié les bras, et je savais que la combi me ferait sauter à cinq mètres si je voulais. J'ai tendu la main droite avec une précision mécanique, et pris le pistolet à interface de Loemanako. Les chiffres ont défilé tandis qu'il reconnaissait les codes des Impacteurs. Lueur rouge de charge, et je savais par la démangeaison de ma paume ce que le chargeur contenait. Le standard des commandos vide. Cartouches chemisées, cœur de plasma à mèche courte. Charge de démolition.

Dehors, la machine avait ramené Sutjiadi à la vie, et aux cris. Sa gorge était à vif, sa voix partait en lambeaux. Un son bas plus fort, derrière les hurlements. Les vivats de la foule.

— Prends le couteau, ai-je dit à Deprez.

Chapitre 40

Dehors, il faisait beau.

Le soleil était chaud contre ma peau, et faisait briller la coque de la barge. Une petite brise de mer faisait écumer les vagues. Sutjiadi hurlait son agonie vers un ciel bleu indifférent.

J'ai vu qu'ils avaient érigé des tribunes à armature métallique autour de la scène. On ne voyait que le haut de la machine par-dessus la tête des spectateurs. Le neurachem m'a donné une vue un peu plus proche – les têtes et les épaules tendues par la fascination pour ce qui se produisait sur la scène, puis soudain un entraperçu d'un bout de chair qui bat, fin comme une membrane et plein de sang, arraché au corps de Sutjiadi par des pinces, et jeté au vent. Un nouveau hurlement flottait à sa suite. Je me suis détourné.

Tu as remis debout et évacué Jimmy de Soto pendant qu'il hurlait et qu'il tentait de s'arracher un œil. Tu peux y arriver.

Fonctionnalité!

— Cabine de polalliage, ai-je murmuré pour Deprez.

Nous avons descendu la plage jusqu'à la Vertu d'*Angin Chandra's*, aussi vite qu'il paraissait prudent sans déclencher la vision périphérique améliorée d'un vétéran Impacteur. C'est un art, et on vous l'enseigne dans les commandos – respirer peu profondément, avoir des gestes coulés. Minimiser tout ce qui peut déclencher les sens de proximité d'un ennemi. Une demi-minute d'exposition, qui m'ont tendu tous les nerfs, et nous étions à couvert des tribunes grâce à la coque rebondie de la *Chandra*.

De l'autre côté, nous avons trouvé un jeune en uniforme des Impacteurs, appuyé contre la structure, à vomir ses tripes dans le sable. Il a levé vers nous un visage malheureux et perlé de sueur tandis que nous passions l'angle.

Deprez l'a tué au couteau.

J'ai ouvert la porte d'un coup de pied grâce à la force de la combi, et je me suis jeté à l'intérieur, les yeux prêts à faire un scan total des ténèbres.

Des vestiaires alignés sur un mur. Une table de coin avec des armatures de casques. Des racks pour ranger des bases de bottes et des appareils respiratoires. La porte des douches était ouverte. Une sous-off Impacteur a levé les yeux de sa spirale de données sur un autre bureau, hagarde et furieuse.

— Putain, j'ai déjà dit à Artola que je ne… (Elle a reconnu la combi de mobilité et levé les yeux vers mon visage.) Loemanako ? Qu'est-ce que tu…

Le couteau a fendu l'air comme un oiseau noir par-dessus mon épaule. Il s'est enfoncé dans son cou, juste au-dessus de la clavicule. Le choc l'a raidie d'un coup, elle a avancé d'un pas hésitant dans ma direction, les yeux encore fixes, puis s'est écroulée.

Deprez m'a dépassé, s'est agenouillé pour vérifier son œuvre puis a retiré le couteau. Il y avait une économie facile dans ses gestes qui niait tout à fait l'état de ses cellules bombardées de radiations.

Il s'est relevé et a vu que je le regardais.

— Un souci ?

Du menton, j'ai désigné le cadavre.

— Pas mal pour un mourant.

Il a haussé les épaules.

— Tetrameth, enveloppe maorie… J'ai déjà été plus mal équipé.

J'ai lâché le pistolet à interface sur la table, pris une paire d'armatures de casques et lui en ai lancé une.

— Tu as déjà fait ça ?

— Non, je ne suis pas spatial.

— OK. Tu mets ça. Tu tiens par les bords, sans faire de traces de doigts sur la visière.

J'ai pris des bases de bottes et des respirateurs à la vitesse du tetrameth.

— L'arrivée d'air passe par ici, comme ça. Le réservoir s'accroche sur la poitrine.

— On n'a pas bes…

— Je sais, mais ça va plus vite comme ça. Et tu pourras garder la visière baissée. Ça pourrait te sauver la vie. Tape du pied sur les bases de bottes, elles vont se mettre en place. Il faut que j'allume ce truc.

Les systèmes de douche étaient dans le mur à côté de la porte. J'ai activé une unité, puis j'ai fait signe à Deprez de me suivre, et nous sommes passés dans la section douche. La porte s'est refermée derrière nous, et l'épaisse odeur de solvant du polalliage s'est répandue dans l'espace confiné. Les lampes de l'unité opérationnelle ont clignoté orange dans la basse lumière qui nous environnait, se reflétant sur la dizaine de brins de polalliage tourbillonnants qui se déversaient des pommeaux de douche et se répandaient comme de l'essence sur le sol incliné de la cabine.

J'ai fait un pas en avant.

C'est une sensation étrange la première fois. Comme si on s'enterrait vivant dans la boue. Le polalliage vous tombe dessus en une couche épaisse qui se transforme rapidement en masse visqueuse. Il s'accumule sur l'armature du casque, puis se déverse autour de votre tête ; ça pique le nez et la gorge, même quand on ne respire pas. La répulsion moléculaire le repousse de la visière, mais le reste du casque est couvert en vingt secondes. Le reste du corps, jusqu'à la semelle des bottes, prend moitié moins de temps. On fait de son mieux pour l'empêcher de rentrer dans les blessures. Ça pique en séchant.

Ccccbhhiiieeeer.

C'est étanche à l'eau, à l'air, complètement hermétique, et ça arrête une balle à haute vélocité comme un blindage de barge. À distance, ça peut même refléter un rayon de Sunjet.

Je suis sorti de la cabine, et j'ai cherché à tâtons les contrôles du respirateur. Activé le contrôle d'aération. L'air a sifflé sous ma mâchoire, remplissant la combi et l'écartant de mon corps. J'ai coupé l'air et actionné le contrôle de la visière avec le menton. Elle s'est relevée en silence.

— À toi. Pense à retenir ta respiration.

Dehors, Sutjiadi criait encore. Le tetrameth me grattait le cerveau. En luttant pour ne pas tirer Deprez de la douche un peu trop fort, j'ai actionné l'aération à plein régime et regardé sa tenue gonfler.

— Bon, ça ira. (J'ai diminué l'aération.) Garde la visière baissée. Si quelqu'un te demande des comptes, fais ce signal. Non, le pouce plié, comme ça. Ça veut dire que la combi déconne. Ça te donnera un peu de temps. Tu me laisses trois minutes, et tu y vas. Et reste loin de la poupe.

La tête casquée a opiné lourdement. Je ne voyais pas son visage derrière la visière noircie. J'ai hésité un moment, puis je lui ai donné une tape sur l'épaule.

— Essaie de ne pas te faire tuer, Luc.

J'ai refermé la visière. Puis j'ai donné le contrôle au tetrameth, ramassé le pistolet à interface de la main gauche en sortant, et j'ai laissé le mouvement m'éjecter dehors dans les cris.

Il m'a fallu une minute, sur les trois que j'avais, pour contourner l'arrière des douches à polalliage, puis du préfa-hôpital. Cette position me donnait une ligne de vue sur la porte et la sécurité minimale que Carrera y avait laissée. Comme la nuit dernière – cinq gardes costauds, deux en combi et un sur tout-terrain d'intervention. On aurait dit Kwok, voûtée et les jambes croisées, dans une des combi. Elle n'avait jamais aimé les séances d'anatomiseur. L'autre ne me disait rien.

Soutien machine. L'ultravib mobile et deux ou trois autres armes automatiques, mais toutes tournées du mauvais côté à présent, surveillant les ténèbres derrière la porte. J'ai expiré et commencé à remonter la plage.

Ils m'ont repéré à vingt mètres – je ne me cachais pas. J'ai agité le pistolet à interface au-dessus de ma tête d'un air enjoué, et fait le signe de panne de l'autre main. Le trou à vif de ma main gauche me faisait mal.

À quinze mètres, ils ont compris qu'il y avait un problème. J'ai vu Kwok se tendre et j'ai utilisé ma dernière carte. J'ai déclenché l'ouverture de la visière, et j'ai attendu à douze mètres qu'elle se relève. Son visage a été surpris de me voir, le plaisir le disputant à la confusion et l'inquiétude. Elle s'est dépliée et s'est mise debout.

— Lieutenant ?

Je l'ai tuée en premier. Une seule balle, par la visière ouverte. Le cœur de plasma explosif a ouvert le casque en deux pendant que je me mettais à courir.

... douleur, gorge serrée, la loyauté du loup torturé...

Le deuxième était en mouvement quand je l'ai rejoint, un seul saut avec la combi de mobilité, et mon coup de pied en plein air qui l'a envoyé contre la carapace du tout-terrain. Le type a rebondi, une main tendue pour refermer sa visière. J'ai attrapé le bras, l'ai brisé au poignet, et j'ai tiré dans la bouche ouverte sur un cri.

Quelque chose m'a percuté à la poitrine, m'a jeté sur le dos dans le sable. J'ai vu une silhouette sans combi qui approchait, arme en main. Le pistolet à interface a redressé mon bras et je lui ai détruit les genoux. J'ai refermé la visière d'un coup de menton et plié les jambes. Un tir de Sunjet a fouetté le sable où je m'étais trouvé. J'ai fait demi-tour, lâché une balle. Sous l'impact, le porteur du Sunjet a fait un tour sur lui-même, et des fragments rouges luisants ont jailli de son dos quand la cartouche a explosé.

Le dernier a essayé de s'approcher, a bloqué mon bras armé et a tenté de m'écraser le genou. Contre un homme sans armure, c'était une bonne idée, mais il n'avait pas dû faire attention. Le côté de son pied a rebondi contre le polalliage et il a trébuché. J'ai pivoté et lancé un coup de pied circulaire avec toute la force et l'appui que la combi me donnait.

Je lui ai brisé le dos.

Quelque chose a rebondi sur l'avant du tout-terrain. J'ai regardé plus loin sur la plage. Des silhouettes s'approchaient depuis l'amphithéâtre de fortune, armes brandies. J'ai tiré par réflexe, puis calmé mes processus mentaux perturbés par la meth et enfourché le tout-terrain.

Les systèmes se sont allumés d'une claque sur le pad d'allumage – lumières et données dans les panneaux d'instruments protégés et lourdement blindés. J'ai mis les gaz, fait un demi-tour sur place pour me retrouver face aux Impacteurs qui chargeaient, sélectionné l'armement...

– hurler, la truffe au vent, en poursuivant la proie –

Une sorte de sourire carnassier a fleuri sur mon visage quand les lanceurs ont tout envoyé.

Les explosifs ne servent pas à grand-chose dans le vide. Aucune onde de choc, et l'énergie de l'explosion se dissipe très vite. Contre des soldats en combinaison, les explosifs conventionnels sont presque inutiles, et le nucléaire va un peu à l'encontre du combat rapproché. Il faut une arme plus évoluée que ça...

Les shrapnels intelligents ont taillé un double sillon dans les soldats sur la plage, les localisateurs incurvant le plan de vol avec une précision à la microseconde pour larguer leurs éclats dans l'air juste à l'endroit où ils feraient le plus de dégâts organiques. Avec une poussée à peine visible, que l'optimiseur de ma visière a teintée en rose pâle, chaque explosion projetait une pluie d'éclats monomoléculaires avec des centaines de fragments plus gros, en dents de scie et acérés, qui se fragmentaient dans les tissus organiques.

C'était la même arme qui avait décimé le peloton 391 autour de moi, deux mois plus tôt. Qui avait coûté à Kwok ses yeux, à Eddie Munharto ses membres, et à moi mon épaule.

Deux mois ? On dirait une autre vie...

Les Impacteurs les plus proches des explosions se sont littéralement dissous dans la tempête de métal. Ma vision poussée par le neurachem m'a tout montré, m'a permis de voir les hommes et femmes qui se transformaient en carcasses d'où le sang jaillissait par mille blessures, puis en nuages de tissus brisés. Les plus éloignés sont simplement morts en plusieurs morceaux.

Les largueurs mères ont traversé le tout, entrant en impact avec les tribunes autour de Sutjiadi avant d'exploser. Toute la structure s'est soulevée dans les airs avant de prendre feu. La lumière de l'explosion s'est reflétée en orange sur la coque de la Vertu d'*Angin Chandra*, et les débris sont retombés en neige sur le sable et dans l'eau. L'explosion a roulé le long de la plage, et fait trembler le tout-terrain sur son champ grav.

Je me suis rendu compte que j'avais les yeux pleins de larmes.

J'ai fait avancer le tout-terrain sur le sable gorgé de sang, agenouillé et le torse droit pour chercher des survivants. Dans le calme qui a suivi les explosions, le moteur grav faisait un bruit ridiculement faible, et j'avais l'impression qu'on me caressait avec des plumes. Le tetrameth brillait à la limite de mon champ de vision et tremblait dans mes tendons.

À mi-chemin du lieu de la détonation, j'ai repéré deux Impacteurs blessés qui se cachaient entre des préfas. Je me suis laissé dériver dans leur direction. La première était trop mal en point pour faire quoi que ce soit à part cracher du sang, mais son compagnon s'est redressé en position assise à mesure que le tout-terrain approchait. Le shrapnel lui avait arraché le visage et l'avait rendu aveugle. Le bras le plus proche de moi n'était qu'un moignon d'épaule et d'éclats d'os proéminents.

— Qu…, a-t-il supplié.

La cartouche chemisée l'a couché net. À côté de lui, sa collègue a eu le temps de me vouer à un enfer dont je n'avais jamais entendu parler avant de s'étouffer dans son propre sang. Je suis resté au-dessus d'elle un moment, le pistolet à moitié tendu, puis j'ai fait demi-tour en entendant un bruit mat près de la barge. J'ai fouillé la côte du regard, derrière le bûcher funéraire de Sutjiadi, et j'ai repéré un mouvement au bord de l'eau. Un autre soldat, presque indemne – il avait dû ramper sous la barge et échapper au gros de l'explosion. Le pistolet dans ma main était sous le niveau de la bulle du tout-terrain. Il ne voyait que la combi en polalliage et le véhicule Impacteur. Il s'est relevé, secouant la tête sans comprendre. Du sang lui coulait des oreilles.

— Qui ? répétait-il. Qui ?

Il s'est avancé sans faire attention, là où la mer rejoignait le sable, regardant le carnage autour de lui. J'ai relevé ma visière.

— Lieutenant Kovacs ? (Sa voix retentissait, trop fort pour compenser sa surdité.) Qui a fait ça ?

— Nous, lui ai-je répondu en sachant qu'il n'entendrait pas.

Il a vu mes lèvres bouger, sans comprendre.

J'ai levé le pistolet à interface. Le coup l'a plaqué un moment contre la coque, puis l'en a éjecté quand la cartouche a explosé. Il s'est écroulé dans l'eau et a flotté en semant de lourds nuages de sang.

Un mouvement dans la *Chandra*.

J'ai fait demi-tour et aperçu une silhouette en polalliage qui s'écroulait sur la rampe d'accès. Un saut de combi de mobilité par-dessus la bulle du tout-terrain, et j'étais dans l'eau, debout grâce à mes gyros. En une dizaine de pas, je rejoignais la silhouette à terre, et j'ai vu le tir de Sunjet qui avait transpercé l'estomac d'un côté.

La visière s'est redressée, et Deprez à l'intérieur respirait laborieusement.

— Carrera, a-t-il réussi à dire d'une voix cassée. Écoutille avant.

J'étais déjà en mouvement, sachant en moi-même que j'arriverais trop tard.

L'écoutille avant s'était éjectée pour une évacuation d'urgence. La force des boulons explosifs l'avait à moitié enterrée dans le sable. Des empreintes de pas, où quelqu'un avait sauté les trois mètres entre la coque et la plage. Elles partaient en ligne droite et urgente vers la cabine du polalliage.

Tu m'emmerdes, Isaac, tu m'emmerdes à ne pas vouloir crever.

J'ai arraché la porte de la cabine, Kalach en main. Rien. Rien de rien. Le vestiaire était comme je l'avais laissé. Le cadavre de la sous-off, l'équipement éparpillé sous la lumière basse. Derrière l'écoutille, la douche coulait encore. La puanteur du polalliage a flotté jusqu'à moi.

Je me suis jeté à l'intérieur. J'ai vérifié les angles. Rien.

Chier.

À quoi tu t'attendais ? J'ai éteint la douche d'un geste réflexe. *Hein, à quoi ? À ce qu'il soit facile à tuer ?*

Je suis sorti pour aller retrouver les autres et leur annoncer la bonne nouvelle.

Deprez est mort pendant que j'avais le dos tourné.

Quand je suis revenu à son côté, il avait arrêté de respirer, et il regardait le ciel bleu comme s'il s'ennuyait un peu. Il n'y avait pas de sang – à courte portée, un Sunjet cautérise totalement –, et d'après la blessure Carrera avait dû l'avoir à bout portant.

Vongsavath et Wardani l'avaient trouvé avant moi. Elles étaient à genoux sur le sable, près de lui, chacune d'un côté.

Vongsavath gardait en main un blaster ramassé par terre, mais on sentait qu'elle n'y mettait aucun cœur. Elle a à peine levé les yeux quand mon ombre est tombée sur elle. J'ai posé la main sur son épaule en passant, et suis allé me poster devant l'archéologue.

— Tanya.

Elle a compris à ma voix.

— Quoi encore ?

— C'est beaucoup plus facile de fermer la porte que de l'ouvrir, non ?

— Oui. (Elle s'est arrêtée et m'a regardé pour étudier mon visage.) Il y a une procédure d'extinction qui ne nécessite aucun encodage. Comment le sais-tu ?

J'ai haussé les épaules, me posant la même question. L'intuition diplo ne fonctionne pas comme ça, généralement.

— Ça doit être logique. C'est toujours plus difficile de crocheter la serrure que de claquer la porte après coup.

— Oui, a-t-elle confirmé d'une voix basse.

— Cette fermeture. Combien de temps ?

— Je… *merde*, Kovacs, j'en sais rien. Quelques heures. Pourquoi ?

— Carrera n'est pas mort.

— Quoi ?

Elle a lâché un rire saccadé.

— Tu vois le grand trou qu'il y a dans Luc ? (Le tetrameth me traversait comme un courant, alimentant une colère montante.) C'est Carrera qui l'a fait. Puis il est sorti par l'écoutille de secours avant, il s'est enduit de polalliage et il doit être de l'autre côté de cette porte. C'est assez clair pour toi ?

— Alors pourquoi tu ne le laisses pas là ?

— Parce que si je fais ça… (J'ai forcé ma voix à redescendre de quelques crans, essayant de reprendre la montée du tetrameth.) Si je fais ça, il va ressortir pendant que tu fermes la porte et il va te tuer. Et nous tous aussi. En fait, selon le matériel que Loemanako a laissé dans le vaisseau, il pourrait revenir avec une tête nucléaire tactique. *Très* bientôt.

— Alors pourquoi on ne fout pas le camp tout de suite ? a demandé Vongsavath en désignant la Vertu d'*Angin Chandra*. Avec ce machin, je peux nous mettre de l'autre côté de la planète en quelques minutes. Merde, je pourrais sans doute nous faire traverser tout le système en quelques mois.

J'ai regardé Tanya Wardani et j'ai attendu. Il a fallu quelques instants, mais elle a fini par secouer la tête.

— Non, il faut qu'on ferme la porte.

— Mais pourquoi, putain, qu'est-ce qu'on en a à…

Vongsavath a levé les mains au ciel, exaspérée.

— Du calme, Ameli. (J'ai redressé la combi.) En fait, je pense qu'il te faudrait au moins une journée pour griller les blocages de sécurité des Impacteurs. Même avec mon aide. Il va falloir faire ça salement.

Et je vais avoir une chance de tuer celui qui a assassiné Luc Deprez.

Je ne savais pas trop si c'était la meth qui parlait ou simplement le souvenir d'une bouteille de whisky partagée sur le pont d'un chalutier à présent coulé. Ça n'avait pas grande importance.

Vongsavath a soupiré et s'est relevée.

— Tu pars avec le tout-terrain ? a-t-elle demandé. Où tu préfères un harnais propulseur ?

— Il va me falloir les deux.

— Ah ouais ? (Elle a soudain paru intéressée.) Et pourquoi ça ? Tu veux que je…

— Les tout-terrain ont un poste d'artillerie tactique nucléaire. Vingt kilotonnes. Je vais lancer cette saloperie de l'autre côté pour voir si on peut griller Carrera avec. Sans doute pas. Il sera certainement planqué quelque part, parce qu'il s'y attendra. Mais ça le fera détaler assez loin pour qu'on envoie le tout-terrain. Pendant que ça attirera ses tirs longue distance, je passerai avec le harnais propulseur. Et après ça, que le meilleur gagne !

— Et j'imagine que je ne vais pas…

— Exactement. Ça fait quoi d'être indispensable ?

— Ici ? (Elle a regardé la plage jonchée de sang et de cadavres.) Ça paraît déplacé.

Chapitre 41

— Ce n'est pas possible, a dit Wardani avec calme.

J'ai fini d'aligner le nez du tout-terrain vers le haut, vers le centre de l'espace-porte, et je me suis retourné vers elle. Le champ grav murmurait dans son coin.

— Tanya, nous avons vu ce truc encaisser des armes qui… (j'ai cherché le mot juste)… que je ne comprends pas, déjà. Tu crois vraiment qu'une petite chatouille avec un missile nucléaire tactique va l'endommager ?

— Ce n'est pas ce que je veux dire. Regarde l'état dans lequel tu es.

J'ai regardé les contrôles sur le panneau de mise à feu.

— Je peux encore durer quelques jours.

— Oui, sur un lit d'hôpital. Tu crois vraiment que tu as la moindre chance contre Carrera, dans cet état ? Le seul truc qui te garde debout, c'est la combinaison.

— N'importe quoi. Et le tetrameth, alors ?

— Ouais. Une dose mortelle, à ce que j'ai vu. Combien de temps tu peux tenir le choc ?

— Assez longtemps. (J'ai évité ses yeux et regardé la plage derrière elle.) Mais putain, qu'est-ce qu'elle fout, Vongsavath ?

— Kovacs. (Elle a attendu que je la regarde de nouveau.) Essaie la tête nucléaire. Point. Je vais refermer la porte.

— Tanya, pourquoi tu ne m'as pas tiré dessus avec le sonneur ?

Silence.

— Tanya ?

— D'accord, a-t-elle craché. Fous ta vie en l'air pour rien, qu'est-ce que j'en ai à foutre ?

— Ce n'est pas ce que je t'ai demandé.

— J'ai… (Elle a baissé les yeux.) J'ai paniqué.

— Mon cul, Tanya. Je t'ai vu faire plein de choses ces derniers mois, mais jamais paniquer. Je ne pense pas que tu saches ce que ça veut dire.

— Ah ouais ? Tu crois me connaître si bien que ça ?

— Plutôt pas mal.

— Putains de soldats, a-t-elle gloussé. Montrez-moi un soldat, et je vous montrerai un romantique malade du ciboulot. Tu ne sais rien de moi, Kovacs. Tu m'as baisée, et encore, en virtuel. Tu crois que ça te donne… « accès à mon moi intérieur » ? Tu crois que ça te donne le droit de *juger* les gens ?

— Des gens comme Schneider, tu veux dire ? (J'ai haussé les épaules.) Il nous aurait tous vendus à Carrera, Tanya. Et tu le sais, hein ? Il aurait laissé torturer Sutjiadi sans rien faire.

— Oh, tu te sens fier de toi, c'est ça ? (Elle a désigné le cratère où Sutjiadi était mort, la masse de corps rougis et le sang qui s'étirait jusqu'à nous.) Tu crois que tu as accompli quelque chose ?

— Tu aurais préféré que je meure ? Pour venger Schneider ?

— Non !

— Ce n'est pas un problème, Tanya. (J'ai encore haussé les épaules.) La seule chose que je ne comprends pas, c'est *pourquoi* je ne suis pas mort. J'imagine que tu n'as aucun commentaire à me faire ? En tant qu'experte locale sur les Martiens, je veux dire.

— Je ne sais pas. Je… j'ai paniqué. Je te l'ai dit. J'ai pris le sonneur dès que tu l'as tendu. Je me suis mise K.-O.

— Ouais, je sais. Carrera a dit que tu étais en état de choc neurologique. Il voulait juste savoir pourquoi moi, je ne l'étais pas. Ça, et pourquoi je me suis réveillé si vite.

— Peut-être, a-t-elle dit sans me regarder, n'as-tu pas ce qui nous a fait souffrir, nous tous.

— Eh, Kovacs !

Nous nous sommes tous les deux retournés vers la plage. C'était Vongsavath, qui amenait l'autre tout-terrain au pas. Devant elle marchait une silhouette solitaire. J'ai plissé les yeux et poussé une vision plus proche.

— Je n'y crois pas.

— Qui c'est ?

J'ai gloussé.

— Un survivant. Regarde.

Lamont paraissait défait, mais pas pire que la dernière fois que je l'avais vu. Son corps vêtu de haillons était taché de sang, mais lui semblait indemne. Ses yeux formaient deux traits, et son tremblement paraissait résorbé. Il m'a reconnu et son visage s'est éclairé. Il a fait quelques pas en avant, puis s'est arrêté pour regarder le tout-terrain qui le poussait sur la plage. Vongsavath lui a lancé un ordre, et il a repris son mouvement jusqu'à se tenir à quelques mètres de moi, se dandinant d'un pied sur l'autre.

— Je le savais, a-t-il crié. Je savais que vous feriez ça. J'ai des *dossiers* sur vous, je savais. Je vous ai *entendu*. *Entendu*, mais je n'avais rien dit.

— Je l'ai trouvé dans un petit espace de rangement, dans l'armurerie, a dit Vongsavath en arrêtant le tout-terrain et en mettant pied à terre. Désolée, il m'a fallu du temps pour le déloger.

— Je vous ai *entendu*, je vous ai *vu*, répétait Lamont en se frottant furieusement la nuque. J'ai des *dossiers*, sur vous. Ko-ko-ko-ko-kovacs. Je *savais* que vous le feriez.

— Ah oui ?

— Je vous ai *entendu*, je vous ai *vu*, mais je n'avais rien dit.

— Eh bien, tant pis pour vous. Un bon commissaire politique fait toujours part de ses soupçons aux autorités supérieures. C'est dans les directives.

J'ai pris le pistolet à interface sur la console du tout-terrain et j'ai tiré dans la poitrine de Lamont. C'était un tir rapide, et il est passé trop haut pour tuer sur le coup. La cartouche a explosé dans le sable cinq mètres derrière lui. Il est tombé au sol, le sang bouillonnant de sa blessure. Puis il a trouvé la force de se mettre à genoux. Il m'a souri.

— Je *savais* que vous le feriez, a-t-il dit d'une voix râpeuse.

Puis il a glissé sur le côté. Son sang a détrempé le sable.

— Tu as pris le propulseur ? ai-je demandé à Vongsavath.

J'ai envoyé Wardani et Vongsavath attendre derrière la saillie rocheuse la plus proche, pendant que je tirais la tête nucléaire. Elles n'étaient pas protégées, et je ne voulais pas perdre de temps à les mettre sous polalliage. Et même à distance, même dans le froid glacial de l'autre côté de la porte, les têtes emportées par le tout-terrain renverraient assez de radiations pour cuire n'importe quel humain non protégé.

Bien sûr, mon expérience précédente me disait que la porte gérerait la proximité de radiations dangereuses de la même façon qu'elle avait géré la proximité des nanobes – elle ne l'autoriserait pas. Mais c'est le genre de choses sur lequel on peut se tromper. Et de toute façon, pas moyen de savoir quelle dose un Martien considérerait comme normale.

Alors pourquoi restes-tu là, Tak ?

La combi va absorber.

Mais c'était plus que cela. À califourchon sur le tout-terrain, le Sunjet posé sur les cuisses, le pistolet à interface glissé dans une sacoche à ma ceinture, le visage sur la bulle d'étoiles que la porte avait taillée dans le monde devant moi, je sentais s'installer une inertie. C'était un fatalisme plus profond que le tetrameth, une conviction qu'il n'y avait pas grand-chose de plus à faire, et que le résultat qui m'attendait dans le froid devrait bien me suffire.

Ça doit être la mort. Ça finit sans doute par affecter son homme. Même avec le meth, au niveau cellulaire, n'importe quelle enveloppe va…

Ou alors tu as juste peur de sauter par la porte et de te retrouver une fois de plus sur le Mivtsemdi.

Bon, on s'y met, oui ?

L'obus d'artillerie mobile a jailli de la carapace du tout-terrain, assez lentement pour qu'on le voie, a passé la porte avec un bref bruit de succion et a filé entre les étoiles. Quelques secondes plus tard, la vue a été inondée d'une lumière blanche. Ma visière s'est assombrie automatiquement. J'ai attendu sur le tout-terrain que la lumière disparaisse. Si quoi que ce soit en dehors des radiations du spectre visible est passé, l'alerte de contamination de mon casque l'a jugé négligeable.

Ça fait plaisir d'avoir raison, hein ?

Non pas que ça ait grande importance.

J'ai relevé ma visière et sifflé. Le deuxième tout-terrain s'est soulevé de derrière le rocher et a tracé un sillon bas dans le sable. Vongsavath l'a posé avec une perfection décontractée, aligné sur le mien. Wardani est descendue de la place du passager avec une lenteur endolorie.

— Deux heures, tu as dit, Tanya.

Elle m'a ignoré. Comme elle le faisait depuis que j'avais tué Lamont.

— Eh bien. (J'ai vérifié la dragonne du Sunjet.) Quoi qu'il y ait à faire, tu peux commencer.

— Et si tu ne reviens pas à temps ? a demandé Vongsavath.

J'ai souri.

— Allons. Si je n'arrive pas à tuer Carrera et à revenir en deux heures, je ne reviendrai jamais. Tu le sais très bien.

Puis j'ai refermé ma visière et activé la poussée du tout-terrain.

Dans la porte. Regarde : c'est aussi facile que de tomber.

Mon estomac est remonté dans ma gorge quand l'apesanteur m'a saisi. Le vertige l'a suivi de près.

Et c'est reparti.

Carrera a joué son coup.

Un petit sillage rose dans la visière quand un moteur s'engage quelque part au-dessus de moi. Les réflexes de Diplo réagissent au moment même où cela arrive, et mes mains braquent pour faire face à l'attaque. Les systèmes d'armement s'activent. Une paire de drones intercepteurs jaillit des lanceurs. Ils passent en ellipse pour éviter les défenses directes du missile, puis traversent mon champ de vision de deux côtés différents et explosent. J'ai cru que l'un des deux avait commencé à dévier de sa trajectoire, trompé par les contre-mesures, quand ils ont explosé. Une lumière blanche s'épanouit en silence et la visière me bouche la vue.

Mais je suis bien trop occupé pour regarder quoi que ce soit.

D'une poussée des jambes, je quitte le tout-terrain, étouffant une soudaine vague de terreur en abandonnant sa solidité et en tombant vers le haut, dans le noir. Ma main gauche se tend convulsivement vers le bras de contrôle du propulseur. Je la retiens.

Pas encore.

Le tout-terrain tombe en dessous de moi, la poussée encore enclenchée. J'éteins toute pensée au sujet du vide infini dans lequel je dérive. Dans la chiche lumière des étoiles, la combinaison de polalliage et le harnais propulseur sur mon dos doivent être à peu près invisibles. Aucune poussée du propulseur, ça veut dire aucune trace sur quoi que ce soit à part les détecteurs de masse les plus sensibles, et j'étais prêt à parier que Carrera n'en avait pas sur lui. Tant que les propulseurs restaient inertes, la seule cible visible était le tout-terrain. J'étais blotti dans le calme où tout flottait. J'ai ramené le Sunjet à moi sur sa dragonne et calé la crosse contre mon épaule. Inspiré. Essayé de ne pas trop attendre le prochain coup de Carrera.

Allez, enculé.

Ttt-ttt. Tu t'attends à quelque chose, Tak.

Nous vous enseignerons à ne vous attendre à rien. Comme ça, vous serez prêts à faire face.

Merci, Virginia.

Bien équipé, un commando vide n'a pas besoin de faire tout cela. Tout un harnais de systèmes de détection se charge dans l'armature de casque d'une combinaison de combat, coordonnés par un méchant petit ordinateur personnel qui ne souffre pas de la même impressionnabilité que les humains dans l'immensité de l'espace. Il faut suivre le mouvement, mais, comme dans tout combat à cette époque, ce sont les machines qui travaillent le plus.

Je n'avais pas eu le temps de trouver et d'installer le combatech des Impacteurs, mais j'étais à peu près sûr que Carrera ne l'avait pas eu non plus. Rien que le matériel que Loemanako et ses hommes avaient laissé dans le vaisseau. Peut-être un Sunjet. Pour un commando Impacteur, il est très difficile de laisser du matériel sans surveillance – il n'y aurait sans doute pas grand-chose.

Enfin ça, c'est ce que tu espères.

Le reste se résumait à un duel de force brute, ce qui nous ramenait au rang des champions orbitaux comme Armstrong ou Gagarine. Et ça, m'apprenait le rush de tetrameth, ça jouerait en ma faveur. J'ai laissé les sens de Diplo lisser mon angoisse, le martèlement du tetrameth, et j'ai arrêté d'attendre qu'il se passe quoi que ce soit.

Là.

Un éclair rose contre le bord enténébré de la coque écrasante.

J'ai fait pivoter mon poids aussi doucement que le permettait la combi de mobilité, me suis aligné sur le point de lancement et j'ai mis le propulseur en surrégime. En dessous de moi, une lumière blanche a noyé la moitié inférieure de mon champ de vision. Le missile de Carrera qui suivait le tout-terrain.

J'ai coupé les propulseurs. Je suis tombé en silence vers le vaisseau. Sous la visière, j'ai senti une grimace de satisfaction me déformer le visage. La trace du propulseur s'était sans doute perdue dans l'explosion, et Carrera n'avait plus rien. Il s'attendait peut-être à quelque chose comme ça, mais il ne me voyait pas. Et quand il me verrait…

La flamme d'un Sunjet a jailli de la coque. Un rayon large. J'ai eu un sursaut dans ma combinaison, puis j'ai senti revenir mon rictus sauvage. Carrera tirait large, trop loin sur un angle entre la mort du tout-terrain et l'endroit où je me trouvais. Mes doigts se sont resserrés sur le Sunjet.

Pas encore. Pas…

Un autre tir de Sunjet, toujours aussi éloigné. J'ai regardé le rayon s'allumer et mourir, s'allumer et mourir, alignant ma propre arme pour le suivant. Je devais être à moins d'un kilomètre, à présent. Encore quelques secondes et un rayon à dispersion minimale serait à même de transpercer le polalliage de Carrera et la matière organique qui s'interposerait. Un peu de chance, et je lui arracherais la tête, ou je lui fondrais le cœur ou les poumons. Moins de chance, et il devrait s'occuper rapidement de la blessure, et j'en profiterais pour me rapprocher.

Je sentais mes babines se retrousser à cette idée.

L'espace a pris feu autour de moi.

Pendant un moment si bref qu'il n'a eu de sens qu'à une échelle de vitesse diplo, j'ai cru que l'équipage du vaisseau était revenu, après l'outrage de l'explosion nucléaire trop près de leur barge funéraire et des traits de feu qui la suivaient.

Signal lumineux. Pauvre con, il vient de t'allumer.

J'ai relancé les propulseurs pour partir en vrille latérale. Des tirs de Sunjet m'ont poursuivi depuis un rempart de la coque au-dessus de moi. Sur une de mes spirales, j'ai réussi à riposter. Trois secondes de tirs spasmodiques, mais le rayon de Carrera s'est tu. J'ai fui vers le toit, interposé une partie de l'architecture entre Carrera et moi. Puis j'ai inversé la poussée des propulseurs et freiné en une dérive lente. Le sang me battait les tempes.

Je l'ai eu?

La proximité de la coque m'a forcé à recoder mon environnement. L'architecture extraterrestre du vaisseau au-dessus de moi représentait soudain la surface d'un planétoïde éloigné de moins de cinq mètres, alors que j'avais la tête en bas. Le signal lumineux brûlait sans fin à cent mètres de là, projetant des ombres torturées derrière la masse qui me cachait. D'étranges détails marquaient les surfaces autour de moi, des courbes et des éléments de structure comme de l'écriture en bas relief, des glyphes d'une taille monumentale.

Je l'ai…

—Bel évitement, Kovacs. (La voix de Carrera dans mon oreille, comme s'il était assis dans mon casque.) Pas mal pour quelqu'un qui ne sait pas nager.

J'ai vérifié l'affichage tête haute. La radio de la combi était réglée en réception seule. J'ai donné un coup de menton sur le côté dans le casque, et le symbole d'émission a brillé. Un pivot prudent m'a mis en parallèle à la coque. Pendant ce temps…

Fais-le parler.

—Qui vous a dit que je ne savais pas nager?

—Ah oui, j'oubliais. Le fiasco avec Randall. Mais quelques sorties comme ça ne vont pas faire de vous un vétéran du combat dans le vide. (Il feignait l'amusement détaché, mais il ne pouvait guère dissimuler la laideur de la rage qu'il ressentait.) Et donc, il va m'être très facile de vous tuer. C'est ce que je vais faire, Kovacs. Je vais défoncer votre visière et regarder votre visage exploser.

—Alors on ferait bien de s'y mettre. (J'ai regardé attentivement le bouillonnement solidifié de la coque devant moi, cherchant un possible nid de sniper.) Parce que je ne compte pas rester très longtemps.

—Vous êtes revenu pour le panorama, hein ? À moins que vous ayez laissé des holoporns à valeur sentimentale dans le hangar ?

—Je me contente de vous occuper pendant que Wardani referme la porte, c'est tout.

Une courte pause, remplie par sa respiration. J'ai ramené le Sunjet à moi jusqu'à ce qu'il soit près de mon bras droit. Puis j'ai caressé les contrôles du propulseur, et risqué une poussée d'une demi-seconde. Les lanières se sont tendues quand les moteurs m'ont tiré vers le haut et l'avant.

—Qu'y a-t-il, Isaac ? On boude ?

Il a eu un bruit de gorge.

—Vous êtes une merde, Kovacs. Vous avez vendu vos camarades comme un habitant de tour. Vous les avez assassinés pour des crédits.

—Je croyais que c'était notre métier, Isaac ? Tuer contre des crédits…

—Ne me bassinez pas avec votre quellisme à la con, Kovacs. Pas avec cent Impacteurs morts et explosés sur la plage. Pas avec le sang de Tony Loemanako et Kwok Yuen Yee sur vos mains. C'est vous, *l'assassin*. Eux, c'étaient des soldats.

Une petite brûlure dans ma gorge, dans mes yeux, en entendant leurs noms.

Verrouille.

—Ils étaient un peu faciles à massacrer, pour des soldats.

—Je vous *emmerde*, Kovacs.

—Si vous voulez.

J'ai avancé la main vers la courbe de la coque qui venait à ma rencontre, où une petite bulle formait un aiguillon arrondi d'un côté de la structure principale. Derrière mes bras tendus, le reste de mon corps s'est arrêté net. Panique momentanée quand j'ai pensé que la coque pourrait être minée. Une mine de contact, et…

Oh, et merde. On ne peut pas penser à tout.

… et mes gants ont touché la surface et je me suis arrêté. Le Sunjet a rebondi mollement à mon épaule. J'ai risqué un rapide coup d'œil par un espace couvert où deux bulles s'entrecoupaient. Je me suis reculé. Le souvenir de Diplo m'a construit une image et l'a développée d'après mes souvenirs.

C'était le hangar, centré en bas du même repli de trois cents mètres, et entouré de protubérances elles-mêmes déformées par d'autres renflements plus petits disposés au hasard sur leurs flancs. Le groupe de Loemanako avait dû laisser une borne de localisation, sans quoi Carrera n'aurait jamais pu trouver cet endroit aussi vite sur une coque de près de trente kilomètres sur soixante. Mais la seule fréquence que je captais, c'était celle où le souffle un peu court de Carrera passait. Pas étonnant. Il avait dû couper la transmission dès qu'il s'était installé. Ce serait dommage d'annoncer son point d'embuscade à l'ennemi.

Alors où tu te caches, Isaac ? Je t'entends respirer, j'ai juste besoin de te voir pour t'arrêter.

Je me suis laissé glisser jusqu'à une position où je pourrais voir quelque chose et j'ai commencé à fouiller du regard le paysage globuleux en dessous de moi, degré par degré. Il me fallait un seul mouvement imprudent. Un seul.

De la part d'Isaac Carrera, commandant de commandos vide décoré, survivant d'au moins cinq cents accrochages dans le vide, et vainqueur dans la plupart. Un mouvement imprudent. Bien sûr, Tak. Ça arrive tout de suite.

— Vous savez, Kovacs… (Sa voix était calme de nouveau. Il avait repris le contrôle de sa colère. Dans ces circonstances, c'était bien ma veine.) Je me demande quel genre de deal Hand a pu vous proposer.

Regarde, cherche. Fais-le parler.

— Plus que ce que vous ne me payez, Isaac.

— Vous devez oublier notre excellent plan hospitalier.

— Non. J'essaie juste de ne plus en avoir besoin.

Regarde, cherche.

— C'était si désagréable que ça, de combattre pour les Impacteurs ? On vous garantissait un réenveloppement chaque fois. Ce n'est pas comme si un homme avec votre entraînement risquait vraiment de subir une Vraie Mort.

— Trois membres de mon équipe aimeraient vous dire le contraire. S'ils n'étaient pas Vraiment morts, bien sûr.

Légère hésitation.

— *Votre* équipe ?

J'ai grimacé.

— Jiang Jianping s'est fait liquéfier par un tir d'ultravib. Les nanobes ont eu Hansen et Cruicksha…

— *Votre* équi…

— Je vous ai entendu la première fois, Isaac.

— Oh. Pardon. Je me demandais simpl…

— L'entraînement n'a rien à voir là-dedans, et vous le savez. Vous pouvez vendre cette chanson de merde à Lapinee. Les machines et la chance, voilà ce qui vous tue ou vous sauve, sur Sanction IV.

Regarde, cherche, trouve *cet enculé.*

Et calme-toi.

— Sanction IV ou tout autre conflit, a relativisé Carrera avec calme. Vous devriez le savoir mieux que quiconque. C'est la nature du jeu. Si vous ne vouliez pas jouer, vous n'auriez pas dû entrer dans la partie. Les Impacteurs ne font pas de conscription.

— Isaac, toute cette putain de planète a été engagée dans la guerre. Plus personne n'a le choix. *Quitte à s'impliquer, autant avoir les plus gros flingues.* C'est du quellisme, au fait, au cas où vous vous seriez posé la question.

— Pff, c'est du bon sens plus qu'autre chose. Cette salope n'a jamais rien dit d'original ?

Là. Mes nerfs sous meth ont sursauté sous le choc. *Juste là.*

Le bord effilé d'un produit technologique humain, un contour anguleux accroché par la fusée éclairante parmi les courbes à la base d'une saillie bulbeuse. Le côté d'un impulseur. J'ai calé le Sunjet en place et j'ai aligné la cible. Réponse en automatique.

— Ce n'était pas une philosophe, Isaac. C'était une guerrière.

— C'était une terroriste.

— Simple question de vocabulaire.

J'ai tiré. Le feu a traversé la zone concave et s'est écrasé sur le contour. Quelque chose a explosé contre la coque, en fragments. J'ai senti un sourire me tirer la commissure des lèvres.

Respiration.

C'est la seule chose qui m'a prévenu. Un souffle râpeux tout en bas du récepteur de la combi. Le bruit d'un effort réprimé.

Ch...

Quelque chose d'invisible s'est brisé et a déversé sa lumière au-dessus de ma tête. Une autre chose tout aussi invisible a rebondi sur ma visière, laissant un petit *v* brillant de verre ébréché. J'ai senti d'autres petits impacts sur ma combi.

Grenade !

L'instinct m'avait déjà fait rouler sur la droite. J'ai compris pourquoi un peu plus tard. C'était la route la plus rapide entre la position de Carrera et la mienne, en contournant le bord de l'architecture de coque qui entourait le hangar. Un tiers de cercle, et Carrera l'avait parcouru pendant qu'il me parlait. Débarrassé des propulseurs qui m'avaient trompé et auraient révélé son mouvement, il s'était poussé et tiré à la force du poignet et des jambes. Il avait utilisé la colère pour masquer la tension de l'effort. Ailleurs il avait retenu son souffle, et à un point qu'il avait jugé assez proche, il avait attendu, immobile, que je me trahisse avec le Sunjet. Et avec l'expérience de plusieurs dizaines d'années à se battre dans le vide, il m'avait frappé avec la seule arme que je ne détecterais pas.

Exemplaire. Vraiment.

Il m'a sauté dessus sur cinquante mètres d'espace comme une version volante de Sémétaire sur la plage, les bras tendus. Le Sunjet a craché depuis son poing droit, un lanceur à pression Philips dans la main droite. Bien qu'incapable de la détecter, je savais que la deuxième grenade à accélération électromagnétique était en vol entre nous.

J'ai activé les propulseurs et fait une rotation vers l'arrière. La coque a disparu, puis est revenue par en haut tandis que j'achevais ma rotation. La grenade, déviée par la poussée des propulseurs, a explosé et jonché l'espace de shrapnels. J'ai senti quelques éclats traverser un bras et une jambe, des impacts soudain insensibles, puis des trajectoires de douleur dans ma chair, comme une blessure avec un biofilament. Mes oreilles ont claqué douloureusement quand la pression de la combinaison a chuté. Le polalliage s'est incurvé vers l'intérieur sur une dizaine d'autres points, mais il a tenu bon.

J'ai dépassé la bulle en tournoyant, cible écartelée dans la lumière de la fusée éclairante. La coque et mes repères sont passés sous moi. La douleur dans mes oreilles s'est apaisée quand le polalliage a coagulé sur les ouvertures. Pas le temps de chercher Carrera. J'ai poussé les propulseurs, puis j'ai plongé une fois de plus vers le paysage globuleux. Des tirs de Sunjet ont jailli autour de moi.

J'ai touché la coque un peu trop fort, utilisé l'impact pour changer de trajectoire et vu un autre tir de Sunjet sur ma gauche. J'ai aperçu Carrera tandis qu'il adhérait brièvement à une surface ronde sur la pente du creux. Je savais déjà ce qu'il allait faire. De là, il se pousserait vers le haut d'un coup de pied maîtrisé et suivrait la vitesse linéaire vers moi, tirant en venant à ma rencontre. À un moment, il serait assez près pour liquéfier et transpercer la combi, et le polalliage ne pourrait plus se refermer.

J'ai rebondi sur une autre bulle. Encore un roulé-boulé idiot. D'autres tirs de Sunjet qui me ratent de peu. J'ai relancé les propulseurs, tenté une trajectoire qui me mettrait dans l'ombre de la saillie, et j'ai coupé la poussée. Mes mains ont cherché une prise, et l'ont trouvée sur l'un des effets de bas-relief que j'avais déjà vus. J'ai arrêté tout mouvement, et me suis retourné à la recherche de Carrera.

Aucun signe. Je n'étais plus dans son champ de vision.

J'ai fait demi-tour et rampé avec joie, un peu plus loin encore de sa position. Une autre courbe du bas-relief se tendait vers moi et j'ai posé la main…

Oh merde.

Je tenais l'aile d'un Martien mort.

Le choc m'a saisi pendant une seconde. Assez longtemps pour penser que c'était une sorte de sculpture dans la surface de la coque, et pour savoir d'une certaine façon que ce n'était pas le cas.

Le Martien était mort en criant. Les ailes étaient rejetées en arrière, enfoncées dans la surface de la coque sur presque toute leur largeur. N'en sortaient que les extrémités recourbées, et le corps arqué de la créature. La tête était rejetée en arrière par la douleur, le bec béant, les yeux écarquillés comme des orbes cométaires d'un noir d'encre. Tout le corps baignait dans le matériau de la coque contre lequel il s'était débattu. Où il s'était noyé.

J'ai regardé autour de moi sur la surface du vaisseau, et j'ai enfin compris ce que je regardais. La coque autour du repli du hangar – tout, toute la bulle – était un charnier, une toile d'araignée pour des milliers et des milliers de Martiens qui étaient morts ensevelis dans les substances qui avaient coulé, moussé et éclaté ici quand…

Quand *quoi ?*

La nature de la catastrophe dépassait tout ce que je pouvais envisager. Je n'imaginais pas une arme capable de faire ça, les circonstances d'un conflit entre deux civilisations aussi éloignées de notre petit empire de pilleurs de tombes que nous l'étions des mouettes dont les cadavres avaient recouvert la mer de Sauberville. Je ne comprenais pas comment cela avait pu arriver. Je ne voyais que le résultat. Je ne voyais que les morts.

Rien ne change jamais. Cent cinquante années-lumière de chez moi, c'est la même saloperie qui continue sans fin.

Ça doit être une putain de constante universelle.

La grenade a rebondi sur un autre Martien noyé dans la coque à dix mètres de moi, a tourné sur elle-même avant d'exploser. Je me suis écarté de l'impact. Un rapide déluge sur mon dos, et une pénétration cuisante sous l'épaule. Chute de pression, comme un couteau dans mes tympans. J'ai crié.

Putain.

J'ai rallumé les propulseurs et jailli de la couverture de la bulle, sans savoir ce que j'allais faire avant de le faire. La silhouette de Carrera qui se laissait dériver à moins de cinquante mètres de moi. Voyant un tir de Sunjet, j'ai tourné sur le dos et plongé directement sur l'ouverture du hangar. La voix de Carrera me suivait, presque amusée.

— Où croyez-vous aller, Kovacs ?

Quelque chose a explosé derrière moi, et la poussée du propulseur s'est arrêtée. Chaleur infernale dans mon dos. Carrera et ses putains de compétences de ComVid. Mais avec la vitesse résiduelle et, peut-être un peu de chance du royaume des esprits prêtée par le fantôme revanchard de Hand – *après tout, merde, il t'a flingué, Matt, tu l'as maudit oui ou non ?* – pour graisser la patte du destin…

J'ai glissé dans les couches d'atmosphère du hangar à un angle biaisé, trouvé la gravité sous mes pieds et j'ai percuté l'un des murs en serpents superposés. Mon poids retrouvé m'a fait rebondir, et je me suis écrasé sur le pont, porté par des ailes de flammes et de fumée héritées du propulseur détruit.

Un long moment, je suis resté dans la baie silencieuse.

Puis, de nulle part, j'ai entendu un étrange bruit de bulles dans mon casque. Il m'a fallu plusieurs secondes pour comprendre. Je riais.

Debout, Takeshi.

Oh, c'est bon…

Il peut te tuer aussi facilement ici, Tak. De-BOUT!

J'ai tendu un bras pour me redresser. Mauvais bras – le coude brisé s'est plié mollement dans la combi de mobilité. La douleur a enflammé mes muscles et tendons maltraités. Je me suis écarté en roulant sur moi-même, le souffle coupé et tendant l'autre bras. Mieux. La combi de mobilité a sifflé un peu. Problème dans les rouages. Mais elle m'a relevé. Maintenant, se débarrasser de la ruine dans mon dos. L'ouverture d'urgence fonctionnait encore un peu. Je me suis dégagé, le Sunjet pris dans les flammes et refusant de se dégager de sa dragonne. J'ai tiré dessus un instant, puis défait la dragonne et me suis penché pour dégager l'arme de l'autre côté.

— D'ac… vacs. (La voix de Carrera, entrecoupée par les interférences de la structure intérieure.) Si… voul… la j… me ça.

Il venait me terminer.

Le Sunjet était coincé.

Laisse-le!

Et le combattre avec un pistolet *? Dans du* polalliage *?*

Les armes sont une extension, a crié Virginia Vidaura, exaspérée, dans ma tête. *C'est toi le tueur, le destructeur. Tu es complet, avec ou sans arme. Laisse-le!*

OK, Virginia. (J'ai ri, un peu.) *Si tu le dis.*

Je me suis écarté à pas mesurés vers la sortie du hangar, sortant le pistolet à interface de sa sacoche. Une pile d'équipement Impacteur, plus quelques caisses. La balise de localisation, déposée sans précaution, encore allumée et en pause, comme Carrera avait dû la laisser. Une caisse voisine ouverte, avec des éléments de lanceur Philips attendant qu'on les assemble. Toute la scène indiquait la précipitation d'un soldat. Vitesse contrôlée. Compétence. Un homme ayant effectué les mêmes tâches des centaines de fois. Carrera était dans son élément.

Fous le camp d'ici, Tak.

Dans la salle suivante. Les machines martiennes se sont ébranlées, ont frémi puis se sont écartées à contrecœur en faisant de petits bruits. Je les ai dépassées en boitant, suivant les flèches peintes. *Non, putain, ne suis pas les flèches.* J'ai bifurqué à gauche à la première occasion, et longé un couloir que l'expédition n'avait pas emprunté. Une machine m'a suivi sur quelques pas, puis a repris sa place.

J'ai cru entendre un mouvement derrière et au-dessus de moi. Un coup d'œil rapide dans l'ombre qui me surplombait. Ridicule.

Reprends-toi, Tak. C'est le meth. Tu en as trop pris, et maintenant il te donne des hallus.

D'autres pièces, des courbes entrecroisées et toujours l'espace au-dessus de moi. Je me suis interdit de regarder en l'air. La douleur provoquée par les éclats de grenade dans ma jambe commençait à traverser l'armure chimique de tetrameth, réveillant des échos dans ma main gauche déchirée et mon coude droit en miettes. L'énergie furieuse ressentie plus tôt s'était dissipée, devenant une impression erratique de vitesse et de vibrantes crises de rire qui menaçaient de se muer en ricanements.

Dans cet état, je me suis reculé dans une chambre étroite et fermée, j'ai fait demi-tour et me suis retrouvé nez à nez avec mon dernier Martien.

Cette fois, les membranes des ailes momifiées étaient repliées autour du corps squelettique, et le tout était accroupi à une barre de nidification basse. Le long crâne était penché vers la poitrine, cachant la glande lumineuse. Les yeux étaient fermés.

Il a levé son bec et m'a regardé.

Mais non.

J'ai secoué la tête, me suis approché du corps et je l'ai regardé. De quelque part est venue l'impulsion de caresser la grande crête osseuse à l'arrière du crâne.

— Je vais rester ici quelques instants, sans rien faire, ai-je promis en étouffant un autre rire. Au calme. Quelques heures, c'est tout ce qu'il me faut.

Je me suis laissé glisser au sol sur mon bras intact, me suis appuyé contre le mur incurvé derrière nous, serrant le pistolet à interface comme un porte-bonheur. Mon corps était un amas de cordes tordues et emmêlées dans la cage de la combi de mobilité, un assemblage tremblant de tissus mous qui n'avaient plus la volonté d'animer son exosquelette. Mon regard s'est perdu dans l'espace sombre au plafond, et j'ai cru un moment voir des ailes pâles y battre, essayant de fuir la courbure qui les piégeait. À un moment, je me suis rendu compte qu'elles étaient dans ma tête, car je sentais leur texture fine sous mon crâne, grattant douloureusement l'intérieur de mes yeux et obscurcissant ma vision par degrés, du pâle au sombre, du pâle au sombre, du pâle au sombre, au sombre, au sombre…

Et un gémissement montant, comme des pleurs.

— Debout, Kovacs.

La voix était douce, et quelque chose me poussait la main. Mes paupières paraissaient collées. J'ai soulevé un bras, et ma main a buté contre la douceur de la visière.

— Debout.

Moins douce. Une petite décharge d'adrénaline a rampé sur mes nerfs à ce changement de ton. J'ai cligné des yeux et fait le point. Le Martien était encore là – *sans déc, Tak* – mais ma vision du corps était obturée par la silhouette en combi de polalliage qui se tenait à distance de sécurité, à trois ou quatre mètres de moi, le Sunjet presque braqué dans ma direction.

On m'a encore poussé la main. J'ai renversé le casque et baissé les yeux. L'une des machines martiennes me caressait le gant avec quelques récepteurs délicats. Je l'ai repoussée, et elle a reculé de quelques pas en trillant. Puis elle est revenue avec la même détermination.

Carrera a ri. Le son était trop fort sous le casque. Les ailes m'avaient vidé la tête, et mon crâne paraissait aussi délicat que la momie dont je partageais la chambre.

— Eh oui. C'est lui qui m'a mené à vous. C'est ballot, non ? Vraiment utile, la bestiole.

J'ai ri moi aussi. C'était la seule chose appropriée sur le moment. Le commandant des Impacteurs s'est joint à moi. Il a levé le pistolet à interface dans sa main gauche et ri de plus belle.

— Vous alliez me tuer avec ça ?

— J'en doute.

Nous avons tous les deux cessé de rire. Sa visière s'est ouverte, et il me regardait, vaguement hagard. Même s'il ne m'avait pas cherché longtemps dans le vaisseau, ça n'avait pas dû être une partie de plaisir.

J'ai plié la paume, une fois, au cas où le pistolet de Loemanako n'aurait pas été codé pour lui, et où n'importe quelle plaque des Impacteurs aurait pu l'appeler. Carrera a vu mon geste et a secoué la tête. Il m'a jeté le pistolet sur les cuisses.

— Déchargé, de toute façon. Gardez-le si vous voulez. Certains hommes préfèrent mourir comme ça, avec une arme en main. Ça doit aider, à la fin. La main de votre mère. Votre bite. Vous voulez vous lever pour mourir ?

— Non.

— Ouvrir votre visière ?

— Pour quoi faire ?

— Je voulais juste vous laisser le choix.

— Isaac… (Je me suis raclé la gorge, on aurait dit que j'avais avalé un morceau de grillage rouillé. Les mots sortaient maladroitement. Pourtant, il me paraissait très important de les dire, tout à coup.) Isaac, je suis désolé.

T'as encore rien vu.

Ça m'a traversé comme les larmes au fond de mes yeux. Comme les pleurs de loup que la mort de Loemanako et de Kwok avait provoqués dans ma gorge.

— C'est bien. Mais un peu tard, a-t-il dit simplement.

— Vous avez vu ce qui est derrière vous, Isaac ?

— Oui. Impressionnant, mais tout à fait mort. Pas de fantôme, à ce que j'ai vu. (Il a attendu.) Vous avez autre chose à dire ? (J'ai secoué la tête. Il a levé le Sunjet.) Voilà pour tous mes hommes assassinés.

— *Regardez* ce putain de truc, ai-je crié avec toute la persuasion qu'un Diplo peut mobiliser.

Sa tête s'est tournée une fraction de seconde. J'ai bondi dans la combi de mobilité, jetant le pistolet à interface sous sa visière relevée et me jetant sur lui près du sol.

De pauvres miettes de chance, un crash de tetrameth et ma prise fuyante sur les techniques de combat des Diplos. C'était tout ce qu'il me restait, et j'ai tout pris pour traverser l'espace entre nous, les dents découvertes. Quand le Sunjet a claqué, il a tiré là où je m'étais tenu juste avant. C'était peut-être mon cri qui l'avait déconcentré, ou le pistolet qui volait vers son visage, ou juste sa certitude que tout était fini.

Il a fait un pas en arrière quand je l'ai percuté, et j'ai coincé le Sunjet entre nos deux corps. Il a glissé en une parade de judo qui aurait projeté n'importe quel homme sans armure. Je me suis accroché avec la force volée à la combi de Loemanako. Deux autres pas en arrière, et nous sommes tous les deux rentrés dans la momie martienne. L'armature a basculé et s'est effondrée. Nous sommes tombés à sa suite comme des clowns, nous efforçant de nous relever en glissant. Le corps s'est désintégré. Une poudre orange pâle a saturé l'air autour de nous.

Désolé.

T'as encore rien vu.

La visière relevée, haletant, Carrera a dû en prendre plein les poumons. Et aussi sur les yeux, et le visage.

Le premier jappement de surprise quand il a senti la brûlure.

Puis les cris.

Il s'est écarté de moi, au hasard, le Sunjet tombant au sol, les mains levées pour se frotter la peau. Ça a dû enfoncer le truc un peu plus dans les tissus qu'il dissolvait. Un hurlement de gorge aigu, et une mousse rouge qui a commencé à couler entre ses doigts jusque sur ses poignets. Puis la poudre a dû ronger une partie de ses cordes vocales, parce que les cris se sont réduits à un bruit de tuyau un peu bouché.

Il est tombé comme ça, tenant son visage peut-être pour le maintenir en place, et perdant son sang et ses poumons à gros bouillons. Le temps que je prenne le Sunjet et que je me place à côté de lui, il se noyait dans son propre sang. Sous le polalliage, son corps a frémi en tombant en état de choc.

Je regrette.

J'ai placé le canon sur les mains qui masquaient son visage fondu, et pressé la détente.

Chapitre 42

Quand j'ai eu fini de tout raconter, Roespinoedji a tapé dans ses mains, avec l'air enfantin de ce qu'il n'était pas.

— C'est merveilleux, a-t-il soufflé. Une vraie épopée.

— Arrête un peu.

— Non, vraiment. Notre culture est tellement jeune. À peine un siècle d'histoire planétaire. On a besoin de trucs comme ça.

— Eh bien. (J'ai haussé les épaules en tendant la main vers la bouteille sur la table. Douleur résiduelle dans le coude droit.) Je te donne les droits. Va les vendre au groupe de Lapinee. Ils en feront peut-être un opéra construct.

— Tu peux bien rire. (Ses yeux brillaient de ses rêves d'homme d'affaires.) Mais il y a un marché pour les trucs domestiques comme ça. Presque tout le monde ici est importé de Latimer. Combien de temps peut-on vivre avec les rêves d'un autre ?

J'ai rempli mon verre à moitié.

— Kemp y arrive bien, lui.

— Oh, mais c'est de la *politique*, ça, Takeshi. Ce n'est pas pareil. Un micmac de néoquellisme et de vieillerie commin, commu… (Il a claqué des doigts.) Allez, tu viens de Harlan. Comment ça s'appelait ?

— Le communitarisme.

— Voilà, ça, là. (Il a secoué la tête.) Ce truc ne tiendra jamais aussi longtemps qu'une bonne histoire héroïque. Production planifiée, égalité sociale, comme un construct d'école primaire. Qui en voudrait, Samedi chéri ? Où est l'intérêt ? Où sont le sang, l'adrénaline ?

J'ai avalé mon whisky à petites gorgées et regardé les toits des hangars de Fouilles 27, jusqu'aux membres anguleux du tapis roulant dans le coucher de soleil. La rumeur récente, à moitié brouillée à mesure qu'elle arrivait sur des écrans calés sur des fréquences illégales. La guerre reprenait dans l'ouest équatorial. Une contre-attaque de Kemp que le Cartel n'avait pas envisagée.

Dommage qu'ils n'aient plus Carrera pour réfléchir à leur place.

J'ai frissonné quand le whisky est descendu. Il brûlait un peu, mais avec politesse et bon esprit. Ce n'était pas la saleté de Sauberville que j'avais descendue avec Luc Deprez, une éternité plus tôt, la semaine dernière. Je n'imaginais pas quelqu'un comme Roespinoedji accepter pareille bibine chez lui.

— Beaucoup de sang, en ce moment, ai-je observé.

— Oui, pour l'instant. Mais c'est la révolution. Pense à la suite. Imagine que Kemp gagne cette guerre ridicule et fasse passer cette histoire de vote. À ton avis, que va-t-il se passer ? Je vais te le dire, moi.

— Évidemment.

— Dans moins d'un an, il signera les mêmes contrats avec le Cartel, dans la même dynamique bénéficiaire. Sinon, ses propres hommes vont, euh, *voter* pour qu'il quitte Indigo City, et ils signeront eux-mêmes.

— Je ne pense pas qu'il soit du genre à partir discrètement.

— Oui, c'est le problème avec le vote, a dit Roespinoedji. Apparemment. Tu l'as déjà rencontré en personne ?

— Kemp ? Oui, deux ou trois fois.

— Il est comment ?

Comme Isaac. Comme Hand. Comme tous les autres. La même intensité, la même putain de certitude qu'il avait raison. Il avait simplement un rêve différent.

— Grand, ai-je répondu. Il était grand.

— Ah. Oui, bien sûr, ça va de soi.

Je me suis tourné pour regarder le garçon à côté de moi.

— Ça ne t'inquiète jamais, Djoko ? Ce qui va se passer si les kempistes arrivent à gagner cette guerre ?

Il a souri.

— Je doute que leurs assesseurs politiques soient différents de ceux du Cartel. Tout le monde a des appétits. Et puis, avec ce que tu m'as donné, je pense que j'ai une base de négociation suffisante pour racheter ma bonne vieille âme à ce sacré Haut-de-forme lui-même. (Son regard s'est intensifié.) Si nous avons démantelé *toutes* tes assurances, toutes les données qui devaient se lancer si tu mourais.

— Du calme. Je t'ai dit, je n'ai établi que ces cinq-là. Assez pour que Mandrake les trouve en cherchant un peu, pour qu'il sache qu'il y en avait. C'était tout ce que nous avions le temps de faire.

— Hmm. (Roespinoedji a fait tourner son whisky dans son verre. Le ton calculateur était incongru sur une voix aussi jeune.) Pour ma part, je pense que tu as été dingue de prendre un tel risque. Ce n'était pas assez. Et si Mandrake les avait toutes effacées ?

J'ai haussé les épaules.

— Et alors ? Hand n'aurait jamais pris le risque. Il avait trop à perdre en n'en ratant ne serait-ce qu'une seule. Il valait mieux laisser partir l'argent. C'est l'essence de n'importe quel bluff réussi.

— Oui. Bah, c'est toi le Diplo, hein. (Il a posé la main sur la plaque de technologie des Impacteurs que j'avais mise entre nous sur la table.) Et tu es certain que Mandrake n'a aucune façon de reconnaître cette transmission ?

— Fais-moi confiance. (J'ai souri en m'entendant dire cela.) Système de dissimulation militaire, le top du top. Sans cette petite boîte, on prend la transmission pour des parasites stellaires. Pour Mandrake, pour tout le monde, tu es l'heureux propriétaire d'un vaisseau spatial martien. Édition limitée.

Roespinoedji a rangé la télécommande et a levé les mains.

— C'est bon. Ça suffit. On est d'accord. Ne me rebats pas les oreilles. Un bon vendeur sait quand il peut s'arrêter de bonimenter.

— J'espère juste que tu ne te fous pas de ma gueule.

— Je suis un homme de parole, Takeshi. Après-demain, au plus tard. Ce qu'on peut s'offrir de mieux. (Il a reniflé.) À Landfall, en tout cas.

— Et un technicien pour bien la préparer. Un vrai technicien, pas un naze qui a passé son diplôme dans un virtuel à la noix.

— Drôle d'attitude pour quelqu'un qui compte passer sa prochaine décennie en virtuel. J'ai un diplôme virtuel, tu sais. Administration d'entreprise. Trente cas pratiques en virtuel. Beaucoup mieux que dans le monde réel.

— C'est une façon de parler. Un bon technicien. Ne va pas faire des économies sur mon dos.

— Si tu ne me fais pas confiance, a-t-il dit d'un ton important, pourquoi tu ne vas pas demander à ton amie la pilote de le faire pour toi ?

— Elle regardera. Et elle s'y connaît assez pour reconnaître une erreur.

— J'en suis sûr. Elle paraît très compétente.

J'ai senti ma bouche se tordre devant cet euphémisme. Commandes inconnues, verrouillage paramétré par les Impacteurs pour reprendre le contrôle à chaque manœuvre, et irradiation fatale en phase terminale. Ameli Vongsavath avait tout supporté sans plus qu'un juron lâché de temps à autre entre ses dents serrées. Il lui avait fallu à peine un quart d'heure pour emporter la barge de Dangrek jusqu'aux Fouilles 27.

— Oui. En effet.

— Tu sais, a gloussé Roespinoedji. La nuit dernière, j'ai cru que mon heure était arrivée en voyant les signaux des Impacteurs sur ce monstre. Je n'aurais jamais pensé qu'on pouvait leur voler un transport.

— Ouais. Ça n'a pas été facile, ai-je dit avec un nouveau frisson.

Nous sommes restés un moment à sa petite table, à regarder le soleil glisser sur les montants du tapis roulant. Dans la rue qui bordait l'entrepôt de Roespinoedji, il y avait des enfants qui criaient et qui couraient. En jouant. Leur rire montait jusqu'au patio, sur le toit, comme la fumée d'un feu de plage.

— Tu lui as donné un nom ? a demandé Roespinoedji. À ce vaisseau ?

— Non. Je n'ai pas vraiment eu le temps.

— On dirait bien. Eh bien, maintenant que tu as le temps, une idée ?

J'ai haussé les épaules.

— Le *Wardani* ?

— Ah. (Il m'a regardé, goguenard.) Et ça lui ferait plaisir ?

J'ai vidé mon verre d'un geste.

— Qu'est-ce que tu veux que j'en sache ?

Elle m'avait à peine parlé depuis que j'avais retraversé la porte. Le fait d'avoir tué Lamont m'avait fait franchir une ligne définitive, pour elle. Ou alors c'était de m'avoir vu infliger une VM à la centaine d'Impacteurs qui jonchaient encore la plage. Elle a refermé la porte avec moins d'expression qu'une enveloppe Syntheta au rabais et nous a suivis, Vongsavath et moi, jusqu'à la Vertu d'*Angin Chandra* comme un mandroïde. Depuis notre arrivée chez Roespinoedji, elle s'était bouclée dans sa chambre et refusait d'en sortir.

Je n'avais pas envie d'insister. Trop fatigué pour la conversation qu'il faudrait avoir, pas complètement convaincu de son utilité, de toute façon, avant que Roespinoedji ait accepté d'acheter. J'avais d'autres soucis.

Roespinoedji avait accepté d'acheter.

Le lendemain matin, assez tard, j'ai été réveillé par les bruits de l'équipe technique engagée à Landfall, dans un croiseur atterri à l'arrache. Légère gueule de bois après le whisky et le cocktail puissant, et clandestin, d'antirads et d'analgésiques que Roespinoedji m'avait donnés. Je me suis levé pour aller à leur rencontre. Jeunes, classes et sans doute très bons dans leur domaine, ils m'ont tout de suite déplu, tous les deux. Nous avons croisé le fer pour nous présenter, sous l'œil indulgent de Roespinoedji. Mais je perdais clairement ma capacité à inspirer la peur. Leur attitude disait, de bout en bout, *qu'est-ce qu'il veut le type malade dans sa combi* ? J'ai fini par abandonner pour les mener à la barge où Vongsavath attendait, les bras croisés, avec l'air d'une propriétaire. Les techos ont arrêté de déconner dès qu'ils l'ont vue.

— Laisse, ça ira, m'a-t-elle dit quand j'ai voulu les suivre. Va parler à Tanya. Je crois qu'elle en a besoin.

— De me parler à moi ?

La pilote a haussé les épaules, impatiente.

— À quelqu'un, en tout cas, et je crois que c'est pour ta gueule. Elle ne veut pas me parler.

— Elle est encore dans sa chambre ?

— Elle est sortie (Vongsavath a eu un geste vague vers les édifices qui tenaient lieu de centre-ville à Fouilles 27.) Vas-y. Je surveille les deux gusses.

Je l'ai trouvée une demi-heure plus tard, dans une rue des niveaux supérieurs de la ville, à regarder la façade devant elle. On y voyait un petit morceau d'architecture martienne, ses facettes bleues parfaitement préservées cimentées de chaque côté pour s'intégrer à un mur d'enceinte et une arche. Quelqu'un avait peint à l'illuminum, sur la surface couverte de glyphes : FOURRIÈRE DES DOUANES. Derrière l'arche, le sol en terre battue était jonché de machinerie plus ou moins alignée sur la terre aride, comme quelque récolte improbable. Deux silhouettes en cache-misère farfouillaient de-ci, de-là dans les travées.

Elle a tourné la tête à mon approche. Émaciée, rongée par une colère qu'elle ne pouvait pas abandonner.

— Tu me suis ?

— Pas volontairement. Bien dormi ?

Elle a secoué la tête.

— J'entends encore Sutjiadi.

— Ouais.

Quand le silence est resté trop longtemps en place, j'ai eu un mouvement de tête vers l'arche.

— Tu comptes entrer ?

— Tu te fous… Non, je me suis arrêtée pour…

Et elle a eu un geste d'impuissance vers l'alliage martien peinturluré.

J'ai regardé les glyphes.

— Les instructions de montage d'un moteur plus rapide que la lumière, c'est ça ?

Elle a failli sourire.

— Non. (Elle a tendu les doigts pour caresser les glyphes.) C'est un texte d'école. Une sorte de croisement entre un poème et des conseils de prudence pour les jeunes. Une partie est faite d'équations, pour décoller et planer sans doute. C'est aussi une sorte de graffiti. Ça dit… (Elle a secoué la tête.) Impossible de savoir ce que ça dit. Mais ça, euh, ça promet. L'illumination, une impression d'éternité, rêver l'utilisation de ses ailes avant de pouvoir vraiment voler. Et aller chier avant de voler dans une zone peuplée.

— Tu me fais marcher. Ça ne dit pas ça.

— Si. Tout est lié dans la même séquence d'équations. (Elle s'est détournée.) Ils étaient doués pour intégrer plusieurs choses. Pas beaucoup de compartimentation dans la psyché martienne, d'après ce qu'on a vu.

La démonstration de connaissance paraissait l'avoir épuisée. Sa tête s'est penchée.

— J'allais aux fouilles, a-t-elle dit. Au café que Roespinoedji nous avait montré la dernière fois. Je ne pense pas que mon estomac gardera quoi que ce soit, mais…

— Bien sûr. Je t'accompagne.

Elle a regardé la combi de mobilité, assez évidente sous les vêtements que l'entrepreneur de Fouilles 27 m'avait prêtés.

— Je devrais peut-être me trouver un truc comme ça.

— Ça ne vaut pas le coup, pour le peu de temps qu'il nous reste.

Nous avons gravi la pente.

— Tu es sûr que ça va marcher ? a-t-elle demandé.

— Quoi ? Vendre le plus gros coup archéologique de ces derniers siècles pour le prix d'une boîte à virtuel et un lancement de marché noir ? À ton avis ?

— Je pense que c'est un putain de marchand, et qu'on ne peut pas plus lui faire confiance qu'à Hand.

— Tanya. Ce n'est pas Hand qui nous a vendus aux Impacteurs. Roespinoedji fait l'affaire du millénaire, et il le sait. Il est réglo, sur ce coup-là.

— Bah. C'est toi le Diplo.

Le café était tel que je m'en souvenais, un troupeau de chaises et de tables abandonnées à l'ombre des armatures des fouilles. Un holomenu flottait vaguement au-dessus, et une liste de titres de Lapinee défilait en sourdine depuis les haut-parleurs accrochés à la structure. Les artefacts martiens se dressaient aux alentours sans motif apparent. Nous étions les seuls clients.

Un serveur en phase terminale d'ennui s'est extrait de sa cachette et nous a rejoints à la table, l'air contrarié. J'ai regardé le menu, puis Wardani. Elle a secoué la tête.

— Juste de l'eau, a-t-elle dit. Et des cigarettes, si vous en avez.

— Site Sevens, ou Will to Victory ?

Elle a grimacé.

— Site Sevens.

Le serveur m'a regardé, espérant que je n'allais pas lui gâcher la journée en commandant à manger.

— Vous avez du café ?

Il a opiné.

— J'en veux. Noir, avec du whisky dedans.

Il est reparti en traînant les pieds. J'ai regardé Wardani en levant un sourcil.

— Laisse-le. Ça ne doit pas être rigolo de travailler ici.

— Ça pourrait être pire. Il pourrait être conscrit. Et puis, ai-je ajouté en désignant les artefacts, regarde-moi ce décor. Que demander de plus ?

Un faible sourire.

— Takeshi. (Elle s'est penchée sur la table.) Quand tu auras installé le matériel pour le virtuel, je… je ne viendrai pas avec toi.

J'ai opiné. *Je m'y attendais.*

— Je suis désolée.

— Pourquoi tu t'excuses ?

— Tu… Tu as fait beaucoup de choses pour moi ces derniers mois. Tu m'as sortie du camp…

— On t'a fait sortir du camp parce qu'on avait besoin de toi. Rappelle-toi.

— J'étais en colère quand j'ai dit ça. Pas contre toi, mais…

— Si, contre moi. Moi, Schneider, et tout ce qui portait un uniforme. (J'ai haussé les épaules.) Je ne t'en veux pas. Tu avais raison. On t'a sortie de là parce qu'on avait besoin de toi. Tu ne me dois rien.

Elle a regardé ses mains, posées sur ses cuisses.

— Tu m'as aidée à me remettre d'aplomb, Takeshi. Je ne voulais pas le reconnaître sur le moment, mais cette récupération de Diplo de merde, ça marche. Je vais mieux. C'est lent, mais au moins c'est dans la bonne direction.

— C'est bien. (J'ai hésité, puis je me suis forcé à le dire.) N'empêche que je l'ai fait parce que j'avais besoin de toi. Ça fait partie du sauvetage. Aucune utilité de te sortir du camp si tu laissais ton âme derrière toi.

Sa bouche a tremblé.

— Mon âme ?

— Désolé, façon de parler. J'ai trop discuté avec Hand. Écoute, ça ne me dérange pas que tu files. Mais j'aimerais juste savoir pourquoi. Par curiosité.

Le serveur est revenu à ce moment-là, et nous nous sommes tus. Il a posé les verres et les cigarettes. Tanya Wardani a ouvert le paquet et m'a proposé une cigarette. J'ai secoué la tête.

— J'arrête. C'est mauvais pour la santé.

Elle a ri presque sans bruit, et en a sorti une du paquet. La fumée est montée quand elle l'a appuyée sur la vignette d'allumage. Le serveur est reparti. J'ai pris une gorgée de café au whisky. Bonne surprise. Wardani a soufflé sa fumée vers l'armature.

— Pourquoi je reste ?

— Pourquoi tu restes ?

Elle a regardé la table.

— Je ne peux pas partir maintenant, Takeshi. Tôt ou tard, ce qu'on a trouvé là-haut va tomber dans le domaine public. On va rouvrir la porte. Ou y emmener un croiseur IP. Ou les deux.

— Oui, tôt ou tard. Mais pour l'instant, il y a une guerre qui gêne un peu.

— Je peux attendre.

— Pourquoi ne pas attendre sur Latimer ? Tu seras plus à l'abri.

— Impossible. Comme tu l'as dit, le temps de transit dans la *Chandra* devra être d'au moins onze ans. Accélération complète, sans les corrections de trajectoire qu'Ameli devra peut-être faire. Qui sait ce qui se sera passé d'ici onze ans ?

— Déjà, la guerre pourrait être finie.

— La guerre pourrait être finie l'année prochaine, Takeshi. Alors, Roespinoedji va attaquer son investissement, et après ? Je veux être sur place.

— Il y a dix minutes, tu lui faisais autant confiance qu'à Hand. Et maintenant tu veux travailler pour lui ?

— Nous… (Elle a de nouveau regardé ses mains.) Nous en avons discuté ce matin. Il veut bien me cacher jusqu'à ce que les choses se tassent. Me trouver une nouvelle enveloppe. (Elle a eu un sourire docile.) Les maîtres de guilde sont rares dans le coin depuis la guerre. Je dois faire partie de son investissement.

— Sans doute. (Les mots sortaient de ma bouche, mais je ne comprenais toujours pas pourquoi j'essayais tant de la dissuader.) Tu sais que ça ne changera pas grand-chose si les Impacteurs viennent te chercher, hein ?

— Il y a des chances ?

— C'est pos… (J'ai soupiré.) Non, pas vraiment. Carrera doit être sauvegardé dans une station à distance, mais il faudra du temps avant qu'on comprenne qu'il est mort. Encore un peu plus pour obtenir l'autorisation d'envelopper sa sauvegarde. Et même s'il arrive à Dangrek, il n'y aura personne pour lui dire ce qui s'est passé.

Elle a frissonné, détourné le regard.

— Il fallait le faire, Tanya. Il fallait assurer nos arrières. Tu devrais le comprendre mieux que personne.

— Quoi ?

Ses yeux se sont reportés sur moi.

— J'ai dit : tu devrais le comprendre mieux que personne. (J'ai soutenu son regard.) C'est ce que tu as fait la dernière fois. N'est-ce pas ?

Elle a détourné le regard d'un coup. La fumée montait depuis sa cigarette et se perdait au vent. Je me suis penché dans le silence entre nous.

— Ça n'a plus aucune importance. Tu n'as pas la compétence pour nous couler entre ici et Latimer, et une fois là-bas, on ne serait de toute façon jamais revu. Et maintenant, tu ne viens pas avec nous. Mais comme je te l'ai dit, je suis curieux.

Elle a déplacé le bras comme s'il ne lui appartenait pas, a tiré sur sa cigarette et a exhalé mécaniquement. Ses yeux se fixaient sur un objet invisible depuis l'endroit où je me tenais.

— Depuis combien de temps le sais-tu ?

J'ai réfléchi.

— En fait, je dois le savoir depuis qu'on t'a sortie du camp. Rien que je puisse prouver vraiment, mais je savais qu'il y avait un problème. Quelqu'un avait essayé de te faire sortir avant nous. Le commandant du camp a laissé échapper ça entre deux crises d'apathie.

— Ça paraît étrangement animé, pour lui.

— Oui… Et puis il y a eu tes amis à l'étage distraction de Mandrake. Là, j'aurais dû le sentir. Après tout, c'est juste le plus vieux tour de pute au monde. On prend le pigeon, on le mène dans l'allée par la bite, et on le livre au mac.

Elle a sourcillé. J'ai souri.

— Désolé. Façon de parler. Je me sens un peu bête, c'est tout. Dis-moi, le flingue sur ta tempe, il était sérieux, ou c'était du flan ?

— Je ne sais pas. (Elle a secoué la tête.) C'étaient des cadres de la garde révolutionnaire. Les durs de Kemp. Ils ont abattu Deng quand il les a collés d'un peu près. VM, la pile a brûlé et le corps a été vendu en pièces détachées. Ils me l'ont dit pendant qu'ils t'attendaient. Peut-être pour m'effrayer. Je ne sais pas. Ils auraient sans doute préféré m'abattre que me laisser repartir.

— Oui, moi aussi je les ai trouvés convaincants. Mais c'est quand même toi qui les as appelés, non ?

— Oui, a-t-elle dit pour elle-même comme si elle découvrait tout juste la vérité. Oui, c'est moi.

— Tu pourrais me dire pourquoi ?

Elle a fait un petit geste, comme si sa tête tremblait, ou qu'elle frissonnait.

— Bon. *Comment*, alors ?

Elle s'est reprise et m'a regardé.

— Signal codé. Je l'ai installé quand Jan et toi étiez en train d'étudier Mandrake. Je leur ai dit d'attendre mon signal, j'ai appelé depuis ma chambre dans la tour quand j'étais sûre que nous irions bien à Dangrek. (Un sourire a traversé son visage, mais sa voix restait mécanique.) J'ai commandé de la lingerie. Dans un catalogue. Code de localisation dans les numéros. Basique, quoi.

J'ai opiné.

— Et tu es kempiste depuis le début ?

Elle a bougé sur sa chaise.

— Je ne suis pas d'ici, Kovacs. Je n'ai pas, je n'ai aucun *droit* d'avoir une opinion politique ici. (Elle m'a lancé un regard furieux.) Mais putain, Kovacs. Cette planète est à eux, non ?

— On dirait une opinion politique.

— Oui, ça doit être génial de n'avoir aucune croyance. (Elle a encore tiré sur sa cigarette, et j'ai vu que sa main tremblait.) Je t'envie, avec ton putain de détachement supérieur.

— Ce n'est pas si difficile Tanya, ai-je dit en essayant de ne pas paraître sur la défensive. Essaie de travailler comme conseiller militaire local pour Joshua Kemp pendant qu'Indigo City est ravagée par la guerre civile autour de toi. Tu te souviens de ces gentils petits systèmes d'inhib que Carrera nous a lancés dessus ? La première fois que je les ai vus sur Sanction IV, c'étaient les gardes de Kemp qui les utilisaient sur des marchands d'artefacts d'Indigo City qui manifestaient contre Kemp. Un an avant le début de la guerre. Au maximum, décharge continue. Aucune pitié pour les classes exploitantes. Après quelques rafles dans les rues, on se détache bien.

— Alors tu as changé de camp.

Le même mépris que j'avais entendu cette nuit-là dans le bar, quand elle avait fait fuir Schneider.

— Pas tout de suite. J'ai pensé assassiner Kemp, un moment. Mais ça n'en valait pas le coup. Un membre de la famille aurait pris sa place, ou un cadre à la con. Et à ce moment-là, la guerre paraissait inévitable, de toute façon. Comme le dit Quell, ces choses-là doivent suivre leur cours hormonal.

— C'est comme ça que tu survis ? a-t-elle murmuré.

— Tanya, c'est ce que je te dis depuis le début.

— Je… (Elle a frissonné.) Je t'ai regardé, Kovacs. Je t'ai regardé à Landfall, dans la fusillade chez le promoteur. Dans la tour de Mandrake. À Dangrek, avec tes propres hommes. Je… j'ai envié ce que tu pouvais faire. Comment peux-tu encore te supporter ?

J'ai trouvé un refuge éphémère dans mon café au whisky. Elle n'a pas eu l'air de remarquer.

— Moi, je ne peux pas. (Un geste de défense, impuissant, et elle a avalé la boule qu'elle avait dans la gorge.) Je ne peux pas me les sortir du crâne. Dhasanapongsakul, Aribowo, tous. La plupart, je ne les ai pas vus mourir. Mais ils… restent. Comment le savais-tu ?

— Tu peux me donner une cigarette, maintenant ?

Elle m'a tendu le paquet sans rien dire. Je me suis occupé à allumer et à inhaler, sans aucun changement notable. Mon système était tellement chamboulé par les dégâts et les médocs de Roespinoedji que le contraire m'aurait étonné. C'était le maigre confort de l'habitude, rien de plus.

— L'intuition diplo ne fonctionne pas comme ça, ai-je expliqué, lentement. Comme je t'ai dit, je savais qu'il y avait un problème. Je ne voulais pas comprendre, c'est tout. Tu… tu fais forte impression, Tanya Wardani. À un certain niveau, je ne voulais pas croire que c'était toi. Même quand tu as saboté la soute.

Elle m'a regardé.

— Vongsavath a dit…

— Oui, elle croit encore que c'était Schneider. Je ne lui ai pas dit le contraire. Moi aussi, j'en étais convaincu quand Schneider s'est enfui. Je ne *voulais pas* penser que ça pouvait être toi. Quand l'idée de Schneider m'est apparue, je l'ai suivie comme un missile à tête chercheuse. Il y a eu un moment dans le hangar où je l'ai compris, lui. Tu sais ce que ça m'a fait ? J'étais soulagé. J'avais ma solution, et je n'avais plus à me demander qui d'autre était dans le coup. Au temps pour le détachement, hein ?

Elle n'a rien dit.

— Mais il y a tout un tas de raisons pour lesquelles Schneider ne pouvait pas avoir tout fait. Et le conditionnement diplo a continué à les ressasser jusqu'à ce que je ne puisse plus les ignorer.

— Comme quoi ?

— Comme ça.

J'ai pris dans ma poche une petite spirale de données. La membrane s'est posée sur la table et des taches de lumière se sont installées dans la spirale projetée.

— Dégage cet espace pour moi.

Elle m'a regardé étrangement, puis s'est penchée et a repoussé les affichages dans le coin supérieur gauche de la spirale. Le geste s'est reproduit en écho dans ma tête, les heures où je l'avais regardée travailler sur ses propres moniteurs. J'ai hoché la tête, souri.

— Intéressant, comme façon de faire. La plupart du temps, on aplatit contre la surface. C'est plus définitif. Plus satisfaisant, sans doute. Mais pas toi. Toi, tu ranges vers le haut.

— Wycinski. C'est lui qui fait ça.

— C'est là que tu as pris l'habitude ?

— Je ne sais pas. (Haussement d'épaules.) Sans doute.

— Tu n'es pas Wycinski, quand même ?

Elle a ri brièvement.

— Non, non. J'ai travaillé avec lui sur Bradbury, et sur Nkrumah, mais j'ai la moitié de son âge. Pourquoi irais-tu imaginer cela ?

— Je ne sais pas. Ça vient de me traverser l'esprit. Tu sais, cette virtualité cybersexe. Il y avait beaucoup de tendances masculines dans ce que tu te faisais. Je me demandais, c'est tout… Qui sait mieux qu'un homme ce qui fera réagir un homme ?

Elle m'a souri.

— Tout faux, Takeshi. Pour savoir ce qui fera réagir un homme, il faut être une femme.

Un court instant, une certaine chaleur s'est nouée entre nous, disparaissant à peine apparue. Son sourire s'est éteint.

— Alors, tu disais ?

J'ai indiqué la spirale de données.

— C'est le motif que tu laisses quand tu éteins. C'est le motif que tu as laissé dans la spirale de la cabine du chalutier. Sans doute après avoir refermé la porte au nez de Dhasanapongsakul et de ses collègues, et après avoir éliminé les deux du chalutier et les avoir balancés dans les filets. Je l'ai vu le lendemain, après la fête. Sur le coup, je n'ai rien remarqué, mais c'est ça, un Diplo. On accumule les petits détails jusqu'à ce qu'ils prennent un sens.

Elle regardait la spirale avec attention, mais je l'ai vue frissonner en entendant le nom de Dhasanapongsakul.

— Une fois que j'ai commencé à chercher, il y avait d'autres choses. Les grenades à corrosion dans la soute. Certes, il fallait Schneider pour éteindre les moniteurs de bord de la *Nagini*, mais tu le baisais. Une vieille flamme. Tu n'as pas dû avoir grand mal à le convaincre, comme pour moi chez Mandrake. Au début, ça ne collait pas, parce que tu insistais tellement pour qu'on mette la bouée à bord. Pourquoi essayer de les mettre toutes HS si c'était pour travailler si dur à installer la dernière ?

Elle a hoché la tête, mécanique. Elle essayait encore de gérer Dhasanapongsakul. Je parlais dans le vide.

— Ça n'avait aucun sens. Enfin, jusqu'à ce que je comprenne que tu n'avais pas seulement déglingué les bouées. Mais aussi les ID&E. Comme ça, personne ne pouvait mettre Dhasanapongsakul ou les autres en virtuel pour apprendre ce qui s'était passé. Bien sûr, on finirait par les ramener à Landfall, et là on saurait. Mais bon. Tu ne comptais pas qu'on rentre, n'est-ce pas ?

En entendant ça, elle est revenue à moi. Un regard hagard derrière le rideau de fumée.

— Tu sais quand j'ai compris tout ça ? (J'ai tiré une grande bouffée de ma cigarette.) En nageant pour revenir à la porte. J'étais à peu près convaincu qu'elle serait refermée, le temps que j'y arrive. Je ne savais pas trop pourquoi, mais ça s'est mis en place peu à peu. Ils avaient traversé la porte, et la porte s'était refermée sur eux. Pourquoi ? Et comment ce pauvre Dhasanapongsakul se serait-il retrouvé de l'autre côté avec un T-shirt déplorable ? Puis je me suis rappelé la chute d'eau.

Elle a cligné des yeux.

— La chute d'eau ?

— Oui. N'importe quel humain normal, postcoïtal, m'aurait poussé dans l'eau et aurait ri. Moi, c'est ce que j'aurais fait. Au lieu de ça, tu t'es mise à pleurer. (J'ai examiné le bout de ma cigarette comme s'il m'intéressait.) Tu étais devant la porte avec Dhasanapongsakul et tu l'as poussé. Puis tu as refermé la porte. Il ne faut pas deux heures pour ça, hein Tanya ?

— Non, a-t-elle murmuré.

— Tu pensais déjà qu'il faudrait peut-être me faire la même chose ? Déjà, à la chute d'eau.

— Je… (Elle a secoué la tête.) Je ne sais pas.

— Comment as-tu tué les deux du chalutier ?

— Au sonneur. Puis dans les filets. Ils se sont noyés avant de se réveiller. Je… (Elle s'est raclé la gorge.) Après, je les ai remontés. Je ne sais pas, je comptais sans doute les enterrer ailleurs. Ou attendre quelques jours, les lancer par la porte si j'arrivais à la rouvrir. J'ai paniqué. Je ne supportais plus d'être là, à me demander si Aribowo ou Weng pourraient ouvrir la porte avant que leur oxygène s'épuise.

Elle m'a regardé d'un air de défi.

— Je n'y croyais pas vraiment. Je suis archéologue. Je sais comment… (Elle s'est tue un moment.) Même moi, je n'aurais pas pu la rouvrir à temps pour les sauver. C'était juste. La porte. Ce qu'elle représentait. Assise là, sur le chalutier, en sachant qu'ils étaient de l'autre côté. De ce truc. À étouffer. Des millions de kilomètres au-dessus de moi, et pourtant juste en face, dans la caverne. Si près. Comme un truc immense qui m'attendrait.

J'ai opiné. Sur la plage, à Dangrek, j'avais parlé à Wardani et Vongsavath des corps que j'avais retrouvés pris dans la substance du vaisseau martien pendant que Carrera et moi nous pourchassions sur la coque. Mais je ne leur avais pas parlé de ma dernière demi-heure dans le vaisseau. Ce que j'avais vu et entendu en sortant d'un pas chancelant du hangar, l'impulseur de Carrera sur les épaules. Ce que j'avais senti nager à côté de moi jusqu'à la porte. Au bout d'un moment, ma vision s'était réduite à cette tache de lumière en orbite dans les ténèbres, et je ne voulais plus tourner la tête de peur de ce que j'y verrais, qui me tendait sa main griffue. J'ai plongé vers la lumière à peine capable de croire qu'elle était encore là, terrifié qu'à tout moment elle se referme et me laisse seul dans le noir.

Hallucination de tetrameth, m'étais-je dit par la suite, et il faudrait bien que j'y croie.

— Et pourquoi tu n'as pas pris le chalutier ?

Elle a encore secoué la tête et éteint sa cigarette.

— J'ai paniqué. J'ai pris la pile des deux dans le filet, et j'ai simplement… (Elle a frissonné.) On aurait dit que quelque chose me regardait. Je les ai remis à la mer, ai jeté les deux piles aussi loin que possible. Et j'ai fui. Je n'ai même pas essayé de faire exploser la caverne ou de couvrir mes traces. Je suis rentrée à Sauberville à pied. (Dans sa voix, un changement indéfinissable.) Sur les derniers kilomètres, un type m'a prise en stop. Dans une voiture de surface. Un jeune, avec quelques gamins qu'il ramenait d'une sortie de deltagrav. Ils doivent tous être morts, maintenant.

— Oui.

— Je… Sauberville n'était pas assez loin. J'ai fui vers le sud. J'étais aux abords de Bootkinaree quand le Protectorat a signé les accords. Les forces du Cartel m'ont cueillie avec une colonne de réfugiés. M'ont collée au camp avec les autres. Sur le coup, ça me paraissait presque juste.

Elle a sorti avec difficulté une nouvelle cigarette et l'a coincée entre ses lèvres. Elle m'a regardée en biais.

— Ça te fait rire ?

— Non. (J'ai fini mon café.) Mais j'ai quand même une question. Pourquoi Bootkinaree ? Pourquoi ne pas rentrer sur Indigo City ? Puisque tu étais sympathisante kempiste et tout ça…

Elle a grimacé.

— Je ne pense pas que les kempistes auraient été contents de me voir, Takeshi. Je venais de tuer toute leur expédition. Ça aurait été un peu difficile à expliquer.

— Des kempistes ?

— Ouais. (Sa voix était nerveuse, mais amusée.) À ton avis, qui a financé l'expédition ? Équipement de vide, de forage et de construction, les unités analogues et le système de traitement des données pour la porte. Allez, Takeshi. On était à la veille de la guerre. D'où tu crois que ça venait ? Qui est allé effacer la porte des archives de Landfall ?

— Comme je te l'ai dit, ai-je murmuré, je n'avais pas envie d'y penser. Alors c'était un groupe de kempistes. Alors pourquoi les avoir descendus ?

— Je ne sais pas. On aurait dit… Je ne sais pas, Kovacs.

— Admettons.

J'ai écrasé ma cigarette, résisté à l'envie d'en fumer une deuxième, puis l'ai prise quand même. J'ai regardé Tanya et j'ai attendu.

— C'est… (Elle s'est arrêtée, a secoué la tête et a repris, avec une prudence exaspérée.) Je croyais que j'étais avec eux. C'était logique. Nous étions tous d'accord. Entre les mains de Kemp, le vaisseau serait un argument de poids face au Cartel. Ça aurait pu nous faire gagner la guerre. Sans verser de sang.

— Oh-oh.

— Puis nous avons découvert que c'était un navire de guerre. Aribowo a trouvé une batterie d'armes près de la proue. Assez évidente. Puis une autre. (Elle s'est arrêtée pour boire une gorgée d'eau, et se racler la gorge.) Ils ont changé. Presque d'un coup. Tous, même Aribowo. Elle était tellement… on aurait dit des possédés. Comme s'ils étaient sous la coupe d'une intelligence d'expéria d'horreur. Comme si quelque chose avait traversé cette porte et…

Une autre grimace.

— Je ne devais pas le connaître si bien que ça. Les deux du chalutier, c'étaient des cadres. Je ne les connaissais pas du tout. Mais ils étaient tous pareils. Ils parlaient de ce qu'on pourrait en faire. Du *besoin* qu'on en avait. Vaporiser Landfall depuis orbite. Allumer les réacteurs du vaisseau, sans doute des plus rapides que la lumière, pour aller faire la guerre sur Latimer. Et ici. Bombardement planétaire. Latimer City, Portausaint, Soufrière. Tout raser, comme Sauberville, jusqu'à ce que le Protectorat capitule.

— Ils auraient pu ?

— Peut-être. Les systèmes de Nkrumah sont assez simples, une fois qu'on les a compris. Si le vaisseau y ressemblait… (Haussement d'épaules.) Ce n'était pas le cas. Mais on l'ignorait, à l'époque. Ils pensaient pouvoir le contrôler. Rien d'autre n'importait. Ils ne voulaient plus négocier. Ils voulaient une machine de guerre. Et je la leur avais donnée. Ils se réjouissaient de la mort de millions de personnes, comme une bonne blague. Ils en parlaient la nuit en buvant. Ils chantaient leurs putains de chants révolutionnaires. Et justifiaient le tout avec de la rhétorique à deux sous. Toutes les conneries qu'on entend sur les canaux du gouvernement, révisées et retournées. Tout cela pour justifier l'utilisation d'une machine pour des massacres planétaires. Et c'est moi qui la leur avais donnée. Sans moi, je pense qu'ils n'auraient pas pu rouvrir la porte. C'étaient des Gratteurs. Ils avaient besoin de moi. Ils ne trouveraient personne, tous les maîtres de guilde étaient déjà repartis vers Latimer en porteurs cryocap, bien avant tout le monde. Ou alors ils étaient à Landfall, à attendre leur hyperinjection payée par la Guilde. Weng et Aribowo sont venus me chercher à Indigo City. Ils m'ont suppliée de les aider. Et je l'ai fait. Je leur ai donné le vaisseau.

Son visage était presque implorant quand elle s'est tournée vers moi.

— Mais tu l'as repris, lui ai-je dit d'un ton apaisant.

Sa main s'est tendue sur la table. Je l'ai prise dans la mienne, et l'ai tenue un moment.

— Tu comptais nous faire la même chose ? ai-je demandé quand elle a paru calmée.

Elle a essayé de retirer sa main, mais je ne l'ai pas lâchée.

— Peu importe, à présent, ai-je dit en insistant. Ces choses sont faites, et maintenant, il suffira de vivre avec. C'est ça, le secret, Tanya. Admets-le, si c'est vrai. Accepte-le, même si tu ne veux pas me le dire.

Une larme a perlé sur le visage fermé qui me faisait face.

— Je ne sais pas, a-t-elle chuchoté. Je me contentais de survivre.

— C'est déjà bien, ai-je répondu.

Nous sommes restés main dans la main jusqu'à ce que le serveur, sur un coup de tête contre nature, vienne voir si nous voulions autre chose.

Plus tard, en rentrant par les rues de Fouilles 27, nous sommes repassés devant le même ferrailleur, et le même artefact martien pris dans le ciment. Une image a flotté à mon esprit, l'agonie figée des Martiens, noyés et prisonniers dans les bulles sur leur vaisseau. Par milliers, tendus vers l'horizon sombre de leur vaisseau. Une nation d'anges noyés, battant des ailes en un dernier effort dément pour échapper à la catastrophe qui avait terrassé le vaisseau en plein engagement.

J'ai regardé Tanya en biais, et j'ai su avec autant de certitude qu'un rush d'empathine qu'elle voyait la même image.

— Pourvu qu'il ne vienne pas ici, a-t-elle murmuré.

— Pardon ?

— Wycinski. Quand la nouvelle éclatera, il. Il voudra voir ça. Je pense que ça le détruirait.

— On le laisserait venir ?

Elle a haussé les épaules.

— Difficile de l'en empêcher s'il y tient vraiment. On l'a envoyé avec une pension à ne rien faire sur Bradbury depuis un siècle, mais il a encore quelques amis silencieux dans la Guilde. Il en impose toujours assez pour cela. Et certains se sentent encore coupables de la façon dont on l'a traité. Quelqu'un se débrouillera pour qu'il puisse venir, une hyperinjection au moins jusqu'à Latimer. Après cela, il est encore assez riche, à titre privé, pour faire le reste du trajet tout seul. (Elle a secoué la tête.) Mais ça va le tuer. Ses précieux Martiens, qui combattaient et qui sont morts en cohortes comme les humains. Une fosse commune, un trésor planétaire, condensés en machine de guerre. Cela détruit tout ce que nous voulions croire à leur sujet. Quelle déchéance.

— Eh bien, une souche de prédateurs…

— Je *sais*. Les prédateurs doivent être plus intelligents, ils finissent par dominer, ils développent une civilisation et partent vers les étoiles. Toujours la même chanson.

— Toujours le même univers, ai-je rappelé avec douceur.

— Mais seulement…

— Au moins ils ne se battaient plus entre eux. Tu l'as dit toi-même, l'autre vaisseau n'était pas martien.

— Ouais, je ne sais pas. Il n'en avait pas l'air. Mais est-ce que ça vaut vraiment mieux ? Unifiez votre race pour pouvoir en dérouiller une autre. Ils ne pouvaient pas dépasser ça ?

— Apparemment, non.

Elle n'écoutait pas. Elle regardait l'artefact.

— Ils devaient savoir qu'ils allaient mourir. Ça devait être instinctif, essayer de s'enfuir. Comme courir quand une bombe explose. Comme lever la main pour arrêter une balle.

— Et ensuite ? La coque a fondu ?

Elle a secoué la tête de nouveau, lentement.

— Je ne sais pas. Je ne pense pas. J'y ai réfléchi. Les armes que nous avons vues, elles avaient l'air plus basiques que ça. Elles changeaient la… je ne sais pas, la *longueur d'onde* de la matière ? Un truc hyperdimensionnel ? En dehors de l'espace 3D. C'est l'impression que j'ai eue. Je pense que la coque a disparu, qu'ils se sont retrouvés dans l'espace, encore vivants parce que le vaisseau était encore là, d'une certaine façon, mais sachant qu'il allait bientôt disparaître. Je pense que c'est là qu'ils se sont envolés.

J'ai frissonné en me remémorant l'image.

— Ça devait être une attaque plus lourde que celle que nous avons vue, a-t-elle continué. Ce que nous avons vu devait en être très loin.

J'ai grogné.

—Oui, les systèmes automatiques ont eu cent mille ans pour y travailler. On peut se dire qu'ils ont compris comment lutter, maintenant. Tu as entendu ce que Hand a dit, juste avant que ça devienne vraiment dur ?

—Non.

—Il a dit : « C'est ça qui a tué les autres. » Celui que nous avons trouvé dans les couloirs, mais il parlait aussi des autres. Weng, Aribowo, le reste de l'équipe. C'est pour ça qu'ils sont restés dehors jusqu'à ce que leur oxygène s'épuise. Ça leur est arrivé aussi, non ?

Elle s'est arrêtée de marcher pour se tourner vers moi.

—Écoute, si c'est bien le cas…

—Oui, c'est ce que je me suis dit aussi, ai-je opiné.

—Nous avons calculé le cométaire. Les compteurs de glyphes et nos propres instruments, juste pour être sûrs. Tous les douze cents ans standard, plus ou moins. Si c'est aussi arrivé à Aribowo et son équipe, alors…

—Alors il y a une autre intersection un peu trop dangereuse, avec un autre navire de guerre. Entre douze et dix-huit mois plus tôt, et qui sait quel genre d'orbite il peut avoir.

—Statistiquement…

—Ouais. Toi aussi, c'est ce que tu te dis… Parce que statistiquement, les chances que deux expéditions, à dix-huit mois d'écart, aient toutes les deux la malchance de tomber sur une intersection cométaire comme ça, en plein espace…

—Astronomique…

—Et encore, tu es gentille. C'est quasiment impossible.

—Sauf…

J'ai encore hoché la tête et souri. Je la voyais puiser de nouvelles forces dans le courant de sa pensée.

—Sauf s'il reste tellement de saloperies en orbite que c'est une occurrence assez fréquente. Sauf, en d'autres termes, si on se trouve face aux restes verrouillés d'un accrochement naval à l'échelle du système.

— On l'aurait vu, a-t-elle dit d'un ton incrédule. On aurait quand même fini par s'en rendre compte.

— J'en doute. Il y a beaucoup d'espace, autour de nous. Et même une coque de cinquante kilomètres, c'est assez petit pour un astéroïde. Et puis, on ne cherchait pas. Depuis que nous sommes arrivés ici, nous restons le nez dans le sol, à fouiller dans les déchets archéologiques pour trouver des miettes à vendre. Retour sur investissement. C'est tout ce qui les intéresse, à Landfall. On a oublié comment regarder ailleurs.

Elle a ri.

— Et *vous*, vous n'êtes pas Wycinski, quand même, Kovacs ? On s'y tromperait, parfois.

J'ai souri à mon tour.

— Non, moi non plus je ne suis pas Wycinski.

Le téléphone prêté par Roespinoedji a vibré dans ma poche. Je l'ai sorti, sourcillant à la façon dont mon coude brisé a raclé sur lui-même.

— Oui ?

— Vongsavath. Ils ont fini. On peut partir ce soir, si ça te dit.

J'ai regardé Wardani et j'ai soupiré.

— Oui, ça me dit. Je te rejoins dans quelques minutes.

J'ai rempoché le téléphone et j'ai repris mon chemin. Wardani a suivi.

— Eh.

— Oui ?

— Ce truc, sur le fait de regarder en l'air ? Ne pas farfouiller dans la terre ? D'où ça venait, tout d'un coup, monsieur pas-Wycinski ?

— Je ne sais pas. Harlan, peut-être. C'est le seul endroit du Protectorat où on a tendance à lever les yeux quand on pense aux Martiens. Oh, nous aussi on a des sites de fouilles. Mais on n'oublie jamais les Orbitales. Elles sont là, au-dessus de vous, chaque jour de votre vie, elles tournent sans fin, comme des anges aux épées de feu et au caractère bougon. Elles font partie du ciel nocturne. Ce truc, tout ce qu'on a trouvé ici, ça ne me surprend pas des tonnes. Il était temps.

— Oui.

L'énergie que j'avais vue lui revenir était encore dans sa voix, et j'ai su alors qu'elle s'en tirerait. À un moment, j'avais cru qu'elle restait non pas pour ce qu'elle m'avait dit, mais parce que cet ancrage, cette interruption de vie, le temps que la guerre s'achève, lui servait de châtiment auto-infligé. Mais l'enthousiasme dans sa voix me suffisait.

Elle irait très bien.

C'était comme le terme d'un long voyage. Un voyage ensemble, commencé avec le contact intime des techniques diplo pour la réparation psychique, dans une navette volée de l'autre côté du monde.

On aurait dit une croûte qui s'arrachait enfin d'une coupure cicatrisée.

— Encore une chose, ai-je repris

Nous arrivions dans la rue qui serpentait dans la poussière jusqu'au petit terrain d'atterrissage de Fouilles 27. Devant nous, les tourbillons couleur poussière du champ de camouflage de la barge Impacteur. Nous nous sommes arrêtés pour la regarder.

— Oui ?

— Qu'est-ce que je fais de ta part de l'argent ?

Elle a ri, et on aurait dit un vrai rire.

— Tu me l'envoies en diff. Onze ans, tu as dit ? Ça me fera une perspective d'avenir.

— Ça marche.

En dessous, sur le terrain d'atterrissage, Ameli Vongsavath est sortie abruptement du champ de camouflage et nous a regardés, une main en visière. J'ai fait un signe de la main. Puis je me suis dirigé vers la barge et notre long voyage.

Épilogue

La Vertu d'Angin Chandra *s'arrache du plan de l'écliptique et jaillit dans l'espace. Elle se déplace déjà plus vite que ce que la plupart des humains peuvent visualiser, mais cela reste assez lent en termes interstellaires. À pleine accélération, elle n'ira qu'à une fraction de la vitesse quasi luminique des barges de colonisation un siècle plus tôt. Ce n'est pas un vaisseau fait pour les profondeurs de l'espace. Mais ses systèmes de guidage sont de Nuhanovic, et elle finira par arriver à destination. Ici, dans le virtuel, on a tendance à oublier le contexte extérieur. Les petits engagés par Roespinoedji peuvent être contents d'eux-mêmes. Il y a une côte de calcaire rongée par le vent et la mer, qui rejoint les vagues comme les couches de cire fondue à la base d'une bougie. Les terrasses sont d'un blanc si intense qu'on a du mal de les regarder sans lentilles, et la mer est étincelante. On peut descendre du calcaire et se retrouver d'un coup dans cinq mètres d'eau cristalline, d'une fraîcheur qui vous lave de votre sueur comme d'un vieux vêtement. Il y a des poissons de toutes les couleurs, parmi les formations de corail qui poussent sur le sable pâle comme des fortifications baroques.*

La maison est spacieuse et ancienne, sise dans les collines et construite comme un château dont on aurait coupé le sommet. Le toit plat est fermé de trois côtés, et fait un patio couvert de mosaïque. À l'arrière, on peut en descendre et aller se promener dans les collines. À l'intérieur, assez d'espace pour que nous puissions tous nous isoler si nous le voulons. Et des meubles qui encouragent les regroupements dans la cuisine ou la salle à manger. Le système de la maison joue souvent de la musique, de la guitare espagnole légère et agréable tirée de la pop d'Adoracion et de Latimer City. Presque tous les murs sont couverts de livres.

*Pendant la journée, les températures montent très haut, et on a envie de se plonger dans l'eau quelques heures après le petit déjeuner. Le soir, il fait assez frais pour qu'il faille enfiler un pull ou une veste si l'on veut discuter dehors, ou s'asseoir sur le toit pour regarder les étoiles comme nous le faisons tous. Ce n'est pas le ciel qu'on aperçoit depuis le siège de pilote de la Vertu d'*Angin Chandra. *L'un des techos m'a dit que c'était dessiné à partir d'un original de la Terre. On s'en fout un peu.*

Pour passer le temps qu'on a après la mort, c'est plutôt pas mal. Ce n'est peut-être pas à la hauteur de ce que Hand aurait voulu – ce n'est pas assez sélect, déjà –, mais tout ceci a été conçu par de simples mortels. Et c'est mieux que ce que les morts du Tanya Wardani *subissent. Si les ponts et couloirs déserts de la* Chandra *donnent l'impression d'un vaisseau fantôme, comme Ameli Vongsavath le dit, alors c'est une forme de hantise bien plus confortable que celle laissée par les Martiens de l'autre côté de la porte. Si je suis un fantôme, enregistré et rapide comme l'électron dans les petits circuits des parois de la barge, alors je n'ai aucune doléance.*

Mais parfois, quand je regarde autour de la grande table en bois, le soir, derrière les bouteilles et les pipes, j'aimerais que les autres soient là aussi. Cruickshank me manque tout particulièrement. Deprez, Sun et Vongsavath sont de bonne compagnie, mais aucun n'a vraiment la même joie de vivre brutale que la gamine des Limon maniait comme une masse d'armes. Et bien sûr, aucun n'a envie de coucher avec moi comme elle.

Sutjiadi non plus n'est pas là. Sa pile est la seule que je n'ai pas mise en pièces à Dangrek. Nous avons essayé de le charger dans le virtuel avant de quitter Fouilles 27, et il était fou à lier. Nous étions autour de lui, dans une fraîche cour de marbre, et il ne nous a pas reconnus. Il criait, il marmonnait et il bavait, et il s'écartait de ceux qui essayaient de le toucher. Nous avons décidé de le débrancher, puis d'effacer ce format aussi parce que, pour nous tous, la cour était devenue taboue.

Sun a parlé de psychochirurgie. Je me rappelle le sergent de démolition que les Impacteurs avaient réenveloppé une fois de trop, et j'hésite. Mais Sutjiadi aura la meilleure psychochirugie de tout Latimer. C'est moi qui régale.

Sutjiadi.

Cruickshank.

Hansen.

Jiang.

Certains diraient qu'on s'en est bien tirés.

Parfois, quand je suis assis sous le ciel étoilé, à partager une bouteille de whisky avec Luc Deprez, je suis presque d'accord.

De temps en temps, Vongsavath disparaît. Un construct à la tenue impeccable, inspiré d'un bureaucrate des années de Colonisation de Hun, vient la chercher dans une antique airjeep à toit en toile. Il se bat avec la ceinture de sécurité d'Ameli, au grand amusement de tous ceux qui regardent, puis ils repartent dans les collines derrière la maison. Elle part rarement plus d'une demi-heure.

Bien sûr, en temps réel, cela fait plusieurs jours. Les indés de Roespinoedji ont ralenti le virtuel embarqué, autant que possible. Ça devait être une première, pour eux – la plupart des clients veulent un temps virtuel qui va dix ou cent fois plus vite que la réalité standard. Mais rares sont ceux qui passent au moins dix ans à rester assis sans rien faire. Nous passons les onze ans de voyage à environ un centième du temps qui s'écoule réellement. Les semaines sur le pont désert de la Chandra *durent quelques heures pour nous. Nous serons de retour dans le système de Latimer à la fin du mois.*

Certes, il aurait été plus facile de dormir tout du long. Mais Carrera était un bon juge de la nature humaine, comme tous les charognards qui guettaient le corps paralysé de Sanction IV. Comme tous les vaisseaux pouvant échapper à la guerre, la barge n'est équipée que d'une seule cryocap d'urgence, pour le pilote.

Elle n'est même pas très bonne. Le plus clair du temps de Vongsavath se passe dans les temps de décongélation et recongélation nécessaires pour le cryosystème trop complexe. Ce bureaucrate de Hun est une bonne blague de la part de Sun Liping, suggérée puis écrite dans le format, quand Vongsavath est revenue un soir en maudissant l'inefficacité du processeur de la cryocapsule.

Bien sûr, Vongsavath exagère, comme on le fait toujours pour les ennuis mineurs, quand la vie est si proche de la perfection dans tous les aspects importants. La plupart du temps, son café n'a même pas le temps de refroidir avant qu'elle revienne. Les tests système qu'elle a effectués jusqu'à maintenant sur le pont et le pilote automatique se sont avérés totalement superflus. Système de guidage Nuhanovic. Comme Sun l'a dit dans la coque du vaisseau martien, on ne fait pas mieux.

Je lui ai rappelé ce commentaire il y a quelques jours, tandis que nous faisions la planche dans les vagues aigues-marines près de la plage, les yeux plissés contre le soleil. Elle se souvenait à peine l'avoir dit. Tout ce qui s'est passé sur Sanction IV nous paraît déjà si loin. Dans l'au-delà, on perd le sens du temps, on dirait. À moins qu'on n'ait plus ni envie ni besoin de le sentir passer. Nous pourrions aisément savoir, avec la borne de données, depuis combien de temps nous sommes partis, et donc quand nous arriverons, mais apparemment, personne ne s'en soucie. Nous préférons rester dans le vague. Sur Sanction IV, nous savons que des années ont déjà passé, mais savoir combien semble – sans doute à juste titre – sans intérêt. La guerre peut être sur le point de s'achever, la paix déjà âprement négociée. Ou pas. Difficile de s'y intéresser plus que cela. Les vivants ne nous touchent pas.

Enfin, généralement.

Mais de temps en temps, je me demande ce que Tanya Wardani fait en ce moment. Je me demande si elle est déjà aux abords du système Sanction quelque part, à fatiguer le visage d'une nouvelle enveloppe en étudiant les glyphes qui verrouillent un cuirassé martien. Je me demande combien d'épaves automatisées tournent encore autour de nous, échangeant à chaque rotation des tirs avec leurs anciens ennemis, puis repartant sans mal dans la nuit, les machines sortant de leur niche pour apaiser, réparer et préparer la prochaine rencontre. Je me demande ce que nous allons trouver d'autre dans ces cieux encombrés, quand nous commencerons à chercher. Et aussi, de temps en temps, je me demande ce que nous faisons ici. Je me demande ce qui a justifié leur combat dans l'espace, autour de cette petite étoile ordinaire. Et je me demande si, au final, ils pensaient que cela en valait la peine.

Encore plus rarement, je pense à ce que j'aurai à faire en arrivant à Latimer. Mais les détails me paraissent irréels. Les quellistes voudront un rapport. Ils voudront savoir pourquoi je n'ai pas réussi à manipuler Kemp pour le rapprocher de leurs objectifs dans le secteur de Latimer. Pourquoi j'ai changé de camp au moment critique, et, pire, pourquoi je suis parti en laissant les choses dans l'état où elles étaient quand ils m'ont injecté. Ce n'est sans doute pas ce qu'ils avaient en tête quand ils m'ont engagé.

J'inventerai quelque chose.

Je n'ai pas d'enveloppe pour l'instant, mais c'est un souci mineur. Je possède la moitié de vingt millions des Nations unies dans une banque à Latimer City, une petite bande de spec ops endurcis comme amis, dont un lié par le sang avec une des plus illustres familles militaires de Latimer. Un psychochirurgien à trouver pour Sutjiadi. Une détermination mauvaise à me rendre sur les Limon Highlands pour apprendre à la famille d'Yvette Cruickshank la nouvelle de sa mort. À part ça, une vague idée, retourner sur les ruines à l'herbe argentée d'Innenin pour chercher un écho quelconque de ce que j'ai trouvé sur le Tanya Wardani.

Voilà ce que j'aurais à faire en ressuscitant. Si ça en dérange certains, qu'ils y viennent.

En fait, j'ai un peu hâte que le mois se termine.

Le paradis, c'est très surfait.

Découvrez le début de :

Furies Déchaînées

Une nouvelle aventure de Takeshi Kovacs

PROLOGUE

Ils ont dû me réveiller dans une pièce soigneusement préparée. Pareil pour la chambre de réception, où ils ont signé le deal. La famille Harlan ne fait jamais rien à moitié, comme peut vous le dire n'importe quelle personne reçue. Ils aiment faire bonne impression. Décor noir moucheté or, pour coller au blason mural. Les subsoniques d'ambiance engendrent une impression de gratitude larmoyante. Vous êtes en présence de nobles… Un artefact martien ou autre, dans un coin, pour rappeler que le flambeau a changé de mains. Nos bienfaiteurs inhumains depuis longtemps disparus ont cédé la place à la modernissime oligarchie des Premières Familles. L'holosculpture incontournable, le vieux Konrad Harlan lui-même en mode « découvreur de planètes ». Une main levée, l'autre qui protège son visage contre la lumière d'un soleil étranger. Ce genre de truc.

Ajoutez à la scène Takeshi Kovacs, qui sort tout juste d'un réservoir plein de gel, dans allez savoir quelle nouvelle enveloppe, en train de se remettre sur pieds dans la lumière pastel, soutenu par de charmants assistants en maillot de bain design. Des serviettes d'un confort incroyable pour essuyer le plus gros du gel. Peignoir de la même étoffe, avant de passer dans la pièce à côté. Douche, miroir – habitue-toi, soldat, c'est ta nouvelle tête – nouveaux vêtements avec l'enveloppe, et direct dans la chambre d'audience pour rencontrer un membre de la Famille. Une femme, bien sûr. Ils n'utiliseraient jamais un homme, avec ce qu'ils savent de mon passé. Abandonné par un père alcoolique à dix ans, élevé avec deux sœurs cadettes, une vie de réactions psychotiques sporadiques face aux figures d'autorité masculines… Non, une femme, bien sûr. Une tante, efficace, assurée et polie. Une entrepreneuse de services secrets pour les affaires les moins publiques de la famille Harlan. Une belle plante, mais discrète, dans une enveloppe clonée sur mesure. La quarantaine à peine entamée, a priori. Comme d'habitude.

— Bienvenue chez vous, Kovacs-san. Vous vous sentez bien ?

— Moi ça va. Et vous ?

Insolent, crâne. L'entraînement diplo vous habitue à absorber et traiter les détails de votre environnement à une vitesse inespérée pour les humains. En regardant autour de lui, le Diplo Takeshi Kovacs sait en une fraction de seconde, sait depuis qu'il s'est réveillé dans son bocal, qu'on a quelque chose à lui demander.

— Moi ? Vous pouvez m'appeler Aiura. (Elle parle amanglais, pas japonais, mais la magnifique et très intentionnelle mésinterprétation de la question, l'élégante esquive de l'offense sans le recours à l'outrage, montre bien les racines culturelles des Premières Familles. Elle fait un geste, aussi élégant que ses paroles.) Mais peu importe qui je suis, en l'occurrence. Je pense que vous avez compris qui je représente.

— Oui, c'est clair.

Ce sont peut-être les subsoniques, ou sa réponse sobre à ma pique, mais je suis moins arrogant. Les Diplos absorbent ce qu'il y a autour d'eux, et dans une certaine mesure c'est contagieux. On adopte souvent le comportement qu'on observe, inconsciemment, surtout si l'intuition de Diplo capte que ce sera un avantage dans l'environnement immédiat.

— Donc, je suis en soutien.

— D'une certaine façon, oui, répond-elle en toussant délicatement.

— Déploiement solo ?

Ce n'est pas inhabituel, mais c'est plus barbant. Dans une équipe de Diplos, on a un sentiment de confiance qu'on n'a pas avec des humains normaux.

— Oui. Disons que vous serez le seul Diplo de l'histoire. Des ressources plus conventionnelles sont à votre disposition en grand nombre.

— Ça promet.

— Espérons.

— Et qu'est-ce que vous voulez que je fasse ?

Autre éclaircissement de voix, délicat toujours.

— Bientôt. Puis-je vous demander, de nouveau, si l'enveloppe est confortable ?

— On dirait. (Prise de conscience soudaine. Très fluide, réaction à des niveaux impressionnants, même pour quelqu'un des Corps, habitué au sur-mesure militaire. Un corps superbe, au moins à l'intérieur.) C'est une nouveauté Nakamura ?

— Non. (Le regard de la femme bascule-t-il vers le haut à gauche ? C'est une cadre de sécurité, elle est sans doute câblée avec un affichage rétinien.) Harkany Neurosystems, cultivée sous licence extraplanétaire pour Khumalo-Cape.

Les Diplos ne sont pas censés souffrir de la surprise. Si je fronçais les sourcils, il faudrait que ce soit à l'intérieur.

— Khumalo ? Jamais entendu parler.

— Rien d'étonnant.

— Pardon ?

— Disons simplement que nous vous avons équipé du summum existant en biotech. Inutile d'énumérer les capacités de l'enveloppe, vu votre formation. Si vous voulez des détails, vous avez un manuel de base dans l'affichage tête haute à gauche de votre vision. (Un petit sourire, une trace de fatigue ?) Harkany ne développait pas spécialement pour les Diplos, et nous n'avons pas eu le temps de faire du sur-mesure.

— Vous avez une situation de crise ?

— Très finement déduit, Kovacs-san. Oui, la situation pourrait être décrite ainsi. Nous aimerions que vous vous mettiez au travail tout de suite.

— C'est pour ça qu'on me paie.

— Oui. (Va-t-elle aborder maintenant le sujet de qui le paie, exactement ? Sans doute pas.) Vous avez déjà dû deviner qu'il s'agit d'un déploiement secret. Rien à voir avec Sharya. Mais vous avez eu une certaine expérience dans la lutte antiterroriste vers la fin de cette campagne, il me semble.

— Ouais. (Une fois qu'on a éclaté leur flotte IP, brouillé leurs systèmes de communications, abattu leur économie et tué à peu près toute possibilité de résistance planétaire, il est resté quelques acharnés qui n'avaient pas compris le message du Protectorat. Donc, on les a cherchés. Infiltrés. Mis en confiance. Détournés. Trahis. Poignardés dans le dos. Littéralement, pour certains.) Ouais, j'ai fait un peu de ça.

— Bien. Ce travail ne sera pas très différent.

— Vous avez des problèmes de terrorisme ? Les quellistes refont des leurs ?

Elle a un geste badin. Plus personne ne prend le quellisme au sérieux. Et ça fait quelques siècles. Les derniers vrais quellistes sur Harlan ont échangé leurs principes révolutionnaires contre des activités criminelles. Le risque est le même, mais ça paie mieux. Ils ne constituent pas une menace pour cette femme, ou pour l'oligarchie qu'elle représente. Donc, les choses ne sont pas ce qu'on pourrait croire.

— C'est plus une chasse à l'homme, Kovacs-san. Un individu, pas un sujet politique.

— Et vous appelez un Diplo en renfort. (Malgré l'entraînement, j'ai bien dû lever un sourcil, pour le coup. Et ma voix a dû s'affoler un peu aussi.) Ça ne doit pas être n'importe qui.

— Très juste. Un ex-Diplo, pour être exacte. Kovacs-san, avant que nous continuions, je pense qu'il faut vous dire quelque chose, quelque chose qui…

— Quelque chose qu'il faudrait dire à mon officier supérieur. Parce que, à mon avis, vous faites perdre leur temps aux Diplos. On ne fait pas ce genre de boulot.

— … pourrait vous faire un choc. Vous… Euh, vous devez croire qu'on vous a réenveloppé peu de temps après la campagne de Sharya. Quelques jours après votre sortie par injection, peut-être.

Haussement d'épaules. Cool comme un Diplo.

— Quelques jours, quelques mois… pas grande différence, pour m…

— Deux siècles.

— Quoi ?

— Comme je vous l'ai dit, vous êtes en stockage depuis près de deux siècles. En termes réels…

Le cool du Diplo a foutu le camp.

— Qu'est-ce que c'est que ces putains…

— Je vous en prie, Kovacs-san, écoutez-moi. (Un soupçon d'ordre. Puis, quand le conditionnement me court-circuite encore et me force à vraiment écouter, elle ajoute plus bas :) Plus tard, je vous donnerai tous les détails que vous voudrez. Pour le moment, retenez simplement que vous ne faites plus partie des Diplos. Vous pouvez vous considérer sous contrat privé auprès de la famille Harlan.

Séparé de vos derniers souvenirs par plusieurs siècles. Enveloppé hors du temps. Une vie entière passée à l'écart de tous ceux que vous connaissiez. De tout ce que vous connaissiez. Comme un putain de criminel. Bon, la technique d'assimilation des Diplos doit avoir enregistré tout ça, maintenant, mais bon…

— Comment avez-vous…

— Votre fichier de personnalité digitalisée a été acquis pour le compte de la famille il y a quelque temps. Comme je vous l'ai dit, je vous donnerai d'autres détails un peu plus tard. Inutile de vous soucier de tout cela pour le moment. Le contrat que je viens vous offrir est lucratif et, au final, gratifiant. Le plus important pour vous, c'est de comprendre à quel point vos talents de Diplo seront mis à l'épreuve. Ce n'est plus la Harlan que vous connaissiez.

— Ça, c'est pas grave. (Impatience.) C'est mon boulot.

— Bien. J'imagine que vous voulez savoir…

— Ouais. (Écrase le choc. Serre, comme un garrot sur un membre ensanglanté. Ramène ta compétence, ton indifférence. Accroche-toi à l'évidence, au principal.) C'est qui, ce putain d'ex-Diplo que vous voulez que je chope ?

Ça a dû se passer comme ça.

Ou pas. Je dis ça, mais c'est surtout des soupçons et des idées après coup. Je construis avec ce que je peux deviner, avec mon intuition de Diplo pour combler les vides. Mais je pourrais me tromper, hein.

Allez savoir.

Je n'étais pas là.

Et je n'ai pas vu sa tête quand on lui a dit où j'étais. Quand on lui a dit qui *j'étais. Et ce qu'il devait faire.*

PREMIÈRE PARTIE

UN

Dégâts.

La blessure faisait un mal de chien, mais j'avais connu pire. Le tir de blaster avait frappé mes côtes de profil, déjà affaibli par la porte blindée qu'il avait dû défoncer pour me trouver. Des prêtres contre la porte fermée, qui cherchaient le carton facile. Putains d'amateurs. Ils avaient dû morfler au moins autant que moi rien qu'avec l'onde de choc à bout portant sur le blindage. De mon côté, je décrochais déjà. Ce qui restait de la charge a tracé un petit sillon sur ma cage thoracique avant de ressortir, faisant fumer les plis de mon manteau. Ce flanc-là s'est glacé instantanément, avec la puanteur soudaine de composantes de senseurs dermaux grillés. L'étrange bourdonnement du fragment d'os, presque un goût, où le bolt avait déchiré le biolube qui enveloppait mes côtes flottantes.

Dix-huit minutes plus tard – d'après l'affichage lumineux en haut à gauche de mon regard – j'avais encore le même bourdonnement. Je courais dans la rue éclairée de lampadaires, et j'essayais d'ignorer la blessure. Vague humidité sous mon manteau. Pas beaucoup de sang. Les enveloppes synthétiques, ça a du bon.

— Tu cherches du bon temps, mec ?

— C'est bon, j'en viens, ai-je répondu en m'écartant de la porte.

Il a battu de ses paupières tatouées de motifs de vagues, et il me disait comme ça tout ce que je ratais. Il a rappuyé son grand corps alangui dans l'ombre. J'ai traversé la rue, tourné l'angle, et je suis passé devant d'autres putes, une femme et les autres d'un genre indéterminé. La femme était une conversion, langue de dragon fourchue entre des lèvres préhensiles. Elle flairait peut-être ma blessure dans l'air de la nuit. Ses yeux ont aussi dansé sur moi et se sont détournés. De l'autre côté, le travelo a changé de position, un tout petit peu, et m'a regardé en se posant des questions. Sans rien dire. Personne n'était intéressé. Les rues étaient trempées de pluie, désertes, et ils m'avaient vu approcher depuis plus longtemps que le portier. Je m'étais nettoyé après avoir quitté la citadelle, mais on devait voir à ma tête que je ne venais pas pour ça.

Une fois passé, je les ai entendus parler de moi en stripjap. J'ai reconnu le mot pour *fauché*.

Ils/elles pouvaient se permettre de faire la fine bouche. Après l'initiative Mecsek, les affaires allaient bon train. Tekitomura était bondée cet hiver, avec courtiers en épaves et équipes de déClass qui les attiraient comme un chalutier attire les razailes. *Nous sécurisons New Hok pour le Nouveau Siècle*, disait la pub. Depuis le nouveau dock à flotteurs lourds, du côté Kompcho de la ville, ça faisait moins de mille kilomètres en ligne droite aux rives de New Hokkaido. Les navettes tournaient jour et nuit. À moins d'un largage orbital, on ne pouvait pas traverser la mer d'Andrassy plus vite. Et sur Harlan, on ne décollait que si on n'avait pas le choix. N'importe quelle équipe avec du matériel lourd – c'était leur cas à toutes – faisait Tekitomura-New Hok en flotteur lourd. Celles qui survivaient faisaient le retour de la même façon.

Une ville poussée d'un coup. Pleine d'espoir et d'un enthousiasme violent tant que l'argent de Mecsek affluait.

J'ai traversé en boitant les ruelles jonchées des restes de réjouissances humaines. Dans ma poche, les piles fraîchement extraites cliquetaient comme des dés qui roulent.

Il y avait de la bagarre au carrefour de Pencheva Street et Muko Prospect. Les fumoirs de Muko venaient de mettre à la rue leurs clients aux synapses grillées, qui avaient croisé les dockers de l'équipe de nuit en goguette dans le calme délité du quartier des entrepôts. Le parfait cocktail de violence. Une dizaine de silhouettes aux gestes maladroits vacillaient sur place dans la rue, battant des bras de façon approximative les unes vers les autres sous les vivats de la foule. Un corps était déjà étendu, inerte, sur la chaussée vitrifiée, et quelqu'un le tirait à l'abri, longueur de membre par longueur de membre, malgré le sang qui maculait le sol. Des étincelles bleues se sont envolées d'un poing énergétique trop chargé, et une autre lumière s'est reflétée sur une lame. Mais tous ceux qui restaient debout paraissaient s'amuser. La police n'était pas encore là.

Ouais, railla une partie de moi. *Ils doivent être trop occupés de l'autre côté de la colline, pour le moment.*

J'ai contourné l'échauffourée de mon mieux, en protégeant mon flanc blessé. Sous le manteau, mes mains se sont refermées sur la courbe douce de ma dernière grenade hallucinogène et sur la poignée vaguement collante du couteau Tebbit.

Ne jamais se battre quand on peut tuer rapidement et partir.

Virginia Vidaura – formatrice pour les Diplos, puis criminelle professionnelle et, parfois, activiste politique. Une sorte de modèle pour moi, même si je ne l'ai pas vue depuis des décennies. Sur une dizaine d'autres mondes, déjà, elle s'était rappelée à mon souvenir sans que je ne lui demande rien, et je devais ma vie à ce fantôme sous mon crâne. Une bonne dizaine de vies, même. Cette fois, je n'ai pas eu besoin d'elle ni du couteau. Je suis passé devant la rixe sans croiser un seul regard, j'ai tourné à Pencheva et j'ai disparu dans l'ombre, de l'autre côté des ruelles. Du côté mer de la rue. L'horodateur de mon œil m'indiquait que j'étais en retard.

Du nerf, Kovacs. D'après mon contact à Millsport, Plex n'était jamais très fiable, et je ne l'avais pas payé assez pour qu'il attende longtemps.

Cinq cents mètres de plus, et je me retrouve dans les fractales rondes de la section Belacoton Kohei, baptisée plusieurs siècles auparavant d'après le contenu habituel et la famille originelle de propriétaires-gérants dont les entrepôts formaient un dédale de ruelles. Avec l'Ébranlement et la perte de New Hokkaido en tant que marché, le commerce local de belalgue s'était plutôt effondré, et des familles comme Kohei avaient vite fait faillite. À présent, les fenêtres encrassées des étages supérieurs se regardaient tristement par-dessus les entrées de garage béantes dont les volets étaient tous coincés en un entrebâillement indécis.

On parlait de régénération, bien sûr, de rouvrir ces unités pour en faire des labos de déClass, des centres de formation et des entrepôts de matériel.

Mais on ne faisait rien de plus que parler. Cet enthousiasme avait permis de bâtir sur le quai, face aux rampes à flotteurs lourds, vers l'ouest, mais pour l'instant, la régénération ne s'était pas étendue bien loin. De ce côté du quai, si loin à l'est, les appels financiers de Mecsek restaient plutôt inaudibles.

La joie des retombées.

Belacoton Kohei 9-26 était vaguement illuminé à l'étage, et les longues langues d'ombre agitées sous le rideau de fer à moitié baissé donnaient à l'édifice une allure de dément bavant et borgne. Je me suis laissé glisser jusqu'au mur et j'ai poussé les circuits auditifs de l'unité synthétique pour voir ce qu'ils valaient. Pas grand-chose. Les voix arrivaient jusque dans la rue, aussi instables que les ombres à mes pieds.

— … te dis, je ne vais pas attendre pour *ça*.

C'était un accent de Millsport, l'arôme métropolitain et traînant de l'amanglais de Harlan étiré au point de devenir un ânonnement irrité. La voix de Plex, qui murmurait trop bas pour que je l'entende, faisait un contrepoint provincial plus doux. Il paraissait poser une question.

— Comment je pourrais savoir, putain ? Crois ce que tu veux.

Le compagnon de Plex se déplaçait, manipulait des objets. Sa voix disparaissait dans les échos de la baie de chargement. J'ai compris les mots *kaikyo*, *problème*, et un rire saccadé. Puis il est revenu plus près du rideau.

— … problème, c'est ce que croit la famille, et elle croit ce que leur dit la technologie. La technologie laisse une trace, mon ami. (Une quinte de toux soudaine et une inspiration coupée, comme une drogue qu'on absorbe). Ce type est en retard, bordel.

J'ai froncé les sourcils. *Kaikyo* a beaucoup de sens, selon l'âge qu'on a. En géographie, c'est un détroit ou un canal. À l'époque de la Première Colonisation. Ou pour ceux qui veulent se la jouer Premières Familles, hypcréduqués et qui écrivent en kanji. Ce type n'avait pas trop l'air d'être des Premières Familles, mais rien ne prouvait qu'il n'était pas là quand Konrad Harlan et ses amis pleins de relations transformaient Glimmer VI en terrain de jeu privé. Beaucoup de personnalités digit avaient encore leur pile de l'époque, et attendaient de retrouver une enveloppe fonctionnelle. De toute façon, pour vivre toute l'histoire humaine de Harlan, on n'aurait pas eu besoin de plus d'une demi-douzaine d'enveloppes. Ça fait tout juste quatre cents ans, en temps terrien standard, que les barges de colonisation se sont posées.

L'intuition diplo se tordait sous mon crâne. Je n'y croyais pas. J'avais rencontré des hommes et des femmes qui vivaient depuis des siècles, et ils ne parlaient pas comme ça. Ce brouillard de pensées ne reflétait pas la sagesse des âges.

Dans la rue, récupéré par l'argot stripjap une centaine d'années plus tard, *kaikyo* est devenu un contact qui peut fourguer des biens volés. Une dérivation de flux, un passage, d'où le glissement de sens. Dans certaines parties de l'archipel de Millsport, c'est encore l'usage admis. Partout, sinon, le sens se décale encore pour représenter des consultants financiers on ne peut plus officiels.

Ouais, et un peu plus au sud, c'est un saint homme possédé par les esprits. Ou une bouche d'égout. Ça suffit, le détective. Tu l'as entendu, t'es à la bourre.

J'ai passé le talon de la main sous le rideau et je l'ai remonté, étouffant la déferlante de douleur lancée par ma blessure autant que l'enveloppe synthétique me le permettait. Le volet a claqué contre le plafond. La lumière est tombée dans la rue et sur moi.

— Salut.

— Bordel ! (L'accent de Millsport s'est reculé d'un grand pas. Il n'était qu'à quelques mètres du rideau quand je l'avais levé.) Tak.

— Salut, Plex. (Mes yeux restaient sur le nouveau.) C'est qui, le noir ?

Mais je le savais déjà. Pâle, une belle gueule de designer sortie tout droit d'une expéria à petit budget, entre Micky Nozawa et Ryu Bartok. Une enveloppe de combattant bien proportionnée, massive aux épaules et à la poitrine, longue de membre. Les cheveux en bataille, collés, comme on le fait sur les défilés de bioware de nos jours. Le look frisottis statiques vers le haut, comme si on venait de sortir l'enveloppe de sa cuve de clonage. Un costume large et tombant, pour suggérer qu'il cache des armes, et une pose qui montrait qu'il n'avait rien qu'il ait envie d'utiliser. Accroupi comme un pratiquant d'arts martiaux, mais c'était plus pour le show que parce qu'il s'y connaissait. Il avait encore la micropipe vide dans une main, et ses pupilles étaient complètement dilatées. Par concession à une vieille tradition, il avait des tatouages à l'illuminum, des arabesques sur un coin de son front.

Apprenti yakuza de Millsport. Un voyou.

— Me traite pas de *noari*. C'est toi l'étranger, ici, Kovacs. C'est toi, l'intrus.

Je l'ai gardé à la périphérie de ma vision pour regarder Plex, qui était du côté des établis et trifouillait un nœud de sangles araignées, en essayant un sourire qui ne voulait pas rester sur son visage d'aristo dissipé.

— Écoute, Tak.

— C'était une soirée privée, Plex. Je ne t'ai pas demandé d'engager une danseuse.

Le yakuza a fait mine de s'avancer, et s'est retenu de justesse. Il a eu un raclement de gorge sauvage, et Plex a paniqué un peu.

— Attends, je… (Il a reposé les sangles, et ça lui coûtait, ça se voyait.) Tak, il est là pour autre chose.

— Il est là pendant qu'on devrait régler nos affaires.

— *Écoute*, Kovacs, espèce de…

— *Non*. (Je me suis retourné vers lui en parlant, en espérant qu'il comprendrait bien l'énergie que j'avais dans la voix.) Tu sais qui je suis ? Alors tu vas pas te fourrer dans mes pattes. Je viens voir Plex, et pas toi. Maintenant, dehors.

Je ne sais pas ce qui l'a arrêté. La réputation des Diplos, les dernières infos – *tout le monde doit en parler, t'as fichu un beau bordel, là-haut* – ou une tête un peu plus froide que son affectation de racaille en costard voulait le dire. Il est resté devant la porte un moment, enveloppé dans sa propre rage, puis il a laissé tomber et l'a ravalée. Il a regardé les ongles de sa main droite et il a ri.

— Ouais, bien sûr. Va faire ton biz avec Plex. J'attends dehors. Ça devrait aller vite.

Il a même fait le premier pas vers la rue.

— De quoi il parle, putain ?

Plex a sourcillé.

— Euh, il faut qu'on reporte, Tak. On ne peut…

— Oh non. (Mais en regardant dans la pièce, je voyais déjà les motifs de tourbillons dans la poussière, là où quelqu'un avait utilisé un transporteur grav). Non, non, tu m'as dit…

— J-je sais, Tak, mais…

— Je t'ai *payé*…

— Je vais te rendre l'argent…

— Je m'en cogne, de ce putain d'argent, Plex. (Je l'ai regardé, en résistant à l'envie de lui arracher la gorge. Sans Plex, pas de bande montante. Sans bande montante…) Je veux mon putain de *corps* !

— C'est cool, pas de souci, tu vas le récupérer. C'est juste que pour l'instant…

— Pour l'instant, c'est nous qui utilisons l'installation, Kovacs. (Le yakuza est revenu dans mon champ de vision, toujours avec un sourire.) Parce que franchement, elle est un peu à nous, hein… Mais Plex n'a pas dû te le dire, ça…

J'ai regardé les deux, rapidement. Plex avait l'air gêné.

Ça doit être dur, pour lui. Isa, mon arrangeuse à Millsport, quinze ans, des cheveux violets en pointes et des prises de CyberRat à l'archaïsme brutal, qui me faisait le coup de la nostalgie en négociant le deal. *Regarde l'Histoire, mec. Il s'est bien fait baiser.*

Certes, l'Histoire n'avait pas fait beaucoup de fleurs à Plex. Né trois siècles plus tôt avec le nom de Kohei, ç'aurait été un fils cadet idiot et gâté, sans aucun besoin de se fatiguer, à part en appliquant son intelligence évidente dans des domaines convenables comme l'astrophysique ou l'archéologie. Mais, dans l'Ébranlement qui avait suivi, la famille Kohei n'avait laissé à ses générations post-Décolonisation que les clés de dix rues d'entrepôts vides et un charme aristo fatigué qui, selon les propres paroles de Plex, aidait bien à tirer son coup quand on était fauché. Défoncé à la pipe, il m'avait raconté toute l'histoire. On se connaissait depuis à peine trois jours.

Il avait besoin de parler, et les Diplos sont doués pour écouter. On écoute, on classe dans Couleur locale, on absorbe. Et après, les détails peuvent nous sauver la vie.

Poussés par la terreur d'une seule vie sans enveloppe de réserve pour la suite, les ancêtres nouveaux pauvres de Plex avaient appris à gagner leur croûte, mais ils n'étaient pas très doués pour ça. Les dettes se sont accumulées, et les vautours ont plongé. Le temps que Plex arrive, la famille était si liée aux yakuzas que le crime était une réalité quotidienne. Il avait dû grandir au milieu de mecs en costard aussi agressifs que celui-ci. Et apprendre ce petit sourire gêné et vaincu d'avance en regardant son père.

Je ne voulais surtout pas énerver ses patrons.

Je ne voulais surtout pas prendre un flotteur lourd pour retourner à Millsport avec cette enveloppe.

— Plex, je dois partir d'ici sur le *Saffron Queen*. Dans quatre heures. Tu me rembourses mon billet ?

— On va le changer, Tak. (Sa voix était suppliante.) Il y a un autre flotteur pour Empé demain soir. J'ai des trucs, enfin, les mecs de Yukio…

— Utilise pas mon *nom*, putain ! glapit le yakuza.

— Ils peuvent te transférer au transport du soir, personne le saura. (Le regard implorant s'est tourné vers Yukio.) Tu peux faire ça, hein ?

J'ai rajouté mon propre regard.

— Hein ? Puisque vous foutez en l'air mes plans de sortie, là ?

— T'as déjà foiré ta sortie, Kovacs. (Le yakuza avait les sourcils froncés et secouait la tête. Il jouait les *sempai*, avec des maniérismes qu'il avait dû pomper à son propre maître pas beaucoup plus tôt dans son apprentissage.) Tu sais combien de flics tu as après toi, ici ? Ils ont des renifleuses dans toute la périphérie de la ville, et à mon avis, ils seront sur le dock des flotteurs d'ici une heure. Tout le TPD veut jouer avec toi.

Sans parler de nos amis barbus de la citadelle. Merde, mec, tu crois que tu aurais pu faire les choses plus salement ?

— Je t'ai posé une question, j'ai pas demandé ton avis. Tu me transfères au départ suivant ou pas ?

— Ouais, ouais. (Il a écarté la question d'un geste.) Disons que c'est fait. Ce que tu comprends pas, Kovacs, c'est que certaines personnes ici ont des vraies affaires à faire tourner. Toi, tu débarques, t'affoles la police avec ta violence irraisonnée... Ils pourraient paniquer et arrêter des gens *importants*.

— Importants pour quoi ?

— Ça te regarde pas. (L'imitation *sempai* s'est cassé la gueule et il est redevenu le petit punk de Millsport que j'avais vu.) Alors tu fais profil bas pendant cinq ou six heures, et t'essaies de tuer personne.

— Et après ?

— Et après on t'appelle.

J'ai secoué la tête.

— Il va falloir trouver mieux que ça.

— Mieux que... Putain mais tu sais à qui tu parles, connard ?

J'ai mesuré la distance, le temps qu'il me faudrait pour arriver jusqu'à lui. La douleur que ça me coûterait. J'ai dit ce qu'il fallait pour le pousser.

— À qui je parle ? Je parle à un *chimpira* camé jusqu'aux yeux, une putain de racaille de Millsport à qui son *sempai* a lâché la bride. Et ça me fatigue, Yukio. Donne-moi ton téléphone, j'ai envie de parler à quelqu'un qui a de l'autorité.

La rage a explosé. Les yeux écarquillés, il a voulu prendre ce qu'il avait dans sa veste. Beaucoup trop tard.

Je l'ai frappé.

Dans l'espace qui nous séparait, en attaquant depuis mon côté qui n'était pas blessé. Latéralement, dans le genou et la gorge. Il est tombé en s'étranglant. J'ai pris son bras, je l'ai tordu et j'ai appuyé le couteau Tebbit sur sa paume, pour qu'il le voie.

— Ça, c'est une lame bioware. Fièvre hémorragique d'Adoracion. Je te coupe avec ça, et tous les vaisseaux sanguins de ton corps éclatent en moins de trois minutes. *C'est ça que tu veux?*

Il s'est soulevé contre ma main, en essayant de respirer. J'ai appuyé un peu avec la lame, et j'ai vu la panique dans son regard.

— C'est moche, comme façon de mourir, Yukio. *Téléphone.*

Il a fouillé dans sa veste, et le téléphone a basculé sur le béton. Je me suis penché pour être sûr que c'était pas une arme, et je l'ai repoussé vers lui du bout du pied. Il l'a ramassé comme il pouvait, respirant toujours par à-coups derrière sa gorge. Bel hématome en formation.

— Bien. Maintenant, appelle quelqu'un qui peut m'aider et passe-le-moi.

Il a touché l'affichage une ou deux fois et m'a tendu l'appareil, le visage aussi implorant que celui de Plex quelques minutes plus tôt. Je l'ai regardé fixement un long moment, en comptant sur l'immobilité notoire des visages synthé bon marché, puis je l'ai lâché, j'ai pris le téléphone et je me suis reculé. Hors de portée. Lui a roulé par terre, la main toujours posée sur la gorge. J'ai porté le téléphone à mon oreille.

— Qui est-ce?

— Je m'appelle Kovacs. (J'ai suivi automatiquement le changement de langage.) J'ai un conflit d'intérêt avec votre *chimpira*, Yukio. Je pensais que vous pourriez nous aider à le résoudre.

Silence frigide.

— Ce soir, tant qu'à faire. Pas demain.

Il a inspiré, un son sifflant.

— Kovacs-san, vous faites une erreur.

— Vraiment?

— Il serait imprudent de vous impliquer dans nos affaires.

— Ce n'est pas moi qui m'implique. Pour le moment, je suis dans un entrepôt, face à un espace vide où se trouvait un équipement à moi. Je tiens de source sûre que c'est vous qui l'avez pris.

Nouveau silence. Les conversations avec les yakuzas sont toujours ponctuées de longues pauses. Pendant lesquelles on est censé réfléchir et écouter attentivement ce que personne ne dit.

Je n'étais pas d'humeur. J'avais mal.

— On m'a dit que vous auriez fini dans six heures. Six heures, ça me va. Mais je veux votre parole qu'à la fin de ce délai, l'équipement sera ramené ici, en état de marche, prêt à l'emploi. Par moi. Je veux votre parole.

— C'est à Hirayasu Yukio qu'il faut…

— Yukio est un *singe*. Soyons honnêtes l'un avec l'autre. Le seul travail de Yukio, ici, c'est de s'assurer que je ne tue pas notre prestataire commun. Et d'ailleurs, il n'est pas très doué pour ça. J'étais déjà un peu agacé en arrivant, et ce n'est pas parti pour s'arranger. Yukio ne m'intéresse pas. C'est *votre* parole que je veux.

— Et si je refuse ?

— Alors je redécore deux ou trois de vos façades comme la chapelle de ce soir. Et ça, moi, je peux vous le promettre.

Silence. Puis :

— Nous ne négocions pas avec les terroristes.

— Vous avez fini de faire des discours, oui ? Vous êtes assez mal placé. Je pensais traiter au niveau dirigeant. Il va vraiment falloir que je m'énerve pour qu'on m'écoute ?

Silence. D'un autre type. La voix au bout du fil paraissait penser à quelque chose.

— Hirayasu Yukio a-t-il été blessé ?

— Pas de façon notable, non. (J'ai eu un regard froid pour le yakuza. Il avait repris une respiration normale, et commençait à s'asseoir. La sueur perlait autour de son tatouage.) Mais ça peut changer, si ça vous arrange. À vous de voir.

— Très bien. (À peine quelques secondes avant la réponse. Pour un yakuza, c'était presque de l'empressement.) Je m'appelle Tanaseda. Vous avez ma parole, Kovacs-san, que l'équipement que vous avez demandé sera en place et disponible au moment que vous avez précisé. De plus, vous serez dédommagé pour ce contretemps.

— Merci. C'est…

— Je n'ai pas fini. Vous avez en outre ma parole que si vous commettez le moindre acte de violence envers mon personnel, j'émettrai une condamnation planétaire demandant votre capture et votre exécution. Je parle d'une VM, particulièrement déplaisante. Me suis-je bien fait comprendre ?

— Ça me paraît juste. Mais vous feriez mieux de dire au singe de se tenir à carreau. On dirait qu'il se prend pour un grand.

— Passez-le-moi.

Yukio Hirayasu était assis, penché sur le béton inusable, et respirait à grand bruit. J'ai sifflé dans sa direction et je lui ai lancé le téléphone. Il l'a attrapé de justesse, d'une main, l'autre encore serrée sur sa gorge.

— Ton *sempai* veut te parler.

Il m'a foudroyé de ses yeux haineux et encore larmoyants et a porté le téléphone à son oreille. Des syllabes japonaises compressées s'en échappaient par éclats, comme quelqu'un qui ferait hurler un moteur au cylindre cassé. Il s'est raidi et a baissé la tête. Ses réponses étaient saccadées, monosyllabiques. Le mot *oui* revenait souvent. Il faut reconnaître aux yakuzas qu'ils savent mieux que personne remettre les sous-fifres en place.

Ce monologue s'est achevé et Yukio m'a rendu le téléphone sans croiser mon regard. Je l'ai pris.

— L'affaire est close, a dit Tanaseda dans mon oreille. Arrangez-vous pour être ailleurs cette nuit. Vous pourrez revenir dans six heures, et l'équipement et votre dédommagement vous attendront ici. Nous ne nous parlerons plus. Cette… confusion… a été des plus regrettables.

Il n'avait pas l'air trop mécontent.

— Vous pouvez me conseiller un bon endroit pour prendre un petit déjeuner ?

Silence. Parasites bas en bruit de fond. J'ai soupesé le téléphone dans ma main un moment, puis je l'ai renvoyé à Yukio.

— Bon… (J'ai regardé le yakuza, puis Plex, puis de nouveau le yakuza.) Et vous, vous pouvez m'en conseiller un ?

Remerciements

Une fois de plus, merci à ma famille et mes amis, qui m'ont supporté pendant l'écriture d'*Anges déchus*. Ça n'a pas dû être facile. Merci aussi à mon agent, Carolyn Whitaker, pour sa patience, et à Simon Spanton pour son équipe, notamment la très passionnée Nicola Sinclair, qui a donné à *Carbone modifié* l'envol d'un aigle impérial sous sulfate.

Ceci est une œuvre de science-fiction, mais bien des livres qui l'ont influencée n'en sont pas. Par exemple, j'aimerais témoigner tout mon respect à deux auteurs qui se tiennent à l'écart de la fiction. Merci à Robin Morgan pour *The Demon Lover*, qui est sans doute la critique la plus complète, cohérente et constructive de la violence politique que j'aie jamais lue. Et merci à John Pilger pour *Heroes*, *Distant Voices* et *Hidden Agendas*, qui tous ensemble montrent du doigt sans relâche, avec une honnêteté brutale, les inhumanités perpétrées par ceux qui, sur le globe, prétendent nous diriger. Ces auteurs n'ont pas inventé leurs sujets, comme moi. Parce que c'était inutile. Ils l'ont vu et ressenti de première main, et nous devrions les écouter.

Achevé d'imprimer en avril 2018
Par CPI France
N° d'impression : 3028386
Dépôt légal : mai 2018
Imprimé en France
2810712-1